THE MOST INSOLENT MAN

De la même auteure dans la collection

Luv

Insupportable coloc
Colocs & sex friends
H.O.T. Hot, Obstiné, Ténébreux

JEANNE PEARS

THE MOST INSOLENT MAN

Luv

« Live fast, die young, leave a good looking corpse. »
James Dean

1

Troy

Il fait une chaleur étouffante dans ce club. Mario m'a lâchement abandonné pour aller bécoter la blonde qui le collait depuis plus d'une heure. Et moi, je tente de faire la conversation à sa copine, une autre blonde. Bon, si je ne me concentre que sur le physique, elle est parfaite : sa plastique, son visage, elle est carrément bandante. Le terme est très approprié. Mais bordel, notre discussion? Elle n'a pas inventé la poudre à canon, cette nana. D'habitude, je m'en tape. Quand l'objectif est de conclure, on s'en fout un peu de savoir si l'autre peut disserter sur Dante ou Shakespeare. Mais là, franchement? Elle me désespère.

Je ne peux pas lui ôter une certaine ténacité. Elle fait un effort, elle me pose des questions en rapport avec mon métier, car bien entendu, elle sait qui je suis, mais je vois bien que je suis en train de la perdre. Je ne me rappelle même plus comment j'en suis venu à lui parler d'arbre à cames, alors que je repose mon verre de whisky vide.

– Arbre à cames? dit-elle en riant. C'est drôle. Ils auraient pu appeler ça « arbre à chats », ça l'aurait été encore plus.

Je cligne des yeux, stupéfait. Mais d'où sort cette fille? Mon attention est détournée par un éclat de rire, pas franchement discret et pas vraiment élégant non plus. La blonde se retourne vers la femme qui attend au bar, derrière elle, et la fusille du regard. Le rire de l'inconnue s'arrête aussitôt, et son sourire s'efface quand elle se rend compte qu'elle a été prise sur le fait.

– Pardon, je suis désolée. Je viens de recevoir un texto hyper tordant, s'excuse-t-elle en désignant son portable.

La blonde, dont je ne me souviens pas du nom, semble gober le mensonge gros comme une maison. Elle hoche sèchement la tête et revient à moi et à mon arbre à cames, mais je ne lui prête plus vraiment mon attention, l'inconnue l'a complètement accaparée. D'une part, parce que même si son rire est franchement moche, sa voix légèrement rocailleuse est hyper sexy, bordel, terriblement envoûtante. Et d'autre part, parce qu'elle me regarde toujours. Elle hausse un sourcil, et je lis clairement sa question silencieuse : « Qu'est-ce que tu fous avec cette femme? » Je n'en sais rien moi-même. Ce que je fais tout le temps, je suppose.

De là où je suis, et à cause de la faible lumière, j'ai du mal à déterminer la couleur des yeux de l'inconnue, mais je dirais qu'ils sont assez clairs. Ses cheveux bruns sont coupés au carré. Je jette un rapide coup d'œil à sa tenue et je sens ma queue se réveiller subitement, ce que la blonde n'avait même pas réussi à provoquer. Elle porte une robe qui lui arrive un peu plus haut que mi-cuisse. Elle est faite d'un tissu noir avec des strass, mais l'empiècement qui va de sous la poitrine aux hanches est transparent avec un motif de fleurs. On dirait de la dentelle. Son physique n'a rien à envier à la blonde qui m'accompagne. Je dirais même qu'il est encore plus agréable : plus de rondeurs, de formes, d'harmonie. Elle porte des escarpins à talons aiguilles, noirs aussi, qui lui font des jambes de fou. Quand je reviens à son visage, je vois qu'elle m'observe toujours. Elle est parfaitement consciente que je viens de la détailler sans gêne. C'est à ce moment-là, en regardant avec plus d'intérêt, que je découvre une grande cicatrice qui lui barre le côté droit du front. Je lève un sourcil, me demandant immédiatement ce qui a pu provoquer pareil stigmate. Seulement, elle s'en rend compte. Elle détourne aussitôt la tête, masquant la marque avec ses cheveux, attrape le verre que lui tend le barman et part précipitamment.

– Troy ? Hé, oh !

– Ouais, pardon, désolé.

– Ça va ? Tu veux qu'on s'en aille ?

Je ne peux pas passer à côté de son regard lascif et de sa moue sensuelle, mais elle n'éveille absolument rien en moi.

– Désolé, ma belle, mais non. Je ne suis pas d'humeur.

– Pas d'humeur ? s'offusque-t-elle.

– Oui, désolé.

– Tu ne sais pas ce que tu rates.

J'ai envie de lui répondre : « Toi non plus », mais je me retiens. Elle insiste du regard encore pendant quelques secondes avant de se détourner de moi. Je pivote sur mon tabouret et demande d'un mouvement sec de la tête un autre verre. Quitte à finir la soirée tout seul, autant que je m'occupe un peu.

Après mon troisième verre, un passage par la case toilettes s'impose avant de décoller. Dans le couloir, je ne manque pas la queue pour entrer dans celles des femmes. C'est sans doute parce qu'elles ne font pas que pisser qu'elles y passent plus de temps… Je fais ma petite affaire, puis me lave les mains. Cette soirée n'était pas vraiment censée se terminer de manière si solitaire. Je souffle un bon coup en sortant, une main dans les cheveux. Les nanas qui patientent me lancent un regard, mais je ne les remarque pas, focalisé sur la fille du bar de tout à l'heure, celle qui a un rire très particulier. Elle ne semble pas m'avoir remarqué, c'est bien la seule, plongée dans son téléphone. J'avance vers elle en silence et me penche à son oreille.

– Je peux savoir pourquoi tu as ri tout à l'heure ?

Elle manque de lâcher son portable en sursautant.

– Bon sang ! s'exclame-t-elle en portant une main à sa poitrine.

Enfin son cœur, oui, son cœur, bien entendu, parce qu'il y a un cœur sous cette magnifique paire de seins. Je reporte mon attention sur son visage.

– De quoi tu parles ? dit-elle, l'air de rien.

C'est ce qu'elle veut me faire croire, mais je vois la petite étincelle dans ses yeux. Ils sont noisette, avec des petits points verts et or. Magnifiques, saisissants, troublants.

– Tout à l'heure, j'étais au bar avec une femme, et tu as interrompu notre conversation avec ton rire… comment dire… particulier ?

– Je ne vais sûrement pas m'excuser pour quelque chose que je ne maîtrise pas, dit-elle sèchement sans pour autant répondre à ma question.

– On est d'accord, mais pour l'interruption ?

– Eh bien, disons que cela faisait quelques secondes que mes oreilles souffraient de votre échange, et c'était plus fort que moi. Si tu veux mon avis, je t'ai rendu service.

– Ah oui ? Comment ça ?

– Ne me dis pas que tu trouvais enrichissante cette discussion avec cette fille qui ne serait pas fichue de faire la différence entre un piston et un cylindre. Alors lui parler d'arbre à cames… Je pense que tu l'as légèrement surestimée.

J'esquisse un sourire en coin qui attire son regard. Je ne la connais pas, mais elle me plaît déjà. J'aime sa repartie, son assurance, son aura.

– Parce que, toi, tu sais à quoi sert un arbre à cames ?

– En mots simples, c'est un dispositif qui sert à ouvrir et fermer les soupapes. Il est aussi question de modification de mouvement, translation, rotation, mais c'est peut-être trop technique pour toi.

Je suis sidéré. J'éclate de rire devant son aplomb et sa confiance. Est-ce qu'elle dit ça parce qu'elle ignore qui je suis ou pour me taquiner?

– Impressionnant. Tu es une encyclopédie sur pattes de la mécanique?

– Je connais deux, trois trucs, c'est tout, fait-elle en haussant une épaule.

Nous avançons en même temps que la file, et je me vois dans l'obligation de la laisser alors que c'est son tour. Je la retiens un instant avant qu'elle n'entre dans les toilettes.

– Je m'appelle Troy, me présenté-je. Et toi?

– Je sais pas, La-fille-au-rire-particulier, c'est bien, non?

– Je suis désolé si je t'ai vexée.

– Absolument pas. Tu m'excuses?

Je recule d'un pas et hoche la tête. Putain! Quelle nana! Je me tâte à moitié à rester l'attendre dans le couloir, mais quelque chose me dit qu'elle n'apprécierait pas ce genre d'attention. Alors je rebrousse chemin et vais reprendre place au bar. Je ne sais pas pourquoi, j'espère presque qu'elle viendra m'y retrouver pour poursuivre notre conversation. J'ai définitivement plus d'accroches avec elle qu'avec l'autre. Et une accroche sur la mécanique en plus, c'est bien la première fois.

Ça montre à quel point tu choisis bien tes partenaires!

Je termine mon quatrième verre quand je la vois enfin revenir au comptoir. Elle se penche en avant et passe commande pour la table où elle est installée. Alors qu'elle patiente, elle tourne la tête vers moi, et je lui souris immédiatement. Elle secoue la sienne en détournant le regard avant de revenir à moi. Je choisis de ne pas m'imposer et attends qu'elle fasse le premier pas. Ce qui arrive au bout d'une minute interminable, où je me mets sérieusement à douter de mon charme irrésistible.

– Pas de nouvelle blonde à charmer? lance-t-elle en prenant place sur le tabouret à côté de moi.

– En fait, j'espérais qu'une certaine brune vienne me rejoindre.

– Oh, merde, s'excuse-t-elle en se relevant. Je…

Je la retiens par le poignet. Mais qu'est-ce qu'elle me fait, au juste? Elle n'a pas l'air d'avoir compris ce que je sous-entendais.

– Je parlais de toi, expliqué-je en souriant doucement.

– Moi? répète-t-elle, visiblement étonnée, en haussant un sourcil.

– Bah oui, pourquoi pas?

– Oh, eh bien, je… je sais pas. Peut-être parce que tu sembles avoir largement le choix. Toutes les filles te regardent.

Oui, je sais, et moi, comme un con, je suis obnubilé par la seule qui semble n'en avoir rien à foutre de moi. C'est bien ma veine.

Mes yeux se posent à nouveau sur sa cicatrice. Elle est assez fine, mais elle est impressionnante. Ma belle inconnue remarque immédiatement ce que je fixe. Elle lève la main pour cacher la marque derrière une mèche de cheveux. Je m'en veux aussitôt, elle doit croire que cela a une quelconque importance, ce n'est pas le cas. Elle n'enlève rien à sa beauté.

Je tends le bras vers son visage, et sans lui demander son autorisation, je replace ses cheveux comme ils étaient, et du pouce, je caresse le stigmate qui barre sa tempe. Sa respiration se suspend, et nos regards fusionnent.

– Comment est-ce arrivé?

– Une chamaillerie avec mon frère.

– La vache, il n'y est pas allé de main morte, dis donc.

– Effectivement, murmure-t-elle en allant la caresser du bout des doigts.

– Je ne voulais pas te mettre mal à l'aise. Cela te donne un certain charme, un air de dure à cuire.

– Ouais, dit-elle en grimaçant. Ajouté à mon rire particulier, j'ai toute la panoplie, hein?

– Je crois que je ne marque pas de points auprès de toi.

– Qu'est-ce que ça peut faire?

– Waouh, soufflé-je, une main sur le cœur. Tu sais parler aux hommes. Je n'ai jamais autant galéré, j'avoue.

– Galéré à quoi donc?

– À essayer de charmer une femme, murmuré-je en approchant dangereusement d'elle.

Une nouvelle fois, sa respiration se coupe et son corps se fige. Finalement, je me rends compte que son attitude est sûrement juste un moyen de se rendre inaccessible, soit parce qu'elle a peur, soit parce qu'elle sait quel genre d'homme je suis, et cela ne l'intéresse pas.

– C'est comme ça que tu t'y prends pour charmer? Tu complimentes sur le rire particulier et tu t'attardes du regard sur les cicatrices?

– D'ordinaire, non.

– Qu'est-ce que tu fais alors?

– Eh bien, après une super conversation sur les arbres à chats, je propose une danse, et si la fille est intéressée, je lui montre à quel point je suis doué avec ma langue, avec mes doigts et avec tout le reste.

Elle commence à vouloir rire, mais elle plaque une main sur sa bouche pour s'en empêcher. Elle est sûrement pleinement consciente que son rire est bizarre, et évidemment, avec ma réflexion à deux balles, elle se retient d'être elle-même. Je n'aime pas ça.

– Mon Dieu, ce que tu peux être arrogant!

– Je suis honnête et confiant, il y a une différence.

– Un peu comme ces voitures qui affichent un compteur pouvant aller jusqu'à deux cent trente, mais qui se mettent à trembler à peine la barre des cent passée ? Que des promesses…

Je ne peux m'empêcher de rire à cette comparaison. Elle est bien la première femme que j'entends faire de l'humour en utilisant les voitures. Alors forcément, elle m'intrigue.

– Je te promets que je peux atteindre les deux cent trente sans trembler, et même plus encore.

Après tout, c'est mon métier, même sans sous-entendu cochon, je ne mens pas.

– Votre commande est partie, l'informe le barman.

– Merci. Vous mettez sur ma note ?

– Pas de souci.

Elle jette un œil vers sa table, et je l'imite. Trois jeunes femmes. Elles rient et ne font absolument pas attention à nous.

– Est-ce que tu veux danser ?

– Non, répond-elle en secouant la tête. Ma façon de danser est facilement comparable à mon rire, ridicule. Je crois que j'en ai fait assez, ce soir. Bonne soirée, Troy.

Elle me lance un sourire tendre et sincère. Je sais déjà que je ne pourrai pas me la sortir de la tête. J'attrape sa main en plein vol, alors qu'elle s'apprête à m'abandonner. Je l'attire doucement à moi et me penche à son oreille.

– M'autorises-tu à aller directement à la prochaine étape ?

– La prochaine étape ? répète-t-elle en fronçant les sourcils.

Je baisse les yeux sur ses lèvres et la laisse comprendre toute seule le message. Comme elle ne se défile pas, qu'elle ne me demande pas de la lâcher, j'approche tout doucement, sans quitter ses yeux. Elle entrouvre très légèrement la bouche, je prends ça comme une invitation. Je fonds avec douceur sur elle. Le contact m'arrache une étincelle. Je veux prendre mon temps, mais je ne tiens pas. Après quelques secondes, ma langue vient chatouiller ses lèvres, et rapidement, elle m'ouvre un vrai passage, et enfin, je peux la goûter. Nos langues entrent en contact, et je gémis, parce que... putain! c'est vraiment bon. Elle a un goût de *cranberries*, elle est chaude et douce contre moi. Je ne veux pas la faire fuir, mais je ne peux m'empêcher de coller son corps au mien. J'ai besoin d'avoir un aperçu de ses formes sans pour autant la toucher.

Quand elle glisse ses mains sur ma nuque, je pose les miennes au creux de ses reins. Je me fais violence pour ne pas descendre plus bas, mais c'est dur. Elle penche la tête pour accentuer notre baiser, et les petits sons qui s'échappent de sa gorge me font bander. Moi qui voulais lui montrer à quel point je suis doué, je me rends compte qu'elle me prend à mon propre jeu, parce que, bordel, c'est intense.

Au bout de quelques secondes, je la sens ralentir. À contrecœur, ma langue abandonne la sienne, et après un dernier baiser tout à fait chaste, elle s'éloigne de moi. Elle croque sa lèvre inférieure avant de se mettre à sourire et à rougir. Si son rire ne passe pas inaperçu, je ressens la même chose avec son sourire. Il illumine son visage.

Depuis quand tu fais attention à ce genre de trucs, toi?

– C'est... c'était, euh... bafouille-t-elle.

– Extra? Sensationnel? Intense? Bandant?

– Oui, tout ça, enfin excepté le dernier, pour moi.

– Quel est le mot au féminin?

Je sais parfaitement ce que je veux lui faire dire, mais elle ne mord pas à l'hameçon.

– Je sais pas, murmure-t-elle en baissant les yeux au sol.

– Tu es obligée de retourner auprès de tes amies?

– Oui, je suis capitaine de soirée, elles comptent sur moi.

– On pourrait leur appeler un taxi, suggéré-je.

– Je ne préfère pas.

Je sais bien qu'elle décline à la fois ma proposition et ce qu'elle sous-entend. Je recule tout en fronçant les sourcils.

– Je vais être parfaitement honnête, je ne me prends jamais de râteau, et après le baiser qu'on a échangé, je reste sur le cul.

Eh ouais, mon pote, tu as perdu !

– Je suis désolée, Troy.

Je ne trouve rien à ajouter, je la laisse comme un con rejoindre ses amies et me décide enfin à partir. Putain, et dire que je rentre seul, mais avec une trique pas possible ! Je n'arrive pas à y croire ! Et je ne sais toujours pas comment elle s'appelle !

2

Hope

Non, mais qu'est-ce qu'il m'a pris?! Ce n'est absolument pas mon genre. Je suis d'une nature plutôt réservée, même si je sais qu'au premier abord, on a souvent l'impression du contraire, c'est la vérité. Je suis très à l'aise avec mes amis, les gens que je connais depuis longtemps, mais les inconnus? Absolument pas. Alors franchement, embrasser un homme dont j'ignore tout? C'est très, très loin de me ressembler. Comment j'ai pu faire ça?

– Que se passe-t-il? demande Matilda, ma meilleure amie, alors que je reprends place à leurs côtés.

– Rien.

– Je ne te crois pas.

Bon, si elle me questionne comme ça et qu'elle ne m'attaque pas tout de suite sur mon élan absolument effronté, c'est qu'elle ne m'a pas vue rouler une pelle d'enfer à Troy. Parce que oui, c'est ce que c'était. Oh, bon sang! Je ne crois pas avoir déjà été embrassée de la sorte, ni même avoir rendu un baiser de manière si intense. De très loin, le meilleur baiser que j'ai échangé avec quelqu'un. Même avec Danilo, je n'ai jamais eu cette impression d'abandon total. Peut-être parce qu'on ne se connaît pas.

– Un lourdaud au bar, rien de très grave, mens-je.

Oui, je sais, ce n'est pas très sympa envers Troy, mais c'est le moyen le plus rapide pour moi de faire cesser ses questions.

– Décidément, ces mecs, ils se croient tout permis! s'insurge-t-elle.

– Je l'ai remis à sa place, n'en parlons plus.

Je me tourne vers Lucy et Audrey. Qu'est-ce que je suis contente de les avoir retrouvées ! Je suis rentrée d'Italie depuis deux mois, et je suis vraiment heureuse d'être à nouveau auprès de ma famille et de mes plus vieilles amies. La distance n'a en rien affecté notre amitié. Demain commence ma nouvelle carrière, et je suis tout excitée.

– Comment va ton frère?

– Sûrement toujours aussi bien, depuis les cinq dernières fois où tu me l'as demandé, réponds-je en souriant à Lucy.

Dire qu'elle a un léger *crush* pour mon frère est faible. Elle a le béguin pour lui depuis des années, mais mon frère est mon frère, et je pense qu'il doit ressembler beaucoup à Troy : un beau mec qui n'a qu'à claquer des doigts pour choper n'importe quelle fille. Sûrement un bon plan pour des sensations extra au lit, mais un peu moins pour le cœur. Et vu comme Lucy est hypersensible, ce n'est sûrement pas un choix très judicieux.

– Tu ne peux pas te l'enlever de la tête, ma belle? Tu sais très bien ce qu'il en est.

– Oui, je sais, mais qu'est-ce que tu veux? Il est trop beau. Trop sympa. Trop marrant. Trop sexy.

– Arrête, je t'en supplie, tu parles de mon frère, je te signale.

Je me retiens de lui dire que si elle vivait avec lui, elle se rendrait compte qu'il n'est pas si charmant que ça au quotidien.

– Hope, je suis navrée, mais ton frère, c'est de la bombe. Point.

Audrey éclate de rire à ses côtés. Elle partage probablement son avis. Je sais bien à quel point mon frère fait tourner les têtes. Il use de son statut, de son physique et de son charme à tout va, et bien sûr, mes copines ne sont pas épargnées. Je lève les yeux au ciel et tends mon verre de jus de *cranberries* pour trinquer avec elles.

– Aux beaux mecs qui brisent les cœurs ! s'exclame Lucy.

Sur ce coup, je ne peux que la suivre. Mon frère est comme ça, Troy l'est sûrement et Danilo l'était. Je le savais, pourtant j'ai foncé tête baissée, tellement aveugle, tellement éblouie, tellement sous le charme. Et si, pendant un temps, cela a été merveilleux et extraordinaire, rapidement, les mauvaises habitudes sont revenues au galop, et c'est mon petit cœur qui en a fait les frais. Alors pour le moment, les mecs, je vais les laisser de côté et me concentrer sur le boulot.

Je me sens un peu honteuse en y réfléchissant bien. Cela me ressemble tellement peu. Pourquoi ai-je laissé faire Troy ? J'ai apprécié nos courts échanges, j'ai un peu été dérangée par son regard sur moi. Je me suis demandé ce qu'il pensait, de mon physique tout en rondeurs, de ma cicatrice que je parviens difficilement à camoufler et qui attire systématiquement les regards et les questions aussi. Eh merde ! Je l'ai laissé faire. Je prends pleinement conscience que j'ai fait une énorme bêtise, car je sais qui il est. Vais-je pouvoir l'effacer ? Faire comme si rien n'était arrivé ? Je n'en suis pas si sûre, mais je vais devoir m'y activer. Et ce, rapidement.

3

Troy

C'est toujours la même sensation qui s'empare de moi quand je pénètre sur le circuit automobile Daytona International Speedway, en ce premier jour du mois de février.

Jusqu'à il y a peu, je vivais en Californie, là où je suis né et ai grandi, à proximité d'une autre piste, à Fontana. Au fil des ans, je me suis forgé une sacrée réputation de coureur automobile, en débutant assez jeune dans les courses locales et en grimpant les échelons. Je me suis essayé à l'IndyCar[1], mais je suis rapidement passé à la NASCAR[2]. Au début, les petites compétitions organisées pour les plus jeunes, et enfin les Cup Series[3], il y a cinq ans. L'année dernière, JW Motorsport m'a proposé de rejoindre son écurie basée ici, en Floride.

La saison dernière, il était plus question pour moi de me familiariser avec ma nouvelle voiture, ma nouvelle équipe, alors les résultats n'ont pas été à la hauteur de mes espérances. Ils étaient loin d'être mauvais, je n'étais pas non plus en queue de peloton, mais comme je suis quelqu'un de particulièrement

1. Équivalent américain de la Formule 1 en Europe.
2. National Association for Stock-Car Auto Racing, principal organisme qui gère les courses automobiles de stock-cars aux États-Unis.
3. Plus grande compétition organisée par la NASCAR.

perfectionniste, ils ne m'ont pas satisfait. Mais je compte bien tout donner cette année. Je dois absolument marquer un maximum de points afin de me qualifier pour les *play-offs*[4], et surtout, je dois faire aussi bien, au minimum, ou encore mieux, que mes deux collègues, Dwight et Valentino. Question de fierté.

Nous courons tous les trois pour la NASCAR, avec pour objectif les Cup Series. Entre février et novembre, trente-six courses sur vingt-trois pistes différentes dans tout le pays. Généralement, une course par semaine, le dimanche de préférence. On a un peu moins de deux semaines de congé entre mars et avril, et puis deux autres en juin, et pour finir, deux supplémentaires fin août. Sinon, le reste du temps, les jours sont rythmés par les voyages pour rejoindre les pistes et les entraînements, aussi bien sur l'asphalte qu'en salle, pour le physique.

Je ne me plains pas, j'adore ce que je fais. Putain ! Oui ! C'est le rêve absolu, être payé pour conduire un bolide hyper puissant. Rien ne m'électrise plus que d'entendre rugir le V8 du moteur et lancer les sept cent vingt-cinq chevaux cachés sous le capot. L'adrénaline qui coule dans mes veines quand je m'élance sur le circuit est ma drogue. Je suis très heureux du chemin que ma vie a emprunté, après les épreuves passées.

L'écurie JW Motorsport, détenue par Jeffrey Wellis, est située en dehors du circuit de Daytona, mais on vient s'y entraîner régulièrement. C'est clairement un avantage d'être juste à côté. Travailler pour cette écurie est vraiment génial, on a accès à un confort inimaginable. On a une équipe extraordinaire, des ingénieurs et techniciens hyper compétents. En gros, oui, putain ! J'adore ma vie et je n'échangerais ma place pour rien au monde.

---

4. Séries éliminatoires au terme de la saison régulière d'une compétition sportive débouchant sur la finale.

Dans dix jours, on reprend la routine avec deux courses hors compétition, qui servent de qualification pour la saison avant son lancement, avec la célèbre Daytona 500. Alors pas question de minimiser mes efforts, tout se joue sur cette journée. Putain, j'ai tellement hâte !

Je salue de la tête le personnel croisé à droite et à gauche et rejoins directement la piste. On est censés faire quelques essais après les derniers réglages. J'avance près des stands qui sont vides et jette un œil alentour. En levant la tête derrière moi, vers les gradins V.I.P. au-dessus, je repère Dwight et Valentino installés un peu plus haut, je décide alors de les rejoindre.

– Salut, Troy.

– Valentino.

– Connard, me salue Dwight.

– Ducon, réponds-je sur le même ton, mi-piquant, mi-amusé.

Entre nous, c'est comme ça depuis que je suis arrivé. On ne s'entend pas trop mal, mais on n'est pas non plus meilleurs amis. Pour tout dire, je n'ai pas vraiment lié connaissance avec ces deux-là en dehors du boulot. J'évite de m'investir trop personnellement, aussi bien en amour qu'en amitié. C'est un besoin, et je pense qu'ils l'ont tous compris. Mario, un des ingénieurs, est le seul que j'ai laissé approcher plus que les autres. Je ne sais pas encore pourquoi, même si le fait qu'il bosse sur ma voiture en particulier, niveau moteur, aide énormément. J'ai parfois l'impression de lui confier ma vie, ce n'est pas rien.

Mon attention est détournée par le son si caractéristique d'un moteur boosté à fond. Je regarde, stupéfait, une de nos Mustang GT, la numéro 4, passer à toute vitesse devant nous, et je découvre Jeffrey, dans l'espace des stands, accoudé au mur de protection, qui observe avec intérêt le passage du pilote.

Je reste encore quelques minutes sans rien dire alors que la voiture effectue un second passage. Je jette un œil à ma montre et constate, impressionné, que les résultats sont plus que bons. Je me tourne alors de nouveau vers mes collègues et leur lance un regard ahuri.

– Qui c'est, ça? demandé-je, un peu agressif, je m'en rends compte.

– Un super pilote, commente Valentino.

– Ouais, merci. C'est ta caisse, dis-je à Dwight.

– Oui, je suis au courant.

– Tu laisses un autre piloter ton bolide?

– Oui.

– T'es malade, ou quoi? T'as perdu un pari? Jeffrey t'a obligé?

– Non.

– Mais encore? Vous allez me dire qui c'est, putain?!

– La dernière recrue.

– Quoi?! Jeffrey a embauché un nouveau pilote? Je peux savoir pourquoi je suis le dernier au courant?

– Je peux savoir pourquoi tu aurais ton mot à dire? demande Dwight en ricanant.

Valentino et lui échangent un regard complice, et je vois rouge. Je me demande immédiatement pourquoi je suis le dernier au courant. Nous sommes tous les trois pilotes pour cette écurie, mon ego est forcément piqué au vif. Pourquoi m'a-t-on caché cette information? C'est important, non?

Voyant que je n'obtiendrai rien de plus de ces deux imbéciles, je me retourne vers la piste et observe ce nouveau pilote aligner des temps plus qu'honorables. Où Jeffrey est-il allé le chercher? Je trouve ça bizarre quand même. Trois pilotes pour une écurie, c'est déjà pas mal. JW Motorsport est prospère, mais je ne me doutais pas qu'embaucher un nouveau pilote était à l'ordre du jour, car il ne s'agit pas seulement d'un nouveau coureur, il faut aussi que le personnel dans l'ombre suive.

La voiture de Dwight ralentit dans la voie de ravitaillement avant de s'arrêter devant Jeffrey. Ce dernier se tourne vers nous et nous fait signe de le rejoindre.

– Allez ! Viens ! On va te présenter le nouveau, lance Dwight avec un sourire en passant un bras par-dessus mes épaules. Tu vas voir, il n'y a aucune raison de faire ta petite crise de jalousie.

– T'es vraiment con, putain ! grogné-je en le repoussant.

Je crois qu'il n'a jamais aussi bien porté son surnom qu'aujourd'hui. On descend les marches, et j'avoue, j'y vais presque à reculons.

– Troy, bonjour, me salue Jeffrey en me tendant la main.

– Salut, boss.

Mes yeux sont rivés sur la voiture arrêtée juste devant nous. Le moteur se coupe, et enfin, le conducteur s'extrait avec agilité du véhicule. Je repère immédiatement une silhouette assez fine, ce qui est un peu surprenant pour un pilote. Chaque tour de piste nous coûte physiquement, et à chaque course, nous y laissons quelques kilos. Alors comme ça, à vue d'œil, j'ai l'impression que le physique du nouveau ne suit pas et ne tiendra pas la route sur du long terme.

Bon sang, il prend tout son temps pour ôter son casque. Je serre les mâchoires et les poings, impatient de découvrir mon nouveau collègue et, malgré tout, concurrent. Il s'arrête de l'autre côté des barrières, les mains gantées de chaque côté de son casque, et le retire au moment où Jeffrey fait les présentations.

– Troy, je te présente Hope. Hope, voici Troy.

Ma respiration se bloque à l'instant même où nos yeux se rencontrent. J'ai l'impression d'atterrir dans un univers parallèle. Plus aucun bruit ne filtre autour de moi, je ne vois plus rien à part son visage, je n'entends plus rien à part mon cœur qui bat à tout rompre. Je finis par cligner rapidement des paupières, espérant l'espace d'un instant que la personne devant moi change, mais non.

Putain de bordel de merde ! La nouvelle recrue est une femme, et putain, quelle femme ! Celle que j'ai embrassée au club, qui hante mes pensées depuis deux jours. C'est une blague ?! Je vais me réveiller. Je regarde rapidement Dwight, puis Valentino, avant de revenir à Jeffrey.

– Troy, Hope est ma nièce et elle revient d'Italie, où elle travaillait depuis l'obtention de son diplôme d'ingénieur en mécanique automobile. Elle rejoint l'équipe des ingénieurs sur la voiture de Dwight.

Sa nièce ?! Oh, putain ! Cela signifie donc qu'elle est la sœur de Dwight. Génial, absolument, foutument génial ! Moi qui pensais jusqu'à maintenant avoir le cul bordé de nouilles, eh bien… voilà, sacré retour de flamme. Putain de bordel de merde ! Merde, merde ! Et merde ! J'ai embrassé la nièce de mon boss et la sœur de mon collègue qui m'adore. De quoi redorer mon blason.

So lucky !

Elle me lance un regard qui me laisse un peu perplexe tout en retirant ses gants. Elle a l'air un peu mal à l'aise, et je devine immédiatement qu'elle pense à ce qui s'est passé entre nous. Mais je réalise aussitôt qu'elle savait très certainement qui j'étais l'autre soir, d'où le fait qu'elle se soit dégonflée. Et je me dis qu'elle a bien fait. Dans quelle merde on serait sans ça ? Mais toujours est-il qu'elle a accepté que je l'embrasse. Bon, je suis perdu soudainement, mais je ne dois rien laisser paraître, surtout pas à Jeffrey. Ma carrière est en jeu. Et probablement ma vie, accessoirement.

– Troy, enchantée.

Elle me tend une main que je m'empresse de serrer. Sa peau est chaude et légèrement moite. Je ne le prends pas pour un signe de nervosité, elle vient juste de faire plusieurs tours sur la piste. Mais j'ai du mal à faire abstraction du fait qu'il n'y a pas si longtemps, nos lèvres étaient unies, que j'ai adoré ça, et elle aussi, je n'ai aucun doute là-dessus.

– Pareillement.

– Bon, alors! Soulagé?! demande Dwight en se marrant avant de la rejoindre.

Il passe un bras autour de ses épaules et embrasse le sommet de son crâne. Elle n'est pas particulièrement petite, mais Dwight la surplombe de vingt bons centimètres. Maintenant qu'ils sont côte à côte, j'ai du mal à me dire qu'ils sont frère et sœur. Dwight est un blond aux yeux chocolat, rien à voir donc. Plus que leurs différences, ce qui me saute aux yeux, c'est l'amour qu'ils partagent, leur complicité. La manière dont Dwight la regarde, avec tellement de fierté. Je l'imagine très protecteur et aimant envers elle.

Je me rends compte aussi que, malgré l'année passée avec mon équipe, je ne sais quasiment rien de leur vie en dehors de la piste. Est-ce que ça fait de moi un connard? Comment ai-je fait pour ne pas apprendre que Dwight avait une sœur qui s'appelle Hope? Cela ne m'aurait pas aidé, vu qu'elle ne s'est pas présentée à moi, mais quand même! Je suis nul.

– Hope ne nous rejoint pas en tant que pilote. C'est elle qui va s'occuper de mon bébé. Elle va remplacer Anderson sur le moteur.

– C'est super, dis-je d'une voix plate.

Je fais tout mon possible pour laisser paraître le moins d'émotions possible. Je refuse de me montrer transparent.

– Elle était en poste chez Ferrari en Italie, m'informe Jeffrey.

Bon, cette fois-ci, je ne peux masquer ma stupéfaction. Je suis indubitablement impressionné. Mais je m'interroge aussi. Ferrari, c'est Ferrari quand même! Le prestige, la réputation, le luxe. Pourquoi avoir abandonné ça et revenir ici pour intégrer la

NASCAR ? Quand bien même elle va travailler en famille, putain, Ferrari ! Elle attise définitivement ma curiosité.

– Vous avez intérêt à vous tenir à carreau avec elle, nous menace Jeffrey en nous pointant du doigt tour à tour.

Valentino et moi hochons vigoureusement la tête, alors que Hope lève les yeux au ciel sous le regard non moins perçant de Dwight. J'ai envie de lui dire que ce n'est pas la peine de me regarder avec ces yeux-là ! Je sais pertinemment ce qu'il en est.

– Allez ! Venez ! On va prendre un café tout en faisant le débriefing, et ensuite, on pourra lancer les essais.

J'entre à la suite des autres dans un des bureaux mis à disposition sur le circuit et m'écroule sur une des chaises. J'ai encore du mal à réaliser ce que je viens de découvrir et d'apprendre. Je suis halluciné. Le reste de l'équipe arrive au fur et à mesure : les autres ingénieurs, les techniciens de chaque voiture.

– Tu veux un café ? me demande Valentino.

– Ouais, merci.

– Et toi, Hope ?

– Aussi, merci.

Elle s'installe juste en face de moi, pose son casque sur la table et commence à abaisser la fermeture de sa combinaison. Je sais que je devrais détourner le regard, je ne devrais pas la fixer, c'est déplacé, mais putain, je n'y arrive pas. Elle la fait descendre doucement, laissant apparaître un tee-shirt blanc à manches longues réglementaire. Tout comme la combinaison et les bottes, le pilote doit porter des sous-vêtements ignifugés. Et le tee-shirt a beau être tout simple, il me fait un effet du tonnerre, parce qu'il est près du corps. Au moment où Valentino pose un gobelet fumant devant moi, Hope croise mon regard. Celui qu'elle me lance est noir. Bien entendu, elle a remarqué que je la matais. Est-ce que je risque quelque chose ? Pourrait-elle crier au harcèlement sexuel ?

Putain ! On s'est embrassés, elle m'a laissé faire ! Je suis obligé de tout oublier ? De faire comme si ça n'avait pas existé ? Comment je suis censé faire ça ? Quelle misère !

– Bon, avant de débuter avec les choses sérieuses, j'ai deux choses à vous dire. Vous avez donc tous fait la connaissance de Hope. Après le départ précipité d'Anderson, j'ai proposé à ma nièce de nous rejoindre. Je préfère être très clair dès maintenant, des fois que cela effleure l'esprit de certains ; il ne s'agit pas de piston ni de favoritisme, mais j'imagine que cela peut créer un malaise. Si quelqu'un de l'équipe a quelque chose à y redire, c'est le moment de se manifester, je ne reviendrai pas sur le sujet ensuite.

Il se tait et laisse à chacun la chance de prendre la parole, mais personne n'intervient.

– Bien, poursuit-il, satisfait. Je pense que nous avons tous à apprendre d'elle, de son expérience italienne notamment. Je compte sur vous tous pour l'accueillir comme il se doit et la traiter avec respect. Je ne me fais pas de souci pour elle, je sais qu'elle pourra se défendre toute seule, mais je tiens à rappeler à tous la clause particulière concernant les relations intimes, stipulée dans votre contrat.

Je me redresse et déglutis nerveusement. Putain ! J'avais complètement oublié ce truc-là. J'ai appris après mon arrivée, et donc à la signature de mon contrat, que Jeffrey avait exigé l'ajout de cette condition, suite à un problème rencontré la saison précédente. Depuis cet incident, les relations intimes au sein du personnel de l'écurie sont strictement interdites. Quelle belle merde !

Je rumine dans mon coin, parce que je suis énervé par cette situation. J'ai l'impression d'avoir fait quelque chose de mal, alors que c'est faux. J'ignorais qui elle était, comment aurais-je pu le deviner ? Mais elle, elle le savait. Pourtant, elle m'a laissé l'embrasser. Avait-elle connaissance de cette putain de clause avant de signer?

Je passe tout le reste de la réunion à ne suivre les dires de Jeffrey que d'une oreille. Dwight n'avait pas tort tout à l'heure, on n'a de toute manière rien à redire à ce que le patron d'écurie désire. On revoit les différents changements effectués sur les voitures, la nouvelle réglementation de la NASCAR.

– Parfait! s'exclame-t-il. Bon, si on allait faire ce pour quoi on est vraiment là?

Je ne me fais pas prier. Je quitte le premier la salle et rejoins le stand où ma voiture est garée.

– Tout va bien? demande Mario.

– Ouais, ça roule.

– Ça n'a pas l'air. Tu me fais encore la gueule pour l'autre soir?

– Bien sûr que non.

– Quelque chose te tracasse? Tu angoisses à l'approche de l'ouverture de la saison?

– Ne te fous pas de ma gueule, tu veux! Je suis né pour ça.

– C'est l'arrivée de Hope? Elle ne va pas toucher à ta voiture!

Je le foudroie du regard. S'il y a bien un truc que je ne suis pas, c'est misogyne. C'est un fait, les femmes sont peu présentes en tant que professionnelles en mécanique. Il y a quelques pilotes, dont la plus célèbre, Danica Patrick, mais d'une manière générale, c'est assez marginal. Bon, tout ça pour dire que ça ne me dérange absolument pas. Le problème réside dans le fait que ce soit Hope. Mais ça, je ne peux pas le dire à Mario, ce mec ne sait pas garder un secret.

– Bon, allez, arrête de raconter des conneries.

Je vais enfiler ma tenue : des sous-vêtements et une combinaison, donc, à l'effigie de l'écurie et de différents sponsors, des gants et des bottes, tous ignifugés, puis je récupère mon casque.

Mario s'occupe de déposer la voiture sur la ligne, et je prends sa place à l'intérieur, alors que j'aperçois Dwight et Valentino se préparer. J'ai besoin d'y aller pour décompresser, pour faire le vide. L'équipe a bossé sur quelques réglages, en fonction de mes impressions, alors j'ai hâte de voir ce que ça donne. Mario m'aide à connecter le casque au système HANS[5] et vérifie la connexion radio avant d'accrocher le filet de fenêtre en Nylon dans l'ouverture.

Je n'ai jamais autant la sensation d'être là où je dois être que quand je suis assis dans ma voiture, sur la piste.

---

5. Le système Head And Neck Support est un dispositif chargé de bloquer la tête et le cou du pilote en cas de choc frontal et ainsi de prévenir toutes blessures.

4

Hope

La réunion de présentation et d'information est finie depuis plus d'une heure maintenant, les voitures terminent leurs tours, et Jeffrey se tourne vers moi.

J'aime le doux regard qu'il me porte. Depuis qu'il nous a recueillis, Dwight et moi, à la mort de nos parents, avec Sandy, ma tante, il s'est pleinement investi dans son nouveau rôle de père. Ils n'avaient pas réussi à avoir d'enfants. J'avais 8 ans, et Dwight, 11. Nous n'étions encore que des bébés aux yeux de nos parents, mais déjà grands. Cela n'a pas été facile, ni pour mon oncle et ma tante, ni pour nous. Mais nous avons surmonté cette difficile épreuve, et notre famille est très forte et soudée désormais.

Bien entendu, grandir dans le monde automobile, être bercée par le bruit des moteurs et baigner dans l'odeur d'huile et d'essence a forcément influencé mes choix d'avenir. Enfin, j'aurais toujours pu opter pour une autre voie, mais j'ai souvent l'impression que c'était écrit. Jeffrey et Sandy m'ont encouragée, de même que Dwight, et il est vrai qu'on a eu de la chance, tout était réuni pour qu'on réussisse dans ce domaine.

Et je dois dire que je ne suis pas peu fière de moi. Alors, quand mon oncle m'a proposé de rejoindre l'écurie, j'ai accepté sans aucune hésitation !

– Qu'en dis-tu ? se renseigne Jeffrey.

– Elles roulent bien. Vraiment bien. Je suis très confiante pour la saison. Pour la voiture de Dwight, j'ai légèrement eu l'impression qu'elle était peut-être un peu trop survireuse. À mon avis, pas grand-chose dans la pression des pneus à revoir. Et peut-être vérifier la *track bar*[1] pour rééquilibrer la voiture. À voir avec le chef mécano.

Pour chaque voiture de l'écurie, l'équipe s'organise de telle façon : il y a un chef mécanicien, responsable du véhicule, qui supervise les ingénieurs spécialistes d'un domaine et les techniciens. Quatre branches en particulier : pneus, amortisseurs, moteur, freinage et injection. Pour ma part, je m'occupe du moteur, même si, en fin de compte, on bosse tous ensemble, désirant obtenir la voiture la plus performante possible.

– J'ai trouvé qu'elle dérivait un peu de l'arrière passé les trois cents, précisé-je. Je vais en parler avec Jamie et Bruce.

Jamie est le responsable pneumatique sur la voiture de Dwight, et Bruce, le chef mécanicien. C'est aussi ce que j'aime dans la NASCAR : la multitude de postes, le travail d'équipe, la motivation commune à chacun.

– Pas de problème, je te fais entièrement confiance, acquiesce mon oncle. N'hésite pas à en parler avec Tony et Warren.

Ce sont les chefs mécano des deux autres voitures.

– Bien sûr, nous sommes une équipe, réponds-je doucement en souriant.

– Je te laisse, je dois retourner dans les bureaux, j'ai de la paperasse dont je dois m'occuper. Vous venez toujours dîner avec Dwight, samedi ?

1. Barre qui relie le châssis à l'essieu pour que l'essieu arrière reste centré sous la voiture.

– Oui, on sera là.

– Super. À plus tard.

Jeffrey dépose un baiser sur ma joue et me quitte. Je reste encore un instant à observer les lieux.

D'aussi loin que je me souvienne, j'ai toujours aimé cet endroit. Dès que j'en ai eu l'âge, mon père m'y a emmenée avec Dwight. Les courses automobiles, les voitures et la mécanique, en général, ont toujours bercé mes jours, ma vie. Je crois que cela fait partie de notre ADN, à nous, les Wellis. Je ne pourrais m'en passer.

Je passe en revue les gradins, le goudron de la piste, les traces de pneus au sol, les virages, le mur de protection, les stands derrière. Je me sens tellement chez moi ici. De toutes les pistes accueillant une des manches des Cup Series, Daytona est ma préférée, et ce n'est qu'à moitié en raison du fait que je suis née ici. Ce circuit en particulier, à cause de sa conception et de l'inclinaison de l'ovale du tracé, est le seul, avec celui de Talladega, qui offre aux spectateurs des courses pied au plancher. Tout se joue donc à l'aspiration et au *bump drafting*[2]. La foule a droit à du grand spectacle, et encore plus avec la mythique Daytona 500 qui ouvre la saison.

J'observe les voitures quitter la piste pour rejoindre les stands. Le personnel technique va se charger de les ramener au centre. L'écurie ne s'entraîne pas systématiquement ici. La location coûte de l'argent, alors mon oncle a investi dans une piste privée sur laquelle les pilotes s'exercent et qui accueille les particuliers pendant le temps libre, ce qui apporte un complément de revenus fort agréable.

Je rejoins les mecs et m'approche de mon frère. Il me lance un grand sourire avant de me prendre dans ses bras et dépose un

2. Technique qui consiste à venir se placer derrière une voiture et à coller le pare-chocs arrière afin d'augmenter sa vitesse.

baiser sur mon front. Il n'a jamais vraiment été du genre effusions en public, mais j'ai l'impression qu'il est heureux que je sois de retour.

– J'ai tellement hâte de commencer à travailler avec toi, dit-il en m'entraînant à l'intérieur.

– Vraiment? Tu ne vas pas prendre peur en voyant une nana approcher ta voiture?

– Je t'ai laissée la conduire, je te signale! Et s'il y a bien quelqu'un en qui j'ai confiance pour s'occuper d'elle, c'est toi.

Je ne réponds rien mais passe un bras autour de sa taille et pose ma tête contre son épaule en guise de remerciement. Si mon oncle et ma tante m'ont encouragée à chaque étape de ma vie, mon frère est mon pilier. Sans lui, je n'arriverais à rien. J'ai besoin de son soutien, de son approbation et de ses encouragements, tout le temps.

Je les laisse se changer, et les trois hommes me retrouvent à l'entrée du circuit.

– On va se boire une petite bière? propose Dwight en s'adressant à Valentino et moi.

– Oui, volontiers, accepté-je en souriant.

Valentino acquiesce de la tête, et je regarde Troy à nos côtés. J'interroge mon frère silencieusement, car je n'ai pas l'impression qu'il ait été inclus dans l'invitation. Dwight soupire et finit par se tourner vers l'intéressé.

– Je te proposerais bien de venir...

– Merci! l'interrompt Troy en souriant d'une manière étrange. J'accepte avec plaisir.

Valentino et Dwight échangent un regard stupéfait. Chacun hoche la tête, et je rejoins le pick-up de Dwight.

– Qu'est-ce qui s'est passé exactement? C'était bizarre.

– Troy ne participe jamais à nos sorties. Au tout début, quand il est arrivé, on lui proposait systématiquement, pour l'intégrer, mais il déclinait tout le temps. Alors on a fini par laisser tomber, et c'est comme ça depuis. Si tu veux mon avis, le surnom que je lui donne lui va comme un gant.

– Ah oui? Et c'est quoi?

– « Connard ». Il n'est pas en reste, se défend-il. Il m'appelle « Ducon ».

Je le regarde, choquée. Non, mais quelle bande de gamins!

– C'est un juste retour des choses, je dirais. Je pensais que vous vous entendiez bien tous les trois, commenté-je.

– Disons qu'on se supporte. Enfin, honnêtement, ce n'est pas qu'on n'aimerait pas, mais il ne nous laisse pas faire. Alors, ça en reste là. Et on a essayé, Hope, crois-moi. Et puis Troy est Troy...

– Oui, j'imagine, tellement différent de toi, dis-je d'une façon bien sarcastique.

– Eh! Dis donc! J'te permets pas. Je vais te foutre à la porte si tu continues avec cette impertinence.

Il essaie de me faire peur, mais j'entends le sourire dans sa voix. Mon frère m'héberge depuis mon retour. Je vais me mettre à la recherche d'un appartement, mais je prends mon temps, c'est certain. Et puis sa maison ne me pousse pas à partir, il faut dire, elle est magnifique, spacieuse, idéalement située à deux pas de l'océan, possède une superbe piscine et un très beau jardin. Pourquoi serais-je pressée de quitter un endroit pareil pour me retrouver dans un logement froid et sans vie?

– Bien sûr que non, tu m'aimes beaucoup trop pour ça, le contré-je.

– Ouais, t'as raison, mais n'en profite pas! plaisante-t-il.

Je me penche par-dessus la boîte de vitesses pour déposer un baiser sur sa joue, puis le reste du trajet se fait en silence. Dwight s'arrête devant un bar très à la mode, face à la mer. Il n'est pas encore dix-neuf heures, alors on trouve facilement de la place.

Examen rapide avant qu'on s'installe, soit je me retrouve à côté de Troy, soit en face. Je n'ai finalement pas d'autre choix que de prendre la place laissée libre, c'est-à-dire face à lui. J'ai la nette impression que sa volonté de nous accompagner a tout à voir avec moi, plutôt qu'avec l'envie de se lier d'amitié avec les mecs. S'attend-il à ce qu'on ait une conversation sur ce qui s'est passé l'autre soir? Est-ce que j'en ai envie?

Dwight s'occupe d'aller passer la première commande, tandis que Valentino commence à m'interroger sur l'Italie.

– Alors, comment c'est de bosser pour Ferrari?

– Extraordinaire! J'ai vraiment passé des années magnifiques là-bas. Aussi bien pour le travail que d'un point de vue personnel.

– Dis-m'en plus.

– Eh bien, j'ai signé des accords de confidentialité, mais je... j'ai énormément appris, j'ai travaillé auprès de personnes vraiment brillantes, qui m'ont accueillie à bras ouverts et énormément donné. J'ai découvert un pays riche d'histoires et des paysages splendides.

Je lance un sourire à Dwight qui revient, suivi d'une serveuse, et on trinque à mon premier jour.

– Tu y retournes souvent? demandé-je à Valentino.

Comme son prénom le laisse entendre, il est d'origine italienne.

– Oui, au moins une fois par an, durant la pause entre saisons. J'ai encore toute ma famille là-bas.

– De quel coin es-tu?

– Palerme.

– Oh! La Sicile! J'ai adoré. J'aime tout le pays en réalité. J'ai essayé d'en voir le maximum.

– Qu'as-tu visité?

– Côme, Milan, Turin, Gênes, Florence, Parme, Venise, Rome et Naples. J'en oublie, et c'est dans le désordre. Mais il y a tellement à voir. La mythologie romaine, ou grecque même, est passionnante.

– C'est vrai. Cela attire énormément de touristes.

– Et la cuisine! Les gens aussi, adorables.

– Je ne vais sûrement pas te contredire sur ce point, réplique Tino en faisant un sourire charmeur et un clin d'œil.

– Pourquoi tu es rentrée? demande Troy en intervenant pour la première fois.

Mon frère lui lance un regard noir, je ne vois pas pourquoi. Sa question n'est pas posée méchamment, il s'interroge, c'est tout. Il est vrai que je dépeins avec amour mon ancienne place et le pays que j'ai quitté, alors c'est légitime. Toutefois, je ne me sens pas encore prête à me confier sur les véritables raisons, surtout à des presque étrangers. Même à Dwight, je n'ai pas tout raconté.

– J'ai eu besoin de revenir aux sources, de retrouver mes proches, éludé-je.

Je ne sais pas si je suis totalement convaincante, mais il n'insiste pas et se contente de hocher la tête. Valentino et moi poursuivons notre échange avec légèreté, Dwight intervient ponctuellement, tandis que Troy se montre plus discret. Au bout de trente minutes, mon frère propose que nous commandions à manger. J'acquiesce d'un mouvement de tête, Valentino et Troy sont également partants.

Le bar s'est rempli petit à petit, et le bruit alentour se fait un peu plus fort. Le repas était simple mais délicieux, et nous sommes sur le point de partir, mais avant, je dois passer aux toilettes. Je me dépêche afin de ne pas trop faire attendre Dwight. Seulement, je ne m'attends pas à tomber sur Troy dans le couloir en sortant.

Il me lance un regard qui me met mal à l'aise. Je ne peux pas passer à côté de sa prestance, de son aura si séductrice. Il a ce petit quelque chose qui met tout le monde d'accord, ce petit truc qui attire les regards, qui force les gens à se retourner. Je crois que toutes les femmes présentes dans ce lieu l'ont au moins regardé une fois. Lui, comme Tino et Dwight, qui ne sont pas en reste. Mais aucun des trois n'y a porté d'intérêt. Ils sont séducteurs, mais semblent savoir se détacher de tout ça dans certains moments. Encore heureux pour moi.

Troy est plus grand que moi, mais un peu moins que Dwight. Ses cheveux noirs sont bien coiffés et coupés court sur les côtés, tandis que la masse du dessus ondule légèrement. J'aime ses yeux bleu-gris, assez doux.

Mon regard dévie sur ses lèvres pleines, que j'ai pris tant de plaisir à embrasser. Les poils de sa barbe courte tirent vers un brun roux. Son physique est agréable à détailler, ni trop chétif ni trop charpenté, un juste milieu, fort plaisant. J'aime son style vestimentaire, un jean noir qui moule parfaitement son cul et une chemise à carreaux rouges et blancs, dont il a retroussé les manches longues sur ses avant-bras.

Dois-je vraiment les mentionner? Absolument, ils sont extrêmement attirants, musclés, bronzés, pas trop poilus, des veines saillantes les parcourent. Est-ce que j'ai déjà dit que j'aimais beaucoup les bras des hommes? Non? Eh bien, c'est chose faite. Et ses mains? Elles ne sont pas entrées beaucoup en contact avec ma peau, pourtant, je me souviens parfaitement de leur toucher, encore un point que mon cerveau a parfaitement intégré sans avoir besoin de lui demander quoi que ce soit.

Alors forcément, être en face de lui, à me remémorer tout ça, me chamboule un peu. Et dire qu'on va être amenés à travailler et voyager ensemble, à se voir très souvent.

– Je pensais attendre avant de te parler, mais j'ai besoin de mettre quelques petits points au clair. Maintenant.

– D'accord, murmuré-je, intimidée.

J'ai l'impression qu'il est en colère contre moi. Il en aurait tous les droits.

– Tu savais qui j'étais, n'est-ce pas? Dans ce club.

J'acquiesce d'un mouvement sec de la tête. Il passe une main rageuse dans ses cheveux avant de balayer mon corps du regard. Je n'ai rien à voir avec la femme qu'il a embrassée. Je porte un jean qui ne me met pas vraiment en valeur et un tee-shirt blanc tout simple. Ma veste en cuir, assez abîmée, m'attend sur mon siège. Très loin de la femme habillée de façon sexy qu'il a tenté de séduire. Regrette-t-il? Me voit-il autrement, maintenant?

– Je peux savoir pourquoi tu m'as laissé faire, dans ce cas? Sachant qu'on allait se rencontrer aujourd'hui, qu'on allait travailler ensemble? Putain! Tu es la sœur de Dwight et la nièce de Jeffrey, grogne-t-il, mécontent.

Il est définitivement en train de m'engueuler, et je n'aime pas ça. Certes, j'ai ma part de responsabilité, mais on était deux, que je sache! C'est de sa faute aussi! À sauter sur tout ce qui bouge!

– Je dois m'excuser? C'est ça que tu attends de moi?

– Peut-être! On est censés faire quoi?

– C'était une erreur. Tu es sûrement capable d'oublier, non?

– C'est ce que tu as fait?

Je lis clairement le défi dans son regard. Se croit-il à ce point inoubliable? Hors de question que je lui dise que je pense encore à ce baiser, qu'il était vraiment fabuleux et qu'il m'a fait mouiller.

Voilà le féminin du mot « bander » qu'il essayait de me faire dire l'autre soir!

– On est collègues maintenant, alors on oublie, si tu veux bien. Je pense que le discours de mon oncle parle pour lui, non?

Il ne répond rien, se contente de me fixer. Un combat s'engage alors, qui de nous deux va baisser les yeux le premier? Est-ce que ça va toujours être comme ça entre nous dorénavant? Nos fiertés se percutant?

– Vous foutez quoi?! Bon sang! nous interrompt Dwight en se matérialisant au bout du couloir.

Heureusement pour nous, nous sommes le plus loin possible l'un de l'autre, chacun contre un mur. Nous tournons la tête en même temps vers lui, et je fais une petite moue pour m'excuser.

– Bonne soirée, Troy.

– Bonne soirée, Hope.

Je tente de réfréner le frisson qui me parcourt alors qu'il prononce mon prénom. Au club, j'ai refusé de lui dire comment je m'appelais, parce que je savais que ça me ferait ça, je m'en doutais.

Misère.

– Ça va? demande Dwight en passant un bras autour de mes épaules. Il t'a fait chier?

– Bien sûr que non! Il va falloir que tu te calmes envers Troy. Je ne suis pas sûre que cette animosité mutuelle serve l'écurie.

– Quand il cessera d'agir comme un connard.

– Et quand, toi, tu cesseras d'agir comme un ducon. J'ai bien compris, dis-je, amusée, en levant les yeux au ciel.

Il se met à rire franchement alors qu'on monte en voiture. J'ai la sensation que ce nouveau job ne sera pas de tout repos.

5

Troy

J'essaie de me concentrer sur ce que Mario me raconte, mais tout ce que j'entends, c'est la voix de Hope à quelques mètres de moi, un peu rauque, tellement sexy. Tout ce que je fais, c'est observer sa silhouette penchée au-dessus du moteur de la voiture de Dwight, tout en harmonie, si attirante.

Si un jour on m'avait dit que je trouverais sexy une femme habillée en combi de mécano, qui parle mécanique et en fait, je ne l'aurais pas cru. Jusqu'à Hope. Le moins qu'on puisse dire, c'est qu'elle bouleverse tout ce dont j'étais convaincu jusqu'à présent. Comment parvenir à l'occulter alors que je n'arrête pas de penser à notre baiser, alors qu'elle m'intrigue, m'impressionne et m'attire?

Suis-je sur le point d'avoir une érection rien qu'à l'entendre parler de piston, de durite et d'échappement? Il semblerait bien. Je me demande si cela me ferait paraître un homme faible, incapable de maîtriser ses émotions et son corps.

– Si tu veux un conseil d'ami, arrête tout de suite, Troy.

– De quoi tu parles? grogné-je en jetant un œil mauvais à Mario, alors que le reste de l'équipe s'affaire un peu plus loin.

– C'est la nièce de Jeffrey, ne t'amuse pas à ça, mon vieux.

– J'ai le droit d'écouter ce qu'elle raconte, non?

– Comme si tu faisais que l'écouter. Si je peux m'en rendre compte, Jeffrey le fera aussi. Et je ne te parle même pas de Dwight.

Et voilà, je peux toujours compter sur Mario pour remettre les choses à leur place. J'abandonne ma contemplation et reviens à mon moteur.

– Bon, je te refais un topo. L'huile est neuve, ainsi que le filtre. On a aussi changé celui à air. L'aspiration sera donc maximale. J'ai fait un petit réglage sur les soupapes, tu me diras si ça te va, et les pneus ont été changés hier. Mike a fait un bilan complet des données pneus de la saison dernière, et il t'a préparé ça à la perfection. Bien entendu, les réglages se feront spécifiquement à chaque piste, mais bon…

– Bien sûr.

Mike est le spécialiste pneus de ma voiture. J'ai une confiance absolue en lui. De toute manière, la victoire est l'objectif de l'équipe. Chacun fait tout son possible pour avoir des voitures toujours plus performantes, et le pneu est un des éléments clés, peut-être avant la voiture elle-même.

– Isaac a revu la suspension, et Tyler s'est occupé de l'injection et des freins. Elle est comme neuve.

J'ai envie de dire « pour l'instant », parce qu'une fois sur la piste, lancée à des centaines de miles à l'heure, difficile pour les voitures de rentrer intactes au stand.

– Parfait. Je suis prêt pour un tour.

Mario hoche la tête, et je me hâte pour récupérer mon casque.

Me défouler sur la piste est le seul moyen pour me sortir Hope de la tête.

À chaque fois, les mêmes sensations, cette impression d'entrer dans un autre monde, comme si tout autour disparaissait. Du moment où je m'engouffre dans l'habitacle par l'ouverture, je me coupe de tout. Lors des courses, je garde un lien constant avec mon chef mécano et mon *spotter*[1], mais je parviens d'une manière limpide à faire abstraction du reste. Seuls comptent l'asphalte, les tours à avaler pour franchir dans les meilleurs temps la ligne d'arrivée et le sentiment si euphorique de la victoire, quand tout se déroule comme souhaité.

Une fois sécurisé avec l'aide de Mario, j'attrape le volant amovible posé sur le tableau de bord et l'installe avant de lancer le moteur. Je ferme les yeux, à l'écoute de ce chant si doux à mes oreilles. Quand je suis derrière le volant de ma Ford Mustang GT, je sais que je suis né pour ça et pour rien d'autre. Rien ni personne, je dis bien rien ni personne ne pourra jamais me détourner de mon rêve. JAMAIS.

Pied au plancher, la voiture décolle des stands, et j'entre sur la piste. Je parcours cette piste d'entraînement que je connais par cœur maintenant. Plus aucune courbe, plus aucune pente ou descente ne me sont inconnues.

La NASCAR est un monde particulier, avec ses règles, ses spécificités. Elle n'a rien à voir avec la Formule 1 ou les rallyes. La conception de la voiture est unique. La base est commune à toutes les écuries, mais ensuite, interviennent ingénieurs et mécanos, et en fin de compte, je roule avec un petit bijou fait sur mesure, qui doit par la suite être modifié au gré des pistes.

Pour rien au monde je n'échangerais ma place. Je suis heureux, parfaitement accompli quand je suis aux commandes.

– Alors ? demande Mario en sautant par-dessus le mur de protection pour venir à moi, alors que je stoppe la voiture devant lui.

---

1. Personne installée au-dessus des gradins pendant la course, en communication radio permanente avec le pilote. Elle a pour rôle de le guider, tant au niveau stratégie qu'au niveau sécurité, au moment du retour au stand notamment, pour éviter le danger et le risque d'accident.

Il abaisse le filet tandis que je décroche le volant, puis je lui tends mon casque avant de sortir.

– Impec ! Vivement la reprise. Je brûle d'impatience.

– Tu m'étonnes, on est tous dans le même état. Les pneus, la suspension ? Dans les virages, ça a été ? Pas trop *tight*[2] ou *loose*[3] ?

– Non, vraiment nickel. Vous avez bien bossé. Bon, je suis seul sur la piste, alors c'est pas pareil. Mais c'était super.

La pause hivernale est toujours dure pour moi. Ne pas rouler sur circuit dans ma voiture me manque vraiment. J'en profite pour aller voir ma mère en Californie, mais il me tarde toujours de reprendre du service. Je ne suis pas tellement du genre à rester tranquille sans être actif. Je ne sais pas ne rien faire.

On se tait alors que la voiture de Dwight déboule devant nous. Il est entré sur le circuit pendant que j'effectuais mes derniers tours.

– J'ai hâte de voir ce que cette saison va donner, avec vous trois en lice.

– Je vais gagner, assuré-je, confiant.

– Pas alors que Dwight travaille avec moi, me contredit une voix féminine dans mon dos.

Je me tourne pour découvrir Hope, installée sur le mur un peu plus loin. Elle a les bras croisés sous sa poitrine et les jambes étendues devant elle. Elle fixe le circuit derrière ses lunettes de soleil. On a beau être en février, le temps de Floride est toujours beau et assez clément niveau température en hiver. Elle porte encore sa combinaison de mécano, dont elle a abaissé le haut pour l'attacher autour de sa taille, un simple tee-shirt noir et des boots montants.

On est très loin de la tenue sexy, et honnêtement, jamais je n'ai porté attention aux femmes qui en font si peu ou qui se

2. Se dit d'une voiture sous-vireuse, c'est-à-dire qui pousse ou manque d'adhérence à l'avant.

3. Se dit d'une voiture survireuse, c'est-à-dire qui dérive car les pneus manquent d'adhérence à l'arrière.

moquent complètement de leur allure et de leur apparence. Que ce soit dans les clubs où je sors, ou dans les coulisses des courses, elles sont toujours coiffées, maquillées et habillées pour attirer l'attention. Je ne m'explique pas pourquoi Hope continue de me fasciner, alors qu'elle ne ressemble en rien à la femme que j'ai embrassée. Même ce soir-là, bien qu'elle portât une robe hyper sexy, elle n'agissait pas comme les autres, et elle m'a tapé dans l'œil. Elle a un petit quelque chose, c'est tout, et il est très clair que ce petit truc associé à son intelligence me fout en vrac.

Je n'ai aucune idée de comment m'y prendre parce que, dès que mon regard se pose sur elle, je repense à cette soirée, et toutes les sensations que j'ai éprouvées sont de retour. Elle bouscule tous les codes, avec son assurance, ses connaissances, son attitude. Et je dois avouer que je suis encore vexé qu'elle ait eu l'avantage sur moi, de savoir qui j'étais, et moi, non. Cela dit, si je l'avais su, jamais je ne l'aurais embrassée, et je ne suis pas sûr de regretter de l'avoir fait. Alors c'était peut-être mieux ainsi, même si, maintenant, c'est la merde.

Le seul moyen pour moi de me l'ôter de la tête serait de tirer un coup avec une autre, histoire de ne pas penser à elle, mais je n'en ai aucune envie.

– En partant du principe que toutes les voitures sont identiques, c'est le pilote qui fait la différence, répliqué-je en avançant vers elle.

Elle se redresse pour planter son regard dans le mien, un petit sourire amusé sur les lèvres. Elle est un peu plus petite que moi, mais pas énormément. Lors de la soirée, avec ses talons, on faisait la même taille, c'était très agréable.

– Les réglages de la voiture y sont pour beaucoup, tu ne peux pas le nier.

– Es-tu en train d'insinuer que Mario est un mauvais chef moteur? Et le reste de mon équipe?

– Absolument pas. Je suis sûre que vous en faites une très bonne avec les gars à l'arrière. Je dis juste que Dwight et moi fonctionnons très bien ensemble aussi. J'ai hâte de voir ça.

Bien qu'on fasse partie d'une même écurie, c'est chacun pour soi sur la piste. Évidemment, dans certaines circonstances, lors des *restart*[4] par exemple, il est judicieux de mettre en place des stratégies où l'on doit travailler avec ses coéquipiers, mais le reste du temps, l'objectif est le même pour chacun : gagner la course, amasser un maximum de points pour se qualifier pour les *play-offs*.

Hope abaisse ses lunettes sur son nez et m'observe de la tête aux pieds.

– Ne me dis pas que tu es ce genre d'hommes à avoir en horreur les femmes sur une piste ?

Je ne peux cacher la stupéfaction sur mon visage. D'où sort-elle ça ?

– Absolument pas ! m'offusqué-je. Si tu cherches à savoir si j'ai un problème, ça serait peut-être juste avec toi, en *particulier*.

Je ne la laisse pas me répondre quoi que ce soit. Je la plante là et rejoins Mario. Il me fait une grimace avant de lever les yeux au ciel.

– Rien à foutre. Elle me cherche, elle me trouve, dis-je pour me défendre.

– Le magnifique Troy dans toute sa splendeur. Fais attention à toi, c'est tout ce que j'ai à dire.

– Tu ne sais pas tout, elle est dans la même situation que moi.

– Oh, oh ! Raconte-moi, dit-il, piqué au vif.

Putain ! Merde ! J'en ai trop dit. Fait chier. Il va me saouler avec ça, je le sens. Je le fusille du regard, l'intimant de ne pas me pousser.

---

4. Redémarrage de la course après une période de neutralisation (après un accident, par exemple, le temps de dégager la piste de tous les débris).

– Tu n'es pas payé pour ça, Mario. Occupe-toi de la voiture.

– Je me demande comment je fais pour te supporter.

Je grogne pour toute réponse, et on discute rapidement de la voiture avec Warren alors que Valentino s'élance à son tour. Je sais bien que tout le monde travaille ensemble, à la base, personne n'est favorisé, c'est le pilote sur la piste qui fait ensuite la différence, et je ne vaux pas moins que Dwight ou Valentino. Alors, que Hope laisse entendre le contraire, je le prends très mal.

À défaut de pouvoir avoir une relation cordiale avec elle, je vais vite devenir désagréable, si c'est le seul moyen pour moi de mettre une distance entre nous et de calmer ce que je ressens quand je la regarde. Bien entendu, je risque gros si Jeffrey l'apprend. Même si je suis un de ses pilotes, je doute faire le poids dans la balance face à sa nièce, mais sait-on jamais.

La voiture rejoint le garage, et je regarde les mecs s'affairer sur les derniers réglages et prises de mesure, notamment sur les pneus.

En sortant des vestiaires, Mario vient à ma rencontre.

– Tu viens demain soir?

– Qu'est-ce qu'il y a demain soir?

– Dwight organise une petite fête avant la course de dimanche, histoire de lancer la saison. Il fait ça vendredi, comme ça, on a tout le samedi pour dessaouler.

À chaque soirée, Mario me demande si je suis de la partie, mais systématiquement, je me défile. Si j'accepte volontiers de sortir en boîte, j'ai un peu plus de mal à entrer dans l'intimité des gens, toujours cette volonté de maintenir une distance, nécessaire à mes yeux.

Alors je ne sais pas pourquoi, cette fois-ci, j'acquiesce de la tête. Enfin, j'ai bien une petite idée, mais je ne vais pas aller le dire à Mario. Ce dernier écarquille les yeux et fait un arrêt sur image.

– Vraiment?! Putain! Je vais aller faire une croix sur le calendrier.

– Il y aura qui ?

– Les mêmes que d'habitude, Valentino, les mécanos, des amis.

J'imagine d'emblée quelles amies, parce que Dwight est le spécialiste des soirées avec une multitude de nanas conviées. Ce type doit avoir un carnet de connaissances extrêmement bien rempli. Je sais que cela rebute certains mecs qui sont en couple, non pas que cela pose un problème à leurs chéries, mais parfois les fréquentations de Dwight peuvent se montrer un peu lourdes et se fichent royalement que les mecs soient avec quelqu'un. En boîte avec eux, il m'est arrivé d'en faire les frais. Je suis célibataire, je m'en fiche, mais je comprends mes collègues.

– OK. Ça marche.

– Génial ! Passe une bonne soirée, et à demain alors !

– Ouais, toi aussi. Salut.

Je le regarde s'éloigner pour rejoindre son pick-up, puis je marche tranquillement jusqu'à ma voiture, mon petit bijou.

Si je n'ai aucune attache personnelle, excepté ma mère, cela est aussi valable en ce qui concerne les biens matériels, je ne possède rien. Je vis à l'hôtel toute l'année. Je ne vois pas l'intérêt d'investir dans l'immobilier alors que je suis en déplacement entre février et novembre, chaque année. Bien sûr, je n'habite pas non plus dans le petit motel du coin. J'ai posé mes bagages au Hard Rock Hotel Daytona Beach, un établissement quatre étoiles où je loue une suite composée d'une chambre, d'un salon avec coin cuisine et d'une terrasse. J'ai accès à une salle de sport et à la piscine de l'hôtel sans restriction, même s'il y a ce qu'il faut niveau entraînement à l'écurie, et la plage n'est qu'à quelques pas. C'est le plus simple.

La seule chose sur laquelle j'ai fait une exception est l'achat d'une voiture. Après plusieurs années sur le circuit, et donc un salaire plus que confortable, grâce à de belles victoires et la signature de plusieurs contrats publicitaires, j'ai accumulé une jolie fortune et, quand une superbe opportunité s'est présentée à moi, j'ai sauté dessus. Je suis donc depuis quelques mois le propriétaire d'une magnifique Bugatti Veyron, noir mat, avec le bas de caisse et les jantes turquoise. Une folie, pure et simple, mais tellement jouissive. Elle est définitivement ce que j'ai de plus cher. Aussi bien d'un point de vue financier que d'un point de vue bien plus personnel, mais ça, personne ne le sait.

– Je me suis demandé à qui elle était en arrivant.

Je me retourne vers Hope qui s'est arrêtée un peu plus loin. Elle semble hésiter, puis elle finit par s'avancer vers moi. Je suis son regard qui caresse la voiture.

– Quelle définition ?

– 16.4 Grand Sport Vitesse.

Elle siffle, impressionnée par ce qui se trouve sous ses yeux. Bien entendu, les voitures de NASCAR sont de petits bolides hyper nerveux et très puissants, et on roule à des vitesses folles, mais la Veyron n'a rien à voir.

En temps normal, personne ne s'approche de ma voiture, personne n'ose poser les mains sur elle, mais Hope ne se gêne pas, et putain ! Je ne dis rien, je la laisse faire alors qu'elle la caresse maintenant du bout des doigts. C'est tellement sensuel, presque érotique. Je suis fasciné en la regardant agir et en l'entendant réciter la fiche technique de la voiture.

– Châssis monocoque en carbone, habillage entièrement composé de fibres de carbone, moteur de 7 993 cm^3, développant au minimum 1 001 chevaux DIN, pour un poids de 1 990 kg. Boîte de vitesses à sept rapports à double embrayage avec mode séquentiel, puissance de sortie de 882 kW à 6 400 tours/minute. 0 à 62 mph[5] en 2,6 secondes.

5. Miles per hour. 62 mph = 100 km/h environ.

Je déglutis connement, alors qu'elle s'arrête face à moi en lâchant la carrosserie. Est-ce que je suis en train d'avoir une érection parce qu'elle me parle mécanique? Une fois de plus? Oui! Bordel de merde! Qu'est-ce qu'elle me fait?

– À combien es-tu monté avec?

– Au maximum. Je ne fais pas les choses à moitié.

– Tu as atteint les quatre cent dix kilomètres par heure? s'étonne-t-elle en levant un sourcil.

La Veyron étant un bijou français, j'apprécie qu'elle parle d'une manière si juste, en kilomètres heure et pas à l'américaine, en miles.

– Oui, sur la piste de Daytona. Je l'ai louée rien que pour moi, tout un après-midi.

Putain, quand je repense à ce moment, c'était exceptionnel, inoubliable.

– Qu'est-ce que ça fait?

– C'est bandant, jouissif, réponds-je honnêtement. Je ne pourrais trouver meilleur vocabulaire.

Elle me lance un petit sourire avant de croquer dans sa lèvre. Oui, il est possible que je sorte cette expression assez souvent. Je suis pilote automobile, et je suis désolé, mais oui, la vitesse et l'adrénaline qui coulent dans mes veines, je trouve ça bandant. C'est électrisant, je ne me sens jamais plus vivant que derrière un volant.

– Est-ce que tu as déjà laissé quelqu'un d'autre la conduire?

Je pars dans un petit ricanement sec, pourtant elle a l'air très sérieuse. Je ne sais pas si elle essaie, d'une manière détournée, d'apprendre si elle pourra monter dedans un jour, mais elle va vite redescendre sur terre.

– Je ne fais pas suffisamment confiance à qui que ce soit pour ça.

– Je vois.

– Hope! l'interpelle Dwight plus loin. Je suis prêt!

– J'arrive !

– Pourquoi ton frère te promène comme un petit chien ?

Je ne voulais pas être blessant, mais je me rends compte que c'est ce que laisse penser le ton que j'ai employé. Elle recule d'un pas et darde un regard noir sur moi.

– Je n'ai pas encore de voiture et pas de chez-moi non plus, alors Dwight est mon chauffeur et mon hébergeur aussi. Au revoir, Troy.

Je ne réponds pas et la laisse rejoindre son frère. Bien entendu, je ne me gêne pas pour mater son cul. Personne ne me voit faire, alors pourquoi je ne le ferais pas ?

6

Hope

– Tu es sûre de vouloir rester?

Je relâche mon bâton de rouge à lèvres sur la coiffeuse et pivote vers mon frère. Il se tient, bras croisés sur le torse, appuyé contre l'ouverture de la porte de ma chambre.

– Pourquoi essaies-tu de me faire quitter la maison? Se passe-t-il des choses illégales à tes soirées?

– Bien sûr que non! s'exclame-t-il en entrant dans la pièce.

– Si tu as peur que je te découvre aux bras de plusieurs filles, ça m'est égal, le rassuré-je alors qu'il s'assied sur le lit. Je suis ta sœur, je te connais, je sais bien ce qu'il en est. Et je…

Je me tais, incapable de poursuivre. Il fait une grimace en détournant le regard.

– C'est juste que je ne veux pas que tu croies que je suis comme lui. Danilo n'est qu'un connard, pour t'avoir fait souffrir, s'être joué de toi.

– Tu n'es pas Danilo, Dwight, je le sais très bien, ne t'en fais pas. Tu n'es engagé auprès de personne, tu as le droit de coucher avec qui tu veux, du moment que c'est clair dès le départ et que tu ne laisses rien miroiter à la fille. Tu profites, je ne vais pas t'en empêcher. Je sais très bien qu'un jour tu rencontreras la bonne, et tout sera différent.

– Tu aurais dû être cette personne pour lui, je ne comprends pas.

– Il n'y a rien à comprendre. Je ne lui suffisais pas, c'est tout.

J'attrape mes créoles et termine de me préparer. Je me lève de la chaise et vais m'installer à côté de lui, si fort, toujours présent pour moi. Il prend une de mes mains dans la sienne, et je pose la tête sur son épaule.

– Si je le vois un jour, je lui démonte la tronche.

Je me mets à rire doucement. Quand je lui ai appris ce qui s'était passé, j'ai dû batailler pour l'empêcher de prendre le premier avion et venir me rejoindre en Italie. Le planning des courses ne pouvant être bouleversé, j'ai eu gain de cause, mais je ne doute pas une seule seconde qu'il le fera si l'occasion se présente à lui. Dwight a toujours été très protecteur avec moi, surtout depuis la disparition de nos parents. J'aime ça, je n'ai absolument aucun problème avec ce trait de personnalité. Je ne suis donc pas sûre que je l'en empêcherais, si cela se produisait. Mais entre nous, les chances sont très minces. Je doute sérieusement que Danilo soit prêt à traverser l'Atlantique pour venir me trouver et tenter quoi que ce soit. Il l'aurait déjà fait sinon.

– Ça n'arrivera pas, parce que je suis ici et qu'il est resté là-bas.

Je n'ai même pas envie de repenser à mon départ d'Europe. C'était assez tendu, il a tout fait pour tenter de me convaincre de rester, qu'il allait changer, qu'il m'aimait. Mais parfois, il faut savoir dire stop. J'estime mériter un certain respect, et en couchant à droite et à gauche alors qu'on était censés être un couple, il ne m'en montrait aucun. Il a joué, il a perdu, c'est aussi simple que ça. Le hasard a fait que j'ai découvert ses tromperies, sinon, je serais peut-être encore là-bas, dans la même relation, mais sans le savoir. Cela me donne des frissons rien que d'y penser. Quelle horreur! Combien de femmes vivent ça?

– Je t'aime. Je suis tellement heureux que tu sois là.

– Moi aussi, Dwight.

J'embrasse sa joue imberbe et lui souris tendrement.

– Je te laisse terminer de te préparer. Tes copines seront là? me demande-t-il, taquin.

– Tu penses bien!

Il rit doucement avant de sortir. Je ne le lui ai pas rappelé, mais Dwight sait que mes amies proches sont hors de portée. Je refuse qu'il couche avec l'une d'entre elles, même si elles ne disent pas non, parce qu'après cela risque de mettre à mal nos relations, et il est hors de question que je gère ça.

J'enfile mes sandales à talons aiguilles couleur chair dont le dessus se compose de deux brides entrelacées, fermées sur la cheville, et jette un œil à mon allure à travers le miroir sur pied de la chambre. J'ai choisi une jupe en cuir noire qui m'arrive mi-cuisse, et dont le bas est en dentelle asymétrique, et un débardeur blanc, dont les manches et le décolleté sont décorés de dentelle pour faire un rappel au bas. Simple mais efficace.

J'aime ne pas faire attention à moi au boulot et faire un effort quand je sors. Je ne dirais pas que cela donne deux personnes différentes, cela montre simplement deux aspects de ma personnalité.

Une fois prête, je rejoins mon frère dans la cuisine et l'aide à finir de sortir tout le nécessaire pour la soirée : boissons alcoolisées et jus de fruits, chips et autres choses à grignoter. Je sais bien que s'il n'y avait que lui, il mettrait tout en bazar sur l'îlot central et laisserait les invités faire à leur guise, mais je lui prends tout des mains et dispose la nourriture dans des bols et saladiers.

– Tu te donnes bien du mal.

– Préparer les choses correctement, Dwight, ne signifie pas se donner du mal. Tu comptais laisser les gens ouvrir eux-mêmes les paquets de chips?!

– C'est pas bien compliqué!

– Tu es désespérant.

– Mais non ! Tu fais ça si bien.

– Attention à toi. Un accident de voiture est vite arrivé.

– Jamais tu ne ferais ça, affirme-t-il alors qu'on sonne à la porte.

Je termine de vider les différentes sauces, guacamole, salsa, fromage, piment, dans des ramequins et les pose à côté des Doritos. En regardant tout ce que Dwight a acheté, je me dis que cela manque sérieusement de légumes, mais bon, il est trop tard pour arranger ça.

Je vais saluer les quelques personnes arrivées. J'accueille avec un grand plaisir mes meilleures amies. Je ne vais pas vraiment me retrouver parmi des inconnus, certains sont mes nouveaux collègues, mais cela fait trop peu de temps que je travaille dans l'équipe pour réellement avoir déjà créé des liens.

– Tu es trop belle ! me dit Matilda en souriant.

– Toi aussi, assuré-je en avisant sa petite robe rouge.

Cette jolie blonde est une fana de mode, et elle en a d'ailleurs fait son métier. Elle tient une boutique de vêtements pour femmes, hyper branchée, sur le front de mer. Elle connaît un succès florissant.

– Je suis trop contente d'être ici ! s'exclame Lucy, les yeux rivés sur Dwight, un peu plus loin.

– Lucy, soupiré-je. N'y pense même pas !

– J'ai le droit de me rincer l'œil, non ? Il est canon.

– Je suis sûre que tu peux trouver ton bonheur dans ses amis, mais pas touche à mon frère !

– OK ! OK !

Je secoue la tête. Je ne veux pas l'embêter, simplement la protéger. Cette sublime brune aux cheveux très longs est beaucoup trop bien pour mon frère. Enfin, si je voulais voir Dwight avec quelqu'un, cela pourrait être Lucy, elle est sérieuse, intelligente et gentille, mais je ne suis pas sûre que mon frère soit prêt.

– Moi, je laisse Dwight tranquille, affirme Audrey. Mais si je pouvais ne pas rentrer toute seule, ça serait top !

Depuis que son petit ami l'a quittée, elle enchaîne les liaisons sans lendemain. Elle nous dit constamment qu'elle va bien, mais je suis persuadée du contraire. Trois ans qu'ils étaient ensemble, on y laisse forcément des plumes. Je suis bien placée pour le savoir. J'espère que ce n'est qu'une passade et que ma jolie Audrey trouvera quelqu'un digne de sa folie et de son exubérance.

Nous prenons chacune un verre et rejoignons un petit groupe installé dans un coin du salon face à la terrasse. Je fais immédiatement les présentations.

– Lucy, Audrey, Matilda, je vous présente Dylan, Isaac et Kevin.

Dylan et Kevin travaillent sur la voiture de Dwight, respectivement en tant que spécialiste freinage injection et *jackman*[1], tandis qu'Isaac s'occupe des amortisseurs sur le véhicule de Troy.

– Enchanté, dit ce dernier en souriant.

Je suis immédiatement rassurée de voir le courant passer. Le sourire de mes amies me fait chaud au cœur. Je suis si heureuse de pouvoir mélanger mes deux vies.

Mon regard est attiré par la porte d'entrée qui s'ouvre sur Mario et Troy. Je ne savais pas qu'il serait de la partie. J'avais plutôt compris qu'il ne se mêlait pas trop aux autres. Et c'est plus fort que moi, mes yeux ne le quittent pas. Je l'observe saluer chaleureusement les invités et souris en assistant à la poignée de main entre Dwight et lui. Je remarque immédiatement la surprise de mon frère. Lui non plus ne s'attendait visiblement pas à sa présence.

Fidèle à lui-même, Troy porte un jean qui, une fois de plus, lui fait des fesses d'enfer. Son tee-shirt tout simple bleu marine moule à la perfection son torse, qui me met l'eau à la bouche.

1. Personnel chargé de lever la voiture à l'aide d'un cric lors du changement de pneus, tout en s'assurant de la sécurité alentour.

Il a accepté un verre de bière ; son biceps se contracte chaque fois qu'il le porte à sa bouche. Il darde le bout de sa langue pour aller lécher une trace de mousse sur ses lèvres, et je suis fascinée.

Non, mais qu'est-ce qu'il me prend ?!

– Je peux savoir qui tu mates comme ça ? demande Matilda avec intérêt.

– Personne, mens-je en plongeant dans mon verre.

– Qui est-ce ? m'interroge-t-elle en désignant Troy, absolument pas convaincue par mon mensonge.

– Un des pilotes de mon oncle.

– Tu veux donc dire un de tes collègues ?

– Hum, hum.

– Et quand comptais-tu me parler de ce superbe spécimen ?

– Je sais pas, maintenant ?

– Hope.

– Quoi ? C'est un pilote, il est du même acabit que Dwight ou Danilo.

– Ouais.

Elle n'est pas dupe, je le vois bien.

– Je ne savais pas qu'il fallait que je fournisse une fiche détaillée de tout le personnel masculin avec qui je travaille désormais.

– Eh bien, cela pourrait être sympa, si ! Non, mais tu as vu les spécimens ici présents ? Quelle chanceuse !

Je pars dans un éclat de rire, peu gracieux malheureusement. Le résultat ne se fait pas attendre. Tout le monde tourne la tête vers moi, et je me mets à rougir immédiatement, honteuse. Je déteste mon rire. Fut un temps, je refusais carrément de rire. Je passais pour une personne froide, qui faisait tout le temps la gueule. Alors j'ai appris à lâcher un peu de lest. Parfois, si je me concentre suffisamment, je parviens à le contrôler, et du coup, ce n'est pas si terrible que ça. Mais là, maintenant ? C'est moi. Le vrai moi. Le truc moche. J'ai beau avoir quitté les bancs de l'école depuis un moment, les réactions sont toujours les mêmes, et je n'aime pas ça.

Mes amies me sourient avec compassion. Elles ont l'habitude depuis le temps, mais quand même, je n'aime pas me retrouver dans cette situation. Je ne sais pas comment je pourrais définir ce qui sort de ma bouche dans un moment hilarant, un croisement entre un grognement de cochon et un reniflement peu élégant. En fait, le plus opposé à la sexy attitude, c'est tout.

Je capte le regard de deux, trois filles invitées qui me dévisagent avec une grimace de dégoût. Bien sûr, des nanas parfaites comme elles ont le *packing* impeccable qui va avec. Eh bien, moi, non.

Après un blanc de quelques secondes, provoqué par mon éclat, les discussions reprennent. Je ne suis plus d'humeur à parler, alors je laisse les autres faire la conversation. Je me dirige vers la cuisine pour refaire le plein après avoir terminé mon verre. Je croise le regard de Troy. Il est puissant, hypnotique, captivant. Il me scrute, et je suis un peu perturbée.

Je détourne les yeux et me ressers un mojito. La fraîcheur de la menthe m'arrache un frisson, juste ce qu'il me fallait alors que j'ai l'impression de m'embraser sous le regard de Troy.

Comment peut-il être à la fois si désagréable, comme au circuit, et pourtant avoir ce pouvoir sur moi, simplement en me regardant?

– *Ciao, bella.*[2]

Je sursaute alors que Valentino apparaît à mes côtés. Son sourire est lumineux et ses yeux, rieurs. Et mon Dieu, cette voix! J'ai baigné pendant plusieurs années dans l'italien et jamais je ne me suis lassée de cette langue. J'adore.

– *Sei bellissima*[3], me complimente-t-il, charmeur, avant de déposer un baiser sur ma joue.

---

2. Salut, beauté.
3. Tu es magnifique.

– *Grazie mille.*[4]

Je lui retourne un grand sourire. Si je ne devais choisir qu'une seule qualité pour définir Tino, ce serait la bonne humeur. Il est toujours souriant, avenant, prévenant. Il est italien, complètement, totalement. Je reconnais beaucoup de Danilo en lui. Ils se ressemblent même un peu physiquement. Brun ténébreux aux yeux chocolat chaleureux. Mais il y a quelque chose de différent chez mon nouveau collègue. Je ne saurais l'expliquer clairement, je le sens, c'est tout.

– Tu passes une bonne soirée? s'enquiert-il.

– Oui. Je ne t'ai pas vu arriver. Ça fait longtemps que tu es là?

– Non, j'arrive juste, explique-t-il.

– Je te sers quelque chose à boire? lui proposé-je.

– Je vais aller prendre une bière, ne t'en fais pas pour moi, dit-il avec un clin d'œil. Mais je vais saluer ton frère avant.

Il dépose un nouveau baiser sur ma joue avant de me laisser. En tant qu'Américaine, le baiser sur la joue, je n'y étais pas habituée, et je me suis rendu compte qu'en Europe, c'était plus naturel, facile. J'ai dû me mettre dans l'ambiance, alors cela ne me choque plus. À l'inverse, les *hugs* si typiquement américains ne passent pas très bien de l'autre côté de l'Atlantique, c'est trop familier.

Je regarde Valentino rejoindre le petit groupe de Dwight et les observe avec tendresse. Je suis si heureuse que mon frère se soit construit un cocon amical solide. Cela fait vraiment plaisir à voir. Prendre la décision de partir pour rejoindre l'Italie n'a pas été facile. Abandonner ma famille, mon univers à moi, c'était dur. J'avais un peu peur que Dwight le prenne mal, je ne voulais pas qu'il pense que je le fuyais, lui. En fin de compte, on s'est épanouis tous les deux, moi, dans la mécanique, et lui, sur la piste. Les retrouvailles n'en ont été que meilleures, et depuis, on

4. Merci beaucoup.

savoure la présence de l'autre, plus proches que jamais après plusieurs années séparés.

En possession d'un nouveau verre, je rejoins mes amies, et Valentino vient rapidement se mêler à nous. Il a le contact si facile. Je n'ai pas l'impression que cela ne fait que quelques jours que l'on se connaît. Nous avions déjà été présentés lors de l'un de mes voyages, il y a deux ans peut-être, mais rien à voir avec maintenant. Je devine à leurs sourires béats et à leurs gloussements que mes amies sont sous le charme. Il faut dire que Tino agit comme le vrai Italien qu'il est : il est séducteur, il flirte naturellement, nous fait énormément de compliments. Son attitude ne me choque pas, j'y suis habituée après plusieurs années passées en Italie. Et je sais du peu que je le connais qu'il ne dépassera jamais la limite acceptable, il se montrera toujours respectueux. Je cherche du regard Dwight, mais il est occupé ailleurs, en pleine discussion avec une blonde plantureuse. Je croise celui de Troy qui ne semble pas content. Je hausse un sourcil, l'interrogeant silencieusement. Pour toute réponse, il finit cul sec son verre et va se resservir.

Je laisse Audrey en compagnie de Valentino parce qu'il est grand temps pour moi de passer aux toilettes. Deux verres, et c'est mon signal. Je me dirige vers ceux du rez-de-chaussée, après la cuisine ouverte. Une fois que j'ai terminé, je vais me laver les mains dans la salle de bains attenante. En sortant, je tombe sur Troy qui m'attend, appuyé contre le mur du couloir. Je sursaute. Décidément, est-ce que cela va devenir une habitude? Se croiser dans le couloir à la sortie des toilettes?

Son regard me sonde avec intérêt et envie, provoquant une réaction que j'ai du mal à réfréner, à contrôler, les papillons qui prennent leur envol et les souvenirs de notre baiser qui affluent dans mon esprit ravivant le désir que j'ai éprouvé contre lui. En sera-t-il toujours ainsi ? Je m'en veux qu'il ait ce pouvoir sur moi. Je ne comprends pas d'où ça vient.

– Ça va ? demandé-je alors qu'il reste silencieux.

J'ai l'impression qu'il veut me dire quelque chose, mais qu'il se retient.

Il passe une main dans ses cheveux, soupire et tourne la tête vers la sortie du couloir. On entend les rires des invités et la musique en fond sonore. Je sens une tension presque palpable s'emparer de lui. Je me demande pourquoi il est venu à moi. Que me veut-il ?

– Pourquoi tu fais ça ? demande-t-il enfin.

– De quoi tu parles ?

– Cette façon que tu as de te cacher, je n'aime pas ça. Tu sembles être une femme sûre d'elle et confiante.

Je fronce les sourcils, ne voyant pas de quoi il parle.

– J'ai vu ta réaction quand tu as ri. Et j'ai vu que tu t'en empêchais par la suite.

– Je te signale que tu as réagi pareil que les autres la première fois, ta copine, la blonde, a « adoré » aussi. Je suis jugée sur mon rire depuis toujours.

– C'est ridicule.

– Peut-être, mais c'est comme ça. Tu dois bien admettre que ce n'est pas sexy.

– Je n'utilise pas le rire d'une femme pour déterminer si je la trouve sexy ou pas. Et crois-moi, tu as largement ce qu'il faut pour que ton rire passe inaperçu.

Je jauge un instant ses propos. Pourquoi essaie-t-il de me rassurer ? Comme je reste silencieuse, je m'attends à ce qu'il me laisse, mais au lieu de ça, il s'avance vers moi, attrape mon bras et m'entraîne à l'abri des regards éventuels dans le L du couloir, vers la chambre de Dwight.

– Pourquoi tu m'as laissé faire au club ? Pourquoi ?

Encore ça? Apparemment, la courte explication au bar ne lui a pas suffi. Le baiser qu'on a échangé se mettra-t-il constamment entre nous?

– Je...

– Tu savais qui j'étais et tu savais qu'on allait être dans cette situation. Je ne comprends pas. Tu aurais pu m'envoyer paître, tu aurais pu me dire non. Pourquoi tu ne l'as pas fait?

Je sais bien tout ça, j'en suis parfaitement consciente. Il veut une explication, mais je ne suis pas sûre de pouvoir la lui fournir.

– Tu voulais t'amuser?

– Non, Troy. Vraiment pas. Je... Tu m'as prise de court, et je...

– Tu en avais envie?

La faible lumière m'aide à camoufler en partie mon rougissement. *Évidemment que j'en avais envie, c'est Troy!*

– Douterais-tu de ton sex-appeal? demandé-je en tentant l'humour.

– Jamais, affirme-t-il en esquissant un sourire.

Il avance d'un pas. Mon dos touche le mur, et il n'y a plus que quelques centimètres entre nous. Je sens son souffle alcoolisé sur mon visage, la caresse de son regard, la chaleur de son corps près du mien. Peut-il voir les frissons qui s'emparent de ma peau? Remarquer que mon pouls s'emballe légèrement? Que ma respiration se suspend presque, attendant de voir ce qu'il veut, ce qu'il va faire?

– Dis-moi pourquoi.

– Pourquoi insistes-tu autant? Qu'est-ce que ça va changer?

– Je veux te l'entendre dire.

– Troy... soupiré-je.

– Hope.

Son ton est exigeant et sa présence, dominatrice. Je ne suis pas petite comme nana, mais il me surplombe tout de même, en taille, en carrure. Je me sentirais presque minuscule, tellement il est imposant.

– J'en avais envie, avoué-je tout bas.

Son regard se fait maintenant incandescent, comme si mon aveu allumait quelque chose en lui.

– Je sais ce que tu as dit, mais je n'y arrive pas. Je ne peux pas oublier le goût de tes lèvres sur les miennes.

Il passe un pouce dessus tout en parlant, ses autres doigts s'accrochant à ma nuque. Je déglutis en fixant sa bouche. Moi non plus, je n'arrive pas à oublier, mais c'est pourtant ce que nous devons faire. C'est le mieux.

– On ne peut pas faire ça, Troy. On travaille ensemble, mon oncle est ton patron, c'est interdit, et tu es *toi*.

– C'est censé vouloir dire quoi ? demande-t-il en haussant un sourcil.

– Je sais quel genre d'homme tu es. Valentino, Dwight et toi êtes à mettre dans le même panier.

Il ne semble ni vexé ni choqué par mon analyse.

– Tu ne me connais pas, Hope.

– Tu oublies que je t'ai vu draguer une blonde fascinée par les arbres à chat, et que quelques minutes plus tard, tu m'embrassais, *moi*.

– Touché. Mais pas coulé. Je réitère ce que j'ai dit, tu ne me connais pas.

– Cela ne change rien aux faits, Troy. Je suis sincèrement désolée de ce baiser. Je n'aurais jamais dû. Tu as raison, c'est de ma faute.

– Je n'ai jamais dit que c'était de ta faute, et je refuse que tu t'excuses pour ça. Je t'en voulais, parce que tu savais qui j'étais, et moi, non. Mais finalement, je suis content de ne pas avoir su, parce que sinon je ne t'aurais jamais goûtée. Le problème est que j'ai envie de recommencer.

– Troy… On ne peut pas faire ça.

– Je sais.

Ses yeux ne lâchent pas ma bouche. Impulsivement, mes hanches se tendent vers lui à la recherche d'un contact. Son torse frôle ma poitrine, et nos respirations s'accélèrent. Je n'arrive pas à croire que je suis chez mon frère, cachée dans le couloir, à deux doigts de faire je ne sais quoi avec Troy. On ne devrait pas, mais je sens que c'est sur le point de déraper. Je pourrais me dérober de son emprise, mais il a capté toute mon attention, et je suis incapable de prendre la fuite.

– Tu es tellement loin de cette fille du club. Tu n'imagines pas à quel point.

– Troy…

À croire que je ne sais dire que ça ! Je suis pourtant capable de repartie, je l'ai montré.

– J'aime ça, ces deux facettes de toi. Tellement. Cela m'attire encore plus, et j'ai pour habitude d'obtenir ce que je désire.

– Je ne suis pas un prix qu'on remporte après une course ! m'insurgé-je.

– Oh, je sais, crois-moi, j'en suis tout à fait conscient.

– À quoi tu joues, Troy ?

– À rien. Je te montre ce que je veux. Tout simplement.

– Tu ne peux pas m'avoir.

– À cause de tout ce que tu as énuméré tout à l'heure ?

Il doit bien être conscient de ce qui se joue, non ? Pourtant, c'est comme s'il s'en moquait. Non. C'est plutôt comme si cela lui passait au-dessus, il est sans doute ce genre de personnes qui foncent, sans réfléchir, qui écoutent leurs envies et désirs avant tout le reste.

Son pouce passe sur ma pommette avant de revenir à ma bouche. Ma langue pointe entre mes lèvres, touchant la pulpe de son doigt, et il avance sa tête vers moi. Ma respiration se suspend. Je ne devrais pas, pourtant je ne l'en empêche pas. Je n'ai qu'une envie : goûter à nouveau à lui, m'envoler contre son corps et sa chaleur.

Un gémissement m'échappe à l'instant même où ses lèvres se posent sur les miennes. Enfin. Je ne résiste pas à l'envie de passer mes bras autour de son cou et ainsi presser nos corps un peu plus l'un contre l'autre. Il approfondit aussitôt notre baiser. Sur la pointe des pieds, je me mets à sa hauteur et me laisse emporter. Il me dévore littéralement. Il grogne alors qu'une de ses mains pétrit mes fesses. J'ai envie de plus. Cela fait un moment qu'aucun homme ne m'a touchée. Et je suis persuadée que Troy saurait parfaitement y faire.

Sa langue me donne le tournis, elle danse avec la mienne si habilement, si sensuellement. Il joue avec tout ce qu'il peut : ses mains, son corps, sa chaleur, son poids, son odeur. Il me fait perdre la tête. Si j'étais faible, je pourrais le laisser faire tout ce qu'il veut de moi. Mais je ne suis pas du genre à coucher pour coucher. J'ai besoin de plus, j'ai besoin de tout, et je sais qu'il n'offre pas tout ça. Je le sais, et il ne s'en cache pas. Alors, au bout d'un moment, comme si je reprenais conscience, je le repousse et mets fin à notre baiser.

Nos respirations sont essoufflées, nos bouches, rougies après notre étreinte, et nos yeux, brillants. Le désir et l'envie sont palpables entre nous alors qu'on s'affronte prunelle contre prunelle.

– On ne peut pas faire ça, Troy. On ne doit pas faire ça.

Il reste silencieux alors que je donne l'impression de qualifier ce qui vient de se passer entre nous d'erreur. Une nouvelle fois.

– Je suis désolée.

Je me détache du mur, l'obligeant à reculer légèrement. J'ai à peine fait un pas, arrivant à l'angle du couloir, quand sa voix me prévient :

– Je risque de devenir désagréable, Hope.

Je l'en sais parfaitement capable, j'en ai déjà eu un aperçu. C'est sans doute la seule façon qu'il connaisse pour exprimer son mécontentement et sa déception. Je m'adapterai, mais je ne me laisserai pas faire pour autant. Je lui jette un dernier regard, espérant qu'il puisse y lire les regrets qui m'habitent, mais tout ce que je vois, moi, c'est sa détermination et sa frustration.

7

Troy

Je gare ma voiture à l'emplacement réservé au personnel et aux coureurs. Je coupe le moteur et ferme les yeux avant de prendre une profonde inspiration.

La saison est sur le point de débuter avec cette première course Daytona 500, ici même à Daytona Beach, et je prends quelques instants pour moi. Un peu plus d'une semaine s'est écoulée depuis la petite fête chez Dwight. Les deux précédentes courses hors compétition ont été un entraînement sur cette même piste. Je suis un peu déçu du score réalisé, septième et cinquième, mais l'objectif était de me qualifier pour aujourd'hui et la saison à venir, alors je me dois d'être content de faire partie des quarante pilotes sélectionnés.

J'ouvre la boîte à gants et sors le cliché que je contemple avant chaque compétition. Le seul que je garde précieusement. Ma mère me l'a donné quand j'ai commencé à piloter et, surtout, quand cette passion est également devenue mon métier. Elle m'a dit que cette petite photo, cet instant volé d'un moment heureux, me porterait chance. Jusqu'à maintenant, je suis plutôt d'accord. Même si tout ne se passe pas toujours aussi bien que je le souhaiterais, le principal est de sortir indemne de chaque tour et de savourer la vie.

Après une nouvelle inspiration, je quitte mon véhicule pour rejoindre mon écurie et mon stand. Je passe d'abord par les vestiaires pour enfiler une tenue réglementaire et flâne un peu. Je suis arrivé largement en avance, je peux me le permettre.

J'aime prendre quelques minutes pour me balader, m'imprégner de l'ambiance. Le brouhaha du public qui s'installe dans les gradins, ici, pas moins de cent mille une places assises. Le bruit des outils qui gonflent, dévissent et vissent, ajustent, règlent. L'odeur des pneumatiques, de l'essence, de l'huile.

Je suis accosté par plusieurs fans à qui je signe avec plaisir des autographes et pose pour des selfies. Je serre quelques mains, la plupart à des officiels. Je m'arrête alors que, devant moi, se profile une silhouette que j'aurais préféré éviter de croiser avant le début de la course.

– Eh! Eh! Mais qui voilà qui parade?!

Richard Adams, voiture numéro 78, s'avance vers moi, avec son sourire arrogant et ses dents plus blanches qu'une pub pour dentifrice. Je me demande s'il n'a pas signé un contrat pour une marque, d'ailleurs. Ceci expliquerait cela. Moi, je signe pour une marque de bagnole, et lui récolte le dentifrice, on ne peut pas gagner à tous les coups. Cette constatation fait du bien à mon ego. Ça, et de penser à son surnom, Dick[1]. Le pauvre, ses parents n'ont vraiment pas réfléchi.

– Prêt à t'incliner devant meilleur que toi?

– Ne commence pas à me chercher, Adams.

– Je fais juste un petit point avec toi. J'ai tellement hâte de t'admirer depuis mon rétro.

Je le trouve bien arrogant alors que j'ai fait de meilleurs résultats que lui sur les deux précédentes courses. Mais il peut se vanter autant qu'il veut, je sais que je suis meilleur que lui.

1. Diminutif de Richard, signifie « queue » en anglais.

– Tu devrais te méfier pourtant. Ne sais-tu pas que je suis le spécialiste de l'*aeropush* ? Hein, Dicky ?

Il grogne tout en grimaçant avant de passer rageusement une main dans ses cheveux gominés. Il sait parfaitement de quoi je parle puisqu'il en a fait les frais l'année dernière. Cette technique de l'*aeropush*, dite aussi d'aspiration latérale, consiste à se positionner sur le côté et ainsi dévier l'air qui arrive en face sur l'arrière de la voiture concurrente. De cette manière, on augmente son *drag*[2], et donc, on la ralentit. J'adore ; et je suis très doué à ça. Aussi, j'en use et en abuse allègrement, et parfois, il y a de la casse, mais ce sont les risques du métier.

– C'est ça, fais le malin, on verra bien ce qu'il en est sur la piste.

Je ne prends même pas la peine d'ajouter quoi que ce soit, ce type n'en vaut pas le coup. Je l'abandonne et rejoins mon équipe pour les choses sérieuses.

– Eh bien ! Je me demandais quand tu allais montrer ta tronche ! m'accueille Mario.

– Je suis, moi aussi, content de te voir, ironisé-je.

– Tu crois que j'ai du temps à perdre en embrassades et formalités de politesse ?

– Tu as raison, dire bonjour, c'est surfait.

– Bonjour, Troy, tu vas bien ? Tu as bien dormi ? Tu es prêt ? déblatère-t-il d'une voix moqueuse.

– Arrête de faire le con, tu veux ?

– Va voir Warren plutôt, il veut faire le point avec toi. Jeffrey t'attend.

– Je ne suis pas en retard, m'énervé-je alors qu'il fait les gros yeux.

– Peut-être, mais tout le monde est déjà là.

---

2. Ou force de traînée, la traînée étant la résistance exercée par le vent face aux mouvements de la voiture.

Je grogne et rejoins mon chef mécano et mon boss. On se salue et on fait rapidement le point sur la course à venir, les réglages effectués, ceux dont on a parlé après les deux dernières. C'est un avantage certain de débuter la nouvelle saison sur cette piste en particulier. Je m'y sens à l'aise et donc plus confiant. Cela ne veut pas dire que j'y vais tête baissée. « Concentration » est toujours le maître mot. Toujours.

Une fois assuré que tout est OK, je rejoins ma voiture, de l'autre côté de la *pit line*[3]. Les trois stands de JW Motorsport sont côte à côte, et par-delà le mur de sécurité, nous avons chacun notre *pit box*[4]. Avant chaque course, toutes les voitures sont examinées par un officiel pour s'assurer qu'elles respectent les normes et les minimums exigés par le règlement. Elles sont mesurées, pesées, presque disséquées.

Je découvre les nouveaux vinyles qui décorent ma voiture, la numéro 32. Ils varient en fonction des sponsors. Peu m'importe la couleur en réalité, tout ce qui compte pour moi, c'est ce que cache le capot. En levant les yeux au-delà du toit, mon regard tombe sur Hope qui est en train de faire le point avec Bruce, le chef mécano de Dwight. Elle est sérieuse et appliquée, concentrée et motivée. Elle m'attire toujours, un peu plus chaque jour. Son assurance, son intelligence, sa beauté, sa repartie.

Je n'arrivais déjà pas à m'ôter notre premier baiser de la tête, avec le second, c'est pire. Il était encore meilleur, plus long, plus intense, plus enivrant. Elle ne m'en a pas empêché, une nouvelle fois. Elle m'a énuméré tout ce qui nous empêchait d'être ensemble, ma personne étant l'une de ces raisons, et bien que je sois d'accord avec elle, elle m'a laissé faire. Et je ne regrette rien. Je pense qu'elle, oui.

3. Voie de ravitaillement.
4. Délimite la zone d'arrêt de la voiture pour les ravitaillements.

Elle m'a plus ou moins évité depuis une semaine, faisant tout pour se trouver à plus de trois mètres de moi, fuyant mon regard. Cela me dérange, m'énerve. Je pensais ce que je lui ai dit, que je risquais de devenir désagréable, un peu comme je l'ai déjà été à deux reprises en lui parlant sèchement, mais je n'aime pas ce chaud et ce froid qu'elle s'évertue à jouer.

Je capte enfin son regard alors qu'elle termine sa conversation et s'apprête à rejoindre Dwight. Je ne lui laisse pas le temps de s'enfuir et vais à sa rencontre.

– Alors... tu es toujours persuadée que Dwight va l'emporter?

– L'emporter, je ne sais pas, mais il fera tout pour, en tout cas.

– Et mieux que moi, c'est ça? répliqué-je un peu froidement.

C'est plus fort que moi. J'interprète sa réplique comme si elle mettait en doute mon implication dans la course. Mon but est identique au sien, elle ne devrait pas en douter. Je ne suis pas quelqu'un qu'il faut sous-estimer.

– Ne sois pas comme ça, Troy.

– Comment exactement?

– À chercher l'affrontement, ça ne sert à rien.

– Vouloir susciter quelque chose chez l'autre, c'est bien.

– Tout dépend de ce que tu provoques.

– Je peux provoquer tout un tas de choses, Hope. Tu le sais très bien, ajouté-je, un sourire arrogant sur les lèvres.

– Ça ne marchera plus.

Je pars d'un petit éclat de rire. Je ne sais pas si elle essaie de me convaincre ou de se convaincre, mais j'admire la tentative. A-t-elle conscience de la personne à laquelle elle s'adresse?

– Je suis sûr que si.

– Troy, menace-t-elle en fronçant les sourcils.

Elle est mignonne quand elle fait ça.

– Tout va bien? nous interrompt Dwight.

– Très bien. Et toi? Prêt?

– Absolument.

– Bonne chance, mon vieux.

Dwight me lance un regard étonné. C'est vrai que jusqu'à maintenant, je ne me suis jamais montré très encourageant envers mes adversaires, parce que c'est ce qu'il est, bien qu'on soit aussi partenaires, alors il peut être surpris. Je lui donne une tape sur l'épaule et fais un clin d'œil à Hope avant de les laisser.

***

Avant que la course ne débute officiellement, tous les véhicules sont positionnés en ligne le long du paddock. Chaque pilote debout à côté, avec le personnel technique pas loin, se fige, une main sur le cœur, respectueux, alors que l'hymne national retentit dans l'arène d'asphalte. Avant de m'élancer sur la piste, je vérifie toujours une dernière fois que mon harnais de sécurité est bien attaché, même si Mario s'en est assuré, et je contrôle les communications aussi, avec Warren et Andy.

Le lancement est donné par l'entrée de la voiture officielle sur la piste. Derrière elle, les coureurs s'insèrent en double file en respectant leur tour et leur position. Je pars en quatrième rang, huitième position. Je ne suis pas entièrement satisfait, mais cela pourrait être pire. On roule à vitesse réglementaire en suivant le *poleman*[5] jusqu'à ce que tout le monde soit en place. Peu avant l'embranchement vers la *pit line*, la *pace car*[6] amorce sa sortie, et quelques mètres devant nous, le drapeau vert annonçant le début de la course s'agite. Au moment où le pilote en pole position franchit la ligne à damier, les moteurs se mettent à chanter et

5. Personne au volant de la voiture de sécurité, *pace car*.
6. Voiture de sécurité.

l'adrénaline envahit complètement mon corps, me donnant le carburant nécessaire.

Tout au long de la saison, chaque course est souvent financée par un sponsor particulier et le nom de l'épreuve précise le nombre de miles à avaler. Aujourd'hui, il s'agit de la Daytona 500. Chaque pilote essaiera donc de parcourir cinq cents miles pour valider sa participation. Sur une piste de deux miles et demi, cela représente deux cents tours à effectuer.

Je ressens tout : le vent qui s'infiltre à travers l'ouverture, les conseils d'Andy et les remontrances de Warren dans le casque, la moindre vibration, le rugissement des chevaux du moteur. Je grogne pour toute réponse et continue. Je perçois cette passion dévorante qui s'empare de moi, les tremblements de la voiture qui ébranlent mon corps, la force centrifuge qui sollicite mes muscles, alors que le bolide part dans le virage et qu'il faut le maintenir à l'aide du volant vers la gauche, et cette vitesse folle que l'on atteint tous pour gagner des places, ou maintenir la sienne.

Un choc à l'arrière de ma voiture me fait grogner.

– Adams passe à l'offensive, m'avertit Andy.

– Ouais, merci, j'ai vu !

Et senti, surtout ! Quel connard ! Il veut se la jouer à l'aspiration. Je débraye et accélère, reprenant un peu d'avance. J'enrage face à l'attaque de ce salopard. Tout ce qu'il va récolter, c'est la fureur qui coule un peu plus dans mes veines. Je bous littéralement.

– Fais gaffe aux pneus ! m'ordonne Warren.

– Je sais ! Je dois me débarrasser de ce con.

Les tours défilent, et j'ai toujours autant de mal à remonter. Je suis sur ma piste, bordel de merde ! Je devrais être capable de faire mieux que ça ! Il ne faut pas que je me laisse submerger par la peur de l'échec. Je dois rester concentré.

– Pneu arrière gauche ! hurlé-je à Warren avant mon arrêt au stand. Plus de pression.

L'équipe de ravitaillement agit, plus rapide que l'éclair. Darren et Curtis s'occupent de changer mes pneus à l'avant, Elliot et Luck, ceux à l'arrière. Côté droit, puis côté gauche, sous l'œil attentif de Theo, mon *jackman*. Shawn, quant à lui, fait le plein à l'aide d'une grosse bombonne d'essence qui pèse plus de trente-six kilos.

Puis je repars aussi sec, mais pas aussi rapidement que je l'aurais souhaité. Quelque chose ne se passe pas comme je veux. Je grogne et insulte tous les pilotes autour de moi. Je ne suis même pas fichu de terminer la première partie, les cinquante premiers miles, dans les dix premiers. C'est-à-dire que je ne remporte aucun point.

– Calme-toi, Troy, dit Warren en tentant de m'assagir. Rien n'est joué.

– Je sais bien ! Putain ! Encore lui !

Malgré les quarante pilotes engagés pour chaque course, il y a toujours des favoris, ceux qui sont donnés gagnants, ou bien ceux en qui on place beaucoup d'espoir. Dwight, Valentino et moi faisons partie de ceux-là, mais il y en a aussi trois autres, et je ne les porte pas dans mon cœur.

J'ai déjà présenté Richard Adams, Dick pour les intimes, que je trouve antipathique au possible, et il y a aussi Curtis Andrews, voiture 22, et Lewis Mitchell, voiture 6. Bon, pour Mitchell, il y a peut-être encore de l'espoir, ce n'est qu'un gamin, 21 ans. C'est plutôt impressionnant de déjà courir pour les Cup Series à son âge, mais il faut qu'il fasse attention, son attitude parfois hautaine va lui causer des problèmes. Andrews ne peut pas me voir parce que j'ai couché avec sa sœur. Pour ma défense, je ne savais pas qui elle était, elle ne s'est pas présentée à moi de cette manière, je ne pouvais pas le deviner. Reste Adams qui me fait chier, mais d'une force incommensurable, pour une raison obscure. La seule qui me vienne à l'esprit est qu'il se sent menacé, je n'ai pas d'autre explication.

Je tente un passage sur l'extérieur, mais il se rabat brusquement, tant qu'il touche l'avant de ma voiture avec son pare-chocs arrière. Je ne me fais pas trop de souci, c'est monnaie courante, et il y a de quoi rafistoler aux stands en cas de gros bobos, mais cela risque de me faire perdre du temps.

– Fais gaffe ! s'écrie Andy dans mon casque. Sortie après virage. Trois voitures *out*.

Cela signifie donc trois concurrents en moins sur la piste, c'est malheureux, mais c'est toujours ça de pris.

– Accrochage en bout de ligne droite. Au moins trois véhicules.

Un écran de fumée blanche est en train de se dessiner plus loin. Je vais devoir passer au travers, sans certitude aucune de ce qui se trouve de l'autre côté. Parfois, je me dis que je me porterais mieux sans ressentir la peur, mais finalement, j'en ai besoin. Elle me maintient en vie, même si occasionnellement, il faut passer outre.

– Reste à l'extérieur de la piste, me conseille Andy.

Je fais ce qu'il me dit mais choisis de ne pas ralentir. Je ne veux pas prendre le risque de me faire griller des places avant l'entrée de la *pace car*, l'agitation du drapeau jaune, ainsi que les lumières orange le long de la piste, annonçant le temps de neutralisation.

La plus grande crainte pour chacun est qu'un carambolage engendre le *Big One*, c'est-à-dire un accident impliquant un grand nombre de voitures, où plus d'un tiers du plateau peut être décimé. Cela m'est arrivé, et prier Dieu ne sert à rien dans des moments pareils.

Le premier *restart* est sur le point de débuter, et je vois déjà Richard faire un coup de pute, comme à son habitude. Jusqu'à ce que la voiture de sécurité quitte la piste, et tant que le drapeau vert n'est pas agité pour annoncer la reprise, il est formellement interdit de dépasser la *pace car*, ainsi qu'une certaine vitesse. De plus, chaque pilote doit strictement garder la place qu'il occupait avant l'incident, sous peine de sanction. Et Richard est le roi pour feinter et pousser les autres à la faute. J'en ai fait les frais, il n'y a pas si longtemps.

Fin de seconde partie, et j'en suis toujours au même stade. Je stagne en douzième position. Et la frustration me gagne de plus en plus, palpable. Elle me fait enrager, comme si je ressentais un mal de chien, comme une épine dans le pied.

Passage aux stands, je bois rapidement une gorgée avant de repartir. Il nous reste encore la moitié de la distance à parcourir, et je ne le sens pas. Un frisson me traverse l'échine, et j'assiste à une aspiration latérale sur la voiture de Dwight. Adams récupère de la vitesse, mais Dwight ne parvient pas à maintenir le cap. Je le vois partir de travers, à droite, et percuter le mur au pied des gradins. La voiture fait un demi-tour, les trappes situées sur le toit et le capot s'ouvrent et font le job, à savoir casser la portance pour qu'elle ne s'envole pas et aussi la freiner. Le nez complètement pulvérisé, elle entraîne dans sa suite deux autres voitures, qui n'ont pas réussi à l'éviter.

– Le fils de pute ! hurlé-je, en colère.

Dans la réalité, je sais bien que ce n'est pas voulu, mais cela me met hors de moi malgré tout. Bien entendu, il y a des officiels qui surveillent les agissements de chacun d'entre nous, donc si une attaque n'est vraiment pas fair-play, elle est sanctionnée, mais ce n'est pas le cas ici. Cependant, c'est impossible pour Dwight de poursuivre. Je ne peux que constater les dégâts alors que je le dépasse par le centre de la piste.

Nouveau temps de neutralisation. Et je gueule comme un putois dans ma voiture.

– Andy ! Allan est à côté de toi ?

Allan est le *spotter* de Valentino.

– Oui.

– Répète-lui attentivement ce que je vais te dire pour qu'il le communique à Valentino, ordonné-je sèchement. Ce connard d'Adams ne passera pas devant lui !

Je m'en veux d'être aussi directif, ce n'est pas tellement mon genre. Mais là, Richard va en prendre pour son grade ! Valentino est un peu plus en veine que moi, aujourd'hui. Je sais très bien que, même avec une bonne stratégie, je ne parviendrai pas à rattraper mes tours de retard, il ne reste que trop peu de temps. Dans la compétition, il ne faut jamais abandonner, rien n'est joué jusqu'à la dernière seconde, mais je ne me fais pas d'illusions. Alors je choisis de miser sur mon coéquipier pour apporter plus de points à l'écurie. Si je peux lui donner un coup de pouce et couper l'herbe sous le pied de ce trou du cul de Richard, je ne vais pas me gêner. Et je compte bien sur le prochain *restart* pour ça. Je me contrefous de me griller maintenant. Mais mon coéquipier a plus de chances.

– Troy… commence Warren, devinant mes intentions.

– Je sais ce que tu vas dire, mais c'est pas la peine. Je sais ce que je fais. Je privilégie l'équipe.

– Non, tu fais ta tête de con à cause d'un con, analyse-t-il avec brio.

– Peut-être. Mais toi-même, tu l'as dit, rien n'est joué.

Il soupire mais n'insiste pas. De toute manière, je suis au volant, je décide de la stratégie à jouer. Je bous tellement, je ne peux pas rester inactif. Ce connard l'a cherché, il va me trouver. Une fois la *pace car* dégagée, je colle au train de Richard. Pare-chocs contre pare-chocs, je me laisse aspirer par le trou d'air créé à l'arrière de sa voiture, augmentant ainsi ma vitesse.

– Prends mon *draft* dans ton cul ! lui asséné-je.

Il me salue d'un doigt d'honneur dans le rétro. Je sais qu'il prend aussi de la vitesse, c'est l'inconvénient de cette technique, mais j'y gagnerai en dépassement quand je l'aurai choisi, et je consomme aussi moins de carburant que lui.

– Dis à Allan que c'est maintenant ! crié-je en me déportant brusquement sur le côté.

Richard n'a pas d'autre solution que de freiner alors que l'*aeropush* fait trembler le cul de sa bagnole, la présence d'une voiture devant lui l'empêchant d'accélérer pour se débarrasser de moi. J'ai plus de vitesse que lui, et je peux donc le ralentir afin de favoriser Valentino qui déboule à ma gauche. Mon cœur tambourine dans ma poitrine, à tel point que, parfois, j'ai l'impression qu'il va exploser. J'ai chaud, des gouttes de sueur perlent sur mon front en réponse à l'adrénaline qui déferle en moi.

Deux tours plus tard, je fais un passage aux stands, me prends une petite remontrance de la part de Warren et repars. Seulement, je ne parviens pas à remonter. Je suis de nouveau ralenti par une sortie de route qui élimine cinq voitures. Le drapeau blanc s'agite, annonçant le dernier tour. La fureur coule dans mes veines alors que je franchis la ligne d'arrivée et qu'Andy m'annonce ma place, derrière Adams.

***

Je referme violemment la porte de ma chambre d'hôtel, me débarrasse de mes affaires et vais me chercher une bière. Je me sens tellement pitoyable après cette première course. Putain ! Je n'y crois pas ! Sur ma piste ! Celle que je prétends connaître par cœur. Tu parles d'une désillusion !

Je m'effondre sur mon canapé et arrache brusquement mon portable de la poche arrière de mon jean. Je me demande encore comment il fait pour rester entier, alors que je m'assieds dessus au minimum trois fois par jour. Je remarque plusieurs appels manqués de ma mère. Je soupire et finis par la rappeler, même si je n'en ai aucune envie, parce que je sais de quoi va retourner notre conversation, et surtout parce que je suis d'une humeur de chien, et qu'elle risque d'en faire les frais.

– Bonsoir, mon grand, m'accueille-t-elle.

– Salut, m'man.

Son petit soupir me fait comprendre qu'elle devine l'état dans lequel je suis. Je m'enfonce contre l'assise et patiente jusqu'à ce qu'elle reprenne la parole.

– J'ai regardé ta course. Tu t'es bien défendu, tu n'as rien lâché…

– Maman ! répliqué-je en soupirant, un peu énervé. Arrête de t'adresser à moi comme si j'étais encore un gamin.

Elle m'a toujours encouragé dans tout ce que j'ai entrepris, et ce discours ne l'a jamais quittée. Et si, plus jeune, cela me touchait, aujourd'hui, cela m'agace plus qu'autre chose.

– Je vais bientôt avoir 29 ans, je n'ai pas besoin d'entendre ça !

– Troy… souffle-t-elle, touchée par mon humeur massacrante.

– Je suis désolé, je… Merci.

– J'imagine bien que ce n'est pas le résultat que tu aurais souhaité, mais malgré tout, tu t'en es bien sorti.

– Tu parles ! Vingt-cinquième ! C'est nul à chier !

– Troy, calme-toi. Tu es sûr que tout va bien ?

– Ouais.

Je regarde autour de moi, et la solitude me frappe de plein fouet. Depuis toujours, je repousse tout le monde, et jusqu'à maintenant, cela me convenait. Alors je ne sais pas pourquoi je suis si las de tout ça, subitement. Je devrais être parfaitement heureux, mais je ressens comme un manque. J'ignore de quelle façon, mais c'est l'image de Hope qui se dessine dans mon esprit alors que je divague.

Après la fin de la course, j'étais furax. Je me suis retenu de jeter mon casque à travers le garage. J'ai pris des nouvelles de Dwight sous l'œil presque ahuri de l'équipe, j'ai joué le jeu auprès de Jeffrey et Valentino, devant les médias, comme l'exige mon contrat, et j'ai quitté précipitamment la piste, en ignorant délibérément le regard entendu de Hope. Je ne peux pas la laisser entrer de cette façon.

– Je me rappelle quand tu étais petit, ces après-midi que tu passais avec ton père devant les courses à la télé. C'est lui qui t'a donné le virus, il t'a transmis cette passion qui est aujourd'hui ta vie. Je ne te cache pas que c'est une angoisse pour moi, de te savoir au volant à des vitesses pareilles, mais c'est ce que tu aimes faire, n'est-ce pas ?

– Oui. C'est toute ma vie.

– Pourquoi juste ça, Troy ?

Je reste silencieux face à sa question. Je n'ai pas envie de répondre, de m'expliquer. Jamais personne n'a cherché à savoir, tout le monde se contente de ce que je peux offrir, et ça m'allait bien jusque-là.

– C'est de ma faute, affirme-t-elle. C'est à cause de moi.

– Non, maman.

– Si, je le sais. Je suis tellement désolée. Je ne… je ne réalisais pas que mon comportement et ma façon de gérer les choses allaient se répercuter sur toi, mon chéri.

– Maman…

– J'ai souffert, tellement, mais toi, mon cœur…

J'entends le sanglot qui transperce sa voix. Je suis si loin d'elle.

– Pourquoi te contenter juste de la course, Troy ? Tu mérites tellement plus.

– Je suis heureux comme ça.

– Vraiment?

– Oui.

Mon ton doit être suffisamment convaincant parce qu'elle n'insiste pas.

– Quand viens-tu me voir en Californie?

– La prochaine course à Fontana est dans quatre semaines. Je ferai en sorte de partir plus tôt que le reste de l'équipe et je viendrai passer quelques jours à la maison.

– C'est vrai?

– Pourquoi tu t'étonnes? Je le fais toujours.

– C'est vrai, pardon. Je suis si impatiente, c'est tout. Tu me manques.

– Toi aussi, maman.

Je suis proche de ma mère, peu importe mon âge, malgré tout ce que je peux dire et malgré mon humeur. Me voir partir à l'autre bout du pays a été dur pour elle, même si elle savait que je poursuivais mon rêve de cette manière. Et bien sûr, je ne peux pas retourner la voir aussi souvent que je le souhaiterais, mais dès que c'est possible, je fais le voyage.

– Tu me tiendras au courant dans les temps.

– Bien sûr.

– Très bien, je te laisse. Je t'aime, mon chéri.

– Moi aussi, m'man. Bye.

Je raccroche et fixe le téléphone entre mes mains alors que les mots de ma mère se répercutent en moi.

« Pourquoi te contenter juste de la course, Troy? Tu mérites tellement plus. »

8

Hope

La semaine dernière, la course nous a emmenés à Atlanta, qui n'est qu'à six heures vingt de Daytona. Dwight s'est d'ailleurs largement démarqué en terminant premier, une vraie revanche après son échec au Daytona 500, même pour nous, parce qu'on a eu un sacré boulot sur la voiture après la collision. Troy a quant à lui réalisé une performance en demi-teinte, ni excellente ni pitoyable, en terminant septième. Je ne le connais pas encore très bien, mais je me doute qu'il n'est pas satisfait.

Je sais pertinemment que je n'ai pas le droit de lui montrer autant de compassion qu'à mon frère, mais j'imagine bien la frustration qu'il ressent. Après la Daytona 500, j'ai tenté de le lui faire comprendre à travers mon regard avant qu'il ne s'échappe rapidement, mais il s'est juste montré renfermé, distant. Il ne me donne pas l'impression de s'étendre sur ses émotions. Cela dit, il suffit de le regarder pour se rendre compte des choses.

Lors de cette première véritable course, j'ai ressenti énormément d'émotions. Une peur intense quand Dwight a été projeté contre le mur extérieur et que la course s'est arrêtée pour lui. Une adrénaline qui me malmenait un peu trop en suivant les tours de Valentino et de Troy. Et une admiration profonde quand j'ai compris ce que Troy cherchait à faire. J'ai été impressionnée qu'il privilégie son coéquipier. J'ai observé Warren tenter de négocier, mais quand Troy a décidé quelque chose, il reste seul maître à bord, derrière le volant.

Il pourrait être un monstre d'égoïsme, mais non. J'ai découvert une nouvelle facette de l'homme qui fait battre mon cœur un peu trop vite avec un simple regard ou rien qu'une parole. Et elle n'est pas pour me déplaire.

Je suis vraiment tiraillée entre des sentiments contradictoires. Je dois garder mes distances, parce que physiquement, il me plaît, évidemment, et je ne peux pas craquer pour lui, mais j'aimerais aussi lui faire comprendre que je compatis. J'évolue dans le même milieu depuis des années, je sais comment les pilotes réagissent et vivent pour leur sport. Cela me fait mal pour lui.

***

Le mois de mars a commencé il y a quelques jours, et nous voici à Las Vegas, la ville de tous les péchés, où la troisième course de la saison vient de s'achever. Et je suis dans un état de totale euphorie.

– Je n'en reviens pas! hurlé-je en me jetant dans les bras de Dwight.

Il enroule ses bras autour de ma taille et me soulève de terre avant de plaquer ses lèvres sur ma joue. Nouveau podium en première place pour lui. Je suis folle de joie. C'est tellement mérité. Je ressens sa joie, sa fierté, son bonheur, ainsi que ceux de toute l'écurie. Il me repose au sol et va saluer chaque membre de son équipe, comme après chaque course, victoire ou pas.

Je me tourne vers Troy qui avance vers nous. Pour lui également, c'était une très jolie course. Il va monter sur la deuxième marche, ce n'est pas rien.

– Je n'ai pas le droit à un câlin, moi aussi? murmure-t-il à ma seule attention.

Mes joues se colorent de rouge devant son aplomb et son manque de gêne. Je me contente de secouer violemment la tête tout en fronçant les sourcils.

Il ne m'a pas beaucoup adressé la parole depuis Daytona. C'est sans doute en partie à cause de moi, je l'évite un peu depuis notre baiser, chez mon frère.

– Cela pourrait me motiver encore plus pour obtenir la victoire à chaque fois.

– Je suis sûre que tu n'as pas besoin de moi.

Il rit sèchement avant de fourrer les mains dans ses poches.

– Et un simple « félicitations » ? C'est possible?

– Félicitations, Troy.

– Finalement, t'entendre dire mon prénom est encore mieux.

Il s'avance dangereusement vers moi. Je jette un œil apeuré alentour. Des petits groupes se sont formés dans l'attente de la remise des récompenses, du podium et des interviews. Personne ne nous prête particulièrement attention. Nous ressemblons juste à deux collègues qui discutent. Mais je suis sûre que si quelqu'un avait conscience de mon pouls rapide et de la chaleur qui s'empare de mes joues, il se rendrait compte que c'est tout autre chose qui se passe entre nous.

Il se penche à mon oreille, de manière à être sûr que moi seule vais entendre ce qu'il va dire.

– Tu n'as pas idée de ce que je donnerais pour te l'entendre dire alors que tu serais sous moi. Nue, en chaleur, si excitée à l'idée de ce qui t'attend.

Ma respiration se bloque, je suis tellement ahurie qu'il ose me dire ça alors qu'on est là, dans les stands, entourés de plein de monde, sur notre lieu de travail. Peut-être qu'avec la distance que j'ai ressentie entre nous, je m'étais dit qu'il avait renoncé, mais visiblement, c'était mal le connaître. Je ne sais pas si je serais déçue s'il décidait d'arrêter de jouer le jeu de la séduction avec moi. J'aime quand un homme qui me plaît me fait des compliments, mais la situation est bien trop compliquée. Dans une autre vie, je ne me poserais pas autant de questions, je foncerais tête baissée, mais c'est bien la mienne, le moment présent, donc il en est hors de question.

Son petit sourire arrogant me dit qu'il sait qu'il vient de me mettre dans tous mes états. Je suis en colère contre moi, pourquoi ne suis-je pas capable de rester de marbre? Pourquoi mon corps doit-il réagir en sa présence? J'ai peur d'être trop transparente à ses yeux. Je ne veux pas qu'il puisse lire en moi comme dans un livre ouvert. Cherchant à me blinder et à faire diversion, je le fusille du regard tout en reculant d'un pas. Troy hausse un sourcil sans se départir de son sourire. Je ne dois pas le laisser avoir le dessus. Je suis capable de repartie, quand même!

– Tu en rêves peut-être, mais ça n'arrivera pas, répliqué-je fermement. Je te l'ai déjà dit, je ne suis pas un prix que tu remportes à la fin de la partie.

Sur ces mots, je le laisse alors que l'ensemble de l'équipe se dirige vers le lieu de célébration.

Je reste à l'écart, observant les pilotes monter sur le podium. Mon frère a si fière allure tout en haut. Je l'aime tellement. Sa victoire est celle de l'équipe, mais je la vis également comme quelque chose de plus personnel. Troy, tout aussi beau à ses côtés, fait illusion, grand sourire et sûr de lui, mais je sais qu'il persiste une pointe de déception. Nous n'avons pas échangé à ce propos, mais je le devine. L'objectif premier de tout pilote est de terminer vainqueur, il est sûrement déçu de n'arriver qu'à la deuxième place, même si c'est une super performance à mes yeux. Toutefois, je suis sûre qu'il jubile de voir Richard Adams échouer au pied des marches.

Cela se voit aux regards assassins qu'ils échangent. Valentino les applaudit à quelques pas. Il a un peu moins brillé qu'eux, mais s'en sort avec une jolie treizième place.

Je les retrouve deux heures plus tard alors que les interviews se terminent. Ils doivent encore passer par la case douche, et ensuite, nous pourrons rentrer à l'hôtel. Nous ne repartons que demain. Après une course éreintante, nous ne prenons que très rarement l'avion dans la foulée. Avant de monter en voiture, nous décidons du programme du soir : repas avec toute l'équipe pour célébrer les bons résultats, et ensuite, soirée en club pour ceux qui le souhaitent afin de prolonger les festivités.

Une fois que nous sommes arrivés, je file dans la chambre que je partage avec Lindsay, une des deux kinés de l'équipe, et me précipite sous la douche. Bien que je ne pilote pas, je me sens toujours crasseuse après une compétition. Le monde de la mécanique est souvent salissant.

En sortant, je tombe sur ma collègue qui patiente sur son lit. Elle me lance un grand sourire. Je ne la connais pas encore beaucoup, mais je l'apprécie déjà, elle est douce et charmante.

– Tu viens avec nous après le repas?

– Je ne sais pas trop… hésite-t-elle.

– S'il te plaît! Ne me laisse pas être la seule femme parmi tous ces mecs. Et puis, on est à Vegas!

Elle semble réfléchir un instant, puis finit par accepter d'un hochement de tête.

– Tu as besoin d'une tenue ou tu as ce qu'il te faut? demandé-je.

– Je peux sans doute trouver quelque chose dans une des galeries de l'hôtel.

– Tu ne vas pas aller t'embêter avec ça. J'ai pris deux tenues, tu peux choisir l'une d'entre elles. On fait sensiblement la même taille et on a la même morphologie. Je suis sûre qu'elle t'ira.

– C'est très gentil.

J'ai anticipé cette soirée, ce petit séjour ici, et j'ai préparé une valise en fonction. J'ouvre la penderie et en sors les deux robes que j'ai apportées. Je les lui montre, et elle s'empare de celle au tissu léger et fluide. Couleur noire avec rayures or, la longueur s'arrête au-dessus des genoux, le décolleté est un cache-cœur et les bretelles fines se croisent dans le dos.

– Elle est vraiment superbe. J'espère qu'elle va m'aller.

– Je n'en doute pas, la rassuré-je.

– Tu as aussi des chaussures en rab?

– Eh bien, oui, figure-toi! Tu chausses du combien?

– 39.

– Parfait!

J'apporte toujours deux paires, histoire de parer à un accident de talons. Je lui tends des escarpins, et elle rejoint la salle de bains pour se préparer, tandis que je m'occupe de mon cas.

Le hasard a bien fait les choses, Lindsay m'a laissé la petite robe que j'affectionne particulièrement, elle est assez moulante, m'arrive à mi-cuisse, elle est en dentelle noire avec un fond *nude*, sans manches et avec un décolleté carré assez plongeant. Je me sens toujours hyper sexy quand je la porte. Lindsay a peut-être été effrayée par ce côté-là du vêtement.

J'enfile des sandales à talons aiguilles noires, elles aussi, et une veste. Je peaufine mon maquillage léger et arrange mes cheveux. Dans la mesure où j'ai choisi de les avoir au carré, je n'ai pas beaucoup de choix niveau coiffure. J'en ai essayé bon nombre au fil des ans et je pense être arrivée au style qui me convient, celui avec lequel je suis à l'aise : carré légèrement plongeant et frange un peu longue. J'avoue que j'ai toujours voulu garder mes cheveux longs parce que cela me permettait de camoufler ma cicatrice qui passe difficilement inaperçue. Lors d'une visite chez le coiffeur, j'ai pas mal discuté avec le professionnel, et quand il a eu terminé, j'étais sidérée. C'était beau et cela m'allait très bien.

On n'est pas loin d'être les dernières alors qu'on entre dans le restaurant. Je me penche pour embrasser mon oncle sur la joue.

– Eh bien ! On n'attendait plus que vous !

– Désolée, m'excusé-je avec un petit sourire avant d'aller m'installer entre Dwight et Valentino, comme si c'était ma place attitrée.

Je garde ma veste boutonnée, car la climatisation me donne froid. Lindsay, quant à elle, prend place à côté de Troy. J'essaie de ne pas la fixer, les fixer. Je ne devrais pas me soucier de la réaction de Troy face à une jolie femme. Lindsay n'a jamais montré d'intérêt pour lui, du moins, il ne m'a pas semblé, et puis la clause dans le contrat vaut pour chacun, mais je guette malgré moi. Troy et Lindsay sont en train d'échanger, et je me surprends à regretter que le pilote ne me regarde pas une seule fois.

Jeffrey interrompt ma contemplation silencieuse en se raclant la gorge et se lève pour porter un toast, maintenant que tout le monde est présent.

– La saison ne fait que commencer, mais je dois d'ores et déjà vous dire que je suis fier de vous tous. Les résultats m'importent peu quand je vois la cohésion au sein de notre groupe, entre mes pilotes, même si l'accession au podium est importante, note-t-il toutefois. Je suis heureux de l'équipe réunie ici, autour de cette grande table. Je ne souhaite que le meilleur à chacun d'entre vous.

Tout le monde lève son verre, et nous trinquons gaiement. Le repas est délicieux et les conversations, légères. Dwight est sur un petit nuage, Valentino toujours aussi serviable, avenant et un peu dragueur. Je ne parviens pas à échapper au regard de Troy, qui m'a enfin trouvée, de l'autre côté de la table. Il discute énormément avec Mario, celui avec qui il a le plus d'accroches, et Lindsay, mais il m'observe aussi avec attention.

Finalement, nous ne sommes plus qu'une dizaine à nous rendre au club XS, situé au sein de l'hôtel The Encore. L'enseigne gigantesque couleur or nous accueille, et nous devons patienter quelques instants dans la file. Au moment où le videur pose ses yeux successivement sur Dwight, Valentino et Troy, il nous offre une entrée privilégiée, nous évitant ainsi de faire la queue comme le reste des clients. Il y a parfois quelques petits avantages à être reconnu.

Je suis éblouie par la beauté des lieux. Des guirlandes de lumière bleue scintillent au plafond, se reflétant sur les banquettes blanches disposées un peu partout. J'ai lu que, l'été, les DJ jouaient en extérieur près de la piscine du club. Nous trouvons deux coins inoccupés pouvant tous nous accueillir. Nous sommes rapidement servis et pouvons une nouvelle fois trinquer au succès de l'équipe. Bien que j'aie l'habitude d'évoluer dans un milieu professionnel très masculin, je suis heureuse que Lindsay soit là, d'avoir une présence féminine à mes côtés. Je me sens moins seule.

– *Sei davvero bellissima*[1], me complimente Valentino, installé à mes côtés.

– *Che seduttore !*[2] dis-je en riant.

– *È solo la verità*[3], assure-t-il avec un clin d'œil.

Je secoue la tête, amusée, je suis tellement habituée à cette attitude, si clichée pour un Italien.

– On vous a jamais dit que c'était malpoli de parler une autre langue alors que les autres ne peuvent pas comprendre ? nous interrompt Troy, un poil piquant, tandis qu'on poursuit notre conversation en italien.

Je retiens un sourire. Je peux comprendre que ce soit rageant de ne pas saisir un traître mot de ce qu'on dit. J'imagine qu'il

1. Tu es vraiment superbe.
2. Quel séducteur !
3. C'est juste la vérité.

est curieux de savoir de quoi on parle, peut-être qu'il aimerait se joindre à la discussion.

– Tu es simplement jaloux de ne pas pouvoir échanger avec cette délicieuse créature autrement qu'avec ton anglais bourru, se moque Valentino.

Troy grogne, mais je perçois malgré tout une lueur amusée dans son regard. Sa pique n'a aucun effet sur Valentino qui poursuit dans sa langue maternelle avec moi. Après la fin de mon premier verre, Valentino me tend la main et me lance son sourire ravageur.

– *Vuoi ballare?*[4]

Je m'empare de sa main, le sourire aux lèvres.

– *Con piacere.*[5]

Il m'entraîne sur la piste, et nous commençons à danser à une distance raisonnable l'un de l'autre. Valentino a le sens du rythme, c'est indéniable et agréable. Je ris alors qu'il me fait tournoyer et m'attire à lui dans une danse un peu plus sensuelle. Je souris plus largement encore quand Lindsay se joint à nous, accompagnée de Shawn, un des membres de l'équipe de ravitaillement sur la voiture de Troy.

Après un moment, Valentino me demande si je souhaite retourner sur la banquette. Je réponds par la négative et choisis de rester seule ici. Il y a de plus en plus de monde sur le carré de danse, et je me sens bien. J'ai toujours aimé danser, m'évader, laisser la musique prendre possession de mes sens, de mon corps. Je ferme les yeux et me concentre sur les vibrations, les basses qui résonnent. Le DJ enchaîne des morceaux du moment, et c'est assez bon.

Deux mains se posent sur ma taille, et j'ouvre brusquement les yeux.

---

4. Tu danses?
5. Avec plaisir.

– Tu es tellement sexy dans cette robe, murmure Troy à mon oreille en collant son corps au mien.

Mon premier réflexe n'est pas de me dégager, mais de guetter autour de nous des personnes de notre entourage, de vérifier si Dwight voit quelque chose. C'est absurde, n'est-ce pas?

– Troy… commencé-je à dire.

– Je sais, je sais ce que tu vas dire.

Son souffle passe sur ma nuque, tandis que ses mains resserrent leur emprise sur le tissu de ma robe. Je peux carrément sentir la chaleur de ses doigts sur ma taille, près de mon ventre, alors qu'il appuie mon corps contre le sien.

– Dwight pourrait nous voir, tenté-je mollement.

– Il est occupé avec une nana, il se moque complètement de ce que tu fais, de ce que je fais.

– On ne peut pas faire ça.

– Danser?

– Ne fais pas semblant de ne pas comprendre.

– Donc tu avoues que je t'attire. Mais on ne fait que danser, Hope. L'un contre l'autre.

Sa voix n'est que tentation. Elle s'insinue en moi, telle une drogue, m'attire pour ne plus me laisser partir. Je refuse qu'il ait ce pouvoir sur moi, mais en même temps, j'aime ça, alors je reste dans ses bras. Nos corps se meuvent en harmonie, au rythme de la musique. Je bascule la tête contre son épaule, et il penche la sienne vers mon cou. Je ressens une tension dans ses mains, comme s'il luttait contre l'envie de les bouger, pour me caresser, me découvrir. Je sais que, dans cette position, son regard doit être plongé dans mon décolleté. Son érection est en train de grossir entre nous, et cela me fait réagir immédiatement.

Si je laisse les choses se poursuivre, elles vont déraper, une nouvelle fois, et je ne peux pas le permettre. Il y a bien trop en jeu. Je ne peux pas simplement céder au désir et à l'envie et passer à autre chose, je ne sais pas faire.

Je m'écarte brusquement de Troy. Un frisson s'empare de moi alors qu'un courant d'air froid passe sur ma peau. Je quitte la piste précipitamment et trouve refuge à l'extérieur. Appuyée à la rambarde qui borde la piscine, je tente de reprendre mes esprits. Troy m'embrouille tellement. Il ne peut pas.

Au moment où je pense que c'est bon, deux mains se plaquent de part et d'autre des miennes. À nouveau, son grand corps est contre le mien, imposant, bouillant. Son parfum envahit l'air tout autour, et ce n'est pas la seule chose qui fait battre mon cœur.

– Pourquoi tu résistes comme ça alors que tu ne nies pas en avoir envie?

– Je dois vraiment le redire?

– Oui.

– On travaille ensemble, mon oncle est ton boss et il y a mon frère.

– C'est tout?

– Non. Surtout, tu n'es pas pour moi.

– Je ne suis pas pour toi?

Je reste muette. J'ai l'impression que ce n'est pas vraiment une question. Il se presse un peu plus contre moi.

– Tu penses vraiment ce que tu dis? Alors que ta peau se couvre de frissons? Alors que ma présence tout contre toi te rend nerveuse? Alors que tu retiens ta respiration? Tu devrais écouter ton corps.

– Je l'ai déjà fait par le passé, et cela ne s'est pas bien terminé. Alors maintenant, ma tête prend le pas sur mon corps.

– Et ton cœur? L'entends-tu? Y prêtes-tu attention?

Il ne peut pas se rendre compte de l'accélération de mon pouls, de mes battements cardiaques un peu fous, si? Non. Il ne peut pas, et je ne lui dirai pas ce qui s'agite en moi. Il recule un peu alors que je me tourne pour lui faire face.

– Troy, tu oublies peut-être le principal. On ne peut pas parce que nos contrats de travail nous l'interdisent. Jeffrey ne le laissera pas passer. Même si ma position n'a pas tant d'importance que ça, tu ne peux pas prendre le risque de perdre ta place au sein de l'écurie et je suis sa nièce.

– Cela me regarde, ce que je suis prêt à faire ou pas. Et puis, personne n'est obligé de le savoir. Et entre nous, cette clause, c'est de la connerie. Est-ce que c'est légal seulement?

– Je ne joue pas à ce jeu, Troy. Si Jeffrey tient à ce qu'elle apparaisse dans le contrat, c'est pour une bonne raison.

Il y a déjà eu des soucis à cause d'histoires à la suite de rapprochements entre personnel féminin et masculin, donc c'est légitime à ses yeux. Troy le sait très bien. Et même si une partie de moi est charmée à l'idée qu'il soit prêt à prendre un tel risque seulement pour une nuit ensemble, l'autre lui rappelle que Troy n'en a envie que par défi.

– Et je vais me répéter, asséné-je en écho à mes pensées, mais je ne suis pas un lot à remporter, pour lequel tu dois te battre. Cela ne t'apportera rien et à moi non plus, finalement, si ce n'est des problèmes.

Il me jauge durement du regard, mais c'est la vérité.

– Qu'est-ce que tu veux alors? Que je te laisse tranquille, malgré ton regard qui me cherche un peu trop souvent, malgré nos corps qui s'embrasent quand on danse?

– Oui.

– Tu en es sûre? C'est vraiment ce que tu souhaites?

– Oui.

Ma voix n'est pas aussi assurée que je l'aurais aimé, mais le message est passé. Troy se détache de moi, me regarde une dernière fois, me laissant l'espace d'un instant la possibilité de revenir en arrière, avant de me laisser seule, face à cette piscine vide. Pourquoi ai-je l'impression de perdre quelque chose alors que je fixe sa silhouette rejoindre l'intérieur?

9

Troy

Installé dans mon fauteuil à bord de l'avion, je me repasse, sur ma tablette, la vidéo de la course qui vient de se dérouler à proximité de Phoenix en Arizona, à Avondale. Je ne suis pas mécontent de mon classement. J'ai terminé second alors que Dwight alignait encore une première place. Bien entendu, j'échoue à me montrer meilleur que mon coéquipier et que l'équipe qu'il forme avec Hope, mais voir Richard échouer tout près, derrière moi, est assez satisfaisant pour contrebalancer la déception de ne pas avoir fait mieux. Tout de même, je suis un éternel insatisfait, alors je regarde chaque passage au ralenti, j'analyse les rapports envoyés par l'équipe technique. Je ne comprends pas tout, mais si je cherche bien, peut-être que je trouverai ce qui cloche, le truc qui me manque pour assurer une victoire.

– Vous êtes Troy Wells ? m'interrompt la passagère à mes côtés.

Avec l'autorisation de Jeffrey, je ne suis pas rentré avec le reste de l'équipe. J'ai pris directement un avion pour Fontana en Californie, où se passe la prochaine course, afin de pouvoir passer un peu de temps avec ma mère. Alors je dois faire avec les autres passagers.

– Oui, réponds-je simplement.

Je vois bien qu'elle essaie d'attirer mon attention avec son sourire et ses yeux de biche. Elle a l'air mignonne, mais je suis un peu occupé là, et puis il n'y a qu'une seule femme qui occupe mon esprit, et c'est celle qui ne veut pas de moi. Enfin, ce n'est pas tout à fait vrai, je devrais plutôt dire, celle que je ne peux pas avoir.

– J'ai suivi votre dernière course, c'était très impressionnant.

– Merci.

– C'est ce que vous êtes en train de regarder?

– Oui.

– Je vous admire, c'est vraiment incroyable, la vitesse à laquelle vous roulez, les carambolages parfois. Cela ne doit pas être évident.

– Ce sont les risques du métier, je n'y pense pas, à vrai dire. Une fois lancé, je me concentre sur l'objectif.

– Je peux vous demander un autographe?

– Oui, bien sûr.

Elle me tend un petit carnet qu'elle sort de son sac à main.

– Vous vous appelez?

– Samantha.

Je griffonne quelques mots et signe le papier. Elle le reprend, tout sourire. Ce n'est pas qu'elle m'agace, mais j'espère qu'elle ne va pas me tenir la grappe pendant tout le trajet. Je redoute déjà le moment où elle va me proposer son numéro de téléphone ou carrément me demander le mien.

– Merci infiniment. Je ne vous embête pas plus longtemps.

Je lui souris, soulagé d'être tombé sur quelqu'un de respectueux, avant de retourner à mon écran.

Mon arrivée à l'aéroport d'Ontario, en Californie, m'évite la cohue de Los Angeles et surtout de devoir traverser toute la métropole pour rejoindre Fontana. Je n'ai que mon bagage à main, alors pas besoin d'attendre. Je rejoins directement la sortie et guette la fine silhouette de ma mère parmi les quelques personnes qui patientent.

Dès que je l'ai repérée, son visage se fend d'un immense sourire. J'avance vers elle, et elle se jette dans mes bras.

– Je suis tellement heureuse de te voir, mon grand.

– Moi aussi, maman, soufflé-je en raffermissant notre étreinte.

Je prends quelques instants pour la respirer. Elle est mon chez-moi. La distance n'est pas évidente. J'ai eu tellement de mal à la quitter, après ce qu'on a vécu. J'avais tellement peur de la laisser seule, alors qu'elle avait mis tant de temps à se remettre. Je me rends compte que je l'ai sous-estimée, en fin de compte.

Je lui jette un tendre regard. Elle n'est plus qu'à une année des 50 ans, pourtant elle est toujours aussi belle. Ce constat me fend le cœur, car je réalise un peu plus que ce n'est pas normal qu'elle soit encore seule. N'importe quel homme serait chanceux d'avoir quelqu'un comme elle dans sa vie.

Je garde le bras autour de ses épaules et le sien autour de ma taille alors qu'on rejoint sa voiture.

– Tu as fait bon voyage ?

– Oui. Une heure et quart, ça passe vite.

– Tant mieux. Tu veux conduire ? demande-t-elle.

Elle me fait le coup à chaque fois. Cela me fait sourire.

– Nan, c'est bon. J'aime me faire conduire, dis-je en riant et en lui adressant un clin d'œil.

Je balance mon sac à l'arrière et prends place à ses côtés. Il n'y a que quinze petites minutes pour rejoindre Fontana. J'observe le paysage urbain défiler, vérifiant les éventuels changements depuis ma dernière venue. Tout semble identique, cela me rassure, c'est un indice qui prouve que je n'ai pas été trop longtemps sans lui rendre visite.

– Tu es sûr que tu ne préférerais pas aller à l'hôtel ?

– Encore une fois, non.

Elle me pose la question à chaque fois, et ma réponse est toujours la même.

– Cela ne me dérange pas d'être ici, à la maison, maman. Je t'assure. Maintenant que j'ai un lit deux places, ça va beaucoup mieux.

J'ai fini par investir parce que, bon… je ne suis plus le gamin de 18 ans qui habitait encore avec sa mère, il y a plus de dix ans.

Maman gare la voiture dans l'allée du jardin, et je la rejoins devant l'entrée. Je lève les yeux vers la modeste bâtisse.

Jusqu'à il y a encore trois ans, ma mère refusait de quitter notre ancienne maison. Je pense qu'elle était bien trop chargée en souvenirs, maman n'était pas prête. J'ai fini par la convaincre, en partie à cause d'une série de cambriolages et de la délinquance qui montait en flèche dans notre ancien quartier. Je l'ai donc laissée choisir un nouveau lieu et une nouvelle maison et l'ai aidée à l'obtenir. Elle n'a pas voulu quelque chose de trop tape-à-l'œil, d'imposant. Si ça n'avait tenu qu'à moi, je lui aurais acheté une villa paisible au bord de l'océan. Je serais même prêt à embaucher du personnel pour lui éviter de s'en occuper, mais elle refuse catégoriquement. Alors, je fais avec ce qu'elle m'autorise.

Bien entendu, cela ne m'empêche pas de la gâter, et je ne manque pas une seule occasion de le faire. Je compte d'ailleurs sur mon petit séjour pour réitérer l'opération.

Le pavillon sur lequel elle a jeté son dévolu est cosy, très bien entretenu et agréable. Je repère la touche de ma mère dans chaque pièce. Elle ne travaille pas dans un magasin de décoration pour rien. Elle est chargée de mettre les produits en avant dans des mises en scène, aussi bien en vitrine qu'à l'intérieur du magasin, et elle est assez douée.

– Tu as faim ?

– Je meurs de faim !

– D'accord. Je te laisse te mettre à l'aise, j'ai préparé ta chambre, et on pourra passer à table.

– Parfait.

Je prends quelques minutes pour déposer mon sac, me passer un peu d'eau sur le visage et rejoins maman dans la cuisine. J'attrape une bière dans le frigo, et nous passons à table. Une grosse part de *chicken pot pie*[1] accompagnée de salade m'attend. Je me jette dessus après une longue gorgée. En plus d'être douée en aménagement intérieur, ma mère est un vrai cordon-bleu.

Nous discutons de tout et de rien, elle s'intéresse comme toujours à mes voyages, à mes courses. Elle me parle de son travail, de ses activités. En l'écoutant parler, je me demande une fois de plus pourquoi une femme comme elle vit seule. Elle a tellement à offrir, je ne comprends pas. Je connais les raisons passées, mais c'était il y a des années. La blessure est-elle encore si profonde qu'elle ne parvient pas à la surmonter ? Pense-t-elle que cela va me gêner ? Me blesser ? Je ne suis plus un gamin, son bonheur compte plus que tout à mes yeux. J'aimerais lui poser la question, mais je ne suis pas très doué pour ce genre de conversation. Alors, je n'en fais rien.

– Tu m'as préparé une liste de ce que je dois faire ? demandé-je à la place.

– Troy…

– Maman, dis-je en souriant. Tu vas travailler, et je ne vais pas rester sans rien faire.

– J'ai réussi à poser mon vendredi.

– Génial, on pourra passer un peu plus de temps ensemble. Je vais t'emmener faire du shopping.

– Tu n'es pas obligé, mon chéri.

---

1. Tourte au poulet.

– Ça me fait plaisir, tu le mérites amplement. Donc, vendredi et samedi, je suis avec toi, mais le début de semaine, il faut que je m'occupe. Je te laisse la soirée pour réfléchir, dis-je d'un ton ferme afin qu'elle ne se dérobe pas.

– Très bien, cède-t-elle.

Elle se lève et m'embrasse sur la joue avant de récupérer les assiettes. Deux minutes plus tard, elle revient avec le dessert. Je salive d'avance rien qu'en le regardant.

– Ton dessert préféré, crumble aux pêches.

– Merci m'man.

J'engloutis deux parts, hésite à me resservir, mais je me dis qu'il m'en restera pour demain si je résiste.

La soirée se termine tranquillement devant un film, et je peux savourer cette sensation d'être dans mon chez-moi, le seul que j'aie vraiment. Enfin, mon chez-moi, c'est ma mère, pas la maison.

***

Le lendemain de mon arrivée, j'ai profité d'une grasse matinée, ma mère étant déjà partie au travail, et j'avais ma petite liste qui m'attendait sur le comptoir de la cuisine. Au programme : repeindre les volets, réparer la porte de la cabane de jardin, réaligner une gouttière et la nettoyer.

Après un passage au magasin de bricolage pour l'achat de matériel et consommables, je me suis attaqué aux volets, ponçage, puis peinture, tout le lundi. Le jour suivant, j'ai nettoyé les gouttières et tenté de redresser celle abîmée. J'ai fait du mieux que j'ai pu, mais, en fin de compte, j'ai été obligé d'en commander une neuve. Et hier, je me suis occupé de la cabane de jardin. J'ai rafistolé les gonds de la porte et j'en ai profité pour ranger l'intérieur. Enfin bref, je me suis bien occupé.

Aujourd'hui, je dois me rendre sur le circuit. Les *haulers*[2] doivent arriver en fin de matinée, et comme je suis sur place, je pensais aller donner un coup de main pour le déchargement. Et puis, étant un enfant du pays, je compte aussi bénéficier d'un passe-droit et pouvoir faire quelques tours de piste tranquille.

J'ai pris le temps d'un footing matinal dans la forêt nationale d'Angeles, au pied du mont San Antonio. En toute honnêteté, je ne suis pas fan de la région. Je trouve Los Angeles trop grande, trop tout, en fait. Le côté hollywoodien de l'agglomération ne m'attire pas du tout. Je ne dis pas que je n'y suis jamais allé, bien sûr que si. Je me suis au moins rendu une fois dans tous les lieux incontournables, je suis sorti dans des clubs branchés, mais cela s'arrête là. Je préfère le côté nature de l'État, avec les montagnes qui donnent du relief, la variété plus qu'agréable des paysages.

À mon arrivée sur l'Auto Club Speedway, je retrouve Kyle, Jamie et Chris, les trois routiers. Je les aide à décharger tout ce qui peut et doit l'être, et puis je leur offre une bière fraîche. Cela m'arrive peu souvent, mais j'apprécie ce moment. Installés dans les gradins, on discute, on spécule sur la saison, les courses à venir, la place de l'écurie dans le classement. Ils semblent s'amuser de la compétition qui règne entre Dwight, Valentino et moi.

Les mecs sont partis depuis dix petites minutes. Je suis encore face à la piste, me remémorant des souvenirs d'enfance. Dès que j'en ai eu l'âge, j'accompagnais mon père, aussi bien pour assister à des compétitions nationales que régionales. Maman a raison en affirmant que c'est de lui que je tiens cette passion pour la course et les gros bolides.

En arrivant, j'ai réussi à négocier de pouvoir faire quelques tours de piste. Je vais prévenir Joshua, un des gardiens, que je

2. Camions aménagés pour le transport des voitures, de tout le matériel et de l'équipement. Ils sont décorés aux couleurs du ou des sponsors de l'écurie et attirent souvent les curieux.

vais me lancer. Je passe récupérer ma tenue et, une fois habillé, je rejoins ma voiture.

J'aime la compétition, la rage de vouloir gagner, mais en cet instant précis, être seul au monde sur le circuit n'est en rien comparable. Je me laisse envahir par les sensations uniques de la conduite, je ressens la voiture comme une extension de mon être. Je sais que je ne pourrais pas me passer de ça. C'est ce que je suis.

J'aborde les courbes avec précision et rapidité, ne craignant pas qu'un adversaire m'attaque sournoisement à la manière d'Adams. Je me fais plaisir tout simplement, appréciant ce moment rien qu'à moi. Toutefois, je ne le fais pas durer trop longtemps, sinon la facture du plein d'essence ne passera pas auprès de Jeffrey.

Je rentre au garage et fronce les sourcils en descendant. Quelqu'un est en train de bricoler sur le moteur de la voiture de Dwight. Je ne perds pas une seule seconde et attaque en arrivant près de lui.

– Je peux savoir comment vous êtes entré ? Et ce que vous faites là ?

– Eh bien, de la même manière que toi, j'imagine. Avec un passe.

Hope se redresse et m'adresse un sourire, fière d'elle. Surpris, je fronce les sourcils et l'incite à s'expliquer sur sa présence ici.

– Je suis arrivée plus tôt, une ou deux bricoles à vérifier.

– Sans Bruce ni les autres ?

– Est-ce que tu mettrais en doute mes capacités techniques ? attaque-t-elle aussitôt, les mains sur les hanches.

J'essaie en vain de ne pas prêter attention à la combinaison à moitié ouverte sur sa poitrine. Grâce à mon imagination débordante, je peux facilement dessiner dans mon esprit ce qui se trouve en dessous du tissu informe.

– Pas du tout, je m'interroge, c'est tout. Tu avoueras que c'est assez inhabituel.

– De même qu'un pilote qui vient faire des tours trois jours avant le jour J.

– Je suis d'ici, j'ai le droit à quelques privilèges, ça s'arrête là.

– Troy, arrête de mettre cette distance entre nous. On va continuer à s'affronter pendant encore longtemps ?

– C'est toi qui prends la mouche à tout ce que je dis.

– Peut-être à cause de la manière dont tu me parles.

Je secoue la tête, énervé par ce jeu de ping-pong entre nous. Je crois que j'ai plutôt intérêt à l'ignorer, comme elle me l'a demandé. C'est ridicule !

Nous sommes interrompus par la sonnerie de mon téléphone. Je m'excuse d'un mouvement de doigt et décroche.

– Allô ?

– C'est maman.

– Oui, je sais, réponds-je, amusé.

– Je voulais juste savoir si je t'attendais pour dîner, à moins que tu aies prévu autre chose.

– Pourquoi ? Quelle heure est-il ?

– Presque sept heures.

– Merde, je… j'ai fait un tour sur la piste, et là, je discute avec un collègue.

– Oh ! Super ! Tu peux peut-être l'inviter à dîner ? Je serais heureuse de le rencontrer.

– Quoi ? Oh non, je suis sûr qu'elle a autre chose à faire.

– Elle ? rebondit-elle immédiatement.

– Oui, elle.

– Humm… Tu lui as demandé ?

– Non.

– Donc, tu ne peux pas savoir, à moins de le faire.

– Pourquoi tu insistes comme ça?

– Pour une fois que j'ai l'occasion de rencontrer quelqu'un de ton entourage. Demande-lui, s'il te plaît, Troy.

Je grogne et pivote vers Hope. Elle a eu la décence de retourner à son moteur, mais je suis sûr qu'elle a tendu l'oreille. Je m'avance et passe une main dans mes cheveux avant de lui proposer.

– Hope?

– Oui?

– Euh… je…

Non, mais j'hallucine! On dirait un gamin de 12 ans qui cherche à inviter une fille à sortir pour la première fois. Ce n'est qu'un repas. Bon certes, avec ma mère, mais ce n'est que ça, un dîner. Je crois que ce qui me fait peur, c'est qu'une femme se retrouve dans la même pièce que ma mère. Elle risque d'apprendre des trucs sur moi, sur mon enfance, et ça l'amènerait à me connaître *moi*, pas celui que je montre à tout le monde. Je ne suis pas très à l'aise avec cette idée.

– Ça va, Troy?

– Ouais, très bien. Tu aimerais venir manger chez ma mère, ce soir?

– Tu n'as pas l'air très enchanté à cette idée, remarque-t-elle.

– Tu n'es pas obligée d'accepter.

Je devine à son sourire qu'elle se doute de la tactique employée : me montrer peu enthousiaste afin de la pousser à refuser l'invitation. Quelque chose me dit que l'effet obtenu sera le contraire de celui recherché.

– Avec plaisir. J'apprendrai peut-être à découvrir quel homme tu es.

Voilà tout ce que je redoute. Je ne lui réponds rien et reprends la conversation avec ma mère à la place.

– Hope sera là.

– Fantastique ! Je suis impatiente de faire sa connaissance.

– Ouais.

– Dans combien de temps serez-vous là ?

Je me retourne vers Hope pour l'interroger.

– Tu en as encore pour longtemps ?

– Non, je pourrai continuer demain.

– OK. On sera là dans vingt minutes, ça va ? demandé-je à ma mère.

– Très bien. À tout de suite alors.

Je raccroche et fixe mon téléphone. Je redoute un peu le déroulement de la soirée. Ma mère n'est pas vraiment du genre à s'étaler, mais bon, on sait tous comment sont les mères.

– Je vais prendre une douche et me changer, informé-je Hope. Je reviens te chercher quand j'ai terminé.

– Très bien. Je ne bouge pas.

Je fais le plus rapidement possible. Je ne voudrais faire attendre ni ma mère ni Hope. Quand je la retrouve, elle est plongée dans le PC qui analyse toutes les données du véhicule. Captivée par sa lecture, elle ne m'entend pas arriver. Elle a retiré sa combinaison. Elle porte un jean tout simple et un tee-shirt un peu grand. J'observe son joli profil, son air concentré, sa moue si adorable. Elle veut que je la laisse tranquille. Je crois que c'est la chose la plus difficile qu'il m'ait été demandée. Je m'interroge parfois. Est-ce cet interdit entre nous qui me donne tant envie d'elle, tout ce qui nous empêche d'être ensemble ? Une chose est sûre : mon attirance était bien réelle la première fois que je l'ai rencontrée, et je ne savais rien de tout ça.

Comme si elle venait de sentir ma présence, elle se tourne vers moi. Elle me lance un petit sourire pincé avant de refermer l'ordinateur.

– Tu es prêt ?

– Oui, et toi ?

– Oui, on peut y aller.

Elle attrape son sac, et on rejoint en silence la voiture de ma mère. Hope ne fait pas de commentaires. Elle pourrait, elle n'a rien à voir avec la mienne, elle n'a même rien à voir avec ce que j'aurais les moyens de lui offrir, mais elle le refuse. J'hésite à me justifier, mais après tout, cela ne regarde pas Hope.

Je me demande bien comment, d'une dispute, on finit par passer la soirée ensemble. La faute à ce coup de fil et à l'insistance de ma mère, elle qui cherche désespérément à voir que son fils n'est pas si seul que ça. C'est vraiment trop bizarre, parce que c'est tombé sur Hope. La personne avec qui tout est compliqué, celle que je connais depuis peu et donc pas forcément la mieux placée. Je me demande ce que ce repas va bien pouvoir donner. J'ai peur.

– Tu veux bien me conduire dans une pâtisserie ? J'aimerais acheter le dessert pour ce soir.

– Ma mère a sûrement prévu quelque chose.

– D'accord, eh bien, chez un fleuriste alors.

– Tu n'es pas obligée, Hope.

– C'est la moindre des choses.

Je n'insiste pas et m'arrête donc pour qu'elle puisse acheter des fleurs. On arrive chez ma mère avec cinq minutes de retard, mais je sais qu'elle ne nous en voudra pas. Une fois à l'intérieur, je fais les présentations. Je ne sais pas si cela se voit, mais je suis anxieux. Allez savoir pourquoi.

– Hope, je te présente Susan. Maman, voici Hope.

– Je suis enchantée de faire votre connaissance.

– Moi de même, merci pour l'invitation. Voici pour vous, dit-elle en lui tendant le bouquet.

– Merci beaucoup, il ne fallait pas.

– Ça me fait plaisir.

– Entrez, je vous en prie.

Je balance mon sac dans l'entrée et suis les deux femmes alors que ma mère entraîne Hope dans la cuisine. Elle place les fleurs dans un vase qu'elle remplit d'eau et le pose au centre de la table.

– Que voulez-vous boire, Hope?

– Je ne sais pas. Qu'est-ce que tu prends, Troy?

– Une bière.

– Parfait, comme toi, alors.

Je hoche la tête et m'occupe de nous servir. Ma mère se verse un verre de vin blanc, puis nous prenons place au salon.

– C'est une très jolie maison.

– Merci. C'est grâce à Troy. J'ai fait de la résistance pendant un certain temps, et puis j'ai fini par céder, il y a trois ans. Je ne regrette rien. Elle est vraiment magnifique.

– Et c'est aménagé avec goût.

– C'est mon métier, alors je l'espère, dit maman en souriant.

– C'est sincère.

– Et vous, ma belle? Troy parle très peu de ses collègues, mais je ne me doutais pas qu'il y avait des femmes dans l'équipe. Vous faites partie du personnel médical?

– Non, répond Hope en riant. Je travaille sur le moteur de la voiture 4, celle de mon frère.

– Waouh! s'exclame ma mère, impressionnée. Une femme dans la mécanique, cela ne doit pas courir les rues.

Elle me lance un rapide coup d'œil que j'interprète immédiatement comme de l'intérêt. Je suis sûr qu'elle est en train de tirer des plans sur la comète. Il ne faut pas qu'elle oublie que si Hope est ici, c'est uniquement parce qu'elle a insisté. Bon, oui, j'aurais pu résister un peu plus à mon tour si je n'avais vraiment pas voulu d'elle ici... Merde. Décidément, lorsqu'il s'agit de Hope, je ne suis pas clair, même dans ma tête. J'ai l'impression d'avoir été pris au piège entre l'envie de faire plaisir à ma mère et mon besoin de tout compartimenter. En laissant entrer Hope de manière intime dans ma vie, et donc en lui proposant de rencontrer ma mère, elle en sait déjà plus que n'importe qui de l'équipe. Je n'avais pas vraiment analysé les choses jusque-là. Est-ce que cela va se retourner contre moi ?

– Effectivement, cela fait son petit effet quand je dis que je suis mécanicienne sur ce genre de circuit, mais ça me plaît.

– C'est le principal. Cela doit aussi exiger du caractère pour s'imposer dans un milieu très masculin.

Je ne peux m'empêcher de pouffer, attirant le regard des deux femmes.

– Elle est très bien équipée de ce côté-là, commenté-je. Sois rassurée.

– Est-ce qu'il se comporte bien avec vous ? continue ma mère, sans tenir compte du fait que je suis dans la même pièce qu'elles.

Ma mère a des yeux et des oreilles, elle sait très bien comment je mène ma vie en dehors de l'asphalte. Mais je ne vois pas pourquoi elle est suspicieuse quant à mon attitude envers Hope. Je ne suis pas un goujat ni un salaud.

– Oui, ne vous en faites pas. Et si ce n'était pas le cas, je saurais parfaitement me défendre.

– Bien. Cela fait longtemps que vous travaillez ensemble ?

– Eh bien, non. Je suis rentrée aux États-Unis en novembre l'année dernière et j'ai intégré l'écurie au début de la saison.

– Où viviez-vous auparavant ?

– En Italie.

– Mon Dieu, ce pays me fait rêver ! Parlez-m'en un peu.

Une nouvelle fois, j'écoute Hope raconter ses années vécues là-bas, son expérience chez Ferrari. Une fois que nous sommes passés à table, ma mère continue son interrogatoire, sans que

Hope s'en fatigue. Au menu : riz cantonais, mais sans les crevettes parce que je n'aime pas ça. Je me régale alors qu'elles poursuivent leur discussion. Au final, je me demande si maman n'était tout simplement pas à la recherche d'une autre compagnie que la mienne. J'ai l'impression de faire potiche, dans mon coin.

Hope semble vraiment très à l'aise, je découvre une jeune femme qui aime le contact, sourit très facilement, se confie aisément, sans crainte. Elle s'intéresse à ma mère aussi. Elle est bienveillante, tout simplement. Et c'est totalement idiot, mais ça m'énerve. Je ne veux pas qu'elle se montre comme ça. Elle aimerait que je renonce à ce que je ressens pour elle, mais ce n'est pas en agissant de la sorte qu'elle va avoir moins d'intérêt à mes yeux. Elle n'y est pour rien évidemment, elle est telle qu'elle est, naturelle, belle, mais ça fait chier ! Merde !

– Vous êtes originaire de la Floride, alors ? s'enquiert ma mère.

– Tout à fait. Et avec un oncle propriétaire d'une écurie, je baigne dans la mécanique depuis toujours. Je pense que ma voie était toute tracée, peut-être même depuis le début.

– Et vos parents ? Que font-ils ?

– Ils sont morts quand j'étais petite. C'est mon oncle et ma tante qui nous ont accueillis et élevés, avec mon frère.

– Oh, je suis terriblement navrée.

– Ne vous excusez pas, vous ne pouviez pas savoir.

Maman me lance un regard, et je sais ce qu'elle se dit. Je coupe court à toute intervention sentimentale en proposant de débarrasser pour apporter le dessert.

– Laisse, je m'en occupe, dit maman.

Hope attend qu'elle ait quitté la pièce pour s'adresser à moi.

– Ta mère a l'air d'être une femme formidable.

– Elle l'est.

– Je suis désolée si tu as la sensation que je me suis imposée.

– Je n'ai pas dit ça.

– Non, mais c'est ce que je ressens.

– Tu m'as demandé de te laisser tranquille et, là, tu te retrouves à dîner avec nous. La frontière est limite, tu ne trouves pas ?

– Ne pas vouloir que ça aille plus loin entre nous ne nous empêche pas de devenir amis.

Je ricane sèchement. Dans les faits, elle n'a pas tort, oui, on pourrait être amis. Seulement, j'ai des doutes quant au fait qu'un homme puisse être ami avec une femme, surtout s'il éprouve une très forte attirance. En toute honnêteté, je m'en sens incapable. Ai-je surestimé l'effet que je lui fais si elle se sent parfaitement capable de ne partager qu'une amitié avec moi ? À moins qu'elle ne soit bien plus forte que moi dans la maîtrise de ses émotions et de son attirance. Je n'ai pas l'occasion de poursuivre, maman arrive les mains chargées de deux assiettes.

– J'ai préparé une *key lime pie*[3]. J'espère que vous aimez ça.

– Oui. Elle a l'air très appétissante, répond Hope, admirative.

Maman retourne chercher sa part, puis nous dégustons ce dessert rafraîchissant.

– C'était délicieux. Vous êtes une très bonne cuisinière !

– Merci beaucoup. Je m'occupe de débarrasser et faire la vaisselle pendant que vous profitez de la soirée.

– Laissez-moi vous aider ! s'exclame Hope. S'il vous plaît.

– Très bien.

Je laisse les femmes faire leur vie, me doutant qu'elles vont papoter de trucs que je ne veux pas connaître. Je me sers un verre de cognac et rejoins la terrasse à l'arrière de la maison, me demandant encore comment cette journée a pu se terminer de cette manière.

---

3. Dessert traditionnel du Sud-Est américain à base de jus de lime, d'œufs et de lait concentré, recouvert d'une couche de meringue.

10

Hope

Je ne m'attendais pas à tomber sur Troy au garage. Comme souvent, le ton est monté entre nous, chacun campant sur ses positions, refusant de céder une part, jaugeant l'autre. Bien entendu, la tension est due à ce que nous éprouvons, à ce que nous ressentons, parce que nous avons déjà franchi une ligne. Je me suis demandé si les choses seraient toujours identiques.

Je sais qu'il ne comprend pas pourquoi je refuse de céder à notre attirance, mais il y a plus que nos contrats. J'ai déjà vécu une histoire avec un pilote, je connais les risques, les conséquences, je ne replongerai pas dedans.

Du coup, je ne m'attendais pas à son invitation. Évidemment, elle venait de sa mère, et j'aurais pu dire non, on ne se connaît pas vraiment, je suis la dernière personne arrivée dans l'équipe, mais j'y ai vu l'occasion de franchir un cap vers l'amitié. Si j'aperçois le vrai Troy, celui dans la vie de tous les jours, peut-être que je parviendrai à lui faire entendre raison. Être amis est mieux que rien, non?

Mais j'ai plus l'impression qu'il a mal pris le fait que j'accepte, il ne voit pas les choses de la même façon que moi. Cela me désole. Il est quelqu'un que j'apprécie, et j'aimerais vraiment que l'on apprenne à s'entendre.

– Merci encore de m'avoir conviée.

– C'est moi qui vous remercie d'avoir accepté l'invitation, dit doucement Susan. J'ai rarement l'occasion de rencontrer les amis de Troy.

– En réalité, nous ne nous connaissons pas encore assez pour dire que nous sommes amis.

Elle me lance un sourire amusé, peu vexée par mon affirmation.

– J'imagine bien que ce ne doit pas être chose aisée. Troy est quelqu'un de secret et il ne se livre pas facilement.

– Effectivement, il me semble, oui, dis-je en souriant gentiment.

Je n'ajoute pas que notre relation a débuté de manière peu conventionnelle et que c'est ce qui pose problème à Troy. Cela ne servirait à rien, et j'ai aussi la sensation que cela ne m'aiderait pas.

– Je suis sûre que vous pourriez vous entendre. En dehors de la mécanique et des voitures, vous avez des points communs.

– Ah oui? Lesquels?

Je ne vois pas trop ce qui pourrait nous rassembler, nous ne menons pas du tout la même vie, n'avons pas les mêmes plaisirs.

– Saviez-vous que Troy a perdu son père quand il était jeune, lui aussi?

– Non, je l'ignorais.

– Cela ne m'étonne pas vraiment, il n'aime pas en parler. Il était très proche de lui, ils partageaient énormément d'activités et de loisirs ensemble, notamment les courses automobiles. Je... j'ai souffert de cette perte, Troy aussi, évidemment. Il a probablement manqué d'une figure paternelle. Je pense avoir été présente pour lui, il n'a jamais manqué de rien, mais ce n'était pas tous les jours facile, et je crains qu'il n'ait souffert d'une manière dont je prends seulement conscience aujourd'hui. Depuis le décès de mon mari, il n'y a toujours eu que Troy et moi. Je n'ai jamais réussi à refaire ma vie avec un autre homme, je ne pouvais pas. Depuis que Troy a pris son envol hors de la maison, il ne vit que pour la course. Il s'est fixé un objectif et n'en démordra pas. Mais à côté de ça, il mène une existence très solitaire, et je me fais du souci pour lui. Peut-être que…

– Oui ?

– Je ne sais pas, je me dis que vous, présente ici ce soir, eh bien, c'est un petit pas dans la bonne direction. Il a parfois besoin d'être un peu secoué.

Je ris doucement et repose les assiettes essuyées. C'est vrai que, finalement, si Troy n'avait pas voulu de moi chez lui, il aurait pu ne pas me le proposer et dire non à sa mère, mais il ne l'a pas fait. Je me demande si j'ai le droit d'affirmer que c'est sans doute en raison de notre relation, peu importe ce qu'elle est. Troy est le plus secret et solitaire de toute l'équipe, me savoir ici ce soir a sûrement une signification. Et si la mère de Troy le sous-entend, je peux le croire.

– Cela ne fait pas longtemps que j'ai intégré l'équipe, mais je pense déjà avoir bien cerné votre fils. Je dois avouer qu'il n'est pas toujours facile.

– Je ne peux pas vous contredire. Il est parfois désagréable, vous pouvez le dire, dit-elle en riant. Je ne suis pas épargnée. Seulement, si vous pouviez juste voir au-delà de sa carapace, je vous assure que cela vaut le coup.

Je n'ajoute rien et poursuis ma tâche. Je mets le torchon à sécher sur le dossier d'une chaise, et Susan m'envoie rejoindre Troy qui s'est installé à l'extérieur.

J'arrive dans son dos sans faire de bruit. Il est allongé sur une chaise longue, un verre d'alcool brun à la main. Le voir dans sa vie intime me donne un aperçu de l'homme qu'il est en dehors de la piste. Il est toujours aussi viril et m'attire d'une façon que j'ai rarement connue. Son profil harmonieux, ses lèvres pleines et gourmandes, son air si ténébreux. Je comprends ce qu'il m'a dit, cette attirance n'est pas simple à ignorer et à refouler, c'est difficile pour moi également. Je lui en demande peut-être trop. Vouloir être ami avec quelqu'un qui nous attire est sûrement chose périlleuse, mais c'est toujours mieux que vivre en s'ignorant alors qu'on travaille ensemble.

Je fais un pas en avant, butant dans un pot de fleurs. Troy se retourne, averti par le bruit de ma présence.

– Je peux?

Il acquiesce d'un mouvement de tête et désigne du menton le transat à ses côtés.

– Ça fait des années que je veux offrir un lave-vaisselle à ma mère, mais elle s'entête à vouloir tout faire à la main. Comme avec ces robots ménagers qui font tout, non, elle préfère avoir cinquante mille ustensiles et s'embêter.

– Elle finira peut-être par céder, comme elle l'a fait pour la maison.

– Oui, peut-être.

– Et je ne pense pas qu'elle s'embête, comme tu dis, elle aime sûrement ça, avoir plein d'électroménager, et elle ne voit pas l'utilité d'une machine hors de prix.

– Sans doute.

Je crois que c'est ce que je retiendrai avant toute autre chose de cette soirée. Troy est un homme qui aime profondément sa mère et qui fait tout ce qui est en son pouvoir pour lui rendre la vie meilleure.

– Qu'est-ce qu'elle t'a raconté? demande-t-il en terminant son verre.

Je fixe son avant-bras musclé déposer le récipient vide au sol. Troy s'allonge plus confortablement et croise les bras sur sa poitrine. Il tourne la tête vers moi, et son regard m'interroge, puissant, pénétrant, hypnotique comme souvent.

– Elle a vanté mes mérites ? ironise-t-il. Ou bien elle m'a carrément ridiculisé ?

Il laisse échapper un petit rire tout en secouant la tête.

– À quoi penses-tu en particulier en disant ça ? demandé-je en souriant.

– Des conneries que j'ai pu faire parce que je ne tenais pas en place, que j'étais un casse-cou. Mon Dieu, quand j'y pense !

– Elle a dû avoir de jolies frayeurs.

Ses yeux pétillent de malice quand il poursuit, alors que les souvenirs affluent.

– Pour certaines cascades, oui, pour d'autres, elle n'en sait rien. Mais cela reste entre nous, hein, dit-il, amusé, en me faisant un clin d'œil.

– Promis !

– Et j'avais tendance à me mêler de ce qui ne me regardait pas, comme elle disait. Et j'aimais aider aussi, mais pas toujours de la bonne façon ! Me précipiter pour ranger des choses et, finalement, les casser. Ça partait toujours d'une bonne intention, cela dit.

– J'imagine très bien ! Elle n'a rien dit de traumatisant, si tu veux tout savoir. Elle ne m'a pas raconté des souvenirs honteux de ta petite enfance. Ta mère est fière de toi, tu sais.

– Je sais.

– Et elle ne cherche que ton bonheur.

Il détourne les yeux et les lève au ciel. Je l'imite, et l'espace d'un instant, nous profitons d'un silence réconfortant.

– Je suis désolée, tu sais. Je sais que c'est de ma faute, cette situation entre nous. Tu as toutes les raisons de m'en vouloir. Mais je pense sincèrement ce que j'ai dit, je suis sûre que nous pouvons être amis.

– Cela en fait au moins un sur deux.

– Troy…

– Hope, me coupe-t-il. Ce que tu attends de moi, c'est que je joue la comédie et je ne sais pas faire. Cela te semble peut-être facile, mais ça ne l'est pas pour moi.

– Tu te trompes, c'est dur pour moi aussi.

– Vraiment? dit-il en se redressant.

– Bien sûr.

– Qu'est-ce qui est difficile?

Je déglutis, nerveuse, et passe la langue sur mes lèvres sèches. Je sais ce qu'il cherche à faire et je n'aime pas ça. Me pousser dans mes retranchements ne le mènera nulle part, et je n'irai sûrement pas lui avouer tout fort ce qui s'agite en moi, ce qu'il provoque. Mais je me doute bien que parfois un simple regard ou retenir ma respiration parce qu'il est à côté de moi peut me trahir sans que j'aie besoin de dire un mot. Bon sang, j'ai craqué et je l'ai embrassé une autre fois chez mon frère, un acte qui parle de lui-même. Et le petit égarement à Vegas, ce n'est pas passé loin.

Il est assis sur le bord du transat et il me fixe, les mains croisées devant lui, coudes enfoncés sur ses genoux. L'expression sur son visage est déterminée comme toujours et son ton est ferme lorsqu'il reprend parole.

– Je vais te dire, *moi*, ce qui est compliqué pour moi. Te voir tous les jours alors que je n'ai qu'une envie, t'embrasser encore. (Ses yeux se posent sur mes lèvres tandis qu'il caresse les siennes avec sa langue.) Devoir travailler et faire semblant alors que j'ai envie de toi. (Il parcourt maintenant sans retenue mon corps du regard.) Mettre en sourdine ce que je ressens, ce dont j'ai envie alors que jamais je ne le fais. (Il se penche un peu plus vers moi tandis qu'une pointe de frustration transparaît dans sa voix.) Dès que je pose mes yeux sur toi, je me rappelle et j'ai envie de plus.

– Troy, je…

– Tu es sûrement meilleure comédienne que moi, affirme-t-il.

Il est maintenant debout et fait les cent pas devant moi, tout en fourrageant dans ses cheveux. Il est tellement viril et masculin dans son attitude. Pour moi aussi, c'est une torture de mettre mon attirance au placard, mais nous n'avons pas le choix.

Je le rejoins et tente de le calmer.

– Troy, je vais être honnête, le problème ne réside pas seulement dans le fait que nous travaillons ensemble ou que tu sois un séducteur né. Je… je ne veux pas être avec un pilote.

– Je peux savoir pourquoi?

– J'ai mes raisons. Je ne ve… peux pas, me reprends-je, c'est tout.

– Tu ne peux pas ou ne veux pas, Hope? Parce que, pour moi, ce n'est pas pareil…

Je reste silencieuse, ne sachant quoi répondre. J'ai l'impression que je viens de me vendre en une simple hésitation ou erreur de verbe.

– Tu mènes la même vie que nous. Où est le problème? insiste-t-il.

– Ce n'est pas tant notre mode vie, mais plutôt la personne en soi.

– Es-tu en train de faire un amalgame par rapport à ce que tu as déjà vécu?

– Peut-être, et c'est sûrement un tort, mais je ne peux pas, c'est au-delà de mes forces.

– Parce que tes données sont faussées, assure-t-il. Tu sais, ce que tu ne comprends pas…

Il s'arrête pour porter une main à ma joue.

– … c'est que tout ce que tu me dis ne va avoir qu'un seul impact, celui de me pousser encore plus à te prouver que tu te trompes. Tu ne me connais pas, Hope.

Je pose ma main sur la sienne et savoure un instant notre

contact. Puis je la retire mais ne m'enfuis pas pour autant. Je sens son parfum chatouiller mes narines. Je ressens la chaleur de son corps tout près du mien.

– Je sais qui tu es, affirmé-je dans un soupir.

– Non. Vraiment pas. Tu ne peux pas me juger sur mes actions passées, ce que j'ai pu faire avant de te rencontrer. Savoir que j'ai profité ne veut rien dire de plus sur moi.

– Si. Cela montre que tu n'es pas ce genre d'homme qui se pose et construit quelque chose de durable avec quelqu'un. Ce n'est pas un reproche, Troy, tu en as parfaitement le droit. Dwight et Valentino sont comme toi.

– Et selon toi, je resterai le même jusqu'à 80 ans? Cela ne te vient pas à l'esprit que j'ai peut-être envie de quelque chose de différent?

– Effectivement, tu peux le vouloir, mais pas avec moi. Tu sais bien que c'est impossible. Poursuivre dans cette voie n'apportera rien de bon.

C'est lui qui rompt le maigre contact entre nous en reculant brusquement. Cela ne lui plaît sûrement pas, mais s'il faut que je le lui répète tous les jours, je le ferai. Je m'attends à découvrir une lueur de colère dans son regard, mais c'est toujours la même détermination qui l'habite. C'est plutôt comme si je venais de lui lancer un défi. Je ne sais pas si je fais bien de m'engager dans un jeu avec Troy parce que, même si je ne suis pas une mauvaise joueuse, je n'ai pas envie de perdre face à lui.

– Qu'as-tu prévu demain? se renseigne-t-il, l'air de rien.

– Je dois bosser sur le moteur de Dwight.

– Toute la journée? s'enquiert-il en levant un sourcil.

– Non, probablement pas, réponds-je en souriant.

– Demain matin, je peux te faire découvrir la région, propose-t-il sur un air enjoué. J'ai un circuit de footing et je... Si ce que tu veux vraiment, c'est qu'on apprenne à se connaître, c'est un bon moyen.

Je le jauge un instant, étonnée de le voir céder si facilement, avant d'accepter.

– Oui, ça me ferait plaisir.

– OK, ça marche.

– Je te remercie pour cette soirée, Troy. Je sais bien que tu m'as invitée à reculons, mais je suis heureuse d'être venue. J'ai aimé découvrir une autre facette de toi.

– Oui, je me doute. Je ne suis pas que le connard que ton frère s'évertue à faire croire que je suis.

Je ne ressens aucune colère dans ses mots. En fait, je pense que la situation avec mon frère l'amuse, et surtout, qu'il prend plaisir à prouver le contraire de ses dires.

– Je ne crois rien de ce que Dwight me raconte, de toute manière. Tu connais l'adage : « Je ne crois que ce que je vois »?

– Oui.

– Eh bien, c'est tout moi!

– Tu m'en vois ravi, ponctue-t-il d'un clin d'œil. Tu veux que je te raccompagne?

– Oui, merci.

Je vais saluer sa mère avant de partir.

– Susan, merci encore pour votre accueil.

– De rien, ma jolie. C'était un plaisir de vous rencontrer.

– Également. Peut-être aurons-nous l'occasion de vous voir, dimanche? Vous assistez à la course?

– Bien sûr! Je me demande toujours si mon cœur y survivra, mais je ne peux pas rester sagement à la maison alors que mon fils pilote à quelques pas.

– Eh bien, je vous dis à dimanche dans ce cas.

– Avec plaisir.

– Bonne soirée à vous.

Elle me prend rapidement dans ses bras et nous rejoignons la voiture.

– Vous logez où ? se renseigne Troy.

– Hilton Garden Inn.

Il n'ajoute rien et prend la direction de l'hôtel. Il ne met pas très longtemps à y parvenir. Il s'arrête sur une place devant l'établissement et se tourne vers moi.

– Sept heures, demain matin ?

– Oui, parfait.

– Ça marche.

Tout est dit, je pourrais partir maintenant, lui souhaiter une bonne nuit, pourtant je reste dans l'habitacle à ses côtés. Son regard me happe d'une façon si intense. Le mien s'aventure un court instant sur ses lèvres alors qu'elles esquissent un sourire arrogant. Il est parfaitement conscient du pouvoir qu'il exerce sur moi. Est-ce que ça l'amuse ? Va-t-il continuer d'en jouer ?

– Tu sais, Hope, commence-t-il d'une voix basse en avançant vers moi. Avant de me demander quoi que ce soit sur ma façon d'agir, il faudrait peut-être que tu prennes sur toi.

– Que veux-tu dire ?

– Ton regard en dit tellement long et ton corps parle pour toi. Finalement, ta comédie ne prend pas avec moi.

– Troy…

– Ce n'est rien, j'ai compris, affirme-t-il en posant une main sur ma joue.

Je ne l'empêche pas de caresser ma peau, l'ourlet de mes lèvres. Elles s'entrouvrent, réclamant plus, désireuses de le goûter à nouveau. Encore ce sourire impertinent sur son visage. Je ne sais pas si le combat est équitable.

Sa paume glisse dans mon cou alors que son pouce trace une

ligne de mon menton à ma gorge. Ma peau se couvre de chair de poule, ma respiration se suspend et mon rythme cardiaque s'accélère. Il est juste en train de prouver qu'il a raison, et moi, je fonce dedans, incapable de maîtriser mes émotions, mon corps troublé par sa présence. Le tout est de savoir s'il a réellement compris et va respecter mes souhaits.

Il se penche vers moi et, alors que je crois qu'il va m'embrasser, il pose simplement sa bouche juste à la commissure de la mienne. Son baiser est léger et chaud, il me laisse un incroyable sentiment de vide alors qu'il se redresse.

– Bonne nuit, Hope.

Les mots à prononcer se forment dans ma tête, pourtant rien ne sort d'entre mes lèvres. Mon esprit est dans du coton, perturbé par ce baiser si chaste et pourtant si intime. Je quitte la voiture et tente de reprendre contenance. Accepter de passer plus de temps avec lui était peut-être une mauvaise idée en fin de compte.

***

Debout depuis six heures trente, j'attends Troy. Je suis nerveuse. Je crains de ne pas être assez forte pour résister à la tentation qu'il représente à mes yeux. Mais je suis décidée à lui prouver qu'il ne peut pas tout avoir, alors je vais aller courir à ses côtés, je vais apprendre à le connaître, et cela s'arrêtera là.

Cinq minutes avant sept heures, je rejoins le parking juste au moment où Troy se gare. J'ouvre la portière et me faufile à l'intérieur.

– Salut, dis-je en bouclant ma ceinture.

– Salut. Bien dormi ?

– Très bien, et toi ?

– Pas trop mal. Prête ?

– Oui. Où m'emmènes-tu ? me renseigné-je alors que nous quittons l'hôtel.

– Au pied des montagnes, il y a plusieurs sentiers de randonnée. Je t'emmène vers la réserve naturelle North Etiwanda Preserve. J'espère que le cadre te plaira.

– Je n'en doute pas.

Je profite du court trajet jusqu'au parking qui marque le début des pistes pédestres pour observer les alentours. Le relief est très marqué, rien à voir avec celui de Floride. Je me rends compte que, même si on voyage beaucoup, on prend rarement le temps de profiter de ce qui nous entoure. Et je ne l'aurais probablement pas fait s'il n'y avait pas Troy.

Après avoir remonté un long chemin, mélange de poussière et de cailloux, Troy arrête la voiture sur une place et tend le bras derrière lui pour récupérer un sac d'hydratation.

– Je suis désolé, mais je n'en ai qu'un seul. Si cela ne te dérange pas, on peut partager.

– Ça me va, merci.

Je retire ma veste et sors de la voiture. Il fait encore un peu frais, mais j'aurai vite chaud, alors autant ne pas m'encombrer. Les poils sur mes bras se hérissent, je passe une main dessus tandis que Troy m'observe. Son regard passe sur mon corps telle une caresse. Je baisse les yeux sur ma tenue, me demandant quel est le problème. Je porte un ensemble classique de running : legging, brassière de sport de couleur turquoise et une paire de baskets. Il est vrai que c'est assez moulant, mais bon, être dans un jogging informe n'est pas l'idéal pour courir.

Je le détaille à mon tour, un short un peu long et un tee-shirt respirant, lui aussi très près du corps. Troy est musclé juste ce qu'il faut, de manière très harmonieuse. Je devine le dessin de ses pectoraux, de ses abdominaux, j'imagine très bien les muscles de son dos, tout aussi présents. Ses bras sont un appel à se blottir entre eux, je le sais, je l'ai vécu. Ses jambes ne sont pas en reste, solides, puissantes.

Quand je reviens à son visage, je tombe à nouveau sur ce sourire si sûr de lui. Ce mec transpire l'assurance et la confiance en soi. Je ne savais pas que c'était possible à ce point. Il est parfaitement conscient que je l'observe et il aime ça.

Il passe les bretelles du sac par-dessus ses épaules et ouvre la course. Dans un premier temps, nous nous contentons de l'effort, concentrés sur notre foulée, conscients de la présence de l'autre à quelques centimètres. Troy accapare une grande partie de mon attention, mais je ne manque rien de ce qui m'entoure malgré tout. La nature plus luxuriante à mesure que nous gravissons la montagne et avalons les miles. Les paysages magnifiques de la montagne et les monts enneigés au loin. La ville si petite à nos pieds désormais.

– Tout va bien? demande Troy alors que nous faisons une pause près d'un point de vue, après une heure de footing.

– Très bien. C'est dépaysant, très agréable. C'est magnifique.

Je ne peux m'empêcher d'admirer une nouvelle fois le relief si impressionnant qui s'étend face à moi.

– Je confirme.

Je me retourne vers lui et constate qu'il ne parle sûrement pas de la chaîne montagneuse, parce qu'il me regarde, *moi*. Et il ne me lâche pas des yeux alors que je déglutis. Il prend une gorgée d'eau grâce au tuyau d'hydratation, et je suis fascinée par ses lèvres charnues, appétissantes, qui se posent sur l'embout, par le mouvement de sa pomme d'Adam qui danse de haut en bas. Pourquoi les souvenirs se rappellent-ils à moi si facilement, si douloureusement? Je recule encore alors qu'il avance un peu plus vers moi. Il tend avec rapidité le bras et s'empare du mien pour m'attirer à lui.

– Es-tu si désireuse de t'éloigner de moi que tu es prête à tomber dans le vide? m'interroge-t-il, un voile de colère dans les yeux et la voix.

Je me retourne et constate qu'effectivement je ne suis qu'à un tout petit mètre du bord du ravin. La paroi ne tombe pas à pic, mais la chute n'aurait pas été agréable. Je secoue la tête pour toute réponse.

– Tiens, hydrate-toi, m'ordonne-t-il en me tendant le tuyau, relié à la gourde à l'intérieur du sac.

Je le saisis et le fixe un instant, perturbée par sa proximité, mais aussi par le fait qu'il y a quelques secondes seulement, ce petit bout de plastique se trouvait entre ses lèvres. Il hausse un sourcil, m'interrogeant silencieusement, le même air malicieux sur le visage. Comment peut-il si bien lire en moi alors qu'on se connaît à peine? J'ai l'impression qu'il est capable de deviner mes pensées d'un simple regard.

– Besoin d'un mode d'emploi? se moque-t-il. Tu mets l'embout entre tes lèvres, tu pinces et tu aspires.

Je ne peux rien faire contre le rougissement qui gagne mes joues. Pourquoi est-ce que mon cerveau interprète de manière tordue ces quelques mots? Sûrement à cause de son regard, du ton employé, particulièrement sensuel. Il veut m'amener à penser à des choses érotiques, aucun doute. Je secoue la tête pour chasser ces images qui n'ont pas lieu d'être et prends deux longues gorgées avant de lui rendre l'embout.

– Comment s'appelle cette montagne? Celle enneigée? demandé-je en la pointant du doigt, désireuse de changer de sujet.

Troy se place derrière moi et positionne sa tête au-dessus de mon épaule. Sans doute pense-t-il qu'il aura une meilleure vue en se plaçant précisément où je suis. Mais le seul effet véritable est l'augmentation de mon pouls, à cause de mon cœur qui réagit une nouvelle fois assez violemment à son contact. C'est ridicule, il le sait et le fait exprès.

– Je ne sais pas. Timber Mountain, ou le mont San Antonio peut-être, ou un autre sommet de la forêt nationale d'Angeles.

Je ris doucement face à son explication en me tournant vers lui.

– Je suis pilote automobile, Hope, pas guide de montagne.

– Pardon, pardon !

– La prochaine fois, j'exigerai que tu joues la guide touristique en Floride.

– Aucun problème !

– Attention, je n'oublie jamais rien. Je te prendrai au mot.

Je hoche la tête, bien décidée à tenir parole. Cela ne me fait pas peur, pourquoi je devrais avoir peur de toute façon ?

– Prête pour le retour ?

– Bien sûr.

J'apprécie d'autant plus que Troy accepte de se confier à moi. Je ne suis pas persuadée qu'il s'en rende compte. Il répond à mes questions sur son enfance, cette passion qu'il a découverte grâce à son père. Il ne me le dit pas franchement, mais je devine à travers ses mots que son père n'est plus là. Peut-être se doute-t-il que sa mère m'en a parlé. Je ressens la douleur qui persiste malgré les années, identique à la mienne. Je me rends compte que Susan avait raison. Il est fort probable que je partage plus avec Troy que je me l'étais imaginé. En retour, il s'intéresse à moi, il m'interroge sur ma vie d'enfant, avec un oncle dirigeant d'une écurie. J'aime vraiment ces moments partagés, j'apprends à apprécier l'homme un peu grognon parfois, mais finalement, tellement plus.

Quand nous arrivons devant la voiture, je commence une petite séance d'étirements. Je ramène mes pieds à mes fesses, l'un après l'autre, pour étirer mes cuisses. Je me penche en avant en déroulant ma colonne avec délicatesse afin de solliciter les muscles arrière de mes jambes. Je me relève et tends les bras le plus haut possible au-dessus de ma tête. Lorsque je reporte mon attention sur Troy, je remarque qu'une fois de plus il me regarde. Je pourrais ne pas m'arrêter dessus, mais sa façon de le faire met mon corps en ébullition. Je le crois lorsqu'il me dit qu'il ne sait pas faire semblant. J'en ai conscience, ses yeux reflètent tellement : désir, envie, attirance. Troy est un tel condensé de sensualité, de virilité, il représente la tentation. N'importe quelle femme foncerait sans se poser de questions, cédant au bouillonnement qu'il provoque, succombant avec folie à la passion. Moi-même, je pourrais tomber dans ses bras sur une pulsion, mais ma volonté est forte, et je ne craquerai pas, peu importe l'intérêt que je lui porte et l'ardeur qu'il me renvoie.

– J'ai raison, n'est-ce pas? murmure-t-il en avançant vers moi.

Il me tend le sac afin que je puisse me rafraîchir.

– À quel propos?

– Je sais à quoi tu penses dès que tu me regardes.

– Pareil pour moi, répliqué-je en plissant les yeux.

– Je ne cherche pas à m'en cacher, Hope. Je ne pourrais pas.

– Mais tu sais aussi que j'ai raison.

Il ricane sèchement, l'air peu convaincu.

– Ne complique pas les choses, Troy.

– Est-ce que j'ai fait quelque chose? Tu peux me reprocher quoi que ce soit?

– Non.

– Serais-tu mal à l'aise? Tu veux qu'on discute d'un point en particulier? me cherche-t-il en se penchant vers moi.

Ses yeux ne lâchent pas mes lèvres, et moi? Eh bien, moi, je reste là à le fixer, attendant. Je le repousse, mais finalement je suis suspendue à ses mots, à ses gestes. Je sais que je serais assez forte pour le repousser, j'en suis convaincue. Mais ce n'est que le début, qu'en sera-t-il après plusieurs semaines de tentation?

– Tout va très bien.

– Parfait, dit-il, souriant, en se redressant.

Ce mouvement laisse planer son parfum dans l'air, et je prends un instant pour fermer les yeux et m'en imprégner. C'est masculin, entêtant, attirant.

– Dans ce cas, tu accepteras de sortir avec moi, ce soir? Je t'emmène au restaurant sur LA. On ira se balader à Venice Beach, Santa Monica et Beverly Hills. Tu ne peux pas partir d'ici sans avoir goûté aux plaisirs de la Californie. Et cela ne m'inclut pas. Je suis Californien, mais tu ne m'auras pas.

J'éclate de rire. Un rire sans filtre, sincère, libérateur. Il me rejoint immédiatement, content de lui. Je sais que, dans le fond, c'est ironique, mais cela me plaît qu'il prenne tout ça à la dérision. Et je remarque quelque chose qui me bouleverse un peu. Je crois bien qu'il est la seule personne en dehors de mon cercle privé devant laquelle je me laisse à rire sans craindre les regards. Il m'a déjà rassurée plusieurs fois à ce sujet et, bon sang, cela fait du bien. Pouvoir être telle que je suis, sans devoir me maîtriser, me cacher.

– Très bien, je suis partante. Mais c'est moi qui t'invite, histoire de te remercier pour ton hospitalité irréprochable.

– Ça marche. Quoi? dit-il devant mon air surpris. Je suis un homme moderne, je suis pour le partage des tâches, tout ça. Tu peux payer la note, cela ne me dérange pas.

Il me fait un clin d'œil, et nous montons en voiture. En peu de temps, je suis devant mon hôtel.

– Merci pour ce début de journée. C'était sympa.

– Attends de voir la fin de journée, réplique-t-il avec assurance. Je passe te prendre à dix-huit heures, il faut compter une bonne heure de trajet jusqu'à Beverly Hills. Si ça ne te fait pas peur.

– Tu ne me fais pas peur, assuré-je.

Il me lance un regard et un sourire qui en disent long. Il est tellement sûr de lui. Mais il ne me connaît pas encore assez, il ne sait pas à qui il a affaire. Quand j'étais petite, Dwight en a souvent fait les frais. Ma volonté est à toute épreuve, et j'étais capable de tout pour obtenir ce que je voulais. Preuve en est, je travaille dans un milieu majoritairement masculin et j'ai bossé chez Ferrari ! Je ne suis pas une petite joueuse.

– C'est parfait, à tout à l'heure, alors.

– À tout à l'heure.

***

Je suis une femme indépendante et autonome. J'ai pris ma vie à bras-le-corps et, malgré les épreuves, je suis fière du chemin parcouru et de l'endroit où je me trouve. Bien sûr, j'ai vécu des déceptions, des peines de cœur, mais je ne regrette rien de tout ce que j'ai expérimenté jusqu'à présent, pas même Danilo.

Alors, je ne comprends pas pourquoi je stresse en terminant de me préparer dans la petite salle de bains de ma chambre d'hôtel. J'appréhende ce que Troy me réserve. Est-ce qu'il y aura toujours une attente sous-jacente à tous ses mots et actions ? Est-il réellement capable d'être juste ami avec une femme ?

Le problème est que je ne sais pas comment qualifier cette soirée. Est-ce un vrai rencard à ses yeux ? Une simple sortie entre amis ? Aura-t-il des attentes particulières ? Moi-même, je suis perdue. L'est-il tout autant ? Est-il vraiment capable de devenir un homme sérieux dans une relation ? Je secoue la tête. Pourquoi me posé-je la question ? Nous ne pouvons pas être ensemble. Jouer avec le diable ne m'apportera rien de bon. Mais pourquoi est-il si tentant alors ?

Je respire un bon coup et ferme les yeux, cherchant à me vider la tête.

Je me pose sûrement trop de questions. Je jette un dernier coup d'œil à mon reflet dans le miroir. Comme toujours, je n'en ai pas fait des tonnes, ce n'est pas mon truc, de toute façon. Je me contente d'un effort sur la tenue parce qu'il a parlé de Beverly Hills, alors je ne veux pas ressembler à rien. On a beau être en Californie, nous ne sommes malgré tout qu'en mars, et il fait encore frais, surtout en soirée. J'avais donc emporté dans ma valise une combinaison pantalon en tissu noir, dont les manches et le décolleté sont en tulle noir à pois. Le haut ressemble à un bustier, c'est simple mais classe. J'ai agrémenté le tout d'une pochette et d'escarpins, argentés tous les deux. Je récupère la veste noire assortie avant de rejoindre Troy à l'extérieur.

Je glisse sur la banquette et me tourne vers lui. Il balaie mon corps des yeux et me renvoie mon sourire, un air approbateur sur le visage.

– Tu aimes la cuisine asiatique ?

– Oui.

– Cool. Tout de suite, je pensais à un italien, mais je me suis dit que tu en avais peut-être assez.

– Asiatique, c'est très bien.

– Super. Alors, c'est parti.

Cette attention me va droit au cœur, même si je n'ai rien contre la cuisine italienne. Je l'observe à la dérobée alors qu'il récupère l'I-10. Lui aussi a fait un effort pour cette soirée : pantalon noir et chemise gris perle. Il est très élégant, naturellement charismatique. Durant le trajet, Troy me confie qu'il n'aime pas particulièrement Los Angeles, trop grand, trop bruyant, trop de désillusions, d'artifices. Il préfère cent fois sa petite bourgade, ou même Daytona Beach.

– Tu rentres souvent voir ta mère ?

– Dès que je le peux. Systématiquement quand il y a une course en Californie et pendant la pause entre deux saisons. De temps en temps, elle accepte que je lui paie un billet d'avion pour venir me voir. Mais elle n'a pas beaucoup de congés, alors ce n'est pas évident.

– Oui, j'imagine.

– Et toi ? Travailler en famille, ça donne quoi ?

– C'est agréable. Et parfois un avantage. Je connais très bien Dwight, j'arrive à anticiper certaines réactions ou remarques. Je trouve dommage que lui et toi ne vous entendiez pas plus que ça.

– C'est de ma faute, me confie-t-il. Je ne suis pas très... sociable.

– Donc, avec moi, c'est une exception ?

– Ma motivation te concernant est différente, Hope. Ne compare pas ce qui se passe entre nous à ma relation avec Dwight.

– Dwight est quelqu'un d'adorable. Enfin, c'est peut-être parce que vous vous ressemblez trop.

Il ne réagit pas à mon analyse, j'en déduis qu'il ne veut pas en parler. Je me demande bien ce qui le pousse à refuser une amitié avec Dwight et Valentino. Je comprends la compétition entre pilotes, mais cela n'empêche pas les deux autres d'être amis. Et malgré leur comportement de beaux gosses pourris gâtés, ce sont deux belles personnes adorables.

– Arrête de te poser des questions comme ça. Je ne suis pas une énigme à résoudre.

– Pour me convaincre du contraire, il faudrait peut-être que tu cesses d'être un tel mystère.

Il tourne la tête vers moi, et le coin de sa bouche se soulève, j'ai l'impression qu'il est plutôt content de lui, en fait.

– Quel est ton endroit préféré ici ?

– À part la piste, tu veux dire ? Les montagnes. C'est apaisant, dépaysant, reposant, loin du tumulte de la vie.

– J'ai du mal à le croire.

– Pourquoi ça ? Tu te figures que j'aime passer tout mon temps dans les clubs ou les grosses fêtes ? C'est le cas, de temps à autre, mais j'apprécie aussi la tranquillité. Au quotidien, on vit à trois cents à l'heure, alors me retirer me permet de me recentrer. Tu vois ce que je veux dire ?

– Oui, je vois. Et en Floride, tu fais ça comment ?

– Il n'y a pas de montagnes, mais il y a les Everglades, la côte. Plein d'endroits pour s'évader. Mais je ne t'apprends rien sûrement, madame la guide touristique.

J'éclate de rire tout en secouant la tête.

– Je connaissais ma ville il y a dix ans. Beaucoup de choses ont changé.

– Je me doute.

Nous passons le reste du temps à discuter musique, cinéma et sport. De temps en temps, je me laisse absorber par les lumières alentour. Troy avait raison : Los Angeles est immense.

Troy arrête le véhicule devant un restaurant, le Crustacean. Des spots bleus illuminent les murs et l'enseigne scintille en hauteur. À l'intérieur, la décoration est très classe et moderne. C'est vraiment très joli. Le serveur nous mène à notre table, un peu reculée, et nous tend les menus. Nous faisons rapidement notre choix, et j'opte pour un verre de vin blanc.

Le dîner se passe dans une atmosphère très légère. Je suis étonnée de voir Troy se confier de façon très naturelle sur son enfance, j'y réponds de la même manière. Pour quelqu'un qui semblait réticent à l'idée qu'on soit amis, je trouve qu'il fait beaucoup d'efforts. Comme je l'avais exigé lors de notre footing, je règle l'addition. Troy me propose une petite balade digestive sur la jetée de Santa Monica, et rapidement dans Venice Beach, avant de finir la soirée dans un club.

Ce n'était pas vraiment au programme. Se retrouver ensemble au restaurant était gérable, avec la distance entre nous, le fait de manger tout en discutant. Mais là, se balader, puis aller boire un verre et sûrement danser, cela n'a rien à voir. Je pourrais comparer à toutes les autres fois, celles où nous avons dérapé, et lui demander de rentrer. Mais comme pour mettre à l'épreuve ma volonté de combattre cette attirance, j'accepte d'un mouvement de tête parce que, même s'il me plaît physiquement, il me plaît aussi en tant que personne, et je veux en apprendre plus sur lui.

J'évolue dans un monde d'hommes, j'ai dû faire face à de nombreux bousculements, critiques, insultes. Je suis devenue une spécialiste dans l'art du contrôle, car je sais où je veux aller et quelles cartes il est intelligent de jouer. Être face à Troy ne doit pas être différent. Je suis capable de rester maîtresse de moi, même à côté d'un homme comme lui.

Je suis éblouie par les lumières du bord de mer. Je trouve que cela donne un petit côté très romantique au moment. Mais je dois rester concentrée. Ce n'est pas un rendez-vous galant.

– Si tu préfères rentrer, tu me le dis.

– Non, ça va. Je veux bien découvrir ce club.

Il acquiesce de la tête, et nous nous mettons en route vers le Troubadour.

– C'est un lieu mythique de la ville qui a vu naître bon nombre d'artistes.

– Tu peux m'en citer quelques-uns?

– Non, pas vraiment, dit-il avant d'éclater de rire.

Je l'imite, tellement heureuse de cette légèreté en lui. Il paraît si sérieux la plupart du temps. Cela fait du bien de le voir ainsi. À l'entrée, il serre la main du videur. Je le salue timidement de la tête avant de suivre Troy. Il me conduit vers un coin V.I.P. sur un balcon. Je prends quelques instants pour observer les lieux : une scène avec un carré dans la fosse permettant aux gens d'assister aux concerts debout et de pouvoir danser ; de chaque côté, sous les balcons, des banquettes ; un emplacement pour les instruments et, derrière, le bar avec d'autres tables.

– Tu veux boire quoi ?

– Un mojito, s'il te plaît.

– Je reviens.

Troy m'abandonne le temps d'aller commander nos boissons. Il revient rapidement avec mon cocktail et un bourbon pour lui. Nous ne parlons pas beaucoup. Je suis captivée par la musique qui est vraiment excellente. Je ne connais pas du tout l'artiste qui se produit, accompagné de plusieurs musiciens, mais c'est du très bon rhythm and blues.

– Est-ce que je t'ai dit que tu étais magnifique ce soir ?

Je me tourne vers Troy qui me fixe avec intensité.

– Non.

– Je n'ai jamais vu aucune femme être aussi sexy sans en faire des tonnes.

– Troy...

– Hope. Tu ne m'empêcheras pas de te faire des compliments. N'essaie pas de me l'interdire.

Ce n'est pas une menace, mais il est sérieux.

– Très bien.

Le sourire fier et arrogant est de retour. Cela devrait m'énerver au plus haut point, mais même pas. Au lieu de ça, je reste perdue dans son regard, la musique et ma détermination presque évincées par l'intensité qui s'en dégage.

– Tu veux aller danser un peu ?

– Oui, pourquoi pas.

Nous terminons nos verres et rejoignons la petite foule en bas, regroupée devant la scène. Ce soir, ce n'est pas comme à Las Vegas, ni même comme au club la première fois qu'on s'est rencontrés. Ici, l'atmosphère est beaucoup plus intimiste, les lumières, le genre musical, l'espace plus restreint. Même l'attitude de Troy n'a rien à voir. Je repense alors à toutes les interrogations qui me taraudaient dans ma chambre d'hôtel. Plus j'apprends à connaître Troy et plus elles grandissent. Je ne suis pas sûre de pouvoir trouver de réponses, et le dois-je vraiment? Je préfère me laisser porter par le rythme, la résonance des basses, la voix enchanteresse du chanteur, les mélodies entêtantes. Est-ce un sort qu'on est en train de me lancer? Pourquoi ne réagis-je pas quand je vois Troy se déplacer derrière moi? Pourquoi me laissé-je faire alors que ses grandes mains se nouent sur mon ventre? Pourquoi ma tête tombe-t-elle en arrière contre son épaule? Pourquoi mon corps se tend-il vers le sien dans la recherche d'un contact? Pourquoi agit-il de cette manière sur moi?

– Troy… commencé-je dans un sursaut de conscience.

– Laisse-nous profiter du moment, Hope. Il n'y a personne pour nous l'interdire. Juste l'instant présent.

Je ne réfléchis même pas quelques secondes. Pour toute réponse, je reste où je suis sans prendre la fuite, sans le repousser, l'engueuler. Je pourrais, parce que nous ne sommes clairement pas en train de danser comme deux amis avec une relation platonique le feraient. Je le sais, il le sait. Mais nous voilà sur cette piste, parmi cette petite foule anonyme, en symbiose. Je n'ai jamais ressenti ça, pas même avec Danilo, et pourtant notre relation faisait des étincelles.

Ce constat m'attriste. Mais je vais faire un effort, ne pas penser à hier ni à demain, juste profiter de lui, de l'homme qu'il m'offre ce soir. Entre ses bras, contre lui, je sais qu'il est plus que Troy

Wells, le coureur automobile. Et je crois que plus que tout au monde, c'est ça qui m'effraie.

Son corps me surplombe, et je ressens tout. À tel point que je ne sais pas où donner de la tête. Sa chaleur m'envahit, j'ai presque le tournis. Ses lèvres sont dangereuses. Positionnées sous mon oreille, elles butinent la peau de mon cou, si sensible à cet endroit précis. Je ne savais même pas qu'en étant embrassée sur ce point particulier, des milliers de frissons pourraient s'emparer de moi. La main qui n'est pas fichée sur mon ventre remonte vers mon visage. Je m'attends à ce qu'il le caresse, mais non. Il la laisse sur ma gorge. Son geste est profondément possessif, mais j'aime ça. Son pouce balaie la courbe de ma mâchoire et finit par se retrouver sur mes lèvres. Je les entrouvre et mordille la pulpe de son doigt, lui arrachant un petit rire rauque. Je ne l'entends pas, mais je le sens vibrer dans mon dos.

J'ai la sensation de ne plus me contrôler alors que je tourne la tête vers lui. Ses iris bleus contre les miens, noisette. Ma confusion contre sa détermination. Notre désir fusionne, et l'espace de quelques secondes, nos lèvres se redécouvrent dans un baiser inédit. Sa langue paresseuse me fait languir. Aucune pression, aucun objectif à atteindre. Personne ne nous voit, personne ne peut nous voler cet échange, cette communion.

C'est au moment où la voix du chanteur s'éteint, où le changement de musique s'opère que je refais surface. Je me détache précipitamment de Troy et cours me réfugier dans les toilettes du club.

– Mais qu'est-ce que tu fiches, Hope ?! me grondé-je face au miroir.

Comme si j'allais pouvoir me répondre ! Quelle connerie ! Jamais on ne va s'en sortir. Après mon histoire avec Danilo, je me suis fait la promesse de ne plus jamais sortir avec un pilote. On m'avait mise en garde contre lui, j'étais parfaitement consciente de sa réputation, mais il a réussi à me séduire, et j'ai plongé corps et âme dans notre relation. La chute a été rude. C'est sûrement un tort de tous les mettre dans le même panier, mais je vois comment Dwight agit, et c'est un peu aussi la réputation de Troy, alors je cherche juste à me protéger. Bien sûr, je ne suis pas aveugle au point de ne pas avoir conscience de cette attirance magnétique entre nous, de cette alchimie, mais je refuse de céder pour souffrir ensuite. Et ce n'est que l'aspect privé, je ne parle pas du côté professionnel qui en pâtirait si les choses tournaient mal. Cela a tout autant de poids dans la balance.

Après je ne sais combien de minutes à me ressaisir, je rejoins la salle. Je trouve Troy au bar, qui patiente en échangeant avec le barman. Il se tourne vers moi d'un seul bloc et ne prend même pas la peine de m'interroger. Il sait très bien ce qu'il s'est passé. En silence, il règle la note, puis nous quittons le Troubadour.

Le trajet retour jusqu'à mon hôtel se fait sans un bruit. Seuls nos respirations et le ronronnement du moteur emplissent l'habitacle. Troy s'arrête sur une des places du parking et met la voiture au point mort. Je me tourne vers lui, pensant devoir, pouvoir dire quelque chose, mais je n'y parviens pas. Alors il le fait à ma place.

– Je suis désolé.

Ces trois petits mots qui effaceraient presque tout le charme de cette soirée. Je lui retourne un petit sourire triste avant de le quitter. Me voilà encore plus perdue que je ne l'étais.

11

Hope

Nous sommes donc tous en position pour le départ d'une nouvelle course à Fontana. Aujourd'hui, les pilotes devront parcourir quatre cents miles, soit l'équivalent de deux cents tours sur cette piste. Je me concentre sur la voiture de mon frère, vérifiant les derniers réglages, ajustant au besoin ce qui est nécessaire, communiquant les informations en ce qui concerne les pneus.

J'ai lâchement évité Troy depuis vendredi soir. Samedi, nous n'avons eu aucun contact. Je ne m'attendais pas à en avoir de toute manière. Et aujourd'hui ? On s'est à peine croisés. Je ne saurais dire exactement pourquoi, gêne, colère, frustration. Je ne vais de toute manière pas aller chercher réponse auprès de lui.

La logique principale de la clause dans nos contrats est d'empêcher ce genre de situation où l'employé se fait plus de souci pour un autre que pour l'objectif de la course, le but de l'écurie. Je ne dois pas oublier les raisons de ma présence ici.

– Ça va, sœurette ?

– Très bien. Pourquoi ?

– Je sais pas, on dirait que tu as la tête ailleurs.

– Pas du tout ! Je suis concentrée, c'est pour ça. Je veux réfléchir à tout pour ne rien laisser passer.

– Tu déchires, ne doute pas de toi.

Dwight embrasse mon front avant de monter en voiture. Machinalement, il fait son geste de croix avant de clipser le volant. Je n'ai jamais compris pourquoi il le faisait, Dwight n'est pas croyant. Mais il a pris cette habitude, et je crois qu'il ne la perdra jamais. C'est trop ancré.

Je donne un coup sec sur le toit, et il rejoint la piste au même rythme que la *pace car*, rapidement suivi par Valentino et Troy. Chacun récupère sa place obtenue après les qualifications, et je vais m'installer sagement aux côtés de Bruce, le chef mécano de Dwight.

Comme à chaque course, j'essaie tant bien que mal de ne pas penser aux risques encourus par les pilotes, la possibilité d'un grave accident, voire la mort. C'est le lot de chacun. Ce qui est rassurant, c'est de voir au fil des années les progrès faits en matière de sécurité.

Ma respiration s'accélère à la moindre action, mon souffle se coupe lors d'un accrochage, attendant le cœur battant de savoir quels sont les véhicules accidentés. Mes poils se hérissent quand les voitures se rentrent dedans, quand les pilotes jouent avec le feu. Dwight n'est pas en reste. Parfois, j'aimerais être celle qui le guide pour pouvoir l'engueuler au besoin. Je n'irais pas par quatre chemins. Je suis sûre que Lewis, son *spotter*, prend toujours des gants, parce que c'est, lui, le pilote. Moi, je ne me gênerais pas !

Mes yeux jonglent entre la piste, les écrans et les données électroniques récupérées. Je me tiens sur mes gardes au moindre besoin plus technique. Je dois rester concentrée sur mon pilote et ma voiture, mais cela ne m'empêche pas de suivre avec attention la performance de Troy, mon cœur battant tout aussi fort pour lui. J'ai retenu ma respiration tout à l'heure lorsque j'ai cru qu'il était impliqué dans une collision. Et même si j'aime le taquiner en affirmant que Dwight est meilleur, un peu grâce à moi, j'ai bien conscience que Troy est un excellent pilote. Il réalise une superbe performance aujourd'hui, je suis impressionnée. Il maîtrise son art à la perfection et sait parfaitement ce qu'il fait. Cela n'arrange pas forcément mon cas, parce que cela ajoute à son charisme. Mon attirance pour lui ne faiblit pas, mais ma volonté doit tenir bon !

Les deux premières parties de course se déroulent plutôt bien. Dwight a du mal à remonter après son implication dans un carambolage. La voiture souffre un peu.

– Les pneus arrière ! hurle Dwight dans le micro.

– Qu'est-ce qu'il y a ? se renseigne Bruce.

– La voiture est trop *loose*, je perds de l'adhérence !

– On va les changer et voir ce qui se passe.

Dwight termine son tour et arrive un peu rapidement au stand.

– Fais gaffe ! l'engueule Bruce. Tu oublies ton transpondeur ?! C'est pas le moment de te prendre une pénalité !

Les pilotes ne doivent pas rouler à plus d'une certaine vitesse dans la *pit line*. Les officiels, qui observent la course depuis la *pit road*, surveillent cela avec attention. Le moindre excès est sanctionné par une pénalité.

– Putain, j'ai les nerfs ! s'écrie Dwight.

J'ai l'impression qu'il sait que c'est très mal engagé pour lui. Une fois l'opération terminée, il repart sur les chapeaux de roues, tandis que Jamie, le spécialiste pneus, se charge de faire les relevés. Il prend les températures intérieure et extérieure, mesure la pression et le diamètre de chaque pneumatique et entre les données dans l'ordinateur. Le diagnostic ne tarde pas à tomber, la voiture souffre d'une mauvaise répartition du poids.

– Tu tentes un *wedge* ? propose Jamie.

Le spécialiste pneus suggère de régler la tension du ressort arrière gauche ou droit, à l'aide du vérin à vis à l'arrière de la voiture. Vu la position de Dwight, on aurait probablement tort de ne pas tester. Le faible choc qu'a subi Dwight tout à l'heure a sûrement modifié le train arrière, impactant le pneu et perturbant la répartition du poids, d'où la sensation d'un véhicule survireur.

– On peut essayer, histoire de sauver les meubles, acquiesce Bruce.

L'équipe laisse passer deux nouveaux tours, et Dwight est de retour au stand. Je peux nettement lire sur son visage qu'il est très mécontent. Si j'en juge par les derniers résultats, il stagne à la trente-septième place. Il a déjà fait tellement mieux.

Troy est très bien placé, en troisième position, et Valentino, dans les dixièmes, pas de quoi avoir honte. Le drapeau blanc s'agite dans les airs. Les pilotes vont tout donner alors qu'ils entament le dernier tour. Dwight sait qu'il ne réalisera pas une performance hors normes, il ne baisse pas les bras, mais c'est trop tard pour lui.

Jeffrey, qui jusque-là était resté en retrait pour observer la course, revient vers les stands, un air plutôt satisfait sur le visage. Troy a maintenu sa place, Valentino termine douzième, seul Dwight ne se démarque pas et doit se contenter de la trente-cinquième position.

Mon oncle accueille mon frère avec une solide poignée de main malgré les circonstances et fait de même pour Valentino qui ne se défait jamais de son sourire joyeux. En ce qui concerne Troy, c'est une autre histoire. Je crois que personne autour de nous ne comprend ce qui se passe. Il tire une gueule monumentale, et ses yeux lancent des éclairs.

Je n'ose pas intervenir, ce n'est pas mon rôle. Jeffrey tente une approche, mais Troy lui marmonne sèchement quelque chose, alors il ne pousse pas les choses plus loin. La tension ne quitte pas Troy alors que tout le monde rejoint le podium.

Il m'a dit qu'il ne savait pas jouer la comédie, je l'ai cru. Je suis d'autant plus stupéfaite quand je le vois revêtir un masque de presque joie en montant sur la troisième marche et en acceptant les fleurs. Je ne comprends pas ce qui se passe. Je jette un œil à Dwight qui se contente d'observer la scène, bras croisés sur la poitrine.

Une fois ses obligations effectuées, Troy disparaît. Je le vois quitter précipitamment les lieux, non sans bousculer assez violemment au passage le vainqueur de la course, Richard Adams. Les mecs sont en train de discuter entre eux, je me dis que c'est peut-être mon signal pour m'éclipser et rejoindre Troy. Quelque chose me dit qu'il a besoin de quelqu'un à ses côtés, et pas de solitude comme il peut le croire. Et surtout, j'aimerais bien comprendre la raison de son comportement assez surprenant.

Je m'arrête peu avant l'entrée du vestiaire, Troy est en train de discuter avec sa mère.

– Ce sont des conneries ! Putain ! Troisième, derrière ce connard ! Ici !

– Mais Troy, enfin. Pourquoi tu n'es pas satisfait ?

– Parce qu'il ne le serait pas !

– Mon chéri, tente-t-elle d'une voix douce.

– Non ! Bordel ! D'abord Daytona, puis ici. Toutes celles qui comptent, rien ne marche.

– Je ne te comprends pas, répond-elle en soupirant, visiblement dépitée.

– Il n'y a rien à comprendre !

– Je vais te laisser te ressaisir, d'accord ?

Il grogne pour toute réponse, et deux secondes plus tard, Susan sort de la pièce, un bouquet dans les mains.

– Oh ! Hope ! Je suis contente de vous voir.

– Oui, moi aussi. Tout va bien ? demandé-je, même si je sais que ce n'est pas le cas.

– Il est… Je ne sais pas trop en réalité. Il se met une telle pression. Enfin, je ne suis pas à sa place, je ne peux pas savoir ce qu'il en est. Vous pouvez aller le voir? Il se confiera peut-être à vous.

– Je vais essayer, la rassuré-je.

– Merci, vous êtes adorable.

Elle me gratifie d'un petit sourire et me laisse devant l'antre du diable. Un bruit sec résonne et me fait sursauter. Je prends une profonde inspiration et avance dans la pièce. Troy me tourne le dos. Il a abaissé le haut de sa combinaison, elle pend maintenant autour de sa taille, et il a retiré le tee-shirt ignifugé qu'il portait en dessous. L'espace d'un instant, j'en oublie pourquoi je suis ici, c'est-à-dire essayer de comprendre ce qui ne va pas, tenter de lui remonter le moral. Je me laisse déconcentrer par son physique. Il paraît être une telle boule de nerfs. Le moindre muscle de son dos est tendu à cause de la contrariété. Il semble prêt à frapper dans ce qui lui tombera sous la main.

– Troy?

Il se retourne vivement vers moi, et quand ses yeux furieux s'ancrent aux miens, je ne fais plus attention à rien d'autre. Je crois que c'est le bon mot, ils sont habités par une fureur féroce. Je ne comprends pas d'où elle vient.

– Qu'est-ce que tu fais là? grogne-t-il.

– Je… je voulais savoir si tu allais bien.

– D'après toi?

– Pas vraiment.

– Bien, maintenant tu peux partir, dit-il sèchement.

– Troy… insisté-je en amorçant un pas vers lui.

– Qu'est-ce que tu crois, Hope? Que parce que nous avons partagé un dîner et une danse, deux, trois baisers, tu vas pouvoir débarquer et me réconforter?

Je suis sciée par son ton extrêmement dur et sec, en parfaite harmonie avec son regard, en fait. Je redresse les épaules et revêts ma carapace.

– Non, bien sûr que non. J'aimerais juste comprendre ce qui se passe.

– Rien.

– Tu ne peux pas gagner à tous les coups.

Il prend une profonde inspiration, comme s'il cherchait à se contenir pour ne pas dire quelque chose qu'il regretterait.

– Est-ce que je peux faire quelque chose ?

Je sais bien que je ne mérite pas la façon dont il s'adresse à moi, mais le voir batailler comme ça me fait mal au cœur. C'est la colère et la déception qui parlent pour lui.

– Une seule solution pour moi, me défouler avec le sport ou la baise. Tu te portes volontaire ?

Il a osé ! Il ose me sortir un truc pareil, après les moments qu'on a partagés ensemble ? Où est passé le Troy que j'ai découvert ces derniers jours ? Il croit vraiment qu'il peut me parler comme ça ? Comme si je n'étais qu'une pétasse de plus dans son entourage ? Je dois maîtriser la colère qui bout en moi. Ce n'est sûrement pas le lieu pour piquer une crise, et surtout, je vaux mieux que ça ! Je serre les mâchoires et le toise méchamment.

– Tu n'es qu'un connard, Dwight a raison.

Sans un mot de plus ni un regard, je l'abandonne à son misérable sort. Qu'il reste tout seul à se morfondre ! Je ne vais pas m'emmerder pour lui !

***

La dernière course en Virginie a été décalée du dimanche au lundi en raison de fortes pluies. Troy est de nouveau monté sur le podium à la seconde place, Dwight s'en est bien mieux sorti qu'à Fontana et Valentino reste constant.

Avec Troy, nous en sommes au point mort. Pour dire, nous n'avons échangé aucun mot, aucun regard depuis notre affrontement dans les vestiaires. Je ne sais pas s'il est en colère contre moi ou si c'est parce qu'il s'en veut. Toujours est-il que je ne ferai pas le premier pas, je n'ai rien à me reprocher.

Nous profitons tous d'une pause de quinze jours en cette fin de mois de mars, bienvenue après la première partie de saison. Je n'ai pas fait grand-chose des jours qui viennent de s'écouler. J'ai vaguement jeté un œil à différentes petites annonces immobilières pour trouver une location, mais les loyers sont hors de prix, et je suis très loin d'avoir le même revenu que Dwight. Je déprime de ne pas dénicher un petit truc sympa dans un quartier agréable sans avoir à quémander l'aide de mon frère. Il en fait assez comme ça.

Ce soir, c'est une soirée particulière, les 30 ans de JW Motorsport. Jeffrey attend cet événement depuis un moment. Ma tante, Sandy, s'est chargée de l'organisation. Cela représente tellement pour mon oncle, pour eux. C'est un accomplissement. Je suis si fière de lui. J'ai hâte d'y être et de voir ce qui a été prévu.

Je retrouve Dwight installé sur le canapé, le nez dans son portable. Il lève les yeux sur moi en entendant les talons de mes escarpins argentés fétiches claquer au sol et m'adresse un sourire.

– Tu es superbe, me complimente-t-il en avisant ma tenue.

J'ai choisi une robe de cocktail forme fourreau bleu marine. Le corsage et la taille sont croisés en coupe portefeuille, et les bretelles sont tombantes. Elle met discrètement ma silhouette en valeur, ni trop sage ni trop sexy.

– Merci. Tu n'es pas mal non plus. Besoin d'aide?

J'avise son nœud de cravate complètement de travers. Je glisse ma pochette sous mon aisselle et tâche de faire quelque chose digne de ce nom. Une fois terminé, j'observe mon travail.

– Tu as vraiment la classe, dis-je en souriant.

– Comme toujours, n'est-ce pas? rétorque-t-il en riant. Tout va bien?

– Bien sûr, pourquoi tu me demandes ça?

– Je sais pas, je te trouve un peu étrange ces derniers temps.

– Étrange comment? demandé-je, étonnée.

Je suis vraiment surprise, car je n'ai pas la sensation d'avoir agi bizarrement et je ne m'imaginais pas que mon frère pouvait faire attention à ce genre de choses.

– Parfois, tu es tendue sur la piste, un peu sur les nerfs.

– C'est juste que j'angoisse et stresse pour toi. J'aimerais tellement que tu aies une saison extraordinaire.

– Si tu le dis.

Je sais qu'il n'essaiera pas de chercher plus loin, mais tout de même, j'espère ne pas avoir suscité d'autres interrogations.

– Tu es prête? On y va?

– Oui, c'est bon!

Comme nous avons tous les deux l'intention de boire et de profiter de la soirée sans nous soucier de reprendre la route en voiture ensuite, nous avons décidé de nous y rendre en taxi. Je profite du trajet pour vérifier mon maquillage. J'essuie une légère trace de mascara sous mon œil et applique une couche de rouge à lèvres corail sous le regard désabusé de Dwight.

– Quoi? soufflé-je en refermant mon miroir de poche.

– Rien, tu me fais rire.

– Ah oui? Pourquoi ça?

– Comme si tu avais besoin de tout ça.

Il détourne aussitôt les yeux, gêné par sa réplique. Je glisse sur la banquette pour venir crocheter son bras et poser ma joue sur son épaule.

– Oh, Dwight, c'est la chose la plus gentille que tu m'aies jamais dite.

– Arrête de raconter des conneries !

– Non, vraiment, c'est adorable de croire que je pourrais me passer de maquillage.

– C'est la vérité, et c'est pas la chose la plus gentille que je t'aie dite.

– Non, tu as raison. Je te taquine.

Sa poitrine vibre sous ma main, et je prends pleinement conscience de la chance que j'ai d'avoir un frère tel que lui, aimant, attentionné et protecteur.

Ma tante a réservé une des salles de bal, ainsi qu'un accès à l'une des terrasses face à l'océan, au Hard Rock Hotel. Je ne connais pas cet établissement, mais je suppose qu'il doit être réputé s'il a retenu l'attention de Sandy. Après avoir montré patte blanche à l'entrée, nous suivons le fléchage et rejoignons la salle. Nous sommes dans les premiers invités et allons immédiatement saluer mon oncle et ma tante.

– Ma chérie, dit Sandy, souriante, avant de me prendre dans ses bras. Que tu es belle !

– Merci. C'est vraiment magnifique ce que tu as fait ! m'extasié-je devant la décoration.

– Oui, ta tante peut être fière d'elle, acquiesce Jeffrey en m'embrassant sur la joue.

Je laisse place à Dwight et jette un œil aux tables superbement mises en valeur, aux luminaires discrets disposés un peu partout qui apportent une ambiance légèrement feutrée, pas trop éblouissante. Des tons blancs, taupe, gris. Que de la douceur.

– Vous attendez combien d'invités ?

– Une petite centaine.

– Ah oui, quand même ! En même temps, c'est un sacré anniversaire, commente Dwight.

– Ce n'est effectivement pas tous les jours qu'on fête les 30 ans de l'écurie, rebondit mon oncle.

– On est fiers de toi, tu sais.

Je me faufile contre lui, profitant d'un moment calme avant l'arrivée du plus gros des convives.

– Merci, ma puce. Nous aussi, nous sommes fiers de vous. Moi, d'autant plus que j'ai la chance de travailler avec vous.

Je laisse ma tante m'expliquer ce qu'elle a prévu pour le déroulé de la soirée : discours de mon oncle, petite rétrospective en images et vidéos avec plusieurs témoignages de proches, dont mon frère et moi, le tout entrecoupé de moments de danse grâce à un DJ assez reconnu dans la région.

Dwight et moi repérons la table où Sandy nous a placés, puis nous rejoignons Mario et Valentino au bar. J'accepte volontiers le cocktail aux fruits proposé par le charmant barman. Rapidement, la salle se remplit. Je suis si heureuse de voir toutes ces personnes réunies afin de célébrer la carrière de mon oncle, tous ceux et celles qui lui sont chers, qui l'ont aidé, encouragé.

Je suis en train de rire à une blague de Valentino quand les poils sur ma nuque se hérissent subitement. Lentement, je me tourne vers l'entrée et découvre Troy qui entre avec une petite nana à son bras. Un petit bout de femme qui ressemble à une fée. Elle est resplendissante dans une robe patineuse couleur bordeaux assez courte. Le tissu ressemble à un mélange entre dentelle, doublure en satin et fil doré. Les manches sont en dentelle, elles aussi, avec des broderies dorées. Le décolleté est raisonnable, mais l'ensemble, non moins sexy. Elle a peaufiné l'ensemble avec une paire d'escarpins assez simples mais aux talons vertigineux. Plus je la regarde, plus j'ai la sensation de l'avoir déjà croisée quelque part, mais je ne parviens pas à me souvenir où.

Je passe ensuite à Troy qui est en train de saluer mon oncle. Il porte un costume bleu marine qui lui va comme un gant. Il a choisi de ne pas mettre de cravate et a déboutonné le premier bouton de sa chemise blanche. Il est très élégant et charismatique, comme toujours. Et surtout, il forme un couple magnifique avec son amie. Petite amie? Rencard? Coup d'un soir?

Je n'ai pas envie de me faire du mal. D'ailleurs, je n'ai aucune raison de m'en faire, n'est-ce pas? Je reviens à la conversation et tâche de faire abstraction de cette pointe de jalousie qui naît en moi. Je ne comprends pas d'où elle vient, ni même la raison de son existence. Il n'y a rien entre Troy et moi. Il est libre de voir qui il veut, de coucher avec qui il veut. Est-ce qu'il a mis à exécution ce qu'il m'a dit la dernière fois? Est-ce vraiment le seul moyen qu'il connaisse pour évacuer le stress et la frustration? Il ne m'a rien promis, et de toute façon, je n'ai aucun droit d'exiger quoi que ce soit.

– Décidément, il faut toujours que ce soit lui qui attrape les plus belles, commente Valentino à mes côtés.

Il ne s'adresse pas à moi, il parle à Dwight. En croisant mon regard, il prend une mine navrée.

– Désolé, je ne sous-entends pas que tu es moins jolie que les autres.

– N'ajoute rien, Tino, tu risques de t'enfoncer plus qu'autre chose. Qu'est-ce qui se passe? Troy t'a piqué la femme sur laquelle tu as des vues?

– Elle me plaît, oui. Mais je n'ai pas de vues sur elle.

– Eh bien, où est le problème alors?

– Nulle part, réplique-t-il en boudant.

Je ris doucement en attrapant son bras.

– Est-ce que tu doutes de ton irrésistible charme à l'italienne?

– Je ne sais pas. Il fonctionne sur toi? demande-t-il en haussant un sourcil.

– Je suis immunisée, Valentino. Mais les autres, j'en doute, le rassuré-je.

– Salut.

Je me décolle de Valentino alors que Troy apparaît à nos côtés, sa petite fée à son bras. C'est plus fort que moi, je le foudroie du regard. Deux semaines depuis la séquence dans les vestiaires, et il n'est toujours pas venu s'excuser. S'il croit que je vais jouer les faux-culs parce qu'il y a du monde autour de nous, il se met le doigt dans l'œil. Je ne réponds même pas alors que tout le monde les salue.

– Salut, répondent en chœur Dwight, Valentino et Mario.

– Bonsoir, Kim, ajoute Valentino en souriant et en se penchant pour l'embrasser.

– Bonsoir, répond-elle.

– Kim, je pense que tu connais tout le monde, excepté Hope, dit Troy. Elle a récemment rejoint l'équipe.

Son regard ne me quitte pas alors qu'il fait les présentations. J'aimerais y lire des excuses, un malaise, mais je ne vois rien de tout ça. Il a revêtu la carapace qu'il porte en société. Il ne fait pas semblant, ne joue pas, il adopte seulement une attitude neutre. Ne rien laisser paraître ni passer.

– Ah, la fameuse Hope. Enchantée, me dit Kim avec un sourire.

Je hausse un sourcil tout en acceptant sa main tendue. On dirait qu'elle a déjà entendu parler de moi, je me demande bien comment.

– Moi aussi, réponds-je poliment.

– Je suis journaliste pour Fox Sports, je couvre les NASCAR Cup Series, explique-t-elle. J'ai pu m'entretenir avec Jeffrey récemment. Il ne tarit pas d'éloges à votre sujet.

Voilà ! C'est pour ça que j'avais l'impression de la connaître. Une journaliste, pas n'importe laquelle. Visiblement, Troy et elle ont l'air proches.

– Oh, eh bien… euh, merci, réponds-je en rougissant, mal à l'aise.

Un blanc s'installe entre nous, avant que Dwight ne suggère de rejoindre notre table. Nous sommes tous ensemble, Mario, Valentino, Dwight, Troy, Kim et moi. Je ne sais pas si je supporterai de les voir roucouler toute la soirée, peu importe ce qu'ils sont. Kim est très certainement adorable, mais oui, voilà, cela me blesse. Je n'y peux rien, c'est comme ça. Alors, je me verse copieusement un verre de vin blanc et prends une longue gorgée. Je croise le regard de Troy. Il me fait toujours le même effet, mais ce soir, je suis en colère, alors je détourne le mien dans la foulée et l'ignore. Je n'ai pas envie de perdre mon temps.

Le repas est une tuerie. Sandy a fait appel à un chef étoilé de Miami, et c'est vraiment succulent. Je me régale. Juste avant de déguster le dessert, ma tante prend la parole et lance la rétrospective. Je suis très émue en découvrant les images, car sur certaines, on découvre mon père avec Jeffrey. Eux aussi partageaient cette passion automobile.

C'est au moment où une photo de nous six passe à l'écran que je craque. Une larme s'échappe de mon œil et roule sur ma joue pour s'écraser au-dessus de mon décolleté. Je m'empresse de l'essuyer, mais Dwight le remarque immédiatement et devine l'émotion dans mon regard. Il passe un pouce sur ma joue, afin d'éliminer les dernières traces, puis un bras autour de mes épaules pour m'approcher de lui. Ce réconfort est vraiment bienvenu et m'évite de céder un peu plus encore face aux souvenirs.

– Tout va bien? demande-t-il alors que les lumières reviennent dans la pièce.

– Oui. Ne t'en fais pas.

Il dépose un baiser sur mon front et s'écarte de moi alors que les serveurs commencent à déposer les assiettes contenant le dessert. Après avoir, une nouvelle fois, dégusté un mets délicieux, je m'absente un instant pour rejoindre les toilettes et me rafraîchir un peu. Lorsque je reviens en salle, les lumières sont de nouveau tamisées et plusieurs couples ont investi la piste de danse, dont mon oncle et ma tante.

– Tu viens danser avec moi ?

Je lève les yeux sur Troy qui se tient debout près de moi.

– Non, merci.

– Hope, s'il te plaît.

J'observe les personnes autour de nous. Aucune trace de Kim, Mario discute avec un homme que je ne connais pas, Dwight est sur la piste dans les bras d'une sculpturale blonde, Valentino dans ceux d'une petite brune tout en rondeurs.

– Juste une danse.

Je regarde la main qu'il me tend. Il a fait un pas vers moi. Ce geste que j'attends depuis deux semaines est là. Le fait-il parce qu'il y a du monde autour de nous et qu'il sait que je peux difficilement chercher l'affrontement avec témoins ? Rien ne m'oblige à céder et à accepter. Ma fierté laisse cependant rapidement place à ma curiosité, très bien placée.

Je finis par m'emparer de ses doigts et me lève. Sagement, il les garde entre les miens et place son autre main sur ma taille. Nous sommes suffisamment près l'un de l'autre pour que je puisse sentir son parfum si masculin. Ma joue tout près de la sienne, les poils de sa barbe chatouillent ma peau. J'ai pleinement conscience de son corps à quelques centimètres du mien, imposant, puissant.

– Je te dois des excuses, murmure-t-il au creux de mon oreille. À Fontana, après la course, je n'aurais jamais dû te parler de la sorte.

Je ne réponds rien, je ne vois rien à ajouter. S'il croit que je vais me contenter de ça, il est optimiste. Une fois encore, je mérite mieux, plus. Je sais qu'on peut parfois s'engueuler, même entre amis, mais j'ai beau retourner la scène dans ma tête, je ne comprends pas ce qui s'est passé, pourquoi il a agi ainsi. Je veux bien faire un effort, mais il va devoir y mettre du sien également.

– Hope…

– Quoi ? dis-je sur un ton un peu cassant.

– Je suis désolé, ajoute-t-il en soupirant.

– Oui, tu l'as déjà dit.

Je ne suis pas insensible à ses excuses, parce que j'entends bien qu'il est sincère et qu'il veut arranger les choses entre nous, mais cela me semble si mince encore. Ai-je le droit d'en vouloir plus de sa part ? Est-ce trop exiger ?

– Dis quelque chose, n'importe quoi. Engueule-moi, marche-moi sur les pieds.

– Je t'ai dit tout ce que j'avais à te dire avant de te laisser dans les vestiaires.

– Je ne veux pas que tu croies que je suis un vrai connard. Tu es tombée au mauvais moment.

– Pourquoi tu as réagi comme ça, alors ? murmuré-je, la voix légèrement tremblante.

Cette incompréhension est ce qui me tue le plus.

– Pourquoi prends-tu les choses si à cœur ? Tu aurais terminé dernier, je pourrais comprendre, mais tu étais sur le podium, m'exclamé-je faiblement.

– J'ai mes raisons.

– Bien, dis-je sèchement avant de m'écarter.

Cela ne lui plaît pas, il raffermit sa prise sur ma taille et me colle un peu plus à lui. Légèrement paniquée face à cette proximité soudaine, je jette un œil nerveux autour de nous. Ce n'est pas le moment pour qu'une personne de l'assemblée se pose des questions. Si mon oncle ou Dwight venaient à se douter de quelque chose, ce serait l'horreur !

– Je n'ai pas l'habitude, s'explique-t-il.

– Je sais, mais pourtant, durant notre jogging, le dîner, tu y es parvenu, dis-je doucement.

J'ai la sensation d'être sur la bonne voie. Dans son ton et ses regards, je retrouve le Troy de Californie, sincère et authentique.

– Petit à petit, oui, j'en serai capable.

Je penche la tête en arrière pour observer ses yeux, son expression. J'ai le sentiment qu'il pense vraiment ce qu'il dit. J'ai envie d'y croire, moi aussi, tellement, mais j'ai peur de souffrir, en fin de compte.

– Est-ce que tu me pardonnes? demande-t-il, plein d'espoir.

– Tu n'auras pas une tonne de chances, Troy, dis-je fermement. Je ne méritais pas le ton sur lequel tu m'as parlé.

J'espère qu'il prend pleinement conscience qu'il m'a vraiment blessée et que je ne suis pas de celle avec qui il va pouvoir jouer à ce jeu.

– Je sais. Je suis vraiment désolé.

– C'est oublié, dis-je avec un hochement de tête.

– Merci.

Je suis du regard Kim qui rejoint la piste pour danser avec Valentino. Je ne sais pas pourquoi, c'est à cet instant précis que ses mots me reviennent en tête, sur le seul moyen à sa connaissance pour qu'il se sente mieux. A-t-il couché avec quelqu'un après la course? Est-ce avec Kim? Elle devait être présente à Fontana, vu qu'elle couvre les événements NASCAR. Couchent-ils actuellement ensemble? Pourquoi est-ce que je m'en soucie?

– À quoi penses-tu?

– À rien, mens-je en rougissant.

– Je crois qu'on est conscients l'un comme l'autre qu'on a dépassé un certain stade. Tu peux me parler franchement et me dire ce que tu penses.

Est-ce vraiment le lieu pour avoir ce genre de conversation? Je sais bien que personne ne nous écoute ou ne prête attention à nous, mais quand même. Je déglutis, pas vraiment à l'aise de mettre ça sur le tapis. Ses yeux se posent succinctement sur mes lèvres, et cela allume quelque chose en moi. Cette jalousie qui pointait le bout de son nez tout à l'heure se fait un peu plus présente. Parce qu'il cherche à me séduire, mais me parle quand même d'aller baiser avec une autre. Parce qu'il me fait du charme et semble passer du bon temps avec une autre. Cela ne me plaît pas qu'il ne joue pas franc jeu avec moi.

– Hope, parle-moi.

– Qu'y a-t-il entre Kim et toi? Elle t'a aidé à décompresser après la course de Fontana?

Je m'attends à moitié à ce qu'il se moque de moi, mais il se contente de prendre une profonde inspiration avant de secouer fermement la tête.

– J'étais énervé, mais je ne suis allé trouver du réconfort auprès de personne. Ni après Fontana, ni depuis notre baiser au club avant que tu arrives dans l'équipe.

– J'ai bien du mal à le croire, murmuré-je.

– Pourquoi ça? Parce que tu crois que je suis un homme qui ne pense qu'à ça, qui court après toutes les femmes qui croisent son chemin?

– Tu en aurais tous les droits.

– Pourquoi ça te dérange, alors?

– Je n'ai jamais dit que cela me gênait.

– Tes yeux et tes mots parlent pour toi, Hope. Je ne sais pas quel moyen je dois utiliser pour que tu me croies. Mais je suis quelqu'un d'honnête, je ne t'ai jamais menti. Aucune femme n'a posé les mains sur moi depuis toi. Personne ne m'a embrassé, à part toi.

Il se penche un peu plus, et mon cœur s'emballe.

– Quand j'ai besoin de lâcher la pression, je pense à toi, sous la douche, dans mon lit. Je me remémore ton goût, la douceur de ta peau, et je m'imagine assez violemment tout le reste. Toi, nue, mes mains sur toi, en toi, t'explorant, te faisant vibrer.

Je secoue la tête et décrète qu'il est temps de m'éloigner. Je profite de ce que Dwight passe juste à côté de moi pour lui demander de prendre la place de Troy.

– Tu danses bien mieux que lui, plaisanté-je pour expliquer mon changement soudain de partenaire.

– Il y a beaucoup de choses que je fais mieux que lui, fanfaronne mon frère en bombant le torse.

– Ce n'est que moi, Dwight, personne à impressionner, dis-je en levant les yeux au ciel. Garde ça pour ta prochaine conquête.

Il rit doucement avant de me faire tourner.

– Il n'empêche que c'est vrai.

– Si tu le dis !

Après une autre danse avec Jeffrey, puis avec Jefferson, un ami de la famille, je rejoins les toilettes. Je n'ai pas beaucoup bu, mais j'ai une mauvaise mine. J'humidifie quelques feuilles essuie-tout pour les passer sur mon visage, en veillant à ne pas ruiner le peu de maquillage que j'ai. Je remets une légère couche de mon rouge à lèvres et ouvre la porte des toilettes. Seulement, je reste figée dans l'espace qui mène chez les hommes ou chez les femmes. La voix de Kim parvient à mes oreilles, et je ne peux que saisir la conversation au vol.

– Est-ce qu'après cette soirée, tu m'emmènes dans ta chambre d'hôtel ?

– Kim, je…

J'ouvre brusquement la porte pour sortir et découvre Troy et Kim contre un mur. Elle tient les revers de sa veste de costume, et ils ne sont qu'à quelques centimètres l'un de l'autre.

– Excusez-moi, marmonné-je en quittant le couloir précipitamment.

Parce qu'il a réservé une chambre d'hôtel?! Ici même?! Et si Kim est au courant, c'est bien qu'il lui en a parlé. Il se fout vraiment de ma gueule! Aucune femme n'a mis les mains sur lui? Mais il me prend vraiment pour une conne?! Je lui pardonne son attitude parce que je veux croire qu'il est un homme bien, et je découvre qu'il me ment! Je déteste m'être trompée à ce point sur lui. Je déteste me dire qu'il est obligé d'aller trouver avec une autre ce que je refuse de lui offrir, parce qu'on ne peut pas. Je déteste cette situation. Je suis en colère contre moi-même d'y prêter attention, que cela me perturbe et me blesse. Je fulmine, et cela m'arrive rarement. Décidément, en bien comme en mal, Troy me provoque constamment.

– Hope! m'interpelle-t-il.

Je l'ignore et rejoins la salle de réception, lui imposant de rester silencieux. Ce n'est pas très judicieux de faire une scène maintenant, ni même de s'expliquer sur quelque chose qui n'a pas lieu d'être. Il peut être avec elle, pas avec moi, c'est aussi simple que ça.

– Hope!

Je me tourne vivement vers cette voix qui n'est pas celle de Troy, mais celle d'un homme que je n'ai pas vu depuis cinq mois. Troy n'est qu'à deux mètres de moi et, lui aussi, fixe celui qui s'avance fièrement vers moi. Je cligne des yeux, histoire de vérifier que ma vision ne me joue pas des tours, mais non, ce n'est pas une illusion.

– Danilo! *Che cosa fai lì?*[1]

– *Sei bellissima*, me complimente-t-il sans répondre à ma question.

– *Che cosa fai lì?* répété-je, stupéfaite de le voir ici.

---

1. Qu'est-ce que tu fais là?

– *Sono qui per te.*[2]

Je secoue la tête et l'attrape par le bras pour l'entraîner à l'écart. Troy nous observe avec un mélange de curiosité et de colère. J'ai envie de lui dire : « Bien fait pour toi ! », mais je me retiens, j'ai autre chose à faire dans l'immédiat.

– Danilo ! Mais qu'est-ce que tu fiches ici ?

– Je viens de te le dire, je suis là pour toi, explique-t-il.

Je ferme les yeux un instant. Il ne faut pas que je me laisse avoir par son accent irrésistible, son charme qui, à une époque, me rendait folle et me faisait perdre tous mes moyens.

– Tu ne crois pas qu'il est un peu tard ? Tu as laissé en plan les courses pour venir ?

– J'ai une pause, la prochaine n'est que dans une semaine. J'avais réservé nos billets pour assister à cette soirée, me rappelle-t-il. Comme toutes mes tentatives ont échoué jusque-là, je tente le tout pour le tout.

Toutes ses tentatives ? Non, mais j'hallucine ! Parce qu'il croit que trois coups de fil et quinze textos, c'est une preuve de tentative de quoi que ce soit ?! Je rirais presque tellement c'est grotesque.

– Tu aurais pu t'économiser un voyage, Danilo. C'est trop tard.

– *Amore mio*[3], susurre-t-il en posant une main sur ma joue.

Je me dégage aussitôt.

– Je suis désolée, Danilo, mais les choses sont claires de mon côté. Il n'y a aucune chance pour qu'on répare ce qu'il y avait entre nous.

– Hope, je t'en prie.

– Je suis désolée. Je… je t'aimais, de tout mon cœur, avoué-je, émue. Je voyais tellement de choses auprès de toi, mais tout s'est effacé. Je ne peux pas.

– Hope…

2. Je suis là pour toi.
3. Mon amour.

Une nouvelle larme dévale ma joue, aussitôt essuyée par le pouce de Danilo qui caresse ma peau.

– Je suis tellement désolé de t'avoir fait souffrir.

– Je sais.

– Mais cela n'est pas suffisant, comprend-il.

– Non.

– Est-ce que tu me mets à la porte maintenant?

J'étudie la question un instant, parce que c'est tentant, mais je repense à notre histoire, aux moments passés ensemble, et je ne peux pas faire ça.

– Non. Tu as fait tout ce chemin jusqu'à moi, je t'autorise à rester, si tu n'as pas peur du courroux de mon oncle et de mon frère.

– Tu le mérites amplement.

Je lui souris sincèrement avant d'enrouler mon bras autour du sien.

– Tu m'as manqué, me confie-t-il alors qu'on avance vers la table de mon oncle et ma tante afin que je fasse les présentations.

Je ne lui réponds rien parce que je ne veux pas le faire, mais je réalise que lui aussi m'a manqué et je ne comprends pas pourquoi.

12

Troy

Qui c'est, ce mec avec qui Hope avance dans la pièce ? Vu leur échange avant qu'ils ne s'isolent, je sais qu'il est italien. Un membre de la famille de Valentino ? Cela me paraît étrange. La conversation entre Hope, son oncle et ce mec semble un peu tendue. Sandy essaie de calmer son mari, et je vois Dwight débouler, l'air furax. Je ne l'ai jamais vu comme ça. Hope joue le rôle de tampon entre les deux, empêchant son frère de se jeter sur l'inconnu.

– Une idée de ce qui se passe ? demandé-je à Mario qui se poste à côté de moi.

– Aucune. Mais ça anime la soirée, aucun doute.

– Qu'est-ce qu'il y a ? se renseigne Valentino.

– Le mec là-bas, avec Hope et Dwight, c'est un ami à toi ou un membre de ta famille ?

– Non. Pourquoi ? Ça devrait ?

– Il est italien.

– Oui, donc tous les Italiens sont de ma famille.

Je le fusille du regard. Il n'a pas tort, mon analyse est foireuse, mais bon… Valentino est le seul Italien que je connaisse.

– Comment il s'appelle ?

– Danilo, je crois.

– Oh… siffle Valentino.

– Quoi ? m'exclamé-je de concert avec Mario.

On dirait une bande de commères. Je me désole moi-même.

– C'est l'ex de Hope.

– Le pilote de Formule 1 ? s'étonne Mario. Qu'est-ce qu'il fout là ?

Putain ! Mais comment ils sont au courant ces deux-là ? Peut-être tout simplement en côtoyant Dwight. C'est de ma faute. Encore une preuve.

– J'en sais rien ! m'exclamé-je un peu fort.

Ils se retournent vers moi en fronçant les sourcils. Putain ! Ce n'est pas vraiment le moment d'attirer l'attention sur ma personne. Je n'ai pas l'intention de révéler quoi que ce soit. Nous retournons nous asseoir et reprenons le cours de la soirée, mais je reste sur les nerfs.

Son ex ! Comme si j'avais besoin d'un autre obstacle ! C'est bien ma veine. En plus, je sais ce qu'elle a déduit en me trouvant dans le couloir avec Kim. Je n'ai aucunement l'intention de finir la soirée avec elle. Cela nous est déjà arrivé de coucher ensemble, une ou deux fois peut-être, mais ça s'arrête là. Hope serait-elle prête à retomber dans les bras de l'autre juste pour me prouver qu'elle peut faire ce qu'elle veut ? Qu'elle n'a aucun compte à me rendre, comme elle s'évertue à me le dire ? Putain ! J'enrage.

Et ma colère ne fait que grimper alors que Hope et Danilo arrivent, Dwight sur les talons, l'air passablement en colère.

– Je vous présente Danilo, euh… bafouille Hope, mal à l'aise.

– Son ex, ajoute-t-il.

Le visage de Dwight me laisse perplexe. Je me demande bien ce qui se passe. Comment les choses se sont-elles terminées entre Hope et Danilo ? Que signifie sa visite ce soir ?

Pourquoi je pense à tout ça ? Pourquoi ça me perturbe autant ? Pourquoi j'y prête attention ? Parce que c'est Hope. Parce qu'elle me plaît, vraiment, complètement, totalement, entièrement. Je suis foutu ! Putain de bordel de merde ! Pourquoi l'univers m'a-t-il envoyé la seule femme qu'il m'est impossible d'avoir ? C'est avec elle que je veux plus, c'est elle qui me bouscule, qui me pousse hors de ma zone de confort, qui me donne envie de vivre quelque chose de différent. Elle et pas une autre. Et pourtant, rien ne nous facilite la tâche, et j'enrage.

La tablée salue vaguement Danilo alors qu'il trouve une place aux côtés de Hope, toujours sous le regard pénétrant de Dwight. Je repense à ce que m'a dit Hope une fois, qu'elle ne pouvait pas être avec un pilote. Elle a vécu quelque chose avec ce mec, et il n'a pas dû y avoir une fin très heureuse. J'en déduis donc que c'est parce que ce mec a merdé qu'elle est aussi réticente envers moi. Ça, et cette putain de clause, et le fait qu'on soit collègues, et mon passé amoureux ou plutôt non amoureux.

Fait chier !

Je passe le reste de la soirée à discuter avec Valentino et Mario, à répondre aux sollicitations de Kim qui ne semble comprendre ce que signifie « non », le tout sous l'œil acéré de Hope qui me fixe comme si elle me détestait. J'ai besoin de prendre l'air.

La terrasse est vraiment agréable. Il m'est déjà arrivé de savourer l'un de mes repas dans un des extérieurs de l'hôtel. C'est vraiment joli, très bien décoré et apaisant, avec cette vue sur l'océan. En journée, l'immensité qui s'offre à nous est impressionnante, mais là, ce soir, avec les guirlandes qui pendent au-dessus et les luminaires disposés un peu partout, c'est vraiment très beau, romantique.

Je pose mon verre sur la rambarde et abats mes mains à plat sur le bois froid. Si un jour on m'avait dit que je me prendrais la tête pour une femme, je ne l'aurais pas cru. Tout cela n'a jamais eu aucun intérêt pour moi. Mon objectif est la course, la victoire, tout le reste est superflu et accessoire. C'était le cas jusqu'à Hope.

Mon attention est attirée par une silhouette à ma droite. Hope vient de sortir. Elle passe une main dans ses cheveux, avant de secouer violemment la tête. Je m'avance doucement vers elle pour ne pas l'effrayer. Elle a quand même un mouvement de recul en me voyant, et je déteste ça. J'aimerais tellement pouvoir la réconforter, lui montrer que je suis là pour elle, peu importe la situation, les circonstances, mais je n'ose pas. Je ne sais pas si j'en ai le droit, me laissera-t-elle faire ? À défaut de pouvoir la prendre dans mes bras, je plonge les mains dans les poches de mon pantalon et l'observe. Je la laisse venir à moi parce que je vois bien dans son attitude qu'elle est sur ses gardes, elle est remontée contre moi.

– Tu vas vraiment terminer la soirée avec elle ? lâche-t-elle, un voile de colère dans la voix.

– Non, répliqué-je en soupirant.

Je ne veux pas aller à l'affrontement avec elle. Je n'en ai pas envie, cela ne servirait à rien.

– Tu as réservé une chambre dans cet hôtel, contre-t-elle.

– Non. Je n'ai rien réservé.

– C'est ce qu'elle a dit.

– Non, Hope, affirmé-je posément. J'habite ici, toute l'année. Cet hôtel, c'est chez moi.

– Quoi ? Comment ça ? demande-t-elle, incrédule.

– Je ne peux pas être plus clair. Je vis ici.

– Mais pourquoi ?

– C'est comme ça.

Je prends une grande inspiration et décide de livrer un peu de moi, pour lui prouver que je suis sincère et que mes paroles ont un sens, du poids.

– Je ne vois pas l'utilité de m'encombrer avec des biens matériels. On est tout le temps sur la route, c'est plus simple pour moi.

– Comme avec les autres, constate-t-elle avec justesse.

– Tu as raison.

– Cela te rend heureux?

– Je ne me posais pas la question. Jusqu'à toi.

– Troy…

– C'est la vérité, que tu ne veuilles pas l'entendre n'y change rien. J'ai toujours repoussé tout le monde, poursuis-je après quelques secondes. J'ai perdu mon père lorsque j'étais jeune et j'ai vu ma mère dépérir. Je n'ai pas réussi à lui rendre le sourire. Peu importaient les bonnes notes à l'école, mon comportement irréprochable. Le décès de mon père l'a brisée. Elle s'est coupée de beaucoup de monde, survivait. J'étais là pour l'épauler. Je suis devenu l'homme de la maison et je me suis convaincu qu'il était préférable de ne pas m'attacher, en amour ou en amitié. Je refusais de vivre et de souffrir comme elle. J'ai mis de côté ma propre peine afin de me montrer fort devant elle et je lui ai promis que je rendrais mon père fier de moi, lui qui m'a fait jurer d'aller au bout de mes rêves avant de s'éteindre. Mon rêve, c'est de gagner la Cup Series. Et que je l'emporte à Daytona ou Fontana, cela l'aurait rendu si fier de moi, parce que ces pistes ont une signification particulière à mes yeux, aux siens. Voilà pourquoi j'étais dans l'état dans lequel tu m'as trouvé et pourquoi je mène une existence si solitaire.

– Troy… souffle-t-elle.

En deux pas, elle réduit à néant la distance entre nous. Elle lève une main, prête à la porter à mon visage, mais je la saisis au vol, l'en empêchant.

– Je ne veux pas de ta pitié, Hope. Je ne suis plus ce petit garçon. J'ai fait mes propres choix, et je ne suis pas sûr de devoir regretter quoi que ce soit puisqu'ils me mènent à cet instant présent auprès de toi, auprès de mon équipe. Je n'ai aucun regret, pas besoin d'avoir de la peine pour moi.

– Est-ce qu'il y a quelque chose entre Kim et toi ?

– Il y a eu, un court instant, mais plus maintenant.

– D'accord.

N'y tenant plus, je pose enfin une main sur sa joue et caresse ses lèvres colorées. Un petit soupir s'échappe de sa bouche, suivi d'un gémissement. Une telle sensualité se dégage d'elle, elle n'a pas idée de ce qu'elle agite en moi. C'est comme si la découvrir, apprendre à la connaître, la voir en action sur le circuit, au garage, effaçait tout ce que j'ai pu vivre avec toutes les autres, uniquement de passage.

– Quelqu'un pourrait nous voir, murmure-t-elle.

– On est seuls dehors.

– On n'est pas à l'abri qu'une personne sorte, me contredit-elle.

Je note tout de même qu'elle n'objecte pas vraiment à ce que je m'apprête à faire. Je vais donc saisir l'opportunité avant qu'elle ne reprenne totalement ses esprits et qu'elle me rejette une fois encore. Je l'attire dans un coin reculé de la terrasse et me jette sur ses lèvres. On n'a pas parlé de Danilo, je ne connais rien de ses intentions le concernant, mais après m'être livré sur mon père, après l'avoir convaincue que Kim ne représente rien à mes yeux, j'ai besoin de prendre ma dose, avant le sevrage forcé.

Elle a le goût de champagne et de myrtille. Sa peau est chaude, et elle sent divinement bon. Putain, ce que j'ai envie d'elle ! Je n'ai aucun moyen de cacher ce que je ressens, ce qu'elle éveille en moi, ou réveille plutôt.

– Tu es tellement belle. Cette robe, ces chaussures. Putain !

– Toi aussi, tu es beau, dit-elle en saisissant les revers de ma veste.

Je crois que c'est la première fois qu'elle me fait un compliment. Je dégaine mon sourire, parce que, oui, elle me fait plaisir.

Ses lèvres sont si douces. Cela va peut-être paraître hallucinant, mais juste ça, l'embrasser, c'est tellement incroyable. J'aime ça.

Notre baiser gagne en intensité, comme si on ressentait chacun le besoin de se défouler, de prendre un peu de l'autre pour avancer après. Je pose une main sur sa joue, mes doigts dans ses cheveux, et l'oblige à pencher légèrement la tête en arrière pour approfondir notre étreinte. Je m'attends à tout moment à ce qu'elle réalise ce qu'elle est en train de faire et dise stop, mais le moment ne vient pas. Alors je profite, je la savoure. Je me suis toujours montré très sage et respectueux jusque-là, mais en cet instant présent, j'ai envie de plus. Seulement, j'ai peur. Si je découvre plus, elle va me plaire davantage, et je fais comment, moi, après, pour réfréner mon désir?

Je dois rester courtois, vu le vêtement qu'elle porte, je n'ai pas cinquante mille possibilités. Je lâche sa bouche, elle gémit de contrariété. Le pouce sur son menton, je repousse un peu plus sa tête pour avoir un accès à sa gorge, à sa mâchoire. Elle cambre les hanches contre les miennes et rencontre mon érection. Je ris contre sa peau, je ne vais sûrement pas m'excuser pour ça! Du bout de la langue, je trace une ligne du creux sous son oreille à la naissance de sa clavicule. J'embrasse le haut de son décolleté, juste au-dessus du tissu de la robe. Je mordille la chair de son épaule alors qu'elle serre un peu plus ma taille. Ses bruits de gorge m'excitent un peu plus. On pourrait se faire tellement de bien. Ne le voit-elle pas? Ne le sent-elle pas? Putain! Même un aveugle s'en rendrait compte!

Je repars en arrière, suivant le même chemin. Je m'attarde un instant dans son superbe décolleté. Avec Hope, tout est suggéré, rien n'est dévoilé, et c'est ce qui me plaît encore plus. Putain de merde! Je n'en peux plus. Je reprends possession de sa bouche, en tenant fermement son visage entre mes doigts, et elle me rend mon baiser avidement. Elle semble si impatiente, si brûlante. Et moi, je ne fais pas mieux. Elle allume tous les pores de ma peau, tout mon système nerveux est à l'affût.

– Hope !

Nous nous arrêtons subitement. Mon cœur bat à tout rompre, le temps que j'analyse qui ose nous interrompre. J'interprète rapidement les faits, cherche à savoir si c'est Dwight ou Jeffrey, d'après la voix, mais ce n'est ni l'un ni l'autre.

– Hope !

Son accent ne me parvient que maintenant. C'est Danilo. Ce mec. Ce type qui l'a fait souffrir. Celui responsable de cette torture.

– Qu'est-ce qu'il te veut ? demandé-je, la voix sourde.

Elle me jette un regard qui me tue. Je recule brusquement et l'interroge du regard. J'espère qu'elle lit mon incompréhension, ma colère aussi. Je n'y crois pas !

– Tu vas rentrer avec ce gars ? lui lancé-je, incrédule.

Elle ne peut pas être sérieuse, pas après ce qu'on vient de vivre.

– Il est venu d'Italie pour me voir… plaide-t-elle.

– Ouais, c'est ça.

Je passe une main rageuse dans mes cheveux. Je ne me prends pas pour quelqu'un qui vaut mieux que les autres, toutefois, je suis pleinement conscient de ma valeur, et imaginer qu'elle puisse le préférer à moi, oui, je le digère mal. Je ne connais rien de leur histoire passée, mais je suis à peu près sûr qu'elle a un rapport avec son retour aux États-Unis. Cela n'a donc pas dû très bien se finir.

– Dwight a accepté de l'héberger jusqu'à son départ. On était censés venir ici tous les deux.

– Tu ne me dois aucune explication, Hope, dis-je froidement. Va le retrouver.

– Troy…

– Non, c'est bon, j'ai compris. On ne peut pas de toute façon, ce n'est pas ce que tu vas me sortir ?

Je refuse de croiser son regard, son visage si expressif. Je me détourne d'elle et ne lui laisse que le choix de partir. Je sais qu'elle ne tentera rien auprès de moi. Je savais qu'on en arriverait là, une fois de plus.

***

Je n'ai pas passé une très bonne fin de soirée. Pourquoi je me prends autant la tête pour une femme que je ne peux pas avoir ? C'est mon petit côté sadomaso qui ressort. Celui qui aime aller au-devant du danger, qui ne vit que pour la vitesse.

Les jours suivants, pour tenter de me vider la tête, je fais du sport. Footing sur la plage ou dans Tiger Bay State Forest. Mais ce n'est pas suffisant, tout me ramène à elle. Hope et son foutu caractère. Hope et ses yeux. Hope et son sourire. Hope et la courbe de son cul lorsqu'elle est penchée sur le moteur. Hope et ses mots quand elle discute mécanique. Hope et son rire affreux. Hope, tout simplement. Définitivement. Et moi, je suis foutu.

L'écurie possède un très bon équipement sportif avec différents appareils de musculation, vélos et tapis de course. Dès que l'occasion se présente, j'en profite. Le staff médical rassemble préparateur physique, coach, kiné, entraîneur et masseur. On a accès aussi à plusieurs techniques comme la cryothérapie, la pressothérapie pour la récupération après effort et aussi des installations chaud-froid avec des spas. De quoi satisfaire et combler un grand sportif comme moi. C'est l'avantage de rentrer en Floride entre chaque course : profiter de toutes ces machines, récupérer et entretenir son physique en vue des courses suivantes.

Après un passage rapide dans les vestiaires, j'emprunte le couloir pour rejoindre le gymnase. Je salue Valentino et Paul, notre préparateur physique, qui est auprès de mon coéquipier et file vers une des stations de musculation. J'ai un petit programme bien rodé, mis au point par Paul, et il me convient très bien. Il couvre la plupart des exercices de muscu : squats, tractions, tirages de poulie. Je me concentre d'abord sur mes bras et mon torse, grâce à la poulie et à la barre de traction, puis je travaille mes jambes, grâce à la presse et à la poulie également.

– Ça va ? demande Valentino en approchant alors que Paul répond à un coup de téléphone.

– Ouais, et toi ?

J'en profite pour me désaltérer et m'essuyer avec une petite serviette.

– Ça va aussi. On ne t'a pas vu quitter la soirée, samedi.

– Ouais, désolé. J'ai été pris d'une migraine, alors je me suis éclipsé.

– OK. Tu as échappé à la tension qui régnait à table.

– Ah ouais ? À quel propos ?

– Dwight et Danilo. Et la pauvre Hope qui faisait bonne figure et tampon entre les deux ! Je voyais bien que Dwight se retenait de lui sauter à la gorge.

– Tu sais ce qui s'est passé exactement ? demandé-je, l'air de rien.

– Non, Dwight ne m'a pas raconté dans les détails. Il veut sûrement protéger Hope, c'est son histoire après tout, c'est normal.

– Ouais, t'as raison.

– Tiens, quand on parle du loup ! s'exclame-t-il en tournant la tête vers l'entrée.

Hope et Dwight sont en train d'arriver. Génial ! Le but de faire du sport est de penser à autre chose, et la voilà qui débarque. Chance, quand tu nous tiens.

– Salut ! s'exclame Dwight, joyeux.

Il y en a au moins un de bonne humeur ! Ça fait plaisir. Le sourire et le bonjour de Hope sont plus timides. Je marmonne un « salut » et vais m'installer au rameur. Je ne suis pas vraiment partant pour faire semblant, ni pour discuter de la pluie et du beau temps. Je suis en sueur, et mon tee-shirt commence à me coller à la peau.

– Salut, Dwight, Hope. Comment allez-vous ? demande Paul en revenant à nous.

– Très bien, répondent-ils en même temps.

– Super ! Je m'apprêtais à démarrer une séance en extérieur avec Valentino, propose-t-il.

– Je suis partant, répond Dwight.

– Je vais rester là, je voulais faire du vélo elliptique, dit Hope.

– Troy ? m'interroge Paul.

– Nan, merci, je vais finir au rameur. J'ai déjà un footing dans les jambes.

– Très bien, mais doucement, alors. Ne t'épuise pas outre mesure.

– Oui, chef.

Je lui fais un petit signe de tête et les regarde quitter la pièce. Puis mes yeux se posent sur Hope qui reste plantée en plein milieu, à deux mètres de moi. Serait-elle nerveuse de se retrouver rien qu'avec moi ? Elle aurait pu suivre les mecs et s'éviter cette situation, si je suis le problème.

– Tu vas bien, Troy ?

– Et toi, Hope ? répliqué-je un peu sèchement.

Je reste concentré sur mon mouvement, de cette manière, je ne pourrai pas faire attention à son corps moulé à la perfection dans sa tenue de sport. Je ne pourrai pas me laisser avoir par la douceur de son visage et la chaleur de son regard.

– Troy, regarde-moi, s'il te plaît.

– Pour faire quoi?

– J'ai besoin de te parler.

La fragilité de sa voix me stoppe net. Je tourne la tête vers elle et prends vraiment conscience de sa nervosité. Elle triture la petite serviette qu'elle tient à la main et mordille l'intérieur de sa joue.

– Je sais ce que tu t'es imaginé, mais je ne suis pas comme ça, d'accord? Je ne suis pas le genre de femme qui tombe dans les bras d'un homme après avoir embrassé avec passion et ferveur un autre. Je ne fais pas ça. Et même si tu n'avais pas été là, il est hors de question que Danilo et moi reprenions notre histoire où elle s'est arrêtée. Tu n'as pas cherché à comprendre ce qu'il s'était passé avec… commence-t-elle après une courte pause.

– Parce que je me dis que si tu voulais m'en parler, tu le ferais.

Elle acquiesce d'un petit mouvement de tête.

– Je… j'ai vu ce que c'était d'être en couple avec un pilote. Je croyais qu'il pouvait être tout ce que je recherchais, et la déception a été immense.

Je quitte le rameur et me lève pour être à sa hauteur. Je n'aime pas la regarder d'en bas comme ça, d'autant qu'elle est en train de se confier à moi d'une façon inédite. Je veux être pleinement en phase, à l'écoute.

– Je l'ai surpris en train de me tromper, avoue-t-elle, gênée. À partir de là, je ne pouvais plus rester travailler avec lui, je ne pouvais plus évoluer dans son entourage, je n'avais plus confiance ni en lui ni en moi. Il a essayé de se faire pardonner, mais c'est impossible pour moi. Et ce n'est pas sa visite qui changera quoi que ce soit. Je voulais juste te le dire. Je ne veux pas que tu aies de fausses idées à mon sujet.

Pendant toutes ses explications, elle fuit mon regard. Ses épaules sont légèrement voûtées. Cela me fait de la peine de la voir comme ça, elle, si fière en temps normal. Se montrer vulnérable et parler intimement de son vécu lui demande sans doute beaucoup de courage, il est vrai qu'on ne se connaît pas beaucoup encore. Cela me touche et m'émeut. J'ai envie d'en apprendre encore plus, de tout connaître d'elle. Je veux qu'elle se sente en confiance pour tout me dire, même ses blessures.

– Je suis sincèrement désolé que tu aies vécu ça avec lui. Il ne te mérite pas, aucun doute. Et je te remercie de te confier à moi.

Je m'avance vers elle. Maintenant, c'est moi qui la surplombe légèrement. Je veux qu'elle me regarde droit dans les yeux, pour qu'elle prenne pleinement conscience de ce que je vais lui dire. Je veux qu'elle perçoive ma ténacité, ma conviction. Je ne la touche pas, mais je sais que, physiquement, la connexion est déjà là. Elle déglutit nerveusement, sa bouche s'entrouvre, ses doigts se resserrent un peu plus sur le tissu-éponge.

– Je comprends tout ce que tu me dis et je sais que tu n'es pas ce genre de femme. Cependant, je ne m'excuserai pas d'avoir ressenti de la jalousie et de la colère, c'est comme ça.

– J'ai réagi pareil pour Kim, je ne peux pas te le reprocher.

– Bien. Et j'aimerais te dire quelque chose moi aussi.

– Oui ?

– Tout ce que tu crois, tout ce dont tu es persuadée à cause de Danilo ne s'applique pas à moi. Je ne suis pas LUI, dis-je fermement. Tu essaies de te convaincre pour ne pas flancher, mais tu en es parfaitement consciente. Dans le cas contraire, tu ne me laisserais pas t'approcher comme tu le fais. Et tu m'aurais refusé tous nos baisers échangés. Je connais très bien la situation, je ne le nie pas, mais ne me compare plus à ce mec. Je ne suis pas lui.

– Tu n'es pas lui.

La nervosité a petit à petit quitté son regard, et je vois qu'elle ne répète pas mes mots dans le vent. Finalement, je n'aurai pas tout perdu.

– Bien. Et sois sûre d'une autre chose. Je sais comment j'ai agi par le passé, mais je sais aussi que cela ne me définit pas. Là aussi, si tu me pensais un tel connard ou abruti, tu ne me laisserais pas t'approcher. Tu es plus intelligente que ça, Hope.

– Je sais, répond-elle dans un soupir. Mais cela ne change rien aux faits.

Elle n'a pas besoin de m'en dire plus, je sais parfaitement où elle veut en venir. C'est bien le seul truc dont on ne peut pas se débarrasser, le fait qu'on travaille ensemble et la clause de nos contrats. Je commence à comprendre ce qui lui fait vraiment peur : si jamais les choses tournaient mal entre nous, comme ça a été le cas avec son enfoiré d'ex, c'est notre vie professionnelle qui en serait impactée, comme la sienne l'a déjà été chez Ferrari. Et pour elle comme pour moi, ça compte trop pour prendre le risque. J'aimerais tellement effacer tout ce qui nous emmerde. Je me ferais une telle joie de lui montrer à quel point elle a tort à mon sujet. Je sais que je peux être tout ce qu'elle désire. On s'entend déjà parfaitement, et notre relation est quasiment platonique. Je n'ose imaginer ce qu'elle serait de manière plus intime, sensuelle.

– Je sais, réponds-je sur le même ton, dépité.

Elle me lance un petit sourire et rejoint le vélo elliptique. Elle s'installe sur la machine, dos à moi. Je me laisse un instant complètement envoûter par les courbes de son corps, par son petit cul rebondi qui me donne des idées très mal placées. Est-ce que je deviens fou rien qu'en la regardant ? Peut-être bien. Est-ce que j'ai l'impression de sentir son parfum flotter dans l'air ? Tout à fait. Je secoue la tête et décide de ne pas partir tout de suite. Seulement pour avoir le plaisir de profiter de la vue. Je prends place sur le banc de musculation juste derrière elle. Le parfait point d'observation, en toute discrétion, je l'espère. Je pars pour une série d'abdominaux dans différentes positions afin de travailler plusieurs muscles.

J'ai peut-être surestimé ma condition physique et le contrôle que je peux avoir sur mon corps. Évidemment qu'en observant Hope, je réagis. Elle m'attire, j'ai envie d'elle, et la preuve dans mon pantalon se manifeste instinctivement. Je change de position, mais ce n'est pas mieux. Impossible de me concentrer sur l'exercice, mon regard dévie sans arrêt sur son corps fabuleux. Ses fesses qui se contractent à chaque mouvement, ses jambes fuselées, ses bras qui tiennent les poignées, ses épaules, sa poitrine qui rebondit à chaque effort. Tout est sexy et tout m'excite. Merde ! Je ferme les yeux et prends une profonde inspiration.

Quand je sens avoir atteint mon maximum, j'arrête. J'attrape ma gourde et vais me positionner tout près du vélo, l'épaule en appui sur le mur. Je la reluque sans aucune gêne.

– Un problème ? finit-elle par demander sur un ton mal assuré.

Elle me fait sourire. Elle est si confiante par moments et, la seconde d'après, si peu sûre d'elle. Sa dualité me fascine.

– Je me demandais si tu étais consciente de ce que tu dégages.

– Comment ça ?

– Incroyablement belle et sexy. Je conçois tout ce que tu me dis, mais honnêtement, tu me crois courageux jusqu'à quel point ?

Elle fronce les sourcils. Elle ne comprend vraiment pas où je veux en venir ?! Je relève mon tee-shirt pour essuyer la sueur qui goutte à mon front. Quand je l'abaisse, je la surprends en plein matage. Au moins, je suis soulagé de voir que je ne suis pas le seul en pleine tempête.

– Tu es là à faire ton sport dans cette tenue devant moi, et quoi ? Mon corps est censé ne pas réagir ?

Elle secoue la tête en rougissant alors que je remets discrètement mon érection en place. Je ne suis pas parvenu à la faire écouter.

Comme si cette partie de mon anatomie avait sa propre volonté. Je hausse les épaules, faussement gêné.

– Il t'arrive de passer des marchés, Hope?

– Pas vraiment.

– Et avec moi? L'accepterais-tu?

Elle descend de son vélo. On dirait que j'ai retenu toute son attention. En fait, j'ai élaboré ce plan tout à l'heure durant mes exercices. Parce que je ne perds pas de vue mon objectif, même si elle s'y oppose farouchement. Elle ne me connaît pas, je suis quelqu'un de tenace et prêt à tout pour lui ouvrir les yeux. Je veux qu'elle prenne conscience de ce qui se passe entre nous, qu'elle l'accepte.

– Que proposes-tu? demande-t-elle, sa curiosité piquée au vif.

– Si je remporte les trois prochaines courses, tu m'offres un rendez-vous pour chaque baiser qu'on a échangé.

– Trois courses pour quatre rendez-vous? dit-elle en levant un sourcil.

Je souris, fier de moi. J'espérais bien qu'elle se rende compte que ce n'est pas proportionnel.

– Toi aussi, tu les as comptés? murmuré-je en m'approchant un peu plus.

– Non, souffle-t-elle sans grande conviction.

– Hum… Donc? Qu'en dis-tu? Si tu as tellement confiance en ton savoir-faire et en celui de Dwight derrière un volant, tu ne crains rien.

Oui, je n'ai aucun scrupule à appuyer sur la touche sensible de l'ego et de la fierté. On se ressemble de ce point de vue là. Et j'espère bien qu'elle ne résistera pas à la tentation de l'emporter.

– Et si tu perds, je gagne quoi dans l'histoire?

Je m'attendais bien à devoir céder quelque chose. Seulement, je n'ai pas trouvé ce qui pourrait l'attirer dans ce petit jeu entre nous.

Même si je ne considère pas qu'elle serait perdante à passer du temps avec moi. Un éclair passe dans ses yeux, et je devine qu'elle vient de trouver de quoi pimenter l'échange.

– Dis-moi tout.

– Je gagne le droit de faire un tour dans ta Bugatti.

Je ne l'avais pas vue venir, celle-ci. Je déglutis nerveusement. Se rend-elle compte de ce qu'elle exige? Je sais qu'elle croit que je vais me débiner. Putain! C'est ma Veyron quand même! Mais il s'agit aussi de Hope, et bien que je n'aie pas un ego surdimensionné, j'ai confiance en moi et je suis persuadé de pouvoir assurer. Nous n'avons eu que six courses jusque-là, pas assez, bien sûr, pour déterminer avec certitude les résultats finaux, mais dans le classement général, je suis très bien placé, dans le peloton de tête. Dans ce type de compétitions, la régularité est extrêmement importante. J'ai déjà vu des pilotes réaliser très peu de podiums et, pourtant, finir par remporter la finale et être sacrés champions grâce au nombre de points cumulés. En deux courses, je suis repassé devant Dwight et je me lance toujours dans l'optique de l'emporter. Je sais que mon tour viendra, et avec Hope comme motivation supplémentaire... Et surtout, même si je ne peux pas être sûr à cent pour cent de l'emporter, je ne suis pas du genre à renoncer et à me défiler.

J'analyse rapidement les faits. Je n'arrête pas de lui clamer que je ne suis pas un homme qui court à droite et à gauche, qu'avec elle, je serais prêt à tout. Lui accorder ma confiance et lui offrir un tour avec mon bébé pour un instant est sûrement le meilleur moyen de le lui prouver. Peut-être déjà simplement accepter ce qu'elle propose.

Je me redresse et me penche en avant. Front presque contre front, nos lèvres à quelques centimètres de distance. Je plonge mon regard dans le sien et esquisse un petit sourire en coin, rempli d'arrogance.

– Marché conclu.

Sa bouche s'ouvre dans un O de stupéfaction pour mon plus grand plaisir. Je lui lance un clin d'œil avant de tourner les talons et de la laisser là, comme ça.

Bon, maintenant que le jeu est lancé, j'ai intérêt à réussir. Il s'agit de ma Veyron tout de même !

13

Troy

Presque trois semaines ont passé, et le mois d'avril est bien entamé depuis que nous avons scellé notre marché avec Hope.

Et je suis sur un petit nuage. Les deux dernières courses, qui nous ont emmenés au Texas, puis dans le Tennessee, m'ont porté chance. J'ai fini premier, après deux départs en pole position, en laissant ce connard de Richard loin derrière. Il n'a même pas terminé à cause de problèmes mécaniques, après une collision. On récolte ce que l'on sème, j'ai envie de dire. C'était si jouissif, d'autant plus que maintenant, je ne suis plus qu'à une victoire de remporter mon petit pari avec Hope. Je jubile.

On ne gagne pas à tous les coups, et si jusqu'à présent je n'étais encore jamais monté sur la plus haute marche, depuis deux compétitions, je carbure. Je ne vais pas m'en plaindre, parce que ça fait du bien ! Je ne suis pas devenu meilleur, je n'ai pas changé ma façon de conduire ou d'aborder la piste, je n'ai pas modifié ma préparation physique et technique. J'avais déjà gagné sur ces pistes la saison dernière, alors oui, j'étais à l'aise et confiant en abordant la compétition, bien concentré et d'autant plus motivé. Tout était réuni pour remporter la victoire et cumuler plus de points. Pour Dwight et Valentino, ce n'est pas trop mal non plus. J'ai d'ailleurs partagé le podium avec Ducon au Texas. Le sourire vainqueur que je lançais à Hope, très arrogant, l'a fait enrager. Je prends tellement de plaisir à tout ça ! Mon ego se gonfle à chaque fois que j'ai l'occasion de prouver que je suis meilleur.

Nous voici en Virginie sur la côte est. Une course de quatre cents miles nous attend. Ma motivation n'a jamais été aussi grande, et c'est beaucoup, venant de moi. Pour dire à quel point Hope signifie quelque chose d'important, même si elle ne le voit pas encore, même si elle n'en a pas encore tout à fait conscience. Je sais qu'elle n'est pas un prix à remporter, à faire valoir, mais elle est un enjeu malgré tout. À chaque moment à ses côtés, je me dévoile, je me mets dans une position qui m'est inconnue, je m'expose, et j'aimerais qu'elle s'en rende compte.

Je retrouve l'équipe et vais saluer Mario qui discute avec Warren. Mike est en train de peaufiner les réglages des pneus, et Tyler, les freins. Valentino est en pleine discussion stratégie avec Tony, son chef mécano. Du côté de la troisième voiture, Dwight parle avec Hope. Je capte un regard en coin auquel je m'empresse de répondre par un sourire et un haussement de sourcil. Lorsque Jeffrey nous rejoint, Dwight se dirige droit vers lui. J'en profite pour m'approcher de Hope. Pas trop près, mais pas à trois mètres non plus. Nonchalamment, je glisse les mains dans les poches de ma combinaison que je n'ai pas encore remontée sur mon torse et bascule sur mes talons.

– Alors… soufflé-je. Tu as déjà mis au point un programme touristique ?

Elle secoue la tête tout en souriant.

– On dirait un gamin.

– Parce que tes yeux ne brillaient pas de malice et d'excitation quand tu m'as proposé ton lot, sûrement ?

Elle tourne la tête vers moi, et le même regard illumine son visage. Bien sûr qu'elle aussi est comme une gamine à l'idée de pouvoir conduire un tel bijou, qui ne le serait pas?

– Cela sera probablement le plus beau jour de ma vie, quand je me glisserai sur le cuir ferme d'une incroyable qualité du siège baquet, quand je ferai chanter ce moteur, quand je sentirai la voiture vibrer entre mes mains.

Je déglutis, j'ai sur le bout de la langue une réplique totalement déplacée. Tout ce qu'elle vient de décrire, je pourrais l'employer pour elle, quand elle se retrouvera nue sous moi, que je serai entre ses jambes, quand elle vibrera grâce à moi, mais nous sommes sur notre lieu de travail, je ne vais pas saisir la perche. Par contre, je ne peux rien contre l'érection qui grossit dans ma combi.

– Tu peux tout aussi bien déjà appeler Daytona pour réserver le circuit, me taquine-t-elle.

– Je n'aurai pas besoin de le faire, parce qu'aujourd'hui, j'ajoute une nouvelle victoire à mon palmarès, et ensuite la Floride n'aura plus aucun secret pour moi, grâce à toi.

Elle rit doucement en levant les yeux au ciel.

– Dwight est particulièrement en forme aujourd'hui, il a bien dormi, tu devrais te méfier. Le moteur ronronne, et Bruce est en confiance. Moi aussi, d'ailleurs.

– Je n'en doute pas, mais je vais quand même gagner, Hope. Prépare-toi mentalement à passer beaucoup de temps avec moi. Un marché est un marché, tu n'as pas intérêt à te défiler.

– Je suis quelqu'un de parole.

– Parfait.

Je m'avance discrètement à son oreille pour murmurer.

– J'ai si hâte.

Puis je la laisse. Il est temps pour moi de me concentrer sur la course et la victoire.

***

Je parviendrais très difficilement à décrire l'état dans lequel je suis en sortant de la voiture. Mario est le premier à se jeter sur moi. Avec tellement de force qu'il me soulève de terre et hurle à mon oreille.

– J'y crois pas ! Tu l'as fait ! Triplé !

Je ris contre lui en le prenant dans mes bras. Il m'est déjà arrivé de cumuler deux victoires de suite, mais trois ? Jamais. Alors je comprends sa joie, et elle est partagée, tellement, s'il savait ! Parce que cela signifie un peu plus pour moi.

– Putain ! hurlé-je en levant le poing au ciel.

Richard a été après moi toute la course, avec pour objectif de m'éjecter, mais il n'y est pas parvenu. J'ai tenu bon, et me voici, une fois de plus, sur la plus haute marche.

Pour la première fois depuis mon arrivée au sein de l'équipe, je me laisse aller au bonheur collectif et accepte les accolades de mes collègues. Cela est si peu commun de ma part, il faut croire que la bonne humeur est contagieuse. Le sourire que me retourne Jeffrey et la fierté que je lis dans son regard me font un bien fou. Il s'avance vers moi et me tend la main. Je m'en empare sans hésiter. Il m'attire à lui dans une courte étreinte, tout aussi inhabituelle.

– Je suis fier de toi.

Il me presse la nuque, et un trop-plein d'émotions m'envahit soudainement. Parce que ces mots, j'aurais tant aimé les entendre dans la bouche de mon père. J'aimerais qu'il soit auprès de moi, qu'il me voie marquer des points et me rapprocher des *play-offs*.

– Merci, boss.

– Bah alors, mon connard ! m'interpelle Dwight en ricanant et en m'attirant dans ses bras. Tu l'as vraiment fait. Je dois dire que je suis impressionné.

Je le repousse tout en riant. Je suis prêt à certaines choses, mais pas à tout, notamment aux câlins avec Dwight.

– Pour fêter ça, tu vas nous inviter au resto ! décrète-t-il, une claque sur mon torse.

– Bah, vas-y ! Gêne-toi surtout pas !

– C'est la moindre des choses, réplique-t-il.

C'était dans mes intentions, mais je ne vais pas le lui dire.

– Ça marche.

Il lâche un petit cri de victoire. Il en faut décidément peu pour le satisfaire. Je cherche Hope du regard. Je ne me vois pas aller réclamer des félicitations démonstratives, mais juste croiser ses yeux, l'expression de son visage me ferait plaisir. Seulement, je ne la trouve pas et je n'ai pas le temps de partir à sa recherche, Dwight et Valentino m'entraînent avec eux vers le podium pour la remise des récompenses et les interviews de circonstance. Le tout sous l'œil bienveillant et plus que satisfait de Jeffrey.

Après un passage par la case vestiaire, je rejoins les voitures de location et attends le reste de la troupe. Je parcours sur mon téléphone la liste des restaurants recommandés dans la ville de Richmond. Je fixe mon choix sur l'Opossum, un restaurant français très bien noté et réputé, et fais une réservation en ligne. Au moment où je range l'appareil, j'aperçois Hope qui s'avance vers moi. Je pourrais jouer la carte de l'arrogance, du mec si fier de lui qui roule des mécaniques, mais ma satisfaction va bien au-delà de ça. Je vais passer du temps avec elle, et putain, oui, cela m'emplit de joie. Bien entendu, si elle ne le veut vraiment pas, je ne la forcerai pas. C'est aussi pour ça que je garde cette euphorie en moi.

– Où te cachais-tu ? demandé-je alors qu'elle prend place à mes côtés contre la portière.

– Je ne me cachais pas.

Je ne parviens pas à décrypter son attitude. Je ne sais pas si cela l'embête, si cela lui fait peur, si elle est déçue, finalement.

– OK.

– Tu ne vas pas jubiler? demande-t-elle, étonnée par ma réponse toute simple.

– Non. Et si tu ne veux pas tenir ta part du marché, ce n'est pas grave.

J'espère que mon mensonge passe inaperçu. C'est très grave, à mon sens, parce que j'en ai tellement envie. Mais forcer quelqu'un qui ne le souhaite pas à passer du temps avec moi, cela ne m'attire pas. Je me décolle de la carrosserie et passe une main vive dans mes cheveux.

– Je ne vais pas t'obliger à le faire, Hope. Je sais très bien ce qu'il en est et je comprends. On peut…

– Je ne vais pas revenir sur notre marché, assure-t-elle doucement.

Elle détourne aussitôt les yeux, comme si cette idée la gênait quand même.

– Et je ne me force pas, je t'assure, mais je…

– Troy! m'interpelle une voix féminine.

Je soupire fortement en la reconnaissant. Va-t-elle toujours intervenir pour me mettre des bâtons dans les roues, celle-ci?! Je me tourne vers Kim qui accourt vers moi, les joues rouges.

– Oui, Kim?

– Je peux te parler?

– Oui, vas-y.

– En privé.

Elle s'excuse auprès de Hope et m'attrape par le bras pour m'attirer quelques mètres plus loin.

– Est-ce que cela te dit d'aller célébrer ta victoire avec moi? propose-t-elle d'une manière aguicheuse.

– Je vais dîner avec toute mon équipe, désolé.

– On pourrait se rejoindre après, alors?

– Écoute, Kim... Ne le prends pas mal, mais non. J'aimerais que nos relations restent strictement professionnelles.

– Ce n'est pas ce que tu disais la dernière fois.

– Il y a eu deux fois, Kim, je ne les regrette pas, mais c'est tout ce qu'elles représentent à mes yeux, un moment sympa avec toi. Je ne veux pas te faire de peine, vraiment pas. Mais j'aimerais qu'on en reste là. Je suis sûr que tu peux trouver quelqu'un d'autre qui t'apportera bien plus que moi. J'en connais un d'ailleurs.

Je ne suis pas sûr qu'il le sache, mais je vois bien comment Valentino la dévore des yeux. Kim ne relève pas, et je vois passer un éclair de tristesse dans ses yeux.

– Je suis sincèrement navré.

– Relations strictement professionnelles, répète-t-elle.

– Oui. Et si tu ressens le besoin de baver sur moi, fais-le, ajouté-je en riant.

C'est une plaisanterie, et j'espère qu'elle la prendra comme telle.

– Je ne suis pas comme ça, Troy. Je vais respecter ton choix, et n'aie crainte, je ne suis pas du genre pot de colle. Et peu importe qui elle est, elle a de la chance.

– Pourquoi tu dis ça? demandé-je en fronçant les sourcils.

– Parce que je devine qu'il y a une femme sous cette décision. Cela fait un moment que l'on se fréquente, Troy, sur le circuit, mais aussi en privé, et je pensais te connaître. Je me rends compte que non et je pense sincèrement qu'elle a de la chance.

Je ne réponds rien et baisse la tête au sol, mal à l'aise d'être analysé de la sorte. C'est parce que c'est une femme qu'elle voit les choses si bien. Heureusement pour moi, la majeure partie de mon entourage est masculine. Je me tourne rapidement vers Hope qui fait semblant de nous ignorer, le nez dans son portable. Est-elle dotée de la même capacité que Kim? Je n'espère pas.

– Cela ne change rien à notre accord?

– Non, rien. Tu pourras compter sur moi.

– Parfait. Je te laisse alors. Et encore félicitations pour ce triplé.

Elle hésite un court instant puis va malgré tout au bout de son geste. Je lui rends succinctement son étreinte et l'observe partir. J'ai l'intention de rassurer Hope, mais les autres commencent à arriver, cela va devoir attendre.

L'endroit choisi semble plaire à tout le monde, je suis content de moi. Hope est une fois de plus installée entre Valentino et Dwight. Cela me tue, cette distance entre nous que l'on est obligés d'instaurer en public. Même si nous ne sommes pas ensemble, j'ai l'impression qu'elle se contraint à ne jamais être trop près de moi quand il y a des personnes autour de nous. Je déteste, parce que cela me prive de son contact. Cela dit, dans la mesure où je n'ai jamais montré un entrain phénoménal dans les relations sociales, cela colle parfaitement à mon image. Se rend-elle compte qu'agir différemment pourrait attirer l'attention?

Je découvre pour la première fois la cuisine française et je dois dire que le repas est succulent. Afin de simplifier les commandes, le groupe a opté pour un seul et même menu. Nous avons donc dégusté un filet mignon truffé avec une compotée de champignons, oignons et herbes, accompagné de petits légumes croquants, et une crème brûlée lavande-limoncello en dessert. Nous en sommes maintenant à la dégustation d'un cognac et du café, accompagnés de quelques fins biscuits, dont des crêpes dentelle, un vrai délice.

Je m'éclipse un instant pour aller aux toilettes. Je me demande de quelle manière je vais bien pouvoir aborder Hope. Dans l'avion pour le retour, nous ne serons pas vraiment tranquilles, et une fois de retour à Daytona, on ira chacun de notre côté. En sortant, je suis alpagué par deux mains délicates. Hope me pousse dans une pièce au fond du couloir et referme brutalement la porte derrière nous.

– Qu'est-ce que tu fais? demandé-je, étonné. Quelqu'un va se demander où nous sommes.

Ma remarque meurt contre ses lèvres. C'est la première fois qu'elle initie un baiser entre nous. Et cela me fait perdre pied. Sa langue vient caresser la mienne, et je gémis de bonheur. C'est tellement chaud et inattendu. Je me penche pour attraper l'arrière de ses cuisses et la hisser sur le bureau au milieu de la pièce. Je m'installe entre ses jambes. Elle se laisse faire et glisse ses doigts dans mes cheveux. Je trouve la peau de son dos en remontant son chemisier en soie. Je vais tâcher de rester sage, sinon les choses vont dégénérer. Prendre tout ce qu'elle est prête à m'offrir, rien de plus, rien de moins.

Après quelques secondes, quelques minutes, elle ralentit notre baiser et finit par se détacher de moi. Enfin, seulement de ma bouche, parce qu'elle s'agrippe à mon polo comme si sa vie en dépendait.

– Tout va bien? demandé-je, peu sûr de moi subitement.

– Oui, souffle-t-elle. Je suis désolée, je ne sais pas ce qu'il m'a pris.

Elle ne me regarde pas en disant cela. Est-ce qu'elle regrette? Que se passe-t-il dans sa tête?

– Je ne sais pas comment faire, avoue-t-elle.

– Faire quoi?

– Rester de marbre quand tu es là, près de moi. Cela me fait peur.

– Je ressens la même chose, Hope. Dis-moi ce que tu veux faire, et je te suis.

– Vraiment?

Je prends son visage en coupe et l'oblige à reporter son attention sur moi.

– Oui. Tu décides.

J'ai l'impression que lui offrir le contrôle de la situation peut la rassurer. Je caresse ses pommettes et attends que sa décision tombe. Je suis prêt à tout entendre, même le pire pour moi. Je me ferai une raison.

– Mardi, notre premier rendez-vous.

J'ai envie de hurler de joie. Putain, elle est d'accord. Elle tient parole. Je n'y crois pas. Enfin, bien sûr que si, je n'ai jamais douté de mon charme irrésistible.

Putain ! Je me précipite à nouveau sur ses lèvres et prends encore un peu ma dose de Hope. Est-ce trop tôt pour déclarer que je suis accro ? Peut-être un peu, mais je peux déjà affirmer que cela me fait malgré tout un bien phénoménal. Quand elle quitte une nouvelle fois mes lèvres, un petit sourire étire les siennes.

– Je sors en premier. Je vais aller me renseigner à l'accueil, voir si on peut fumer un cigare.

– Tu fumes ? s'exclame-t-elle, une grimace de dégoût sur le visage.

– Non, pas moi. Mais j'en connais certains qui seront ravis de le faire. Juste pour poursuivre la soirée. Et dans quelques minutes, tu pourras sortir à ton tour. Ça marche ?

– Oui.

Je l'embrasse une dernière fois, rapidement, avant de rejoindre la porte. Je l'entrouvre et jette un œil à l'extérieur.

– Troy ? me retient-elle au moment où je m'apprête à sortir.

– Oui ?

– Ça ne veut pas dire que nous sommes ensemble.

– Comme tu veux, c'est toi qui décides.

Je sors et remonte le couloir. Je sais pourquoi elle m'a dit ça. Si elle préfère voir les choses de cette façon, si cela peut lui faciliter la vie, je vais aller dans son sens. Et puis, ça m'évitera de me faire trop de nœuds au cerveau.

14

Hope

Nous avons convenu avec Troy que je passerais le prendre. Comme c'est moi qui fais le guide, je dois jouer le jeu jusqu'au bout. Et puis, bon, se promener en Veyron, ça pourrait être sympa, mais je me vois quand même mal parcourir la région dans une voiture pareille !

Quand je pense qu'il a réussi ! Trois victoires d'affilée. Il m'a stupéfiée. J'ai rarement vu ça en compétition. Il est impressionnant. Je crois d'ailleurs que cela a soufflé toute l'équipe. Même Dwight n'en revenait pas.

J'essaie tant bien que mal de ne pas penser à la façon dont je me suis jetée sur lui au restaurant. Je crois que j'en avais tout simplement envie. Je sais que nous sommes deux adultes consentants et que je n'ai pas à avoir honte de ressentir ce que j'éprouve en sa compagnie, que ce soit éphémère ou plus. Le problème n'est pas là. Quand bien même je souhaiterais vivre pleinement notre histoire, je n'oublie pas ce qu'il en est réellement, et si Troy ne semble pas y porter plus d'attention que ça, ce n'est pas mon cas. Nous ne pouvons pas être ensemble. Je n'imagine même pas la réaction de Jeffrey s'il l'apprenait. Et Dwight ? Ce serait peut-être pire.

Cela dit, malgré cette donnée dans l'équation, me voilà quand même en route pour aller chercher Troy. J'ai emprunté la voiture de Dwight. Mon frère n'a pas prévu de sortir aujourd'hui. Il m'a simplement proposé une soirée film pop-corn ce soir, que je me suis empressée d'accepter. Histoire d'éviter qu'il s'interroge, je lui ai menti sur ma journée, il pense que je suis de sortie avec les filles, et cela me va bien.

Je m'arrête devant l'hôtel, et Troy trottine jusqu'à moi en m'apercevant. Il grimpe à mes côtés et me salue d'un grand sourire sans chercher à obtenir plus de ma part.

– Salut ! dit-il.

– Tu vas bien ?

– Très bien, et toi ?

– Bien.

– Alors, qu'as-tu prévu pour nous ?

– Je pensais t'emmener à Cape Canaveral. As-tu déjà visité le Kennedy Space Center ?

– Pas du tout.

– Cela te tente ?

– C'est parfait. Allons-y !

Il boucle sa ceinture, et je prends la direction du sud pour rejoindre le lieu mythique de la course spatiale connu de tous.

– On a environ une heure et demie de route.

– Très bien.

– Cela ne t'ennuie pas que je conduise ?

– Bien sûr que non. Pourquoi ?

– Comme ça.

– Laisse-moi deviner. Parce que je suis pilote de course et que tu es une femme ?

– Oui, peut-être, quelque chose dans ce goût-là, plaisanté-je.

– Ma mère me fait la même à chaque fois que je rentre. Et non, cela ne me dérange pas. J'aime bien me faire conduire.

– Ah oui?

– Oui, comme ça, je suis détendu.

Je ris doucement. Décidément, une fois de plus, il m'étonne. Je l'ai probablement mal jugé, souvent comparé à Danilo, comme il l'a très justement remarqué. C'est injuste envers lui. Je me suis promis de ne plus le faire, mais certains préjugés ont la vie dure.

Durant le court trajet, on discute de musique, de cinéma. On se découvre de nombreux points communs. Tous les deux fans de l'univers Marvel, mais aussi de DC Comics, on a bien du mal à trancher entre les deux. Il adore Christopher Nolan, tout comme moi, partage mon avis au sujet de Gemma Arterton. Je trouve cette femme absolument magnifique. Il n'y a pas de style musical qu'il préfère en particulier, il écoute de tout.

Un gros bâtiment carré, surmonté de la grosse bulle bleue NASA et du drapeau américain, se distingue bien avant l'arrivée.

– Je n'imaginais pas ça si grand, dit Troy alors que je me gare sur le parking.

– Le site est immense. Il est situé sur la réserve naturelle Merritt Island National Wildlife Refuge.

Troy m'adresse une petite moue impressionnée.

– Comme tu peux le voir, je prends mon rôle de guide très au sérieux. Mon objectif est que tu te couches moins bête après chaque sortie que l'on fera.

Il part d'un éclat de rire franc.

– Je ne veux pas dire que tu n'es pas intelligent, ajouté-je aussitôt.

– Je sais, je t'embête.

– Ha, ha! me moqué-je en faisant une petite grimace.

– Il faut passer au guichet? se renseigne-t-il en levant les yeux vers le drapeau national qui flotte au-dessus de nous.

– Non, j'ai pris les billets avant de venir. On a juste à présenter les Flashcodes à l'entrée du parc.

– Super ! Allons-y !

On s'arrête quelques pas plus loin, devant la boule NASA.

– Un selfie ? propose Troy en souriant.

Comment le lui refuser ? Nous prenons la pose, la sphère bleue en arrière-plan. Je ressens sa chaleur et son parfum. L'instant ne dure qu'une fraction de seconde, et je me dis que j'aimerais plus. Mais Troy semble bien impatient de débuter la visite. Nous avançons donc vers l'entrée. L'enseigne EXPLORE nous accueille en gros.

– C'est toi, le chef, je te suis, me dit-il en souriant.

– Merci bien. Alors je te propose dans un premier temps d'attraper le bus pour la visite du site, et ensuite, on fera les attractions ici même, au Visitor Complex.

– Parfait.

Je me repère sur la carte que j'ai téléchargée grâce à l'application et entraîne Troy vers le point de départ du Bus Tour, qui nous emmènera à la découverte des véritables installations de la NASA.

Troy semble captivé par tout ce qu'il voit, comme un enfant. Je suis très contente de mon premier choix de sortie. La navette nous conduit vers le fameux bâtiment que l'on voyait de loin. Nous apprenons qu'il s'agit en réalité du site d'assemblage des fusées et du centre de contrôle des lancements. Il y a aussi plusieurs rampes de lancement. Nous nous rendons ensuite vers le centre Apollo/Saturn V. Nous passons également à proximité des sites de lancement de différentes fusées, face à l'océan Atlantique, une dizaine en tout.

De retour au complexe, nous flânons dans les différents halls d'exposition, faisons quelques attractions assez calmes avant de profiter d'une pause dans un snack. Nous commandons des hot dogs. Nous nous posons tranquillement près du dôme de jeux pour enfants pour les déguster. Le temps est magnifique, parfait pour cette journée en plein air.

Durant la première partie de la journée, Troy s'est montré très correct, se passionnant pour ce qu'il découvrait. J'apprécie beaucoup, parce que cela me montre qu'il n'attend pas que ça de ma part, qu'il aime cette journée toute simple. Mais je ne peux, malgré tout, pas m'empêcher d'en vouloir plus. Je sais bien que c'est absurde, totalement incohérent, parce que je passe mon temps à le repousser. Mais les faits sont là, avec le peu qu'on a vécu, nos étreintes, nos baisers échangés, Troy est parvenu à semer quelque chose en moi. J'ai déjà la sensation que je ne pourrais pas me passer de lui.

Alors que nous sommes installés l'un à côté de l'autre, je savoure ce presque contact.

– Tu faisais souvent des visites avec tes parents? me renseigné-je.

– Cela nous arrivait, oui. Il y a pas mal de parcs en Californie. Mais on partait plus souvent en balade dans la nature. C'était plus le truc de mon père, tu vois. Les sensations fortes, il n'aimait pas ça, alors il vivait par procuration à travers les courses. Et toi?

– Je n'ai pas beaucoup de souvenirs de mes parents, de nos vacances, ou même de nos instants quotidiens. Dwight, un peu plus. Grâce à Jeffrey, notre vie a toujours été baignée de courses automobiles. Mon père ne travaillait pas dans ce milieu, mais il aidait très souvent mon oncle et partageait cette passion. Ma mère suivait, tout comme ma tante, je dirais. Je me rappelle juste nos visites à l'écurie ou sur le circuit de Daytona. Plus que des images, ce sont les bruits et les odeurs dont je me souviens. Vivre dans le même univers m'aide à maintenir tout ça très présent.

– De quoi sont morts tes parents? Si ce n'est pas trop indiscret.

– Non, pas du tout. D'un banal accident de la route. Un homme a perdu le contrôle de son véhicule et il est venu percuter celui de mes parents. Ils ont dévalé un ravin, sans aucune chance de survie.

– Cela n'a pas dû être facile.

– Non. C'était brutal. Cela a renforcé mes liens avec Dwight. On était seuls à présent, on devait pouvoir compter l'un sur l'autre. Puis on est devenus une famille avec Sandy et Jeffrey. Ils n'ont jamais remplacé mes parents, mais ils nous ont offert tout l'amour et le soutien dont on avait besoin. Ils nous ont sauvés.

Troy me lance un sourire sincère. J'ai envie de me blottir dans ses bras après ces confidences assez éprouvantes, mais je n'en fais rien. Je sais que si je craque maintenant, je ne pourrai plus m'arrêter, et ce n'est pas le but de la journée.

– Prête ?

– Absolument.

Il récupère mes déchets dans mes mains pour les jeter à la poubelle, et nous reprenons la visite. Je me contente bêtement de suivre l'itinéraire suggéré sur l'application. Troy se prête à chaque visite et attraction avec enthousiasme et bonne humeur.

Régulièrement, nous sommes brièvement interrompus par des visiteurs qui le reconnaissent malgré sa casquette et ses lunettes de soleil. Il se prête volontiers au jeu en signant des autographes et en posant pour quelques selfies. J'aime le voir si accessible et généreux. Pas une seule fois je ne le vois souffler ou ronchonner. C'est agréable.

– Quelle star ! dis-je en riant et en lui donnant un coup d'épaule.

– Eh oui ! Qu'est-ce que tu veux ? s'exclame-t-il en mettant une main sur le torse d'une manière très solennelle.

J'aime qu'il ne se prenne pas réellement au sérieux. Il accepte son statut et donne un peu de sa personne avec plaisir. Il est bien difficile de ne pas tomber sous le charme de cette nouvelle facette que je découvre.

Sur la façade du bâtiment renfermant l'attraction Heroes & Legends, sept astronautes en relief nous accueillent. Nous nous immergeons dans l'histoire de la conquête spatiale, vivons une expérience multisensorielle en quatre dimensions, avant de terminer par le fameux Hall of Fame où sont rassemblées toutes les figures emblématiques, notamment Neil Armstrong.

À la sortie, nous observons avec attention toutes les fusées qui décorent le Rocket Garden, chacune étant le témoin d'une période de l'histoire. Nous arrivons ensuite à temps pour la conférence donnée par un vrai astronaute, qui nous parle de son métier tout en se prêtant aux questions-réponses avec le public.

– Tu aimes les attractions à sensations fortes ? me renseigné-je en sortant.

– Ça ne me dérange pas, répond-il.

– Cool. Il y a Atlantis à faire, dans ce cas.

– Je te suis. Tu t'amuses ? me demande-t-il en posant un bras sur mes épaules.

– Bien sûr ! Et toi ?

– Beaucoup. Cela faisait très longtemps que je n'étais pas entré dans un parc, que je n'avais tout simplement pas pris du temps pour moi, juste pour le plaisir. Merci.

– De rien.

C'est le premier geste un tant soit peu intime qu'il a pour moi aujourd'hui, et je me rends compte que cela m'avait manqué. Cette proximité entre nous, son contact. Je savoure le temps du chemin jusqu'à Space Shuttle Atlantis qui nous promet quelques émotions. Une immense navette orange se dresse devant le bâtiment aux formes rondes. Nous visionnons un film avant de rejoindre le simulateur. La guide nous explique que nous allons vivre le lancement d'une navette spatiale comme si nous y étions. Nous sommes sanglés dans ce qui ressemble à un cockpit. Les conditions se doivent d'être les plus réelles possible. C'est assez amusant. Je ne retiens pas un petit cri alors que plusieurs enfants hurlent carrément derrière nous.

À la sortie du simulateur, Troy a une drôle de tête, je le trouve un peu pâle. Comme s'il avait du mal à se remettre.

– Ça va? demandé-je.

– Oui! s'empresse-t-il de répondre. La ceinture était un peu trop serrée, c'est tout.

– OK.

Pour un pilote qui a l'habitude d'être harnaché, presque comprimé, dans une voiture, je trouve ça un peu étrange. Mais il passe vite à autre chose en me prenant le portable des mains.

– Que nous reste-t-il encore à faire? demande-t-il.

– Astronaut Memorial. C'est juste à côté.

– Très bien. Tu es déjà venue ici?

– Il y a très longtemps. Mais je n'en ai gardé aucun souvenir. Je pense que le site a dû bien évoluer depuis.

– Sûrement. En tout cas, c'est vraiment magnifique comme lieu, en dehors des attractions, j'entends. La réserve a l'air chouette.

– Toute la Floride l'est, dis-je en souriant.

Il est vrai que je suis partie d'ici, mais je trouve malgré tout mon État vraiment très beau. La richesse dont il regorge, la biodiversité font de la Floride une région où il fait bon vivre.

Je suis impressionnée en arrivant au mémorial. C'est un mur de plus de treize mètres de haut sur quinze mètres de large. Le nom de toutes les personnes qui ont trouvé la mort dans cette fameuse conquête spatiale est gravé sur le bloc de granite qui fait face à une étendue d'eau.

– Bon sang, je ne me doutais pas qu'autant de monde avait perdu la vie dans ce domaine-là.

– Moi non plus.

Nous restons silencieux devant le monument. Je ne suis pas personnellement concernée, mais c'est quand même très émouvant. Troy se penche à mon oreille pour murmurer.

– À quoi tu penses comme ça ?

– À tout et rien, réponds-je en haussant une épaule. Cela m'oblige à relativiser un peu, je pense, tout ça. On est si peu de chose finalement.

Je lève les yeux au ciel. Il fait encore plein jour, bien évidemment, je ne peux pas les voir, mais je sais qu'elles sont là, les étoiles, les autres planètes qui nous entourent.

– C'est sûr que face à l'immensité de l'univers, on n'est pas grand-chose. Mais le peu qu'on est, c'est bien, non ? souffle-t-il en glissant une mèche de cheveux derrière mon oreille.

– Oui, murmuré-je en déglutissant, surprise par ce geste.

Je lui souris tendrement. Je me demande bien comment je vais pouvoir rester maîtresse de moi alors qu'il est lui. Amusant, attachant, intéressant, attirant. Il s'attarde un instant, son pouce dessinant le tracé de ma cicatrice sur ma tempe. Je devine qu'il se demande comment je l'ai eue. Je n'y ai fait qu'une allusion lors de notre rencontre. Peut-être que je lui raconterai cette histoire un jour.

– Que nous reste-t-il à faire ? J'ai cru voir un truc qui s'appelle Journey to Mars. Ou bien un film à l'Imax Theater ?

Je regarde ma montre rapidement. On a le chemin retour à faire, et j'ai promis à Dwight d'être rentrée pour un film en sa compagnie. Ça va être juste si on se lance dans une autre attraction.

– Qu'est-ce qu'il y a ?

– Un film Imax, c'est un peu long. Mais on a encore le temps pour Journey to Mars.

– Tu es pressée ? demande Troy en riant.

– Non. Enfin, Dwight m'attend, on a prévu un truc ce soir.

– Ah, OK. On peut y aller si tu as peur d'être en retard, dit-il d'une voix plate.

– Non, vraiment, un dernier truc, et on se sauve.

Il hoche la tête et passe devant. Il s'attendait sûrement à ce qu'on poursuive ensuite la soirée en allant dîner quelque part, par exemple. Mais je n'avais pas non plus prévu que mon frère me propose quelque chose. Je m'en veux de le décevoir, mais le deal était une visite. C'est ce que je lui offre, non?

Le retour se fait presque en silence, nous ne sommes bercés que par la musique à la radio et le chant du moteur. J'aimerais questionner Troy sur ce qu'il ressent, sur ce qu'il attend de moi, mais comme je ne suis pas très sûre de pouvoir encaisser les réponses, je me tais.

Une fois devant le Hard Rock Hotel, je mets le point mort et me tourne vers Troy, un léger sourire sur les lèvres.

– J'espère que tu as passé une bonne journée.

– Oui, excellente. Je te donne un premier bon point. J'espère que je ne serai pas déçu par la seconde expédition. Tu y as déjà réfléchi?

– Non, pas encore. J'ai toute la semaine pour trouver. Fais-moi confiance, je ne te décevrai pas! lui assuré-je.

– Je l'espère.

– Que vas-tu faire de ta soirée? me renseigné-je innocemment.

– J'en sais rien. Peut-être rejoindre Mario.

– OK. Je te souhaite une bonne soirée, Troy.

– Merci, à toi aussi.

Il m'adresse un petit sourire avant de se pencher pour déposer un baiser tout léger sur ma joue. Je le lui retourne et le suis du regard alors qu'il rejoint l'entrée de l'établissement. Moi aussi, j'ai vraiment passé une très bonne journée. Il me tarde d'être à la prochaine.

15

Troy

La dernière course en Alabama était assez dure physiquement. J'ai pourtant l'habitude des températures élevées, la Floride n'étant pas épargnée. Mais dimanche dernier, à Talladega, il faisait super chaud, et l'humidité était étouffante. Déjà en temps normal, il fait une chaleur à crever quand on est dans l'habitacle, derrière le volant, avec la combinaison et le casque, mais là, c'était compliqué, encore plus lourd à supporter. J'ai eu la sensation d'avoir des palpitations, des problèmes de concentration. J'ai du mal à gérer ce genre de situation inconnue. Je préfère me voiler la face et ne pas penser à ce que cela peut signifier.

Je n'ai pas fait un super classement, d'ailleurs, j'ai dû me contenter de la treizième place. Valentino s'en est sorti un peu mieux que moi, en arrivant septième. Dwight a échoué au pied du podium. La seule satisfaction que je retire de tout ça, c'est de voir Richard Adams rester derrière moi. Il n'a même pas terminé la course, d'ailleurs. Bien fait pour sa gueule !

Pour surmonter cette déception, j'ai hâte de débuter cette nouvelle journée découverte avec Hope. Ils annoncent un super temps en ce début mai. J'ai tellement aimé celle de la semaine passée, à Cape Canaveral. Elle m'a donné rendez-vous aux aurores. Cela ne me dérange pas de me lever tôt. Il est donc six heures tout pile quand je rejoins l'entrée de l'hôtel. Hope est déjà là. Je repère tout de suite la Jeep de Dwight, garée un peu plus loin. Je la rejoins en trottinant.

– Salut, dis-je en m'asseyant à ses côtés.

– Bonjour.

Je balance à l'arrière mon sac avec les trucs qu'elle m'a conseillé de prendre : casquette, crème solaire, serviette de plage et tongs. Je porte un tee-shirt, un short de bain et une paire de baskets. Elle m'a assuré que ça irait pour ce qu'elle a prévu.

Je me penche pour l'embrasser sur la joue. J'y suis allé tout doucement la semaine dernière, mais là, j'ai besoin d'un peu plus dès le début. Elle me fait un grand sourire avant de lancer le moteur, et j'exige aussitôt d'en apprendre plus.

– Je t'emmène de l'autre côté de la Floride, visiter Fort Myers et découvrir les îles de Sanibel et Captiva. L'une des régions les plus sauvages de l'État et avec une vue superbe et des plages extra qui donnent sur le golfe du Mexique.

– Super! Je ne connais pas du tout.

– Je n'ai pas l'impression que tu aies visité beaucoup d'endroits par ici.

– Nan, pas vraiment. Mais je répare cette erreur grâce à toi.

– Et si je n'étais pas là? Tu serais toujours dans ton coin?

– Peut-être, c'est fort probable, oui, admets-je. Mais heureusement, tu es là.

– Tu sais, je suis sûre que Dwight, Valentino et toi, vous pourriez devenir amis.

– Mmm…

– Je t'assure que si! Vous vous ressemblez énormément, vous partagez la même passion. Pourquoi ça ne serait pas le cas? Regarde avec Mario, le courant passe super bien entre vous, et il s'entend aussi bien avec les deux autres.

– Tu n'as pas tort, mais j'ai juste peur qu'il soit trop tard.

– Non, il n'est jamais trop tard. Je sais bien que mon frère n'est pas facile. Vous avez chacun votre petit caractère, certes, mais je ne vois rien d'incompatible.

– Rien à part le fait que j'aie des vues sur sa sœur? ne puis-je m'empêcher de dire.

Je vais la taquiner un peu. Je ne veux surtout pas qu'elle croie, en raison de ma retenue, que j'ai changé d'avis sur elle.

– Troy, souffle-t-elle.

– Hope, répliqué-je sur un ton amusé, non moins réaliste. Tu crois vraiment que Dwight deviendrait mon meilleur ami s'il découvrait que j'ai déjà embrassé, enlacé sa sœur? Et surtout que j'ai terriblement envie de recommencer? Je préfère me priver de son amitié et passer du temps avec toi, peu importe ce que tu es prête à m'offrir.

Elle ne tourne pas la tête vers moi, je vois pourtant qu'elle me jette un rapide coup d'œil en coin. Il va falloir qu'elle s'habitue à m'entendre lui dire les choses telles que je les pense. « Franchise » est un des maîtres mots de mon existence.

Durant les quatre heures de route, nos conversations sont ponctuées de moments silencieux, pas dérangeants. C'est flagrant de voir à quel point, du moment que nous sommes dans un esprit platonique, Hope est à l'aise avec moi. Et puis, dès que je parle de choses un peu plus personnelles, elle érige presque immédiatement une barrière, derrière laquelle elle se réfugie. Je vois bien qu'elle agit ainsi pour se protéger, résister à ce qui se passe entre nous. Mais qu'elle ne se fasse pas d'illusions, à la moindre faille, au moindre interstice, je vais me faufiler, et elle ne pourra plus se débarrasser de moi.

– Je te propose de nous rendre d'abord sur l'île et de revenir en fin d'après-midi sur Fort Myers.

– Comme tu veux, c'est toi, le chef, lui dis-je comme à Cape Canaveral. Les cartes sont entre tes mains.

J'ai besoin, une nouvelle fois, de lui montrer qu'elle gère la situation. Je me dois de lui offrir un minimum de contrôle. Je ne la forcerai à rien, si je me montre trop brusque, je sais qu'elle s'échappera définitivement.

J'apprends grâce à ses explications que les îles de Sanibel et Captiva font partie d'un ensemble d'archipels, relié au continent grâce à des ponts. Une grande route permet de les visiter, en voiture, en vélo ou à pied.

– Il y a plus de vingt-trois miles de pistes cyclables sur tout le site. Les îles très tranquilles sont reconnues pour être un refuge de la faune tropicale et elles regorgent d'une flore luxuriante. Elles sont aussi protégées par le parc naturel J.N. Ding Darling. J'ai pris l'initiative de louer des vélos. Dans le guide, ils parlent de l'Indigo Trail, parfait pour se balader. On trouvera un coin pour déjeuner avant de rejoindre Fort Myers Beach.

– Génial !

Elle se gare sur un immense parking qui est déjà pas mal occupé, pas très loin de l'entrée de l'île et à proximité de la marina. Je récupère mon sac à l'arrière, tandis qu'elle sort de la voiture pour récupérer le sien dans le coffre. Je la rejoins au moment où elle le referme. Je me penche à son oreille, ni trop près ni trop loin. Sa peau se couvre de chair de poule alors qu'il fait relativement bon.

– Je suis vraiment impressionné de voir à quel point tu prends tout ceci très à cœur. J'en viens à me dire que tu éprouves autant de plaisir que moi à partager ces journées en ma compagnie.

Ses joues rougissent délicieusement alors qu'elle secoue la tête. Quand ses yeux plongent dans les miens, je reconnais immédiatement cette gêne qui refait surface dès que j'entre en action.

– Dis-moi tout, Hope.
– Tu le sais bien, souffle-t-elle.
– Mais l'entendre de ta bouche, ça n'a rien à voir.
– J'aime ces moments passés avec toi.
– Bien, dis-je en souriant. Si tu savais à quel point j'aime t'entendre dire des choses comme ça.

C'est la vérité, cela réchauffe mon cœur, parce que je sais que je suis sur la bonne voie. Spontanément, je tends une main vers son visage et vais caresser sa joue avec mon pouce avant d'y déposer un nouveau baiser. Je m'attarde un petit peu plus que tout à l'heure, puis je m'écarte en ouvrant mon sac à dos. J'enfonce la casquette sur ma tête et glisse les lunettes sur mon nez avant de me renseigner.

– Par où doit-on aller, jolie guide?
– La boutique est par là.

Nous remontons légèrement la rue principale pour rejoindre un des loueurs de vélos. Hope s'est déjà occupée de réserver avant notre arrivée. Nos vélos sont donc prêts.

– Dans le guide de la réserve, il est préconisé de commencer par le Visitor and Education Center, m'explique Hope.
– Je vais me répéter, mais tu mènes la danse, Hope. Je te suis.

J'espère qu'elle saisit bien le double sens de ma phrase, je ne parle pas seulement de cette journée, de la visite. Elle a le contrôle sur ce qu'on pourrait devenir. Encore une fois, s'il faut que je le lui répète sans cesse pour l'en convaincre, je le ferai.

La visite est hyper intéressante, on découvre les espèces qu'il est possible d'apercevoir dans la réserve, tels des alligators et d'autres reptiles, des hérons, des ibis et d'autres centaines d'oiseaux, des ratons laveurs. J'apprends qu'il y a même tout un coin de la Floride où vivent des lamantins. Ces bestioles sont vraiment étranges.

– Prêt pour une balade à travers la mangrove et les étangs? demande Hope.

– Avec toi ? Absolument.

En l'observant ouvrir le chemin, je me dis que j'apprécie son côté sportif. C'est indéniablement un atout. Je ne sais pas si elle a choisi ce coin pour une raison particulière, si c'est parce qu'elle y est déjà venue ou simplement parce qu'elle en a entendu du bien, mais elle prend autant de plaisir que moi à cette excursion, à guetter les animaux. Elle s'extasie devant cette flore si typique de la région, devant chaque oiseau ou animal qui veut bien nous saluer.

Je pile net alors qu'elle s'arrête juste devant moi.

– Qu'est-ce que tu as ?

– Là ! s'exclame-t-elle. Regarde !

Je fixe le point qu'elle désigne avec son doigt et découvre, stupéfait, un alligator qui bronze au soleil, une grosse tortue d'eau sur son dos. Hope dégaine plus vite que son ombre et mitraille de photos les deux reptiles immobiles comme une statue.

Un peu plus loin, c'est à mon tour de m'arrêter. Un groupe d'ibis, dont j'ai découvert le véritable nom de spatules rosées, barbote au bord de l'eau. Je les prends en photo puis me tourne vers Hope.

– Le paysage est magnifique. Tu viens auprès de moi pour une photo ?

– Oui, si tu veux.

Elle se place sagement à mes côtés, j'en profite aussitôt pour passer un bras autour de sa taille et la rapprocher de moi. Je fais deux clichés avant d'embrasser sa joue et de saisir son expression surprise et délicieuse à la fois.

Nous terminons le circuit dans la bonne humeur, entre observations et discussions légères. De retour au centre, Hope immortalise une fois de plus la visite, puis nous allons rendre les vélos.

– On peut remonter la rue et rejoindre le phare. J'ai vu qu'il y avait des petits restos pour déjeuner.

– C'est parfait.

Nous nous arrêtons devant le Lighthouse Cafe. La devanture ne paie pas de mine avec sa façade vert et jaune un peu défraîchie, et l'intérieur n'est pas exceptionnel, il y a des centaines de cadres photos avec des peintures au mur et un mobilier très spartiate. Mais la pancarte à l'entrée nous promet de déguster le meilleur petit déjeuner au monde, alors je suis curieux.

Je n'aime pas particulièrement le luxe. Jusqu'à il n'y a pas si longtemps que ça, je devais me contenter du minimum, mais je trouve l'endroit tout de même peu chaleureux. J'espère que la nourriture va relever l'ensemble.

– Tout va bien? demande Hope en examinant ma mine un peu dubitative.

– Très bien.

– C'est l'endroit qui ne te plaît pas? On peut aller ailleurs si tu préfères.

– Non, non! C'est très bien. Je suis désolé. Je m'en fiche, je t'assure. Tu dois me prendre pour un gros con, de juger l'endroit à la déco et au mobilier.

– C'est vrai que j'ai moi-même vu plus jolie comme décoration. Mais j'ai regardé les avis, et la nourriture est vraiment excellente.

– Je te crois, dis-je en souriant afin de la rassurer.

D'ailleurs, pour le lui prouver, et parce que j'ai une faim de loup, je commande un peu de tout : des toasts, des pains briochés, des œufs brouillés, sur le plat, pochés, accompagnés de pommes de terre sautées, des pancakes à la banane et des gaufres aux amandes, ainsi que des jus de fruits.

– Tu comptes dévorer tout ça? s'étonne Hope, les yeux écarquillés.

– Tu vas m'aider, et je finirai, assuré-je avec un clin d'œil.

Je déguste avec modération jusqu'à ce que Hope lâche sa fourchette, déclarant forfait, et je prends le relais sans me restreindre. Elle me regarde, amusée, tout en sirotant son jus d'orange fraîchement pressée.

– Alors ? Verdict ? se renseigne-t-elle.

– Ne jamais se fier à la couverture d'un livre, ou plutôt à la devanture d'un restaurant. C'était super bon.

– Tu m'en vois ravie. Et je vais rebondir sur ce que tu viens de dire. Cela vaut aussi pour les gens, tu sais.

– Tu veux dire que tu as enfin pris conscience que j'étais l'homme parfait, celui que tu attends depuis toujours ?

– Non, dit-elle en riant rapidement, avant de s'arrêter en plaquant une main sur sa bouche.

– Ne fais pas ça, Hope, la grondé-je en la retirant.

– C'est juste que… marmonne-t-elle en baissant les yeux sur la table.

Je tire ma chaise vers elle, pose un doigt sous son menton pour attirer son attention à moi.

– Hope, dis-je fermement. Ne te cache pas, jamais, ne te censure pas quand tu es avec moi. Je m'en fous de ton rire. En fait, non, ce n'est pas ça. Il fait partie de toi, et crois-le ou pas, mais je l'aime.

– Troy, dit-elle dans un murmure en fixant mes lèvres.

Je suis à deux doigts de me jeter sur les siennes, elles m'ont manqué. Si je me concentre suffisamment, je ne vois qu'elle, je ne sens que son parfum, je n'entends que sa voix, son rire, plus rien ne filtre autour et ne peut gâcher ce moment. Tout s'éloigne et s'efface, et seule Hope compte. Je pourrais craquer, sa bouche légèrement entrouverte me dit qu'elle en a envie, mais on est en plein restaurant, ce n'est pas terrible. Je vais devoir prendre sur moi et saisir un moment plus propice.

– Je vais régler la note, et on poursuit la journée ? proposé-je.

– Oui.

Sa réponse n'est qu'un souffle. Je suis plutôt content de moi. J'aime la voir lâcher un peu de volonté face à moi.

– Que proposes-tu? demandé-je en la rejoignant à l'extérieur.

– On peut aller se balader vers le phare avant de repartir pour Fort Myers Beach.

– Ça marche.

Le monument s'élève à quelques mètres seulement de nous. Je décide de passer la seconde. Je ne crois pas qu'elle le prendra mal, je n'ai de toute façon rien à perdre à tenter. Je tends le bras entre nous et m'empare de sa main. Je glisse mes doigts entre les siens et attends qu'elle me repousse, me disant que je dépasse peut-être les bornes, que je n'ai pas le droit, mais elle n'en fait rien. Elle marque simplement un petit temps d'arrêt, son regard se posant sur nos mains jointes. Quand un très léger sourire se dessine sur ses lèvres, je me dis que j'ai bien fait. Même si cela ne veut rien dire, j'ai la sensation que c'est un tout petit pas dans la bonne direction.

Sur Fort Myers Beach, Hope nous conduit à proximité de Lovers Key State Park. Après une nouvelle promenade dans un paysage différent, nous récupérons nos affaires pour nous installer sur la plage. Au programme, un petit moment de farniente au soleil avec les palmiers comme voisins. Certains sont presque couchés sur le tapis blanc de sable fin, les feuilles frôlant l'eau salée.

Je découvre pour la première fois le corps dénudé de Hope. Elle a choisi un maillot de bain deux pièces tout simple, blanc à rayures bleu marine. La coupe est classique, mais elle me fait malgré tout un effet dingue. Son décolleté laisse voir le rebondi de sa poitrine et me donne l'eau à la bouche. Et quelle poitrine! Putain! Sa peau est déjà parfaitement dorée, parsemée ici et là de grains de beauté. Ses jambes minces sont un appel aux caresses. Et que dire de ses hanches rondes très harmonieuses? Un délice pour les yeux.

Je ferme les paupières pour tenter de me calmer, mais c'est tout le contraire qui se produit. Des images érotiques envahissent mon esprit sans que je puisse y faire quoi que ce soit. Tout défile avec une telle facilité que mon corps réagit au quart de tour. Je suis sûr que ce serait encore meilleur en vrai. Sa peau si douce, son odeur si envoûtante, son goût si addictif. Putain! Il faut que je fasse quelque chose! Je me relève avec précipitation.

– Qu'est-ce qu'il y a? demande Hope avec étonnement.

– Je vais à l'eau. Il fait chaud, non?

– Euh, oui, d'accord.

Merde! Je dois me dépêcher et prendre un peu d'avance pour camoufler mon désir. Si je suis déjà dans l'eau quand elle arrive, au moins mon érection ne sera pas visible. Finalement, l'eau assez fraîche a raison de mon excitation, et c'est tant mieux. On barbote tranquillement tout en discutant. Mon désir et mon envie d'elle ne disparaissent pas, mais je parviens à contrôler leur manifestation physique.

Je reste en retrait alors qu'on retourne à nos serviettes. Je ne parviens pas à lâcher sa silhouette du regard. Je me fiche d'être surpris en train de la mater. Elle me plaît, je ne vais pas m'en cacher.

– Quelle heure est-il? se renseigne-t-elle.

– Presque dix-huit heures trente, réponds-je en jetant un œil à mon portable.

– On peut s'arrêter dans un petit resto rapide pour acheter à emporter et dîner face à la mer pour assister à un coucher de soleil avant de repartir, si ça te dit.

– Tu m'accordes même ta soirée?

– Oui. À moins que tu préfères rentrer maintenant? C'est vrai qu'il y a quatre heures de route, il sera tard quand on arrivera à Daytona.

– Je prends tout ce que tu m'offres, Hope.

Le regard qu'elle me lance me coupe le souffle. La plupart du temps, j'ai le sentiment de mener la danse, mais il lui suffit souvent d'un simple coup d'œil, d'un petit mot pour qu'elle retourne la situation à son avantage, sans même le savoir ou le vouloir.

Je laisse Hope choisir le lieu et même passer commande. Je récupère les sacs et elle nous trouve une place sur un banc face à l'océan, la Matanzas Pass Preserve derrière nous. Nous profitons de la vue et du coucher de soleil, entre moments de silence et discussions sur nos souvenirs d'enfance, sur mon expérience en NASCAR avant mon arrivée chez JW Motorsport et la sienne en Italie.

– C'est vraiment superbe, ce coin. Merci de me l'avoir fait découvrir, lui dis-je alors qu'on rejoint la voiture.

– Avec plaisir. Est-ce que ça t'ennuie de prendre le volant ? Je suis un peu fatiguée par la journée, pas sûre de tenir éveillée jusqu'à Daytona.

– Bien sûr, pas de souci.

Elle me tend les clés, et je souris un instant en m'imaginant Dwight quand il apprendra que j'ai conduit sa voiture. Elle n'est pas aussi précieuse que ma Veyron, mais je le vois bien faire la tête et piquer une crise.

Au moment où Hope s'apprête à monter, je la retiens par la main.

– Hope ?

– Oui ?

J'ai besoin de plus avant de rentrer, avant qu'on reprenne chacun notre vie. J'ai besoin de prendre ma dose, de lui laisser un petit quelque chose aussi. Comme si le moindre contact pouvait semer un petit truc en elle. La main sur sa joue, je m'approche tout doucement. Ses yeux ne quittent pas ma bouche, et je la surprends à retenir son souffle. L'attend-elle depuis longtemps ?

En rêve-t-elle ? Après qu'on s'est embrassés, y pense-t-elle encore longtemps ? Nos baisers hantent-ils ses nuits ?

Elle passe le bout de sa langue sur ses lèvres comme un appel à aller au bout. Je m'avance un peu plus encore, réduisant à néant la distance entre nous. Bloquée entre la portière et mon corps, elle ne peut s'enfuir. La pulpe de mon pouce passe sur la peau rosée de sa lèvre inférieure, et je fonds enfin sur elle.

Elle répond à mon baiser instantanément. Ses mains s'accrochent sur ma nuque et sa poitrine se presse contre mon torse. Sa peau est chaude contre la mienne. J'ai tellement envie de plus. C'est une torture d'apprendre à la connaître, de la découvrir si belle, si nature, et de ne pas pouvoir aller au bout, de ne pas lui offrir tout et tout recevoir à mon tour.

Je resterais bien là, rien qu'avec elle, à l'embrasser, à m'enivrer d'elle, de son parfum, de sa douceur, mais on a de la route qui nous attend. Je me détache d'elle à contrecœur et lui ouvre la porte. Je fais rapidement le tour et la rejoins. Elle programme le chemin du retour alors que je prends la direction du centre-ville de Fort Myers. Un silence un peu gênant s'installe entre nous, rapidement remplacé par la respiration posée et calme de Hope qui s'est endormie, tête posée contre la vitre. Je me retrouve seul face à mes pensées et mes interrogations.

Hope se laisse aller à un peu d'intimité parce que nous sommes seuls. Personne n'est au courant de nos escapades, et notre attirance mutuelle passe inaperçue aux yeux de tous. Je sais ce que je veux et je sais ce qu'il m'est possible d'avoir. Les deux sont incompatibles, Hope a raison en pensant à tout ce qu'il y a à perdre, mais… et s'il y avait encore plus à gagner ? Y pense-t-elle ? Le réalise-t-elle ?

Je lui jette un œil alors qu'on traverse Orlando. Je n'ai jamais vécu ça avec aucune autre femme. Cette envie, ce besoin, cette satisfaction avec si peu, finalement. Je suis persuadé qu'être avec elle, vraiment, pleinement, dépasserait tout ce que j'ai jamais connu. Je le sens dans mes tripes, c'est une intime conviction. Mais je ne peux pas décider pour nous deux. Je pense avoir été assez clair sur ce que je désire. Les cartes sont entre ses mains.

Je me gare devant chez Dwight en essayant de me faire le plus discret possible. Il ne manquerait plus que le moteur réveille son frère.

Elle est si paisible, je m'en veux de devoir la sortir de ses songes. Je détache ma ceinture et passe le revers de ma main sur sa joue.

– Hope, murmuré-je doucement pour attirer son attention.

– Mmm… marmonne-t-elle en faisant surface.

– On est arrivés.

Elle se redresse brusquement en ouvrant les yeux. Elle les cligne avec rapidité tout en regardant autour d'elle pour vérifier mes dires.

– Mais je…

– Je vais appeler un taxi ou un Uber, ne t'en fais pas. Tu étais bien trop dans les vapes, je n'allais pas te réveiller juste pour que tu me déposes et rentres chez toi ensuite. Ne t'en fais pas.

– Je me suis endormie quasiment tout de suite. Je suis nulle.

– Ce n'est rien. J'ai eu le temps de réfléchir.

– À quoi ?

Je lui réponds par un petit sourire. Je ne vais sûrement pas tout lui dire. J'ai aussi besoin qu'elle fasse un pas vers moi, qu'elle me montre que tout ceci a une signification pour elle aussi.

– Merci pour cette superbe journée, Hope. Il me tarde d'être à la semaine prochaine.

– Moi aussi.

– Vraiment ?

– Oui.

Elle me surprend en s'avançant et en déposant un baiser tout léger sur mes lèvres. Ce n'est pas grand-chose, mais cela me fait un bien fou. Mon sourire s'agrandit, et je lui tends les clés.

– Bonne nuit, ma belle. On se voit ce week-end.

– Oui. Bonne nuit à toi aussi.

16

Hope

Nous voici dans le Delaware. Aujourd'hui, la course a une signification toute particulière. Elle est organisée pour soutenir la recherche pour l'autisme. Deux membres du personnel de l'écurie ont des enfants qui en sont atteints, alors l'émotion est intense et la volonté des pilotes plus vive.

Je prends un moment pour observer la foule rassemblée dans les gradins alors que les pilotes rejoignent la *pace car*. Je ne sais pas si on s'en lasse à un moment donné. Cette agitation, cette effervescence, cette adrénaline. Je ne suis pas pilote, mais j'aime cette ambiance, cet univers. Je m'y sens à l'aise, c'est là qu'est ma place, aucun doute.

Les deux premières parties se déroulent sans accroc. Bruce gueule toujours autant après Dwight, qui ne semble pas décidé à l'écouter. Il est très bien placé, et je sais qu'il fera tout pour maintenir sa position. Le problème des pilotes est que, parfois, ils pensent savoir mieux que les mécanos parce qu'ils sont au volant. Alors, bien entendu, ils ressentent les choses, ce sont eux qui voient la piste, ses défauts, qui doivent faire avec les adversaires, mais le chef mécanicien est malgré tout celui qui connaît le mieux la voiture. Il est celui qui sait quoi changer pour améliorer les performances. En gros, l'un ne va pas sans l'autre.

Bon, même s'ils se prennent souvent la tête, Bruce et Dwight fonctionnent bien ensemble. Les résultats sont là pour le prouver. Un peu plus quand mon frère ne fait pas sa tête de con. C'est peut-être de là que provient son surnom minable. Je souris toute seule face à cette déduction.

Juste à côté de moi, l'ambiance est à peu près identique entre Warren et Troy. J'ai l'impression que nos pilotes sont de fortes têtes avec lesquelles il faut savoir jongler. J'essaie de me montrer la plus professionnelle possible, mais je n'arrive pas à ne pas prêter attention à l'équipe de Troy. Je suis tout aussi attentive à ses performances. Mon cœur s'emballe au moindre accrochage. Je subis bien moins qu'eux, mais je ne suis pas épargnée pour autant. Plus j'apprends à le connaître, plus je passe du temps avec lui et plus mon inquiétude grandit. Je ne peux pas rester insensible, c'est impossible.

La troisième partie vient à peine de débuter qu'une agitation extrême surgit brusquement. Je bondis de mon siège, le cœur battant. Les images sur les moniteurs montrent un gros carambolage. Bruce hurle à pleins poumons, échangeant avec Lewis, le *spotter* de Dwight. Je tourne la tête de chaque côté de notre stand, la même ébullition auprès de Tony et Warren. Chacun des chefs mécanos cherche à savoir si son pilote est impliqué. Je suis immédiatement soulagée quand je comprends que Bruce est en train d'échanger avec Dwight.

Je m'approche et lui réclame le casque pour pouvoir lui parler, m'assurer qu'il va bien, qu'il est en vie. Il ne fait pas de difficultés et me le tend. De toute manière, la course est neutralisée pour le moment, il n'y a aucun enjeu à l'instant. Mes mains tremblent et ma voix est peu assurée. Je lutte contre les larmes.

– Dwight ! m'écrié-je. Tu vas bien ?

– Je vais bien, p'tite sœur, me rassure-t-il.

Un poids immense s'échappe de mes épaules. Je lâche un long et profond soupir et me retiens, les deux mains posées sur le mur de protection, tête ballante entre mes bras. Je lève ensuite les yeux vers la piste et observe les voitures faire le tour au pas, derrière la voiture de sécurité.

– Tu as des nouvelles ? se renseigne mon frère.

Son ton alarmé me fait hérisser le poil. Je me redresse complètement, et la panique me reprend aussitôt.

– Comment ça ?

– Troy est dans le *big one*, Hope. Valentino est à côté de moi, il va bien.

Si j'étais face à un miroir, je pense que je verrais toute couleur déserter mon visage.

– Non, je… je ne sais pas, murmuré-je en regardant à droite.

Je suis tétanisée. Warren est toujours en train de chercher confirmation auprès d'Andy. Troy ne répond pas ? Mon Dieu. Mon sang ne fait qu'un tour, et j'imagine déjà le pire. Mes yeux font du ping-pong entre le chef mécano de Troy et les écrans qui surveillent la piste. J'essaie en vain de repérer un mouvement parmi le personnel mobilisé et la fumée qui danse au milieu des voitures accidentées. Je ne peux pas croire que Troy soit parmi elles.

Tout se bouscule en moi, tout ce qu'on a vécu me revient en tête, tout ce qu'on pourrait vivre si la situation était différente, tout ce que j'éprouve et que je ne devrais pas. Troy s'est déjà imposé dans ma vie, je m'en rends compte, et je suis terrifiée à l'idée qu'il lui soit arrivé quelque chose de grave.

– Hope ! m'interpelle Dwight. Donne-moi quelque chose !

– Oui, je…

Je passe de l'autre côté et rejoins Warren qui s'époumone auprès de son pilote.

– Troy! Réponds-moi, espèce de crétin! Putain! Je vais te faire la peau!

– Warren! Dwight veut savoir.

Et moi, par la même occasion, mais je ne le dis pas. Je me concentre pour rester sur mes deux jambes, alors que mon pouls martèle mes tempes, que la sueur coule entre mes omoplates et ma poitrine, que mes mains tremblent de ne pas savoir. Qu'on me dise quelque chose! Bordel! Jeffrey nous rejoint, le visage grave. Rester si longtemps sans nouvelles, ce n'est pas bon signe. Ce silence me tue, il blesse chacune des personnes ici présentes. On s'imagine le pire des scénarios. Je lutte contre les larmes, je lutte pour rester professionnelle et ne pas céder aux émotions qui affluent, puissantes, dévastatrices.

– Warren? demande mon oncle en posant ses grandes mains sur mes épaules.

– Je ne sais pas. Il ne répond pas.

– Bon sang! grogne Jeffrey.

Je me blottis contre lui alors que Dwight me parle dans le casque.

– Hope! Putain! Dis quelque chose!

– Je ne sais pas, Dwight! Personne ne sait! m'écrié-je, à bout.

– Andy! s'exclame soudain Warren. Ouais! OK! D'accord. Putain! Merci. Oui!

Il se laisse brusquement tomber au sol et se prend la tête entre les mains. Les larmes sont tout proches, mais je les repousse avec force, cette attente est insoutenable.

– Il va bien, lâche enfin le chef mécano. Andy l'a vu s'extraire de la voiture. Elle est foutue, mais Troy va bien.

Je me retiens à mon oncle, je suis sur le point de m'effondrer. Pourquoi je réagis comme ça?

– Ils vont bien, Hope. Tout va bien.

– Oui, soufflé-je.

– Hope ! crie Dwight.

– Il va bien.

– Putain ! Dieu merci. Repasse-moi Bruce.

Je vais rendre le casque d'une façon un peu mécanique et retourne auprès de Warren. Je ne sais pas au bout de combien de temps Troy nous apparaît enfin, mais au moment où je le vois, ma première larme roule sur ma joue. Un soulagement intense s'empare de moi. J'ai envie de courir et de me jeter dans ses bras. Mais je ne peux pas. Je n'en ai pas le droit. Et c'est un véritable déchirement.

– Je peux savoir pourquoi tu me répondais pas ?! s'écrie Warren. T'es pas bien ?!

– Désolé, je… bafouille-t-il.

Warren ne lui permet pas de poursuivre, il l'attire dans ses bras pour une étreinte soulagée. Je laisse tous les autres l'accueillir et s'assurer qu'il est sain et sauf. Il a l'air très éprouvé, sans doute le contrecoup de l'accident. La voiture est remorquée peu de temps après. Elle est dans un piteux état. Elle va nécessiter un retour à l'écurie avant la prochaine course. L'avant n'existe plus et le moteur a dû prendre un sacré coup.

– Ça va ? se renseigne mon oncle.

– Oui, boss, assure Troy en évitant mon regard. Mais la voiture…

– Du moment que tu n'as rien, c'est le principal.

Jeffrey pose une main sur son épaule et le couve d'un regard calme et serein malgré la situation. Mon oncle fera toujours passer l'humain avant toute autre chose. Troy hoche rapidement la tête, mais il ne semble pas convaincu pour autant.

– Va rejoindre le pôle médical pour faire un check-up.

– OK.

C'est tellement dur de devoir rester en retrait alors qu'on était si proches l'un de l'autre, il y a quelques jours à peine. J'ai besoin de le prendre dans mes bras pour me rendre compte qu'il va bien.

Une fois tous les débris ramassés et la piste nettoyée, la troisième partie peut reprendre. Je suis toujours un peu à l'ouest. Troy n'est pas encore réapparu, et je ne parviens pas à rester concentrée sur la course. L'euphorie de voir Dwight terminer premier n'est qu'en demi-teinte. C'est une jolie victoire, aucun doute, mais quelque chose me retient. Tout me ramène à Troy que j'ai besoin de retrouver, de voir. Je dois cependant prendre sur moi. Chaque chose en son temps.

Je me précipite pour enlacer Dwight. J'ai eu tellement peur qu'il lui soit arrivé quelque chose. Je m'accroche à sa combinaison, la tête enfouie contre son épaule. Je sais ce qu'il se passe. À défaut de pouvoir le faire avec Troy, je reporte ma détresse et mon angoisse sur mon frère. Au moins, c'est légitime, personne ne pourra dire quelque chose. Il me détache de lui en prenant mon visage en coupe.

– Je vais bien, Hope, me rassure-t-il d'une voix posée. Et c'est une belle victoire.

– Oui, je sais, dis-je en souriant, sincère. J'ai eu peur.

– Oui, je vois bien. Tu es toute pâle. Mais tout va bien, je t'assure.

Je hoche la tête. Si je le fais suffisamment, je vais finir par m'en convaincre.

– Comment va Troy?

– Je ne sais pas. Il a disparu depuis un moment.

Dwight fronce les sourcils et scrute les lieux du regard.

– Il faut que j'y aille, le podium m'attend et les journalistes aussi.

– Je vais essayer de le trouver.

– OK. Il a pas intérêt à se retrancher derrière ses barricades, ce connard, menace-t-il.

– Pourquoi tu dis ça?

– Parce que je le connais. Je sais comment il fonctionne. Dis-lui bien que s'il le fait, je lui casse la gueule.

Sa réaction me fait sourire. Mon frère se serait-il, lui aussi, attaché à Troy? On dirait bien.

– Promis. Ça ne te fait rien si je n'assiste pas à ton sacre? me moqué-je.

– Il y en aura d'autres, je vais survivre. Va voir comment il va.

Il m'embrasse sur la joue et rejoint le reste de l'équipe. Je prends une profonde inspiration avant de partir à la recherche de Troy. Je passe devant le poste médical, mais n'y trouve personne. Je poursuis jusqu'aux vestiaires. Les pilotes ne sont pas encore là, ils se doivent tout d'abord de répondre aux questions des journalistes et de poser pour quelques photos.

À pas feutrés, j'entre dans la pièce et jette un œil. Apparemment, c'est vide aussi. Je m'apprête à sortir quand j'entends un bruit sourd. Cela provient de derrière. J'ai presque l'impression d'espionner, mais je dois vérifier si c'est Troy. Je fais le tour et tends le cou. Ma respiration se bloque à la découverte de ce corps si parfait.

Troy me tourne le dos. Sa tête est penchée en avant. Un bras tendu au-dessus de lui, il se retient à un casier tandis que son autre main repose sur son torse. Il porte encore sa combinaison qui est relâchée sur ses hanches. Son tee-shirt ignifugé épouse le moindre de ses muscles. Je m'en veux de faire ce constat alors qu'il a frôlé la mort il y a quelques minutes à peine.

– Troy? murmuré-je en avançant d'un pas.

Il se retourne vivement et laisse retomber ses mains. Son regard est brumeux et sa mine, soucieuse. Il me détaille minutieusement en silence. Je m'apprête à entrer encore plus, mais il secoue la tête pour m'en empêcher. Je fronce les sourcils. Ma voix tremble quand je m'adresse à lui.

– Troy ?

– Je vais bien.

Il essaie de s'éloigner, mais je refuse de le laisser faire. Si j'ai bien voulu croire Dwight quand il a menacé Troy, je ne m'imaginais pas qu'il prendrait ses distances avec moi également. Que se passe-t-il ? J'ignore son regard noir et me précipite vers lui. Je me hisse sur la pointe des pieds et enroule mes bras autour de son cou. Je niche mon nez contre son épaule et le respire. Je guette le moindre battement de son cœur pour prendre pleinement conscience qu'il est bien là, sain et sauf. Il fait tout d'abord de la résistance, puis après quelques secondes, il finit par nouer ses bras autour de ma taille et enfouir son visage contre mon cou. Nous restons comme ça pendant quelques instants, nos respirations emplissant l'espace. Je sens mes battements résonner à mes oreilles, l'affolement de mon rythme cardiaque ne peut pas passer inaperçu, il essaie de me dire quelque chose.

Je finis par reculer et pose mes mains sur ses joues. Je plonge mon regard dans le sien. J'aimerais tellement comprendre sa réaction, sa froideur.

– J'ai cru que…

– Je sais, souffle-t-il en rompant notre contact.

Cette distance qu'il instaure entre nous me glace le sang. Cela ne lui ressemble tellement pas.

– Tu vas bien ?

– Oui, ça va. Ne t'en fais pas.

– Troy… soufflé-je.

– Non, Hope.

– Quoi ? dis-je en secouant la tête.

– Ce que tu ressens à l'instant présent est biaisé. C'est à cause de l'accident, et tu as raison, c'est pour ça qu'on ne peut pas.

– Qu… quoi ? Je ne comprends pas.

Il va pour me tourner le dos, mais je l'en empêche. Je me précipite devant lui et plaque mes mains sur son torse.

– Je t'interdis de faire ça. Tu n'as pas le droit.

Son regard est impénétrable. Si je me cache très souvent derrière mes barrières, il sait, lui aussi, parfaitement le faire.

– Je vais dans ton sens, tu devrais être contente, non?

Son ton est dur et froid, implacable. Je vois clair dans son jeu. Je sais ce qu'il cherche à faire, mon frère avait raison. Seulement, je ne sais pas quoi lui dire pour le provoquer, parce que je comprends pourquoi il agit ainsi, il n'a pas tout à fait tort. Je cesse de tergiverser et choisis l'action. Je m'empare de ses lèvres brutalement, voracement. Il ne me résiste même pas. Il se penche pour s'emparer de mes fesses et me hisser contre lui. J'enroule mes jambes autour de sa taille alors qu'il me rapproche d'un mur. Notre étreinte est passionnée, impatiente, brutale. Nous ne prenons pas soin l'un de l'autre, nous sommes exigeants. Son excitation grandit entre nous et me rend folle. Je sais qu'il ne me faudrait pas grand-chose pour céder, je suis au bord du gouffre. Seulement, le vertige me maintient encore sur la rive, je ne suis pas encore prête à plonger pour lui. Mais je veux qu'il comprenne qu'il ne doit pas abandonner maintenant.

– Qu'est-ce que tu fais, Hope? grogne-t-il contre ma bouche.

– J'en sais rien. Je m'assure que tu es toujours là, toujours toi.

– Et alors? Le verdict?

– Tu es toujours là. Mais j'ai failli te perdre. Ne t'éloigne pas, Troy.

– Dis-le-moi.

Je sais ce qu'il désire, mais je ne peux pas.

– Pas maintenant, Troy. Pas encore.

Il amorce un mouvement de recul, mais je le retiens par le col de son tee-shirt.

– Non. Ne fais pas ça.

– Hope.

– Je t'en prie. Laisse-moi du temps. Et ne prends pas cet accident comme excuse. Tu n'as pas le droit.

– Qu'est-ce que ça va changer ? Hein ?

Il paraît si convaincu, si vaincu. J'ai l'impression que cet incident l'a bien plus atteint que ce qu'il veut me laisser croire.

Je dépose un nouveau baiser sur ses lèvres. J'aimerais juste qu'il lise à travers mes gestes ce que je suis encore incapable de prononcer et d'admettre aussi. Au moment où ses paumes s'abattent sur mes joues et où un grognement s'échappe de sa gorge, je sais que je remporte cette bataille. Il me la cède.

Nous sommes obligés de mettre fin à notre étreinte, les autres pilotes ne vont pas tarder à arriver. Cela ne me rassure pas vraiment, j'ai peur qu'il parte encore dans ses retranchements. Je me demande bien quelle est la raison de sa réaction. J'aimerais l'interroger, mais je ne peux pas le faire maintenant.

***

Je suis installée dans la cuisine. Nous sommes rentrés il y a deux jours de Dover, et depuis, je ne fais que ressasser ce qui s'est passé dans les vestiaires avec Troy. Je n'ai pas encore trouvé le temps, ou plutôt le courage de l'appeler et de tenter une discussion. Il n'a pas pris contact avec moi non plus alors que la troisième sortie est normalement prévue demain. Ce n'est pas bon signe.

Honnêtement, je ne sais pas quoi penser. Je sais bien que je ne fais que mettre en avant tout ce qui nous empêche d'être ensemble, mais d'un autre côté, il sait que j'adore passer du temps avec lui. Toutes les fois où nous nous sommes embrassés veulent dire quelque chose, notre étreinte à Dover veut dire quelque chose.

Mon angoisse et ma peur de l'avoir perdu n'étaient pas feintes, il est obligé de les avoir perçues. Je suis perturbée par son silence et la distance qu'il a voulu instaurer entre nous, alors qu'il s'est montré si déterminé et patient jusque-là.

Il faut que je l'appelle, pour maintenir notre connexion, notre relation, peu importe ce qu'elle est, parce que je ne peux pas abandonner maintenant. Mais pour le moment, je parcours différentes petites annonces pour un logement éventuel tout en sirotant un café et en dégustant des gaufres croustillantes. Non, non, je ne repousse pas du tout par crainte de ce que Troy va me dire.

– Salut, bougonne mon frère, pas encore très réveillé.

Il pose une main sur ma tête et dépose un baiser sur ma tempe.

– Bonjour, dis-je en souriant devant sa mine tout endormie. Tu vas bien?

– Il reste du café, alors oui.

Je ris doucement en retournant à mes recherches.

– Qu'est-ce que tu fais?

Il s'approche de moi, curieux. Il repose brusquement la tasse sur le plan de travail avant de m'arracher le journal de la main.

– Oublie ça tout de suite.

– Dwight, dis-je en soupirant. Je ne peux pas rester ici indéfiniment.

– Et pourquoi pas? Pourquoi irais-tu dépenser tout ton salaire dans une location alors que tu peux rester ici, aux frais de la princesse, ou plutôt du roi, se reprend-il. Il y a bien assez de place pour nous deux. Et je suis sage, tu peux même pas dire que c'est à cause des trop nombreuses conquêtes que je ramène à la maison.

– C'est vrai, d'ailleurs, je te remercie pour tant de considération et de discrétion. Ça me touche tellement. Mais justement, tu n'es pas impatient de retrouver toute ta liberté d'homme célibataire?

– Je peux aller chez la nana, je m'en fous. Tu restes ici.

– Je n'ai pas dit que j'allais partir tout de suite. Je ne fais que regarder. Qu'est-ce qui te gêne dans le fond? Ça ne changerait pas grand-chose, on passe tout notre temps ensemble, on bosse ensemble.

– C'est pas pareil. Tu étais partie. Je t'ai vue une fois tous les ans pendant dix ans.

– N'exagère pas, Dwight! Et je ne vais pas me sauver. Je suis bien ici, je t'assure.

Je quitte mon tabouret pour le prendre dans mes bras. Mon frère, ce nounours, qui veut se montrer dur. Mais je sais comment il est en vrai. Il me rappelle quelqu'un.

– Eh bien, reste alors.

Mon Dieu, qu'il est têtu! Je secoue la tête tout en levant les yeux au ciel. Puis nous éclatons de rire.

– Très bien, je laisse ça de côté pour le moment.

– Yes!

Il prend ma place sur le tabouret, et je vais me servir un verre de jus d'orange.

– Il se passe quoi au juste entre toi et Troy? lâche-t-il en changeant brusquement de sujet.

Je me retourne vivement vers lui, les yeux exorbités. J'espère plus ressembler à quelqu'un qui prend un air halluciné, presque dégoûté, qu'à quelqu'un apeuré de se faire prendre la main dans le sac.

– Désolé! s'excuse-t-il, les mains en l'air. Je ne t'accuse de rien, mais ta réaction sur le circuit, quand je parlais avec toi dans le casque, quand la course était finie, après son accident, était étrange. Même encore maintenant, tu es dans la lune, et ce n'est pas à cause de ta recherche d'appartement.

– Que je m'en fasse pour la santé d'un de mes collègues te paraît bizarre?

– Ouais, enfin... je sais pas. Ça m'a donné l'impression que tu t'en faisais *vraiment* pour lui, profondément quoi.

– Je te signale que c'est toi qui m'as demandé d'aller prendre de ses nouvelles.

– Ouais...

– Qu'est-ce que tu essaies de savoir, Dwight?

– La question était claire dès le départ, il me semble, s'énerve-t-il.

– C'est pour ça que tu veux que je reste ici? Pour m'avoir à l'œil? m'exclamé-je.

– Ne dis pas de conneries! Je pose juste une question, c'est tout.

Je prends le temps de réfléchir, d'analyser son interrogation. Je repense à ses mots, à ses doutes. Peut-être qu'il cherche juste à savoir, sans arrière-pensée. Même si c'est le cas, je ne peux pas m'empêcher d'être mal à l'aise. Je sais très bien comment il va réagir s'il apprend ce qui s'est passé entre Troy et moi. Dwight me connaît très bien, est-ce qu'il parviendrait à deviner tout seul? Et puis, je lui ai caché tout ça, je suis sûre qu'il va mal le prendre. D'ordinaire, je ne suis pas quelqu'un qui stresse, mais là, sous son regard inquisiteur, c'est tout autre chose.

Je déglutis nerveusement et me demande si je peux aller au bout. Je crains vraiment sa réaction.

– Qu'est-ce que tu me caches? m'accuse-t-il en fronçant les sourcils.

– Rien.

– Hope... Pas à moi. On a l'habitude de tout se dire, non?

– Oui, je sais, réponds-je en soupirant.

– Eh bien, alors? insiste-t-il.

Je ne vais pas pouvoir m'en sortir comme ça. Et je sais comment Dwight fonctionne, il a repéré quelque chose, il ne va pas me lâcher, jusqu'à obtenir satisfaction. J'opte alors pour une demi-vérité.

– On est devenus amis, lâché-je finalement.

– Ah ouais, et depuis quand ? Pourquoi j'apprends ça maintenant ? Tu réussis là où on a échoué avec Valentino pendant plus d'un an ? analyse-t-il, sceptique.

Ouais, forcément, ça peut paraître louche. Comment je peux expliquer la situation ? Je ne vais sûrement pas tout lui dire ! Je ne peux pas. Peut-être que si je rebondis avec de l'humour, ça passera mieux.

– T'es jaloux ? Je ne savais pas que Troy était ton genre.

– Arrête avec tes conneries. Essaie pas de changer de sujet. Il te fait chier ?

– Mais non, enfin ! Pourquoi voudrais-tu qu'il agisse ainsi ? Quel serait son intérêt entre toi et oncle Jeffrey ?

– Pas faux. Qu'est-ce que vous faites exactement pour devenir « amis » ? demande-t-il en mettant le dernier mot entre guillemets à l'aide de ses doigts.

Je soupire en levant les yeux au ciel. Il ne va pas en démordre jusqu'à ce qu'il soit satisfait. Et j'ai intérêt à lui fournir des explications plausibles parce que sinon je suis mal barrée.

– Il m'a demandé de lui faire découvrir la Floride.

Dwight explose de rire.

– Je peux savoir ce qu'il y a de drôle ?

– Lui qui habite ici depuis plus d'un an te demande à toi de lui faire visiter la Floride alors que tu étais partie plus de dix ans.

– Non, mais oh ! Ça va, oui ! Si c'est pour être désagréable, tu ferais mieux de te taire, répliqué-je, vexée.

– Mais c'est qu'elle est susceptible… riposte-t-il en ricanant. C'est si facile avec toi.

Je lui fais les gros yeux et pars bouder de l'autre côté du comptoir. Autant me préparer un petit encas supplémentaire pour me réconforter de la curiosité de mon frère. Brioche et beurre de cacahuètes, ça fera l'affaire.

– Vous avez fait quoi jusque-là ?

– On a visité le Kennedy Space Center et on est allés faire du vélo vers Fort Myers.

– Sympa.

– Oui, ça l'était.

– Si j'avais su que tu serais celle qui sortirait Troy de son trou, j'aurais suggéré que tu rentres plus tôt.

– Tu dis ça, mais j'ai bien vu que tu étais inquiet pour lui aussi.

– Évidemment. Je me suis attaché à ce connard. Quoi qu'il en dise.

Je souris à mon frère. C'est touchant, même si c'est avoué d'une manière un peu brusque et grossière. Dwight m'observe d'une drôle de façon, comme s'il essayait de lire entre les lignes, de distinguer quelque chose. J'espère être assez douée pour cacher ce que je ressens vraiment, parce qu'il est hors de question que je parle ouvertement de ça avec mon frère, alors que je ne suis pas encore capable de le faire clairement avec Troy.

J'avance vers Dwight et dépose un baiser sur sa joue avant de rejoindre ma chambre. J'ai un coup de fil à passer.

Je suis nerveuse. Assise du bout des fesses sur mon lit, je tourne le téléphone entre mes doigts. Et s'il refusait de me répondre ? Et s'il basculait mon appel directement sur messagerie ? J'ai peur d'avoir attendu trop longtemps. J'ai utilisé sa patience et je risque d'en payer le prix. J'ai un mauvais pressentiment. Je me lance après une profonde inspiration. Plusieurs sonneries retentissent avant qu'il ne décroche. Je laisse échapper un soupir de soulagement.

– Bonjour, Troy.

– Salut.

– Je ne te dérange pas ?

– Non.

OK, son ton n'est pas franchement enthousiaste. J'ai peur pour la suite.

– Euh… je voulais qu'on discute et je…

– À quel propos?

– Eh bien, je… de ce qui s'est passé à Dover.

Un silence accueille mes mots. Je m'attends à ce qu'il me raccroche au nez. Je sais bien que les hommes ne sont pas très à l'aise quand il s'agit de se confier.

– Je suis désolé, dit-il après quelques secondes.

– De quoi?

J'ai la sensation dérangeante qu'il ne s'excuse pas seulement pour Dover, mais aussi pour tout ce qui s'est passé jusque-là, et je ne veux pas qu'il le fasse. Je dois le rassurer.

– Je ne regrette rien, Troy.

– Non, c'est toi qui avais raison. On ne peut pas faire ça, continuer.

– Quoi? m'étranglé-je. Tu ne peux pas dire ça. Parle-moi.

Il soupire, et je pense avoir perdu la partie, mais il finit par reprendre la parole.

– Cet accident m'a fait réaliser quelque chose. Je suis parfaitement injuste et égoïste, je n'ai pas le droit de…

– Réaliser quoi? l'interromps-je. Explique-moi.

– À chaque tour de piste, je mets ma vie en jeu. Certains pilotes trouvent la mort, et je…

J'attends qu'il poursuive, j'ai l'impression qu'il y a plus sous son changement de comportement. Mais il n'ajoute rien d'autre.

– Je sais tout ça, Troy. Je le sais pertinemment. Je ne dis pas que je suis sereine à chaque fois que Dwight ou toi montez dans votre voiture et vous élancez sur la piste, mais je suis au courant. Je connais les risques.

– Non, tu ne sais pas, Hope. J'ai vu ma mère dépérir à la mort de mon père, elle a sombré dans la dépression et je l'ai perdue en même temps que lui. C'était soudain et brutal.

– Je connais cette sensation, Troy, lui rappelé-je.

– C'est vrai, s'excuse-t-il. La vie de tous les jours peut nous arracher nos proches, et on ne peut rien y faire. Mais des personnes comme moi, c'est comme si on montait au créneau. Les risques sont plus grands. Et tu avais raison, on ne peut pas vis-à-vis de ton frère, de ton oncle, de nos contrats. On jouerait avec le feu. C'est plus simple d'arrêter les frais avant qu'on…

Il n'a même pas le courage d'aller au bout de sa pensée. Je suis stupéfaite par la fatalité dont il fait preuve. Cela ne ressemble pas au Troy que j'ai appris à connaître. Je refuse catégoriquement qu'on abandonne là. Je ne veux pas.

– Troy, soufflé-je au bord des larmes.

Je ne veux pas perdre ce qu'on a construit, peu importe ce que c'est. Je ne veux pas qu'il s'éloigne, je ne veux pas qu'il abandonne.

– Je ne crois pas que ce soit une bonne idée, la sortie de demain, lâche-t-il.

Il a beau me le dire, je sens bien qu'il le fait à contrecœur. Je suis sûre qu'il profite de la distance pour m'avouer tout ça. S'il était en face, ce serait différent, je le sais.

– Je t'en prie ! Pourquoi ?

Je retiens mes larmes, je ne veux pas paraître désespérée, mais je le suis quand même un peu. Comment peut-il réellement croire soudainement que c'est une mauvaise idée ?

– Hope…

– Troy… insisté-je, la voix tremblante.

– Je t'accorde la journée de demain, mais ce sera la dernière.

Je suis sur le point de m'insurger contre sa décision. Mais je me dis qu'il me cède tout de même quelque chose, et cela m'offre la possibilité de lui prouver qu'il a tort, qu'on peut malgré tout poursuivre, que ce qu'on a vécu jusque-là est important et signifie quelque chose pour lui comme pour moi.

– Mais une sortie pas trop intime, ajoute-t-il. Je ne suis jamais allé au Universal Orlando Resort.

Un parc d'attractions ? À même pas une heure de route ? Je suis dépitée par sa proposition, mais je sais aussi que si j'insiste, je vais perdre, alors j'accepte dans un filet de voix.

– Très bien. Je passe te prendre vers neuf heures demain matin.

– D'accord. Bonne journée, Hope.

– Merci, à toi aussi.

Je reste longuement les yeux fixés sur mon téléphone. La conversation n'a définitivement pas eu la tournure attendue. Elle a tout de même le bénéfice de m'éclairer sur ce que je ressens : Troy est important pour moi. Et même si je suis encore fragile et terrorisée à l'idée de tout lui donner, je dois me faire violence si je ne veux pas le perdre. C'est maintenant à moi de faire pencher la balance. Il n'a jamais cessé de me rassurer, c'est peut-être mon tour.

17

Hope

Je me suis levée beaucoup trop tôt, mais je stresse. Si j'en juge par les dires de Troy, aujourd'hui est notre dernière sortie. Je n'étais pas emballée par le lieu qu'il a choisi, mais finalement, cela m'est égal. Le principal est de passer du temps avec lui, et je profiterai de chaque moment.

J'entame mon petit déjeuner quand Dwight fait son apparition. Je fronce les sourcils alors qu'il m'embrasse.

– Tu es déjà debout ? demandé-je avec étonnement.

– Oui. Tu m'as réveillé.

– Je t'ai réveillé ? répété-je, sceptique.

– Le « merde ! » échappé gracieusement, sans doute.

– Oups, pardon. J'ai manqué la dernière marche et me suis rattrapée comme j'ai pu.

– Tu n'es pas discrète, et la cuisine n'est pas si loin que ça de ma chambre. Mais je te pardonne, parce qu'une fois de plus, il y a encore du café.

Il s'installe à côté de moi et se sert parmi mes toasts, comme à son habitude. Je ne dis rien, cela ne me dérange pas.

– Tu es bien matinale, remarque-t-il.

– Oui, je… je dois rejoindre Troy.

Inutile de lui mentir. Ce ne serait pas très malin de ma part.

– Ah ouais ? Tu m'as pas dit hier.

– C'est parce que je ne savais pas encore s'il était toujours partant.

– Pourquoi il changerait d'avis ?

Je hausse une épaule sans rien ajouter, les raisons ne le regardent pas.

– Et donc, vous avez prévu quoi ?

– Il veut aller à Universal Orlando Resort.

– Sympa ! s'exclame mon frère.

– Oui, ça va être cool, dis-je en tâchant de paraître enthousiaste.

– Si c'est en toute amitié, vos sorties, tu ne verras donc aucune objection à ce que je vous accompagne alors. Je me demande comment se comporte Connard en dehors de la piste.

Je manque d'avaler de travers. Non, mais il est infernal ! Frère de malheur ! Putain, comment je me sors de cette situation ? Ai-je vraiment le choix ? Je ne crois pas.

– Arrête de l'appeler comme ça ! C'est vraiment immature !

– Tu lui diras la même chose, j'espère. Bon, alors, tu m'as pas répondu.

– Bien sûr que tu peux. Plus on est de fous, plus on rit, ajouté-je.

– Génial. Tu pars dans combien de temps ?

– D'ici vingt minutes.

– OK, je me dépêche.

Je le prends mal sans aucun doute, parce que je vais être privée du peu d'intimité que je pourrais avoir avec Troy. Mais j'ai l'impression que mon frère est vraiment curieux. Il m'embrasse sur la joue avant de finir de manger. Quelle merde ! Vive la famille !

J'angoisse alors que Dwight nous conduit à l'hôtel de Troy. Je n'ai pas eu le courage de lui envoyer un texto pour lui dire que mon frère se joignait à nous. D'une part, parce que si Troy refusait de venir, cela éveillerait ses soupçons, et d'autre part, parce que j'ai eu peur qu'il dise non, justement, alors qu'il a insisté pour que ce soit notre dernière excursion. Mais je suis sûre que ça ne va pas lui plaire. Je le sens.

Dwight se gare devant l'entrée, et je vais au-devant de Troy qui s'avance vers nous. Je ne manque pas son froncement de sourcils alors qu'il comprend que quelqu'un m'accompagne.

– Salut, lâche-t-il d'une voix rauque.

– Hey. Euh… Dwight est là.

– Ouais, je vois.

– Bon! Vous faites quoi?! hurle mon frère depuis la voiture.

Je me retourne vers lui pour voir qu'il a baissé la vitre et qu'il nous observe. Je soupire et lève les yeux au ciel. Il ne va même pas me laisser m'expliquer.

– Tu n'es pas obligé…

– On y va.

Je n'arrive pas à dire s'il est en colère, frustré, agacé. Peut-être un mélange de tout ça. Je me dirige vers l'arrière, je me dis qu'il est préférable de laisser la place à l'avant à Troy.

– Salut! lance Dwight.

– Bonjour.

– Ça ne te dérange pas, j'espère.

– Non, bien sûr que non.

– Chouette!

Dwight a l'air vraiment content d'être avec nous. Oui, je suis déçue de ne pas être seule avec Troy, mais finalement, c'est sûrement l'occasion pour ces deux-là de lier connaissance. C'est peut-être courir à ma perte, mais j'aimerais beaucoup qu'ils deviennent amis.

– Tu connais le parc? se renseigne Dwight.

– Non, pas du tout.

– C'est super, tu vas voir, commente mon frère. On y est allés plusieurs fois quand on était plus jeunes, avec Hope. Ça a dû bien changer depuis le temps, mais on va bien s'amuser.

– J'en doute pas.

Le ton de Troy laisse pourtant présager le contraire. Est-ce qu'il va faire sa tête de con? Va-t-il y avoir des étincelles entre les deux? Et moi, je vais me retrouver entre eux.

Contre toute attente, les cinquante minutes de trajet passent relativement vite. Les mecs entretiennent la conversation, échangeant sur tout et rien. Je souris à chaque point commun qu'ils se trouvent.

Nous avons de la chance, le temps est superbe, de quoi passer une belle journée. Une fois garés, nous suivons les indications pour rejoindre l'entrée du parc. Nous empruntons le CityWalk, véritable concentré de boutiques et restaurants en tout genre, avant d'arriver devant la boule mythique Universal.

– Une photo! s'exclame mon frère.

Il me fait sourire. Dwight est toujours de bonne humeur, mais aujourd'hui, il semble vraiment très joyeux. Je ne me doutais pas qu'il réagirait comme ça. Je ris quand il passe un bras par-dessus mes épaules et m'entraîne devant le symbole du parc et des studios du cinéma.

– Allez, Connard, viens avec nous.

– À vos ordres, Ducon.

Troy se place à mes côtés. Je me retrouve en sandwich entre les deux hommes. J'essaie de prendre sur moi et de ne pas réagir à la main de Troy posée sur ma taille, à sa proximité, à son parfum que j'adore. Dwight prend plusieurs clichés avant de se tourner vers moi.

– Tu as déjà pris les billets? se renseigne-t-il.

– Non. Mais comme tu t'es invité, tu n'as qu'à payer pour nous, répliqué-je.

– Pas de souci, mais je paie pas pour toi, Connard.

– Très bien, tiens ! grogne Troy en lui tendant trois billets de cinquante dollars. Et comme je suis généreux, tu peux garder la monnaie.

– Chouette, réplique mon frère, absolument imperméable à la sale humeur de Troy.

On regarde Dwight s'éloigner, tout guilleret. Troy se tourne vers moi, les yeux noirs.

– Ne sois pas fâchée contre moi ! m'exclamé-je aussitôt.

– Je peux savoir ce qu'il fout là ?!

– Il a commencé à m'interroger, je ne voulais pas qu'il devine quoi que ce soit. Quand je lui ai dit qu'on passait du temps ensemble, il m'a mise au défi. Il m'a dit que ça ne devrait donc pas me déranger qu'il vienne avec nous. Que voulais-tu que je lui réponde ?!

– C'est pas possible, c'est une vraie plaie !

– Ne sois pas comme ça, Troy.

– Pourquoi pas ? Parce que c'est ton frère ? Je ne le surnomme pas « Ducon » pour rien !

– Vous êtes infernaux. Il n'y en a pas un pour rattraper l'autre.

– Je suis juste déçu. C'est notre dernière journée, et je dois faire avec cet énergumène.

– Ce n'est pas obligé, Troy, tu le sais très bien, dis-je, désireuse de le mettre face à sa décision.

– Hope… C'est mieux ainsi. Mais bon, je me serais bien passé de ton frangin.

Je vois bien qu'il ne veut pas aborder le sujet. Je n'ai pas dit mon dernier mot, mais ce n'est pas le moment de poursuivre dans cette voie, avec Dwight qui va revenir d'un moment à l'autre.

– Fais un effort, je t'en prie. Il n'est pas si terrible que ça. Et je suis sûre qu'il pense la même chose que toi. Prouve-lui qu'il a tort.

– Et je fais comment, moi, pour prendre ma dose de toi, avec ton frère à côté de nous ?

– Tu sais ce qu'il te reste à faire pour en avoir l'occasion.

– Hope…

– Je suis désolée.

– Voilà ! s'exclame Dwight en revenant à nous, billets à la main.

Mon échange avec Troy prend fin, et je le vois malgré tout esquisser un sourire. La bonne humeur de mon frère va peut-être finir par être contagieuse.

Le parc Universal Orlando Resort est constitué de deux parcs, Studios Florida et Islands of Adventure, le CityWalk faisant le lien entre les deux. Dwight a choisi des billets nous permettant l'accès aux deux. Le dépliant étant entre ses mains, on le laisse guider la journée.

On débute par le Studios Florida. Je prends énormément de plaisir dans toutes les attractions, ne sachant pas vraiment à quoi m'attendre. Il n'y a pas trop de monde, l'attente est donc raisonnable dans les files. Je suis heureuse de voir mon frère et Troy échanger de manière légère et sincère. Les Minions laissent place à Shrek. Je ne manque pas la mine sceptique de Troy. Il est vrai que ce sont des références à des dessins animés pour enfants, mais les manèges peuvent tout de même s'adresser à des adultes. Et ils ne sont pas si sages que ça, finalement.

Le niveau s'élève un peu avec les attractions sur *Transformers*, *La Vengeance de la momie* et *Fast and Furious*. Ça remue pas mal, les jeux de son et lumière sont assez impressionnants de réalisme. J'ai vraiment la sensation de me trouver dans la main de Bumblebee.

On fait une pause en assistant au spectacle sur les animaux du cinéma, puis sur les trucs et astuces des effets spéciaux. Ce n'est pas transcendant, mais c'est assez marrant de découvrir l'envers du décor, en voyant aussi l'évolution des techniques au fil des années.

En route vers l'attraction Harry Potter, on rencontre une file d'attente un peu plus importante. Dwight est en train de parler à un fan devant lui. Il ne nous prête aucune attention, à Troy et à moi. Il ne peut pas voir le pilote, qui me colle d'une manière absolument pas amicale. Il ne peut pas se rendre compte que son souffle caresse la peau de mon cou et provoque des frissons en moi. Il ne peut pas se douter de la chair de poule qui s'empare de moi alors qu'il murmure à mon oreille.

– Arrête, Troy, soufflé-je.

– Sûrement pas. Je suis privé depuis toutes ces heures de contact avec toi, je vois une ouverture, j'en profite. C'est peut-être le dernier moment où je vais pouvoir le faire librement.

– Cela ne tient qu'à toi de changer les choses. Ce n'est pas une obligation.

– Je pense que si.

Je suis contrariée, et je ne le lui cache pas.

– Hope…

– Je ne comprends pas ton entêtement. Tu n'es pas quelqu'un de fataliste.

– J'ai réfléchi, c'est tout.

– Tu réfléchis mal, affirmé-je. Je comprends ce que tu m'as expliqué, mais je…

– On ne va pas discuter de ça maintenant, dit-il doucement en frottant son nez sous mon oreille.

S'il essaie de détourner mon attention, cela fonctionne à la perfection. Je suis même surprise par ce petit moment presque intime entre nous.

– Tu n'es pas fâché ?

– Non. Tu n'y es pour rien, et je passe malgré tout une bonne journée.

Je tourne brusquement la tête vers lui. Nos nez se touchent, nos bouches ne sont qu'à quelques millimètres, nos yeux plongent les uns dans les autres.

– Vraiment? soufflé-je.

– Bien sûr. Jamais, je ne pourrai être fâché contre toi.

Il avance ses lèvres sur les miennes et dépose un baiser tout léger, trop court. Pourtant, il a parfaitement le temps de m'électriser, de m'enflammer. Comment fait-il ça? Il recommence, mais cette fois-ci, il sort le bout de sa langue pour venir caresser mes lèvres. Il me tente tel un beau diable, il le sait, et cela l'excite. Ses mains se posent sur ma taille pour m'immobiliser, et il en profite pour se plaquer contre moi. Son sexe érigé se retrouve niché entre mes fesses. Un hoquet s'échappe de mes lèvres. Il n'est pas possible!

– Arrête de faire le con, Troy.

– Non, non, Ducon est devant toi, plaisante-t-il.

– Eh bien, ne joue pas les connards dans ce cas.

Il rit un peu plus fort et se recule juste à temps alors que Dwight pivote vers nous. Je baisse la tête pour camoufler mon rougissement, à cause à la fois de la peur de nous faire surprendre, mais aussi de l'effet que Troy a sur moi. J'ai l'impression d'être dans une situation impossible.

Une fois en bout de ligne, le personnel du parc nous installe dans une nacelle qu'il complète par le fan qui discutait avec Dwight. Je me retrouve assise entre cet homme et Troy. Les barrières de protection s'abattent, et on s'assure qu'elles sont bien enclenchées. Doucement, nous avançons, et c'est parti pour plusieurs secondes, tout au plus deux minutes, de sensations fortes.

Secoués dans tous les sens, nous évoluons dans la réplique du château de Harry Potter. Entre adrénaline, peur et excitation, je ne sais pas comment faire, fermer les yeux et tout garder pour moi, ou me laisser aller, ouvrir grand les yeux et hurler. Finalement, j'opte pour la seconde option, incapable de résister.

En quittant mon siège, j'ai les jambes tremblotantes et la gorge sèche d'avoir trop crié. Dwight est encore en train de parler à son nouveau meilleur ami. Un coup d'œil à Troy, et je le trouve un peu pâle.

– Tu vas bien? demandé-je, inquiète.

– Ouais.

– Tu es sûr?

– Oui, ne t'en fais pas. Je… je passerai peut-être mon tour pour les prochains.

– Pas de souci, lui assuré-je en serrant doucement sa main.

J'ai subitement envie de le prendre dans mes bras. Moi aussi, ça me manque, bien plus que je ne veux l'admettre. Dwight salue le mec qui lui tenait compagnie, et on poursuit notre matinée. Troy se débine donc pour les animations sur les thèmes de *Men in Black* et *Les Simpson*. Dwight est tenté par une blague débile, pour se moquer de Troy, mais je le frappe sur le torse sans délicatesse pour l'en empêcher. Et nous profitons de ce moment rien que tous les deux, comme quand nous étions plus jeunes.

Nous devons repasser par le CityWalk pour entrer dans le second parc.

– On s'arrête manger un bout? propose Dwight. J'invite.

– C'est tellement rare, je ne vais pas refuser, le taquine Troy.

« Qui aime bien, châtie bien », comme on dit.

On choisit le premier lieu de restauration rapide sur notre chemin pour se poser et on passe commande. On est rapidement servis et on se jette sur la nourriture comme si on était affamés.

– Alors comme ça, tu kidnappes ma sœur depuis des semaines, et j'étais pas au courant.

– Dwight ! m'exclamé-je. Tu dis n'importe quoi.

Troy me lance un regard amusé. Il doit trouver la situation marrante, moi, pas trop. Parce que je sais que si Dwight creuse un peu, il pourra facilement se rendre compte des choses, et cela me met mal à l'aise.

– A priori, elle était consentante, donc pas vraiment kidnappée.

– Ouais. Tout ce que je remarque, c'est que vous faites ça dans mon dos.

Je repose brusquement mon gobelet de soda sur la table et fusille Dwight du regard. Il cherche la bagarre, ou quoi ?

– Depuis quand j'ai pour obligation de te raconter ma vie privée ?

– Vie privée… Intéressant comme expression.

– Dwight, arrête tout de suite.

– Bien sûr ! Alors… ces excursions, Troy, tu en as pensé quoi ?

Ce dernier me lance un regard et un sourire en coin. Il est parfaitement conscient de mon malaise, mais il semble s'en amuser.

– C'était extra. Dépaysant. J'ai découvert de chouettes endroits, grâce à Hope.

– Super. Au moins, elle saura dans quoi se reconvertir au besoin.

Je fixe mon frère en fronçant les sourcils. Qu'est-il en train de suggérer ? Je déglutis, nerveuse. Vient-il de lâcher cette phrase sans arrière-pensée ou bien est-ce une pique quant à une possible histoire entre Troy et moi et les conséquences qu'il pourrait y avoir, à savoir la perte de mon emploi ? Jeffrey est l'homme le plus intègre que je connaisse. Mon père et lui sont faits sur le même modèle, je sais qu'il ne fera pas exception pour moi, même si je suis sa nièce. Je prends cette perche comme un rappel à l'ordre.

Quand je me tourne vers Troy, je vois qu'il me regarde, moi, intensément. Il a très certainement compris où Dwight voulait en venir et il cherche à lire ma réaction. Mais je ne foncerai pas tête la première, au risque de donner encore plus d'indices à mon frère.

– Elle est indéniablement très bonne en guide touristique, poursuit-il. J'ai l'impression qu'elle excelle dans beaucoup de domaines.

– Pas l'habitude de côtoyer des femmes aussi intelligentes, sûrement, réplique Dwight.

– Je suis là ! Je vous signale.

– Ne prends pas la mouche, p'tite sœur. Tout va bien.

– Vraiment ?

– Oui, assure-t-il d'un hochement de tête. En réalité, je devrais te remercier.

– Pourquoi donc ?

– Si ce connard sort enfin de sa caverne pour se sociabiliser, c'est grâce à toi, affirme-t-il.

– Dwight… le coupé-je en soupirant.

– Je commence tout juste à t'apprécier, dit-il directement à son collègue. Il est encore trop tôt pour oublier ce surnom.

– Pareil pour moi, s'amuse Troy.

Je vous jure.

– Au moins, j'aurai la satisfaction de vous voir échanger de manière tout à fait civilisée, dis-je mielleusement.

– Eh ! s'offusque mon frère. Arrête, tu exagères. On se taquine, on se cherche, mais on ne se déteste pas.

Il n'a pas tout à fait tort, mais je ne le lui dirai pas. On poursuit notre repas tranquillement, entre discussions légères et éclats de rire. Troy n'arrête pas de me lancer des regards appuyés. Je m'efforce de ne pas en tenir compte parce que, sinon, je risque de me perdre dans ses beaux yeux, et il n'y aura aucune chance pour que mon frère ne s'en rende pas compte. Au lieu de ça, je remarque la jeune femme installée plus loin avec une amie qui n'arrête pas de fixer notre table. Si au début, je pensais qu'elle regardait Dwight, je suis obligée d'admettre que ce n'est pas le cas.

Et aussitôt, la jalousie fait son arrivée, et elle est très mauvaise pour moi. Je capte un haussement de sourcil de mon frère, question silencieuse à ma mine sans doute un peu renfermée et énervée. Je secoue la tête pour lui dire que tout va bien.

– Je vais faire un tour aux toilettes, et on pourra y aller ensuite, si vous voulez, dit-il en se levant.

– Ça marche, répond Troy.

J'attends qu'il soit hors de ma vue pour m'adresser à Troy.

– Va voir la fille là-bas et drague-la.

Il recrache dans son gobelet la boisson qu'il a dans la bouche et me fixe, les yeux ronds comme des soucoupes.

– Je te demande pardon ?!

– La nana, là-bas, dis-je en la lui montrant d'un coup de menton. Tu dois revenir avec son numéro.

– Pourquoi tu veux que je fasse un truc pareil ? s'exclame-t-il, halluciné.

– Parce que tu n'arrêtes pas de me regarder.

– Bien entendu que je te regarde, tu es magnifique, j'ai envie de t'embrasser et de tout un tas d'autres choses.

– Dwight va se douter de quelque chose ! Il faut que tu arrêtes.

– Je peux arrêter, mais pas besoin d'aller voir cette fille pour ça.

– Je t'en prie, Troy. Tu dois être crédible. Et puis, tu m'as dit que cette journée était la dernière et qu'on ne pouvait pas aller plus loin, alors montre-moi que c'est bien le cas, dis-je pour le mettre au défi.

– Dis-moi que tu plaisantes, grogne-t-il, visiblement agacé par ma demande.

– Non, je suis très sérieuse.

Il souffle comme un bœuf, et je crois qu'il va m'envoyer chier. Pourtant, après quelques secondes, il se lève et va rejoindre la jeune femme. Le sourire qui fend son visage ne ment pas, j'avais vu juste. Et moi, je bous intérieurement. A-t-il accepté pour me défier ou parce qu'il veut vraiment me montrer que notre arrangement prend fin, comme il l'a dit, au terme de cette journée ? Cette idée me tord les tripes.

– Il est où ? demande Dwight en reprenant place à mes côtés, au bout de trois minutes.

– Là-bas, en pleine action.

J'avale avec difficulté ma salive. C'est moi qui l'ai envoyé vers cette femme, et j'ai du mal avec la jalousie qui s'empare de moi. Il est censé faire semblant pour détourner l'attention de mon frère, mais Troy ne fait jamais les choses à moitié. Il fait rire la nana, remet une mèche de cheveux en place, la laisse se pencher vers lui et murmurer à son oreille. Voilà maintenant qu'elle lui touche le bras !

– Eh bien ! Il ne changera jamais, commente mon frère.

– Il fait ce qu'il veut, réponds-je d'une voix maîtrisée.

– Effectivement.

Dwight me lance un regard amusé, et je déglutis aussitôt. Se pourrait-il qu'il ne soit pas dupe ? Soit il se doute de quelque chose, auquel cas je suis très surprise qu'il ne se mette pas en colère et ne me fasse pas la morale, mais il attend peut-être que je parle de ma propre initiative, sans me forcer, soit mon petit manège fonctionne, et il s'amuse simplement de voir Troy profiter d'un moment pour draguer. Nous assistons encore à plusieurs minutes de roucoulade avant que Troy ne revienne vers nous.

– Alors ? susurre Dwight.

– Cameron est vraiment charmante, commente Troy en tendant une petite carte entre deux doigts. Et vous ne devinerez jamais de quelle ville elle est.

– Dis-nous ! réclame mon frère.

– Daytona ! Le monde est vraiment petit.

– Super ! Nous, on vient ici pour s'amuser, et toi, tu récupères en plus un numéro. Sacré Troy ! T'as l'intention de la revoir ?

– Possible. Elle est fan de ma personne, explique-t-il en toute modestie, une main plaquée sur le torse.

– Tu m'étonnes, marmonné-je.

– Quoi ? dit-il en levant un sourcil.

– Rien. On peut y aller ?

– Ouais !

Dwight termine sa boisson avant de quitter sa chaise. Je le suis sans regarder Troy. C'est moi qui l'ai cherché comme on dit, mais ça ne m'empêche pas de bouillir intérieurement. Serait-il capable de le faire rien que pour me contrarier et me signifier que mon idée était stupide ?

Au parc Islands of Adventure, nous retrouvons les thèmes de *Hulk*, *Marvel Super Heroes*, avec Spider-Man notamment, *King Kong*, une nouvelle fois *Harry Potter*, avant de terminer par Toon Lagoon. Je m'amuse, mais je suis aussi sur les nerfs. Cette journée n'est pas du tout celle que j'avais prévue. Et j'ai le sentiment qu'au lieu de me rapprocher de Troy, elle ne fait que m'en éloigner. Parce qu'on ne peut avoir quasiment aucun contact, que mon frère est là et que… Merde !

Sur le chemin retour, je reste silencieuse, à moitié comateuse, tandis que les deux, devant, dissertent sur bon nombre de sujets. Je n'écoute que d'une oreille, je suis dans mes propres pensées, rêves et désirs, la réflexion de mon frère flottant encore dans mon esprit. Peu avant l'entrée dans Daytona Beach, Dwight me surprend une fois de plus.

– Ça te dit de finir la soirée avec nous à la maison ? On commandera des pizzas, propose-t-il à Troy.

– Ouais, si Hope est d'accord.

– Oh, oui, bien sûr, marmonné-je, surprise qu'il cherche mon approbation.

Une fois que nous sommes arrivés, Dwight s'occupe de passer commande tandis que je nous sers des bières.

– Elles seront là dans trente minutes environ. Une partie de *Call of Duty*, ça te tente? propose-t-il à Troy.

– Avec plaisir.

J'en profite pour m'échapper. Je vais aller prendre une douche, et par la même occasion, je quitte cette testostérone qui déborde entre les deux. Après un petit moment de détente sous le jet d'eau, j'enfile un short en jean et un débardeur lâche. Au salon, je récupère ma bière, laisse les mecs et rejoins l'extérieur pour prendre l'air. On ne peut pas dire qu'on a eu une journée particulièrement éreintante, mais je suis épuisée, par cette situation, par ce combat que je dois livrer en permanence pour lutter contre mon attirance, pour rester dans le droit chemin. C'est usant.

– C'est prêt, Hope! s'écrie Dwight depuis le salon.

Je les rejoins et mange deux parts tout en les regardant poursuivre leur partie. Bon, eh bien, pour deux types qui sont censés ne pas se voir en peinture, j'ai l'impression qu'ils s'entendent plutôt bien. Je débarrasse la table et les abandonne une nouvelle fois. Je prends une glace dans le congélateur et vais m'installer sur un transat sur la terrasse. Je choisis une nouvelle série sur Netflix et en regarde deux épisodes.

Il est plus de minuit quand j'éteins mon téléphone. Je sursaute alors que Troy apparaît sur le seuil de la baie vitrée.

– Où est Dwight?

– On s'est dit au revoir, il est parti se coucher. Je venais te saluer avant de vous laisser.

– OK.

Je reste stoïque, droite comme une statue, alors que Troy m'observe. Son regard remonte le long de mes pieds et de mes jambes nus, s'arrête sur mon nombril découvert, s'attarde sur mes bras croisés sous ma poitrine, caresse mon décolleté avant de trouver mes yeux.

– Tu n'as pas le droit de me regarder comme ça ! m'emporté-je.

– Hope…

– Non, j'ai raison ! Tu ne peux pas me dire que cette journée est la dernière et continuer à me regarder ainsi. Tu n'as pas le droit de m'avoir laissé croire des choses et de laisser tomber ! Tu n'as pas le droit. Tu te caches derrière ton accident, derrière je ne sais quoi… parce que dans le fond, je sens qu'il y a plus derrière ton attitude, mais tu ne veux pas me le dire.

– Si tu me disais pourquoi tu es vraiment fâchée, dit-il en avançant d'un pas vers moi. Parle-moi.

– Je n'ai rien à te dire de plus.

– Hope… menace-t-il en accrochant ma nuque d'une main puissante.

Je déglutis et cherche à fuir son contact. Il raffermit son emprise et m'oblige à révéler mes pensées en m'accusant, ayant deviné ce qui m'agite.

– C'est toi qui m'as demandé d'aller voir cette nana. Je n'en avais aucune envie.

– Je sais. Et donc ?

– Donc, quoi ? Exprime-toi, bordel !

– Tu as l'intention de la revoir ?

Il soupire tout en secouant la tête et lève les yeux au ciel. Un nouveau regard pénétrant me demande si je suis sérieuse. La réponse est que je n'en sais rien. Au fond de moi, je sais qu'il ne le fera pas, mais j'ai peur. Parce que je suis indécise, qu'il est sûrement patient, mais pour combien de temps ? Il lit mon interrogation sur mon visage, prend une profonde inspiration avant de foncer sur ma bouche.

Son baiser me fait perdre toute contenance, je gémis sans gêne et l'enlace comme si ma vie en dépendait. J'oublie la proximité de mon frère, tout ce qui nous empêche de vivre cette relation, mes doutes et mes peurs. Il lui suffit de me toucher, de m'embrasser pour tout effacer. Quand je suis dans ses bras, il n'y a plus que lui qui compte. Suis-je à même de m'en contenter, de prendre le risque de perdre tout le reste rien que pour lui ? En est-il capable en retour ? Il y a tellement en jeu.

Il finit par relâcher mes lèvres, pose son front contre le mien. Nous nous affrontons, essayons de lire en l'autre.

– Est-ce que cela répond à ta question ? Ne me demande plus jamais quelque chose comme ça, Hope. J'ai joué le jeu parce que ton frère était là, mais ça ne m'amuse pas.

Je me contente de hocher la tête, parce qu'il a raison.

– Bien.

Je m'accroche à son tee-shirt et tente le tout pour le tout.

– Accorde-moi un vrai rendez-vous.

– Un vrai rendez-vous ?

– Oui.

– Hope…

– Je t'en prie. Ne jette pas tout aux orties. Dis-moi que cela a une importance.

Ma voix tremble, et je n'ose pas le regarder dans les yeux. J'ai l'impression de le supplier, et je déteste ça. Il saisit mon menton entre ses doigts et m'oblige à reporter mon attention sur lui.

– Tu n'es plus persuadée que c'est une erreur ?

– Ce n'est pas ça. Je refuse simplement de…

– C'est d'accord.

J'ai les larmes aux yeux. Je cache mon émotion en le prenant une nouvelle fois dans mes bras.

– Je te laisse choisir, dit-il. J'aime tes surprises.

Je lui souris et soupire de soulagement. Il ne tire pas un trait sur notre relation un tant soit peu intime. Il me redonne ma liberté et plonge ses mains dans son short.

– Tu as besoin que je te ramène à ton hôtel?

– Non, j'ai appelé un taxi.

– D'accord.

Nous sommes interrompus par la sonnerie d'un texto, annonçant sans doute l'arrivée du transport.

– On se voit ce week-end.

– Oui.

– Bonne nuit, Hope.

– Bonne nuit, Troy.

Je le rattrape avant qu'il ne s'échappe et l'embrasse à nouveau. Il peut y comprendre n'importe quoi, je m'en fiche. Je refuse seulement qu'on se quitte fâchés, et je veux lui montrer la voie qu'on est en train d'emprunter, celle d'un nous.

18

Troy

Dimanche dernier, nous nous sommes affrontés sur la piste de Kansas City. Ce n'était pas une mauvaise course, comparée à la dernière. Je suis arrivé à la dixième position, juste derrière Valentino. Dwight a réussi un doublé. Il était plutôt fier de lui ! Hope aussi, évidemment.

Je sais que je l'ai perturbée en soufflant subitement le froid après m'être montré si motivé et déterminé à la faire craquer. Mais l'accident à Dover m'a vraiment retourné, il a remué des choses en moi, les souvenirs ont afflué. Être directement confronté à ce qui pouvait se passer m'a refroidi. J'ai eu l'impression de me montrer égoïste à vouloir à tout prix une relation alors qu'il y a tant à perdre. Tout ce dont je me suis protégé toutes ces années peut être bouleversé, et je ne sais pas si je suis prêt. Peut-être que je n'étais pas moi-même.

J'étais vraiment décidé, la sortie au parc devait être la dernière. Cela me paraissait le mieux. Quand j'ai vu que Dwight nous accompagnait, cela m'a énervé parce que je n'allais pas pouvoir profiter d'elle comme je l'aurais souhaité. C'était ridicule, évidemment, c'est moi qui voulais mettre un terme à tout ça. C'était une réaction purement égoïste, prendre encore un peu ma dose de Hope avant la fin de cette relation. Et j'aurais pu tenir bon, mais je suis incapable de lui résister. Je crois tout simplement qu'il est trop tard, je suis déjà bien trop impliqué.

Je ne dis pas que tout sera parfait et facile, mais il s'agit de Hope. La voir réagir, s'inquiéter, paniquer et s'ouvrir un peu plus me donne confiance. Elle a, elle aussi, vécu un drame et elle s'en est merveilleusement sortie. Elle est capable de faire face et de gérer la situation. Bien sûr que tout ce qu'on a partagé signifie quelque chose. Je suis attaché à elle, beaucoup, et j'ai cédé parce que, moi aussi, je veux d'elle dans ma vie.

Suite à ses instructions envoyées par texto, je me suis encore levé aux aurores. Aujourd'hui, c'est un vrai rendez-vous. Elle a prévu un peu de route, voilà pourquoi je suis déjà debout alors que le soleil n'a pas encore fait son apparition. Là encore, elle m'a demandé de préparer un sac avec des affaires de plage. Et pour changer, j'ai décidé de louer une voiture afin de pouvoir la conduire lors de notre premier vrai rencard. Je ne veux pas que cette journée ressemble à toutes les autres.

Pour être le plus discret possible, je m'arrête deux maisons avant celle de Dwight et envoie un message à Hope pour lui indiquer mon arrivée. Trois minutes plus tard, elle grimpe en voiture et m'adresse un grand sourire. Elle boucle sa ceinture, et je prends doucement la route.

– Ça va?

– Oui. Et toi? demandé-je.

– Ça va.

Je souris, peu convaincu par la tension qui se dégage de son corps. Elle gigote sur son siège et enroule la sangle de son sac autour de ses doigts.

– Je ne te crois pas. Dis-moi pourquoi tu stresses comme ça.

– C'est notre premier vrai rendez-vous.

– Oui. Et? Ça t'effraie?

– Je ne sais pas, peut-être un peu.

– Tu n'as pas à t'en faire, assuré-je en m'emparant de sa main.

– Tu ne vas pas changer d'avis?

– Non. J'ai eu un moment d'égarement à cause de l'accident. Je suis désolé. On va profiter de cette belle journée pour effacer et recommencer. Enfin, on n'efface pas tout, mais on met certaines choses de côté.

Son rire particulier emplit l'habitacle, et je sais que j'ai réussi à la rassurer.

– D'accord.

– Bon, alors. Où va-t-on? me renseigné-je.

– On va avoir un peu de route, quatre heures environ, dit-elle en se penchant sur le GPS pour programmer l'adresse. On descend vers Homestead, dans les Everglades. J'ai prévu plusieurs balades le long de la route 9336. Je pense qu'on en aura pour la matinée, voire un peu plus.

– Super. Et pour l'après-midi?

– Je pensais rejoindre les Keys en empruntant l'Overseas Highway. On pourra choisir un endroit pour se poser et juste profiter des paysages, de l'océan et du soleil. J'ai noté un coin en particulier, Bahia Honda State Park.

– Je te fais confiance.

– Tu me fais confiance? répète-t-elle en haussant un sourcil.

– Pour la balade, oui, réponds-je en souriant.

Je ne veux pas lui offrir trop de pouvoir maintenant. Pas tant qu'elle ne se donnera pas à moi entièrement, sans retenue. Un peu de donnant-donnant. Malgré mon moment d'égarement, succinct, je me suis toujours montré direct, et même si elle a fait un pas énorme vers moi en demandant un vrai rendez-vous, elle ne m'a pas encore clairement fait part de ses sentiments. Je me rends bien compte que ça me tuerait si on ne se voyait plus.

Je profite du trajet pour observer les paysages si magnifiques de la Floride, à gauche, l'océan et son immensité, et à droite, la verdure luxuriante et le relief urbain. Même si on ne discute pas énormément, j'aime ce moment passé avec elle. J'observe son profil si harmonieux. De temps en temps, elle se laisse aller et chantonne sur la musique. Je tombe sous le charme de son grain de voix et lui demande de continuer. Je prends bien trop goût à ces sorties, à sa présence à mes côtés, qui me semble naturelle maintenant. Seulement, tant qu'elle n'aura pas admis que nous sommes quelque chose, je ne pourrai pas vivre sereinement ce que nous construisons. Même si nous devons nous cacher, et ce sera de toute manière le cas, j'ai besoin qu'elle l'accepte et me donne son feu vert. Parce que pour le moment, tout n'est que suggéré, à demi-mot, et je ne me contente jamais d'un à-peu-près.

Je comprends vraiment tout ce qui la retient, je m'en suis d'ailleurs servi pour appuyer ma décision, sans conviction, et la petite pique de son frère la semaine dernière n'aide pas. Il y a effectivement beaucoup à perdre pour elle comme pour moi, mais pour la première fois de ma vie, je suis prêt à prendre un vrai risque, en dépit de mon moment d'égarement. Je le fais chaque fois que je monte dans ma voiture pour une course, mais avec elle, cela me donne un sentiment bien plus fort, parce que je sais que je peux y laisser bien plus que ma vie. Et c'est bien plus effrayant.

Je détourne le regard, légèrement mal à l'aise à cause des pensées qui envahissent mon esprit. Je n'arrive pas à croire tout ce que j'en viens à me dire à son sujet. Elle bouleverse vraiment tout sur son passage. Je suis déjà bien accro. Cependant, je refuse de me montrer si vulnérable alors qu'elle ne sait pas encore où elle en est, je le sais. Après tout, rien ne me garantit qu'elle ne va pas battre en retraite, même si elle a initié ce premier vrai rendez-vous.

Je connais mon objectif, et bien sûr, je refuse de le sacrifier, je veux aller au bout et réaliser mon rêve. Je veux rendre mon père fier de moi, et la victoire finale est tout ce qui compte. Est-ce illusoire de croire que je peux avoir les deux? Peut-être, et dans ce cas, cela fait sûrement de Hope une personne bien plus intelligente que moi. Enfin, je le sais déjà, ça.

– Voilà l'entrée, m'informe Hope.

Nous nous arrêtons devant le centre d'accueil des visiteurs Ernest F. Coe qui marque le principal accès au parc national des Everglades.

– Je te propose de faire cette visite rapidement, un peu comme à Fort Myers, et puis j'ai sélectionné plusieurs balades qui se succèdent avec des points d'intérêt.

– Oui, ça me va très bien.

L'accueil est chaleureux, et la visite nous permet de prendre connaissance du parc, des lieux à voir et de la vie sauvage que l'on s'apprête à découvrir.

La première balade, qui commence juste en face, s'appelle Anhinga Trail. Elle nous mène à l'un des plus gros repaires d'alligators. Le nom de ce chemin est en l'honneur de l'anhinga, oiseau au long bec que l'on a la chance d'apercevoir. Là encore, on ne peut s'empêcher de mitrailler les lieux. Nous reprenons la voiture pour nous rendre au Pinelands Trail. Ce parcours traverse une forêt de magnifiques pins. Nous sommes accompagnés par un vrai ranger qui nous apporte son expérience et son amour de la région. La découverte du parc se poursuit avec Pay-hay-okee Trail qui nous promène dans les eaux herbeuses des Everglades.

– J'ai lu dans un guide que cette zone était surnommée « *river of grass* », m'informe Hope.

Littéralement « rivière d'herbe ». Et on en a confirmation avec à perte de vue des étendues marécageuses recouvertes d'un tapis vert. Tout le long du sentier, on aperçoit des magnolias et la forêt de Bald Cypress. J'en prends plein les yeux. J'aime découvrir toutes ces nouveautés à ses côtés. Nous croisons de nombreux oiseaux, comme des échassiers et des buses. Hope accepte de poser pour quelques photos avec moi. Dès le début de la première marche, je me suis emparé de sa main pour ne la lâcher que lorsque nous devons reprendre la voiture entre chaque arrêt.

– Une petite dernière avant de rejoindre la pointe sud?

– Avec plaisir.

Je lui décoche un baiser rapide, et on récupère la voiture. Cette fois-ci, Hope m'emmène à Mahogany Hammock Trail, au royaume des acajous. Nous découvrons avec stupéfaction le plus gros des États-Unis. J'ai la sensation d'être vraiment peu de choses face à ce que la nature est capable de créer. Nous prenons un instant pour simplement apprécier le spectacle, les bruits, les odeurs.

Hope s'est appuyée contre la rambarde en bois, plongée dans ses pensées. Je m'approche doucement d'elle et encadre son corps de mes mains que je viens poser sur le bois, par-dessus les siennes.

– À quoi tu penses comme ça? murmuré-je à son oreille.

– À tout et rien.

Je la respire alors qu'elle bascule la tête légèrement en arrière sur mon épaule. Elle sent tellement bon. Ne voit-elle pas à quel point nous sommes faits pour être ensemble? N'a-t-elle pas comme moi le cœur qui s'emballe quand nous sommes en présence de l'autre? Je me languis tellement de ces moments passés rien qu'avec elle. J'ai peur de me faire des films, de voir des choses qui n'existent pas. Et si, pour elle, tout ceci n'était qu'un jeu, un divertissement? Cette idée me révulse.

Je m'écarte vivement et ajuste ma casquette sur ma tête, comme pour me cacher. Je n'ai jamais eu peur pour une femme, je ne me suis jamais soucié de quoi que ce soit. Je n'en avais pas besoin, rien n'était sérieux, fait pour durer. Je refuse de penser que cela ne veut rien dire, ce que j'éprouve pour elle.

– On retourne à la voiture et on va se trouver un endroit pour manger? dis-je.

– Oui, allons-y.

Nous nous arrêtons sur Homestead. Hope nous dégote un petit restaurant mexicain. Après nous être correctement restaurés, nous nous engageons sur la route qui parcourt les Keys, multitude d'îlots et récifs coralliens qui s'étendent sur plus de cent cinq miles. Je suis impressionné par la vue qui s'offre à nous. À gauche, l'océan Atlantique et ses couleurs turquoise, à droite, le golfe du Mexique et ses teintes verdoyantes. Dans cette pointe, un petit air des Caraïbes, vraiment très agréable, loin du faste et du tumulte de Miami.

Bahia Honda State Park marque le début de la partie basse, Lower Keys. Le panorama est à couper le souffle une fois de plus et digne des plus belles cartes postales. Nous attrapons nos affaires et rejoignons la seule plage encore ouverte après le passage de l'ouragan Irma.

J'observe à la dérobée Hope qui étale son drap de bain et en profite pour me régaler les yeux. Elle porte le même maillot de bain que la dernière fois, et mon constat est identique : elle est vraiment magnifique. Comment je peux ne pas tomber sous le charme? Impossible.

– Ça te plaît? demande-t-elle en s'allongeant.

– Absolument. Cet endroit a quelque chose de très reposant. J'aime beaucoup.

– Si on continue jusqu'au bout, on arrive à Key West, la ville la plus au sud de tous les États-Unis.

– On a effectivement l'impression d'être au bout du monde.

– Tu as déjà voyagé à Cuba ou aux Bahamas?

– Non. Et toi?

– Non plus. J'aimerais bien. Les Bahamas doivent être paradisiaques.

– J'imagine. Tu as déjà visité d'autres pays que l'Italie?

– Quand j'étais là-bas, j'ai fait un petit séjour en Grèce, et on est allés en week-end à Paris et à Londres. J'aurais aimé en faire plus, mais faute de temps et d'argent, cela ne s'est pas fait.

– C'est déjà bien d'avoir pu en profiter.

– C'est sûr. Et toi?

– Cela va sûrement te surprendre, mais je n'ai jamais mis les pieds en dehors des States.

– Vraiment?! s'étonne-t-elle.

– Eh oui. Pas terrible, hein?

– Tu as encore le temps de découvrir d'autres contrées. Un pays en particulier te fait envie?

– Le Canada, pour son côté nature. Je regarde pas mal de reportages. J'adore ce que je vois à la télé, alors je suppose qu'il en serait de même en vrai, et même plus.

– C'est vrai que ça doit être magnifique. Il y a tellement de belles choses sur terre.

– Je ne te le fais pas dire, commenté-je en la fixant intensément du regard.

Elle comprend immédiatement que je ne parle pas des paysages, mais bel et bien d'elle. Elle éclate de rire comme si cela n'avait aucun sens.

– Ne t'arrête pas de rire, je tombe amoureux, dis-je très sérieusement.

– Arrête tes conneries, réfute-t-elle en secouant la tête. Comment tu peux trouver ça charmant?

– Personne n'est parfait, Hope. Je pense qu'on peut très bien aimer quelqu'un autant pour ses qualités que pour ses défauts.

Tu es entière, et c'est ce que j'aime chez toi. Pas de demi-mesure avec toi, tu es telle que tu es, sans artifices, sans te cacher. Belle et intelligente, tu dis tout haut ce que tu penses tout bas. Tu n'hésites pas à me contredire, à me bousculer, à me remettre à ma place quand il le faut, et j'aime ça. Tu n'as pas idée. Et j'ai besoin de quelqu'un comme toi, de toi.

Bon, je n'avais pas vraiment prévu d'étaler mes sentiments comme ça, mais après mes réflexions du matin, je me dis que tout ceci a suffisamment duré. Hope se met à rougir délicieusement. Je m'avance vers elle et replace une mèche de cheveux derrière son oreille.

– Pourquoi tu es gênée par mes mots?

– Ne dis pas des choses comme ça.

– Et pourquoi ça?

– Parce qu'on n'est pas ensemble.

Je soupire lourdement. Encore ça. Après tous ces rendez-vous, même si je me suis montré assez sage, elle tente encore de s'en persuader. Comment peut-elle encore me sortir ça? Après nos étreintes, nos baisers, nos paroles? Après m'avoir proposé un vrai rendez-vous? Elle croit vraiment que ça va rendre les choses moins compliquées? Je ne la comprends pas.

– Tu vois quelqu'un d'autre?

– Non.

– Moi non plus. Et tu en as envie? De voir quelqu'un d'autre, précisé-je.

Elle fuit mon regard, et ma question reste sans réponse. Elle ne se rend pas compte que même en demeurant silencieuse, je vois clair en elle. Je poursuis malgré tout mon interrogatoire. S'il faut la bousculer un peu, je vais le faire.

– Tu as couché avec quelqu'un depuis notre premier baiser?

– Non.

– Moi non plus.

Je le lui ai déjà dit, mais sans doute qu'une nouvelle fois n'est pas de trop. Elle tourne vivement la tête vers moi. Je suis stupéfait de voir à travers ses yeux qu'elle ne me croit pas. Je souffle, désabusé de réaliser qu'elle me perçoit toujours comme celui du début. Je me demande ce qu'il faut faire pour effacer ses préjugés, ses certitudes. Je me redresse et passe une main rageuse dans mes cheveux. Je secoue la tête, j'ai besoin de me rafraîchir. Avec agilité, je me lève rapidement et fais un pas dans le sable chaud.

– Tu vas où? m'interpelle Hope.

– Me baigner, réponds-je sèchement.

– Troy...

– J'ai besoin d'un moment, OK?

Elle n'essaie pas de me retenir. Je rejoins le bord de l'eau. Après avoir mouillé ma peau, je disparais dans l'océan. Je n'ai pas dit mon dernier mot. Je ne désespère pas, mais parfois je me demande si cela vaut le coup. Je déteste cette sensation de ne rien maîtriser, en fin de compte, comme quand la voiture perd son adhérence dans un virage, que d'autres t'encerclent et que tu ne sais pas si tu vas t'en sortir indemne. Fais-je suffisamment le poids face aux risques et conséquences? Peut-être pas.

Le regard perdu dans l'immensité de l'océan, je sursaute alors que deux mains viennent encercler ma taille. Hope dépose un baiser entre mes omoplates avant de faire le tour pour se mettre devant moi. Ses bras autour de ma nuque, nous ne sommes qu'à quelques centimètres l'un de l'autre.

– Je suis désolée.

– De quoi exactement?

– Je suis injuste. Ça me fait peur, murmure-t-elle après quelques secondes. J'aime ce que nous vivons et je... je me dis que mettre un nom sur tout ça, eh bien... cela va tout changer.

– Que veux-tu que ça change, Hope ? demandé-je en caressant sa joue avec mon pouce. On n'est pas obligés de catégoriser notre relation, mais…

– On est ensemble, souffle-t-elle.

Je vois bien qu'elle a du mal à y croire, et je me demande bien pourquoi.

– Je ne veux personne d'autre que toi, tu n'as rien à craindre, la rassuré-je.

– Et tous les à-côtés ? Tu sais bien ce qu'il en est.

– Oui, je sais, Hope. Je préfère vivre quelque chose avec toi, même le minimum, que de me priver. On sera vigilants. Cela a bien fonctionné jusqu'à présent. Pourquoi tu t'inquiètes ?

– Parce qu'on ne maîtrise pas toujours tout.

– Je continuerai d'être arrogant et pénible sur la piste, comme ça, tu n'auras aucun mal à me détester. Et je me ferai pardonner en privé.

Un immense sourire éclaire son visage. Qu'est-ce que je ne donnerais pas pour voir ça tout le temps, tous les jours ?

– Embrasse-moi, exige-t-elle.

Je me jette littéralement sur elle. Ce baiser a un goût différent de tous ceux qu'on a échangés. Il est libre, révélateur, exaltant, vibrant. Il me donne le tournis. Elle noue ses jambes autour de ma taille et s'accroche à moi. Son corps magnifique blotti contre le mien, je pose mes mains à la frontière entre ses cuisses et ses fesses. Même si les choses sont claires entre nous maintenant, je ne suis pas tout à fait sûr de ce que j'ai le droit de faire. Une fois de plus, elle garde les rênes en main, elle dirige, et cela me convient parfaitement. C'est agréable de s'en remettre à une tierce personne parfois, moi qui dirige tout en temps normal.

Ma langue se fait avide contre la sienne, j'ai besoin de tellement plus. Je veux tout. Je ne sais pas combien de temps encore je vais pouvoir me montrer si patient. Se rend-elle compte du défi qu'elle représente pour moi ? Elle me rend fou. Une main sur sa nuque, je penche sa tête en arrière pour prendre sa gorge d'assaut, l'endroit sous son oreille qui semble la rendre folle.

– Putain ! grogné-je, au bord du gouffre.

– Troy… murmure-t-elle en s'accrochant plus fermement à moi.

– Oui ?

– Ne t'arrête pas.

Je ris doucement et fais ce qu'elle me demande. Comme si le monde autour de nous n'existait pas, comme si demain ne nous attendait pas, comme si nous seuls, elle et moi, comptions.

***

Après un après-midi rythmé entre baignades, câlins dans l'eau et sur la plage, il est temps pour nous de reprendre la route.

– Tu veux faire quelque chose avant de rentrer ?

– Qu'est-ce que tu proposes ? demande-t-elle.

– Je ne sais pas, un petit resto à Miami peut-être ?

– On a deux heures de route jusqu'à Miami, remarque-t-elle.

– Oui, et alors ? On a toute la nuit, non ? dis-je, souriant, en l'enlaçant devant la voiture.

– Et après, on a encore quatre heures pour rejoindre Daytona.

– Qu'essaies-tu de me dire ?

– Rien, c'est juste que ça fait tard tout ça.

– On pourrait se trouver un petit hôtel sympa pour passer la nuit à Miami et ne reprendre la route que demain matin, suggéré-je.

Elle s'écarte légèrement pour me fixer d'un œil à la fois apeuré et suspicieux.

– Je te promets de ne pas brûler les étapes, Hope. On va à ton rythme. Ne vois-tu pas depuis le départ que c'est toi qui mènes notre barque ?

– Je n'en ai pas vraiment l'impression.

– Pourquoi? dis-je en souriant.

– Parce que finalement, elle est exactement là où tu l'as voulue.

J'explose de rire devant sa mine dépitée mais amusée malgré tout. Je me rends compte que Hope est comme moi, elle aime jouer et gagner. Mais dans notre situation, je ne vois pas pourquoi elle considère presque qu'elle a perdu. Il y a tant à gagner !

– Et donc? Tu le regrettes?

– Nan.

– Alors, que décides-tu ?

– Ça marche pour Miami, mais on fait chambre à part, exige-t-elle, l'air borné.

– Comme tu veux.

Un dernier baiser arraché à ses lèvres, et nous montons en voiture, moi, toujours au volant.

– Il y a un hôtel Hard Rock à Miami. Je te propose qu'on se pose dans celui-ci. Comme je suis un résident annuel à Daytona, cela m'offre quelques privilèges.

– Oui, d'accord.

– Que veux-tu faire pour la soirée?

– Tu m'en voudras si je te dis simplement profiter d'un bon repas et regarder un film tranquillement dans la chambre?

– Non, c'est parfait.

Je la rassure d'un grand sourire. On a tellement eu l'habitude de participer à des sorties, des soirées que je suis impatient de partager ce moment calme et apaisant en sa compagnie.

Une nouvelle fois, la vue de part et d'autre de la route me laisse songeur, tellement de beauté. La Californie est un très bel État, mais il se dégage quelque chose de particulier de la Floride. Je ne regrette vraiment pas d'être venu m'installer ici, encore plus quand je regarde la splendide jeune femme à mes côtés.

Au Seminole Hard Rock Hotel, nous sommes accueillis comme des rois. Après vérification de leur fichier clients, deux chambres nous sont attribuées. Je propose à Hope de nous arrêter dans une des boutiques du rez-de-chaussée pour nous acheter une tenue de change. Après avoir marché toute la matinée et traîné sur la plage, nos vêtements ne sont plus très frais.

– On se retrouve dans ta chambre pour dîner? lui demandé-je en lui tendant son passe. Tu m'envoies un texto quand c'est bon pour toi.

– Oui, d'accord.

Elle dépose un petit baiser sur mes lèvres, et nous nous séparons dans le couloir. Je me prélasse rapidement sous une douche fraîche avant d'enfiler ma tenue toute neuve, un short et un tee-shirt tout simples. À réception de son message, je la rejoins.

– Je te laisse commander à manger, c'est moi qui choisis le film, décide-t-elle.

– Comme tu veux.

– Tu n'es vraiment pas contrariant comme mec.

– Pourquoi le serais-je? Tu as enfin succombé à mon charme intersidéral, je ne vais pas commencer maintenant à te montrer mon vrai visage.

– Ton vrai visage, hein? s'amuse-t-elle en m'attirant à elle.

– Oui. Je vais te rendre tellement accro qu'une fois que tu verras le nombre de mes défauts, il sera trop tard pour toi.

– Tu en as tant que ça?

– Motus et bouche cousue, il faudra t'en rendre compte par toi-même.

– Quel suspense !

Elle rit, et oui, je tombe, moi aussi, un peu plus sous son charme, parce qu'elle est naturelle, heureuse, belle, lumineuse et qu'elle est avec moi, dans mes bras.

Nous nous régalons de simples hamburgers, frites et crèmes glacées avant de nous mettre devant la télé. Hope s'arrête sur un vieux film sur une des chaînes cinéma du câble. *Bullitt* avec Steve McQueen. Elle se blottit contre moi, les jambes pliées sous les fesses. Je passe un bras par-dessus ses épaules et savoure la chaleur de sa main posée sur mon torse.

– J'adorerais visiter San Francisco, dit-elle.

C'est le lieu où se passe le film.

– Nous le ferons, c'est très sympa.

Elle hoche la tête et repart dans l'action. Je n'aurais jamais imaginé à quel point cela pouvait être agréable, ces moments de vie quotidienne. J'en profite d'autant plus qu'il se passera sûrement un long moment avant qu'on puisse en vivre d'autres.

Le générique de fin défile, et je me rends compte à sa respiration calme et à son absence de réaction que Hope s'est endormie tout contre moi. Je parviens à me redresser sans la réveiller. Je me penche pour la prendre dans mes bras et vais l'allonger sur le lit. Je remonte le drap sur elle et dépose un baiser sur son front.

Je sais qu'elle voulait qu'on fasse chambre à part, mais je n'ai pas le courage ni l'envie de la laisser seule. Je ne veux pas que ce moment prenne fin. Je suis prêt à me disputer avec elle si besoin. Je m'allonge à ses côtés, observe son profil et finis par m'endormir plus heureux que je ne l'ai jamais été.

19

Troy

Quand je me suis réveillé, sur ce lit, dans cette chambre d'hôtel semblable à la mienne à Daytona, j'avais l'impression d'être sur un petit nuage. Dans la nuit, Hope s'était blottie dans mes bras, et quand elle a doucement émergé et qu'elle a réalisé que j'étais resté auprès d'elle, elle n'a rien dit. Pas de remontrances, pas de colère, un grand sourire m'a salué, et ses yeux pétillants m'ont fait comprendre que j'avais bien fait.

Nous nous sommes levés tranquillement, nous avons petit-déjeuné à l'hôtel avant de reprendre la route. C'est étrange, mais nous n'avons pas ressenti le besoin de discuter, de parlementer sur ce qui s'était passé la veille. Naturellement, les nuages se sont dissipés, et nous pouvons profiter de nous. Bien entendu, nous devons être vigilants, mais pas besoin d'en ajouter une nouvelle couche.

Dimanche dernier, nous étions en Caroline du Nord, à Concord, pour deux courses hors compétition, qui sont des shows d'exhibition de stock-cars inclus dans le championnat de NASCAR Cup Series. Elles ne rapportent rien, mais une course est toujours bonne à prendre, ainsi qu'une victoire. Et c'est aussi un bon moyen pour faire des repérages pour la course à venir. Valentino n'a pas couru dans la même que Dwight et moi. Je n'ai pas réalisé une performance du tonnerre, mais Dwight a arraché la première place, et j'ai eu la satisfaction de ne pas voir Richard Adams terminer la course.

J'ai donné rendez-vous à Hope sur la piste de Daytona Beach sans lui dire pourquoi. Je suis persuadé qu'elle ne s'y attend pas du tout, et je suis excité à l'idée de voir sa réaction.

Je suis installé sur le mur de protection, et je balaie le circuit du regard. La saison commence ici et se termine à côté de Miami, à Homestead. La Floride, le début et la fin de tout. Je ne sais pas ce que l'avenir me réserve. Si je n'en juge que par le nombre de points récoltés jusqu'à présent, je ne suis pas trop mal placé. J'ai de très bonnes chances de concourir pour les *play-offs* et ainsi disputer le titre de champion de NASCAR. Je n'ai jamais été si près du but.

Je lève les yeux au ciel et me demande ce que mon père peut penser de tout ceci. Je porte une main à mon cœur. Les pulsations palpables sous ma paume, signe que je suis en vie. J'ai conscience que tout cela ne tient qu'à un fil. Chaque fois que je monte en voiture, ce fil se tend et travaille. Sera-t-il assez fort pour tenir jusqu'au bout?

– Troy?!

Je me retourne brusquement vers Hope qui s'avance vers moi, le sourire aux lèvres. Elle porte un jean taille basse et des Converse aux pieds, un débardeur blanc sur lequel elle a noué une chemise à carreaux blanc et bleu ciel. Elle est sublime, comme toujours.

– Salut, réponds-je en me levant.

Nous nous retenons de nous prendre dans les bras et de nous embrasser. Il y a peu de risques de croiser quelqu'un, mais sait-on jamais.

– Tu vas bien? demandé-je.

– Oui. Enfin, je ne te cache pas que ce rendez-vous me paraît assez énigmatique.

– Tu vois ce que j'ai vécu pendant ces dernières semaines, ne découvrant qu'au dernier moment ce que tu mijotais.

Elle hausse un sourcil et une épaule comme pour s'excuser, mais je ne suis pas dupe.

– Je voulais te faire une surprise, dis-je.

– Un tour dans ta Mustang?

– Mieux que ça. Je me rends compte que tu peux toujours avoir du mal à me faire confiance.

– Troy…

– Laisse-moi finir, s'il te plaît. Je sais l'image que j'ai pu donner par le passé, et la vérité est que je m'en contrefichais. L'opinion des autres n'a que peu d'importance à mes yeux. Je ne tiens qu'à celle d'une poignée de personnes seulement. Et tu en fais partie dorénavant. Je sais que je te demande d'avoir confiance en moi pour vivre notre histoire du mieux qu'on le peut, et je me dis que le meilleur moyen de commencer est de te montrer que J'AI confiance en toi.

Elle passe la langue sur ses lèvres et croise les bras sur sa poitrine. Je devine qu'elle ne voit pas du tout où je veux en venir. Je lui tends la main et l'invite à la saisir. Sans hésitation, elle s'en empare, et je l'entraîne au-delà du mur de protection, un peu plus à gauche, où ma surprise se cache.

– Qu'est-ce que… souffle-t-elle en s'arrêtant net.

Elle lâche ma main pour porter les siennes à sa bouche. Ses yeux brillent d'une émotion qu'elle a du mal à contenir.

– Tiens, dis-je en lui tendant les clés.

– Je… Tu veux dire que… Je n'y crois pas.

– Je t'offre une séance de pilotage sur ma Veyron, tu ne rêves pas.

– Troy…

Sa voix n'est qu'un murmure. Son regard navigue entre la voiture et moi, ne sachant sans doute pas trop si elle peut croire ce qu'elle voit. Je mets pourtant en application son adage : « Je ne crois que ce que je vois. »

– Tu as peur? la taquiné-je en me plaçant derrière elle, les mains sur ses hanches, le nez dans son cou.

– Non, bien sûr que non. J'ai juste beaucoup de mal à réaliser que tu me le proposes vraiment.

Elle se tourne pour me faire face avant de poursuivre.

– Je me rappelle encore notre conversation à son sujet, et je me souviens du regard et du ton que tu avais.

– Cette voiture, c'est la seule chose que je possède. Je n'ai rien d'autre. Mais je me rends compte que détenir quelque chose d'aussi précieux et de ne le partager avec personne n'a aucun sens. Je ne me force pas, Hope, et je ne cherche pas à te faire plaisir, expliqué-je en posant une main sur sa joue. Je veux simplement te prouver que tu peux compter sur moi, que je suis sérieux. En te confiant mon bébé, je te le montre.

– Tu me montres quoi?

– Que ceci, dis-je en nous désignant, c'est important à mes yeux. Tu es importante.

Je ponctue en m'emparant de ses lèvres. Je ne peux plus rester sans la toucher ni l'embrasser. Elle répond à mon baiser, mais pas très longtemps.

– Pas ici, souffle-t-elle en s'éloignant.

– Très bien. Bon, alors? Tu as peur ou quoi?

– Absolument pas! Enfin... peut-être un peu. C'est une Bugatti tout de même. Et si jamais je l'abîme?

– J'ai une assurance.

– Si je l'explose contre le mur, l'assurance ne pourra rien y faire.

– Tu cherches à me faire changer d'avis? Au pire, prépare-toi à me signer un chèque de quatre millions en dédommagement.

Elle s'étrangle tout en écarquillant les yeux. Elle n'avait peut-être pas totalement conscience de la valeur de la voiture.

– Tu me fais confiance à ce point-là? Au point de mettre quatre millions entre mes mains?

– Oui.

Son sourire vaut tout l'or du monde à cet instant précis. Elle dépose un baiser tout léger sur ma joue. Elle pivote vers la Veyron et s'avance, toute timide, vers elle. Comme lors de la première fois, elle caresse la carrosserie du bout des doigts. Elle me lance un dernier regard pour s'assurer que ce n'est pas une plaisanterie de ma part. Après quelques secondes, voyant que je n'ai pas battu en retraite, elle se glisse enfin dans l'habitacle.

Étrangement, je n'éprouve aucune angoisse. Tout ce qui coule dans mes veines, c'est la joie de lui offrir ce plaisir, une immense et profonde satisfaction.

Hope fait vrombir le moteur durant plusieurs minutes avant de s'élancer tout à fait raisonnablement sur la piste. J'aurais pu exiger de prendre place à ses côtés, mais je ne veux pas qu'elle se restreigne, je veux qu'elle vive ce moment unique sans contrainte, sans peur. Je rejoins tranquillement l'arrière du mur de protection et l'observe passer encore et encore.

Je ne compte plus les tours qu'elle effectue, mais je devine aisément qu'elle y prend beaucoup de plaisir. Un peu moins d'une heure est passée quand elle s'arrête devant moi. Elle met une microseconde seulement à sortir et se précipite vers moi. Cette fois-ci, galvanisée par l'adrénaline, l'euphorie, elle se jette dans mes bras. Je l'accueille en riant, la soulevant contre mon torse. Ses jambes relevées, je tourne sur moi-même, l'entraînant dans mon tourbillon de bonheur. Son rire farfelu se répercute contre le béton des murs, sur l'asphalte et résonne à mes oreilles comme une douce mélodie.

– Merci, merci, merci, répète-t-elle dans mon cou en riant. Tu es fou.

– De toi, oui, aucun doute.

Elle recule brusquement, et son regard oscille entre mes yeux et ma bouche. Continuera-t-elle encore longtemps à mettre mes mots en doute ? J'ai peut-être laissé paraître le contraire, mais je suis quelqu'un de sérieux. Quand on est pilote, qu'on met sa vie en jeu chaque seconde, à chaque tour sur la piste, il vaut mieux avoir la tête sur les épaules. Je ne l'ai peut-être jamais autant eu que dans ses bras.

Elle me récompense par un baiser absolument pas timide, et je me laisse aller contre elle, contre sa douceur, sa gaieté. Quand elle repose les pieds par terre, elle soupire longuement.

– Alors ? C'était comment ? me renseigné-je.

– Absolument génial, incroyable, inoubliable. Je ne te remercierai jamais assez de m'avoir offert ce moment hallucinant. Il va rester gravé dans mon esprit toute ma vie.

J'espère bien parvenir à graver autre chose que ma voiture dans sa jolie tête. Je veux qu'elle se souvienne durant toute son existence de nous, de notre histoire. Je ne veux jamais quitter ses pensées, son cœur. J'ai envie, besoin d'y avoir une place indélébile.

– Tout le plaisir est pour moi.

– Ça va être tellement dur, souffle-t-elle.

– Hein ? De quoi tu parles ?

– Nous deux. Je… Comment veux-tu ? Vivre cachés, jouer la comédie devant les autres, faire semblant, mentir.

– Hope, non. Ne fais pas ça, je t'en prie. Ne renonce pas alors qu'on vient à peine de commencer. Laisse-nous une chance. Je te promets de ne pas tout faire foirer.

Moi qui pensais avoir remporté la guerre, je me rends compte que j'en suis très loin. Est-ce ma faute, à cause de ma marche arrière à Dover? Je pensais que c'était oublié. Seulement, si elle ne lâche pas complètement prise, si elle n'accepte pas notre relation, je ne sais pas si on peut y arriver. Je ne peux pas me battre à sa place. J'accepte de mettre mes craintes de côté, elle doit en faire de même et prendre le risque avec moi.

Elle finit par hocher la tête et m'offre une étreinte rapide.

– Merci encore.

– De rien.

– Je dois te laisser, je vais dîner chez mon oncle avec Dwight. On se voit samedi pour le départ?

– Oui. Bien sûr.

– Je t'appelle dans la semaine, et on avance petit à petit.

– Tout ce que tu voudras. La seule chose que je te demande, c'est de ne pas fuir, Hope.

– Promis.

Elle est sincère, je le vois. Elle me décoche un dernier baiser avant de me laisser. Je soupire en la regardant quitter les lieux. Je ne sais pas du tout quel chemin nous allons emprunter, mais du moment qu'elle se trouve à mes côtés, je serai heureux et comblé.

***

Pour des raisons techniques, nous n'avons pas pu partir la veille de la course. Le départ de Daytona s'est donc fait aux aurores, et nous nous sommes rendus directement sur la piste de Concord en fin de matinée.

Nous avons déjà effectué nos tours de chauffe et les qualifications. J'ai décroché la pole position, je suis plus que satisfait! Je la sens bien, cette course. Je suis en forme, heureux, confiant.

L'équipe profite d'un moment relativement cool avant le début de la compétition. Les techniciens et ingénieurs peaufinent les réglages. Les pilotes répondent aux questions des journalistes, de même que les patrons d'écurie. Jeffrey n'aime pas trop cet aspect-là du job, mais bon, les sponsors ont besoin d'une certaine visibilité, c'est comme ça que ça marche. Et puis, les bons résultats peuvent en attirer d'autres et assurer un soutien financier supplémentaire.

Dans notre garage, je rejoins Hope qui observe Dwight en train de parlementer avec Bruce. Je n'ai jamais vu un pilote se prendre autant la tête avec son chef mécano. Même moi, je parviens à mettre beaucoup d'eau dans mon vin avec Warren.

Hope secoue la tête, désabusée par son frère, et cela me fait rire. Je prends un air un peu hautain et parfaitement sûr de moi en croisant les bras sur mon torse.

– Alors? Prête à assister à un nouveau sacre de ma personne?

– Euh… je ne crois pas. Je t'ai trouvé un peu mou dans le troisième virage lors des qualifs.

– Mou? répété-je avant d'exploser de rire.

Son visage se colore de rouge au moment où elle comprend le double sens de sa phrase.

– Tu n'en perds décidément jamais une pour me provoquer, n'est-ce pas? Je crois pourtant t'avoir déjà laissée voir ou plutôt sentir que je n'avais absolument rien de mou.

– Troy… souffle-t-elle, les joues maintenant cramoisies.

– C'est toi qui as commencé, Hope. Et n'oublie pas, j'ai un rôle à tenir. Connard un jour, connard toujours, c'est pas la devise de ton frère?

– Quel idiot!

– Dwight, oui, absolument, je suis d'accord.

Elle rit sans filtre, et mon Dieu, ce que j'aime ça! Je la couve d'un regard qui la met immédiatement mal à l'aise. Je comprends ses peurs, et je m'en veux, mais je ne sais pas faire autrement. Je recule d'un pas tout en marmonnant un « désolé », et je la laisse. Autant me concentrer sur ce qui va suivre et ne pas prendre de risque en nous dévoilant.

***

Putain ! La course est raide. Désillusion pour l'écurie avec l'éjection, dès la première partie, de Dwight. Pris en sandwich, il n'a pas pu éviter l'accident. Je ne sais même pas s'il est parvenu à faire cinquante tours. C'est vraiment la merde ! Tout repose maintenant sur Valentino et moi. Je suis plutôt bien placé, mais ce salopard de Richard me pose toujours autant problème.

La troisième et dernière partie est bien entamée, et je dois maintenir le cap. Je refuse de lui céder ne serait-ce qu'un dixième.

– Reste vigilant, Troy ! s'écrie Andy. Adams devient agressif !

– Tu m'étonnes, il n'aime pas être derrière moi !

Ma réplique fait ricaner mon *spotter*, mais c'est la vérité. Le drapeau blanc marquant le dernier tour s'agite et m'électrise. C'est comme si on venait d'appuyer sur un bouton. Je sais qu'il faut que je donne tout maintenant parce que la moindre petite erreur peut me coûter la première place. L'adrénaline répand sa puissance dans mes veines, l'excitation active le moindre de mes sens. Les pulsations de mon cœur accélèrent et résonnent à mes tempes. J'ai l'impression qu'il est sur le point de rompre, drainé par un trop-plein. Du coin de l'œil, je vois Richard qui cherche à me dépasser, je déboîte devant lui et profite de l'aspiration pour accélérer. Je sais qu'il gagne aussi en vitesse, mais je peux maintenir mon avance.

La ligne d'arrivée à damier se dessine à quelques mètres devant moi, et j'adresse un doigt d'honneur à Adams à travers le rétro.

– Tu restes là, connard ! m'exclamé-je en jubilant.

Il parvient à se détacher sur la droite, mais mon pare-chocs avant est le premier à passer l'arrivée, je suis donc vainqueur de cette course. Je donne un grand coup dans le volant et laisse s'exprimer toute ma joie et ma satisfaction.

– Putain, Troy ! hurlent Warren et Andy en tandem, dans le casque.

– Ouais !

Je m'autorise un dernier tour de piste et jette un œil aux gradins. Une fois de plus, je rêve d'apercevoir la silhouette de mon père qui bondirait de son siège et exulterait face à ma victoire. Je pourrais lire toute sa fierté sur son visage, dans ses yeux. Je secoue la tête et chasse ces pensées qui me feraient perdre mes moyens si je leur offrais trop de place.

De retour aux stands, je prends plaisir à accueillir les étreintes de mes collègues. En arrivant devant Dwight, j'affiche un air vraiment peiné et sincère.

– Je suis désolé pour toi, mon vieux.

– Moi aussi, ça arrive à tout le monde, tu sais bien. Heureusement, tu as sauvé les meubles.

– Merci.

J'accepte une accolade rapide sous l'œil attendri de Hope. J'ai envie de plaisanter et de demander à Dwight l'autorisation d'enlacer de la même façon sa sœur, mais je ne le fais pas. Je n'ai pas envie de tendre le bâton pour me faire battre.

– Félicitations, Troy, dit-elle alors que son frère laisse la place.

– Merci.

– Fiston ! s'exclame Jeffrey. Jolie victoire. J'ai vu le classement, tu réalises ta meilleure performance aujourd'hui. Soixante-dix points !

– Waouh ! Vraiment ? demandé-je, étonné.

Enfin, je ne devrais pas l'être, je sais comment j'ai terminé chaque partie, je sais compter, mais je n'avais pas réalisé, c'est tout.

– Oui ! Vraiment génial. Continue comme ça.

Il tapote ma nuque, et accompagne cela d'un serrage d'épaule viril. Il parviendrait presque à me mettre mal à l'aise. Je n'ai pas vraiment l'habitude de la figure paternelle qui soutient ouvertement. J'étais proche de mon père, on partageait énormément, mais on ne s'est jamais vraiment embrassés, pris dans nos bras. Il ne m'a que rarement dit qu'il m'aimait, et la fois qui a effacé toutes les précédentes est celle sur son lit de mort.

Je profite encore un peu avant de rejoindre le podium et les journalistes. C'est vraiment une joie immense de monter sur cette première marche, encore plus de regarder de haut Richard, en deuxième position. J'espère qu'il lit bien toute mon arrogance et mon ravissement. C'est un vrai délice.

– Ta gueule, Wells, lâche-t-il entre ses dents, masquant sa frustration derrière un sourire de faux-cul.

Il se penche pour récupérer récompense et bouquet de fleurs avant que la charmante jeune femme ne passe à moi, le vainqueur.

– Eh, bah alors, Dick, on a un peu de mal à s'incliner devant meilleur que soi ? renchéris-je. La concurrence est rude, hein ?

– On n'est pas encore arrivés à la fin, je te signale.

– Non, tu as raison, mais ça ne t'embête pas que je prenne tous les points, en attendant que tu te réveilles ?

– Mon poing me démange.

– Et moi donc, mon p'tit Dicky ! Même un peu plus que le poing !

Il est obligé de fermer sa grande bouche alors qu'un officiel se lance dans un petit discours. Je jubile, c'est vraiment jouissif. Je trouve Hope du regard, et tout s'efface. Je ne pense plus qu'à elle, au prochain moment où je pourrai me retrouver rien qu'avec elle. Est-ce qu'elle imagine que cela pourrait être ce soir, pour célébrer ma victoire ? Même si ce n'est que pour quelques minutes. Putain ! J'en banderais presque d'impatience.

Avant de me prêter au jeu des interviews, je la rejoins et lui lance un immense sourire.

– Pourquoi tu es heureux comme ça? demande-t-elle.

– Je te regarde, et cela me suffit. Je te donne les fleurs, je dois aller causer un peu de mon immense talent de coureur.

Elle pouffe en levant les yeux au ciel. J'en profite pour déposer rapidement un baiser innocent sur sa joue en lui fourrant le bouquet dans les mains. Je ne comprends pas d'où vient cette tradition dans tous les sports. Les hommes ne sont pas vraiment des collectionneurs de fleurs, alors je m'étonne. Mais bon, ce n'est pas la question du jour.

Il a dû se passer une bonne heure depuis la remise des récompenses, et je sors tout juste des vestiaires. J'imagine que le plus gros de l'équipe est prêt ou sur le point de l'être. Je rejoins la sortie où nos voitures de location sont rassemblées. Je stoppe net en découvrant Richard qui est en train de parler avec Hope. Et qu'est-ce qu'elle fait? Elle rit, enfin, elle fait son truc pour cacher son rire. Avec sa main, son air mutin. Je sais que je ne devrais pas, mais je ne peux pas m'empêcher de monter au créneau quand je vois ce crétin poser la main sur son bras.

Je m'avance vers eux en prenant une grande inspiration. Ce salaud n'a même pas la décence de s'écarter d'elle en levant les yeux sur moi. Bon, c'est sûr que dans les faits, il n'a aucune raison de le faire, mais ça m'énerve. Hope se retourne, surprise par ma présence, et fait un pas de côté, s'éloignant de lui.

– On faisait connaissance, m'explique Richard.

– Tu ne t'approches pas d'elle, grogné-je.

– Je te demande pardon? réplique mon adversaire en ricanant.

Je ne manque pas le regard ahuri et horrifié de Hope, qui n'en revient pas. Oui, bon, j'ai sûrement déjà joué plus intelligent, mais c'est plus fort que moi.

– Tu sais quoi ? J'ai toujours fait ce qu'il me plaît, je vais sûrement pas m'arrêter maintenant.

– Adams… grondé-je.

– J'en ai rien à foutre de tes menaces. Tu n'as aucun droit, tu le sais, non ? Je te connais Troy. Ne me la fais pas à l'envers.

Il se tourne vers Hope, et son visage change immédiatement. Serait-elle assez naïve pour se laisser avoir ?

– Navré pour cet abruti. Je te plains, dit Richard avec sa tête de Dick.

– Troy n'a peut-être aucun droit de te parler comme il vient de le faire et encore moins le droit de parler pour moi, ajoute-t-elle en me fusillant du regard, mais tu ne le connais pas, et surtout, ni l'un ni l'autre n'avez à décider à ma place. Sur ce…

Elle nous laisse comme les deux abrutis que nous sommes. Richard se met à rire en secouant la tête.

– Je suis sérieux, tu ne t'approches pas d'elle, grondé-je.

– Je le savais, Wells. Tout cela me fait bien rire.

– Tu savais quoi exactement ?

– Dwight est au courant ? Que tu te tapes sa sœur ?

– Répète un peu, grommelé-je en attrapant son tee-shirt.

– J'ai été très clair. Je t'ai vu l'embrasser et lui donner les fleurs.

– J'ai offert le bouquet à ma collègue et je l'ai embrassée sur la joue. Ne t'avise pas de porter des rumeurs, Adams. Il n'y a rien entre Hope et moi, et t'amuser à la draguer ne t'apportera rien de bon. Tu vois ma réaction, là ? Alors qu'elle n'est qu'une amie ?

J'attends qu'il hoche la tête pour poursuivre. Il doit voir que je suis on ne peut plus sérieux parce qu'il finit par céder.

– Imagine celle de Dwight. On n'est pas meilleurs amis, mais toi, il ne te supporte pas et il ne s'en cache pas. Alors s'il apprend que tu t'approches de Hope, je ne donne pas cher de ta peau. C'est toi, le vrai connard de l'histoire, pas moi. Alors ne me cherche pas. Et fous-lui la paix.

Je le relâche sèchement et le fusille une dernière fois du regard.

– L'affrontement, c'est sur la piste, me rappelle-t-il.

– Ça ne tient qu'à toi. Et une chose est vraie, tu ne me connais pas.

– C'est ce qu'on verra.

Je ne sais pas trop si je dois le prendre au sérieux, ce mec a plus souvent une grande gueule qu'autre chose.

De retour vers l'équipe, je vois immédiatement que Hope est vexée. Je tente une approche discrète, mais elle secoue vivement la tête pour m'en dissuader. Il va falloir que je trouve un autre moyen et que je patiente, encore.

À l'hôtel, à Concord, chacun passe tour à tour au guichet pour récupérer sa clé. Certains sont seuls, d'autres deux par chambre. Il ne reste plus que Hope et moi dans le hall.

– À quel nom, s'il vous plaît?

– Wellis, dit Hope.

L'hôtesse pianote et fronce les sourcils.

– Vous êtes sûre?

– De mon nom? demande Hope en riant. Oui.

– Je suis navrée, mais je n'ai rien à ce nom-là.

– Comment est-ce possible?

– Il y avait deux chambres réservées au nom de Wellis, mais elles ont été retirées. Jeffrey et Dwight. Une chambre simple et une double.

– Oui, c'est mon oncle et mon frère. Mais une autre a dû être faite pour moi.

– Je suis désolée. Et vous, monsieur?

– Wells, Troy.

– La vôtre est bien là. J'imagine qu'une erreur a dû être commise, les noms se ressemblent énormément.

– On fait toujours comme ça, et ça ne pose jamais problème, s'énerve Hope. Lindsay Hamming est dans une chambre double ou simple?

– Simple.

Hope abat ses mains sur le comptoir et soupire lourdement en faisant tomber sa tête entre ses bras.

– M. Wells est en chambre double, mais il y est seul, dit l'hôtesse.

Hope redresse la tête et me lance un regard. On dirait une biche prise dans les phares d'une voiture.

– Vous n'avez pas plutôt une autre chambre? demande-t-elle en tentant de négocier.

Je sais pourquoi elle fait ça, à cause de mon comportement tout à l'heure. Je le mérite, mais je ne peux pas m'empêcher d'être vexé. Elle n'envisage même pas une seconde ce que l'hôtesse suggère. Après Miami, elle sait pourtant que je suis capable de me montrer patient et respectueux.

– Je suis désolée, mais nous sommes complets.

– Il y a un canapé dans les chambres? me renseigné-je.

– Dans les doubles, oui.

– Je peux te laisser le lit et je dormirai sur le fauteuil, proposé-je à Hope.

– On ne peut pas faire ça.

Je tends la main pour récupérer mon passe et entraîne Hope un peu à l'écart. Tout le monde est monté, on peut discuter sans craindre d'être surpris.

– Écoute, je sais que tu es en colère contre moi, de ce qu'il s'est passé avec Richard.

– Pas qu'un peu! s'exclame-t-elle, les yeux furibonds.

– Je m'excuse. Je n'aurais pas dû.

– Non! Comme si on avait besoin de jeter de l'huile sur le feu…

– Je voulais juste…

– Tu voulais quoi?! Qu'est-ce que tu t'imagines? Je suis capable de me défendre toute seule.

– Je sais, réponds-je en soupirant. C'est Richard Adams!

– Je suis au courant! Tu ne crois pas que Dwight a déjà pris son rôle de grand frère très au sérieux et qu'il m'a fait un rapport sur les types à éviter, selon lui? Il m'a dépeint un portrait tout en délicatesse de Richard « Dick » Adams.

– Je croyais que tu ne tenais pas compte de ce que ton frère te disait?

– Peut-être, mais je suis assez grande pour me faire une idée toute seule sur les gens. Et puis, franchement! Tu crois vraiment que je laisserais un autre me draguer, que j'entrerais dans son jeu alors qu'on… dit-elle avant de laisser sa phrase en suspens.

– Non, je sais bien, dis-je en poussant un soupir et en passant une main dans mes cheveux. C'était plus fort que moi.

– Ce sera toujours le cas? Tu es censé te maîtriser, Troy. Personne ne doit savoir.

– Je sais, je le sais. Je suis désolé. Vraiment. La prochaine fois, je passerai mon chemin.

– Bien, lâche-t-elle.

Bon, je ne lui dis pas que je ne suis pas sûr de pouvoir le faire, mais elle n'a pas besoin de le savoir.

– Tu es d'accord pour partager la chambre avec moi?

– Ce n'est vraiment pas une bonne idée. Je peux probablement demander à quelqu'un qui est seul d'échanger avec moi.

– Hope, s'il te plaît. Je te promets d'être sage. On va pouvoir être un peu seuls. Dis oui, je t'en prie.

Elle réfléchit un instant à ma proposition. Puis elle finit par acquiescer d'un mouvement sec de la tête. Je lui lance un immense sourire, m'empare de son sac, et on rejoint l'ascenseur.

– On a intérêt à être discrets. On joue un jeu dangereux, Troy.

– Ne t'en fais. S'il le faut, j'escaladerai la façade de l'hôtel pour m'échapper.

Elle rit en basculant la tête sur mon épaule.

– T'es nul.

– Je suis prêt à tout, nuance.

Je lui ouvre la porte et la laisse entrer en premier. Je me suis déjà douché à la piste, alors je lui propose de prendre la salle de bains si elle veut se rafraîchir avant de rejoindre tout le monde pour dîner.

C'est une torture de l'imaginer nue ou en petite tenue de l'autre côté de la porte. Je profite de ce moment pour appeler rapidement ma mère et penser à autre chose.

Quand Hope réapparaît, j'en lâcherais presque mon portable. Elle porte une robe légère, bleu pâle avec des petites fleurs rouges, tout à fait sage, mais superbe, et des sandales aux pieds. Je laisse tomber le téléphone sur le lit et me relève.

– Dis-moi que j'ai le droit de te prendre dans mes bras et de t'embrasser avant qu'on descende.

– Tu as le droit, dit-elle dans un souffle.

Ses yeux s'illuminent, et elle croque sa lèvre inférieure, tentatrice qu'elle est. Je ne me fais pas prier. Je me précipite sur sa bouche, je la décolle du sol et la presse contre moi. Bon sang, quatre longs jours que je ne l'ai pas touchée. Je vais perdre la tête. J'ai envie de tellement plus, comment je fais pour tenir? Je me le demande. Je ne suis pourtant pas un surhomme. Je me trouve assez exceptionnel sur ce coup-là.

Hope est à bout de souffle quand on met fin à notre baiser. Je ne fais pas mieux. Mon cœur palpite dans ma poitrine et gonfle un peu plus chaque fois que mes yeux se posent sur elle.

– Troy…

– Oui?

– Tu n'as pas besoin de dormir dans le fauteuil. On peut partager le lit.

– Tu es sûre ?

– Oui. Je dors du côté gauche.

– Pas de souci, lui assuré-je d'un sourire. Je vais descendre en premier. D'accord ?

– Oui, je veux bien.

Je l'embrasse une dernière fois, récupère le passe et la laisse.

Au restaurant, nous dînons dans une ambiance légère et euphorique, boostés par la victoire et les bons résultats obtenus. Le plus gros de l'équipe décide de rentrer à l'hôtel, mais un petit groupe est motivé pour poursuivre la soirée.

– J'ai repéré un Hooters[1] sur la route, nous informe Dwight.

– Bien sûr ! s'exclame Hope en jetant un œil désabusé à Lindsay.

– Allez ! On va bien s'amuser.

– Lindsay et moi, on vous laisse aller chez Hooters, et nous, on va se trouver un autre endroit.

Elle compte vraiment passer la soirée loin de moi ? Je suis déçu, et elle le voit bien. Seulement, je comprends le regard qu'elle me retourne. Me débiner reviendrait à montrer que quelque chose a changé et éveillerait les soupçons. Je suis baisé. Je n'ai d'autre choix que de suivre les mecs chez Hooters et de laisser Hope poursuivre sa soirée avec Lindsay. Quelle belle merde !

***

Je suis réveillé par un bruit étouffé. Je me redresse dans le lit et tends l'oreille. La porte de la chambre se referme dans un petit clic, et j'entends un gloussement. Deux bruits légers sur la

1. Célèbre chaîne de restaurants américaine, connue pour ses serveuses dont la tenue de travail est un mini-short orange et un débardeur moulant.

moquette, et puis un zip d'une fermeture à glissière qu'on descend. Putain ! C'est Hope, et elle est en train de se déshabiller.

Je suis donc sorti seul, avec les mecs, et franchement, je me suis fait chier, parce que j'ai passé mon temps à me demander ce qu'elle faisait, avec qui elle parlait. La torture, l'angoisse. Mais maintenant, tout va mieux, parce qu'elle est de retour.

Je m'étends, droit comme un I, et ne bouge plus. Je suis attentif au moindre son, je l'entends respirer, je perçois son corps s'avancer vers le lit. Je retiens ma respiration alors qu'elle me tourne le dos, prête à s'asseoir, exactement là où je suis allongé. Bordel, elle va s'asseoir pile sur… ma queue, dure comme du béton. Je n'ai pas le temps de m'écarter, sa réaction ne tarde pas.

– Bon sang ! s'exclame-t-elle en se redressant, vive comme l'éclair. Qu'est-ce que tu fais ici ?!

Seul le rayon de lumière du couloir filtre dans la chambre, je ne vois aucun détail de son corps, pourtant je remarque qu'elle camoufle sa poitrine avec ses bras. Elle s'apprête à se coucher dans cette tenue pour le moins minimaliste, et là, maintenant, elle se cache ? Mais non, franchement !

– Tu devais dormir à droite ! Je t'ai dit que je prenais le côté gauche.

– Mais je suis à droite !

– Non, tu es à gauche !

– Puisque je te dis que non !

– C'était ma droite, pas ta droite !

– On a la même droite !

– Apparemment, non.

– La droite quand tu es dans le lit ou face au lit ? demandé-je en ressentant le besoin d'éclaircir cette histoire.

– Quand je suis face au lit, évidemment !

– Eh bien, voilà ! Pour moi je suis bien à droite, mais une fois allongé dans le lit.

Elle grogne, vaincue par mon explication, et rejoint l'autre côté. Je laisse passer quelques secondes, essayant de me canaliser, mais c'est dur. Savoir qu'elle est presque à poil à côté de moi, putain de bordel de merde ! Je suis censé faire comment pour rester de marbre ? Je remets ma gaule en place, frustré. Je ne vais pas pouvoir m'occuper de ça, et sa présence à mes côtés ne va pas m'aider. Soudain, je l'entends et la sens grelotter.

– Ça va ?

– Oui, ment-elle.

– Hope… Je sens que tu trembles.

– Je… j'ai froid, avoue-t-elle.

Je me demande si la fraîcheur des draps est seule responsable de ses frissons. Le stress peut parfois mettre dans cet état. Et j'ai envie de lui répondre que c'est normal vu qu'elle ne porte qu'une petite culotte, ou même un string. Oh bordel, voilà que des images se forment dans mon esprit. Moi-même, je ne porte qu'un boxer, mais ma peau est parfaitement chaude. Cependant, je n'oublie pas que je lui ai dit qu'on allait prendre notre temps. C'est elle qui doit décider de passer à la vitesse supérieure.

– Ne prends pas la mouche, d'accord ? Mais si tu veux, tu peux venir contre moi pour te réchauffer.

Elle tremble un peu plus, mais elle ne me rembarre pas, sans doute est-elle en train de soupeser ma proposition.

– Je me tourne, c'est toi qui me prends dans tes bras, si tu préfères, proposé-je.

J'imagine un instant qu'elle peut être gênée par mon érection.

– Je devrais sûrement m'excuser pour… dis-je en laissant ma phrase en suspens, mais je… Il y a des choses qu'on ne contrôle pas.

– Je sais. Je veux bien que tu te tournes.

Je m'exécute, et aussitôt, elle vient blottir son corps contre le mien. Ma respiration se bloque quand sa poitrine percute mon dos. Ses jambes se glissent en équerre contre les miennes et son bras gauche passe par-dessus ma taille pour tomber sur mon ventre. Sans rien contrôler, je glisse ma main entre ses doigts et resserre notre étreinte.

– Ça te gêne d'imaginer que j'ai la trique en pensant à toi? lâché-je sans pouvoir m'en empêcher.

Un silence accueille ma question franche. Bon, après tout, ce n'est pas la première fois qu'elle se rend compte qu'elle me donne envie, je n'ai jamais cherché à m'en cacher. Elle me plaît, et j'ai envie d'elle.

– Tu crois qu'en collant tes seins contre ma peau, ça va arranger mon cas?

– Non, répond-elle dans un murmure. Seulement, je préfère que ce soit toi qui…

Elle s'interrompt tout en basculant le front entre mes omoplates.

– Moi qui quoi?

– Rien, marmonne-t-elle en commençant à reculer.

Brusquement, je tends une main derrière elle pour la garder contre moi. Je la pose au creux de ses reins, à même sa peau, le bout de mes doigts frôlant le tissu en dentelle. Heureusement pour moi, il semble s'agir d'une culotte. Je ne sais pas comment j'aurais réagi si j'étais tombé directement sur son cul. J'aurais peut-être fondu dans une combustion spontanée.

– Si, continue.

– Je préfère que ce soit toi qui souffres de ce qui se passe entre nous, de cette proximité.

– Tu veux me torturer?

– Je ne dirais pas les choses comme ça. Ce qui se passe entre nous, je ne sais pas où cela peut nous mener. Tout joue contre nous, tu en as conscience, non? Au début, j'ai utilisé la rivalité entre mon frère et toi, je me suis cachée derrière tout ça, parce que c'était plus facile.

Je raffermis ma prise sur sa peau, quitte à lui laisser une marque. Je ne veux pas qu'elle s'échappe alors qu'elle se confie d'une façon inédite à moi. Son souffle chaud caresse ma nuque, et j'ai l'impression de sentir son regard sur moi.

– Plus facile pour quoi ?

– Ne pas craquer.

Je ne trouve rien à dire parce que, finalement, on est pareils. Je bouge mes doigts, amorçant leur lente descente vers ce qui, j'en suis sûr, pourrait devenir mon nirvana. J'attends sa désapprobation, mais elle ne vient pas.

– J'ai essayé de ne pas craquer, de ne pas céder, mais c'était trop dur.

– En quoi ? demandé-je du bout des lèvres dans un murmure.

– Chaque fois que tu me regardes, que tu me touches, je m'embrase. Chaque fois que je ferme les yeux, je repense à nos baisers, à nos étreintes. Te savoir si proche, savoir que finalement tu me veux, *moi*, eh bien, je… je ne pouvais pas rester là à jouer à ce jeu entre nous. C'était bien trop difficile.

– Pourquoi m'avoir repoussé si longtemps, alors ?

– Parce qu'on ne pouvait pas faire ça, la logique et les faits veulent qu'on ne le puisse toujours pas.

– Pourtant, tu as fini par me dire oui. Et là, ce soir, tu es collée contre moi et tu me parles de tout ça.

– J'avais besoin de te le dire, parce que tellement de choses se bousculent en moi. Je suis à la fois perdue et exactement là où j'ai envie d'être. Avec toi.

Je ressens tout le combat qui s'agite en elle. Il est toujours là et ne disparaîtra jamais vraiment.

– Je comprends parfaitement ce que tu ressens, Hope. Tu n'es pas toute seule. Je suis avec toi dans ce bateau, ne l'oublie pas.

– Je sais. Je l'ai choisi.

– Oui, tu l'as fait.

Un petit moment de silence s'installe entre nous. Puis je décide de prendre le taureau par les cornes.

– J'ai tellement envie de toi.

Pour le lui prouver, je quitte le haut de son cul pour m'emparer de sa main et la plaquer sur mon érection. Elle laisse échapper un petit cri de surprise, et je l'aide à me caresser par-dessus mon boxer.

– Voilà l'état dans lequel tu me mets, tout le temps, dès que je pense à toi, dès que je te vois. Je n'ai jamais eu autant envie d'une femme que toi. Je crois que plus tu me repousses, plus j'en crève.

– Est-ce que si je t'offre ce que tu souhaites, tout disparaîtra?

Je ne ressens aucune colère, aucun jugement dans sa voix. Je pivote sur mon bras pour me retrouver face à elle et passe une jambe par-dessus les siennes. Mon autre bras glisse sous sa tête et ma main se plaque dans son dos. Sa poitrine, maintenant écrasée contre mes pectoraux, me semble d'une douceur encore plus exquise. Ma main libre chatouille sa taille avant de retrouver la place que j'occupais tout à l'heure, mais cette fois-ci, j'y vais franco, je la pose directement sur son magnifique cul, regrettant seulement qu'il y ait encore une barrière de tissu entre nous. Mon érection appuie contre son sexe, et je sens mon pouls résonner dans mes tempes. J'ai envie d'elle à en crever.

– Je ne vais pas te mentir, tu sais quel homme je suis. Être pilote de course offre certains avantages, et j'en ai profité. Seulement, depuis que j'ai croisé ton regard dans cette boîte, depuis que tu as ri alors que je draguais cette autre femme, depuis que nous avons discuté, depuis que nous nous sommes embrassés, je ne suis plus le même. Je ne l'explique pas, c'est comme ça.

Je m'attends à moitié à ce qu'elle se foute de ma gueule, mais non, elle boit juste mes paroles.

– Tu m'as ensorcelé. Depuis, je ne cesse de penser à toi, tout le temps, le jour et la nuit. Je n'arrive pas à t'ôter de ma tête, tes yeux, ton sourire, la douceur de ta peau. Cela ne me ressemble pas. Je pourrais avoir peur, vouloir combler ou effacer tout ça avec une autre, mais putain, je n'en ai aucune envie. C'est toi que je veux, et non, je ne partirai pas ensuite, parce que je sais tout au fond de mes tripes que je ne pourrai pas me passer de toi après avoir goûté à toi, à ton corps. J'en redemanderai. Putain, j'ai déjà du mal à me passer de toi alors qu'on n'a encore rien fait, ou si peu. Tu m'as déjà, Hope.

Bien entendu, on pourrait se focaliser sur le bordel que ça pourrait engendrer, avec son frère, l'écurie, avec son oncle, si tout était découvert. Il est évident que plus on avance dans notre relation, plus les sentiments, les émotions vont grandir, et cela risque de nous exploser au visage. Mais je me vois mal remettre ça sur le tapis maintenant, pas alors qu'elle est presque entièrement nue contre moi et que je suis à deux doigts de goûter au paradis.

– Je peux savoir pourquoi tu es seins nus ? demandé-je en commençant à les caresser.

Elle gémit et cambre ses hanches un peu plus contre moi.

– Mes affaires… sont encore… dans ma valise, bafouille-t-elle. Je ne voulais pas… te réveiller, alors…

– Je vois. Et je suis ravi de les découvrir pour la première fois. Ils sont de toute beauté.

Elle rit délicieusement, et je sais que je suis foutu. Parce que là, maintenant, dans mes bras, elle est tout ce que je veux, tout ce que je désire, tout ce qui compte. Elle. Hope.

20

Troy

J'ai le trac. Oui je sais, ça peut prêter à sourire, mais c'est tellement différent. Notre histoire, nos débuts, tout ce qu'on a vécu, chaque instant partagé qui nous mène à ce moment présent.

Mes lèvres abandonnent sa poitrine, remplacées par mes mains, tandis que je prends sa bouche d'assaut. Impatient, avide et excité comme jamais. Je la dévore, et elle plaque son corps un peu plus contre moi. Mes doigts quittent ses seins pour rejoindre la courbe de ses fesses que je caresse avec douceur. Je ne saurais décrire la sensation que j'éprouve, même s'il y a encore cette mince barrière de dentelle entre nous.

– Troy… geint-elle.

– Oui ?

– Ne t'arrête pas, de m'embrasser, de me toucher, supplie-t-elle.

– Je ne compte pas m'arrêter, lui promets-je.

Je ne sais pas pourquoi, mais je m'attends à une pique, à un lever d'yeux au ciel. Ça ne tarde pas. Elle rit doucement et secoue la tête.

– Est-ce que tu doutes de moi ? grondé-je en souriant.

– Non, non, pas du tout !

– J'ai deux choses à te prouver.

– Ah oui? Quoi donc?

– Dans un premier temps… commencé-je en appuyant un peu plus mon érection contre son sexe, je ne suis pas mou, comme tu m'as dit avant la course. Et ensuite, je me souviens de ce que tu as laissé entendre la première fois qu'on s'est vus.

– Mmm…

– Je dois te prouver que je peux atteindre les deux cent trente sans trembler.

Étonnamment, elle ne rit pas. Mon regard est plein de promesses, et avec ma bouche, de nouveau sur la sienne, elle ne peut de toute façon pas contredire mes paroles.

Petit à petit, je quitte son visage pour repartir à la découverte de sa poitrine, puis je descends plus bas. Je dépose de légers baisers sur son ventre, taquine son nombril. Mon cœur est en train d'accélérer la cadence alors que j'arrive au Saint Graal. Un baiser sur sa hanche lui arrache un gémissement et lui fait lever le bassin. J'en profite pour glisser les pouces sous sa petite culotte et descendre avec une lenteur extrême le sous-vêtement le long de ses jambes. Je fais le chemin inverse, caressant sa peau douce, la parsemant de baisers légers.

– Troy…

– Oui?

– Je t'en prie… lâche-t-elle dans un soupir.

– Petite coquine, dis-je en riant. Qu'est-ce que tu veux?

– Tout. Toi, halète-t-elle.

J'aime la voir si excitée, dans l'attente alors que je la touche à peine, que je ne fais que l'effleurer. Je décide d'abréger son supplice et l'embrasse à nouveau. Tout d'abord la peau tendre de sa cuisse avant de souffler sur son clitoris. Elle est impatiente, je le suis tout autant. Il me tarde de la goûter, de découvrir tout d'elle, de me donner à elle sans retenue.

Je roule des yeux et lâche un grognement sourd à l'instant même où j'embrasse sa chair humide. Sa réaction ne se fait pas attendre. Elle gémit, plonge ses doigts dans mes cheveux et remue à chaque coup de langue. Quand je joins un doigt à ma caresse, elle lâche un juron qui me fait sourire.

– Putain ! Troy ! Encore ! Plus !

Je ne fais qu'entrer et sortir, lentement ou rapidement, en faisant une pause. Maintenant deux doigts, et ses paroles deviennent incompréhensibles. Je ne sais moi-même plus trop où donner de la tête. Mon sexe tend douloureusement, il sait ce qui l'attend, il se languit, c'est une torture.

– Là ! s'exclame-t-elle alors que mes doigts crochètent un point particulier en elle. Oh, mon Dieu ! Oui ! N'arrête pas.

Je continue de plus belle. Je ne change pas mon angle d'entrée mais accélère le mouvement, sans cesser d'embrasser, lécher, mordiller son clitoris.

– Troy ! hurle-t-elle en plaquant son sexe à ma bouche.

Elle malmène ma tête, écrasant ma bouche contre ses plis humides, cherchant à maximiser notre contact. Ses jambes de part et d'autre de ma tête tremblent, elles m'enserrent avant de me relâcher puis de se tendre le long des miennes. Hope est tellement mouillée, elle me fait bander un peu plus fort. Son orgasme me donne l'eau à la bouche.

– Viens là ! exige-t-elle en tirant sur mes cheveux.

Je grogne par réflexe mais m'exécute tout de même. Elle attire violemment ma bouche à la sienne et gémit en se goûtant. Mes doigts ne l'ont pas quittée. Nos battements de cœur résonnent en cadence, nos respirations haletantes se mélangent, le bruit de nos corps qui cognent, se cherchent, emplit la pièce, l'odeur de sexe est maintenant bien présente.

J'ai l'impression de maîtriser notre étreinte, de mener la danse, mais du moment où ses doigts s'enroulent autour de mon sexe, je sais que je ne contrôle rien du tout. Elle dirige, elle a le pouvoir. Et si sur la piste, je déteste flancher, entre ses bras, je le fais avec plaisir, avec délice.

Je m'attendais à découvrir une Hope gênée par notre nouvelle intimité sexuelle, mais pas du tout. Elle est exigeante et sûre d'elle. Elle est délicieuse et impertinente. Elle est ouverte et attentive. Et moi, je succombe un peu plus, encore plus profondément. Je savais que ça se passerait comme ça. J'étais persuadé que lorsque je goûterais à elle, elle deviendrait une drogue.

Elle s'applique sur mon sexe, tantôt lente et frustrante, tantôt rapide et excitante. Et c'est à mon tour de gémir et de supplier. Je retire mes doigts, incapable de me concentrer sur deux choses à la fois. Oui, je sais, c'est une déception, même pour moi. Quand elle se met à masser mes bourses, je tombe le front sur son épaule. L'espace d'un instant, j'ai besoin de n'être focalisé que sur mes sensations. Si intenses, si renversantes, si électrisantes.

– Hope…

– Mmm… ronronne-t-elle.

Je suis à deux doigts de sombrer. Je ne peux pas craquer maintenant ! C'est hors de question !

– Arrête ! Arrête ! m'exclamé-je, en reculant brusquement.

– Qu'est-ce qu'il y a ? Ce n'est pas bon ?

Mon Dieu, sa voix de tentatrice se moque de moi. Elle sait pertinemment que c'est bon, trop bon, même.

– Je suis sur le point de jouir et je suis à peine à cent cinquante, là ! plaisanté-je.

– Que des promesses, je te l'avais dit, dit-elle, un voile de défi dans le regard.

– Tu vas voir !

J'abandonne le lit un court instant, le temps de récupérer un préservatif et de l'enfiler. Je suis rapidement de retour auprès d'elle. Je me positionne entre ses jambes et m'allonge sur elle. Mon sexe fait pression sur son clitoris et lui arrache un petit cri. En appui sur les coudes, mes bras encadrent son visage, mains sur ses joues.

– Tu es sûre? demandé-je doucement, yeux dans les yeux. Il n'y aura pas de retour en arrière possible.

– Je suis sûre.

Il ne m'en faut pas plus. Je fonds sur ses lèvres et, avec une main, je guide mon sexe jusqu'à l'entrée du sien. Lentement, je viens exciter son ouverture. Une légère poussée, et je pénètre un tout petit peu avant de ressortir aussitôt.

– Troy! s'insurge Hope d'une tape sur mon torse.

– Patience, ma belle.

Je la distrais d'un nouveau baiser avant de m'enfoncer un peu plus. Cette fois-ci, elle retient sa respiration. Elle relève ses jambes et vient planter ses talons dans mon cul. Je voulais prendre encore mon temps, mais d'un mouvement du bassin, elle m'aspire complètement. Je lâche un grognement sourd alors que je l'emplis totalement.

– C'est tellement bon, putain! Bordel! Le nirvana, murmuré-je contre son oreille.

Elle attrape mon visage entre ses fines mains et m'attire à elle pour un baiser passionné alors que je commence mes mouvements de va-et-vient. De la même façon qu'avec mes doigts, je joue sur la lenteur et quelques coups plus rapides. J'ai l'impression de trouver la bonne combinaison, celle qui l'amène au bord du gouffre. Je recule pour l'observer, si belle, si sexy. Elle bloque brusquement sa respiration et agrippe les draps autour de nous avant de hurler mon prénom.

– Troy ! Là ! s'écrie-t-elle en secouant la tête. Mon Dieu !

Putain, c'est tellement bon de la voir dans cet état, abandonnée, satisfaite, savoir que c'est moi qui provoque ces réactions. Bien entendu, je n'ai pas encore rendu les armes, mais je suis obligé de ralentir parce que sinon je ne vais pas durer très longtemps.

– Tu vas redescendre à quatre-vingts ? me titille Hope avec son regard brumeux, post-orgasmique.

– Tu as si peu confiance en moi ? demandé-je en haussant un sourcil, amusé.

– Montre-moi.

Une nouvelle fois, elle me met au défi. Je me redresse brusquement et attrape ses hanches. Je pince sa chair et accélère la cadence. Mon cœur martèle un peu plus, et de la sueur perle à mes tempes. Un hoquet s'échappe de ses lèvres, et elle commence à respirer de manière anarchique. Je regarde, presque hypnotisé, sa main se diriger vers son bouton magique. Je la laisse faire un instant, captivé par le geste, les grimaces de plaisir qui transparaissent sur son beau visage, les petits sons incompréhensibles qui passent la barrière de ses lèvres charnues. Je prends le relais quelques instants, désireux d'être le seul et l'unique qui lui apporte du plaisir. Puis je passe un bras autour de sa taille et la relève pour l'approcher de moi. Je bascule sur les talons et l'assieds sur mes cuisses. Je tends un bras derrière moi pour me retenir, tandis que ma bouche trouve une pointe dressée de sa merveilleuse poitrine.

Elle passe les bras autour de mon cou pour trouver un équilibre, et nous nous mettons à bouger en rythme. Notre danse devient particulièrement érotique. Notre position, nos peaux collées l'une à l'autre, son souffle dans mon cou, mes grognements, ses gémissements. Je suis sur le point de voir les étoiles, mais je refuse de céder maintenant. Je suis à peine à deux cents. Son regard brûlant me transperce et me donne l'énergie suffisante pour passer la sixième.

Mes coups de hanches sont puissants et ma poigne, encore plus. J'ai peur de lui faire mal. Je m'apprête à ralentir, à diminuer la pression et à l'allonger, mais elle m'en empêche en s'emparant de mes poignets pour se maintenir en place. Je saisis pleinement la courbe de sa taille et ne me retiens pas. Je grogne et jure. Je roule des yeux et sens la pression grimper en moi, la chaleur qui est sur le point de tout envahir. Hope lève les hanches, et on se retrouve au centre. C'est renversant, si intense.

– Troy, je t'en prie… supplie-t-elle.

– Oui, bon sang !

Je la bascule brusquement à plat sur le lit et plaque ses jambes contre mon torse, genoux contre mes pectoraux. Mes cuisses claquent sur ses fesses et ma peau transpire. Les battements de mon cœur emplissent ma boîte crânienne. Je commence même à voir trouble.

– Ne t'arrête pas ! hurle-t-elle. Plus fort !

Elle veut me rend marteau ?! Putain ! Je m'exécute, je puise tout au fond de moi, je pince sa peau. Sa poitrine rebondit sous mes assauts, et quand elle lâche mon nom une fois de plus, c'en est terminé pour moi. Un orgasme puissant, foudroyant et étourdissant répand sa magie dans mon organisme, dans mes veines, dans ma tête et dans mon cœur.

– Putain ! grondé-je.

J'imagine mon visage déformé par le plaisir, mes muscles tendus à l'extrême, mes veines saillantes, ma mâchoire serrée à risquer de me casser les dents. C'est tellement au-delà de ce que j'avais imaginé, espéré. Elle dépasse tout.

Je m'écroule à ses côtés tout en la faisant basculer vers moi. Je ne veux pas encore la quitter. Je suis si bien enfoui en elle, dans mon paradis.

– Hope… murmuré-je en frôlant de la pulpe de mes doigts sa joue rouge.

– Je sais, dit-elle en souriant.

Je m'avance pour l'embrasser délicatement. Après quelques instants, enfin calmé, je me détache d'elle et m'absente le temps de retirer le préservatif et de faire un brin de toilette. Je me presse de retourner m'allonger contre son corps chaud et doux. Le sourire qu'elle me lance efface toutes les questions que je pourrais avoir sur le bout de la langue. On s'est enfin trouvés, et je peux savourer pleinement d'être avec elle.

Elle lève une main et vient caresser ma joue ombrée de barbe.

– Si j'avais su que ce serait si bon, j'aurais craqué bien plus tôt.

– Tu n'as pas voulu me croire, mais je te l'avais dit.

Elle rit. Je pourrais lui avouer la puissance de ce que je ressens, mais j'ai peur, peur de me mettre véritablement à nu. Étrangement, cela m'est bien plus difficile émotionnellement que physiquement. Je crains que ce ne soit pas tout à fait réciproque, et je me dis aussi que le moment n'est pas excellent. Elle pourrait mettre ma parole en doute alors que nous sommes en plein nuage post-orgasmique.

– Jamais je ne tremble, et je tiens la route, assuré-je.

– Je vois ça, susurre-t-elle alors que sa main s'aventure sur mon torse.

J'ai pris tellement de plaisir à découvrir intimement son corps, je sais qu'il en est de même pour elle, même si elle n'a pas vraiment eu l'occasion de l'explorer entièrement. Enfin, nous avons toute la nuit pour cela.

Elle s'avance délicatement et vient cueillir un baiser qui monte rapidement en intensité. Ma jolie Hope serait-elle insatiable?

– Déjà prête pour un second round? m'enquis-je, la voix rauque.

– Est-ce trop demander?

– J'ai juste besoin de quelques minutes pour refaire le plein, et je suis à toi. Pour toute la nuit.

Je passe un bras autour de ses épaules et réclame une étreinte, le temps que je récupère toute ma vitalité après cet orgasme puissant qui m'a libéré de près de quatre mois de solitude. Mais putain, ça valait largement le coup d'attendre.

***

Le lendemain, quand j'émerge de mon sommeil, la place est vide à mes côtés. Je me relève, presque choqué. Moi qui m'imaginais un réveil doux et sensuel avec Hope, blottie contre moi à la recherche d'un nouveau câlin, je tombe de haut. Après cette nuit extraordinaire, remplie de sexe, de baisers et de tendresse aussi, je commence à paniquer.

Je m'attends à moitié à ce qu'elle ait quitté la chambre, mais en tendant l'oreille, je perçois du bruit dans la salle de bains. Je patiente sous les draps le temps qu'elle finisse. Anxieux et tendu.

– Salut, lancé-je avec un sourire, alors qu'elle entre dans la pièce.

– Salut.

OK, pas vraiment l'enthousiasme que j'espérais. Une petite discussion s'impose sûrement. Croit-elle que j'ai raconté des mensonges ? Regrette-t-elle ? Va-t-elle me demander d'oublier et de faire comme si de rien n'était ? Pourquoi ferait-elle ça, de toute façon ? Je suis perdu.

– Tu es déjà debout ? la questionné-je.

– J'ai reçu un appel de mon oncle, et ça m'a réveillée. Du coup, je me suis levée et préparée. Tu ferais bien d'en faire autant, le petit déjeuner est prévu dans trente minutes, et ensuite, on doit rejoindre l'aéroport.

Elle me tourne le dos, occupée à ranger ses affaires. Sa voix est assez monotone, elle me donne l'impression de la contrôler, comme si elle ne voulait pas que je perçoive ses nuances. Elle refuse de croiser mon regard. Je n'arrive pas à déterminer si c'est parce qu'elle est gênée ou autre chose. Est-ce qu'elle a honte de notre nuit? Putain, non!

– Hope?

– Plus tard, Troy, on n'a pas le temps pour ça.

– Dis plutôt que tu ne veux pas prendre le temps maintenant, lancé-je, énervé, en repoussant les draps.

Je n'insiste pas et file sous la douche. Durant le peu de temps qu'elle dure, je m'interroge. Est-ce ce coup de fil qui a provoqué son attitude matinale pour le moins étrange et distante? Jeffrey lui a-t-il fait une réflexion? Se doute-t-il de quelque chose? Est-ce déjà le début de la fin? Putain, non! Je refuse que ce soit le cas! Je noue rageusement une serviette autour de mes hanches et rejoins la chambre.

J'ai fait exprès de ne pas prendre de vêtements afin de m'habiller devant elle. Elle tente de ne pas y prêter attention, mais son regard finit toutefois par se poser sur moi. Je remonte avec une lenteur exagérée mon boxer, remets mon sexe en place. Je la vois déglutir, nerveuse. Repense-t-elle à notre nuit? À la façon dont j'ai pris soin d'elle? À quel point on a pris notre pied? J'attrape mon jean et le laisse volontairement ouvert. Mon tee-shirt descend sur mon torse alors que mes muscles roulent dans mes mouvements. Je m'empare d'une paire de chaussettes et vais m'asseoir à ses côtés sur le lit.

– Peu importe tout ce qui t'empêche de vouloir discuter avec moi, tu ne pourras pas lutter éternellement, Hope. Je sais être patient quand les choses en valent la peine. Tu es l'une d'entre elles. Je crois te l'avoir largement prouvé au cours de ces derniers mois. Et tu ne peux consciemment pas jeter aux orties notre nuit. Je sais ce qu'elle représente à mes yeux et je suis persuadé qu'il en va de même pour toi.

Elle plonge enfin ses yeux dans les miens, et le temps se suspend. Je crois avoir gagné une bataille, mais elle les détourne aussitôt sans rien ajouter d'autre. Alors, je n'insiste pas. Elle a raison sur un point, nous n'avons pas le temps, nous sommes attendus. Nous reprendrons cette conversation plus tard, qu'elle le veuille ou non.

Je termine de m'habiller, on récupère nos bagages et on sort de la chambre. J'ai encore la main sur la poignée quand une grosse voix résonne à ma gauche. Je sens Hope se tendre comme un arc à mes côtés, sa respiration se bloque et son teint devient presque livide.

– Je peux savoir ce que c'est que ce BORDEL?! grogne Dwight en accélérant le pas. Qu'est-ce que t'as foutu? Pourquoi vous êtes ensemble? À cette heure-ci!

– Il y a eu une erreur au moment de la réservation des chambres, la réceptionniste a confondu Wellis et Wells, explique Hope d'une voix étonnamment posée, qui tranche avec sa posture.

Elle cherche à faire bonne figurine devant son frère, aucun doute. Sera-t-il dupe? Aucune idée. Tout ce que je sais en cet instant, c'est qu'elle fuit tout contact visuel avec moi et qu'elle se tient à une distance raisonnable de moi.

– Et du coup, t'as partagé ta chambre avec ce connard?

J'ai l'habitude qu'il me taquine avec ce surnom, mais là, dans ce couloir, avec la colère qui teinte sa voix, il prend un tout autre sens, comme s'il pensait vraiment que j'en suis un.

– Dwight!

– Eh, tu me parles sur un autre ton! grondé-je en plantant un doigt sur son torse. Tu aurais préféré que je laisse Hope dormir dehors? Comme une seule chose semble t'inquiéter, tu peux être rassuré, je n'ai pas touché à ta sœur. J'ai dormi dans le fauteuil, mens-je avec aplomb.

– Dwight, arrête de me fliquer comme si j'étais encore une gamine, rétorque Hope.

Mais Dwight n'y prête absolument pas attention. Il me regarde avec son air de bulldog prêt à défendre son os.

– Tu n'as, de toute manière, pas intérêt à tenter quoi que ce soit, menace-t-il.

– Sinon quoi?

– Fais pas le con, Troy. Jusque-là, je me disais que Hope n'était peut-être pas insensible à ton charme, et ça m'amusait, mais on a pertinemment conscience tous les trois que c'est une très mauvaise idée, professionnellement parlant, rappelle-t-il durement.

– Parce que tu crois qu'on ne le sait pas?

– Parfois, on a beau savoir les choses… dit-il en laissant sa phrase en suspens. Et puis, je sais quel genre d'homme tu es, Troy. Tu ne touches pas à ma sœur. Je vous surveille. Tu ne mérites pas quelqu'un comme elle. Elle est beaucoup trop bien pour toi. Jamais tu ne seras à la hauteur.

– Est-ce que j'ai mon mot à dire?! s'exclame Hope.

– Non, je crois que tout a été dit, tranché-je en les laissant en plan dans le couloir.

Je ne regrette pas ce qui s'est passé. Mais franchement, ce qui va suivre ne me plaira sûrement pas. Je perçois vaguement que le ton monte entre Dwight et Hope alors que je pénètre dans l'ascenseur, mais je m'en moque. Je ne suis pas en état d'intervenir, de me défendre. Je comprends pourquoi Dwight a agi comme ça, Hope est sa sœur, il ne veut que son bien. Et comme souvent, il sait quels mots employer pour appuyer là où ça fait mal. Cela me blesse bien plus que je ne le pensais possible. Il est tellement persuadé de me connaître. Et si Hope pensait encore comme lui, tout au fond? Cela expliquerait sûrement son attitude matinale.

Au petit déjeuner dans la salle commune, je fais de mon mieux pour paraître désinvolte. Saluer mon boss est un peu différent aujourd'hui, j'aimerais que ce soit le contraire, mais malheureusement, le sentiment est là. Hope semble être parvenue à apaiser son frère. Dwight ne me fusille plus du regard, mais il n'est pas aussi joyeux qu'à l'accoutumée. Je m'isole auprès de Mario et Warren et tente de faire abstraction de la boule au creux de mon estomac, qui n'a rien à voir avec la faim.

21

Hope

Je suis une imbécile.

Ce matin, je me suis réveillée avant l'appel de mon oncle. Je me sentais bien, dans les bras de Troy, dans la chaleur réconfortante de notre lit, encore pleinement satisfaite de notre nuit d'amour. Et puis ce coup de téléphone m'a brutalement ramenée à la réalité, il m'a mise face à la situation, celle que nous devrons affronter au quotidien, en dehors de toute intimité.

J'ai agi comme une lâche, refusant le dialogue, préférant repousser l'inévitable. Troy a tous les droits d'être en colère contre moi, d'autant plus après l'intervention de Dwight. Il n'en loupe pas une, celui-ci ! Il faut dire que nous n'avons pas vraiment réfléchi en sortant en même temps de la chambre. Nous aurions pu être plus intelligents, c'est clair.

Dwight est tout de suite monté sur ses grands chevaux. Il a parfaitement su énoncer le problème du travail, l'interdiction liée à nos contrats, et puis il a remis sur le tapis la réputation de Troy. Je sais qu'il ne cherchait qu'à me protéger, mais je l'ai trouvé injuste.

Bon, évidemment, j'ai essayé de me défendre vis-à-vis de l'attitude beaucoup trop protectrice de Dwight, mais cela s'est terminé en une joute verbale entre les deux. Je n'avais jamais ressenti une telle tension entre eux. J'ai vu que mon frère l'avait blessé, il sait parfaitement le faire. Il faut que je parvienne à m'isoler avec Troy, que je m'explique, que je le rassure, mais il est aussi nécessaire qu'on discute, car l'incident du matin n'est qu'un avant-goût de ce que nous allons risquer au quotidien.

Quand nous arrivons à l'aéroport de Daytona, chacun récupère son bagage et rejoint ensuite sa voiture. Je ne sais pas quoi faire. Courir après Troy qui s'éloigne d'un pas déterminé, comme s'il avait le feu aux fesses, ou laisser couler pour le moment, faire comme si de rien n'était et rentrer avec mon frère chez moi ? Je me dis que la seconde option est sûrement la plus judicieuse dans l'immédiat.

Sur le chemin de la maison, je papote avec Dwight d'un air détaché. Je n'arrête pas de penser à Troy. Je me demande comment je vais le trouver, s'il va me repousser ou me laisser l'approcher. Je me contrains à patienter une heure avant d'annoncer à mon frère que je sors.

Je n'ai jamais mis aussi peu de temps avant d'atteindre le Hard Rock Hotel. Le cœur battant et la peur au ventre, je me présente à l'accueil.

– Mademoiselle, bonjour. En quoi puis-je vous renseigner ?

– Euh… bonjour… je souhaiterais voir Troy Wells, il loge ici.

– Vous savez dans quelle chambre ?

– Non.

L'hôtesse hoche la tête et pianote sur son ordinateur.

– Je vais passer un appel, voir s'il est ici et accepte de vous recevoir.

– Bien sûr.

Je l'observe faire. L'attente me paraît interminable, puis il décroche enfin.

– Monsieur Wells, ici la réception. Excusez-moi de vous déranger. J'ai ici une certaine…

– Hope Wellis, réponds-je alors qu'elle m'adresse un regard interrogateur.

– Hope Wellis, monsieur, elle souhaiterait vous voir. Hum, d'accord. Oui, bien entendu. Pas de souci. Merci, vous aussi, monsieur.

La jeune femme raccroche, et j'ai l'impression d'attendre une plombe qu'elle se décide enfin à me dire si c'est oui ou non.

– M. Wells réside au dernier étage, dans l'aile ouest, suite 520.

– Merci. Bonne journée à vous.

– À vous également.

Je m'éclipse rapidement et me presse vers l'endroit indiqué. Une fois encore, j'ai l'impression que tout va au ralenti. Cet ascenseur est d'une lenteur extrême. Il se moque de moi et ne calme en rien mon stress. Devant la porte, je marque un temps d'arrêt, redoutant l'état dans lequel Troy va m'accueillir. Je dois déjà m'estimer heureuse qu'il accepte de me voir. Deux coups distincts, et je patiente. Le verrou se fait entendre trois secondes plus tard. Troy ouvre la porte et la retient en posant une main sur l'encadrement. Il me regarde sans rien dire.

– Je peux entrer? demandé-je.

Il fait un mouvement de bras pour m'y inviter, et je remarque seulement maintenant qu'il tient un verre rempli d'alcool brun à la main. Je pénètre dans la suite et jette un œil autour de moi alors qu'il referme la porte derrière nous.

La chambre d'hôtel, ou plutôt devrais-je dire « le petit appartement », est magnifique. Des teintes sobres, du blanc, du bleu marine, du taupe. L'entrée donne sur un petit couloir qui s'ouvre sur un coin cuisine à droite et le salon en face. Sur la gauche, la chambre est séparée par une cloison sur laquelle est installé un gigantesque écran plat. J'imagine que la salle de bains est accessible depuis la chambre. Une grande terrasse s'étire par-delà les baies vitrées et offre une vue impressionnante sur l'océan.

Malgré la beauté des lieux, je trouve que l'ensemble manque cruellement de touches personnelles, pas de photos, de bibelots, de plantes vertes. Je me tourne vers Troy, qui attend, appuyé contre le mur. Il porte le verre à ses lèvres et le termine d'une seule gorgée. Je constate qu'il est pieds nus, toujours et encore plus sexy.

Il n'a pas encore ouvert la bouche, il se contente de me regarder. Il m'interroge d'un haussement de sourcil. C'est idiot, mais je ne sais pas par où commencer.

– Tu es décidée à parler, maintenant? demande-t-il enfin d'une voix rauque.

– Je te dois des excuses.

– Pour quoi exactement?

Il avance d'un pas, pose son verre vide sur le comptoir de la cuisine et me contourne pour aller se poster devant les fenêtres.

– Ma réaction, ce matin.

– Laquelle? Dans notre chambre ou avec ton frère?

– Les deux.

Il glisse les mains dans ses poches de pantalon et se tourne vers moi.

– Je t'écoute.

– Avant toute chose, je ne regrette pas notre nuit. Elle était merveilleuse, toi, tout. Je ne regrette rien.

– OK.

– Quand j'ai reçu l'appel de mon oncle, je me suis sentie… mal à l'aise. J'étais dans un lit avec toi, l'un de ses coureurs, malgré ses rappels en début de saison, malgré nos contrats, malgré le fait que nous soyons collègues. J'ai eu peur qu'il puisse deviner ce que j'avais fait, ce qu'il se passe entre nous. L'espace d'un instant, j'ai paniqué.

– Donc ta solution, c'était de te planquer, en attendant quoi?

– Troy…

– Tu sais, ce genre de situation va se reproduire, Hope, que tu le veuilles ou non.

– J'en ai conscience.

– Et donc, face à la crise de ton frère, tu ne trouves rien de mieux que de faire comme si l'idée même de coucher avec moi te dégoûtait? On aurait dit que tu avais honte de moi, de nous.

– Je suis désolée, il m'a prise de court, et je…

– Tu le laisses te dicter ce que tu as le droit de faire ou pas?

– Non, bien sûr que non. Il était trop en colère. Je ne peux pas le raisonner quand il est comme ça.

– Bien sûr.

– Troy, je t'en prie.

– Dis-moi ce que tu veux faire? Comment tu envisages notre relation? Tu sais pertinemment que les choses vont être compliquées, mais je refuse que tu agisses comme ça. Je me suis montré suffisamment patient, Hope. Est-ce que tout ceci est un jeu pour toi? Une distraction? Si c'est le cas, je vais être direct, je refuse de l'être. Je ne me contenterai pas d'un coup de temps en temps parce que tu as une place dans ton emploi du temps, parce que Dwight a le dos tourné, occupé à je ne sais quoi.

– Ce n'est pas ce que tu es. Et tu n'es sûrement pas tout ce que mon frère a balancé. Je *te* connais Troy. Tu es un homme bon et respectueux. Je le sais et je l'ai expliqué à mon frère. Tu sais que je ne crois rien de ce qu'il dit, n'est-ce pas? Ce n'est pas ce que je pense de toi.

Il reste silencieux et me sonde avec son regard bleu perçant. Un frisson parcourt mon échine, et je frotte mes bras pour tenter de me réchauffer. Je suis sincère quand je dis que je sais qu'il n'est plus cet homme volage, qui profitait. Les doutes qui persistent au fond de moi ne sont pas à ce propos.

– Est-ce que tu me dis tout? demande-t-il.

– Qu'est-ce que tu veux dire?

– Ta réaction distante, ce matin? C'est uniquement à cause de ton oncle? Rien à voir avec notre première fois que tu dis pourtant ne pas regretter?

– C'est la vérité! m'exclamé-je en redressant les épaules.

– Mais?

Je détourne le regard vers le tableau accroché au-dessus du canapé bleu océan. Troy fait trois pas rapides pour me rejoindre. Il saisit brusquement ma mâchoire et m'oblige à le fixer.

– Tu sais, Hope, commence-t-il d'une voix grave. On ne se connaît pas encore depuis très longtemps, mais je *te* connais aussi. Je sais que tu ne me dis pas tout. On ne pourra pas avancer si tu gardes tout pour toi.

– Pourquoi moi? murmuré-je.

– Quoi? dit-il en fronçant les sourcils, avant de secouer la tête, comprenant ce que je veux dire. Tu n'as donc pas encore compris?

Il pose une main sur ma joue et la caresse avec son pouce. C'est chaud et doux à la fois, réconfortant, rassurant, presque aimant.

– Parce que c'est toi, juste toi. Je ne vois aucune autre, c'est toi, c'est tout. C'est avec toi que je veux être. Avec toi que je veux vivre les choses, ressentir, aimer. Juste toi, rien que toi. Je n'ai pas besoin d'explication, c'est comme ça, et tu devrais t'en contenter aussi, croire ce que je te dis. Juste vivre notre histoire.

– Ça me fait peur, avoué-je enfin.

– Je sais, moi aussi. Mais tu sais quoi? Je préfère avoir peur avec toi, plutôt qu'avoir peur tout seul. Je n'en peux plus d'être tout seul, je veux être avec toi, tout le temps, à chaque instant.

Je pense déjà à toi à chaque moment. Je t'ai dans la peau, Hope. Je sais ce que tu crains, mais une fois de plus, je me répète : je ne suis pas *lui*, Hope. Tu peux avoir confiance en moi.

Je me noie dans ses mots, je ne me doutais pas un seul instant qu'il pouvait être capable de viser si juste, de me dire ce que j'ai besoin d'entendre.

– On va devoir vivre notre histoire cachés, on s'en accommodera. On va déjà sûrement avoir du mal à trouver du temps pour se voir sans attirer l'attention, alors si la moitié du temps on se chamaille sans raison, ça ne sert à rien.

– Tu as raison.

– Oui, c'est souvent le cas.

J'explose de rire sans me retenir. Il est tellement sûr de lui. Mais il me surprend aussi, lui qui n'a jamais vécu de relation sérieuse, il me donne l'impression de savoir bien mieux gérer la situation que moi. Cela démontre une grande maturité et un caractère très éloigné du connard que mon frère croit qu'il est. Il est tellement mieux que tout ça. Il est parfait.

Le temps de la discussion est terminé, je fonds sur ses lèvres et lui décoche un baiser qui ne reste chaste qu'une microseconde tout au plus. Il fléchit légèrement les genoux pour venir agripper l'arrière de mes jambes et me hisser contre lui. Je ne suis pas menue, mais il y parvient sans problème, comme dans les vestiaires à Dover. Il fait deux pas, et mon dos rencontre le mur le plus proche.

S'il a souvent été patient avec moi jusqu'à présent, là, maintenant, il ne l'est plus vraiment. Sa langue est envahissante, elle me dévore, elle exige et me précipite au bord du ravin. Quand elle quitte la mienne pour rejoindre la peau fine de mon cou, je lâche un gémissement. La chair de poule envahit mon épiderme et une chaleur fait son apparition au creux de mon ventre. Son érection s'épaissit entre nous et appuie sur mon clitoris. Chaque mouvement de son bassin envoie un petit courant électrique qui me fait tourner la tête.

– Est-ce que tu es consciente de l'effet que tu me fais, Hope ?

– Je ressens la même chose, soufflé-je.

En moins de temps qu'il n'en faut pour le réaliser, nous avons rejoint la chambre et Troy s'est occupé de nous déshabiller. J'aurais bien aimé un petit strip-tease au ralenti pour mon plaisir personnel, mais il semble animé d'un désir vorace et prendre son temps ne fait pas partie de ses priorités à l'instant T.

J'aime la sensation de nos corps nus l'un contre l'autre, j'aime son toucher à la fois doux et sûr de lui. Je gémis sous ses caresses qui deviennent rapidement intimes. Je ne suis pas en reste et trouve immédiatement la peau d'une douceur incroyable de son érection. Elle est belle, forte et tentatrice. Il est définitivement parfait.

– Troy, viens là ! exigé-je en tirant légèrement sur ses cheveux pour le ramener à ma bouche alors qu'il commence à s'aventurer vers mon sexe.

– Qu'est-ce qu'il y a ?

– Embrasse-moi, fais-moi l'amour.

– J'aime ces exigences, dit-il en riant et en s'exécutant.

J'ai l'impression qu'il devine mes besoins. Hier, ou plutôt cette nuit, je me suis montrée peu farouche, terriblement excitée, et j'ai adoré la façon dont on a fait l'amour pour la première fois. C'était puissant, galvanisant, exaltant, sans répit. J'ai su à l'instant même où ses mains se sont posées sur moi, et plus encore quand il est entré en moi, que je ne pourrais pas me passer de lui, mais aussi d'une manière plus forte, plus émotionnelle. Mais là, maintenant, entre ses bras, j'ai besoin de douceur et de tendresse. J'ai cette nécessité qu'il me montre qu'il peut être tout à la fois, je veux voir toutes ses facettes, l'homme qu'il est vraiment, au fond de lui, celui que peu de personnes ont la chance d'apercevoir, de connaître.

Ses mains me caressent avec délicatesse, sa bouche est paresseuse contre la mienne, ses doigts s'appliquent avec précision, et petit à petit, je sens le plaisir grimper en moi. J'aime ses muscles forts contre mon corps, la peau soyeuse et chaude de son sexe que je caresse activement. Un grognement s'échappe de sa gorge, et il bascule la tête contre ma clavicule à mesure que j'augmente la cadence.

– Putain, lâche-t-il. Arrête…

Je m'exécute et suis ses fesses appétissantes qui quittent le lit pour rejoindre la salle de bains. Il revient quinze secondes plus tard, un carré d'aluminium entre les mains. Je me redresse et l'attrape, bien décidée à m'en occuper personnellement. Debout devant le lit, il ne quitte pas du regard mes mains qui déchirent l'emballage, récupèrent le préservatif. Sa respiration se bloque quand je m'empare de son sexe pour le couvrir. Je plonge mes yeux dans les siens, et avec une lenteur délibérée, je déroule le latex sur son membre.

– Tu cherches à m'achever? demande-t-il d'une voix rauque.

Il attrape ma nuque et scelle nos lèvres dans un baiser fiévreux qui prend une tout autre dimension. Il est plein de promesses pour ce qui va suivre mais aussi pour après, j'en ai l'intime conviction. Il est sérieux et impliqué, je le vois à l'étincelle dans son regard, parce qu'il me rassure et m'estime.

Il m'allonge et vient prendre place au-dessus de moi. Au moment où il vient chatouiller mon clitoris avec son gland, je gémis. Cela m'envoie réellement des décharges dans tout le corps et me rend encore plus impatiente, haletante. Il vient ensuite trouver l'entrée de mon sexe et prend son temps pour me pénétrer.

J'enserre sa taille de mes jambes et plante mes talons dans ses fesses. Nos corps pressés l'un contre l'autre, nous partons dans un lent ballet érotique, empli de nos gémissements, de friction, de plaintes agréables. Ses baisers me font tourner la tête, et je tombe amoureuse. Entre ses bras, cela me percute de plein fouet. J'ignore si je le suis depuis un moment, parce qu'il est Troy et que je ne peux pas lutter, mais c'est un sentiment agréable, si doux. Il comble tous mes désirs, une nouvelle fois, et m'emporte dans un orgasme étourdissant.

Bien décidée à l'emmener, moi aussi, au nirvana, je prends les choses en main. D'un coup de reins, je le fais basculer sur le dos et me retrouve à califourchon sur lui, son sexe toujours ancré bien au chaud en moi.

– Ma belle Hope, murmure-t-il en caressant ma poitrine.

Je me dresse et m'appuie sur ses cuisses. Mes mouvements sont lents, les yeux dans les yeux, nous savourons ce moment de communion. Ses mains ne quittent pas ma peau, et des frissons courent sur mon épiderme. Le plaisir n'est pas loin, je sens cette boule de chaleur naître au creux de mon sexe et menacer d'exploser. Je lâche sa cuisse et vais caresser ses bourses. Troy laisse échapper un grognement guttural et pince mes hanches. Il accompagne mon mouvement, et rapidement, notre étreinte gagne en intensité.

– Hope ! hurle-t-il.

– Oui !

Je crois que c'est son signal pour me dire qu'il est tout proche de la libération. J'accélère, ignorant la brûlure de mes muscles, me concentrant sur la jouissance qui éclot tout au centre et se répand dans mes veines. Les mains puissantes de Troy me soulèvent et me rapprochent de lui, nos bassins se frappent, nous nous faisons tellement de bien.

– Troy… crié-je, étourdie.

Des étoiles scintillantes dansent devant mes yeux, et je suis sur le point de m'effondrer, telle une poupée de chiffon, épuisée, satisfaite, heureuse.

– Bordel ! s'exclame-t-il, tendu à l'extrême.

Je suis fascinée par les veines saillantes de ses bras, sa mâchoire serrée si sexy, son air d'être au bord du gouffre.

– Mon Dieu, nous exclamons-nous d'une même voix.

Je finis par tomber sur lui, toute force m'ayant désertée. Il m'enveloppe de ses bras et se met à rire doucement. Je le rejoins dans la foulée, sans crainte d'être moquée. C'est aussi pour cette raison que j'ai conscience que Troy est spécial.

Il s'absente quelques instants pour se débarrasser de la protection et revient rapidement contre moi. Je m'installe sur le ventre, la tête posée sur son torse. Un bras plié sur ses abdominaux, je dessine des cercles sur sa peau douce, slalomant entre ses grains de beauté et ses muscles parfaitement dessinés. Il caresse mon dos en arabesque. Son cœur bat paisiblement sous mon oreille, telle une douce musique. Après plusieurs minutes d'un silence agréable, je prends la parole dans un murmure.

– Je suis vraiment désolée pour tout ce que mon frère a sorti.

– Je sais que tu l'es, mais ce n'est pas à toi de t'excuser.

– Oui, dis-je en soupirant. Il finira par le faire, je le sais. Il faut juste lui laisser le temps de ravaler sa fierté.

– On est tous pareils.

– Il t'a blessé, hein ?

– Oui. Si ton frère est doué pour quelque chose, c'est être juste dans ses mots.

– Non, je ne suis pas d'accord. Il a tort sur toute la ligne.

– Vos données ne sont pas les mêmes, c'est pour ça. Il est persuadé de me connaître et de savoir ce que je veux. Et il cherche avant tout à te protéger.

Voilà, le vrai Troy. Mon frère s'en est pris à lui et, pourtant, il trouve le moyen de prendre sa défense. Mon cœur se réchauffe et se serre à le voir agir ainsi.

– Ouais, sauf que je n'ai pas besoin de ça.

– Je sais, dit-il en riant. Mais je ne suis pas sûr que tu puisses l'en empêcher. Si j'avais une sœur, j'agirais de la même façon. J'en suis persuadé.

– Sans doute. Pourquoi tu n'as pas d'endroit à toi? demandé-je après quelques secondes.

– Je te l'ai déjà dit, c'est comme ça, je n'en vois pas l'utilité. Trop souvent parti, c'est plus simple comme ça.

– Certes, on est souvent en déplacement, mais les autres jours de la semaine, tu es chez toi, non?

– Eh bien, c'est ici, chez moi.

– C'est tellement triste et impersonnel.

Je relève les yeux sur son visage, passe une main sur sa joue ombrée de barbe et lui souris tristement.

– C'est comme ça, Hope, je ne possède rien à part ma voiture. Dès que j'en ai l'occasion, je gâte ma mère et je me fais plaisir aussi, en sortant, en louant Daytona pour des tours de voiture, ce genre de choses. Ça me suffit. Je serais bien tenté de dire que tu fais partie de ma maigre liste de possessions, juste au-dessus de mon portable, par exemple, mais quelque chose me dit que tu le prendrais mal.

Je ris doucement, amusée par tant de considération.

– Et puis, tu n'es pas quelque chose qu'on possède.

– Ah non?

– Non. Tu es comme un papillon, libre, coloré, sauvage et lumineux.

– Je ne te savais pas si poète.

– Tu es la première qui suscite ça chez moi, tu m'inspires tout un tas de choses.

– Hum… J'ai hâte de tout découvrir.

Il m'attire à lui pour un nouveau baiser et je me laisse aller à ce moment de plénitude dans les bras de l'homme qui a su m'attirer dans ses filets.

22

Hope

Deux semaines se sont écoulées depuis notre sérieuse discussion dans sa chambre d'hôtel. L'été s'installe et la prochaine période de repos débute. Les deux dernières courses nous ont emmenés dans le nord-est des États-Unis, en Pennsylvanie et dans le Michigan. Dwight et Troy ont fait de bons résultats, Valentino, un peu moins, mais il est quand même dans les dix premiers. À Pocono, Troy a eu beaucoup de mal, car il est resté sur la dernière place du podium, tandis que Richard Adams était sur la plus haute. J'aimerais bien savoir ce qui motive cette haine que les deux se vouent sans relâche. Je ne suis pas sûre que cela soit vraiment utile à l'un comme à l'autre, d'ailleurs.

Avec Troy, cela ne fait même pas un mois que j'ai enfin cédé au désir, à l'envie de vivre une histoire avec lui. Je ne peux pas vraiment utiliser le terme « officialiser », parce que c'est très loin de la vérité. Je ne sais vraiment pas ce que cela peut donner, une relation secrète comme ça, et je préfère ne pas y penser et seulement profiter.

Jusqu'à présent, on s'est vus pour un cinéma. On a choisi une séance où l'affluence est moindre et un film pas forcément au succès fulgurant, histoire de prendre le moins de risques possible de croiser quelqu'un. Troy n'est pas non plus une star hollywoodienne, mais dans la région, il est assez connu. Et la dernière chose qu'on souhaite, c'est qu'une photo de nous deux se retrouve sur les réseaux sociaux. Je ne crains pas que mon oncle tombe dessus, mais les personnes qui bossent pour lui dans les relations publiques le pourraient ou, encore pire, mon frère.

Troy m'a invitée à dîner un soir dans sa suite. Il avait commandé un repas, et on l'a dégusté tranquillement sur sa terrasse avant de regarder un film. J'ai adoré retrouver les sensations que j'ai éprouvées à l'hôtel à Miami. La seule différence est que, cette fois-ci, la nuit n'a pas été amicale. J'en rougirais presque.

Je fonde de grands espoirs en ces quinze jours de pause. J'espère qu'on va réussir à se voir et à passer un peu de temps ensemble, en dehors de la piste ou de quelques moments volés à droite et à gauche. J'ai refusé qu'on réitère ce qui s'est passé à Concord, on ne partagera plus de chambre lors d'une course, c'est bien trop risqué. J'ai passé tout mon temps libre à calmer mon frère et à le convaincre qu'il n'y a rien entre Troy et moi. Je pense y être parvenue. La prochaine étape consiste à le pousser à s'excuser de vive voix, pas juste avec une poignée de main.

Lundi soir, je suis allée boire un verre avec les filles. Je n'avais pas l'intention de leur dire quoi que ce soit, parce que c'est encore récent et que je ne suis pas tout à fait à l'aise avec la situation, mais elles ont lu en moi. Elles ont vu que je n'étais pas dans mon état normal. Je me suis donc confiée à elles et je me suis sentie bien mieux après. Elles m'ont rassurée et assuré qu'elles ne diraient rien. Je savais bien que je pourrais avoir confiance en elles, de toute façon.

Aujourd'hui, je suis sortie faire quelques emplettes. J'avais envie de nouveaux sous-vêtements, car j'ai des projets, et Troy est dans chacun d'eux. J'espère qu'ils lui plairont. Ce soir, c'est soirée film pop-corn avec Dwight. Je rentre un peu avant dix-neuf heures. J'ai traîné toute la journée, flânant dans les centres commerciaux, me baladant sur la plage. J'ai déjeuné avec Matilda qui a pu se libérer une petite heure. C'était vraiment très sympa, avec la douceur du soleil et le beau ciel bleu.

– Dwight ? crié-je en refermant la porte. Je suis rentrée !

Seule une musique électro me répond. Je laisse mes sacs au pied de l'escalier et me déchausse. Les baies vitrées sont ouvertes, et du bruit provient de dehors. Je m'avance et stoppe net mon mouvement au moment où mon pied nu se pose sur les dalles chaudes de la terrasse.

Dwight me tourne le dos. Il est en train de discuter avec Troy et Valentino, près du barbecue. Mon arrivée attire le regard des deux invités et incite mon frère à pivoter vers moi.

– Ah, Hope ! Tu es rentrée, lance-t-il, souriant, en avançant vers moi.

Il me prend par la taille pour une étreinte et dépose un baiser sur ma joue.

– Oui, je suis là.

– J'ai invité Troy et Valentino pour un barbecue. Ça te dérange pas, j'espère ?

– C'est chez toi, Dwight, lui rappelé-je.

– Tu as aussi ton mot à dire, me contredit-il.

Je ne suis pas tout à fait d'accord, mais je n'insiste pas et vais saluer les deux hommes.

Dire que je suis gênée est un euphémisme. Si sur la piste, lors d'une course, j'arrive à gérer ma proximité avec Troy, là, c'est très différent. Le cadre privé, intime me pose problème avec mon frère. J'ai peur d'être mise à nu, découverte, et je ne sais pas si je pourrai gérer.

– Bonsoir, Valentino.

– *Mia bella*, me salue-t-il, charmeur comme à son habitude.

Il dépose un baiser sur ma joue et s'écarte pour laisser place à Troy. On se regarde quelques instants, ne sachant pas trop comment faire. Je finis par le prendre rapidement dans mes bras pour lui dire bonsoir.

– C'était bien ta journée? se renseigne mon frère.

– Oui.

– T'as encore dévalisé les magasins?

– Non!

– Donc tu n'as rien acheté?

– C'est pas ce que j'ai dit. Tu as fini, oui?

Il se marre en levant les yeux au ciel.

– Tu veux une bière? demande-t-il en laissant tomber.

– Je vais aller me servir et ramener de quoi grignoter. Tu as toujours aussi peu le sens de l'hospitalité.

– J'attendais que tu arrives.

Je lui balance un coup de poing dans le ventre. Il a les blagues misogynes faciles, mais ce n'est pas pour autant que ça me fait rire.

– Tu as au moins de quoi faire un barbecue?

– Oui, madame, j'ai tout ce qu'il faut!

– Bien.

Je les laisse et retourne à l'intérieur. J'entends vaguement Troy dire quelque chose alors que je passe le seuil de la baie vitrée. La tête dans le frigo, je tente de m'éclaircir les idées plus que de faire un choix sur la bière à prendre.

– Tu ne m'en veux pas, j'espère?

Je me retourne en sursautant en entendant la voix de Troy.

– Ton frère m'a appelé cet après-midi, et j'ai accepté.

– Non, bien sûr que non. Cela ne me dérange pas.

– Je me suis dit que ce serait un bon moyen pour montrer que tout va bien, surtout après Concord.

– Tu as bien fait, vraiment. Je suis heureuse de vous voir tous les trois.

– Moi aussi, dit-il en souriant.

Je jette un œil un peu plus poussé à sa tenue : un bermuda en jean assez près du corps, des Stan Smith aux pieds et un tee-shirt noir tout simple col V qui moule parfaitement son torse et me donne l'eau à la bouche. Il est toujours terriblement séduisant, et c'est sans doute avec ce fait que j'ai le plus de mal. Comment suis-je censée mettre en sourdine tout ce que je ressens et éprouve pour lui? C'est tellement difficile.

– Je peux t'aider?

– Oui, si tu veux.

Je récupère enfin une bière, plusieurs pots de sauces, quelques légumes et sors plusieurs paquets de chips et autres à grignoter. Je lui tends deux plateaux, et il s'occupe de déposer le tout dessus.

– Tu as passé une bonne journée? demandé-je.

– Je n'ai rien fait d'extraordinaire. J'étais sur le point de te demander si tu voulais passer quand ton frère m'a appelé. Je me suis dit que ce serait aussi l'occasion de passer du temps avec toi.

– Oui, mais c'est différent.

– Je sais, mais c'est toujours mieux que rien.

– Oui, tu as raison, dis-je avec un petit sourire.

– Alors comme ça, tu as fait du shopping, murmure-t-il en dégageant mon cou, prêt à déposer un baiser.

Je recule aussitôt et jette un œil nerveux par la fenêtre de la cuisine. Je réalise qu'elle ne donne pas du tout sur la terrasse, mais sur le côté de la maison, et donc que mon frère ne peut pas nous voir. Je m'excuse, une mine contrite sur le visage, et pose mes fesses contre le plan de travail.

– Tu as acheté quoi de beau ? se renseigne-t-il.

– Des bricoles.

– Mais encore ?

– De la lingerie.

Il soupire en secouant la tête et s'approche de moi, tel un loup vers sa proie. Je croise les bras sur ma poitrine pour instaurer une maigre barrière entre nous.

– Tu vas me prendre pour un obsédé si je te dis que c'est ce à quoi j'ai pensé tout à l'heure quand Dwight t'a titillée ?

– Non, réponds-je d'une voix rauque.

– Tu as pensé à moi en les choisissant ?

– Oui.

Il me colle maintenant. Son souffle effleure mon visage alors qu'il dessine son contour du bout des doigts. Il passe sous la bretelle de mon débardeur et caresse le haut de mon décolleté.

– J'ai envie de toi, lâche-t-il en pressant ses hanches contre les miennes.

– Troy, pas ici.

– Juste un baiser, et je te laisse tranquille. J'en ai besoin.

Je jauge sa demande quelques instants. Je ne sais même pas pourquoi, parce que, moi aussi, j'en ai envie, besoin. Je l'attire à moi en tirant sur son tee-shirt et lui donne un baiser qui compte pour tous ceux que nous n'avons pas pu échanger. Ses mains se plaquent sur mes joues, et il approfondit notre étreinte. Je resterais bien là comme ça, une éternité dans ses bras, mais on risque de nous surprendre à tout moment. Il me laisse pantelante, un désir bouillant au creux de mon ventre.

– Je prends un plateau, tu nous rejoins avec l'autre ? propose-t-il.

Il m'offre ainsi un peu de répit pour me ressaisir. J'acquiesce d'un mouvement de tête. Il dépose sèchement un nouveau baiser sur mes lèvres et m'abandonne.

Je prends une grande inspiration. Je ne sais pas ce que l'avenir nous réserve, mais quelque chose me dit que cela ne va pas être de tout repos.

***

Étonnamment, la soirée était très agréable. Les trois hommes ont été d'une très bonne compagnie. On a discuté de tout et rien, j'ai pris plaisir à observer Troy se confier un peu plus à ses deux collègues. Bien entendu, Valentino et Dwight ignorent que je suis déjà au courant, mais c'était sympa de les voir échanger sur des banalités, leur enfance, partager des anecdotes, leur expérience avant JW Motorsport.

Je rejoins mon frère dans la cuisine, qui est en train de remplir le lave-vaisselle.

– Tu as passé un bon moment? demande-t-il en refermant la porte.

– Oui, c'était très sympa.

Je m'approche de lui et le prends dans mes bras.

– C'est en quel honneur?

– Je suis contente de vous voir réunis, entre amis.

– Ouais, j'avais un peu le sentiment de devoir m'excuser après ma réaction à Concord et la distance que j'avais prise. J'ai été injuste avec lui, et vous accuser comme ça d'avoir couché ensemble, c'était pas vraiment respectueux.

– Tu y penses encore? me renseigné-je, prudente.

– Non. Je te crois, et je sais aussi que ni toi ni lui ne seriez assez bêtes pour ça. Il a beaucoup trop à perdre, et puis tu ne veux pas décevoir Jeffrey, analyse-t-il.

Finalement, Troy n'avait pas complètement tort, Dwight trouve toujours les mots justes et poignants, dommage que cela me retourne l'estomac. Je fais de mon mieux pour ne pas montrer que ses paroles me touchent. Je me dis que je risque de le décevoir, lui aussi, quand il l'apprendra. J'ai envisagé rapidement d'essayer de trouver du boulot ailleurs. Seulement, la Floride n'est pas vraiment un État réputé pour la construction automobile, elle fait même partie de ces États qui ont énormément souffert de la crise des *Big Three*[1] en 2008. Alors, à moins de déménager dans le nord-est des États-Unis, c'est compromis.

– Je suis content, moi aussi. Par rapport à ma réaction un peu vive, je lui devais de vraies excuses. Bon, je pense toujours que c'est un connard, un connard gentil, précise-t-il immédiatement devant mon regard courroucé, mais je l'apprécie de plus en plus.

– Et je suis sûre qu'il pense que tu es toujours un ducon.

– Oui, sans doute, c'est pas grave ! Ça me dérange pas. Entre connard et ducon, finalement, on s'entend bien. Et je dois sûrement te dire merci.

– Quoi ? Pourquoi ça ?

– Parce qu'il s'ouvre depuis que tu fais partie de l'équipe. Il a peut-être le béguin pour toi…

– Ou pour toi, répliqué-je pour le distraire.

Il grimace en secouant la tête.

– C'est impossible, ça.

– Douterais-tu de ton charme irrésistible ? Il est encore à prouver depuis le temps ?

– Arrête de te foutre de ma gueule, rétorque-t-il en riant. Dois-je te rappeler ce que tu as souvent dit ? Valentino, Troy et moi, on est pareils. Donc…

– Oui, c'est bon, je t'embête. Je sais bien.

Je me suis même appuyée sur ce fait pour résister à Troy, mais ce n'est plus le cas maintenant. Chacun change, et les besoins,

1. Terme regroupant les trois plus grands constructeurs automobiles des États-Unis, General Motors, Ford et Chrysler.

désirs et envies évoluent. Je sais que Dwight n'en est pas encore là, mais un jour, ce sera aussi le cas, et je ne manquerai pas de le lui faire remarquer.

En même temps, cela m'arrange que Dwight soit persuadé que Troy est toujours comme ça avec les femmes. Il doit sûrement se dire que jamais je ne craquerais pour un mec pareil, surtout après mon histoire avec Danilo. Cela n'efface pas le problème de mon oncle, du travail, mais cela m'assure un camouflage bienvenu.

– Je vais terminer, dit-il en m'embrassant sur le front. Tu peux aller te coucher.

– Merci. Eh ! Tu vois, toi aussi, tu changes, lancé-je sur le pas de la porte avec un clin d'œil. Tu deviens une vraie petite fée du logis. Ta future femme va adorer.

Il explose de rire.

– T'as pas compris, p'tite sœur. Pour le moment, je le fais parce que je veux que tu restes, pas parce que je veux qu'une autre s'installe ici.

– Je t'aime.

– Moi aussi.

Je récupère mes sacs au pied des marches et rejoins ma chambre. Après une douche rapide, je m'occupe enfin de mes achats. Je renverse tout sur le lit et retire les étiquettes avant de placer l'ensemble pour le laver. Un petit pull léger avec des rayures couleurs pastel, à l'encolure lâche, un jean slim bleu clair taille basse et trois ensembles de lingerie. Des matières sexy, de la dentelle et du satin, de la transparence et des teintes sobres, un noir, un rouge et un blanc. Une fois que j'ai terminé, je remarque une enveloppe restée sur les draps.

Je fronce les sourcils et m'en empare. Mon prénom est écrit sur le papier. Des lettres serrées, assez élégantes. J'ouvre le rabat et découvre, stupéfaite, un billet d'avion, aller-retour pour les

Bahamas. Troy. Oh, mon Dieu ! Je tombe à la renverse sur le lit et saisis à la hâte mon portable que j'ai posé sur la table de chevet. Il décroche à la première sonnerie.

– Tu as trouvé mon cadeau ?

– Tu es fou !

– Si le fait de vouloir m'éclipser quelques jours avec toi sur une île paradisiaque fait de moi un fou, alors oui, je le suis.

Je ris, doucement, il ne manquerait plus que mon rire idiot alerte mon frère.

– Qu'en dis-tu ?

– Euh… je… je suis partante, évidemment ! Mais comment on fait ?

– Eh bien, comme le suggère ce que tu as dans les mains, il faut se rendre à l'aéroport, prendre un avion et voler jusqu'aux Bahamas.

– Ha ha ! Très drôle ! Non, ce que je veux dire, c'est que… Bon, toi, tu n'as pas à trouver d'excuse, tu peux faire ce que tu veux, mais moi…

– Toi quoi ? Tu n'es pas libre d'en faire autant ?

– Si, bien sûr que si. Mais je vis avec Dwight, cela n'est pas facile de m'absenter pour plusieurs jours. Combien d'ailleurs ?

– Cinq.

– Cinq ? Tu es vraiment fou !

– De toi, oui, aucun doute. Les billets sont payés, et j'ai déjà réservé le logement et une voiture. Tu ne peux pas me dire non, Hope.

– Je ne te dis pas non. Il faut juste que je trouve une raison à mon absence.

– Une de tes amies ne peut pas te servir d'alibi ? Je suis persuadé que tu t'es confiée à elles.

– Cela te dérange ?

– Non, tu as confiance en elles. Je ne dis rien à Mario parce qu'il ne sait pas garder un secret et parce qu'il bosse avec nous. Mais tes amies, c'est différent.

– Oui, je sais. Il faut que je réfléchisse, que je trouve quelque chose.

– Tu as besoin de motivation?

– Essaie toujours pour voir.

– Je prévois de me prélasser sur la plage à tes côtés. Te voir en bikini me donnera sans arrêt envie de toi. On jouera les marmottes autour de la piscine aussi. Et sinon, je me dis qu'on pourra juste rester dans la chambre, manger, baiser, manger et baiser à nouveau. Se reposer un peu aussi, mais principalement du sexe. Toi et moi, nus, prenant du plaisir. Passer du temps, rien que tous les deux, sans se soucier du regard des autres, sans craindre de se faire surprendre. Ton corps n'aura plus aucun secret pour moi. Je connaîtrai tout de toi, tous les sons que tu émets quand on fait l'amour, la moindre de tes mimiques. J'apprendrai tout ce que tu aimes, tout ce qui te fait vibrer.

– C'est un programme fort alléchant, soufflé-je alors que le désir se réveille en moi.

Je ressens cette boule vivante et dévorante au creux de mon ventre, ma petite culotte se mouille alors qu'il me dit tout ça de sa voix si envoûtante. Un grondement sourd retentit de l'autre côté, et je déglutis nerveusement.

– Tu fais quoi?

– Je me caresse en pensant à toi, répond-il sans gêne.

– Troy…

– Qu'est-ce que tu crois, Hope? Je te parle de sexe, je n'arrête pas de penser à ce que tu as ramené des boutiques et je m'imagine en train de t'effeuiller et de découvrir tout ça. J'ai envie de toi, et c'est sûrement pas le baiser de rien du tout qu'on a échangé tout à l'heure qui m'aide.

Un silence accueille son explication. Je serre les cuisses dans une vaine tentative de taire cette envie de lui décuplée par le timbre de sa voix et les images qui se forment maintenant dans mon esprit.

– Tu viendras, n'est-ce pas?

– Oui, je viendrai.

– J'ai hâte, si tu savais. On se retrouve vendredi à l'aéroport, alors?

– Oui, promis.

– Génial. Je… Bonne nuit, Hope.

– À toi aussi.

Il raccroche, et je colle mon portable contre ma poitrine. J'ai l'impression de vivre sur un petit nuage. Dans le fond et en pratique, cette relation ne part pas vainqueur, mais Troy fait tout ce qui est en son pouvoir pour me prouver qu'elle est importante à ses yeux, que je le suis. J'aime toutes ses attentions, ses petits mots, ses regards, ses gestes.

23

Troy

Dix petites minutes que je patiente dans le hall, à l'aéroport de Daytona Beach. J'ai peur que Hope ne se dégonfle. Bon, ce n'est pas vraiment son genre, mais si Dwight est venu, une fois de plus, se mêler de ce qui ne le regarde pas et qu'elle n'a pas réussi à l'évincer, notre petit voyage tombe à l'eau. Il n'y a pas de vol direct depuis Daytona pour Nassau, aux Bahamas, on doit donc faire une halte à Miami pour attraper le vol, direction les tropiques.

Je bats la mesure et fixe les portes avec nervosité, assis dans la salle d'attente près de la zone d'embarquement. Un long soupir s'échappe de mes lèvres quand je la vois enfin venir à moi, tirant une petite valise derrière elle.

Je ne m'embarrasse pas en salutations inutiles, je fais un pas vers elle et fonce sur sa bouche. Elle ne porte pas de maquillage, mais elle est magnifique. Sa peau est chaude contre la mienne, alors qu'elle noue ses mains autour de mon cou et me rend mon baiser. Dire que je suis heureux de la voir est un doux euphémisme.

– Désolée de t'avoir fait attendre, je suis un peu en retard, s'excuse-t-elle.

– Tu es là, c'est le principal.

Elle me sourit doucement et prend la main que je lui tends. On s'approche du comptoir et on finalise notre enregistrement. Une fois que nous avons montré patte blanche, je prends son bagage et on se trouve un coin tranquille avant de monter dans l'avion.

– C'est tellement une surprise, dit-elle, un grand sourire sur le visage.

– Je me suis dit que cette pause était l'occasion pour nous de profiter.

– J'ai hâte de voir ce que tu nous as préparé.

– J'espère que ça te plaira, réponds-je avec un clin d'œil sans en lui dévoiler davantage. Alors ? Comment ça s'est passé avec Dwight ?

– Comme tu peux l'imaginer, répond-elle en soupirant. Il m'a questionnée, je lui ai raconté mon histoire, je pense qu'il m'a crue.

– Que lui as-tu dit, du coup ?

– Qu'on avait organisé un petit séjour à Miami avec les filles, un moment rien qu'à nous. Je leur en ai parlé, elles sont OK pour me couvrir au besoin. Mais il n'y a pas de raison que ça arrive. Et j'ai décidé de ne pas toucher à mon téléphone pendant cinq jours. Je suis rien qu'à toi.

– Rien qu'à moi ? Tu penses à des choses en particulier peut-être ?

– Pas toi, sûrement ? demande-t-elle, amusée.

– Oh si, tout plein de choses. Si je te dis que tu n'as encore rien vu ?

Sa bouche s'entrouvre légèrement, et j'en profite pour glisser ma langue entre ses lèvres, histoire de lui donner un aperçu. J'ai bien conscience qu'on est dans un lieu public, mais cela fait plusieurs jours que je ne l'ai pas vue, j'ai besoin de prendre ma dose de Hope. Je suis obligé de mettre fin à notre baiser alors que les voyageurs sont appelés.

Une fois que nous sommes bien installés, j'attrape sa main pour y déposer un baiser sur le dessus et la garde dans la mienne durant tout le trajet. Pendant le court vol jusqu'à Miami, Hope essaie d'en découvrir plus sur mon programme, mais je reste muet comme une tombe, rien ne filtrera jusqu'à notre arrivée. J'ai hâte de voir sa réaction. Elle doit donc se contenter de discussions légères sur tout et n'importe quoi.

À Miami, on ne perd pas de temps et on rejoint notre prochaine zone d'embarquement. Nous n'avons rien à enregistrer en soute. Plus qu'à patienter un peu avant de monter dans l'avion. On trouve une place un peu à l'écart, près du comptoir.

– Il n'y a qu'une petite heure de vol, l'informé-je en glissant une mèche derrière son oreille.

– Oh, cool ! Ça veut dire qu'on y est bientôt alors !

– Et après, tu seras rien qu'à moi.

– Oui, c'est le plan, dit-elle en souriant.

Dans l'avion, on partage une paire d'écouteurs et on regarde un film qu'on n'a même pas le temps de terminer. Quelque temps avant la descente, Hope lâche l'écran des yeux pour se focaliser sur le paysage paradisiaque qui se dessine en contrebas. C'est vraiment superbe. Celui de Floride est tout aussi beau, mais ici, il y a quand même une atmosphère très différente. Le sable semble plus clair encore, les eaux, plus turquoise, la végétation, plus luxuriante.

Nous ne mettons pas longtemps à reprendre nos valises, à sortir de l'avion, à quitter l'aéroport et à rejoindre le loueur de voitures. Je récupère les clés et entraîne Hope vers une berline de luxe. Elle prend sur elle pour ne pas me harceler de questions, mais je la sens impatiente d'en découvrir plus. Je programme le GPS, et nous prenons la route vers le sud de l'île de Providence, où se trouve Nassau, la capitale des Bahamas.

Après quinze minutes de route, nous arrivons devant une propriété privée. Je tape le code que l'agent immobilier m'a fourni par téléphone et pénètre dans la cour.

– Je ne comprends pas, je pensais qu'on allait loger à l'hôtel.

– Au départ, c'est ce que je pensais, mais j'ai changé d'avis. J'avais envie qu'on soit tranquilles. Du coup, j'ai loué cette villa, rien que pour nous. Piscine dans le jardin à l'arrière, accès privé à la plage. L'agence s'est occupée de faire le plein de nourriture pour cinq jours. On peut très bien vivre en ermites pendant tout le séjour si tu le souhaites.

Elle ne répond rien et descend de voiture. Elle écarquille les yeux et observe les alentours avant de détailler avec attention la bâtisse. Typique de la région, il s'agit d'un énorme cottage en bois bleu très clair et au toit blanc. Bien entendu, il est bien trop grand pour nous deux, mais ce n'est pas grave. Le jardin est luxuriant, avec des palmiers, des cocotiers, des bougainvilliers et autres fleurs exotiques. Hope pivote vers moi et se jette dans mes bras. J'accueille son rire et son étreinte avec plaisir.

– Tu es complètement fou ! C'est beaucoup trop !

– Non, notre tranquillité et notre intimité n'ont pas de prix.

Je lui décoche un baiser et vais récupérer les valises. Je tape de nouveau un code, et nous pouvons enfin entrer dans cette magnifique maison.

Les photos n'ont pas menti, l'intérieur est vraiment superbe. Des teintes douces : beige, blanc, taupe, bleu ciel, marine et vert d'eau. Une décoration très soignée et réalisée avec énormément de goût. Je laisse les bagages dans l'entrée, et Hope me tire par la main pour visiter. Au sol, de grandes dalles crème. Dans le salon, sous un plafond cathédrale, un grand canapé en tissu gris, rehaussé de coussins colorés, un écran plat, des meubles en bois vraiment très jolis, d'immenses baies vitrées qui s'ouvrent sur une terrasse en teck où trônent un salon de jardin et un barbecue. Un chemin de caillebotis en bois se poursuit au-delà de la limite de la propriété, vers la plage. Plusieurs transats sont disposés un peu plus loin. Il y a même un coin repas aménagé à l'abri de plusieurs palmiers sur le sable.

– J'ai du mal à y croire ! dit Hope, souriante, en venant me prendre dans ses bras.

– Ça te plaît ?

– Plus que ça ! C'est incroyable. Tellement beau, paradisiaque. Merci.

– De rien. Mais attends, ce n'est que le début, lui promets-je.

– Que des promesses… me taquine-t-elle en riant.

Je lui mets une petite claque sur les fesses, et nous poursuivons la visite. Face au salon, une grande salle à manger. Là aussi, des fournitures de très bonne qualité et toujours la même décoration sobre et chaleureuse. Juste après, la cuisine ouverte tout équipée, qui semble presque flambant neuve.

– Les chambres sont à l'étage, dis-je. On découvrira ça plus tard. Que veux-tu faire en premier ?

– Je n'en sais rien !

– J'ai bien une petite idée, ronronné-je en passant un doigt sur son décolleté.

Elle porte une petite robe légère, aux fines bretelles.

– Est-ce que tu as mis quelque chose de nouveau là-dessous ?

– Hummm… Je sais pas… Peut-être bien.

Son air malicieux me dit que oui. Je penche la tête vers son cou et commence à l'embrasser tout en plaquant son corps contre le mien.

– On ne va pas faire ça ici, si ?

– Pourquoi pas ? Il n'y a aucun voisin, zéro risque de se faire surprendre.

Je la fais reculer jusqu'au mur contre les escaliers. J'abats une bretelle de sa robe et découvre avec gourmandise un soutien-gorge blanc en dentelle, qui met délicieusement sa poitrine en valeur. Je penche la tête et attrape un mamelon entre mes lèvres à travers le tissu. Hope cambre les hanches vers moi en gémissant. Elle glisse les doigts dans mes cheveux et me presse un peu plus contre sa poitrine. Je pince son téton, le mordille.

– Troy ! s'exclame-t-elle.

Je ris avant de passer à l'autre sein. Je descends la seconde bretelle et laisse la robe glisser sur son ventre, passer sur ses hanches avant qu'elle ne tombe à ses pieds.

– Putain ! Ce que tu es belle, grogné-je en avisant l'ensemble de lingerie dans sa totalité.

– Il te plaît ?

– Si ça me plaît ?!

Je n'ajoute rien et plonge sur sa bouche pour la dévorer, lui montrer plutôt que lui dire que tout me plaît chez elle. Elle balaie tout sur son passage, efface tout ce que j'ai pu vivre jusqu'à elle, pour ne laisser qu'elle. Elle et son odeur, elle et la douceur de sa peau, elle et son rire, elle et son corps. Elle.

Je quitte sa bouche pour embrasser son cou, son épaule, sa poitrine que je caresse également. Je me baisse pour trouver la peau lisse et chaude de son ventre, avant de tomber à genoux devant elle. Nos regards se verrouillent alors qu'elle croque dans sa lèvre. Je glisse les pouces sous l'élastique de sa petite culotte et la lui retire. Je prends sa cheville et relève sa jambe. Un baiser sur son mollet, l'intérieur de sa cuisse, puis je pose sa jambe sur mon épaule. J'avance vers son sexe, lentement, sans la toucher ailleurs. J'entends sa respiration se suspendre, et sa bouche s'entrouvre. Impatiente, excitée. Je passe la main derrière son autre cuisse, avance encore un peu plus et mets fin au supplice.

À l'instant même où ma langue trouve son sexe, Hope bascule brusquement la tête en arrière, cognant dans le mur.

Elle est chaude et mouillée pour moi. Mon sexe se tend dans mon bermuda, et je dois prendre sur moi pour ne pas jouir sur-le-champ.

Je la lèche avidement, prends soin d'elle. Elle a si bon goût. Je la cajole, désireux de l'amener au bord du précipice. Ma langue va de haut en bas, titillant son clitoris, m'excitant. Ses doigts s'accrochent à mes cheveux, tirent, poussent.

– Troy ! s'écrie-t-elle.

Je ne réponds rien, concentré. Je glisse deux doigts en elle et m'active un peu plus. Je veux la rendre folle, accro. Sa prise se raffermit, et ses gémissements s'intensifient. Sa jambe tremble sur mon épaule. Son talon s'enfonce dans mon dos.

– Troy ! Ne t'arrête pas !

J'obéis et accélère. Mes doigts en elle, ma langue sur son bouton. Et je l'entends hurler mon nom un peu plus fort. Je l'embrasse une dernière fois avant de reposer délicatement son pied par terre et de revenir à sa bouche. Je m'attends à la trouver pantelante, mais elle semble plutôt encore plus affamée.

– J'ai envie de toi ! dit-elle d'une voix exigeante.

Elle tire sur mon tee-shirt pour me le retirer et s'attaque ensuite à ma ceinture. Je récupère un préservatif dans ma poche avant de quitter mon short. J'enfile la capote rapidement et la hisse contre moi. Ses chevilles ancrées au creux de mes reins, je peux enfin entrer en elle et savourer notre union. Mes yeux roulent sous la sensation si extraordinaire. J'en viens presque à me dire que c'est encore meilleur que de me trouver dans l'habitacle de ma voiture.

– Je ne vais pas être doux, la préviens-je.

– Je m'en fous.

Sa voix est rauque, et ses yeux remplis de désir. Elle attend, que j'entre en action, que je donne tout pour me satisfaire, la satisfaire.

Mes coups de reins augmentent leur cadence. Je pince la chair de ses hanches et me focalise sur le lieu de notre rencontre intime. Je grogne alors que mon cœur martèle dans ma poitrine. Quand sa main glisse sur son ventre pour trouver son point nerveux, je deviens fou.

– Putain, Hope !

– Encore ! réclame-t-elle alors que ses doigts s'agitent entre nous.

Elle est vraiment incroyable ! J'accélère, ne prenant aucune pause, retenant ma respiration. Je la pilonne puissamment, le bruit de nos corps emplissant l'espace, se mélangeant à nos cris, à nos respirations saccadées. Sa prise autour de mon bassin se resserre, et je devine qu'elle est toute proche. Moi aussi. Cela bouillonne au creux de mes reins, je sens la chaleur exploser en moi alors qu'elle hurle mon nom, une fois de plus. Je tends le cou, tête en arrière, et accueille mon orgasme. Foudroyant, il me terrasse de plein fouet. Je puise tout au fond pour durer encore un peu avant de lâcher prise.

Le souffle court, j'embrasse son épaule, son cou avant de trouver ses lèvres appétissantes. De retour sur ses deux jambes, elle passe les bras autour de mes épaules et vient m'enlacer tendrement.

– C'est tellement bon, murmure-t-elle.

– Oh, ça oui, alors.

Après une douche à l'étage, nous prenons quartier dans une des plus grandes chambres qui donne directement sur la mer des Caraïbes. J'ai monté nos bagages, et Hope sort quelques affaires afin de se mettre à l'aise et de se changer. En ouvrant la porte-fenêtre qui donne sur une terrasse, elle découvre ce que je sais être présent car je l'ai vu sur les photos.

– Oh, mon Dieu ! C'est trop génial ! s'exclame-t-elle en avançant vers un grand matelas rond, suspendu au-dessus du sol tel un gros hamac grâce à de solides cordes. C'est extra !

– Je savais que ça te plairait, dis-je en venant l'enlacer par-derrière.

Je pose mon menton sur son épaule, et elle glisse ses doigts entre les miens. On observe la vue totalement incroyable avant que mon estomac ne se manifeste. Hope se met à rire doucement en pivotant entre mes bras.

– On dirait bien que mon pilote préféré a faim. L'exercice creuse l'appétit ?

– Je suis ton pilote préféré, hein ?

– Oui, mais je t'en prie, ne le répète pas à Dwight.

– Je le garde sous le coude pour pouvoir un jour le remettre à sa place.

– Troy ! s'offusque-t-elle avec une petite tape sur mon torse.

– Allez, viens, on va manger, dis-je en riant.

***

Je peux affirmer sans crainte que j'ai parfaitement choisi notre séjour. Hope ne se départ pas de son sourire. On se réveille en faisant l'amour, on trouve souvent un autre moment pour un câlin dans la journée et on aime remettre le couvert le soir après un peu de repos. C'est comme si on faisait le plein avant la reprise, car on sait très bien que cela sera bien moins facile de se voir et de passer du temps rien que tous les deux sans éveiller les soupçons ou interrogations.

Déjà cinq jours que nous sommes ici, et je suis triste à l'idée de devoir partir. J'aime ce petit écrin de bonheur avec Hope, loin des tracas de la vie, loin de nos obligations et responsabilités. Cette coupure est vraiment bienvenue.

Le séjour n'a pas été aussi inactif que prévu. Nous sommes montés au nord jusqu'à Paradise Island, par l'est, et sommes redescendus par l'ouest, longeant ainsi tout le contour de l'île. Nous nous sommes promenés dans le village Adelaide avant de flâner dans le parc national de Bonefish Pond en empruntant les promenades en bois. C'était vraiment sympa et agréable, comme chaque instant passé à ses côtés.

C'est notre dernière soirée, et j'ai prévu une petite surprise, histoire de marquer le coup. Hope termine de se préparer, et je m'affaire dans la cuisine. Je ne me suis pas transformé en un chef étoilé grâce au soleil miraculeux des tropiques. Loin de là. J'ai juste commandé un bon repas dans un des meilleurs restaurants de l'île, et je me contente de préparer l'ensemble. Par contre, la table installée sur la plage sous le palmier, les bougies disposées partout, les fleurs sur la nappe, la guirlande d'ampoules colorées suspendue au-dessus, tout cela, c'est moi de A à Z, musique caribéenne en fond sonore incluse.

Je m'écarte et observe la scène. Plutôt content de moi il y a une microseconde, je me mets soudainement à douter. Hope aime-t-elle ce genre d'attentions ? C'est peut-être trop romantique ? Qu'est-ce que les femmes attendent ? Je n'ai jamais fait ça, je n'y connais rien. J'envisage rapidement d'appeler ma mère à la rescousse et puis abandonne l'idée, notamment à cause du décalage horaire et aussi parce que je n'ai pas prévu de lui dire que je vois quelqu'un par téléphone.

– Troy ?

Je me tourne vers Hope qui m'apparaît absolument magnifique. Elle porte une robe d'été à fines bretelles aux motifs bohèmes. Le décolleté est appétissant et la longueur, juste ce qu'il faut pour en dévoiler un peu mais pas trop. Le juste milieu parfait pour me donner l'eau à la bouche. Je remarque qu'elle est pieds nus alors qu'elle avance doucement vers moi. Sa peau déjà bien dorée s'est légèrement teintée durant ces quelques jours. Cela fait ressortir la jolie couleur de ses yeux. Le brun de ses cheveux est illuminé par des mèches un peu plus claires. Elle est superbe, tout simplement.

– Surprise, murmuré-je en désignant la table. Je voulais marquer le coup.

– C'est très joli.

– Oui ? Ça te plaît ?

– Bien sûr.

Elle lève des yeux brillants vers moi avant de m'enlacer tendrement. Je dépose un baiser sur son front et l'invite à rejoindre une chaise. Je m'assieds en face, et nous prenons chacun un verre contenant un cocktail de fruits au rhum.

– Merci pour ce séjour extraordinaire.

– Tu as aimé ?

– Plus que ça. J'ai trouvé ça vraiment dépaysant, reposant. Et plus que tout, être avec toi, répond-elle en souriant.

Je tends mon verre vers elle, et nous trinquons.

– J'espère qu'on aura l'occasion de le refaire. Quoi ? demandé-je en réponse à son haussement de sourcils.

– Rien. Je crois que j'ai encore du mal à réaliser que ce que nous avons peut durer. Pas parce que je n'en ai pas envie, explique-t-elle tout de suite, mais plus parce que les éléments ne jouent pas en notre faveur.

– Je sais.

– Notre petit cocon est tellement agréable, poursuit-elle d'une voix un peu mélancolique, ce petit côté interdit aussi qui ajoute du piment. Bon, du stress également, j'avoue. Je n'oublie pas qu'un jour, on voudra plus, et cela risque d'être difficile. Je ne sais que trop comment mon oncle va réagir, et mon frère aussi…

– N'y pense pas maintenant, Hope. On fera face le moment venu. Je refuse de me prendre la tête avec des choses hypothétiques. Ils te surprendront peut-être.

Elle ne répond rien, mais le regard sceptique qu'elle me lance me dit tout. Oui, je suis sûrement très optimiste sur ce coup-là, mais bon, il n'y a pas de mal à ça.

– Tu ne bouges pas, je vais chercher les entrées.

– Tu as cuisiné ?

– Non, réponds-je en riant. Je fais juste le service, je laisse faire les chefs aux fourneaux !

Je l'abandonne quelques instants et reviens avec les assiettes. J'ai essayé de faire du mieux que je pouvais, et si la présentation n'est pas terrible, j'espère que le goût sera là. Nous dégustons donc un assortiment de fruits de mer et crudités. Puis je vais chercher le plat principal. J'ai choisi quelque chose de local. Je dépose les assiettes creuses devant nous et observe sa réaction. Elle observe et hume le mets, avant de m'interroger.

– Qu'est-ce que c'est ?

– Cela s'appelle le lambi. C'est une salade de conques. Ce mollusque est particulièrement apprécié dans la région. Ici, il est cuisiné avec des épices et du citron vert.

– Tu as bien retenu la leçon. J'ai hâte de goûter.

– Moi aussi, je suis curieux.

C'est assez spécial, mais pas mauvais. Hope semble apprécier plus que moi, j'en suis ravi. Je sais que je pourrai me rattraper avec le dessert. Une fois les plats terminés, nous laissons passer quelques instants, histoire de profiter de la soirée, de la douceur de l'air. Le soleil a amorcé sa descente depuis un moment, et l'ambiance autour de nous est vraiment agréable avec les bougies et la guirlande.

– Tu as encore de la place pour le dessert ?

– Bien sûr.

Deux minutes plus tard, je suis de retour avec deux petites assiettes. J'espère faire honneur au gâteau. Il ressemble à un roulé, dont j'ai découpé deux tranches pour chacun.

– Je t'écoute, dit-elle en souriant.

– Je te présente le *guava duff* : biscuit à la goyave et sauce au beurre et au rhum.

– Tu essaies de m'enivrer ?

– D'abord, grâce à l'alcool, et ensuite, grâce à mes mains, ma bouche, mon corps.

– Cela me rappelle vaguement quelque chose, plaisante-t-elle en prenant une bouchée.

– Je ne t'ai pas fait tellement bonne impression, hein ?

– Je ne dirais pas ça comme ça. Je t'ai embrassé, je te rappelle.

– Oh, pas besoin de toi pour m'en souvenir, je t'assure, dis-je avec un clin d'œil. C'était…

– « Bandant ».

Elle éclate de rire en se remémorant ma réplique. Oui, c'est bien ça, très bonne impression.

– En tout cas, c'est délicieux. Tout le repas l'était, me rassure-t-elle.

– Tant mieux, je suis content.

Hope récupère son verre de vin blanc pour le terminer et se tourne vers l'horizon pour admirer le paysage. Moi, je reste à la regarder, elle. Celle qui occupe maintenant toutes mes pensées. Celle dont je ne pourrais me passer. Si je refuse de discuter de ce qui pourrait se produire avec Jeffrey et Dwight, c'est aussi parce que cela me fait peur. Je n'ai pas envie d'y réfléchir, car je refuse de la perdre.

Je me lève de table et vais me planter à ses côtés.

– Tu veux danser avec moi ? proposé-je.

Elle acquiesce d'un mouvement de tête, repose son verre et s'empare de ma main. Là, avec Hope entre mes bras, sous le ciel étoilé, les lumières douces des bougies brillant autour de nous, je savoure ce moment. J'ai l'impression que l'on se trouve dans une petite bulle, un écrin de bonheur que rien ni personne ne peut venir perturber. Sa tête sur mon épaule, son nez frôlant mon cou, son souffle caressant ma peau, son parfum chatouillant mes narines, mon cœur fond un peu plus pour elle. Je pose ma joue sur le sommet de sa tête et la respire.

– Je ne t'en ai pas parlé, mais je ne vais pas rentrer avec toi à Daytona.

– Ah bon ? Pourquoi ?

– La prochaine course est en Californie, j'y vais directement pour passer du temps avec ma mère.

– Ah oui, bien sûr, je n'y ai pas songé.

– Et je… je compte lui parler de nous. Enfin, si tu es d'accord.

Elle me lance des yeux surpris avant de reprendre sa place contre moi.

– Tu es sûr ?

– De quoi ? De vouloir le faire ?

– Non, que ce soit une bonne idée. Ce n'est pas trop tôt ?

– Tu trouves que ça l'est ?

– Je ne sais pas.

– Dis-moi ce qui te tracasse.

J'ai le sentiment qu'il y a plus sous ses paroles.

– Tu sais que je préférerais mille fois vivre notre histoire à la vue de tous, n'est-ce pas ? me demande-t-elle.

– Tu veux que j'attende que tes proches soient au courant avant d'en parler avec ma mère ?

– C'est égoïste, dit-elle, plus pour elle que pour moi.

– Non, soufflé-je.

J'attrape son menton entre mes doigts pour attirer son attention.

– J'ai besoin d'en parler à ma mère. Ça va sûrement te paraître idiot, mais je n'ai plus qu'elle et je ne veux pas la laisser dans l'ignorance. Tu es spéciale à mes yeux, Hope, et je veux le lui dire.

– Troy…

– Je t'aime, Hope…

Je n'étais pas sûr de la puissance de mes sentiments jusque-là, et j'avais encore moins prévu de les lui avouer là, maintenant, ce soir, mais c'est sorti tout seul sans que je puisse le retenir.

– … comme je n'ai jamais aimé personne. Tu bouleverses tout, tu effaces tout. Il n'y a que toi, à chaque instant. Cela me fait peur parce que je n'ai jamais éprouvé ça pour qui que ce soit, mais c'est là, et je ne peux pas le taire. Tu es la première pour un nombre incalculable de choses, Hope.

Ses grands yeux brillants me fixent avec émotion. Une larme perle à ses cils et vient rouler sur sa joue. Je l'essuie avec mon pouce et la questionne du regard, un peu perplexe. Je ne m'attendais pas à ce que ma déclaration la fasse pleurer, pour tout dire. Elle se détache légèrement de moi et pose à son tour ses mains sur mes joues.

– Moi aussi, je t'aime, Troy, dit-elle enfin en souriant, balayant tous mes doutes. Tellement. Tu es tout le contraire de ce que je croyais, tu me surprends. Le destin a peut-être joué avec nous, mais je ne le regrette absolument pas. Je t'aime.

Elle est la première femme à me le dire, et cela me fait si chaud au cœur, cela me donne presque envie de pleurer à mon tour. J'ignorais que partager ça avec quelqu'un provoquait de telles sensations d'euphorie, de bien-être total. C'est aussi la première fois que je prononce ces mots pour une autre personne que ma mère.

– Je t'aime, répété-je.

Son sourire est le plus beau que j'aie jamais vu. Elle se hisse sur la pointe des pieds et vient trouver mes lèvres. Elle a un goût sucré, mélange de fruit et de vin moelleux. Sa langue est chaude contre la mienne et m'emmène déjà très loin. Dans un univers où seuls elle et moi comptons.

– Troy… gémit-elle en agrippant mes cheveux.

– Oui ?

– Fais-moi l'amour.

Elle glisse ses mains fraîches sous mon tee-shirt et m'arrache un frisson au passage.

– Tes désirs sont des ordres, jolie Hope.

Je la hisse contre moi et rejoins l'intérieur. Non pas qu'un câlin en extérieur pose souci, nous avons largement baptisé la piscine et un des transats de la terrasse, mais il reste encore un endroit que nous n'avons pas testé.

Hope comprend immédiatement mon intention alors que je passe devant notre lit pour rejoindre la terrasse et le gros hamac.

– Tu crois que c'est assez solide ?

– Bien sûr.

Je repose Hope par terre pour m'approcher du matelas suspendu. Quand je me retourne vers elle, elle ne porte plus sa robe et s'avance vers moi, uniquement vêtue d'une petite culotte rouge cerise. Elle me retire mon tee-shirt, et je me débarrasse de mon short après avoir récupéré une protection.

Et puis, installés dans notre petit cocon, nous nous unissons au clair de lune, avec la brise caressant nos corps, jouant sur les feuilles des arbres, le bruit des vagues un peu plus loin, le son des grillons, l'écho de notre déclaration présent, dans chaque fibre de mon être, chaque pore de ma peau, chaque cellule de mon cœur. C'est tellement incroyable, tellement renversant. Jamais je n'avais ressenti ça. J'ai toujours éprouvé énormément de plaisir à faire l'amour, cela a pris une dimension particulière depuis Hope, et ce soir, après nous être avoué nos sentiments, c'est encore plus extraordinaire.

Je ne me doutais pas qu'on pouvait ressentir une telle plénitude. Je crois que c'est le mot juste, auprès d'elle, dans ses bras, dans notre union, je suis serein, totalement, pour la première fois. Mon cœur se gonfle un peu plus d'amour pour elle, parce que c'est elle qui est responsable de ça, de ce bouleversement dans ma vie. Je me montre tendre, attentionné. Elle est tout ce qui compte et tellement plus.

– Je t'aime, dis-je en souriant avant de l'embrasser tendrement. Je ne me doutais pas que j'éprouverais autant de joie, Hope. Je m'en suis tellement éloigné, toute ma vie. J'ai fui l'amour, ne voyant que la souffrance qu'il peut apporter.

– Je suis si heureuse que tu t'y sois ouvert avec moi. Tu ne le regretteras pas, Troy.

– J'aime cette confiance en toi, ajouté-je en riant.

Elle éclate de rire à son tour, et si c'était possible, je tombe un peu plus amoureux d'elle.

– Une nuit à la belle étoile, ici même, ça te tente ?

– Du moment que je peux rester blottie dans tes bras, tout me va, m'assure-t-elle.

Je dépose un doux baiser sur ses lèvres et l'abandonne, le temps d'aller chercher une couverture sur le lit. De retour auprès d'elle, je nous couvre et nous ne tardons pas à trouver le sommeil, repus de cette soirée riche en émotions, en sensations.

24

Hope

J'étais triste de ne pas rentrer avec Troy, comme il allait voir sa mère. J'ai eu un peu de mal à lui dire au revoir à l'aéroport de Miami, après ces quelques jours en totale autarcie, après s'être dit « je t'aime ». J'ai l'impression que je ne pourrais me départir de mon sourire. Je suis heureuse, tellement, comme je ne l'ai jamais été, en réalité. Je n'ai que ma relation avec Danilo en comparaison, et je me rends compte maintenant que je n'avais encore rien vécu. Avec Troy, tout est différent, plus intense, plus enivrant, plus puissant, plus étourdissant. À ses côtés, je me sens vraiment unique, il ne voit que moi, il apprécie tous mes défauts et ne demande pas que je m'en cache. Quant à moi, j'aime toutes les facettes de l'homme qu'il est.

Je suis aux anges. Tout n'est pas parfait, mais ce n'est pas grave.

J'arrive juste à Daytona, le temps d'attraper un taxi qui va me ramener chez moi, et je vais pouvoir souffler. Je suis un peu fatiguée par le voyage. Je n'ai pas pris le temps d'allumer mon téléphone. J'ai promis à Troy de lui envoyer un message dès que je serai chez mon frère. Il n'a pas encore atterri, je le ferai calmement tout à l'heure, après m'être douchée et avoir avalé un morceau.

Je prends une grande inspiration en pénétrant dans la maison. Ce n'est pas vraiment chez moi, mais l'odeur si familière, masculine, est réconfortante. C'est celle de Dwight, et il est mon chez-moi. J'abandonne ma valise dans l'entrée et cours dans la cuisine me servir un grand verre d'eau. Je me prépare un petit sandwich rapide avant de rejoindre ma chambre.

Une fois fraîche et pimpante, je rallume enfin mon portable. Je suis aussitôt submergée par des bips incessants m'annonçant l'arrivée de messages. Je parcours mon fil de conversations rapidement, tous sont de mes amies qui font leurs curieuses et de mon frère. J'ai aussi un certain nombre d'appels manqués, tous de Dwight, mais aucun message sur le répondeur. Étrange. J'envoie un message à Troy et lui annonce que je l'appellerai demain. Je veux le laisser profiter un peu de sa maman.

– Hope ? hurle Dwight d'en bas.

– J'arrive !

Je descends les marches deux par deux et me précipite dans ses bras. Il m'a manqué, mine de rien. Il passe ses bras autour de ma taille et me rend mon étreinte.

– Salut, dit-il en s'écartant pour me détailler. Ces petites vacances t'ont réussi, on dirait. Tu as bonne mine et tu sembles heureuse.

– C'est parce que je le suis. C'était vraiment extra, dis-je en souriant.

– Oui, je me doute. Vous avez bien profité avec les filles ?

– Oui, on s'est amusées, prélassées, baladées.

– Hum… C'est amusant ça.

Je recule et fronce les sourcils, surprise par le ton employé. Un drôle d'air est affiché sur son visage, et il m'observe, dubitatif. Il s'éloigne de moi et croise les bras sur son torse, comme s'il se préparait à un affrontement.

– Je croyais qu'on était toujours honnêtes l'un envers l'autre.

– Bien sûr.

– D'où ma surprise alors que tu me mens effrontément.

– Qu'est-ce que…

– J'ai croisé Matilda en ville, si tu veux tout savoir, me coupe-t-il sèchement. Imagine ma surprise et mon incompréhension. Elle m'a raconté qu'elle avait eu un empêchement, alors sur le moment, je l'ai crue. C'était tout à fait possible. Ce sont des choses qui arrivent, après tout.

Je déglutis, nerveuse, attendant la suite, essayant en parallèle de trouver quelque chose à lui raconter, parce que je sens que ça ne va pas arranger mon cas.

– Mais le problème, c'est qu'ensuite je suis tombé sur Lucy. Alors bon, je suis peut-être un crétin, mais je suis loin d'être idiot ! s'emporte-t-il, le regard dur. Tu veux bien arrêter de me raconter des conneries et me dire la vérité ?!

Je déteste lire ce que je vois dans son regard, il est blessé. Il ne comprend pas pourquoi je lui cache délibérément quelque chose.

– J'ai rencontré quelqu'un, avoué-je.

Sa mâchoire se décroche presque. Je ne sais pas ce qu'il s'est imaginé, mais on dirait que cela ne lui a pas effleuré l'esprit.

– OK. Et quoi ? Pourquoi tu ne me l'as pas dit ?

– Parce que c'est encore tout récent, et je voulais attendre d'être sûre de moi, de lui, de nous.

– Si tu n'es pas encore sûre de lui… commence-t-il.

– C'est récent, Dwight ! Je voulais garder ça pour moi, c'est tout. Parce que je te connais, je savais que ça se passerait comme ça.

Il souffle et passe une main dans ses cheveux, frustré.

– Comment il s'appelle ? Il fait quoi dans la vie ?

– Tu vois ? raillé-je. Qu'est-ce que je disais ?

Je cherche à l'esquiver, mais il me rattrape en deux enjambées.

– Parce que tu crois que tu vas t'en sortir comme ça ? Sûrement pas. Tu ne peux pas m'avouer que tu vois quelqu'un et ne rien me dire de plus, surtout après me l'avoir caché et m'avoir menti.

– Pour faire quoi ? Tu vas continuer de me harceler, tu vas le juger et te permettre de me donner ton avis. Je n'en veux pas.

– J'ai le droit de savoir qui partage ta vie ! Tu es ma sœur !

Je sais que l'ombre de Danilo n'est pas loin. Il s'en veut de ne pas avoir été à mes côtés pour me défendre, me protéger et me réconforter. Je comprends qu'il se fasse du souci pour moi, mais franchement, c'est usant. Et je sais aussi qu'il ne lâchera pas le morceau. Dwight est quelqu'un de particulièrement tenace, je plains légèrement la femme qui réussira à le dompter, ou plutôt celle sur laquelle il aura jeté son dévolu et qui lui fera de la résistance.

Seulement, je ne peux pas tout lui avouer, pas comme ça, pas sans en avoir parlé avec Troy. Je suis totalement prise au dépourvu, mes mains deviennent moites et mon cœur s'emballe. Que puis-je dire pour ne pas vraiment lui mentir ?

– Il s'appelle Grayson, lâché-je finalement en lui confiant le second prénom de Troy.

Ce n'est pas un vrai mensonge, comme ça, c'est quand même lui. Je ne sais pas si Dwight va me croire. Il me sonde du regard, jaugeant ma sincérité. Est-ce que je suis assez convaincante ?

– Il fait quoi dans la vie ? poursuit-il sur un ton neutre.

Misère ! Quand va-t-il s'arrêter ? Je ne sais pas quoi répondre ! Je n'ai pas songé à créer un C.V. pour calmer mon frère.

Vite, vite, réfléchis !

Je ne sais pas pourquoi je pense à Matilda et son dernier copain, Steven.

– Il est comptable, dis-je.

– Comptable ? s'étrangle-t-il, ahuri. Tu te fous de ma gueule ?

Oui, bon, j'aurais pu trouver mieux, mais c'est tout ce qui m'est venu en tête. Steven était comptable, mais il était canon.

– Je ne vois pas où est le problème ! m'exclamé-je.

Je le fusille du regard et le contourne pour aller dans la cuisine.

– Dwight, le menacé-je alors qu'il me fait face de l'autre côté de l'îlot central.

– Comment vous vous êtes rencontrés ?

La question logique, j'aurais dû m'en douter. J'aurais aimé avoir un peu plus de temps pour travailler ma réponse, je vais devoir improviser, et quand j'étais plus jeune, je n'étais pas très douée en théâtre. Espérons qu'en vieillissant, je me sois améliorée. Je me dis que je peux toujours continuer sur ma lancée et utiliser l'histoire de Matilda et Steven, j'étais présente lors de leur rencontre. Dwight n'est au courant de rien, ça peut marcher !

– C'est un fan de véhicules anciens, on a fait connaissance au Turkey Run[1] en mars dernier.

– On avait une course ce week-end-là.

– Je te signale que le rassemblement est du vendredi au dimanche, donc… répliqué-je, l'air mauvais.

– Donc ça dure depuis tout ce temps, et tu ne m'en as pas parlé ?

– Dwight, dis-je en soupirant. Je suis désolée.

Je vais me poster devant lui et pose mes mains sur ses bras, voulant l'apaiser.

– Je n'ai pas cherché à te mentir, je voulais attendre, c'est tout. Parce que je sais comment tu es, mais tout va bien. Tu n'as pas de souci à te faire.

– C'est pourtant le cas. Je refuse qu'un autre homme te fasse du mal, comme Danilo a pu le faire.

– Je sais. Mais vraiment, arrête de penser à lui.

– Ce Grayson, il te rend heureuse ?

1. Événement semestriel de rassemblement de voitures à Daytona au printemps et à l'automne.

– Oui. Il aime mon rire, lui confié-je. Il refuse que je me cache.

Je baisse les yeux entre nous et souris. Je m'en veux d'arranger la vérité à ma sauce, mais je ne mens pas à ce sujet, Troy me rend véritablement heureuse. Ces quelques jours passés aux Bahamas… Mon Dieu ! Il était si attentionné, apaisé, romantique. Et sa déclaration ? Je n'aurais pas pensé qu'il aurait été le premier de nous deux à dire « je t'aime ». Mon cœur se réchauffe rien qu'en y repensant. Jamais on ne m'avait dit de si jolies choses.

– Ça fait longtemps que je ne t'ai pas vue sourire comme ça, remarque Dwight en relevant mon menton. Et cette lueur dans ton regard. Je suis heureux pour toi.

– Merci.

– Il n'a pas intérêt à merder, sinon il va entendre parler de moi.

– Oh, c'est déjà le cas, rassure-toi, dis-je en riant.

– Ha, ha, très drôle. Et moi, quand aurai-je la chance de le rencontrer ?

– Quand je l'aurai décidé, pas toi.

Il pouffe avant de déposer un baiser sur mon front.

– Et t'as fait quoi à Miami, alors ?

– Euh, en fait… j'étais aux Bahamas.

– Aux Bahamas ! s'écrie-t-il, les yeux comme des soucoupes. Le mec t'a emmenée aux Bahamas ?

Il a vraiment l'air incrédule, et je ne sais pas si c'est parce que cela ajoute un mensonge à ma liste ou bien parce qu'il n'y croit pas. Trouve-t-il cela aberrant ou incroyable ?

– C'est vrai ? Les Bahamas ?

– Pourquoi tu réagis comme ça ?

– Il est comptable pour un mafieux, ou quoi ?

– Arrête tes conneries ! Il a les moyens de s'offrir un voyage, c'est tout ! Et moi aussi.

– Parce que t'as payé ? Il ne t'a pas invitée ?

– Dwight ! gémis-je. Tu as fini ?

– Je comprends rien.

– Mais il n'y a rien à comprendre. On est partis en voyage quelques jours aux Bahamas, point. Arrête avec ton interrogatoire. Et pas la peine d'ameuter le quartier, d'accord ?

– Très bien, madame.

Je l'abandonne avant de lire dans son regard s'il me croit. Il était sûrement plus judicieux de mettre un terme à cette conversation avant de me vendre toute seule comme une grande. Je ne suis franchement pas aidée avec un frère pareil. Je suis sûre qu'il ne manquera pas une occasion de me remettre dans les dents que je lui ai menti quand il apprendra la vérité. Je me sens terriblement mal de lui mentir en partie, on a pour habitude de tout se dire. C'est mon frère, j'ai envie qu'il sache ce que je vis, j'aimerais tellement lui confier que je suis heureuse comme jamais, que son coéquipier est l'homme responsable de ce bonheur, mais je ne pouvais pas aujourd'hui, pas sans en avoir discuté avant avec Troy.

***

– Coucou.

– Salut, ma belle.

Je soupire en entendant la voix rauque et suave de Troy. Je sens déjà les papillons prendre leur envol et mon cœur s'emballer.

– Tu vas bien ? Ta mère était heureuse de te voir ?

– Oui, comme à chaque fois.

J'entends le sourire dans sa voix. Je suis sûre qu'il était, lui aussi, très heureux de la voir.

– Tu me manques, lui avoué-je en m'allongeant sur mon lit.

– Moi aussi. J'ai pris goût à t'avoir vingt-quatre heures sur vingt-quatre à mes côtés.

– C'est vrai qu'on y prend vite plaisir.

– Et toi ? Tu vas bien ?

– Oh, eh bien… il s'est passé quelque chose avec Dwight, hier soir.

Je lui rapporte alors notre conversation, sa colère, ses questions, mes mensonges.

– Comme ça, je suis comptable ? s'amuse Troy.

– J'ai repensé à Matilda et à son dernier copain, et c'est sorti tout seul. Je sais, c'est nul.

– Pas nul, juste complètement à l'opposé de moi. Tu penses qu'il a cru ce que tu lui as raconté ?

– Seule la profession est fausse. Grayson est ton second prénom. Je me suis donné un peu bonne conscience. Tout le reste est vrai. Et puis, je me dis que cela m'aidera plus facilement à m'échapper de la maison sans éveiller ses soupçons.

– Mais au bout d'un moment, il voudra sûrement rencontrer ton copain, non ?

– Je sais, dis-je avec un soupir, en roulant sur le côté.

– Et je te préviens, il est hors de question que tu demandes à je ne sais qui de jouer ce rôle pour satisfaire Dwight.

– On n'en arrivera pas là, promis. Peut-être qu'à un moment donné, je pourrai me confier à mon frère, il sera capable de comprendre.

Un silence accueille ma suggestion.

– Troy ?

– Tu crois vraiment qu'il se réjouira quand il apprendra que tu sors avec moi ? J'en doute sincèrement.

– Arrête de dire ça, tu te trompes. Dwight me fait confiance, il sait que je ne craquerais pas pour le premier venu, un mec sans intérêt.

– Je ne suis vraiment pas convaincu, Hope. Souviens-toi de sa réaction à l'hôtel, ajoute-t-il. Et puis, tu lui dis, et après ? Il va sagement garder l'information pour lui après m'avoir cassé la gueule ?

Le ton de Troy est très sérieux, il est persuadé que les choses se passeront de cette manière.

– Quand bien même il accepterait de se taire, tu crois vraiment qu'il serait partant pour mentir à ton oncle ? J'en doute sincèrement. Dwight n'est pas ce genre de personne, et tu le sais très bien. Il est intègre, et je…

Il se tait, et la triste vérité plane entre nous. Je ne peux pas lui affirmer le contraire, car même si je connais mon frère, Troy n'a pas tout à fait tort. Dwight est comme il le décrit. Je soupire, tellement désabusée par la situation. Et je sais au fond de moi qu'il prendra très mal le fait que je lui aie caché cette histoire.

– Je suis désolée, j'aurais préféré attendre. Je n'ai pas eu de chance.

– Clairement pas.

– N'en parlons plus, veux-tu ? Ce n'est pas toi qui m'as dit que tu ne voulais pas penser à ce qui n'était pas encore ?

– Exactement. Ce qui est par contre, c'est que j'en ai parlé avec ma mère.

– Déjà ? demandé-je, étonnée.

Une multitude de questions se bousculent dans ma tête. Elle m'a déjà rencontrée. Pense-t-elle que je suis assez bien pour son fils ? Comment l'a-t-elle pris ? Comment Troy a-t-il annoncé la nouvelle ?

– Pourquoi attendre ? On discutait, elle voulait savoir si j'allais bien. Je lui ai parlé de toi, et elle a deviné toute seule. Un air idiot sur mon visage, quelque chose comme ça.

J'éclate de rire, amusée par la réplique. J'espère que ce n'est valable que pour les hommes, parce que je ne veux pas que Jeffrey finisse par se poser lui aussi des questions. J'espère aussi que mon frère tiendra bien sa langue et gardera cette information pour lui. Je me demande si les autres membres de l'équipe pourraient finir par se douter de quelque chose, si nous nous montrons particulièrement heureux d'un coup. Troy m'a promis qu'il continuerait d'agir comme il l'a toujours fait lors des courses. Tant d'interrogations qui ne cesseront jamais, j'en ai peur.

– Ça s'est bien passé ? demandé-je tout en dessinant les contours des motifs géométriques de la couette du bout du doigt.

– Elle était heureuse pour moi, pour nous. Je dirais que tu lui as fait une très bonne impression. Elle a hâte de pouvoir te revoir. Elle t'adore déjà.

Je souris et tombe le front sur le matelas, soulagée.

– Je ne suis pas rentré dans les détails, je lui ai dit qu'on prenait notre temps, qu'on voulait aussi garder une distance entre nos vies professionnelle et privée. Je sais qu'elle n'ira pas en parler à qui que ce soit et sûrement pas à quelqu'un sur la piste, quand elle viendra me voir.

– D'accord. Elle sera là, à Sonoma ?

– Malheureusement, non. Mais elle va bientôt venir à Daytona pour quelques jours. Elle a envie de découvrir un peu plus la Floride. Je lui ai dit que je connaissais une super guide.

– Je me ferai une joie de la revoir et de la conseiller. J'ai plutôt eu de bons retours de la part de mon dernier client.

– Hum… Tu m'en diras tant. Je vais te laisser. J'emmène ma mère sur LA.

– Profitez bien, tous les deux. Embrasse-la de ma part.

– Avec plaisir. Passe une bonne soirée, Hope.

– Merci, toi aussi.

– Je t'aime.

– Redis-le-moi.

– Je t'aime.

– Je t'aime, Troy.

25

Hope

Nous voici à Joliet dans l'Illinois pour la dernière course du mois de juin. La semaine dernière, c'était un peu spécial. Les pilotes ont participé à la première *road course* de la saison. Effectivement, contrairement aux autres pistes, à Sonoma, les coureurs s'affrontent sur un tracé dit « routier », beaucoup plus de courbes, une technique d'approche totalement différente. Cela a plutôt réussi aux trois pilotes de JW Motorsport, Dwight est même monté sur la deuxième marche du podium. Richard Adams a terminé premier, ce qu'une fois de plus Troy a eu énormément de mal à digérer.

Que c'est dur de l'avoir à portée de main mais de ne pas pouvoir le toucher, l'embrasser. C'est une torture. On échange énormément de messages, mais ce n'est pas pareil. On est arrivés il y a un petit quart d'heure sur la piste, après un atterrissage à Chicago. J'ai préféré monter dans une autre voiture que la sienne, parce qu'une trop grande proximité serait un vrai supplice. Je sais que c'est parce qu'on en est au tout début, mais est-ce qu'à un moment donné cela deviendra surmontable ?

Toute l'équipe rejoint les stands, mais je dois faire un passage par la case toilettes. En sortant, je suis attirée par une main puissante qui se referme sur mon bras. Avant que j'aie le temps d'analyser la situation, les lèvres de Troy se plaquent sur les miennes et sa langue prend possession de ma bouche. Je lui rends aussitôt son baiser. Il est carnassier, vorace. Il me souffle totalement. Son désir se manifeste aussitôt, m'excitant d'une manière indescriptible. Pendant notre temps libre à Daytona, nous ne nous voyons pas autant que nous l'aimerions. C'est vraiment compliqué.

Une main sur ma gorge, il bascule ma tête en arrière pour m'embrasser dans le cou. Une lueur affamée brille dans son regard. Ressent-il le même manque que moi ? Se languit-il avant chacune de nos retrouvailles ?

– Il va falloir trouver un moyen de remédier à mon petit problème, grogne-t-il en plaquant un peu plus son érection contre mon pubis. Hors de question que je patiente encore plusieurs jours, Hope.

– Troy…

– Non, dit-il fermement. On trouvera un moyen.

Il m'embrasse encore pour m'empêcher de le contredire. Nous sommes interrompus par quelqu'un qui m'appelle. Front contre front, nous tâchons de poser notre respiration quelque peu anarchique.

– File, je vous rejoins après.

Un dernier baiser rapide avant de rejoindre l'équipe.

– Putain ! Hope ! T'étais où ? s'exclame mon frère, blanc comme un linge.

– Aux toilettes. Qu'est-ce qu'il y a ?

– Une fuite d'huile.

– Merde.

Je me hâte de rejoindre la voiture et me place aux côtés de Bruce au-dessus du moteur.

– Je commence juste l'inspection, m'informe-t-il.

– OK. Laisse-moi regarder.

La sentence ne tarde pas à tomber. La fuite provient du radiateur d'huile.

– Il faut le changer.

– On va mettre la voiture sur le pont, dit Bruce en faisant signe aux mécanos de s'en occuper.

– Tu penses pouvoir le faire dans les temps ? demande Dwight, sur les nerfs.

– Bien sûr. On a tout ce qu'il faut.

– Comment ça a pu arriver ?! grogne-t-il.

– Un problème durant le transport peut-être. Quelque chose qui est passé inaperçu après la dernière course, suite à ton petit accrochage.

– Ouais, c'est bien le moment !

– Je vais m'en occuper, ne t'en fais pas.

J'approche le chariot avec tout le matériel et m'installe sous la voiture, maintenant dans les airs. Dwight s'accroupit à mes côtés et me regarde faire.

– Va-t'en, s'il te plaît. Je ne supporte pas que tu sois là à observer le moindre de mes gestes.

– Très bien, souffle-t-il, de mauvaise humeur.

Enfin tranquille, je peux me concentrer sur mon boulot.

– Qu'est-ce qui se passe ? demande Troy.

Je tourne la tête et vois une nouvelle paire de chaussures à côté de celle de Dwight.

– Une fuite, Hope s'en occupe, explique mon frère sur un ton bien irrité.

Il ne manquerait plus qu'il me tienne responsable de cet incident.

– Tu t'en sors ? se renseigne Troy qui passe la tête sous le véhicule pour me jeter un coup d'œil.

– Mais oui, bordel ! Foutez-moi la paix, merde ! J'ai pas besoin de vos commentaires à deux balles ! m'écrié-je, énervée.

– Très bien.

J'entends Dwight se mettre à rire.

– Ta gueule, Dwight ! Foutez le camp d'ici !

Une fois assurée qu'ils sont partis et que j'ai enfin le champ libre pour travailler sans gêne, je m'attelle au changement de radiateur. La fuite n'est pas énorme, mais après plusieurs jours sur place, il est normal qu'une belle tache soit apparue sous la voiture.

– Hope ? Les essais sont annoncés pour dans dix minutes.

– J'ai bientôt terminé, Bruce.

Je resserre les dernières vis et inspecte une dernière fois mon travail.

– Tu peux faire tourner le moteur, que je vérifie ?

– Oui.

Il s'exécute aussitôt, et une fois satisfaite, je débarrasse le plancher. Je range les outils, et Harry, un des mécanos, s'occupe de descendre la voiture.

– Merci.

Dwight apparaît à ma gauche et dépose un baiser sur ma joue.

– C'est minimum un podium, lui dis-je en croisant les bras sur ma poitrine.

– Évidemment, dit-il en se marrant. Tu veux faire la course à ma place ? Mode petit chef que tu es.

– Si vous n'étiez pas si pénibles, je n'aurais pas besoin de vous parler sur ce ton.

– Tu as de la graisse, là, dit-il en désignant mon front.

– C'est bon pour la peau, paraît-il.

– Il aime ça, Grayson ?

– Oh, tais-toi !

Il se marre à nouveau et suit son bébé qui rejoint le bord de piste. Je jette un œil au stand voisin et constate que Troy est sur le point de se glisser dans sa voiture. Je m'en veux un peu de lui avoir parlé sur ce ton, mais lui et mon frère m'ont passablement tapé sur les nerfs en me donnant l'impression de douter de mes compétences, et s'il y a bien quelque chose que je déteste, c'est ça. Durant toutes mes études, j'ai dû me battre pour prouver que je ne valais pas moins qu'un homme dans ce milieu, et maintenant que je suis accomplie professionnellement, je ne devrais plus avoir à le faire.

Il fait une chaleur écrasante. Pas un seul nuage dans le ciel. La foule présente est bruyante. Cela va être dur pour les pilotes. J'attrape une bouteille d'eau et vais prendre place aux côtés de Bruce. Le stress fait son apparition, et je sais qu'il ne me lâchera plus jusqu'à la fin de la compétition.

– Ça va, ma chérie ?

Je me tourne vers Jeffrey et le prends dans mes bras.

– J'ai appris que tu as dû faire une réparation en urgence ?

– Eh oui. Dwight était dans tous ses états.

– Ça ne m'étonne pas de lui. Mais tu as géré comme une cheffe.

– Bien sûr. Tu restes avec nous pour la course ?

– Pourquoi pas ? Je dois voir plusieurs personnes avant qu'elle ne commence. Je reviens après les tours de chauffe et les qualifs.

– Ça marche.

***

– Il le fait exprès ? s'exclame mon oncle alors que Dwight se fait doubler par la droite après une aspiration dans une ligne droite.

– Il sait ce qu'il fait, dis-je en essayant de le défendre.

– Voilà pourquoi je préfère assister à la course depuis les tribunes. Je suis à deux doigts d'arracher le casque de Bruce pour l'engueuler.

Je ris doucement, contenant ce qui sort de ma gorge afin de ne perturber personne, mais c'est dur. J'aime quand Jeffrey réagit comme ça. Quand Dwight a commencé la compétition, c'était souvent électrique entre les deux. Mon frère n'en faisait réellement qu'à sa tête, pensant davantage maîtriser le sujet que mon oncle. Il s'est assagi en vieillissant, acceptant que ce ne soit pas du tout le cas. Mais il connaît quand même bien mieux la discipline maintenant, c'est pour cette raison que je lui fais confiance.

– Bon sang ! Valentino s'y met ! Encore ce trou du cul d'Adams !

– Décidément, personne ne le porte dans son cœur.

– Pas vraiment, et tu devrais te méfier de lui.

– Dwight m'a déjà mise en garde.

– Il ne serait pas un bon grand frère s'il ne l'avait pas fait.

– Je te remercie, mais je suis assez grande pour me défendre et choisir mes fréquentations.

– On va vraiment avoir cette conversation ?

– C'est toi qui as commencé, je te signale. Vous m'énervez tous autant que vous êtes.

Je m'enfonce un peu dans mon siège et croise les bras sur ma poitrine, mettant fin à la discussion. Je jette un froid, mais tant pis. C'est vrai qu'ils sont pénibles, ces bonshommes, quand même !

– Tu es beaucoup moins jolie quand tu boudes, constate Jeffrey. Certains traits de caractère ont la vie dure.

Je ne manque pas son air amusé, mais je n'ajoute rien. Oui, je boudais énormément quand j'étais petite, et il arrive que ce soit encore le cas. Et alors ?

Le drapeau blanc annonçant le dernier tour s'agite, et je me redresse. Troy est parvenu à maintenir sa première place. Il a fait une magnifique course.

– Putain ! exulte Jeffrey en bondissant de son siège. Yes !

Je ne peux retenir un immense sourire face à cette victoire amplement méritée. Après plusieurs tours supplémentaires de piste pour amuser le public, les pilotes sont enfin de retour aux stands. Ils doivent se plier au rituel habituel. Je fonce dans les bras de mon frère pour l'enlacer.

– Alors ? J'ai tenu parole.

– Je suis fière de toi. C'est une belle troisième place, mais tu vas te faire tirer les oreilles par Jeffrey. Il a un peu de mal avec ta manière de gérer les lignes droites avec Adams au cul.

Il secoue la tête et s'en amuse, le résultat est là, après tout. Il laisse Adams à la quatrième place, et cela lui plaît. Il m'embrasse sur la joue avant d'aller saluer l'équipe. Kyle Lawson, un des *rookies*[1] de cette nouvelle saison, arrive fièrement en deuxième position. Les garçons sont bien placés au classement général, les résultats sont très bons, mais il y a d'autres pilotes très prometteurs, et ce Kyle en fait partie. Il n'a pas encore réalisé de première place, mais il cumule quelques podiums quand même. La relève est là, c'est certain.

Devant l'estrade, alors qu'on attend, j'observe les journalistes se presser, les pilotes interagir, se féliciter ou bien se fusiller du regard.

– J'attends avec impatience le jour où tu pourras me prendre dans tes bras comme tu le fais pour Dwight, souffle Troy à mon oreille.

Je déglutis, nerveuse. Je ressens toute sa chaleur alors que son corps n'est qu'à quelques centimètres derrière moi.

– Je vais devoir me contenter des fleurs pour le moment.

– Je me rattraperai plus tard.

– Une promesse ? demande-t-il en riant.

---

1. Débutants.

– File, tu es demandé, réponds-je en secouant la tête.

Il frôle mes fesses volontairement d'une main. J'ai l'impression de la sentir encore alors qu'il grimpe sur la première marche. Il échange au passage une solide étreinte avec Dwight, et je souris un peu plus en voyant les deux hommes de ma vie l'un à côté de l'autre. Je ne sais pas si l'un d'entre eux parviendra à remporter les Cup Series cette année, mais ils sont très bien placés, même Valentino a ses chances. Rien n'est encore joué, ils n'ont pas encore réalisé la moitié des courses de la saison.

Une fois le show terminé, je laisse les pilotes à leur devoir journalistique et rejoins le garage pour participer au rangement. Quand mon aide n'est plus utile, je vais patienter près de la sortie. Je suppose, en raison des très bons résultats, que les mecs voudront sortir fêter ça. J'aimerais bien aller à Chicago dans un club de jazz, un peu comme celui où Troy m'a emmenée à LA.

– Hope Wellis.

Les poils de ma nuque se dressent alors que Richard Adams apparaît dans mon champ de vision.

– Tu m'attendais ? susurre-t-il.

– Pas vraiment.

– Ça peut s'arranger.

Je recule alors qu'il envahit mon espace vital. Il lève une main vers mon visage, prêt à je ne sais quoi. J'ai dit à mon oncle que j'étais capable de me défendre et je pensais sincèrement que c'était le cas. Mais, là, face à Richard qui est plus grand et plus costaud que moi, je suis mal à l'aise. Il pourrait facilement avoir le dessus sur moi. Je ne connais rien de ses intentions et j'hésite à crier au loup dès maintenant. Finalement, il ne me touche pas, mais pose sa main contre le mur au-dessus de mon épaule. Il est tout proche, je sens son haleine mentholée passer sur ma joue. Je vois ses yeux me détailler avec insistance, avec envie. Mais la lueur qui habite son regard ne me plaît pas, elle est vicieuse, insidieuse. Elle me donne la chair de poule.

– Richard, recule, s'il te plaît.

– La proximité n'a pas l'air d'être un problème pour toi, pourtant.

– Qu'est-ce que tu veux dire ?

– Quand on vous regarde, Troy et toi, on sait, Hope.

– Tu ne sais rien du tout.

– Oh, tu crois ? me nargue-t-il d'une voix bizarre.

Au moment où son doigt touche ma joue, je déglutis et m'apprête à le repousser de toutes mes forces. Je ne sais pas ce qu'il cherche, mais je n'aime pas qu'il se permette une telle familiarité avec moi alors qu'on n'a jamais échangé plus que quelques mots jusque-là.

– Richard, je te demande de me laisser.

J'ai la sensation que ma voix est bien posée, mais un tremblement persiste et démontre ma vulnérabilité. Il n'a que faire de ma mise en garde. Son doigt court maintenant sur ma mâchoire et s'apprête à amorcer sa descente. Je suis sur le point de lui donner un coup de pied bien placé, mais je n'en ai pas l'occasion. Richard est projeté deux mètres plus loin, et Troy profite de l'effet de surprise pour lui décocher un coup de poing violent qui envoie Adams par terre.

– Je t'avais prévenu, connard ! s'époumone Troy en le dominant de toute sa hauteur.

Au lieu de chercher à se défendre, Richard part dans un éclat de rire. Troy fait deux pas en arrière alors que Dick se relève et essuie sa lèvre ensanglantée. De peur que Troy ne fonce à nouveau sur lui, je le retiens d'une main ferme et le tire vers moi.

– Tu vois, Hope, je sais très bien.

– De quoi il parle ? demande Troy.

– Rien.

Adams se permet de pouffer alors que la situation est franchement à chier. Mais à quoi il joue, ce mec ? Soudain, cela fait tilt dans mon esprit. Il joue avec Troy. Il fait tout pour le provoquer et le pousser à commettre l'irréparable. Je me place droite comme un I devant lui et le mets en garde.

– Tu fermes ta gueule, Dick. Tu parles de quoi que ce soit, et je porte plainte contre toi.

– C'est ta parole contre la mienne, Wellis.

– Ce n'est pas ce que diront les vidéos de surveillance, dis-je en lui montrant la boule noire contre le mur derrière nous. Et si tu crois avoir un quelconque pouvoir, tu as tort.

– On sort enfin les griffes ? réplique-t-il en ricanant.

– Dégage, trou du cul ! Fous le camp ! intervient Troy, rouge de colère.

Je constate qu'il se retient de lui sauter à la gorge. Ses poings fermés, les veines saillantes de ses bras, ses mâchoires serrées sont autant d'indices quant à la rage qui bout en lui. Je pose une main sur son torse et lui demande d'un regard de ne pas insister. Puis je me retourne vers Richard.

– Fais ce qu'il te dit. Et je suis sérieuse. Ne me pousse pas.

– On n'a pas terminé, Troy, lâche-t-il en passant son poignet sur sa bouche.

Il crache du sang aux pieds de Troy avant de nous laisser enfin.

– Tu vas bien ? demande Troy, inquiet, en posant une main sur ma joue. Est-ce qu'il t'a touchée ?

– Non. J'allais me débarrasser de lui.

Troy ricane rageusement et recule d'un pas. Son regard noir me foudroie, et je vois rouge.

– Tu es comme tous les autres !

– Je te demande pardon ? s'esclaffe-t-il.

– Tu ne vois en moi qu'une femme incapable de se défendre.

– C'est faux.

– Ah non ? Ta réflexion tout à l'heure sous la voiture ? Et cette intervention musclée ? Tu avais besoin de le frapper ? De lui donner des munitions qu'il pourra utiliser contre toi ? Contre nous ?

– Est-ce que tu t'entends ? Tu es en colère contre moi alors que c'est lui qui t'a agressée ? Tu t'attendais réellement à ce que je reste à ne rien faire ?

– J'allais m'en occuper.

– Et si cela n'avait pas été suffisant ? Il aurait été préférable que je reste à le regarder faire plutôt qu'intervenir ? Pourquoi tu cherches la bagarre avec moi ?

Je ne sais pas. Je déteste ce sentiment d'impuissance que j'ai éprouvé alors que j'étais acculée contre ce mur, contre cette montagne de muscles. Je ne sais pas si j'aurais pu avoir le dessus, si un coup de genou dans les couilles l'aurait mis à terre. Je n'aurais peut-être fait qu'attiser un peu plus le feu qui est en lui. Et je hais ça !

– Hope ?

Troy amorce un pas vers moi, mais je mets une barrière entre nous en croisant les bras sur ma poitrine et en reculant d'un pas. On ne peut pas montrer quoi que ce soit ici, c'est trop risqué. Nous n'avons rien fait, et Richard sait tout. J'ignore ce qu'il a vu ou croit avoir vu, mais il sait, c'est tout. Je devine immédiatement, à la tension qui s'empare des épaules de Troy, que je viens de le blesser, et j'en suis sincèrement désolée, mais je n'ai pas les idées très claires en cet instant.

Nous sommes interrompus par le reste de l'équipe qui arrive. Je souris doucement à mon frère qui me regarde bizarrement. Troy est à trois mètres de moi, et son visage est fermé. Je sais qu'il cherchera à approfondir ce qui s'est passé, mais pour le moment, il doit y renoncer.

Nous prenons la route de l'hôtel, où je souffle sous une bonne douche, puis nous dînons dans un petit restaurant libanais.

– Vous voulez faire quoi ? se renseigne Dwight, alors qu'on déguste nos cafés et nos thés.

– J'aimerais bien sortir à Chicago, interviens-je.

– Tu es sûre ?

– Oui ! C'est Chicago quand même !

– Un pote qui est venu s'installer ici m'a parlé d'un super club dans le Loop, nous informe Mario.

– Génial !

– Je vais lui envoyer un message pour avoir plus d'infos, mais je suis partant.

Après quelques minutes de négociation, le petit groupe habituel valide la sortie dans la Windy City, et on se répartit en deux groupes. Deux capitaines de soirée sont désignés, Mario et Lindsay. Il nous faut cinquante minutes pour rejoindre la métropole. Mario ouvre la voie vers le club qui s'appelle The Fire. La devanture extérieure n'a rien d'extraordinaire, mais l'intérieur est vraiment très sympa. Je repère immédiatement un coin supérieur avec des banquettes un peu plus intimistes et propose qu'on monte s'y installer.

Dwight s'occupe d'aller passer la première commande, et une fois servis, nous trinquons aux belles victoires. Je sens que Troy est sur les nerfs, qu'il s'impatiente de pouvoir me parler. Je prie seulement pour qu'il ne dise rien devant mon frère, je ne veux pas qu'il soit mis au courant. Cela jetterait de l'huile sur le feu, et on n'a pas vraiment besoin de ça.

– C'est quoi, ces marques sur ta main ? demande Dwight en regardant Troy.

Je remarque que Troy est en train de caresser ses phalanges. Il y a des coupures sur deux d'entre elles.

– Disons que j'ai eu un échange un peu mouvementé avec Dick.

– Putain, c'est pas vrai ! s'exclame Mario. Qu'est-ce que t'as fait ?

– Je l'ai remis à sa place, et si tu avais été là, tu aurais fait la même chose.

Une certaine tension s'empare du petit groupe, et je m'en veux d'être en partie responsable. J'aimerais pouvoir défendre Troy, expliquer à l'assemblée ce qui s'est passé, mais je ne peux pas le faire. Voyant que Troy n'a rien d'autre à ajouter, Dwight finit par détendre l'atmosphère en portant un toast qui apaise tout le monde.

Après quelques minutes, Lindsay m'entraîne avec elle sur la piste. Il fait chaud, et la musique est vraiment excellente. Il y a beaucoup de monde, mais cela m'est égal, je ne suis pas ici pour faire une démonstration de danse. Je suis là pour me changer les idées, pour m'évader, me laisser emporter. L'acoustique est vraiment parfaite et la conception des lieux permet de tout ressentir, des battements de mesure en écho à ceux de mon cœur, des pulsations des basses aux vibrations de la musique.

Après deux verres, je commence à vraiment me sentir bien, j'ai un peu plus chaud, et l'envie de faire pipi se fait plus présente.

– Je reviens, je vais aux toilettes, informé-je mon frère avant de déposer un baiser sur sa joue.

Je m'échappe du balcon pour rejoindre les toilettes. Je suis surprise par la propreté des lieux et l'odeur aussi. Un parfum d'amande douce flotte dans les airs, et c'est très agréable. Je prends quelques secondes devant le miroir pour m'observer. Quand mes yeux rencontrent leur reflet, ils se mettent à briller. Je m'en suis prise à Troy injustement. Il faut que je lui parle. Je ne suis pas sûre de pouvoir le faire maintenant, mais peut-être qu'un simple « désolée » pourra suffire en attendant.

Je quitte la pièce, bien décidée à m'excuser dans un premier temps. Dans le couloir, je trouve Troy qui m'attend, appuyé contre le mur. J'ai comme une impression de déjà-vu. Il me fixe, le regard dur et le visage fermé. Est-ce que j'ai tout gâché en agissant comme je l'ai fait ?

– Je… je suis désolée. Je me suis montrée injuste.

– Tu veux bien m'expliquer pourquoi ? L'espace d'un instant, j'ai cru que tu me prenais pour lui. Je n'ai strictement rien à voir avec cette ordure.

– Bien sûr que non, dis-je en avançant vers lui. Je le sais.

– Tu étais persuadée du contraire tout à l'heure, Hope. Est-ce qu'à un seul moment je t'ai donné cette impression ? De ne te voir que comme une simple femme ? Une femme banale, une parmi tant d'autres ?

Je secoue la tête, incapable de dire quoi que ce soit. J'écrase furieusement la première et unique larme qui s'échappe de mon œil. Troy se détache enfin du mur et réduit à néant les centimètres entre nous. Il saisit mon bras et m'attire dans un coin encore plus isolé. Il pose une main sur ma nuque et m'oblige à le regarder droit dans les yeux. La lumière n'est pas très vive, mais je lis parfaitement en lui.

– Écoute-moi bien, Hope. Je ne peux qu'imaginer ce que tu as pu subir en tant que femme dans ce milieu qu'est la mécanique. Tes études, ton expérience chez Ferrari, ta vie en général, la manière dont Danilo t'a traitée. Je ne peux pas dire que je te comprends parce que je suis un homme, et ce serait mentir. Mais il faut que tu comprennes une chose. Quand tu as accepté de te lancer dans cette relation avec moi, c'était un tout. Je ne suis pas là uniquement pour le sexe, pour le plaisir et les bons moments. Je suis là pour te protéger et te défendre. Je suis là pour partager, profiter avec toi, t'aimer. Je sais que tu as l'habitude de tout gérer, et tu le fais parfaitement. Mais tu n'es pas obligée d'affronter tout toute seule en permanence. Cela ne fait pas de toi quelqu'un de faible si tu acceptes de te reposer sur une autre personne. *Moi*, en l'occurrence. Et je ne veux pas entendre que cela ne fait pas assez longtemps qu'on est ensemble ou une autre connerie du genre. Est-ce que tu m'as bien compris ?

Une nouvelle fois, il me bouleverse avec ses mots si justes, si profonds. Comment peut-il être capable de faire ça ? Je ne le mérite pas. Je lutte contre les larmes. Je comprends bien que cela ne ferait pas de moi une faible de craquer devant lui, mais je ne suis pas prête à le faire quand même.

– Hope ?

Plutôt que de dire quoi que ce soit, je préfère me jeter sur lui. Je ne l'ai même pas encore félicité dignement pour sa victoire. Mes mains s'emparent de ses cheveux, et je plaque mon corps contre le sien. Peu importe où nous nous trouvons, qui peut nous surprendre. Je ne pense qu'à lui.

Sa langue s'insinue entre mes lèvres et vient danser avec la mienne. Notre ballet est rodé, mais des improvisations ne sont pas interdites. Je gémis alors qu'il raffermit sa prise sur mon cou. Il est possessif, et j'aime ça. Son autre main s'aventure sur mes fesses. Il en profite pour me presser un peu plus contre son sexe. Il n'en faut pas plus pour allumer tous les pores de mon corps. Il quitte ma bouche pour lécher la courbe de mon cou avant de mordiller ma clavicule.

– Troy… murmuré-je, tremblante de désir. Je suis désolée.

– Je sais. Tout à l'heure, tu viens me retrouver dans ma chambre, je suis seul. N'essaie pas de te défiler. On en a besoin.

– D'accord.

– Pars devant, ton frère va finir par se poser des questions. Arrête-toi au bar, passer commande pour la table.

Je hoche la tête et le laisse alors qu'il rejoint les toilettes. Je prends une grande inspiration avant de quitter le couloir. Je patiente quelques instants au comptoir le temps que quelqu'un vienne s'occuper de moi.

– Bonsoir, m'accueille un beau jeune homme. Qu'est-ce qu'il te faut ?

– Nous sommes installés en haut, ce serait pour une autre tournée. Wellis, le nom.

– OK, je m'en occupe.

– Soen ? s'écrie un autre homme à ses côtés.

– Ouais ?

– Un souci à l'entrée, faudrait que tu ailles voir.

– OK. Désolé, s'excuse-t-il. Andrew va s'occuper de ta commande.

– Merci.

– Pas de souci, ma belle.

Je reste encore quelques instants au bar, regardant les gens danser sur la piste avant de rejoindre le groupe.

***

Je suis nerveuse, à la fois parce que j'ai la sensation de faire quelque chose que je ne devrais pas et aussi parce que j'ai hâte de le retrouver. J'ai dû attendre que Lindsay s'endorme pour quitter la chambre. Heureusement pour moi, elle tombe relativement vite dans le sommeil et elle dort avec des boules Quies et un masque sur les yeux. J'ai longé les murs des couloirs avant d'arriver devant la porte de Troy, et je regarde partout après avoir frappé, guettant la moindre personne. Rapidement, il m'ouvre, et je me faufile à l'intérieur telle une voleuse ou une fugitive.

Je n'ai pas le temps de m'expliquer, de dire quoi que ce soit, ses lèvres sont déjà sur les miennes et mon corps, plaqué contre la porte. Les lumières tamisées offrent une ambiance particulière à la chambre, elles renforcent l'éclat carnassier de son regard.

On dirait qu'il veut me dévorer toute crue. En sera-t-il toujours de même ? Cette passion sera-t-elle continuellement insatiable ?

– J'ai tellement envie de toi, grogne-t-il. C'est une torture au quotidien. Reste avec moi, cette nuit.

– C'est impossible, Troy. Beaucoup trop risqué. Seulement quelques heures.

– On a intérêt de les mettre à profit alors.

– Des promesses ? le taquiné-je alors qu'il commence à me déshabiller.

– Je ne sais pas pourquoi, mais avec toi, je me fais un point d'honneur de les tenir.

Et je sais qu'il est doué pour cela. Il me le montre toute la nuit, galvanisé par sa victoire, notre dispute, la complexité de la situation, l'attente, le désir, la distance malgré notre proximité.

26

Troy

Ce n'est pas comme une véritable pause, mais avoir la prochaine compétition dans la ville où l'on réside offre un avantage certain. Hope, en tête de liste. Des trajets en moins à l'autre bout du pays signifient plus de temps sur place à pouvoir profiter d'elle. J'ai réussi à la convaincre d'aller voir un film au cinéma, mais elle a tenu à ce qu'on aille dans une ville voisine de Daytona pour éviter tout risque. Nous sommes allés nous balader en forêt juste à côté, dans Tiger Bay State Forest. C'était vraiment sympa, presque seuls au monde, en pleine nature. Pas besoin de surveiller par-dessus nos épaules pour nous toucher, nous embrasser.

Elle refuse toujours qu'on se rende au restaurant, alors je dois me contenter de repas livrés à l'hôtel. D'ailleurs, ça commence sérieusement à m'ennuyer. Je ne suis pas très à l'aise avec l'idée qu'on ne se voie que dans ma suite au Hard Rock. Cela me donne l'impression d'avoir des rendez-vous secrets avec ma maîtresse, et ce n'est pas ce qu'elle est. Pour la première fois de ma vie, j'envisage d'acheter quelque chose à moi. Tout ça pour Hope, parce que c'est Hope.

Je l'ai retrouvée plusieurs fois à la salle de sport de l'écurie. Même si je ne peux pas la toucher, je suis malgré tout ravi de la voir et surtout de pouvoir l'observer alors qu'elle s'entraîne. J'ai toujours été fan des tenues de sport moulantes, *so sexy*.

***

Comme à chaque fois que je suis sur cette piste, ma piste, je sens cette énergie particulière. J'aimerais tellement laisser ma marque ici. Un coup d'œil et une pensée à la photo de mon père avant de sortir de ma voiture. En chemin vers les stands, je m'imprègne de l'ambiance environnante, je me nourris du bruit, de l'effervescence, constatant une fois de plus que c'est ici mon élément. Je suis né pour ça, aucun doute.

Je ne sais pas si je pourrai m'isoler un peu avec Hope, mais je l'espère. Dans les vestiaires, je m'habille et prends quelques instants pour moi. Pour réfléchir à la tournure qu'a prise mon existence récemment. Une main sur le cœur, je repousse ce pincement qui me prend parfois. Je ne l'accepte pas.

– Coucou.

Je me tourne vivement vers Hope qui referme à clé derrière elle.

– Je suis content de te voir, dis-je, souriant, en m'avançant vers elle.

– Je me devais de venir encourager en privé mon pilote favori.

– Hum… Viens là.

Je l'attire à moi et la laisse me communiquer toutes ses bonnes ondes et un peu plus.

– Tu as réfléchi à ce que tu voulais faire avant le prochain départ ? demandé-je après avoir relâché ses lèvres.

– Non, mais on trouvera bien ! Je dois y aller. Je te dis merde !

– À tout à l'heure.

Je suis son petit cul quitter la pièce, et peu de temps après elle, je rejoins l'équipe. On fait le point, et le show peut commencer après les tours de chauffe et les qualifications.

Je ne sais pas ce qui se passe, mais quelque chose ne va pas. Je ne me sens pas bien. Mon cœur tambourine bien plus que d'habitude, et si je suis habitué à des battements quelque peu anarchiques, je parviens finalement toujours à les maîtriser. La chaleur étouffante ne m'aide pas et le comportement de connards sur la piste, non plus.

– Troy ! s'exclame Warren dans le casque.

– Ouais ?

– Tu fais des écarts, tout va bien ? Un souci avec la voiture ? Les pneus ?

– Nan. Ça va.

– Prochain tour, arrêt aux stands ! m'ordonne-t-il.

– OK.

Je termine mon tour et rejoins la *pit line*. L'équipe de ravitaillement se met aussitôt à l'œuvre, et je suis une fois de plus impressionné par la vitesse à laquelle ils s'exécutent. Harry me tend une gourde, et je m'empresse de boire alors que Warren aboie de l'autre côté.

– Je peux savoir ce que tu branles ? Mitchell te colle au cul, et tu le laisses faire.

– Arrête de me faire chier, tu veux, je sais ce que j'ai à faire.

– Tu es sûr que ça va ?

– Pourquoi tu poses la question ? grogné-je.

Je n'entends pas ce qu'il dit, ou plutôt, je ne cherche pas à entendre ce qu'il a à dire. Les techniciens quittent le bitume et la *pit box*, et mon moteur rugit aussitôt. Pied au plancher, je quitte le stand de ravitaillement et récupère la piste. Je cligne les paupières et secoue la tête pour me remettre les idées en ordre. Je parviens à remonter plusieurs places. L'adrénaline coule dans mes veines et me booste au max. Warren vocifère encore et toujours dans le casque, mais je ne réponds pas, concentré sur mes tours. Il me fait chier aujourd'hui, il n'y a pas à dire.

– Troy ! Attention ! Accrochage droit devant, m'informe Andy depuis son point d'observation.

– Qui ?

– Voitures 22 et 41. Reste en bas.

J'obéis et serre les fesses en dépassant les deux véhicules qui s'embrassent. Seulement, je ne vais pas très loin, à peine l'accident franchi, je sens qu'un pilote accroche l'arrière de ma voiture, et je suis projeté vers les autres. Les mains sur le volant, j'essaie de maintenir un semblant de tenue, mais c'est peine perdue.

– Troy ?! hurlent Andy et Warren en tandem.

Je devrais répondre, les rassurer, mais je suis de nouveau percuté, et je perds totalement le contrôle de la voiture. C'est comme si je partais en roue libre, un hamster dans son manège. Je suis bien harnaché, je sais que je ne crains rien en théorie, mais pourtant, je sens mon corps subir le choc, la gravité, la force centrifuge. Je ne pèse rien face à la brutalité du coup. Je suis soudainement hypersensible à tout ce qui m'entoure, la tôle qui se froisse, les vibrations, l'odeur de gomme et d'essence, les battements de mon cœur qui s'affole beaucoup trop. Je me sens oppressé, impuissant. Je termine ma course contre le mur qui sépare la piste du public, et ma vue se brouille subitement. J'ai du mal à respirer et à me calmer. Je me sens comme au bord de l'asphyxie. Les appels dans mon casque me semblent très lointains, j'ai la sensation de m'enfoncer dans un épais nuage et de ne pas pouvoir en sortir. La brume enroule ses mains autour de mon cou et me maintient sous la surface. Je n'ai encore jamais perdu connaissance sur la piste, j'ai l'impression que je n'en suis pas loin. Je suis trempé, je le sens, et cela augmente mon malaise. Je presse les paupières et essaie de poser ma respiration, de m'échapper de ce trou noir.

– Troy !

– Je suis là, marmonné-je en refaisant surface.

J'arrache le filet de fenêtre et agite le bras à l'extérieur pour montrer que je vais bien.

– Putain ! réponds-nous tout de suite, crétin ! m'engueule Warren.

– Et te retirer le plaisir de me gueuler dessus ? répliqué-je, un peu plus alerte.

– On t'attend.

– Ouais.

Je retire le volant et me détache avant de m'extraire du véhicule. Sur la piste, j'observe les dégâts. Il y a des débris partout, pas moins de cinq voitures à l'arrêt. Je salue Mitchell de la tête qui se retrouve dans la même merde que moi, ainsi qu'Andrews. La course se termine pour nous sans qu'on puisse aller au bout de la troisième partie. Casque à la main, je rentre à pied vers les stands tandis que l'équipe technique du circuit s'occupe de ramener les voitures et de nettoyer la piste.

– Troy ! Bordel ! Tu vas bien ?

– Oui, Warren, tout va bien.

– C'est quoi cette putain de manie que tu prends à mettre quinze plombes à nous faire signe ? Tu veux qu'on meure d'une crise cardiaque, ou quoi ?

C'est plutôt moi qui la risque, la crise cardiaque, mais je ne le lui dis pas, pas la peine de monter dans la surenchère. Jeffrey déboule aussitôt, Hope sur les talons. Son visage est grave, et je vois qu'elle n'a qu'une envie, courir dans mes bras pour s'assurer que je vais bien, mais elle ne peut pas le faire.

– Bon sang, Troy.

– Désolé, boss.

– Ne t'excuse pas. Ce n'est que matériel. Tu connais la procédure.

– Oui.

Dès qu'un pilote est impliqué dans un accident un tant soit peu mouvementé, il doit se rendre au pôle médical pour un check-up. Je hoche la tête, l'air résigné. Je redoute toujours ce passage, craignant d'être mis sur le banc de touche. Je pose mon casque sur un siège, récupère une petite serviette, une bouteille d'eau et dépasse l'équipe pour m'y rendre. J'ouvre ma combinaison et descends le haut sur mes hanches. Je tire sur l'encolure du tee-shirt comme si cela pouvait m'apporter plus d'air. Il me colle tellement à la peau qu'il m'oppresse. Je passe une main dans mes cheveux humides et soupire profondément. Je m'essuie le visage et souffle un bon coup. Après m'être désaltéré, je jette la bouteille et rejoins le médecin.

Je prends quelques instants dans le couloir pour atténuer mon essoufflement avant d'entrer. Je suis accueilli par une infirmière qui prend les renseignements me concernant avant de me conduire dans la pièce suivante où je passe entre les mains d'un docteur.

– Comment vous sentez-vous ?

– Très bien, mens-je.

– Pas de perte de connaissance ?

– Non.

Et cette fois-ci, c'est la vérité, mais je ne lui dis pas pour autant que j'étais à deux doigts de m'évanouir. Pas besoin. Je m'assieds sur la table, et le doc commence à m'ausculter. Il examine mon cou, mes cervicales, mes yeux, prend mon pouls, qui est enfin revenu à la normale. Il continue de me regarder sous toutes les coutures pendant quelques minutes encore avant de faire un signe de tête.

– Tout semble OK. Au moindre signe d'étourdissement, de vue brouillée, de nausée, il faudra vous rendre aux urgences.

– Très bien.

– Vous pouvez y aller.

Il me tend une feuille à rendre à Jeffrey et me salue d'une poignée de main.

Je devrais sûrement retourner auprès de mon équipe pour les rassurer, assister à la fin de course de mes collègues, mais je préfère aller m'isoler quelques instants dans les vestiaires. Je rejoins le lavabo et me passe un peu d'eau sur le visage. Il est toujours un peu plus creux après une course. Nous perdons plusieurs kilos à cause de la transpiration, et nous avons toujours une faim de loup. Après celle-ci, je ne fais pas exception, mais je ne me sens vraiment pas dans mon assiette.

J'attrape les bords de l'évier, bascule la tête en avant et ferme les yeux. Ma mère m'a toujours appris à écouter mon corps. Pour elle, la moindre douleur est un signe qu'il envoie pour me mettre en garde. Je le sais, mais je ne l'écoute pas. Mon père ne l'a pas fait non plus. Je refuse de le faire et de faire face à ce que cela implique. Je ne me suis pas donné autant de mal pour que tout me soit arraché alors que je suis si près du but. Hors de question de tout abandonner et de renoncer à mon rêve. Je suis persuadé qu'il ne s'agit que d'une fausse alerte. Une main sur mon torse, je presse les paupières et me remémore les faits, les sensations, les symptômes, tous les indices qu'il ne faudrait pourtant pas ignorer. Je ne veux pas céder à la fatalité, j'envoie chier le coup du sort et cette saloperie de génétique. Je ne sais rien véritablement, pourtant je le sens dans mes tripes, dans mes os, dans ma chair. Je suis comme lui.

– Troy ?

Je me tourne vivement vers Hope qui avance vers moi, le visage blafard et l'air inquiet. Je ne veux pas réitérer mon attitude de la dernière fois, pourtant tout m'y pousse, mon instinct, la logique, le bon sens, la vie, mais je ne peux pas lui faire ça. Je serais un monstre égoïste si je pliais devant la facilité, et je sais qu'elle ne me laisserait pas faire. Je dis toujours que je ne veux pas penser à ce qui pourrait se passer dans le futur, alors pour le moment, je vais faire comme si de rien n'était, mettre tout ça de côté et me concentrer sur la superbe femme qui me fait face.

Je fais un pas vers elle, et elle court se réfugier dans mes bras. Et c'est complètement dingue, mais aussitôt je me sens beaucoup mieux. Juste en la serrant contre moi, en la respirant. Je l'écarte doucement alors que je l'entends renifler discrètement. Je plie légèrement les genoux pour me mettre à sa hauteur et essuie avec mes pouces ses joues mouillées de larmes.

– Je vais bien.

– Je sais. Je le vois. Je suis désolée.

– Ne t'excuse pas, voyons.

– C'est tellement dur de rester de marbre devant tout le monde. Si tu savais. Je… dit-elle en pleurant. Tu n'imagines pas ce que je ressens.

Sa voix est faible, mais elle est teintée de colère, je le sens, je le vois parfaitement. Ses yeux sont féroces, et elle s'agrippe violemment à mon tee-shirt.

– Pourquoi tu fais ça ?! s'écrie-t-elle, fâchée. J'ai entendu Warren, tu ne réponds jamais tout de suite.

– Je m'excuse, j'ai besoin de quelques instants pour…

– Pour faire quoi ?! Tu dis que tout va bien, c'est un mensonge ?

– Bien sûr que non. Juste, je…

– C'est injuste, tout le monde se fait un sang d'encre, Troy. Tu n'as pas le droit de faire ça !

– Je ne le ferai plus, je te le promets.

– Ne joue pas avec moi, Troy, je ne le supporterai pas.

– Promis.

J'essuie à nouveau ses larmes et la laisse fondre sur ma bouche. Son baiser est violent, brutal. Hope est tellement douce, cela me prend un peu de court. Ce baiser n'a rien à voir avec tous ceux qu'on a déjà échangés, les doux, les impatients, les voraces. Celui-ci a un goût de peur, et je m'en veux tellement qu'elle subisse tout ça, dans les stands. Mais on n'a pas le choix, c'est le jeu des courses. Il y a un risque à chaque fois. Elle le sait.

Après quelques instants, quand elle ne tremble plus dans mes bras, elle recule légèrement et me sonde du regard. Je ne sais pas ce qu'elle cherche, mais ça me fait un peu peur.

– Dwight et Valentino n'ont pas terminé la course non plus.

– Fait chier. Qu'est-ce qui s'est passé ?

– Je n'ai pas bien vu, je… Tu occupais toutes mes pensées.

Je passe un pouce sur sa joue et lui souris doucement.

– Mais ils vont bien, poursuit-elle. Pas de dommage physique, mais un gros boulot nous attend pour les trois voitures.

– Bon, tant mieux.

– Oui, mais du coup, je ne crois pas qu'on pourra se voir beaucoup. Plutôt en soirée.

– Je comprends parfaitement, Hope. Ce n'est rien. On profitera quand on pourra. Tu me diras.

– Oui.

– Tu ferais mieux de rejoindre l'équipe. Je te suis dans quelques minutes.

– D'accord.

Elle se met sur la pointe des pieds et m'embrasse furtivement avant de me laisser. Je soupire longuement en secouant la tête. J'ai encore besoin d'un peu de temps pour gérer ma frustration et mon amertume. Une fois de plus, j'échoue sur ma piste. J'ai l'impression d'être un bon à rien. Je risque de fulminer encore plus si je retourne là-bas et que je vois ce connard d'Adams sur le podium. Il était bien placé, alors à moins qu'il ne se soit trouvé dans l'accident qui a stoppé Dwight et Valentino, il y a de grandes chances qu'il y soit et cela me fait bouillir. Quelle merde !

***

Je ne sais pas pourquoi j'y suis allé, pourquoi j'ai insisté pour obtenir un rendez-vous le plus rapidement possible. Pourquoi l'ai-je fait alors que je connais pertinemment la sentence ? Pourquoi ?

Assis sur le banc, sur cette place, près des bâtiments hospitaliers, le long du canal Seybold où vaque la population, j'encaisse encore le choc de la nouvelle. J'ai envie de chiffonner les documents que j'ai en main, j'ai envie de jeter à la poubelle le dossier qui repose à mes côtés, si seulement cela pouvait tout effacer. Mais ce n'est pas quelque chose dont je peux me débarrasser aussi facilement. Ma condition physique n'est malheureusement pas une donnée que je peux contrôler, tout le sport que je peux pratiquer, toute la musculation à laquelle je me contrains n'y changeront rien.

J'ai bien pris note de ce à quoi je me risque, j'ai bien compris tous les tenants et les aboutissants de cette merde qui me tombe dessus. Alors que je pensais que la vie me souriait enfin, véritablement, avec Hope, voilà qu'elle me fait un joli pied de nez. Ou plutôt un bon et gros doigt d'honneur, parce que là, putain de merde, mais c'est le gros bordel, et j'ai la rage.

Je pourrais me confier, expliquer ce que je vis, ce à quoi je dois faire face. C'est ce qu'on est censés faire lorsqu'on est en couple, n'est-ce pas ? Mais je ne le ferai pas, parce que je sais ce qui se passera, et je le refuse. Je suis capable de gérer la situation. Je l'ai parfaitement fait à Sparta la semaine dernière, récupérant des points après la déconvenue de Daytona.

Ma méditation furieuse est interrompue par la sonnerie du téléphone. Je m'attends à tomber sur Hope, mais c'est Dwight. Je décroche rapidement, craignant une mauvaise nouvelle.

– Hey, Troy !

Je suis aussitôt rassuré par son ton enjoué, je sais d'emblée que tout va bien.

– Salut.

– Je te dérange pas ?

– Nan. Qu'est-ce qui se passe ?

– Ce soir, tu fais quelque chose ?

– Euh... non.

– Tu es sûr ? demande-t-il en riant.

– Ouais.

– Parfait. Viens à la maison.

Je soupire et passe la main dans mes cheveux. J'aurais préféré cent fois une soirée tranquille avec Hope, surtout avec la nouvelle que je viens d'apprendre, mais je la verrai sûrement là-bas. On a convenu qu'il valait mieux ne pas refuser ce genre d'invitations, même si on préfère être ensemble. Maintenir des liens avec nos amis est important, et c'est aussi pour ne pas trop attirer l'attention.

– Ça marche. À quelle heure ?

– Dès que tu veux, je suis chez moi.

– OK. Donne-moi une heure.

J'ai très envie de lui demander si Hope y est aussi, mais je ne le fais pas, cela lui donnerait des munitions contre nous, et la dernière chose que je veux, c'est attirer ses soupçons.

– Parfait. À tout' !

Qui aurait cru que Dwight deviendrait une distraction bienvenue ? Pas moi, en tout cas.

Je repasse à l'hôtel pour prendre une douche, me changer, et j'arrive chez mon coéquipier un peu avant l'heure donnée. Je frappe deux coups distincts et patiente, les mains dans les poches. Est-ce qu'un jour je finirai par être complètement à l'aise avec lui, maintenant que je suis avec Hope ? Je n'en sais rien, mais c'est peut-être comme pour le reste, il faut pratiquer pour s'habituer.

– Mon Connard ! Entre ! s'exclame-t-il en m'accueillant, fidèle à lui-même, joyeux et souriant.

– Ducon. Merci pour l'invitation.

– De rien.

Je le suis à l'intérieur et guette une certaine présence féminine. Mais je dois constater que Dwight est seul. On s'installe au salon, et le pilote me sert une bière.

– Ça va ?

– Ouais. Pourquoi tu me regardes comme ça ? demandé-je.

– Je sais pas.

– J'ai un truc entre les dents ?

– Nan, répond-il en se marrant. Tu prends pas la mouche, OK ?

– Hum…

– C'est juste que… après le dernier accident…

– Oui, quoi ?

– La semaine avant le Kentucky, tu étais un peu à l'ouest. Je sais que les bagnoles étaient bien amochées, mais ça arrive, c'est arrivé avant et ça recommencera.

– Oui, c'est sûr.

– Tu sais, on a eu nos différends, et je me suis comporté comme un con avec toi, mais je me suis excusé et je… j'ai pas envie que tout ça, ce qu'on construit, ça s'arrête.

– Pourquoi ça serait le cas ?

– Parce que je sais comment tu fonctionnes. Tu prends du recul et tu deviens distant avec nous.

– Je ne l'ai pas fait, cette fois-ci.

– C'est vrai, pas totalement, mais tu es bizarre.

– Non, Dwight.

– Si, et même Hope se fait du souci.

– Hope et toi, vous parlez de moi ? demandé-je, étonné.

Je suis réellement surpris parce qu'elle ne me l'a jamais dit.

– Pas vraiment, mais je… Elle était bizarre après l'accident, affolée…

– Attends, Dwight, le coupé-je. J'ai eu un accident, et dans la foulée, Valentino et toi, aussi. Aucun de nous trois n'a été au bout de la course. Ça bouleverserait et effraierait pas mal de monde. Hope est ta sœur, elle est plus sensible que nous, sa réaction n'est pas étrange. On est habitués, on est sur la piste, elle le sait peut-être, mais y être confronté, vivre le truc, c'est différent. Tu ne peux pas le lui reprocher.

– Non, bien sûr que non, admet-il. C'est pas facile.

– Non, ça ne l'est pas. Mais ce sont les risques du métier.

– Je crois que c'est en partie pour ça qu'elle ne veut plus sortir avec un pilote. Enfin, surtout à cause de l'autre salaud de Danilo, mais elle a déjà vécu la peur au ventre en étant avec lui.

– Oui, sans doute.

– Elle sort avec un comptable, ajoute-t-il en grimaçant, tout en s'enfonçant dans le canapé.

Je me demande bien comment on a fait pour arriver à parler de la vie sentimentale de Hope, et surtout, pourquoi Dwight voudrait en parler avec moi, mais je me vois mal l'envoyer chier.

– Et ça ne te plaît pas ?

– Je connais pas le type, je l'ai pas encore rencontré. J'aurais juste imaginé quelqu'un d'un peu plus… Enfin, je sais pas. Elle me dit qu'elle est heureuse.

– C'est le principal, non ?

Cette conversation m'indispose vraiment, mais je pousse quand même le vice parce que ça m'intéresse. Enfin, je doute que Dwight laisserait passer le fait que je suis celui qui contribue à son bonheur. Mais cela fait quand même du bien d'entendre ça.

– Oui, bien sûr. Elle mérite quelqu'un de bien, c'est tout. Quelqu'un qui prenne soin d'elle, pour qui elle sera tout.

– Tu devrais lui faire confiance, non ?

– Oui, t'as raison.

– Bon, et toi ? Toujours célibataire endurci ?

– Eh ouais, on est pareil tous les deux, mec. J'ai bien le temps avant de me caser.

– Ouais, carrément.

Tous les sujets vont-ils me mettre aussi à l'aise ? Rrr, fait chier !

On continue de papoter tranquillement, puis Dwight me propose une partie sur la console. C'est un truc que je ne fais jamais en temps normal. Je ne joue même pas sur mon téléphone, c'est pour dire à quel point je m'intéresse à tout ça, mais cela ne m'a pas déplu la dernière fois, alors j'accepte volontiers. Et finalement, je me prends au jeu, ne voyant pas le temps défiler et appréciant sa compagnie.

– Je suis là ! s'écrie Hope depuis l'entrée. Besoin d'aide !

Nous nous levons comme un seul homme et nous dirigeons vers elle. Elle me lance un grand sourire en me découvrant à côté de son frère, et je meurs d'envie de m'emparer de ses lèvres pour la goûter. Elle est rayonnante comme toujours, pourtant elle est habillée simplement et elle ne porte même pas de maquillage, mais elle est superbe.

– Tu as fait les courses pour un régiment, constaté-je alors qu'on en est à notre troisième aller-retour entre la cuisine et le coffre de la voiture.

– Oui, on prépare un truc, c'est pour ça, dit-elle.

– Oh, d'accord, eh bien, je vais vous laisser alors.

– Mais non ! dit-elle en riant et en se tournant vers son frère. Tu ne lui as rien dit ?

– Non, je voulais faire une surprise. Merci bien, grogne-t-il.

Je fais ping-pong entre les deux alors qu'ils s'engueulent. Je ne comprends rien à ce qui se passe. Je constate que leur vie quotidienne ne doit pas être de tout repos.

– Tu restes, décrète Hope alors que je n'en sais pas plus.

– Oui, mais je ne veux pas déranger.

– Tu déranges pas, tranche Dwight. Tu as quelque chose à faire ? demande-t-il à sa sœur.

– Non, ça va aller. Je range tout, vous pouvez continuer ce que vous étiez en train de faire, et je vais aller me changer ensuite.

– OK. Viens.

Je suis docilement Dwight vers le salon, sans comprendre un seul mot de l'échange qu'on vient d'avoir.

Dans le monde des Bisounours, je pourrais rejoindre Hope, je la prendrais dans mes bras, l'embrasserais jusqu'à lui couper le souffle, et j'exigerais qu'elle m'explique ce qui s'est passé, mais je ne peux rien faire de tout ça. Je vais prendre mon mal en patience. Peut-être que nous pourrons nous échapper quelques instants, plus tard dans la soirée.

Elle est de retour trois quarts d'heure plus tard, absolument magnifique. Elle porte une robe bicolore. Le haut près du corps, à fines bretelles et au décolleté tout à fait raisonnable mais suffisant pour me donner envie, est blanc, et le bas très vaporeux est rose. Elle met sa silhouette et son bronzage en valeur.

– Eh ! gronde Dwight à côté de moi.

– Quoi ?

– C'est ma sœur que tu mates comme ça.

– Pardon, désolé.

– Ouais. Oublie pas Grayson, mec !

– Grayson ?

– Le comptable.

– Ouais, le comptable. T'as raison. Désolé.

– Tu te répètes, Connard. C'est ma sœur qui te fait cet effet-là ?

– Non, enfin… bafouillé-je. Arrête, putain !

Je n'arrive pas à voir s'il est sérieux ou s'il me cherche. Est-ce que toutes ses questions tout à l'heure et la manière d'amener Hope sur le tapis sont un moyen de me sonder ? Se doute-t-il de quelque chose ?

– Vous avez fait quoi ? se renseigne Hope en s'installant sur le canapé à côté de moi.

– On a discuté et on a joué à la PS4.

– Tu es arrivé il y a longtemps ? me demande-t-elle.

– Un peu moins de trois heures, réponds-je après avoir regardé ma montre.

– Waouh, presque trois heures ont passé, et vous ne vous êtes pas encore étripés, s'amuse-t-elle. Cela relève du miracle.

– Je suis moi-même surpris, commenté-je en me tournant vers Dwight.

– On peut très bien se chercher et s'apprécier. Regarde, toi et moi, dit-il à Hope.

– Tu m'aimes, c'est différent, le contredit-elle avant de lui envoyer un baiser avec la main.

Nous sommes interrompus par la sonnette. Dwight se lève pour ouvrir, et Hope en profite pour se pencher sur moi, rapide comme l'éclair, et m'arracher un baiser.

– Qu'est-ce qui se passe, ce soir ?

– Tu verras bien, souffle-t-elle avec un clin d'œil.

Je me tourne vers l'entrée alors que du bruit se fait entendre. Plusieurs personnes viennent d'entrer, et beaucoup ne me sont pas inconnues. Pourquoi tant de mystères pour une soirée que Dwight organise ? Je ne comprends pas. On se lève pour saluer nos amis et les autres invités, pas mal de jeunes femmes, toutes mignonnes, mais très loin du charme de Hope. On dirait que Dwight a convié tout son carnet d'adresses.

Hope et ses amies disparaissent en cuisine accompagnées de Dwight pour préparer, tandis que je reste avec Mario et plusieurs copains. Rapidement, tout le monde est servi en alcool, et il y a de quoi nourrir un régiment, il y a de tout. Une table a été dressée sur la terrasse, nous permettant de nous servir en salades composées et viandes froides.

– S'il vous plaît ! interpelle Dwight en se plaçant au centre des convives. Tout d'abord, merci à vous tous d'avoir répondu présent à l'invitation. Contrairement à d'habitude, ce soir, c'est spécial. Nous sommes tous réunis pour célébrer un anniversaire.

Il se tourne vers moi, et je tombe des nues. Comment ai-je fait pour zapper ça ? C'est à cause de ce putain de rendez-vous. J'ai oublié quel jour on était. Hallucinant.

– Troy, je sais qu'on n'est pas les meilleurs amis du monde, tout est de ta faute, évidemment, dit-il en riant sans pour autant être loin de la vérité. Mais depuis plusieurs mois, les choses ont changé, et c'est pour le mieux.

Il passe rapidement sur Hope avant de revenir à moi.

– Je ne suis pas toujours irréprochable, mais j'aime à croire qu'on devient amis.

– C'est le cas, le rassuré-je. Merci pour la surprise, je ne m'y attendais pas, ajouté-je, souriant, en m'avançant vers lui.

Il me prend dans ses bras pour une étreinte fraternelle, puis on se tourne vers les autres, et j'ai le droit à un énorme « joyeux anniversaire ! » qui me fait chaud au cœur. Putain, je n'y crois pas. C'est dingue. Je parie que Hope y est pour beaucoup, mais je ne doute pas que Dwight y ait mis du sien. Je prends pleinement conscience de tout ce que j'ai manqué en restant dans mon coin l'année dernière. Heureusement, il n'est jamais trop tard.

La soirée se poursuit tranquillement. Dwight n'arrête pas de mettre une certaine Jody dans mes bras. Physiquement, elle n'est pas désagréable, loin de là, et elle est assez intéressante, avocate de profession, mais elle ne m'attire pas. J'aimerais tant me retrouver seul avec Hope, mais un timide « joyeux anniversaire » en face à face est tout ce à quoi j'ai eu le droit.

Je ne sais pas vraiment ce que Dwight cherche à faire, mais il vante les mérites de Jody tout en draguant sa copine Lacey. Je ne montre pas plus d'entrain que ça, mais je sens bien que je suis obligé de jouer le jeu pour être un minimum crédible. La jeune femme commence à être un peu trop tactile à mon goût, et elle est très proche de moi. Je sens son parfum, beaucoup trop fort. Je vois la couche de fond de teint sur son visage. Son sourire est pincé et sonne un peu faux, de même que son rire forcé à chaque blague plus ou moins foireuse de Dwight. Tout ce manque de naturel ne me plaît pas du tout.

Je lui réponds par un sourire alors qu'elle me félicite pour ma dernière course, où je n'ai terminé que quatrième, mais après l'échec cuisant de Daytona, c'est toujours mieux. Elle se penche à mon oreille au moment où je bois une gorgée de bière. Quand je détourne le regard et trouve celui de Hope, mon cœur arrête de battre. Elle me fixe, une lueur dans les yeux. Je sais immédiatement ce qui se passe dans sa tête et je suis sur le point de courir vers elle pour la rassurer, mais Dwight m'accapare avec une histoire de sortie à quatre. Non, mais qu'est-ce qui lui prend, bordel ? Pourquoi subitement se passionne-t-il pour ma vie amoureuse, et surtout, pourquoi croit-il que j'ai besoin de son aide pour ça ?

Je m'excuse pour aller aux toilettes et prendre l'air par la même occasion. Il faut que je trouve un moyen de me désister. Hors de question que je m'engouffre dans ce truc sans fin. Je veux bien jouer la comédie devant assistance, mais en privé, je ne vais pas me forcer, et surtout, je suis avec Hope. Point barre. Je me passe un peu d'eau sur le visage et soupire. J'étais content de cette soirée, surpris aussi, je pensais passer un agréable moment, mais pas entre les flèches d'un Dwight renommé Cupidon.

Mes pensées assez remontées sont interrompues par mon téléphone. Je le sors et souris en découvrant qu'il s'agit de ma mère.

– Coucou, m'man.

– Bonsoir, mon grand. Bon anniversaire, mon chéri.

– Merci, m'man.

– Tu vas bien ? Tu fêtes ça dignement ?

– Eh bien, les copains m'ont organisé une fête surprise, je ne m'y attendais pas.

Je ne lui dis pas que j'avais complètement oublié que c'était mon anniversaire, cela lui mettrait la puce à l'oreille, et je n'ai pas besoin de ça.

– C'est super, ça ! Je suis contente, Troy. Comment va Hope ?

– Elle va bien. Ce n'est pas toujours évident de profiter comme on voudrait avec le boulot, mais tout va bien.

– Il me tarde de la revoir.

J'entends son sourire, malgré la distance. Je ne sais pas depuis combien de temps elle attend que je sois véritablement avec quelqu'un.

– Je voulais te dire, mon patron a validé mes congés pour cet été.

– C'est super ! Tu vas pouvoir venir me voir un peu ?

– Oui. Je pensais pendant ta pause fin août. Qu'en dis-tu ?

– Oui, c'est parfait. Tu n'as pas encore pris tes billets, j'espère ?

– Non, répond-elle en soupirant.

Elle commence à comprendre comment ça fonctionne maintenant. C'est moi qui lui paie tout ça.

– Envoie-moi les dates où tu souhaites venir, et je m'occupe du vol et de la chambre d'hôtel.

– Très bien.

Mon attention est attirée par la poignée qui s'abaisse. J'ai fermé à clé, mais je ne suis pas tout seul, il faudrait peut-être que je songe à sortir.

– Je vais te laisser, m'man.

– Oui, bien sûr, mon chéri. On se rappelle bientôt ?

– Évidemment. Je t'aime.

– Moi aussi, Troy. Bisous.

– Bisous.

Je raccroche et me tourne vers l'entrée.

– Je sors ! réponds-je alors que quelqu'un essaie toujours d'ouvrir la porte.

Je déverrouille et tombe sur Hope qui s'empresse de me pousser à l'intérieur avant d'entrer dans la pièce et de refermer à clé derrière elle. Je m'apprête à lui présenter mes excuses par rapport à Jody, mais je n'en ai pas l'occasion, elle se précipite sur moi. Ses lèvres sont sur les miennes, son corps plaqué contre le mien. Je retrouve enfin son goût, son odeur, sa chaleur. Elle m'avait manqué, putain. Elle semble désespérée. Je pose mes mains sur ses joues et l'oblige à arrêter.

– Hope… soufflé-je.

– Oui ?

– Tu sais qu'il n'y a que toi, hein ? Je joue le jeu devant ton frère, mais c'est tout.

– Je sais.

– J'ai l'impression qu'il se doute de quelque chose, avoué-je péniblement. Il est bizarre, tu ne trouves pas ?

– Peut-être un peu, concède-t-elle. Je m'occuperai de lui plus tard.

– Tu n'as pas peur qu'on nous surprenne ?

– J'ai trop besoin de toi, Troy. Tu me manques, je veux plus.

– Oh, Hope…

– Ça devient tellement dur, murmure-t-elle. On ne devrait pas être obligés de vivre comme ça.

– Je sais. Est-ce que… commencé-je avant de m'arrêter.

– Quoi ?

– Tu regrettes ?

– Bien sûr que non ! Je ne regrette rien, ni d'avoir craqué pour toi ni comment notre relation a débuté, nos sorties, rien. Je t'aime.

– Moi aussi.

Je sais bien qu'il ne faudrait pas, cela simplifierait beaucoup de choses, mais j'ai été incapable de lutter contre elle. Elle m'a ensorcelé depuis ce premier soir au club.

Nous nous embrassons encore passionnément. Mon désir grimpe, et j'ai bien du mal à me contenir. Sa robe retroussée sur ses hanches, je caresse la peau douce de ses cuisses, de ses fesses. Sa poitrine plaquée contre mon torse me rend fou. Ses baisers, sa langue, son parfum si doux et fruité, sa simplicité, sa beauté naturelle, tout me donne envie et me fait tourner la tête.

– J'ai envie de toi, lâche-t-elle en caressant mon érection à travers mon short.

– Hope, non, marmonné-je, presque à bout de souffle en posant mon front sur le sien. On va pas faire ça, là, dans la salle de bains, chez ton frère.

– Ça ne me dérange pas.

– Je veux prendre mon temps, te savourer. Tu n'as qu'à venir me retrouver chez moi après la fête. Tu diras à ton frère que tu dois rejoindre Grayson.

Elle rit doucement contre mon épaule, et je la serre tout contre moi. Je suis sûr de mes sentiments, mais j'ai peur de ce que l'avenir nous réserve, à cause de moi.

– Je viens te rejoindre plus tard, alors.

– Oui, on fait ça. J'ai hâte.

– Moi aussi.

Elle m'embrasse une dernière fois avant de me laisser. Et j'ai à nouveau besoin de me rafraîchir. Hope a, comme qui dirait, mis le feu avec une simple étreinte.

27

Hope

J'ai eu l'impression que la soirée ne se terminerait jamais. Petit à petit, les invités sont partis, Troy aussi, avec cette femme, Jody, qui lui collait aux basques. Je sais qu'il ne me ferait jamais ça, mais je ne peux pas empêcher la jalousie de se manifester et de jouer avec mes nerfs. J'ai bien cru que Dwight allait me faire suer jusqu'à la fin et m'empêcher de partir, mais je remercie mille fois Lacey, la copine de Jody, qui a jeté son dévolu sur mon frère. Ils se sont éclipsés il y a quelques minutes à peine, et j'attends que les gloussements débutent pour pouvoir m'éclipser.

Quand j'arrive au Hard Rock Hotel, je suis déjà complètement et totalement excitée. Normalement, quand on est avec quelqu'un, c'est synonyme de sexe à volonté, quand on veut. Eh bien, cette règle ne vaut pas pour Troy et moi. Les débuts de notre relation sont peu communs, et nos retrouvailles sont d'autant plus impatientes.

Mon cœur bat la chamade alors que je patiente dans le couloir. Troy ne met pas plus de quelques secondes à m'ouvrir. Je lui avais envoyé un texto pour lui dire que je partais de chez moi. Je cours vers lui et me jette sur ses lèvres. La porte se referme bruyamment dans mon dos, et je peux enfin laisser libre cours à mes envies, à mes besoins.

– Putain, grogne-t-il. Tu sens tellement bon.

Son nez enfoui dans mon cou, il me respire et m'arrache des frissons. Ses bras sont enroulés autour de ma taille, il me serre contre lui. Je caresse ses cheveux et bascule la tête en arrière afin de lui offrir un meilleur accès.

– J'ai attendu ce moment toute la soirée.

– Et moi donc !

– Dis-moi que tu restes toute la nuit. Je ne veux pas que tu me laisses.

– Je reste.

– Tu ne pouvais pas me rendre plus heureux.

– Tu es sûr ? murmuré-je en arborant une petite moue sensuelle.

Je le regarde, cet homme si beau, qui me comble de bonheur sans le savoir, sans même le vouloir, depuis le début. Qui aurait dit que nous serions faits l'un pour l'autre ? Qui aurait pu penser malgré les faits que nous succomberions l'un à l'autre ?

– Qu'as-tu en tête ? demande-t-il alors que son doigt amorce sa descente dans mon décolleté.

– Une petite surprise pour ton anniversaire.

– Une surprise, hein ? Je suis tout ouïe.

– Installe-toi sur le fauteuil.

Il hausse un sourcil, surpris par ma demande, mais s'exécute malgré tout. Je baisse les lumières de manière à créer une ambiance tamisée. Je sélectionne une musique bien particulière dans mon téléphone et l'installe sur la chaîne HI-FI sur le meuble sous l'écran TV.

Malgré mon amour pour la mécanique, plus jeune, je me suis aussi passionnée pour la danse. Ma mère m'a inscrite assez tôt dans une école dirigée par l'une de ses amies, et j'étais plutôt douée. J'ai menti à Troy en refusant une danse la première fois qu'on s'est rencontrés. Cependant, je n'ai jamais osé faire ça avec aucun homme avant lui, c'est une première, pour Troy. J'angoisse légèrement, mais son regard me couve de telle façon qu'il efface tout d'une seule caresse.

À l'instant même où les notes envahissent l'air qui nous entoure, la musique s'empare de mon être. Je laisse la voix suave de Beth Gibbons du groupe Portishead me donner toute la sensualité nécessaire pour offrir à Troy un strip-tease intime. J'ai envie de me montrer à lui sous un jour différent, j'ai envie de lui donner quelque chose dont il se souviendra toute sa vie.

« Glory Box » parle de la condition féminine, et je trouve cela plutôt bien trouvé par rapport à ce que j'ai souvent subi, et parce que j'ai aussi envie d'être femme avec Troy, sexy, sensuelle, tentatrice. Celle qui hante ses nuits, dont il ne peut se passer. Je ne savais pas qu'un être humain pouvait avoir un tel pouvoir sur un autre, mais c'est ce que je ressens avec lui. J'ai envie qu'il n'éprouve ces sensations rien qu'avec moi pour la première fois et toutes les suivantes.

Mon corps ondule au rythme si entêtant. Ce que j'aime cette chanson. Mon regard s'accroche à celui de Troy pour un temps, mais ce dernier décroche vite pour ne rien manquer du spectacle auquel je m'adonne. Pieds nus, je fais de petits pas, mes hanches dansent, mes bras suivent le mouvement, mes mains caressent ma peau. Ma bouche s'entrouvre alors que Troy lèche ses lèvres.

Lentement, je fais tomber une bretelle puis l'autre. Je retiens un court instant le bustier de ma robe avant de tout relâcher. Le tissu doux et léger glisse sur ma taille, mon bassin, mes jambes, avant de tomber en corolle autour de mes pieds.

– Putain, gronde Troy en me découvrant en tanga.

Je ne porte rien d'autre, la robe s'y prêtait bien. Je lui souris, satisfaite que le show lui plaise. Mes mains trouvent la peau dénudée de mon ventre, et je poursuis ma petite danse lascive.

Découvrir la lueur de désir qui brûle dans ses yeux m'excite. Quand je commence à soupeser ma poitrine, à pincer mes tétons, Troy remue un peu plus et remet son érection en place. Il déglutit et s'enfonce encore dans le fauteuil. Je vois qu'il se retient de venir me rejoindre, impatient de participer, de me toucher.

J'avance légèrement vers lui, sur la pointe des pieds, effectuant une pirouette, lui offrant une vue à trois cent soixante degrés sur mon corps.

– Tu es tellement belle, commente-t-il d'une voix rauque.

Sa langue danse encore sur sa bouche, il me tarde de la goûter, de jouer avec elle. Il croque dans sa lèvre et prend une profonde inspiration. Je fais encore durer le supplice en tournant autour de lui. Les mains dans ses cheveux, mon souffle contre son oreille. Puis je finis par me placer devant lui. Il ne perd pas une seconde, une pression à l'arrière de mes cuisses, et je me retrouve à califourchon sur lui. Une main puissante sur la nuque me presse de venir à la rencontre de ses lèvres pour un baiser passionné.

C'est à peine si on entend la musique à présent, alors que nos corps frottent, se rencontrent, alors que nos gémissements emplissent l'espace. L'impatience fait rage entre nous. Je lui retire vivement son tee-shirt afin de trouver la douceur de sa peau.

– Hope… souffle-t-il en posant les mains sur mes seins. Approche.

Je m'exécute et gémis à la caresse humide de sa langue sur ma pointe dressée. Je n'en peux plus. J'avance un peu plus et m'assieds directement au-dessus de son érection. Juste pour soulager un peu la pression. Il rit, voyant parfaitement clair dans mon jeu. Il abandonne un sein pour descendre plus bas. Un soupir m'échappe dès que ses doigts trouvent la moiteur de mon sexe. Son toucher est vif et expert. Je me retrouve rapidement au bord du gouffre. C'est comme s'il connaissait déjà tout de moi, il sait où appuyer, quel point stimuler pour me faire perdre tous mes moyens. Mon orgasme me laisse pantelante et tremblante. J'avais le dessus il y a peu, et en un tour de doigts, il fait basculer la situation à son avantage. Je ris en secouant la tête.

– Qu'y a-t-il ? souffle-t-il contre mon épaule.

– Tu auras ma peau, un jour.

– Je crois qu'on est sur un pied d'égalité à ce propos, remarque-t-il en levant légèrement les hanches.

– Pas encore, répliqué-je.

Je recule et tombe à genoux devant lui. Avec précipitation, je m'occupe de sa ceinture, et rapidement, il est débarrassé de son short et de son boxer. C'est la première fois que je m'apprête à lui offrir la caresse la plus intime qui soit, et je me demande pourquoi j'ai attendu si longtemps. Sa respiration se coupe alors que j'approche de son sexe. Les doigts enroulés autour de son membre, j'y goûte enfin. Eh oui, vraiment, pourquoi ai-je attendu si longtemps ?! D'autant plus quand je vois sa réaction, son corps qui se tend, sa respiration qui devient erratique, la pression de ses doigts dans mes cheveux, sans pour autant me forcer à quoi que ce soit, ses grognements. Il est tellement sexy.

– Hope ! crie-t-il. Bordel !

Je m'applique, souhaitant le conduire à la limite. Ma langue prend soin de lui, mes dents le titillent, mes doigts le caressent. Ses hanches bougent et cherchent un contact plus poussé. Il n'est plus très loin. J'accélère avant de ralentir pour repartir de plus belle. Je joue avec ses bourses et le point magique juste en dessous. Ma langue tourne autour de lui, je mordille son gland. J'use de toutes les caresses que je connais. Les mots qui s'échappent de ses lèvres sont incompréhensibles. Le seul qui parvienne intact à mes oreilles est mon prénom. Et ce que j'aime ça !

– Arrête, arrête, marmonne-t-il en m'attirant à lui. Putain, viens là. Maintenant !

– Que se passe-t-il ? le taquiné-je en me relevant.

Je reste debout et retire ma petite culotte en dentelle en me déhanchant avec exagération, avant de reprendre place sur ses cuisses.

– Tu me rends fou, je n'en peux plus. Il me faut tout de toi, maintenant.

– C'est ton anniversaire, c'est toi qui commandes.

– Je ne pourrais rêver plus beau cadeau que toi, dit-il en souriant.

– Troy ?

– Oui ?

– Tu as confiance en moi ?

– Tu me poses la question ? murmure-t-il en clignant les yeux.

– J'ai confiance en toi. Avant toi, je n'avais eu personne depuis un moment, et il n'y a que toi depuis. Je t'aime.

– Moi aussi, Hope, tellement, dit-il alors que son doigt descend de ma gorge à mes seins. Bien sûr que j'ai totalement confiance en toi.

Je m'empare de son sexe entre nous et commence à le diriger vers l'entrée du mien. Troy comprend immédiatement mes intentions.

Dans le cadre des courses, en raison du risque d'accident, tous les pilotes sont régulièrement testés et Jeffrey a décidé que chaque membre de son staff serait traité de la même façon.

– Tu es sûre de toi ?

– Complètement. Je prends la pilule, précisé-je tout de même.

Il hoche la tête pour me donner son consentement accompagné d'un sourire qui fait fondre mon cœur.

X Ambassadors et Jacob Banks entonnent « Baptize Me » alors que Troy entre en moi. Je souris, car je n'aurais imaginé meilleure chanson pour notre première fois sans aucune barrière entre nous. Les paroles de celle-ci sont tellement lourdes de sens.

"Cutting all ties, won't you baptize me?
'Cause life sometimes got me on my knees
I been prayin' for redemption, learnin' my lessons
My pain is my therapy
Cutting all ties, won't you baptize me?
Woah, set me free, mmm
Set me free, mmm
Just set me free, mmm
Set me free"
(« Couper tous les liens, ne me baptiseras-tu pas ?
Parce que la vie me met parfois à genoux
J'ai prié pour le salut, apprenant mes leçons
Ma douleur est ma thérapie
Couper tous les liens, ne me baptiseras-tu pas ?
Woah, libère-moi
Libère-moi
Libère-moi simplement
Libère-moi »)

Nos bouches scellées l'une à l'autre, nos corps entament leur ballet si érotique. Je bouge doucement, savourant l'instant, notre union. Ses bras autour de ma taille, ses mains nouées au creux de mes reins, je ne peux m'échapper, prisonnière de leur étau. Les coudes en appui sur ses épaules, mes doigts enfouis dans ses cheveux, je sens le plaisir grimper en moi. Notre étreinte dépasse toutes celles que nous avons connues. Les étoiles dansent sous mes paupières et la chaleur se diffuse sous ma peau. J'explose dans un grognement, mordant dans sa lèvre. Il prend les choses en main, saisissant mes hanches fermement. Il contrôle notre plaisir pour me mener encore plus loin. Quand il me rejoint enfin, c'est un véritable feu d'artifice. Je suis fascinée par l'effet de son orgasme sur son visage, son corps. Il est terriblement beau, et je tombe un peu plus amoureuse.

Une main ferme sur ma nuque m'attire à lui pour un baiser enfiévré.

– Je t'aime, dit-il, essoufflé.

– Moi aussi, ajouté-je, souriante, en le serrant dans mes bras.

Tellement, qu'il est très douloureux de le cacher à tout le monde. Je ne sais pas si je tiendrai encore très longtemps à jouer cette petite mascarade, pourtant il le faut.

***

C'est une délicieuse odeur de pain grillé et de café qui me réveille. Je m'étire comme un chat et me redresse. J'aperçois Troy qui se tient debout dans la cuisine, en simple boxer, en train de préparer le petit déjeuner. Je récupère un de ses tee-shirts dans une commode et le rejoins.

– Bonjour, champion.

– Salut, beauté. Bien dormi ?

– Comme un bébé, dans tes bras.

Il m'arrache un baiser avant de me donner une petite claque sur les fesses.

– Va t'asseoir sur la terrasse, j'ai déjà mis la table, j'arrive avec le reste.

Protester alors que je me fais servir ? Absolument pas mon genre, alors j'obéis et prends une grande inspiration face à l'océan et cette vue superbe. Enfin, bien moins intéressante que celle qui avance vers moi, les mains chargées d'un plateau copieusement fourni. Troy dépose un nouveau baiser sur mes lèvres avant de me servir une tasse de café. Je me jette sur un toast à la marmelade d'oranges de la région. Je gémis de plaisir tout en léchant une trace sucrée échappée à la commissure de mes lèvres.

– Tu cherches à ce que je te prenne à nouveau ?

– Pourquoi tu dis ça ? m'amusé-je.

– Tout ce que tu fais est sexy. Continue comme ça, et tu ne verras pas le bout de ce repas.

Je ris ouvertement avant de secouer la tête. Mon Troy est insatiable. Je le crois parfaitement capable de remettre le couvert immédiatement malgré la nuit qu'on a passée. Elle était tout simplement extraordinaire. J'en rougirais presque.

– Tu as tout ce qu'il te faut ? se renseigne-t-il.

– Tout ce qui m'est essentiel est là, oui.

– Rrr... grogne-t-il en se relevant pour venir m'embrasser. Je t'aime.

– Moi aussi, dis-je en souriant.

Nous tournons tous les deux la tête vers le salon alors que mon portable sonne. « Brother » de Kodaline m'informe qu'il s'agit de mon frère.

– Tu ne décroches pas ?

– Dwight peut bien attendre un peu. Il vient sûrement de se rendre compte que je ne suis pas là et cherche à savoir ce que je fais.

– Il a besoin de toi pour préparer son petit déjeuner ? se moque Troy.

– Eh ! Ne parle pas de mon frère comme ça ! Bon, tu n'as pas tout à fait tort, je ne sais pas ce qu'il buvait avant que je vive avec lui, mais son café est infâme. Chaque fois qu'il le fait, j'ai les poils qui se dressent sur tout mon corps.

– Tu vois ! répond Troy en se marrant. Et le mien est comment ?

– Pas mal du tout.

– Encore un truc dans lequel je le surpasse, se vante-t-il.

– Jamais cette compétition entre vous ne cessera ?

– Je sais pas, c'est marrant, non ?

– Pour lequel d'entre nous, exactement ? plaisanté-je.

– Mais non, tu adores ça. Ce n'était pas ce que tu souhaitais ? Nous voir bien nous entendre ?

– Si, évidemment.

– C'était ton idée ou la sienne, la fête hier soir ?

– J'en ai parlé, mais c'est venu de lui. Il s'est proposé immédiatement. Et je ne pensais pas qu'il allait vouloir faire ça chez lui.

– C'était une agréable surprise.

– J'ai eu l'impression, oui.

– Ouais, j'avais zappé que c'était mon anniversaire, pour tout te dire.

– Quoi ?! Mais comment c'est possible ?

– J'avais la tête ailleurs.

Je me redresse et me penche sur la table pour attraper sa main.

– Qu'est-ce qui se passe ? le questionné-je, inquiète.

– Rien. Ne t'en fais pas. En fait, je ne le fête que très rarement, c'est pour ça.

– Maintenant, les choses ont changé, tu n'es plus seul.

Il sourit avant d'embrasser mes doigts.

– En parlant de ça, j'ai eu ma mère au téléphone hier, et elle m'a annoncé qu'elle viendrait en Floride au mois d'août, pendant la pause, et elle a très envie de te voir. Elle logera ici, à l'hôtel, et je pensais qu'on pourrait aller au restaurant, tous les trois. Tu accepterais ? Elle avait adoré The Cellar, la dernière fois qu'elle est venue.

Je grimace, parce que c'est ici et qu'on risque de croiser quelqu'un.

– Hope, je peux comprendre, mais honnêtement, quelles sont les chances pour que ça arrive ? On évite la terrasse et on demande une table un peu à l'écart.

– D'accord, dis-je en finissant par céder.

– Génial !

– Est-ce qu'on va parler de la fameuse Jody ? lancé-je l'air de rien après quelques instants.

– Et pour dire quoi exactement ? J'ai l'impression que ton frère s'est mis en tête de me caser. Je me demande bien pourquoi et, surtout, pourquoi il croit que j'ai besoin de lui pour ça.

– Je connais mon frère, je doute que ce soient ses seules intentions.

– Que veux-tu dire ?

– J'ai peur qu'il soupçonne quelque chose, et c'est une façon tordue de me tirer les vers du nez, quand il a une idée quelque part…

Je crains le moment où tout basculera.

– Il est revenu à la charge ? se renseigne Troy.

– Non, mais peut-être qu'il a changé son fusil d'épaule et qu'il veut essayer avec toi.

– Il n'obtiendra rien de moi, tu le sais bien.

Troy tente de me rassurer en plongeant son regard dans le mien et en caressant tendrement ma joue, mais je parviens difficilement à ne pas penser à la stratégie un peu particulière que Dwight est sûrement en train de mettre en place.

– Peu importe Dwight, je me fiche complètement de cette nana, tu le sais très bien. Je me contente de l'illusion qu'elle peut m'apporter, mais tu es la seule qui hante mon esprit et qui partage mon lit.

Il me fait un petit sourire rassurant. Je sais qu'il dit vrai, mais ce n'est malgré tout pas très agréable de voir d'autres femmes tourner autour de lui.

On termine notre petit déjeuner et, finalement, je décide de rester passer la journée avec lui. Dwight peut bien attendre, il n'a pas besoin de moi. Je veux profiter de mon homme dans notre petite bulle confortable, là où personne ne peut nous voir.

28

Hope

Nous sommes dans le New Hampshire, à Loudon. Tout le monde dans les stands est dans un état de stress intense. Même mon oncle qui est toujours d'un calme olympien semble au bord de l'implosion. Quelque chose d'absolument incroyable est en train de prendre forme sous nos yeux, et nous retenons notre respiration. Je ne suis pas en voiture comme les pilotes, mais l'adrénaline coule malgré tout dans mes veines, déversant excitation, impatience et euphorie dans tout mon corps.

Le drapeau blanc est agité et annonce le dernier tour.

– Putain ! hurle Jeffrey.

Il arrache sa casquette de sa tête dégarnie et la froisse entre ses doigts, tout en faisant les cent pas à mes côtés, incapable de rester en place. Au moment où les trois voitures de JW Motorsport franchissent ensemble la ligne à damier avec un décalage de quelques dixièmes de seconde seulement, je laisse toute ma joie éclater, de même que Jeffrey.

– J'y crois pas ! s'écrie mon oncle en me soulevant dans ses bras. Un triplé !

Je ris et savoure cette victoire au goût inédit. C'est totalement incroyable, une performance hors du commun et un tremplin pour l'écurie, les pilotes, mon oncle. La porte ouverte à de nouveaux sponsors, à une publicité et une visibilité non négligeables.

– Je n'ai jamais été aussi fier de mon équipe, de mes pilotes, me confie-t-il, les yeux brillants.

– Tu peux l'être.

Il m'embrasse et me repose avant d'aller saluer tous les membres de l'équipe technique. Les visages des chefs mécanos sont resplendissants. Je n'arrive pas à me départir de mon sourire non plus. Mon cœur me montre sa satisfaction en battant la mesure un peu plus vite. C'est tellement dingue !

Les pilotes s'offrent encore quelques tours bruyants, sous les cris et les applaudissements de la foule. Je pense que l'après-course va être plus long que d'habitude.

Quand enfin Dwight, Valentino et Troy font leur apparition dans la *pit line*, l'impatience grandit. Nous avons tous hâte de les féliciter de vive voix. Mon premier réflexe serait de me jeter dans les bras de Troy, parce que nous sommes réellement ensemble, que je n'ai aucun doute sur mes sentiments pour lui, mais je me reprends au dernier moment et fonce dans ceux de Dwight qui accueille mon étreinte avec force.

– Je suis tellement fière de toi.

– Et moi donc ! Putain ! Quelle course, je n'en reviens pas.

Il dépose un baiser sur ma joue et me libère. Je suis tellement heureuse que je ne réfléchis pas et vais ensuite prendre Troy dans mes bras. Il semble un instant surpris mais se laisse faire. Il enfouit son nez contre mon cou, et je le sens sourire contre moi.

– Bravo, champion.

– Même si je termine second, derrière ton frère ?

– Oui, malgré ça.

Il dépose un baiser juste sous mon oreille, m'arrachant un frisson avant de se dégager. Histoire de donner le change et de ne pas paraître suspecte, je vais immédiatement faire la même chose avec Valentino. Il me rend mon câlin et me gratifie d'un gros baiser sur la joue suivi d'un clin d'œil. Ah, là, là, sacré Tino !

Je ne manque pas le regard bizarre de mon frère à mon encontre, mais je fais comme si je ne voyais rien et rejoins le groupe. Nous assistons à la remise des récompenses et à ce podium si particulier. Les photos n'en finissent pas, et je ne crois pas avoir déjà vu les trois hommes si volontaires à cet exercice.

Je reste en retrait comme à chaque fois, les feux des projecteurs ne sont réservés qu'aux pilotes et à Jeffrey. La fierté se lit dans son regard. J'espère que la victoire finale sera pour l'écurie, rien ne pourrait le combler davantage. J'observe Kim interviewer chacun, et je ne peux m'empêcher de ressentir une intense jalousie quand je la vois s'entretenir avec Troy. Ils finissent même par s'isoler, légèrement à l'écart. Plus aucune caméra avec eux, je me demande bien ce qui se passe. Afin d'éviter d'être surprise à les fixer comme ça et avant de taper un scandale, je préfère m'éloigner.

Aujourd'hui, pas de dommage sur les véhicules, alors il suffira d'une simple révision avant la prochaine course qui nous emmène en Pennsylvanie. Une fois n'est pas coutume, nous repartons pour Daytona dès ce soir. Ça va être fatigant, surtout pour les pilotes, mais Jeffrey a des rendez-vous importants demain matin, alors pas le choix. Je suis comme souvent une des premières à attendre le reste de l'équipe près des voitures. Troy n'est pas encore là. C'est Dwight qui sort d'abord des vestiaires, et il vient droit vers moi. Je lève les yeux vers son visage et l'interroge en haussant un sourcil, on dirait qu'il va me sauter dessus.

– Je peux savoir ce que c'était, ce truc, tout à l'heure ?

– Et de quel truc parles-tu exactement ? répliqué-je en

n'appréciant que très peu le ton avec lequel il me parle.

– Cette « accolade » avec Troy, explique-t-il en mettant le mot entre guillemets avec ses doigts.

– Pardon ?

– Je vous ai bien observés, dit-il comme si ça voulait tout dire.

– Qu'est-ce que tu me fais là ? J'ai fait la même chose à Valentino, je te signale. Tu es en train de t'imaginer quoi ? pouffé-je en croisant les bras sur ma poitrine.

– Je ne m'imagine rien, p'tite sœur, j'ai des yeux, ça suffit.

– Oui, tu as des yeux, il manque plus que le cerveau correctement réglé pour les faire marcher avec précision.

– Arrête de faire celle qui ne comprend pas, Hope, et de m'insulter.

– Il n'y a rien à comprendre, répliqué-je pour me défendre.

– Tu sais pertinemment ce qu'il en est, poursuit-il sans tenir compte de mes mots. Tu connais les règles aussi bien que moi. C'est interdit par nos contrats. Il y a trop en jeu au-delà de ça. Tu le sais très bien, tu l'as déjà vécu. L'un comme l'autre, vous seriez prêts à perdre votre place au sein de l'écurie ? Après tout le travail abattu ? Ce n'est pas dans ton intérêt, Hope.

Je déglutis. J'ai envie de lui dire de se taire, que je sais tout ça, mais une fois de plus, il vise tellement juste. Je suis en colère. Pourquoi tout s'acharne contre nous ? Pourquoi ne pouvons-nous pas juste être ensemble sans craindre quoi que ce soit ? Ce n'est pas juste.

– Tu me certifies qu'il n'y a rien entre Troy et toi ?

J'acquiesce de la tête à défaut de pouvoir l'affirmer à haute voix. Il ricane sèchement tout en secouant la tête.

– Ce n'est pas l'impression que j'ai eue le soir de son anniversaire. Tes yeux lançaient des éclairs.

– À propos de quoi ?! m'offusqué-je.

– Quand Jody était avec Troy.

– Tu racontes des conneries, Dwight.

– Donc, cela ne te posera pas de souci si j'organise une sortie à quatre avec Lacey, Jody et Troy.

– Non, tu fais bien ce que tu veux, et Troy aussi.

– Tu pourrais te joindre à nous, avec *Grayson*.

Je le fusille du regard. À quel jeu joue-t-il ? Il essaie de nous tendre un piège ?

– Ce n'est pas suspect du tout que tu ne veuilles pas me le présenter. Tu as honte de lui, ou quoi ?

– J'ai honte de toi ! Regarde la comédie que tu me fais à cet instant pour quelque chose qui n'existe pas. Et tu voudrais que je te le présente ? rétorqué-je, amère.

Il commence sérieusement à me prendre la tête. Je ne sais même pas pourquoi je suis étonnée. C'est mon frère, il a toujours été comme ça, à se mêler de mes affaires, un peu trop, quand il s'agissait des garçons et moi. Jeffrey n'a jamais rien eu à dire, Dwight était toujours premier en action.

Mon attention est détournée par Troy qui réapparaît aux côtés de Kim. Non, mais qu'est-ce qu'elle fait ici celle-là ? Elle n'est pas encore repartie ? Elle l'a attendu alors qu'il était sous la douche, ou quoi ? Espère-t-elle qu'il accepte de remettre le couvert avec elle ? Je fulmine. Il n'en fallait pas beaucoup plus après la comédie de mon frère. Je le sens se pencher à mon oreille pour murmurer à ma seule attention :

– Tu vois ? J'ai raison. Ce regard-là, il tuerait n'importe qui sur place.

Je me tourne vers lui et le lui retourne, encore plus noir.

– Ça marche sur toi aussi ? grogné-je avant de le laisser.

Voilà ! Il suffit de demander à mon frère pour rompre le charme d'une superbe journée, il a vraiment le chic, cet idiot !

***

J'étais tellement remontée contre Dwight, et un peu aussi contre Troy, que j'ai refusé de voir ce dernier le soir où nous sommes arrivés après la course à Loudon. D'une part, parce qu'il était trop tard, et d'autre part, parce que je ne voulais pas attirer encore plus les suspicions de mon frère. C'était d'ailleurs un peu ma stratégie de toute la semaine avant le départ pour Long Pond. Troy a compris, ça et autre chose. Si bien qu'il a fini par s'expliquer quant à sa proximité avec Kim. Il a donné son accord pour participer à une série de reportages en partenariat avec une association qui organise des rencontres entre des sportifs professionnels et des enfants défavorisés. C'est censé se passer sur la piste de Daytona, qui parraine l'association. Bien entendu, il est hors de question que Troy se désiste, c'est un homme de parole. Je ne suis pas emballée à l'idée qu'il passe du temps avec Kim, mais je lui fais confiance, et maintenant que je connais le pourquoi du comment, ça va mieux.

À Long Pond, Troy a terminé premier. Je n'ai pas résisté à l'envie, et au besoin aussi, de le rejoindre dans sa chambre le soir même afin de fêter ça et de nous retrouver rien que tous les deux. C'était tellement intense et puissant. Toujours, entre ses bras, sous ses caresses.

J'ai de plus en plus de mal à vivre notre relation secrète. Tout me manque, et parce que je bloque sur pas mal de choses, on ne peut pas la vivre réellement. Cela nous pèse de plus en plus, et ne pas savoir quand nous pourrons tout révéler est vraiment difficile à vivre.

Dwight voulait aller s'entraîner à la salle, à l'écurie, je l'ai accompagné histoire de ne pas rester enfermée à la maison. On a fait un petit footing, ce matin, avant de terminer notre séance ici.

Valentino et Troy nous ont rejoints. Dwight a proposé qu'on aille manger un morceau en ville tous ensemble. Je suis la première à sortir des vestiaires pour femmes. Dans le couloir, je passe devant celui des hommes et surprends Troy en train d'avaler un cachet avec de l'eau. Il tourne la tête vers moi et s'empresse de jeter la bouteille dans son sac avant de me rejoindre.

– Tout va bien ? lui demandé-je.

– Oui, mal de crâne, c'est tout.

– D'accord. Les deux autres princesses ont bientôt fini ?

– Eh ! Dis donc ! s'offusque-t-il.

– Quoi ? J'ai déjà terminé, et vous traînez dans les vestiaires.

– Je vais te montrer si je suis une princesse, grogne-t-il en approchant dangereusement de moi.

– Arrête, soufflé-je.

Je m'écarte juste à temps alors que mon frère sort, Valentino sur les talons.

– Ça y est ! Enfin !

– Pour une fois que tu es prête avant moi, commence Dwight.

Je lui donne un coup sur le torse, et il passe un bras par-dessus mes épaules pour m'entraîner dehors. Dans un monde parfait, Troy pourrait le faire, et cela ne dérangerait personne. Un jour peut-être, on pourra agir comme un couple normal.

Mon frère a choisi une brasserie en bord de mer. On est installés en terrasse, et on profite de la vue tout en buvant notre café, après un repas simple mais délicieux. Mon malaise du début s'est enfin dissipé, et je savoure ce moment passé en très bonne compagnie.

Je suis soulagée de voir que Dwight ne cherche pas la petite bête auprès de Troy. Après les interrogatoires que je subis au quotidien, cela m'étonne, mais tant mieux.

– Vous avez prévu quoi pendant la pause ? demande Valentino.

– On doit dîner chez Jeffrey et Sandy, dit Dwight, pour l'anniversaire de notre tante, mais sinon rien d'extraordinaire.

– Ma mère vient passer quelques jours à Daytona, explique Troy, alors je vais profiter d'elle.

– Tu connais un super guide, se marre Dwight, si tu as besoin d'aide.

– Ça y est ! dis-je en soupirant.

– Arrête de bouder !

– Tu m'énerves.

– Je vois ça, ricane-t-il. Et toi, Hope ? Tu comptes voir Grayson ?

– Dwight, grondé-je en le fusillant du regard.

– Quoi ?! C'est une simple question !

– Oui. Voilà, t'es content ?

– Pourquoi tu t'agaces comme ça ? demande-t-il calmement.

Je jette un œil aux deux autres qui nous observent comme s'ils assistaient à un match de tennis, comptant les points.

– C'est toujours comme ça entre vous ? demande Valentino en riant.

– Souvent, répond Dwight. Ça m'amuse de la mettre en rogne, en fait.

– Je vois ça. On dirait que ça marche bien, commente l'Italien.

– Je sais où appuyer pour ça, explique mon frère, un sourire espiègle sur les lèvres, j'ai des années de pratique derrière moi. Et toi, Tino, tu vas faire quoi ?

– Mes parents viennent me rendre visite. Plus d'un an qu'ils préparent ce voyage. On va rester un peu ici, et j'ai prévu de les emmener trois jours à New York.

– Sympa.

– Ouais. J'ai hâte, ça fait presque un an que je ne les ai pas vus.

– C'est cool. Tiens, j'y pense, dit mon frère en se tournant vers Troy. Lacey m'a appelé hier, Jody aimerait bien te revoir. Une sortie tous les quatre, ça te tente ?

J'espère que mes yeux exorbités et mon soupir qui s'apparente plus à un grognement passent inaperçus. Je savais bien que j'aurais dû me méfier de mon frère. Je prends une grande inspiration et fais semblant d'être captivée par un groupe plus loin sur la plage.

– Écoute, Dwight, je vais être honnête avec toi. Jody est très mignonne, mais je n'ai aucune intention de sortir avec elle. On peut se faire un truc entre mecs, avec plaisir, mais c'est tout.

Dwight hausse un sourcil et fait une petite moue étrange.

– Ça m'étonne de toi.

– Tu sais que je peux me débrouiller tout seul, hein ?

– Oh oui, j'en doute pas. Donc c'est parce que tu as jeté ton dévolu sur une autre ?

Non, mais achevez-moi ! Quelle plaie, celui-ci ! Valentino s'amuse de la conversation, et moi, je bous.

– Absolument pas, je veux me concentrer sur la saison, c'est tout.

– C'est nouveau ?

– Parce que cette année, je le sens très bien. Et puis, entre nous, ma vie intime ne te regarde pas.

– OK. OK, capitule-t-il. Un truc entre mecs alors, vendu.

Dwight me jette rapidement un coup d'œil, mais je reste impassible. Il ne m'aura pas, peu importe ce qu'il a en tête.

***

La pause estivale est commencée depuis cinq jours. Les trois dernières courses se sont passées sans casse. Troy s'est démarqué à deux reprises en terminant troisième. Je sais bien que cela ne le satisfait jamais vraiment, mais c'est quand même génial, enfin de mon point de vue. Dwight a réalisé une superbe première place à Brooklyn. Valentino a toujours un peu plus de mal, mais il marque des points malgré tout. La dernière a été un peu mitigée pour eux trois, tandis que Kyle Lawson, un des *rookies*, a fait des étincelles, offrant un aperçu de son fort potentiel. Mais d'une manière générale, les trois pilotes de JW Motorsport sont très bien placés, ainsi que l'écurie. Et ce petit break ne fera de mal à personne, moi la première. Je suis ravie de cesser les voyages pour quelques jours.

Je suis un peu nerveuse. Le déjeuner au restaurant est prévu pour ce midi, et c'est la première fois que je vais revoir Susan depuis que Troy et moi sommes véritablement en couple. Troy ne lui a pas parlé de notre situation complexe et risquée. Pour elle, nous vivons notre amour au grand jour. J'espère qu'elle ne posera pas de questions délicates et que tout se passera bien.

J'hésite devant mon dressing sur la tenue à choisir. Je sais que c'est ridicule, ce n'est que la maman de Troy, et elle me connaît déjà, mais j'ai besoin de me sentir en confiance. J'opte pour une robe au décolleté cache-cœur bleu foncé avec de grosses fleurs blanches. La longueur est asymétrique et la taille, marquée par une ceinture. J'enfile des spartiates blanches toutes simples, récupère ma pochette et rejoins le rez-de-chaussée.

Je suis surprise de ne pas tomber sur Dwight prêt à se jeter sur moi avec mille questions, mais je dois constater qu'il est déjà sorti. Je ne savais pas qu'il avait quelque chose de prévu. Non pas qu'il soit obligé de tout me dire.

Finalement, Susan n'a pas voulu déjeuner chez The Cellar. C'est un restaurant italien, et ils ont gentiment pensé que j'en avais eu assez après tout ce temps passé en Italie.

Le choix s'est donc porté sur Chez Paul, un restaurant gastronomique européen, situé juste au bord de la rivière Halifax, un cadre vraiment très sympa. Susan et Troy sont déjà installés quand j'arrive. Un peu timide, j'embrasse Troy sur la joue, avant que Susan ne me prenne dans ses bras.

– Bonjour, Hope. Que tu es belle ! Je suis si heureuse de te voir.

– Moi aussi, Susan. Vous allez bien ?

– Très bien. Auprès de mon fils, tout va pour le mieux, dit-elle en souriant et en prenant sa main.

– Cela fait longtemps que vous m'attendez ?

– Non, ne t'inquiète pas, me rassure Troy. Cela ne fait que quelques minutes.

– Tant mieux.

Nous échangeons encore quelques banalités, puis un serveur arrive avec les cartes et note nos choix concernant l'apéritif. Susan et moi craquons pour un verre de vin blanc, tandis que Troy opte pour une bière.

– À ce délicieux repas, décrète Susan en levant son verre au centre de la table.

Nous trinquons volontiers, puis elle se tourne vers moi, un grand sourire sur les lèvres. Elle prend une de mes mains dans les siennes, et je sens qu'elle est véritablement émue.

– Maman… gronde Troy en la voyant venir.

– Tais-toi, rétorque-t-elle d'un air amusé en l'ignorant du regard. Hope. Je ne vais pas faire de grands discours, promis. Je ne vais pas non plus dire que je savais qu'il se passerait quelque chose entre vous deux, mais je me doutais qu'il se tramait un truc quand tu es venue à la maison. C'est la première fois que je vois Troy avec une femme. Et tout ce qu'il me faut, c'est le regarder et voir à quel point tu le rends heureux. Je ne demande rien de plus. Alors, merci, ma jolie.

– C'est réciproque, vous savez. Il me rend heureuse aussi.

– Je le vois bien. Cet éclat dans ton regard, il ne ment pas.

Elle m'embrasse rapidement sur la joue et passe aussi vite à autre chose. J'observe d'un œil attendri Troy échanger avec Susan. Cela me touche profondément d'être la première femme qu'il présente en tant que petite amie à sa mère. Ce n'est pas rien. Et je suis émue qu'elle soit heureuse que ce soit moi. C'est toujours une appréhension, se demander si on va plaire à la mère de son chéri. Bien entendu, le courant était bien passé entre nous, mais la situation est différente maintenant. Susan me raconte avec plaisir les visites effectuées avec Troy. Je vois qu'il s'est très largement inspiré de nos sorties, mais en gardant toutefois certaines secrètes, les plus significatives pour nous.

Pendant que nous dégustons nos plats principaux, Susan me questionne un peu plus intimement, et le stress refait surface.

– Raconte-moi, Hope, comment vont ton oncle et ta tante ?

– Ils vont très bien, merci. Ma tante a fêté son anniversaire en début de semaine, on a célébré ça en petit comité.

– Mince, Troy n'a pas pu y aller parce que j'étais là, constate-t-elle.

– Ce n'est rien.

Je jette un œil nerveux à Troy pour lui demander de l'aide.

– On essaie d'y aller doucement, maman, dit-il.

– Comment ça « doucement » ? Ils sont au courant pour vous deux quand même ?

– C'est-à-dire que… bafouillé-je.

– Qu'est-ce que vous ne me dites pas ?

– En réalité, on n'a pas le droit d'être ensemble, lâche Troy en exposant la vérité toute crue.

– Comment ça ? demande Susan en riant, incrédule.

– Nos contrats de travail stipulent que toute relation intime entre collègues est interdite.

– C'est légal ? s'exclame-t-elle.

– Malheureusement, oui.

– Eh bien, mais je… vous deux, donc… Pourquoi ? Comment ?

Je sens une chaleur s'emparer de moi et je devine mes joues

devenir bien rouges. Je prends une grande gorgée de vin, histoire de me rafraîchir, mais c'est totalement inefficace.

– Je suis désolée, murmuré-je.

– De quoi t'excuses-tu, voyons ?

– Ce n'est sûrement pas le genre de relation que vous imaginiez pour votre fils.

– Ne fais pas ça, Hope, grogne Troy. Ça ne change rien.

– Ça change beaucoup de choses au contraire, soufflé-je.

– Mais il n'en sera pas toujours ainsi, n'est-ce pas ? poursuit Susan.

– Non, bien sûr que non, s'empresse de dire Troy. Seulement, on est en plein dans la saison, c'est compliqué avec l'équipe, on ne veut pas créer de malaise, donc on préfère taire notre relation pour le moment.

– J'imagine que vous savez ce que vous faites, dit Susan avec un petit sourire. Et je rejoins mon fils, ça ne change rien.

Elle serre une nouvelle fois ma main pour me rassurer, et je laisse échapper un soupir de soulagement.

Le serveur est reparti depuis quelques minutes avec nos commandes pour le dessert. Je lève les yeux vers le bar, et mon cœur marque un arrêt brutal. Dwight vient de passer devant pour rejoindre les toilettes. Est-ce que je suis maudite ? C'est une blague !

– Que se passe-t-il ? demande Troy. On dirait que tu as vu un fantôme.☒– Dwight est là.

– Où ça ?

– Il est parti vers les toilettes.

– Il nous a vus ?

– Je ne crois pas.

– Reste zen.

– Facile à dire, marmonné-je.

J'ai peut-être la possibilité de me planquer sous la table. Enfin, ça serait envisageable si je me trouvais seulement avec Troy, mais là, devant sa maman, c'est très moyen. Peut-être que si je ne regarde pas dans cette direction, il repassera comme il vient de le faire, sans nous apercevoir.

– Tout va bien ? demande Susan.

– Oui, ne t'en fais pas, maman.

Elle vient d'apprendre que Jeffrey et Sandy ne savent pas pour nous, mais elle ne sait pas pour mon frère. Elle trouverait sûrement ça injuste envers lui. Moi-même, cela me place dans une situation délicate, et je sens que ce n'est que le début des ennuis.

Le serveur arrive avec nos desserts, il passe au moment même où Dwight refait son apparition, attirant son attention. Il regarde avec intérêt les assiettes et les suit des yeux jusqu'à notre table. Son regard se pose sur le mien, et il marque aussitôt une halte. Il fronce les sourcils et amorce un pas en notre direction. Je bondis presque de ma chaise pour le rejoindre avant qu'il ne mette les deux pieds dans le plat. Inutile de jouer avec le feu.

Je le tire par le tissu de son polo et l'entraîne légèrement à l'écart. Pas la peine qu'on se donne en spectacle devant la clientèle.

– Je peux savoir ce que vous faites là ? grogne-t-il.

– La maman de Troy est en visite, et il m'a proposé de les rejoindre au restaurant.

– Le truc tout à fait logique, ironise-t-il en croisant les bras sur son torse.

Il me lance un regard sceptique, fâché et mauvais. Comment ai-je pu croire que je pourrais tromper mon frère éternellement ? Je me sens terriblement mal, j'ai l'impression d'être prise au piège. Je n'en peux plus de devoir lui mentir. Il ne fait plus aucun doute qu'il suspecte quelque chose, j'imagine à quel point il doit être déçu de mon comportement. Je m'en veux, jamais je n'ai agi ainsi avec lui, et je suis obligée de le faire alors que je vis quelque chose d'incroyable avec Troy. Je lutte contre les larmes et l'envie de plus en plus forte et grandissante de me confier à lui.

– Ce n'est pas ce que tu crois, Dwight, mens-je à la place.

– Je t'en prie, éclaire ma lanterne.

– J'ai fait sa connaissance il y a quelque temps, lors de votre première course en Californie. Elle était si heureuse de rencontrer un collègue de Troy. On s'est bien entendues, et cela lui faisait plaisir que je sois là aujourd'hui. C'est tout.

– Pourquoi toi ? insiste-t-il. Moi aussi, je suis un collègue. Je n'ai jamais rencontré sa mère. Il est avec nous depuis l'année dernière.

– Je crois qu'entre toi et moi, il a vite posé son choix. Les trois quarts du temps, tu es brusque et très, trop familier.

– Je sais me tenir ! s'écrie-t-il, offensé. C'est n'importe quoi !

– Tu sais, c'est à Troy qu'il faudrait poser la question, pas à moi. Il lui a fallu du temps pour être à l'aise avec Valentino et toi, ça viendra peut-être.

– Mouais. Tu es sûre que tu me dis tout ?

Il me lance ce regard qui me sonde, celui qui fouille et qui trouve souvent. Je n'ai rien d'autre à dire, rien d'autre à trouver pour expliquer ma présence ici. Et puis, cela fait tilt. Je ne me suis même pas posé la question, trop nerveuse de le trouver ici, mais maintenant que j'y prête attention, ce genre de restaurant n'est pas vraiment son truc, d'ordinaire.

– Et toi, qu'est-ce que tu fais là ? Tu es avec qui ? Ça m'étonnerait que tu manges seul dans un resto pareil.

– Euh… en fait… je suis avec…

– Tu essaies d'impressionner qui ? demandé-je, curieuse, en tendant le cou pour voir derrière lui.

Il me cache la vue de l'autre salle, attisant encore plus ma curiosité.

– C'est une blague ?! m'exclamé-je en découvrant Lucy qui patiente sagement à une table.

– Hope, calme-toi.

– Que je me calme ?! Tu es en train de me faire une scène à propos d'un repas avec Troy, et je te trouve en train de déjeuner avec Lucy ! Dwight… grondé-je, très mécontente.

– P'tite sœur…

– N'essaie pas de m'amadouer ! Ça ne marchera pas ! À quoi tu joues ?

Je lui balance un coup sur l'épaule. Je suis vraiment remontée !

– Tu n'as pas le droit ! Pas Lucy, aucune de mes amies !

– C'est juste un déjeuner.

– Arrête de te foutre de ma gueule, tu veux. Ça n'existe pas chez toi, un simple déjeuner ! Je te connais.

Je suis à deux doigts de courir vers mon amie et de la sermonner, mais ce serait idiot parce que je sais que Lucy est attirée par mon frère, elle ne me l'a jamais caché. Je ne dois m'en prendre qu'à Dwight, c'est lui, le fautif. Il n'a pas le droit !

– Quand on s'est croisés alors que tu étais partie en vacances aux Bahamas avec *Grayson*, dit-il d'une voix mielleuse, on a discuté et je lui ai proposé qu'on se retrouve pour déjeuner un de ces jours. Je ne pensais pas à mal, je te jure.

– Dwight…

– Tu sais quoi ? Je crois que tu es mal placée pour me faire une leçon de morale. Tu crois vraiment que je vais avaler tous les bobards que tu me sors à propos de Troy ? Tu me penses idiot à quel point ?

– Tu es très loin d'être idiot, soufflé-je, incapable de poursuivre dans le mensonge.

– Merci de me rassurer, ricane-t-il. Donc peu importe ce que j'ai pu te dire jusque-là. Je te croyais plus intelligente que ça.

Ses mots me blessent. Il croit que c'est facile ? Qu'on contrôle toujours tout ? Ce n'est pas le cas. Dwight n'a jamais vécu de relation sérieuse, il ne sait pas ce que c'est. Il n'a aucune idée de ce que je vis.

Pas étonnant, vu que tu lui caches la vérité !

– Franchement, Hope ! Je sais que j'ai été dur envers Troy, et je vois bien qu'il n'est peut-être pas celui que je pensais, mais ça ne change rien à la problématique, aux risques, et je… Parle-moi.

Sa voix est presque suppliante, et ça me tue de ne pas pouvoir le faire. Je ne peux pas me permettre d'avouer à haute voix ce qu'il suspecte. Tant que rien n'est formulé clairement, il y a toujours le doute.

– Je t'écoute.

– Je n'ai rien à dire de plus, soufflé-je dans un filet de voix.

– Eh bien, moi non plus. Je te propose qu'on retourne chacun à notre *déjeuner*.

– Bonne idée.

Je m'apprête à tourner les talons, vraiment déstabilisée par cet échange, mais il lance la petite pique qui me fait déglutir.

– N'oublie pas, Hope, je *te* connais.

29

Troy

En sortant de Chez Paul, maman a bien senti que Hope n'était pas dans son assiette, mais elle a eu la délicatesse de ne pas chercher à en savoir plus. Tout ça à cause de Dwight. Franchement ! Quelles étaient les chances pour qu'on se retrouve dans le même restaurant ?

Nous sommes allés nous balader sur la plage avant de rentrer à l'hôtel. Hope voulait me laisser profiter de maman, rien que tous les deux, avant son départ, mais on a insisté pour qu'elle reste avec nous. Après un dîner léger servi par l'hôtel, nous avons prévu de regarder un film.

Hope s'est absentée pour se rafraîchir, et je patiente sur la terrasse en observant la vue dont je ne me lasse jamais.

– Troy ?

– Oui, m'man ?

– Tout va bien ?

– Bien sûr, dis-je en l'attirant dans mes bras.

– Cette histoire de relation secrète, c'est vraiment ce que tu désires ?

– Je ne désire pas être caché, non. Je veux être avec Hope, c'est tout. Elle a essayé de me résister, expliqué-je en souriant. Mais… qu'est-ce que tu veux ? Je suis irrésistible.

Elle rit doucement avant de rompre notre étreinte. Elle m'observe attentivement en passant une main sur ma joue.

– Mon chéri, commence-t-elle, l'air grave.

– Qu'est-ce qu'il y a, maman ?

– Ne va pas croire que je fouillais dans tes affaires. J'avais mal à la tête, alors je cherchais une aspirine.

Je pivote face à l'océan et prends une profonde inspiration avant de serrer de toutes mes forces la rambarde entre mes doigts. Je sais ce qu'elle s'apprête à me dire, ce qu'elle a trouvé.

– Quand comptais-tu me le dire ?

– Il n'y a rien à dire, maman. Tu n'as pas à t'inquiéter.

– Pas à m'inquiéter ? réplique-t-elle en ricanant. Tu me penses idiote à quel point ? Tu crois que, parce que toutes ces années ont passé, j'ai tout oublié ? Je me souviens très bien du traitement de ton père. Le cocktail dans l'armoire de ta salle de bains est le même.

– Ce n'est qu'une précaution, maman. Il n'y a rien de grave, je t'assure.

– Je ne te crois pas. Et je suis déçue, vraiment. C'est la première fois que tu oses me mentir effrontément, et je suis stupéfaite que ça arrive alors que tu es adulte.

– Je ne te mens pas, insisté-je. Les flacons ne sont même pas entamés, c'est juste au cas où.

Elle me jauge un long moment, soupesant mes mots, étudiant mon regard.

– Tu as passé des examens ?

– Oui. Et pour le moment, tout va bien.

Elle a raison. Je lui mens et je m'en veux, mais c'est mieux ainsi. Je ne peux pas prendre le risque qu'elle sache et de tout perdre. Hors de question. Il y a bien trop en jeu, moins elle en sait, mieux c'est.

– Qu'en dit Hope ?

Le regard que je lui retourne parle pour lui-même. Elle en reste bouche bée et cligne rapidement des yeux, absolument stupéfaite.

– Tu ne lui en as pas parlé ?!

– Non. Elle n'a pas besoin de savoir ça. Elle a suffisamment à faire avec le travail, les courses à gérer, le stress de chacune, surtout après les deux accidents que j'ai eus.

– Mais enfin, Troy ! Elle a le droit de savoir, souffle-t-elle.

– Maman, grondé-je. C'est ma vie, ça me regarde.

Elle recule d'un pas sous la surprise. Je ne hausse jamais le ton avec ma mère. Mais la situation impose que je me montre ferme. Je suis un adulte maintenant, elle n'a rien à dire quant à mes choix et mes décisions, ni même quant à mon refus éventuel de me confier à Hope ou à accepter un traitement.

– Cela ne fait pas très longtemps que nous sommes ensemble. Je ne veux pas l'inquiéter avec des choses qui n'ont pas lieu d'être. Je t'assure que je vais bien, maman.

– Très bien, je veux bien te croire, mais je te connais, Troy. Je sais comment tu fonctionnes, et ce n'est pas une bonne idée, mon chéri. Tu n'es pas obligé de tout garder pour toi pour épargner les autres.

Je la fixe du regard, l'interrogeant silencieusement. Se rappelle-t-elle comment elle a géré le décès de mon père ? Les chiens ne font pas des chats. C'est peut-être justement à cause de ça qu'elle sait ce qu'elle dit. Cela ne me rassure pas vraiment. Mais elle pourrait comprendre d'autant plus pourquoi j'agis ainsi. Je garde une distance raisonnable, indispensable, vitale. C'est plus fort que moi. C'est tout, c'est comme ça.

– Si cela est nécessaire, je le ferai, mais il n'y a rien à dire pour le moment.

– Je ne suis pas tout à fait d'accord.

– Maman, ça suffit. Tu ne gagneras pas cette partie, répliqué-je fermement. Je suis désolé si cela ne te plaît pas, mais c'est ma décision, et je te demande de la respecter.

Elle n'ajoute rien, mais son regard me dit clairement qu'elle désapprouve. Au moment où elle passe la baie vitrée, je remarque Hope dans le salon. Je ne sais pas si elle a entendu notre conversation, depuis quand elle est là, mais je devine à son regard qu'elle en a perçu des bouts et que le doute s'est immiscé en elle. Seulement, elle préfère garder ses questions pour elle, pour le moment. Je me dis que cela vaut sûrement mieux, je n'ai pas envie d'avoir cette discussion devant ma mère. Je soupire, dépité par la tournure des événements. La présence de Dwight au restaurant a déjà suffisamment mis à mal le moral de Hope, je ne veux pas en rajouter avec mon problème. Je dois la protéger.

Nous nous installons sur le sofa, et maman arrête son choix sur un thriller. Une tension s'est emparée de chacun d'entre nous, et quelque chose me dit que la soirée ne se terminera pas comme je l'aurais espéré.

Après le film, ma mère embrasse Hope et lui fait promettre de vite la revoir. Je la raccompagne jusqu'à sa chambre.

– Je suis désolé, maman. Je ne voulais pas te parler sur ce ton.

– Je sais, mon chéri. Je te donne sûrement l'impression de me mêler de ta vie privée, mais tu es mon fils, et je ne cesserai jamais de me faire du souci pour toi.

– Tu n'as pas à t'en faire, je t'assure. Je maîtrise la situation. Tout va bien. J'ai pris les devants, et il n'y a rien à signaler pour le moment.

– Bien, je te crois. Si les choses évoluent, en mal, tu m'en parleras, n'est-ce pas ?

– Bien sûr. Je ne t'en ai pas parlé parce que je ne voulais pas t'inquiéter, répété-je. Vraiment, je suis en pleine forme, tout va bien.

– D'accord, dit-elle en souriant. Bonne nuit, mon chéri.

– Oui, toi aussi. On se donne rendez-vous pour petit-déjeuner avant que je t'emmène à l'aéroport ?

– On fait ça. À demain.

Je me penche pour l'embrasser sur la joue et patiente le temps qu'elle referme derrière elle avant de remonter à ma suite. Je m'attends à trouver Hope déjà installée au lit, mais elle n'a pas bougé du canapé.

– Tu ne restes pas dormir avec moi ? l'interrogé-je tout en gardant légèrement mes distances.

– De quoi parliez-vous avec ta mère ? demande-t-elle en ignorant ma question.

– De rien.

– De rien ? répète-t-elle calmement en hochant la tête. Il m'a semblé qu'elle était légèrement remontée contre toi pourtant.

– C'est ma mère, elle s'inquiète toujours pour rien.

– C'est à propos de nous ? Elle n'accepte pas notre façon de faire, c'est ça ?

– Quoi ? Non, bien sûr que non. Ça n'a rien à voir avec nous.

Ses lèvres tremblent, et elle triture le vernis sur ses ongles.

– Que refuses-tu de me dire ? murmure-t-elle. Je ne vous espionnais pas, mais j'ai surpris une partie de votre conversation.

– Rien, Hope, je t'assure, affirmé-je avec difficulté.

J'ai toujours été honnête avec elle, dès le départ, j'ai toujours refusé de jouer la comédie, principalement en ce qui concerne notre relation et ce que j'éprouve pour elle. Alors lui mentir comme ça, je ne le fais pas de gaieté de cœur, mais par nécessité. C'est difficile, mais je n'ai pas le choix.

Ses pieds glissent de sous ses fesses pour trouver le sol. Elle prend appui sur ses mains pour se relever.

– Tu m'as dit « je t'aime », souffle-t-elle en me fixant de ses beaux yeux qui brillent à cause de l'émotion que je provoque. Tu l'as dit en premier, tu m'as surprise, je ne pensais pas qu'un homme comme toi se sentirait si bien pour le faire. Tu l'as fait alors qu'on est ensemble depuis *pas très longtemps*.

– Hope… interviens-je en amorçant un pas vers elle.

– Laisse-moi finir, s'il te plaît.

Je hoche la tête et stoppe mon mouvement.

– Tu penses pouvoir choisir ce que tu peux partager avec moi ? Je ne suis pas d'accord. Ce n'est pas juste.

– C'est parce qu'il n'y a rien à dire. Je t'assure.

– L'attitude et l'inquiétude de ta mère me laissent croire le contraire, pourtant. Il y a quelque chose, et tu refuses de te confier à moi, c'est aussi simple que ça.

Je passe une main rageuse dans mes cheveux. Je suis au pied du mur. J'aurais dû me douter que Hope n'était pas une femme à se contenter d'un à-peu-près. Elle est entière, elle mérite donc une relation qui se vive pleinement. Seulement, notre situation ne le permet pas et ma condition non plus. Mais je ne peux pas lui dire, il y a bien trop en jeu. Ce pour quoi je me bats, ce pour quoi je me donne à fond depuis des années. Je ne suis pas prêt à tirer un trait sur tout ça. Parce que je suis convaincu que si je lui confie la vérité, c'est ce qu'elle exigera.

Devant mon silence et mon immobilité, elle finit par baisser les bras. Elle récupère son gilet et remet ses chaussures.

– Je t'en prie, Hope…

– Non, je crois qu'il vaut mieux que je rentre. Je préfère.

– Hope…

– Bonne nuit, Troy.

Nous n'échangeons aucun baiser, aucune caresse, aucun regard. Je la fixe alors qu'elle s'en va, sans lui courir après, sans me défendre ni m'expliquer, parce que je suis un connard. Dwight a parfaitement raison.

***

Je fais ma tête de mule. Je n'ai pas rappelé Hope. Deux jours de silence. Elle me manque. Ne serait-ce qu'entendre sa voix, son rire. Mais je l'ai laissée partir. Cela ne dépend que de moi.

Je ne tiens pas en place, assis sur le canapé devant des conneries à la télé, debout sur la terrasse devant l'immensité bleue, dans la chambre en train de faire quelques exercices, dans la cuisine en train de me préparer un smoothie aux agrumes.

Pourquoi est-ce que j'essaie de me persuader qu'elle va craquer avant moi ? Parce que je suis un imbécile. La décision ne revient qu'à moi, j'ai le pouvoir de changer les choses, de les améliorer. Je pourrais prendre mon téléphone, l'appeler et me confier. Mais je ne le fais pas.

Ma sonnerie retentit dans la pièce, et je me jette sur mon portable sans regarder qui appelle. Seulement, ce n'est pas la belle voix de Hope qui se présente à moi, c'est celle de son frère.

– Troy ! Ça va ?

– Ouais, et toi ?

– Aussi. Écoute, avec Valentino, on pensait se faire un truc cet aprèm. Un billard en ville, peut-être ? T'es partant ? Et après, on se fait une p'tite bouffe chez moi.

Je suis déçu de ne pas avoir Hope au bout du fil. Et à part rester chez moi à attendre qu'elle se manifeste, je n'ai rien de prévu. Alors ça me paraît être une bonne distraction, même s'il y a toujours le risque que Dwight poursuive sa petite investigation. Et puis, finir la soirée chez lui, cela m'offre la chance de peut-être voir Hope et de tenter d'amorcer le dialogue.

– Oui, ça marche, accepté-je en souriant.

– Génial. À tout à l'heure, alors.

– Oui.

Si je mets ma relation avec Hope de côté, je dois reconnaître que Dwight fait son maximum pour créer des liens avec moi. Cela me touche, et j'admets que j'en ai besoin. Je ne veux plus de cette solitude que je m'imposais. Alors cette invitation est bienvenue finalement. Il m'envoie dans la foulée les coordonnées et le nom du club, et je les rejoins à l'heure donnée. Les mecs sont déjà là et m'attendent à une table.

– Te voilà !

– Désolé, j'ai eu du mal à me garer.

– Tu es venu avec la Veyron ? s'étonne Valentino.

– Non, j'ai emprunté un véhicule de l'hôtel.

– Carrément ?

– Eh oui, être résident permanent a quelques avantages.

– Tu m'en diras tant, acquiesce Dwight.

Je passe commande d'une bière, et nous nous installons autour d'une table. Je ne connaissais pas du tout ce club, mais c'est plutôt sympa. Si j'avais un endroit à moi, j'aimerais beaucoup avoir une table de billard, je trouve ça vraiment cool comme discipline, et pour se distraire avec les copains, c'est l'idéal.

On enchaîne plusieurs parties tout en discutant de choses et d'autres. On parle un peu du boulot, mais sans plus. Je crois qu'on a chacun vraiment besoin de prendre un peu de distance avant la dernière ligne droite jusqu'aux *play-offs*. Valentino vient de s'absenter, et je suis assis à table avec Dwight devant une bière fraîche. Maintenant qu'on est tous les deux pendant quelques instants, je m'attends à ce qu'il passe à l'interrogatoire, après la séquence au restaurant, à cause de ses doutes qui grandissent.

– Alors, ta mère était contente de son séjour ?

– Oui, très. Elle a apprécié les endroits que je lui ai fait découvrir, c'était sympa.

– Tant mieux.

– Tu peux y aller.

– À propos de quoi ?

– Je vois bien que tu veux parler d'un truc en particulier.

– Peut-être bien, vu que Hope est pas là, je peux me le permettre, et comme ça, j'aurai ta version.

– Je sais que ça a pu te paraître étrange, mais je… En fait, ma mère n'a jamais eu l'occasion de rencontrer des gens avec qui je travaille. Même quand elle vient me voir courir, ça reste elle et moi. Parce que j'ai toujours gardé mes distances. Je suis responsable. Sauf que, lors de notre première course en Californie, Hope a rencontré ma mère. C'était pas prévu, c'est arrivé comme ça, et ma mère était tellement heureuse. De voir que je n'étais pas seul au quotidien, que j'avais des relations sociales. On n'était pas encore amis à l'époque, mais voilà. Alors elle a eu envie de la revoir en venant en Floride. C'est tout.

J'espère être assez convaincant. Décidément, je n'aurai jamais autant menti que ces derniers temps, et je n'aime pas particulièrement ça.

– Hope est spéciale, hein ?

– Oui. Enfin, c'est Hope, me reprends-je en fronçant les sourcils. Je ne sais pas ce que tu attends de moi, en fait.

– J'en sais trop rien moi-même. Parce que, tu vois, il y a ce que Hope me dit, ce que, toi, tu me dis et ce que je vois, ce que j'ai l'impression de voir. Je me fais peut-être des films après tout, je me dis que vous ne seriez pas assez idiots pour faire un truc pareil. Je crois être sûr d'un truc, et la seconde d'après, Hope sort toute la journée, et toi, tu es là avec moi.

Je ne savais pas Dwight si observateur. Je me doute qu'il s'inquiète pour sa sœur, il est tout aussi conscient que nous des risques. J'aime voir que Hope a un frère comme lui, protecteur et concerné, mais cela n'arrange pas mes affaires. J'avais probablement raison d'imaginer qu'il chercherait à en savoir plus.

– Franchement, Dwight, tu n'as pas à t'en faire.

– Ouais, c'est ce qu'on verra, marmonne-t-il alors que Valentino est de retour.

Après deux autres parties, on se retrouve chez Dwight pour manger des pizzas et jouer à la console. Hope n'est pas là, et je me demande immédiatement ce qu'elle fait.

Il est un peu plus de vingt et une heures quand elle fait son apparition. Elle marque un petit temps d'arrêt en nous découvrant dans le salon. Ses yeux passent sur les cadavres de bière, les cartons de pizza qui jonchent le sol avant de trouver mon regard. C'est furtif, parce qu'elle les détourne aussitôt, pour sourire à Valentino et Dwight.

– Ça va, Hope ? demande ce dernier.

– Très bien, dit-elle. Je ne suis que de passage. On était au restaurant avec les filles et on a décidé d'aller danser, alors je viens juste me changer et je repars.

Quoi ? Elle va sortir ? Bon, je suis injuste, elle en a tous les droits, je ne vais pas la tenir en laisse, mais quelque chose dans son attitude, dans sa voix me dit qu'elle le fait pour me défier, pour me secouer. Seulement, le moment est un peu malvenu pour discuter de ça. Je n'ai pas d'autre option que de la suivre du regard monter les escaliers et redescendre trente minutes plus tard, habillée de la même tenue que la première fois qu'on s'est rencontrés. Je sais qu'elle l'a fait exprès. Elle ne peut pas avoir oublié. Elle me cherche.

– Bonne soirée, les gars, amusez-vous bien.

– Oui, toi aussi, répond Dwight.

– Bye, la salue Valentino.

Je ne dis rien et attends que la porte se ferme derrière elle pour demander à Dwight s'il n'a pas quelque chose de plus fort que la bière.

– Rhum ? Ça te tente ?

– Carrément.

Et c'est comme ça que je termine la soirée, incapable de reprendre le volant, pas plus que de rejoindre une des chambres d'amis à l'étage. Dwight n'est pas très loin derrière moi, Valentino est le plus sobre de nous trois. Le frère de Hope abandonne l'idée de me traîner, et je reste allongé sur le canapé dans un état semi-comateux. Hope joue avec mes nerfs, et je ne peux m'en prendre qu'à moi-même, je l'ai bien cherché.

***

C'est une odeur de café qui me tire de mon sommeil un peu chaotique. J'ai très mal dormi, allongé n'importe comment. J'ai fait un cauchemar que je préfère oublier, rien ne se terminait comme je l'espère, ni avec Hope ni avec les Cup Series. Putain, rien que d'y repenser, j'ai la nausée, et l'abus d'alcool n'y est absolument pour rien.

Je me redresse péniblement et reste assis au bord du canapé, tentant de remettre mon cerveau au centre de ma boîte crânienne. Putain, ce que j'ai mal à la tête ! Quand l'écœurement de la gueule de bois semble enfin dissipé, je me lève et me dirige vers la cuisine. Je tombe sur Hope qui prépare le petit déjeuner.

– Bonjour, dit-elle d'une voix plate en me voyant débarquer. T'as une sale gueule.

– J'imagine.

Je me laisse tomber sur un tabouret de l'îlot central et presse mes paupières. Je passe les doigts dessus et chasse les étoiles qui dansent devant mes yeux.

– Je suppose que le rhum était bon.

– Euh, ouais.

– Tant mieux, répond-elle sèchement.

Elle continue de s'affairer : préparation de pancakes, toasts, bacon grillé, omelette, jus d'orange fraîchement pressée, salade de fruits. Je la regarde sans rien dire, parce que, merde, le moment est tellement mal choisi. Je n'arrive pas à rester concentré sans que mon mal de tête revienne au galop, sans entendre ce bourdonnement dans mon crâne qui accapare toute mon attention. Le moindre bruit résonne à mes oreilles et me fait grimacer. J'ai la bouche pâteuse et je tiens à peine assis. Alors franchement, parler avec elle ? Ça me semble juste ridicule.

Elle fait glisser un verre d'eau jusqu'à moi, ainsi que deux cachets blancs.

– Pour ton mal de tête, dit-elle doucement.

– Merci, réponds-je en me jetant dessus.

Je vide le verre d'une traite et lâche un soupir de soulagement. Ça fait du bien.

– Tu diras à Dwight que je passe la journée avec les filles à Orlando. Je risque de rentrer tard.

– Hope…

– Quoi ? fait-elle en croquant dans sa lèvre.

Ses yeux brillent, je vois qu'elle souffre de la situation, celle que je lui inflige. Et je m'en veux pour ça, vraiment.

– Je ne crois pas que tu sois suffisamment en forme pour qu'on ait une petite discussion. Je ne suis même pas sûre que tu le veuilles, en fait.

– Hope, s'il te plaît…

– Je suis désolée, Troy, mais je n'accepte pas l'à-peu-près, dit-elle en souriant tristement. Tu sais que je t'aime, mais je ne suis pas d'accord.

– Qu'est-ce que tu es en train de dire ?

– Je ne dis rien du tout. Je n'ai rien à te dire, *moi*. La balle est dans ton camp. Quand tu seras décidé, tu sais où me trouver. En attendant, je vais passer du temps avec mes amies. Je te souhaite une bonne journée.

Elle amorce un petit pas vers moi, l'habitude sans doute, avant de se raviser. Et je suis obligé de la regarder attraper son sac et me quitter, une fois de plus.

Je ne sais pas depuis combien de temps je suis là, assis en train de fixer tout ce qu'elle a préparé, quand Dwight émerge enfin.

– Salut, mon pote ! s'exclame-t-il en me donnant une claque dans le dos.

– Salut, marmonné-je, d'un ton peu aimable.

– Oh ! Y en a un qui a passé une sale nuit. C'est pas toi qui as préparé ça, dis-moi ?

– Bien sûr que non.

– Ouais, je me disais. Où est Hope ?

– Partie. Passer la journée à Orlando avec ses amies. Elle rentrera tard.

– Génial. T'as réussi à te souvenir de tout, se moque-t-il. Concis mais précis. J'apprécie. T'as pas mangé ?

– J'ai un peu la tête dans le pâté, si tu veux tout savoir.

– Il faut que tu manges, justement. Vu la cuite que tu t'es mise hier. Ça ne te fera pas de mal. Et si Hope voit qu'on n'a pas touché à ce qu'elle a préparé, elle va mal le prendre.

Je n'ajoute rien mais laisse Dwight me servir un café et me tendre une assiette avec un peu de tout. Je me demande comment il fait pour être si frais alors qu'il a quand même pas mal bu. Je pense que c'est parce qu'il a bien plus l'habitude que moi. Après tout, Dwight est le roi de la fête, pas moi.

J'ai du mal à avaler la première bouchée, et puis, finalement, le reste passe tout seul. Dwight avait raison. À ma plus grande surprise, ça fait du bien d'avoir quelque chose dans le ventre, et c'est délicieux. Après un moment, je finis par prendre congé en le remerciant pour la journée d'hier et de m'avoir hébergé. J'ai besoin d'être seul pour méditer sur ce qu'attend Hope et sur ce que je suis prêt à lui donner.

***

J'ai appelé Hope hier, lui demandant si elle pouvait me rejoindre à l'hôtel afin qu'on discute. Trois jours ont passé depuis ma cuite, et mes idées sont bien claires maintenant.

Je ne suis pas enclin à lui dire toute la vérité, mais je peux me confier en partie. Lui offrir juste assez pour qu'elle se sente dans la confidence et qu'elle ait l'impression que je partage tout avec elle. Je sais que c'est injuste, mais les faits n'ont pas changé. Je ne suis pas prêt à tout sacrifier. Cela fait peut-être de moi quelqu'un de gourmand, un poil égoïste, mais pour le moment, c'est tout ce dont je suis capable.

Je suis une boule de nerfs parce que je ne sais pas dans quel état je vais trouver Hope, ni si ce que je vais lui raconter va lui suffire, si elle va me croire.

Je bondis du canapé alors que l'on frappe à la porte. Je me précipite et ouvre à la belle ingénieure. Elle est magnifique, comme toujours. Elle me lance un petit sourire timide et entre dans la suite. Je referme derrière nous. Elle pose son sac sur le comptoir de la cuisine et se tourne vers moi.

Je ne sais pas comment elle va le prendre, mais je m'avance vers elle et la prends dans mes bras. J'ai besoin de la sentir, de la respirer, de la toucher. Je crains de l'étouffer, mais je la serre fort quand même. J'ai envie de laisser mon empreinte pour que tout le monde sache qu'elle est mienne. Il faut qu'elle le ressente aussi, je suis toujours là pour elle, je l'aime.

Son parfum provoque à chaque fois la même chose chez moi,

il me charme totalement. Sa peau est douce sous la paume de ma main sur sa nuque. Un léger tremblement de son corps m'indique que l'émotion est là pour elle aussi. Pourquoi faut-il que tout soit si compliqué ? Je me le demande.

– Tu m'as manqué, soufflé-je, particulièrement ému.

Elle se détache de moi et pose une main sur ma joue alors qu'une larme s'échappe de mon œil. J'ai tellement peur de la perdre, jamais je n'avais ressenti ce sentiment presque viscéral. Elle compte tellement pour moi. Je ne veux pas qu'elle en doute.

– Toi aussi, dit-elle en souriant doucement.

Je ne tiens pas plus longtemps avant de foncer sur ses lèvres, au risque qu'elle me repousse, parce que rien n'est réglé, mais elle ne le fait pas. Elle me rend mon baiser d'une manière presque animale, et je gémis sous les assauts de sa langue impatiente. Après quelques minutes, elle relâche notre étreinte et fait un pas en arrière sans quitter mon regard.

– Je suis là, dit-elle simplement.

– Euh, oui. Merci d'être venue.

– C'est normal.

– Je suis désolé d'avoir attendu si longtemps.

– Il te fallait un peu de temps, c'est tout.

– Oui. On s'installe dans le salon ?

– D'accord.

Elle prend place à un bout du canapé, et je m'installe à ses côtés, pas trop près ni trop loin. Je dois rester concentré et ne pas me laisser submerger par tout ça.

– Tu sais que j'ai perdu mon père quand j'étais jeune. J'avais 11 ans, et il en avait 39. Ça a été particulièrement dur pour ma mère et moi. J'étais très proche de lui, alors oui, c'était brutal. Tu sais ce qui s'est passé pour nous ensuite, la manière dont ma mère a géré, les impacts sur moi.

Elle acquiesce d'un petit mouvement de tête tout en s'emparant de ma main. Son pouce caresse le dessus, traçant le sillon de mes veines apparentes, et m'apporte un réconfort bienvenu, me donnant la force de poursuivre.

– Ce que tu ne connais pas, ce sont les circonstances de sa mort. Mon père souffrait de ce qu'on appelle une cardiomyopathie hypertrophique, ou CMH. Il a longtemps ignoré les différents symptômes, et quand ma mère s'en est rendu compte, en notant certaines choses, un changement de comportement, des cachotteries, elle l'a obligé à faire face, à consulter. Il a passé toute une batterie d'examens et il a commencé à suivre un traitement assez carabiné. Il a tenu une année. Son cœur était trop atteint, trop fatigué par les mois, peut-être les années d'ignorance. Il aurait pu essayer la chirurgie, mais les médecins n'étaient pas très optimistes, alors il n'a pas voulu tenter.

– Je suis désolée que vous ayez vécu ça, Troy, vraiment. Mais je ne comprends pas pourquoi ta mère t'en voulait.

Je prends une profonde inspiration, lâche sa main et frotte mon visage vigoureusement. Je quitte le sofa pour me poster devant la baie vitrée. J'ai tellement peur de lui avouer la suite. Je m'en veux de lui imposer tout ça. Je pourrais lui dire toute la vérité, je devrais le faire, bordel, mais je bloque. Je refuse de le faire, elle ne mérite pas ça. Elle ne mérite pas l'inquiétude constante, la surveillance, d'être sur le qui-vive. Je ne la contraindrai pas à une vie pareille. Alors je vais en dire le minimum.

– Si elle était furieuse, c'est parce que la CMH est une maladie génétique, murmuré-je, le regard fixé au loin.

– Mon Dieu, Troy ! s'exclame Hope.

Je l'entends se lever et venir vers moi. Elle me tire brusquement le bras pour m'obliger à lui faire face. Son regard est rempli de colère. Elle me donne un gros coup sur le torse, m'arrachant une grimace.

– Tu es malade ?! m'engueule-t-elle. Et tu refusais de me le dire ! Je n'y crois pas.

– Non, Hope, calme-toi, dis-je en posant mes mains sur ses épaules, puis sur ses joues. Je vais bien.

– Je ne comprends pas, souffle-t-elle alors qu'une larme s'échappe de son œil.

Je l'essuie avec mon pouce et poursuis mon presque mensonge.

– Généralement, cette condition se manifeste vers 30 ans, alors j'ai récemment passé un test et les résultats sont bons. Tu n'as pas à t'en faire.

– Pourquoi ta mère était-elle furieuse alors ?

– Parce que je ne lui en ai pas parlé, parce que je refusais de t'en parler.

Elle me jauge de ses beaux yeux brouillés par les larmes. Je ne sais pas ce qu'elle a perçu de ma conversation avec maman. A-t-elle entendu pour les médicaments dans ma pharmacie ? Si elle ne rebondit pas dessus et ne s'en étonne pas, je n'en dirai rien.

– Mais pourquoi ? demande-t-elle, la voix tremblante.

– Pour ne pas vous inquiéter inutilement. Ça sert à quoi ?

– À quoi ? Tu es sérieux ? s'emporte-t-elle, les joues rouges. Tu es vraiment sérieux ?

Elle est totalement incrédule. Je me retrouve comme un con à ne pas savoir quoi dire, comment agir.

– Troy ! Non, lâche-t-elle en soupirant.

J'ai l'impression qu'elle est sur le point de craquer. Qu'est-ce que je peux faire ? Je n'en sais rien.

– Tu n'as pas le droit d'agir ainsi ! On est ensemble ou on ne l'est pas ? Ce que tu as dit à ta mère, comme quoi tu ne voulais rien me dire parce que ça ne fait pas très longtemps qu'on est ensemble, tu le penses vraiment ?

– Sur le moment, c'est tout ce que j'ai trouvé à répondre pour qu'elle arrête de me pousser.

– Si elle n'avait pas insisté, si je n'avais pas assisté à votre échange, tu ne m'en aurais pas parlé, n'est-ce pas ? Peu importe depuis combien de temps on est ensemble.

– Je suis désolé…

– Réponds à ma question, s'il te plaît, me coupe-t-elle.

– Honnêtement, non, parce qu'il n'y a pas de quoi s'inquiéter.

Je vois très nettement qu'elle est blessée par mes paroles, mais je ne veux pas lui mentir plus encore.

– J'ai vu ma mère souffrir auprès de mon père, le soutenir avant de s'effondrer à son décès. J'ai souffert de cette perte, tellement, j'en souffre encore. Alors j'ai voulu vous épargner, je… J'ai maintenu depuis si longtemps une barrière entre les autres et moi, je ne suis pas encore à l'aise dans le partage, je… je ne sais pas faire, et je m'excuse si je t'ai fait souffrir, mais là, aujourd'hui, j'ai fait le choix de te parler parce que, oui, on est ensemble, et tu comptes à mes yeux.

– Troy, je… murmure-t-elle en se détournant de moi.

– Hope, non, je t'en prie. Essaie de comprendre.

– Ce que je comprends, c'est que tu as préféré retomber dans tes vieilles habitudes et me maintenir à l'écart. Comment tu peux croire un seul instant que ça ne sert à rien ?! s'écrie-t-elle. Comment je fais pour croire que tu ne me caches rien d'autre ? Tu étais prêt à me dissimuler une information vitale sur ton état de santé. Quelque chose me dit que même s'il y avait réellement eu un problème, tu ne l'aurais pas dit non plus. On est ensemble, j'aurais dû être là auprès de toi pour affronter des épreuves pareilles, j'aurais dû être auprès de toi avec le médecin pour tes examens, pour la lecture des résultats.

– Hope…

– Laisse-moi continuer ! s'exclame-t-elle, offusquée. Tu as suffisamment parlé ! Je n'arrive pas à y croire ! Qu'est-ce que cela me laisse penser de notre relation ?! Depuis que tu es entré dans ma vie, tu prends toute la place, Troy ! Dans mon corps, dans ma tête, dans mon cœur. Tu n'as pas le droit d'agir ainsi ! TU N'AS PAS LE DROIT ! Je mérite mieux que ça !

Elle est rouge de colère, le corps entier tendu à l'extrême. Je ne devrais pas, mais je ne l'ai jamais trouvée aussi sexy qu'à cet instant. On dirait une lionne qui rugit pour défendre un des siens.

– Hope, dis-je doucement en avançant vers elle. Je sais que j'ai fait une erreur, je m'en excuse. Je fais le choix de te parler, là, en ce moment. J'aurais pu continuer à me montrer têtu et ne pas céder, mais je ne l'ai pas fait. Ma mère a été le déclencheur, mais j'aurais continué à ne rien dire si ce n'était pas toi en face de moi. Si j'ai fini par me confier, c'est parce que c'est toi. Parce que toi aussi tu prends toute la place, je m'en suis parfaitement rendu compte pendant ces quelques jours loin de toi. Ton absence pesait tellement, tu n'as pas idée. Je ne veux plus revivre ça. Tu m'as tellement manqué.

– C'est de ta faute ! s'insurge-t-elle. Tu nous as imposé ça !

– Je sais, je suis désolé. Dis-moi ce qu'il faut que je fasse pour me faire pardonner. Dis-moi, et je le ferai.

– Je veux toute la vérité, dis-moi que tu ne me caches plus rien et que tu ne recommenceras plus.

J'avance encore et encadre son visage de mes mains avant de plonger mon regard dans le sien. Je ne veux pas lui mentir, mais je ne peux pas tout dire. Puis-je être sincère malgré tout ? Parce que c'est ce que je souhaite le plus au monde, pouvoir être totalement et complètement transparent avec elle. Je me hais de faire ça, mais j'ai encore plus peur de tout perdre si je ne le fais pas.

– Je suis sincèrement désolé, je ne voulais pas te blesser, tout ce que je cherchais et cherche toujours à faire, c'est te protéger, mais je sais que je m'y prends mal. Je m'excuse de replonger si facilement dans mes mauvaises habitudes, je fais des efforts tous les jours pour toi, pour nous. Ne me laisse pas tomber tout de suite, la supplié-je.

– Je t'aime, répond-elle simplement.

– Je t'aime.

Elle me lance un faible sourire, et je sais que je suis pardonné. Je repousse ma culpabilité tout au fond de ma tête et plonge sur ses lèvres.

30

Hope

L'oreille au-dessus de son cœur, je guette le moindre indice qui pourrait m'informer qu'il est malade, que quelque chose ne va pas avec lui. Seulement, je suis bien incapable d'entendre une quelconque défaillance. Je vais me raccrocher à ça et à ses paroles et lui offrir le bénéfice du doute, pour nous, parce que c'est déjà assez compliqué comme ça. Il a pris le parti de se confier à moi malgré ses craintes et ses peurs, alors je veux bien passer l'éponge cette fois-ci. Mais ce qu'il ignore sans doute, c'est qu'il a ouvert une brèche. Je ne suis pas forcément d'une nature suspicieuse, mais en sachant qu'il m'a caché une information pareille, je sais que je vais me montrer plus attentive à l'avenir. Il ne pourra pas m'en empêcher, et s'il me ment à nouveau, je saurai.

Je quitte sa poitrine et remonte pour pouvoir observer son profil. Sa respiration est calme et paisible. Après nos retrouvailles charnelles, nous avons sombré dans un profond sommeil. Ce sont les rayons du soleil qui m'ont réveillée d'une façon tout à fait agréable. Cette suite est vraiment magnifique, mais si impersonnelle. Je me demande si un jour nous parviendrons à vivre notre amour aux yeux de tous.

Troy est tellement beau, il est tellement plus que ce qu'il laisse voir. Mon cœur se serre à la seule idée de le perdre, à cause de ma situation professionnelle, à cause de la maladie, à cause de nos contrats. Je refuse de le voir quitter ma vie. C'est peut-être trop tôt, trop précipité, mais je ne me vois pas poursuivre mon existence sans lui. Comment un homme peut-il s'imposer autant en si peu de temps ?

Ce constat me saute aux yeux et me bouleverse alors que je pensais avoir vécu quelque chose de fort avec Danilo. Mais finalement, j'étais très loin du compte, je ne pouvais pas savoir parce que Danilo n'était pas le bon. Troy est tellement plus facile à vivre, il ne cherche pas à attirer à tout prix l'attention sur lui. Il vit pour sa passion, mais il se fiche de la gloire et des paillettes, même s'il ne rêve que de la victoire ultime.

Je l'ai mal jugé au premier abord. Et s'il a toujours vécu une vie de séducteur célibataire endurci, je n'en reviens toujours pas d'être la femme qui l'a fait changer, auprès de qui il veut être.

Je le vois papillonner des yeux avant de s'étirer. Un sourire se dessine sur ses lèvres alors qu'il se tourne vers moi. Il passe un bras au-dessus de ma taille et m'attire contre lui.

– Bonjour, ronronne-t-il, le nez dans mon cou.

– Bonjour.

– Tu as bien dormi ?

– Pas trop mal.

– Seulement « pas trop mal » ? dit-il en riant et en poussant son érection matinale contre mon pubis.

– Troy... soufflé-je alors que ses mains s'aventurent vers mes fesses.

– Hum ? Une objection peut-être ? cherche-t-il à savoir.

Ses lèvres sont maintenant sur ma poitrine. Je gémis alors qu'il commence à agacer l'une de mes pointes et qu'une de ses mains se dirige vers mon sud.

– C'est bien ce que je me disais, ponctue-t-il en me trouvant parfaitement prête à le recevoir.

– Troy…

– Je suis là.

Et il me le montre avec talent et application, impatience et calme, fougue et passion, paresseusement mais aussi vigoureusement. Tant de facettes en un seul homme, comment ne pas craquer et fondre un peu plus encore pour lui ? Il est tellement incroyable.

– Je t'aime, murmuré-je alors que j'approche du but.

– Moi aussi.

***

Le mois de septembre a débuté avec deux courses qui nous ont emmenés en Caroline du Sud et dans l'Indiana. Les résultats ont été plutôt mitigés, rien de dramatique, mais rien d'extraordinaire non plus. Dwight est celui qui s'en est le mieux sorti en terminant quatrième à chaque fois. Mais cela n'empêche pas les trois pilotes de mon oncle de figurer parmi les seize qualifiés pour les *play-offs*. C'est la première année que Jeffrey voit son écurie au complet se disputer le titre de champion de la NASCAR Energy Cup.

Jeffrey nous a donné rendez-vous dans les bureaux pour faire le point avant la dernière ligne droite. Dwight et moi arrivons en bons derniers. Toutes les têtes se tournent vers nous, et Jeffrey ne nous loupe pas, comme un professeur le ferait avec ses étudiants.

– Ce retard est dû auquel d'entre vous ?

– Elle, bien sûr, déclare Dwight en me désignant sans aucun scrupule.

– Salopard !

– C'est fini le temps où je te couvrais, me souffle-t-il. T'es une adulte maintenant.

– Et ça se dit mon frère ? grogné-je en m'installant tout au fond pour me cacher.

– Cessez vos enfantillages, nous rappelle à l'ordre notre oncle. Maintenant que vous êtes là, je vais enfin pouvoir commencer.

Je balance quand même un coup sur le ventre de mon frère qui prend place à mes côtés, et Jeffrey peut s'exprimer devant tous ses employés.

– Avant toute autre chose, je tiens à vous féliciter tous autant que vous êtes. La saison a été extraordinaire, grâce aux pilotes, mais aussi grâce à toute l'équipe technique. Je suis fier de vous tous. Je le suis d'autant plus que c'est la première fois pour JW Motorsport que les trois pilotes de l'écurie se retrouvent qualifiés pour les *play-offs*. J'ai du mal à y croire, mais putain, quel pied !

Toute l'assemblée applaudit. Nous aussi, on est fiers et tellement heureux de cette performance. Mes yeux trouvent Troy, et je lui souris faiblement. J'ai toujours peur que mon regard amoureux n'en dévoile trop. C'est une crainte quotidienne, mon regard, mon attitude, le son de ma voix, tout pourrait me trahir, en réalité. Alors je reporte aussitôt mon attention sur mon oncle, mais c'est tellement dur.

– Bon, bien entendu, la compétition n'est pas terminée, et il va encore falloir se battre, s'imposer. Mais je suis confiant. Les voitures sont performantes, la cohésion de l'équipe au top, il n'y a aucune raison pour que l'échec pointe le bout de son nez. Toutefois, je tenais à vous informer que peu importe le résultat à échéance, les performances actuelles nous ont donné une visibilité énorme, et j'ai été approché par bon nombre de nouveaux sponsors. L'année prochaine est d'ores et déjà assurée financièrement sans crainte.

Plusieurs murmures de satisfaction s'élèvent dans l'auditoire, et le sourire de Jeffrey se fait un peu plus grand. Cette écurie a tellement d'importance à ses yeux.

– Exceptionnellement, nous partirons dès le vendredi pour la prochaine course dans le Nevada. Je veux un bilan complet sur chaque voiture avant la course de dimanche et le départ des *play-offs*.

– C'est pas de bol, souffle Dwight, certains vont devoir bosser un peu plus…

– Tais-toi, idiot. Je te signale que tu viens aussi, tu ne vas pas te tourner les pouces.

– J'adore te regarder faire de la mécanique, me taquine-t-il.

Il m'exaspère aujourd'hui, et je suis de mauvaise humeur, alors cela n'arrange rien. Je crois que je prendrais mal tout ce qu'il pourrait me dire. Déjà parce que je me suis réveillée à la bourre et que j'ai provoqué notre retard, alors que je déteste ça, je suis quelqu'un de très ponctuel. Et d'autre part parce que Troy me manque de plus en plus. J'en ai marre de cette situation où l'on doit ruser pour se voir en coup de vent. J'ai de plus en plus de mal, cela se répercute sur mon moral, et pas de bol pour lui, c'est Dwight qui trinque.

J'envisage de plus en plus de quitter la maison pour trouver un logement à moi, mais en même temps, financièrement, je ne suis pas sûre de ce que je pourrais trouver. Enfin, c'est plutôt la localisation qui me fait peur par rapport à mon budget, et je ne veux pas en parler à mon frère ou à Troy parce que je ne veux pas de leur aide. Mon indépendance financière est importante pour moi. Danilo avait du mal avec mes positions à ce sujet. Après, quelque chose est en train de germer au fond de moi, et je ne sais pas si j'ai le droit. Est-il trop tôt pour souhaiter déjà m'installer avec Troy ? J'aimerais tellement pouvoir profiter de lui au quotidien et pas seulement quelques heures grappillées ici et là. Et dans le fond, j'ai un peu de mal avec le fait que la plupart du temps, ces moments échangés ne reposent que sur du sexe. Notre relation n'est pas que ça, pourtant cela m'en donne l'impression.

Jeffrey poursuit son discours un peu plus technique, et les trois chefs mécanos rebondissent sur ce qu'il souhaite. Je suis d'accord avec toutes les suggestions, et je sais qu'un gros travail nous attend tous, mais il s'agit plus d'une révision très approfondie que de vraies modifications, alors tout se passera bien.

– Tout va bien ? demande Dwight alors qu'on se lève.

– Ouais.

– Ça n'a pas l'air.

Je déglutis avant de soupirer. S'il y a bien une personne susceptible de se rendre compte qu'il y a un problème, c'est mon frère.

– Tu sais que tu peux me parler, hein ?

– Oui, je sais, dis-je, souriante, avant de l'enlacer.

On a du public, mais je m'en fiche. Je suis quelqu'un de tactile, et cela ne dérange pas Dwight, alors je ne vais pas m'en priver. Il est évident que je préférerais mille fois prendre Troy dans mes bras, mais je ne peux pas.

– Ça va, répété-je. C'est juste les *play-offs* ! Ça y est, nous y sommes, et la pression augmente un peu plus.

– Je ne m'en fais pas, assure-t-il alors qu'on sort de la pièce bras dessus, bras dessous.

Je ris devant tant d'assurance.

– Tu ferais bien de t'en faire, pourtant, lance une voix derrière nous.

On se retourne d'un même mouvement vers Troy qui nous fixe. Un sourire arrogant étire ses lèvres et me donne furieusement envie de me jeter sur lui. Pour m'en empêcher, je resserre ma prise sur le tee-shirt de mon frère et le fusille du regard, histoire de donner le change.

– La victoire au bout, elle est pour moi.

– C'est ça ! réplique Dwight en ricanant. Avec Hope pour préparer ma voiture, t'as aucune chance.

– C'est ce qu'on verra.

– Est-ce qu'une fois de plus, tu viens mettre en doute mes compétences ? riposté-je, mon ego touché en plein cœur.

– Absolument pas, assure-t-il en levant les mains en l'air. Mais ça ne change rien aux faits. Je serai sacré vainqueur, un point, c'est tout.

– Et dire que je pensais être un putain de vantard, je crois que je viens de trouver plus fort que moi, rétorque Dwight.

– C'est bien que tu en prennes conscience, la chute sera moins grande comme ça.

Je regarde Troy, amusée par tant d'aplomb.

– Gardez cette compétition pour la piste, les gars, intervient Valentino en riant. Pourquoi montrer les crocs dès maintenant ? Il y aura suffisamment à faire avec des cons comme Adams.

– Heureusement que tu es là, dis-je en souriant et en avançant vers lui.

Valentino a beau être un pilote avec autant de talent que les deux autres, il ne montre jamais une arrogance disproportionnée. C'est un trait de caractère que j'apprécie vraiment chez lui. Je lui prends le bras et l'attire vers la sortie en laissant Troy et Dwight poursuivre leur affrontement.

– Troy aime bien t'emmerder, on dirait.

– Il adore emmerder Dwight, et s'il faut passer par moi pour ça, il ne se gêne pas, réponds-je en grimaçant.

– Il sait s'y prendre, aucun doute, dit-il, amusé. Et ça marche, visiblement.

Il a raison parce qu'on les entend encore se chamailler plus loin, derrière nous.

– Ils sont désespérants. Je me demande comment ils arrivent à s'entendre dans le cercle privé.

– C’est grâce à toi, ça.

Je lui lance un regard surpris. Je ne vois pas bien là où il veut en venir. Il se contente de me sourire de manière énigmatique sans répondre. Voilà que ma peur revient au galop. Devrais-je en plus me méfier de Valentino ? Si cela continue comme ça, il faudra peut-être mettre en pause notre relation jusqu’à ce qu’enfin on accepte de prendre le risque de dire la vérité, car plus le temps va passer, plus je serai amoureuse et plus il sera difficile pour moi de taire devant tout le monde ce que je ressens.

Je ferme les yeux et savoure la douce caresse du soleil sur mon visage. La Floride offre vraiment un climat agréable.

– On se voit ce soir chez moi ? demande-t-il alors qu’on attend sur le parking.

Tino nous a invités à passer une soirée tranquille chez lui, en petit comité, rien à voir avec les fêtes de Dwight. Mes amies sont également conviées, pour mon plus grand plaisir.

– Oui, réponds-je en souriant. C’est super sympa d’organiser ça.

– C’est tout le temps Dwight qui s’y colle, je voulais rendre un peu la pareille.

– Tu as besoin d’aide ? Tu veux que je vienne un peu plus tôt ?

– Pourquoi pas, si tu n’as rien de prévu.

– Non, rien, avec plaisir.

– À tout à l’heure alors, dit-il avec un clin d’œil avant de déposer un baiser sur ma joue.

– Oui.

Je le regarde partir tandis que Dwight me rejoint et que Troy se dirige vers sa voiture.

– Ça y est, vous avez fini de vous chamailler ?

– Il m’énerve ! grogne Dwight alors qu’on monte en voiture. Il est vraiment persuadé d’être meilleur que moi.

– Tu sais comment lui prouver le contraire.

– Ouais, souffle-t-il, peu convaincu.

– Ça va, toi ? Tu me parais un peu tendu aussi.

– C'est parce que ça fait longtemps que j'ai pas baisé.

– Dwight ! Épargne-moi ça, je t'en prie ! m'exclamé-je. Mes chastes oreilles !

– « Chastes oreilles » ?! Te fous pas de moi !

– Et je peux savoir pourquoi ?

– Pourquoi quoi ?

– Pourquoi tu n'as pas… depuis… longtemps… bafouillé-je.

– Parce que.

– Mais encore ? insisté-je en haussant un sourcil.

Il me lance un regard avant de le détourner rapidement. C'est très étrange. Son attitude, son inactivité sexuelle aussi. Maintenant qu'il me le dit, effectivement, cela fait plusieurs semaines que je n'ai vu aucune blonde plantureuse, brune tout en rondeurs, rousse pétillante ou magnifique black, ou tout autre spécimen féminin, défiler à la maison.

– T'es malade ? demandé-je, inquiète.

– N'importe quoi ! répond-il en se marrant.

Il gigote sur son siège et serre plus qu'il ne le faudrait le volant de la voiture.

– Eh bien, explique-moi ce qu'il se passe ! m'impatienté-je.

– C'est juste que… je sais pas comment tu vas le prendre et si je vais recevoir un coup dans le torse ou ailleurs, dit-il en descendant les yeux vers son entrejambe. J'ai pas tellement envie.

– Je promets de ne pas te frapper. Tes parties intimes resteront en parfait état de marche, pour quand tu reprendras tes parties de jambes en l'air, lui assuré-je.

A-t-on déjà eu conversation plus étrange tous les deux ? Je ne crois pas. Ça me fait peur !

– Promis ?

– Oui, promis. Bon, maintenant, tu accouches !

– C'est à propos de Lucy, murmure-t-il.

Je prends une grande inspiration, mais je ne réagis pas verbalement.

– Après notre déjeuner, on est restés en contact. En fait, j'ai aimé passer ce moment amical avec elle. Elle est gentille, agréable, elle a de la conversation, elle est charmante et elle s'intéresse à moi pour autre chose que la course ou du sexe. J'ai pas vraiment l'habitude et… cela me plaît.

J'observe mon frère, d'ordinaire coureur invétéré, parler de mon amie avec douceur. Son attention est focalisée sur la route, droit devant lui, mais je vois ses traits s'apaiser alors qu'il pense à elle. Je devine aussi qu'il est gêné de me confier tout ça, parce que cela ne lui ressemble pas et parce qu'il s'agit de Lucy.

– Elle ne m'a rien demandé, mais je… je me dis que si je veux avoir une chance, je n'ai pas intérêt à rester celui que j'étais et je… Tu vas sûrement dire que c'est con et me gueuler dessus pour me l'interdire, mais je…

– Je ne vais rien faire de tout ça, lui assuré-je doucement.

Il plante son regard dans le mien, et un soulagement s'empare de lui. Ses épaules se relâchent et une de ses mains abandonne le volant pour saisir l'une des miennes.

– Je te connais, Dwight, et je sais que tu ne t'amuserais pas avec une de mes amies. J'ai l'impression que Lucy t'a ensorcelé. Il était temps que tu t'en rendes compte.

– Que je me rende compte de quoi ?

– Elle est folle de toi, depuis longtemps, mais disons que… tu étais toi et… pas pour elle.

Il grimace, mais il voit parfaitement de quoi je parle.

– Je suis sûre qu'elle appréciera les efforts que tu fais pour elle, et quand tu te sentiras prêt, parce que tu auras le sentiment d'être celui qu'il lui faut, fonce.

– Tu me donnes vraiment ta bénédiction ? demande-t-il, étonné.

– Je ne veux que ton bonheur, et je suis sûre que Lucy peut être la femme qu'il te faut. Et tu es prévenu, si tu fous tout en l'air, tu ne perdras pas seulement une femme merveilleuse, tu me perdras moi aussi.

– Je me disais aussi, marmonne-t-il.

– Évidemment, dis-je en souriant, fière de moi. Tu ne croyais pas t'en sortir à si bon compte quand même ?!

– Bien sûr que non, ça serait mal te connaître, n'est-ce pas ?

Je lui souris sans rien ajouter alors qu'il s'arrête au feu rouge. Cet échange me fait prendre conscience que Dwight a changé lui aussi. Il me surprend vraiment à avoir eu le courage d'être totalement honnête avec moi en ce qui concerne Lucy. Je déglutis, tellement malheureuse de ne pas pouvoir en faire autant. Ce moment de partage pourrait être l'occasion de jouer cartes sur table. Même si Troy n'est pas d'accord, Dwight est mon frère. La vérité me démange de plus en plus. Le feu passe au vert, et je suis sur le point de me confier à lui quand soudain la voiture fait une embardée et cale.

Immédiatement, Dwight grogne et s'énerve avant de relancer le moteur et de dégager la voie, alors que les Klaxons s'élèvent derrière nous. Évidemment, ce n'est pas vraiment digne d'un pilote de course. Je pars dans un éclat de rire qui ne l'amuse pas du tout, il me fusille du regard, sans doute fâché contre lui-même.

– Pas obligée de te foutre de moi ! peste-t-il.

– Tu plaisantes, j'espère ? Parce que tu te gênes, toi ?

Je reprends mon souffle, prête à poursuivre mon élan de vérité, à enfin me confier pour Troy et moi, mais je suis interrompue par l'arrivée d'un SMS sur mon téléphone qui repose entre mes cuisses. C'est Troy. Aussitôt, je renonce à l'idée de tout avouer à Dwight. Je ne peux pas le faire sans en avoir parlé à Troy avant parce que cela risque de ne pas se passer très bien. Je mens à mon frère depuis plusieurs semaines, j'enfreins les règles malgré ses avertissements. Je suis vraiment dépitée, j'ai l'impression qu'il n'y aura jamais de bon moment et que l'issue sera forcément terrible pour nous tous.

***

Valentino habite au sein d'une petite résidence de six appartements, un peu à la manière de Melrose Place. C'est vraiment très mignon. L'ensemble est moderne et parfaitement sécurisé. Le cœur est superbement aménagé, les propriétaires ou locataires doivent prendre beaucoup de plaisir à s'y prélasser. Une piscine se trouve en bout de terrain, à l'abri des regards étrangers grâce à une haute haie de buissons.

– *Bella*, m'accueille-t-il, un grand sourire aux lèvres.

Il dépose un baiser sur ma joue avant de m'inviter à entrer dans son appartement.

– *Affascinante come sempre*[1], lui réponds-je comme à notre habitude avant de l'embrasser à mon tour.

J'observe son intérieur avec curiosité. Je m'attendais à quelque chose de froid, comme chez Troy, mais pas du tout. C'est chaleureux et décoré avec goût. Des tons marine, gris et blanc, quelques touches de couleur plus soutenues avec du rouge. Masculin mais raffiné. Très sympa.

– Je te sers quelque chose à boire ?

– Un jus de fruits, si tu as. Je vais attendre un peu avant de passer à l'alcool.

– Comme tu veux, lance-t-il, amusé.

– Alors ? En quoi je peux aider ?

1. Toujours aussi charmeur.

– Déjà dans le vif du sujet ? Tu ne perds pas de temps !

– Jamais.

Il m'accompagne alors que je ris franchement. Valentino est l'une des rares personnes qui ne réagissent plus à mon rire, alors j'y vais sans crainte, et c'est agréable.

Nous passons les deux heures qui suivent à parler de tout et de rien tout en préparant diverses salades composées et amuse-bouche. Nous échangeons beaucoup sur l'Italie.

Il me propose ensuite d'aller installer tout ça à l'extérieur.

– Je te suis.

Il m'entraîne dans l'immense patio et se dirige vers une réserve. Je l'aide à sortir plusieurs tables et les chaises assorties.

– Ce sera bien plus sympa de dîner ici que dans l'appartement.

– Cela ne va pas déranger tes voisins ?

– J'ai convié les filles et Elijah à se joindre à nous. June et Veronica sont colocs, et Kylie vit toute seule dans l'appart au-dessus du mien. Celui-ci, précise-t-il en désignant la porte en face de la sienne, appartient à John, mais il est en voyage pour le boulot. Et le dernier est vacant.

– Ah, vraiment ? demandé-je.

– Ouais, cela fait deux, trois mois, je dirais. Pourquoi ? Ça t'intéresse ?

– Éventuellement, enfin… je me renseigne. Dwight n'est pas vraiment d'accord, mais disons que j'apprécierais d'avoir un peu plus d'intimité.

– Oui, je peux comprendre. C'est une agence qui gère le truc. Si jamais tu veux en savoir plus, je pourrai me renseigner.

– C'est gentil, je te tiendrai au courant.

– Pas de problème.

Le bruit des tables qu'on pousse et tire et des chaises qu'on déplie attire les habitants de la résidence.

– Pourquoi tu ne nous as pas appelés ?! s'exclame une petite rousse aux cheveux courts en refermant derrière elle.

– Parce que j'avais déjà de l'aide, répond Valentino. Hope, je te présente Kylie. Kylie, voici Hope.

– T'es la mécano, c'est ça ?

– Euh, oui, réponds-je en souriant, étonnée que Valentino lui ait parlé de moi.

– Je suis ravie de faire ta connaissance.

– Moi aussi.

– Alors ? Qu'est-ce qu'on mange ? se renseigne un grand Noir assez impressionnant.

Sans mentir, ses biceps doivent être aussi gros que mes cuisses, il doit faire plus de deux mètres. J'écarquille les yeux alors qu'il s'avance vers moi. Mon malaise disparaît à l'instant même où il me sourit, la gentillesse transparaissant sur son visage anguleux.

– Salut, moi, c'est Elijah.

– Enchantée. Hope, me présenté-je.

– Et voici les inséparables, June et Veronica, poursuit Valentino.

– Bonsoir, Tino, lancent-elles en chœur, souriantes, avant de se tourner vers moi.

Leurs regards sont un peu plus durs, je me doute immédiatement qu'elles doivent me prendre pour une rivale, mais elles n'ont aucune crainte à avoir, je ne toucherai pas à leur voisin.

– Les filles, je vous présente Hope, une collègue et amie.

– Bonsoir, dis-je en souriant doucement.

Leur froideur disparaît, mais persiste une certaine distance. J'espère que dans la soirée, tout ceci s'effacera grâce à la bonne ambiance et à l'alcool peut-être.

Avec plus de main-d'œuvre, les tables sont rapidement installées et les couverts, disposés. Une table est réservée pour la nourriture et les boissons. Valentino, désirant faire les choses bien jusqu'au bout, demande de l'aide à Elijah pour installer des guirlandes lumineuses au niveau de l'arche qui mène à la piscine. D'autres sont déjà présentes dans les arbres qui meublent le patio. Cela donne un aspect très romantique au lieu, j'aime beaucoup.

Peu de temps après, nous accueillons mes amies, rapidement suivies par Dwight, Dylan, Isaac et Kevin. Troy et Mario arrivent en bons derniers, et Valentino nous annonce que nous sommes au complet quand deux amis supplémentaires entrent, Michael et KJ.

Tout le monde est de bonne humeur. Valentino porte un toast aux très bons résultats, à leur qualification pour les *play-offs*, au bonheur qu'il éprouve de bosser avec cette équipe et d'avoir de tels amis auprès de lui.

– Il est vraiment pas mal, murmure Audrey à mes côtés.

– Dis donc toi ! D'abord Lucy qui jette son dévolu sur mon frère. Évidemment que je suis au courant, dis-je à l'intéressée en levant les yeux au ciel. Dwight m'en a parlé.

– Bien sûr, le contraire m'aurait étonnée, réplique-t-elle en riant et en rougissant quand même. Et… tu le prends comment ?

– Je l'ai mis en garde, et il n'a pas intérêt à merder. Si tu sais ce que tu fais…

– Il n'y a rien entre nous pour l'instant.

– Je sais, ma belle. Mais ça ne saurait tarder, j'imagine. Je ne veux pas que tu souffres, c'est tout.

– C'est adorable, souffle-t-elle en me prenant dans ses bras. Je t'aime, tu sais ça ?

– Oui. Je ne veux que ton bonheur. Tu es peut-être celle qui parviendra à dompter Dwight.

– Comme tu as réussi à le faire avec Troy, remarque-t-elle avec justesse.

Je pivote légèrement et le cherche du regard. Il est installé plus loin, en pleine discussion avec Elijah et Kylie.

– Tout va bien ? demande Matilda alors que mes yeux se mettent à briller.

– Oui, soupiré-je. C'est juste que c'est dur, vous voyez ? On est ensemble, mais là maintenant, très souvent, c'est comme si on ne l'était pas. Je devrais pouvoir l'embrasser et le toucher comme je le souhaite, mais je ne peux pas, et ça commence à me peser.

– Ma chérie... compatit Audrey.

– Je sais, je sais... Je l'ai bien cherché, hein ?

– Non, justement, tu n'as rien cherché, il t'a trouvée.

Je souris tendrement à Lucy.

– Mais ça va aller, un jour, on devra le dire. En espérant que tout se passe bien après la révélation.

– Tu as des doutes ?

– Bien entendu. Vous croyez vraiment que la nouvelle sera accueillie avec joie ? Je ne pense pas. Cela ne change rien au problème d'attendre. Troy sera toujours un des pilotes de mon oncle, et nos contrats nous interdisent toute relation. Jeffrey m'en voudra d'avoir failli et de lui avoir caché tout ça. Et Dwight ? Bon sang, je n'imagine même pas sa réaction. Je lui mens tous les jours en lui parlant de Grayson. Je suis horrible.

– Mais non, Hope. Vous faites comme vous le pouvez. Il est difficile de lutter contre des choses sur lesquelles on n'a aucun pouvoir. Je suis sûre que tout se passera bien, dit Matilda en tentant de me réconforter.

– Je l'espère.

Je termine ma bière et m'excuse auprès de mes amies. Cette discussion m'a donné le bourdon, et j'ai besoin de me rafraîchir. Je rejoins la salle de bains de Valentino et fais ma petite affaire. Devant le miroir, je suis soudainement prise de gros doutes. Et si jamais mon oncle se montre borné et qu'il refuse de céder ? Cela obligera donc l'un de nous à renoncer à l'écurie.

J'ai confiance en moi et en mon travail, mais cela sera-t-il facile de trouver un poste identique ailleurs ? Et puis les écuries automobiles ne courent pas les rues. Et si Troy choisissait d'intégrer une autre équipe pour sauver notre couple, cela impliquerait une séparation physique imposée par les miles entre nous. Je ne le supporterais pas. Serait-il seulement prêt à le faire ?

Je secoue la tête, essayant de chasser ces noires pensées. Je ne comprends pas pourquoi tous ces doutes m'assaillent subitement, à cet instant, alors qu'on est censés passer une bonne soirée. Je prends une profonde respiration et rejoins les autres à l'extérieur.

Les mecs se sont occupés des grillades, et les discussions vont bon train autour de la table. Les rires fusent, et petit à petit, mon humeur morose fait place à un bien-être appréciable. Mon regard accroche plusieurs fois celui de Troy assis plus loin entre Mario et Kylie. C'est dur de partager un moment comme ça avec mes amis et lui, sans pouvoir être proche de lui. Le manque se fait un peu plus ressentir. Je déglutis et plisse le nez, réfrénant ma tristesse et ma frustration.

Après le dessert, Valentino propose de poursuivre la soirée de l'autre côté, autour de la piscine. Il y a des transats, un coin salon pour ceux qui ne souhaitent pas se baigner. Comme il nous avait prévenus en avance, on a tous ramené ce qu'il faut, certains sont même déjà en tenue. Cela vaut pour tous les mecs. Lucy et Audrey sont déjà vêtues de leur maillot de bain. Kylie propose à Matilda de se changer chez elle, tandis que j'emprunte la chambre d'amis de Valentino. Je m'apprête à fermer la porte quand une main se faufile dans l'interstice.

– Mais qu'est-ce que…

J'écarquille les yeux en découvrant Troy qui pousse pour entrer avant de refermer derrière lui.

– Qu'est-ce que tu fais là ? soufflé-je. C'est trop risqué.

– Ton frère est occupé avec Lucy, et les autres profitent. Ils sont tous à l'extérieur. J'ai besoin d'un moment avec toi, rien qu'avec toi, c'est une torture.

– Je ressens exactement la même chose, murmuré-je.

– C'est pour cette raison que tu as l'air si triste ? se renseigne-t-il en caressant ma joue. Hope…

Il essuie une larme solitaire qui roule sur ma joue. Je m'en veux de paraître si vulnérable et incapable de maîtriser mes émotions, mais c'est vraiment dur.

– Je suis là.

– Oui, mais sans l'être vraiment, et c'est pareil pour moi. Je suis désolée.

– Qu'est-ce que je peux faire ?

– Rien, dis-je avec un soupir tout en l'enlaçant. Il n'y a rien qu'on puisse faire, et je…

– Oui ? Dis-moi.

– Rien, réponds-je en me défilant et en secouant la tête. Je ne veux pas plomber la soirée et gâcher ce moment.

– Tu dois pouvoir tout me dire, à tout moment.

– Je sais, dis-je en souriant. Mais oublie, tu veux bien ? Montre-moi plutôt.

Il maintient nos regards ancrés l'un à l'autre pendant encore quelques secondes, me laissant l'occasion de vider mon sac, avant de fondre sur mes lèvres, parce que je n'en fais rien. Son baiser, d'abord lent et patient, monte rapidement en intensité, allumant tous les pores de ma peau, y mettant le feu. Nos respirations saccadées emplissent l'espace, et je meurs de le sentir en moi. Là, maintenant, tout de suite. Peu importent les autres à proximité, le risque que l'on prend, il ne sortira pas de cette pièce sans m'avoir fait l'amour.

Je plonge la main dans son caleçon de bain et m'empare de son érection. Un râle rauque s'échappe de sa gorge et me fait sourire.

– Putain, ça fait tellement longtemps. Si tu savais à quel point j'ai envie de te sentir autour de moi, ton étreinte, ta chaleur.

– Vas-y maintenant. Je n'ai pas besoin de préliminaires.

– Tu es sûre de toi ?

– Oh, oui.

Son petit sourire arrogant fait cette fois-ci des ravages sur mon cœur et dans ma petite culotte. Rapidement, il me déleste de mes vêtements, des siens et me hisse tout contre lui. Mon souffle se coupe quand il entre en moi, lentement, m'écartant doucement, activant toutes mes terminaisons nerveuses. Je m'accroche à ses épaules et noue mes chevilles au-dessus de ses fesses musclées, puis il commence ses mouvements de va-et-vient si électrisants. Un instant, son attention se focalise sur notre point de rencontre, puis son regard remonte vers mon visage, et il se penche pour m'embrasser. Il le fait tellement bien, ça, ses caresses, notre étreinte, que je sombre de plus en plus, dans le plaisir, dans notre amour.

Il recule à nouveau et serre un peu plus fort mes hanches. Son bassin prend un rythme effréné, ne me laissant aucun répit, dévastant tout sur son passage. Je deviens folle, de désir pour cet homme qui me comble totalement, d'amour un peu plus tous les jours, d'envie parce que plus il me donne et plus j'en veux. Je lâche sa peau pour trouver la mienne en prenant un peu plus appui contre le mur dans mon dos. D'une main, je caresse un sein, tirant, pinçant mon téton, et de l'autre, excitant mon clitoris.

– Putain, Hope, grogne-t-il.

Il semble incapable de poser ses yeux sur un endroit particulier de mon corps.

– Ne t'arrête pas, m'ordonne-t-il.

– Continue, plus fort, plus vite, exigé-je en réponse, accélérant mes caresses par la même occasion.

Je ne vais plus tenir très longtemps. Ses coups sont si précis, à croire qu'il est parfaitement fait pour moi. À chaque fois, il excite le point qui me fait basculer, celui qui provoque l'onde de choc.

– Troy !

– Oui. Bordel. PUTAIN !

Tous ses muscles sont tendus à l'extrême alors que l'orgasme déferle. C'est tellement intense que je me demande si je serai capable de tenir sur mes deux jambes après ça.

– Bon sang, s'exclame-t-il en riant, le nez dans mon cou. Hope. Je t'aime.

– Moi aussi.

Je devrais le repousser, consciente que n'importe qui peut nous surprendre, qu'on n'a pas été discrets du tout et que nous venons de prendre un risque uniquement dans le but d'assouvir nos pulsions, mais je ne parviens pas à le lâcher.

– Tu me manques tellement, soufflé-je, les larmes au bord des yeux.

– Ma puce. Je sais. Je suis désolé qu'on soit obligés de vivre comme ça.

– On ne mérite pas ça, murmuré-je alors qu'il se sépare de moi.

Il remonte son caleçon et je vais récupérer mon maillot de bain, celui qu'il a l'habitude de me voir porter, celui qui ravive des souvenirs si plaisants. Je remonte les bretelles sur mes épaules quand il vient m'enlacer par-derrière.

– Tu es sûre que tout va bien ? demande-t-il, inquiet.

– Oui, le rassuré-je.

Je tends le cou afin de pouvoir l'embrasser doucement sur les lèvres.

– Juste un petit coup de blues, mais ça va passer.

– D'accord. Tu nous rejoins dans quelques minutes ?

– Bien sûr.

Il dépose un baiser sous mon oreille et me laisse. Je vais dans la salle de bains faire un brin de toilette et tente de me ressaisir. Je fais bonne figure en rejoignant les autres, mais je me sens vraiment bizarre aujourd'hui. Je ne sais pas pourquoi je suis si démoralisée d'un coup, si peu optimiste quant à la suite.

– Ça n'a pas l'air d'aller, constate Matilda en prenant place sur le transat à mes côtés.

– Je suis désolée, je suis un peu dans mes songes ce soir.

– Je vois ça. Tu veux en parler ?

Mon regard se perd vers Troy qui, insouciant du problème, s'amuse au volley dans l'eau avec les mecs.

– Tout va bien avec Troy ?

– Oui. Il est génial, je l'aime, me confié-je en souriant. C'est tout l'à-côté qui me pèse de plus en plus. Je ne le supporte plus, en fait. Devoir mentir et cacher notre relation à tout le monde, se voir en cachette pour quelques heures seulement sans risquer d'éveiller les soupçons.

– J'imagine bien que ce n'est pas évident à gérer.

– Ce qui me fait le plus peur, c'est le moment où tout explosera.

– Tu regrettes ?

– Non, bien sûr que non. Mais je…

– Tu n'envisages pas d'y mettre un terme, tout de même ?

– Non. Je serais encore plus malheureuse s'il disparaissait de ma vie. C'est juste que c'est dur, et il faut attendre encore, et j'ignore comment ça va se passer.

– Peut-être que tu pourrais prendre les devants dès maintenant et commencer à en parler à ton frère, non ? Regarde, lui, il t'a bien parlé de Lucy et lui. Les enjeux et problématiques ne sont pas les mêmes, mais il a pris le risque.

– Oui, je sais, et j'étais sur le point de le faire tout à l'heure dans la voiture, quand il m'a ramenée, mais je me suis dégonflée.

– Pourquoi ça ?

– Déjà parce que je ne veux pas le faire sans que Troy soit au courant et d'accord. Et puis, j'appréhende parce que je suis sûre que Dwight ne prendra pas les choses avec calme et sérénité. Tout ce qu'il va voir, c'est que cela fait des mois que ça dure avec Troy. Je lui mens ouvertement, il va se sentir trahi, je ne sais pas comment je vais pouvoir gérer ça. Je crois que l'après sera encore plus dur que le pendant.

– Je suis désolée, ma chérie, dit-elle en serrant ma main.

– Je sais, merci. Je verrai bien. Il faudrait que je prenne plus exemple sur Troy, il déteste penser à ce que les choses pourraient être, il préfère se concentrer sur l'instant présent.

– Et on dirait que cela lui réussit plutôt bien, constate-t-elle en l'observant rire avec les copains.

– C'est vrai.

Je devrais faire ça, me concentrer sur aujourd'hui et non plus penser à demain.

31

Hope

La course à Vegas n'a pas été à la hauteur de nos espérances. Je ne peux pas vraiment parler d'échec, Troy et Valentino ont réussi à obtenir une place correcte, septième et sixième, mais Dwight n'a malheureusement pas terminé la compétition, éjecté durant la deuxième partie. Plus de peur que de mal, mais un problème moteur l'a empêché de poursuivre. Un véritable coup dur alors que la compétition fait encore plus rage. Richard Adams est monté sur la dernière marche du podium, faisant enrager les trois pilotes de JW Motorsport, talonné par le jeune et talentueux Kyle Lawson, qui attire clairement l'attention, celle de mon oncle notamment.

Nous sommes à Richmond, pour la seconde fois de la saison, et j'espère que les résultats seront encore meilleurs que la dernière fois. Les trois hommes se sont entretenus en comité restreint, et un air de détermination s'affiche sur leurs visages alors qu'ils reviennent vers les stands. Je hausse un sourcil, les interrogeant, un peu curieuse, j'avoue.

– C'est un truc entre pilotes, répond Troy.

– Ben voyons, comme si vous valiez mieux que nous, m'offusqué-je en croisant les bras sous ma poitrine.

– Non, mais sur la piste, tu ne peux pas être d'un véritable secours, insiste-t-il.

– Tu cherches à prendre un coup dans les noix, mon Connard ? se marre Dwight, en assistant à notre échange. Tu sais que ça peut te servir ces petites choses-là ? Enfin, tu t'en sers peut-être pas beaucoup, mais moi, je tiens aux miennes, alors arrête de provoquer ma sœur, tu veux ?

– Et me priver de cet air farouche et furieux ? Sûrement pas !

– Va te faire voir, grogné-je en lui tournant le dos.

Je sais qu'il ne joue qu'un rôle devant les autres, mais il sait malgré tout où appuyer pour me faire enrager.

– Je te taquine, Hope, murmure-t-il à mon oreille.

– Seule une victoire fera que je te pardonnerai, lancé-je sans me tourner vers lui.

– Je suis toujours prêt à relever les défis que tu me proposes, Hope. Et si tu es le cadeau en ligne d'arrivée, je suis d'autant plus motivé.

– Je ne suis pas un prix à remporter.

– Non, tu es tellement plus.

Son nez frôle le lobe de mon oreille alors qu'il s'éloigne. Rrr, satanés sentiments et hormones qui prennent le pas sur ma volonté ! Comment suis-je censée l'affronter verbalement quand il sort des trucs pareils ? Il sait parfaitement y faire, et je suis foutue.

***

Une nouvelle fois, l'euphorie s'empare des stands face à la très jolie performance de nos pilotes. Il n'est sans doute rien comparé à celui des coureurs, mais mon cœur tambourine dans ma poitrine, galvanisé par cette victoire de Troy, la très belle deuxième place de Dwight et l'honorable cinquième position de Valentino. Cela n'égale pas le triplé réalisé dans le New Hampshire, mais peu importe. Le résultat est là, et c'est extraordinaire.

Comme à leur habitude, ils se laissent aller à un tour d'honneur sur la piste et je souris, pleinement heureuse. La victoire finale risque d'être vraiment incroyable à voir et à vivre, surtout. J'ai hâte d'y être.

Je prends sur moi et ne cours pas dans les bras de Troy, mais je ne manque pas son clin d'œil alors que j'accueille l'étreinte de mon frère. Sur les plus hautes marches du podium, je vois les deux hommes jubiler alors qu'Adams reste sur la troisième. Je me tourne vers Valentino, qui observe la scène à mes côtés. Je lui donne un petit coup d'épaule avant de glisser un bras sous le sien.

– Tu mériterais d'y être, toi aussi.

– C'est gentil, *bella*. Je savoure déjà la chance d'être ici, d'exercer ce métier et d'assouvir ma passion. Peu de gens peuvent s'en vanter, alors ne sois pas triste pour moi.

Je lui souris sincèrement. Il passe un bras par-dessus mes épaules et donne un coup de menton vers Troy et Dwight qui s'entretiennent maintenant avec les journalistes.

– Alors, lequel des deux vas-tu soutenir pour la finale ?

– Pourquoi devrais-je choisir ? Et tu en feras partie aussi.

Il part d'un petit rire tout en secouant la tête.

– Merci de croire à ce point en moi. Je suis touché, vraiment, dit-il en souriant et en m'embrassant sur la joue. Mais entre ton frère et Troy, je ne pèse pas lourd dans la balance, n'est-ce pas ?

Je ricane d'une manière peu élégante et secoue la tête, l'air de dire : « Je ne vois pas du tout de quoi tu parles. »

– Oh, *bella*. Ne sois pas gênée comme ça. Cela restera entre nous, *lo prometto*.

Je regarde nerveusement autour de nous, à la recherche d'oreilles indiscrètes, mais personne ne nous prête attention. Une chaleur grimpe à mes joues et la gêne me submerge.

– Comment est-ce que… soufflé-je.

– En plus du fait que Dwight m'a parlé de ses doutes, tu veux dire ? Eh bien, disons que je suis entré dans mon appartement à un moment où j'aurais dû m'en abstenir.

– Oh, putain… geins-je en tombant le front sur sa poitrine.

Elle est immédiatement secouée par un rire profond. Il ne se moque pas de moi, mais la situation l'amuse malgré tout. J'aimerais pouvoir disparaître et me cacher pour m'éviter cet échange très gênant. Il pose ses mains sur mes joues et m'adresse un regard réconfortant.

– Ne t'en fais pas. Je suis reparti aussitôt, j'ai presque rien entendu, me rassure-t-il, amusé.

– Tino…

– Hope, m'interrompt-il, l'air sérieux. Tu peux avoir confiance en moi, *lo prometto*. Ce que vous faites ne me regarde pas. Si tu veux mon avis, cette clause dans nos contrats, elle est abusive. Elle y a été inscrite pour de très bonnes raisons, sûrement, mais ce qui est arrivé une fois n'est pas obligé de se reproduire. Même si c'est risqué pour votre poste et l'équipe, vous êtes deux adultes matures, responsables, je suis sûr que cette situation n'est pas facile à vivre et je n'irai pas mettre de nouveaux bâtons dans vos roues.

Un soulagement intense s'empare de moi. Même s'il me met lui aussi en garde, je suis plus que soulagée de pouvoir compter sur lui et sa discrétion.

– Comptes-tu en parler à Dwight ? s'enquiert-il.

Je soupire fortement en haussant les épaules. Je n'en sais strictement rien. J'y pense tous les jours, mais à chaque fois, je fais marche arrière. Je ne me suis jamais considérée comme une personne peureuse, mais là, la frousse me retient grâce à ses griffes profondément ancrées en moi.

– J'y réfléchis sérieusement, je l'ai presque fait, avant d'arriver chez toi pour la soirée.

– Le seul conseil que je peux te donner, c'est de le faire avant qu'il ne l'apprenne par quelqu'un d'autre ou qu'il ne le découvre fortuitement comme je l'ai fait. Je connais Dwight…

– Oui, moi aussi, réponds-je en soupirant. Je sais.

– Ça va aller, *bella*, ne t'en fais pas.

Il me donne une étreinte rapide avant de me laisser pour rejoindre les vestiaires. Je reste là, à méditer sur cet échange totalement ahurissant et inattendu. Bon sang ! Plus le temps avance et plus nous prenons des risques. On se montre imprudents, et le résultat est là, Valentino nous a surpris. Et je sais que mon frère se doute de quelque chose. Je n'ai aucune idée de ce qu'il faut faire.

Mes pensées vont et viennent tandis que j'attends la troupe. J'essaie d'élaborer un plan qui conviendrait à tous, mais je fais chou blanc. Je suis interrompue par deux bras qui viennent m'enlacer et m'attirer vers un coin reculé à l'abri de regards éventuels. Troy abat ses lèvres sur les miennes et m'offre un baiser qui me fait tout oublier, jusqu'à mon nom. Aussitôt sa langue au contact de la mienne, je perds toute lucidité, toute conviction quant aux risques que l'on prend. Je me laisse emporter, refoulant tous les doutes et craintes qui m'assaillent ces derniers temps.

Je gémis et plaque mon corps contre le sien, tout en muscles et en puissance. Je ne me sens jamais autant en sécurité que lorsqu'il me prend dans ses bras. Sa barbe chatouille ma peau et m'excite à la fois. Les doigts dans ses cheveux, j'y mets le bazar, me délectant de notre étreinte cachée. Ses mains parcourent ma chute de reins avant de trouver mes fesses. Il les pétrit et en profite pour appuyer plus encore son bassin contre mon pubis, me montrant toute son excitation. Son érection est là, impatiente entre nous et terriblement tentante. Mon Dieu, quelle torture !

– Une nouvelle victoire pour ma belle Hope, déclare-t-il, souriant, en relâchant ma bouche.

– Hum… Qu'est-ce que je gagne d'autre ?

– Pfff… Les femmes, jamais contentes, lance-t-il, amusé.

– C'est parce que je sais que je peux avoir encore tellement plus.

– Serais-tu devenue accro ?

– De toi ? Peut-être bien, dis-je en croquant dans ma lèvre.

Il s'empresse de la relâcher du pouce. J'adore quand il pose ses mains sur mon visage, sa peau sur la mienne active bon nombre de points nerveux en moi. D'abord, il allume la mèche d'un simple regard ou mot, et puis il m'enflamme avec son toucher et ses baisers.

– Tu me rejoins dans ma chambre ce soir ?

– Troy…

– Je t'en prie, me supplie-t-il. Ne me refuse pas ça. À Vegas, c'était déjà assez dur comme ça, surtout après la soirée au même club que la première fois. Je ne t'ai pas lâchée du regard, et si j'étais doué à ça, je pourrais te dessiner de mémoire en train de te mouvoir sur cette danse si sexy. Les courbes de ton corps, la sensualité qui émane de ton être, tout ce que tu provoques en moi. Mais je suis une bille en dessin, alors au lieu de ça, je te promets de faire honneur à ton corps de déesse de la seule façon que je connaisse, en t'embrassant, en te caressant, en te faisant l'amour.

– Je t'aime.

– Moi aussi. Alors ? C'est oui ?

– Tu le découvriras ce soir, réponds-je avec un clin d'œil, amusée, avant de m'échapper de ses bras.

Je l'entends grogner derrière moi alors que je m'éloigne pour rejoindre les voitures de location. Je suis vilaine, je le sais, mais s'il croit qu'il est le seul de nous deux à compter les minutes qui nous séparent de notre prochaine étreinte, il se trompe. Je dois gérer cette boule qui grossit à chaque instant dans mes tripes, celle qu'il entretient et cultive avec tant de brio. Bon sang, la soirée va être longue !

***

Lindsay dort paisiblement dans le lit à côté du mien. Bouchons d'oreille pour ne pas entendre quoi que ce soit, masque sur les yeux, une fois endormie, elle devient imperturbable. Fait que j'apprécie d'autant plus quand il faut que je me faufile en dehors de notre chambre pour retrouver Troy. Plus légère qu'une plume, je me lève et quitte la pièce sans un bruit, ouvrant et refermant la porte avec une infinie lenteur et de grandes précautions. Je jette des coups d'œil nerveux autour de moi alors que je remonte le couloir puis patiente devant la chambre de mon pilote favori. Mais je n'ai pas à attendre très longtemps, elle s'ouvre sur Troy qui m'attire à l'intérieur rapidement.

Je ne lui ai jamais demandé pourquoi, mais toujours est-il qu'il est systématiquement seul quand on doit loger à l'hôtel avant de repartir. Cela nous arrange, c'est indéniable, mais c'est curieux. Il faudra que je lui pose la question à l'occasion.

Le sourire carnassier qu'il me lance provoque un frisson qui se répand dans tout mon corps. Une main sur ma taille, et il me plaque tout contre lui. Son autre attrape ma nuque de manière possessive et son regard plonge dans le mien.

– Te voilà enfin, dit-il faiblement avant d'abattre sa bouche sur la mienne.

Les minutes suivantes se remplissent de nos gémissements, de nos corps qui entrent en contact, des cris de plaisir étouffés que je tente de maîtriser, de ses grognements à peine contenus. C'est un véritable feu d'artifice. Nous ne touchons même pas au lit, préférant les surfaces solides qu'offre la chambre : le mur, la commode, puis la chaise pour finir, lui derrière moi dans un premier temps, et puis moi le chevauchant pour terminer.

– Putain, Hope, rugit-il en s'occupant de ma poitrine.

– Oui ! m'écrié-je, au bord du gouffre.

J'ai mal aux doigts tellement je serre fort le dossier, mes cuisses chauffent à cause de mes va-et-vient de plus en plus rapides. Ma respiration est totalement folle, de même que mes pulsations cardiaques. Je commence à voir des petites étoiles danser devant mes yeux alors que l'orgasme s'élève en moi. Quand Troy s'empare vivement de mes hanches pour accélérer plus encore mon mouvement, je me lâche complètement. C'est tellement renversant, je n'en reviens pas. Il me laisse totalement pantelante, presque sans vie.

– Bordel, grogne-t-il alors que je m'effondre contre lui, toute tremblante.

Je ris alors qu'il se détache doucement de moi et me porte sur le lit. Je commence à ouvrir la bouche pour protester, mais il m'en empêche d'un baiser franc.

– Reste encore un peu avec moi, dit-il en s'allongeant à mes côtés.

Je n'ai pas le cœur à le lui refuser. Je me blottis un peu plus contre lui et dessine des arabesques sur son torse du bout des doigts. Son cœur sous mon oreille bat encore un peu vite, puis il finit par se calmer ainsi que sa respiration.

– Valentino est au courant pour nous, lâché-je faiblement.

– Quoi ? dit-il en se raidissant.

Il me repousse pour se positionner parallèlement à moi.

– Explique-moi.

– On discutait tout à l'heure…

– Ouais, j'ai vu.

– Troy, dis-je en souriant, amusée par sa jalousie.

Il fait une grimace, et je renonce à le taquiner à ce propos. Je caresse sa joue et poursuis mon explication à la place.

– Il me demandait qui je choisirai de soutenir entre mon frère et toi, et il a fini par me dire qu'il nous avait surpris dans son appartement.

– Il nous a vus en train de faire l'amour ? répète-t-il, sceptique, en haussant un sourcil.

– Non, il nous a entendus, rapidement, avant de repartir aussitôt. On n'a pas forcément été très discrets, et nos voix étaient reconnaissables.

– Merde ! grogne-t-il en se remettant sur le dos. Fait chier.

Il passe une main rageuse dans ses cheveux, furieux d'apprendre ça.

– Ce n'est pas grave.

– Pas grave ?! Tu plaisantes, j'espère ? Valentino est super proche de Dwight, qu'est-ce que tu crois qu'il va se passer ?

– Il m'a promis de ne rien lui dire, et je lui fais confiance. En revanche, il m'a conseillé d'envisager d'en parler à mon frère.

Troy tourne la tête vers moi et me sonde. Croit-il que je le ferais sans en parler au préalable avec lui ? J'ai failli le faire, mais je me suis reprise au dernier moment, justement parce que je veux en discuter avec lui avant de sauter le pas.

– Tu l'envisages sérieusement ? s'exclame-t-il.

Il se redresse complètement et va récupérer son boxer. Je l'observe alors qu'il l'enfile. Une tension s'est emparée de ses épaules, et le bien-être qu'il ressentait il y a peu dans mes bras s'est évaporé. Je resserre le drap sur ma poitrine dénudée, mal à l'aise devant sa colère.

– J'y réfléchis, cela faciliterait peut-être les choses.

– Cela ne facilitera rien du tout. Dwight va me faire la peau, peu importe le moment. Et ce sera pareil pour ton oncle.

– Et donc, la solution, c'est quoi ? Tu pars du principe que cela se passera mal, alors quoi ? On continue comme ça pendant encore combien de temps ? Il vaut peut-être mieux arracher le pansement dès maintenant.

Il soupire et met encore plus le bazar dans sa tignasse brune. Les mains sur les hanches, il me fixe comme si c'était à moi d'apporter la réponse qui résoudrait tout.

– Je pense qu'il vaut mieux attendre la fin de la saison, tranche-t-il.

– Tu parles de ça avec un tel détachement ! m'emporté-je en quittant le lit à mon tour.

– Hope...

– En fait, ce qui me fait le plus de mal là-dedans, c'est que tout ceci, ce qu'on est obligés de vivre, ça coule sur toi. Je t'ai vu chez Valentino, tu étais insouciant, parfaitement heureux alors que moi...

– Alors que toi quoi ? Je t'ai posé la question, Hope, tu m'as dit que ça allait, tu n'as pas voulu me parler.

– Je sais bien, soufflé-je au bord des larmes. Mais la vérité est que je n'en peux plus de tout ça. Je veux pouvoir me jeter dans tes bras devant tout le monde après une victoire. Je veux pouvoir t'embrasser sans craindre d'être surprise. Je veux afficher mon amour pour toi, pas le réprimer et faire semblant. Je veux être avec toi.

– Mais nous sommes ensemble, me contredit-il.

– Non, pas totalement. Tu t'en contentes visiblement, mais je veux plus. J'ai besoin de plus.

– Qu'est-ce que tu es en train de dire ? Qu'est-ce que tu veux ? Tu me poses un ultimatum ? Tu dois bien te rendre compte que...

– Je sais les choses, Troy, je les connais parfaitement et je ne ferai rien sans ton accord. Mais je croyais qu'on pouvait en discuter, essayer de trouver une solution. Apparemment, c'est impossible. Ta décision est prise.

– Tu es injuste. Je n'ai pas choisi cette situation.

– Vraiment ?

Il me regarde finir de m'habiller. Nous nous jaugeons un instant, tâchant de lire en l'autre, de deviner nos pensées, mais la magie est loin d'être opérationnelle. Je me demande comment on a pu en arriver là, après notre étreinte si passionnelle.

– Hope… murmure-t-il en approchant.

Je le laisse caresser ma joue d'un geste tendre, et je ne retiens pas une larme.

– Je suis désolée. Cela commence à me peser, tellement. J'ai beaucoup de mal.

– Je sais, moi aussi, crois-moi. Ne te fie pas à ce que je montre aux autres. Tu me manques aussi, tout le temps. Je te promets que tout sera bientôt terminé, et nous ferons face ensemble.

– D'accord.

Il m'embrasse doucement, tendrement, pour effacer notre semblant de dispute. Puis, je suis obligée de le laisser. Hors de question de prendre le risque de se faire surprendre à nouveau le lendemain matin. Je me retrouve alors seule pour combattre toutes ces pensées qui font rage dans ma tête. Je ne sais vraiment pas où nous allons, et cela m'effraie.

32

Troy

Depuis notre « presque dispute » avec Hope, il y a une semaine, on ne s'est pas beaucoup vus. On a passé une soirée ensemble, mais les autres étaient là, alors c'est comme si ça ne comptait pas.

J'ai parfaitement compris tout ce qu'elle m'a dit, tout ce qu'elle ressent, et je me suis sans doute montré un peu franc et sec. Peut-être que je suis égoïste, que je ne pense qu'à moi, mais il y a tellement d'enjeux, pour nous et tout le monde aussi. Et puis, elle était d'accord avec moi il n'y a pas si longtemps. Même si je suis heureux que son amour pour moi ait grandi au point qu'elle veuille prendre le risque, je suis persuadé que si cette bombe explose maintenant, les retombées seront énormes et les performances de l'équipe entière en pâtiront. Peut-être que j'essaie de m'en convaincre pour repousser l'échéance, mais c'est comme ça. Et je sais que Hope n'aime pas ma décision, d'où cette distance imposée. Je suis prêt à l'accepter, si c'est pour mieux la retrouver ensuite.

Nous sommes à Concord pour la seconde fois de la saison, et je ne me sens pas au meilleur de ma forme. J'ignore si c'est un cumul du stress, de la problématique que l'on rencontre avec Hope, des difficultés, de ma maladie que je tente en vain d'oublier, mais je peine à me calmer alors qu'on termine les tours de qualification. Étonnamment, je parviens à obtenir la pole position, cela me redonne un peu confiance et me rebooste.

Je fais un rapide passage aux vestiaires pour me rafraîchir. J'attrape ma boîte de médocs et avale deux cachets. J'ai une pensée fugace pour ma mère qui me tuerait en me voyant faire et prendre le volant dans la foulée, mais je ne démordrai pas de mon objectif. Je dois aller au bout pour lui.

– Tu peux le faire, énoncé-je à voix haute afin de m'en convaincre.

Je pose une main sur ce cœur qui paraît affaibli au regard des clichés médicaux, mais qui me semble tout à fait vaillant. Il me maintient en vie depuis vingt-neuf ans maintenant, il est hors de question qu'il me lâche si près du but. Je refuse de vivre ce que mon père a enduré, je veux un avenir heureux auprès de Hope, je veux voir mes enfants grandir, je veux encore vivre de nombreuses années. Je referme brutalement la porte de mon vestiaire, laissant mes pensées noires au placard, et rejoins ma voiture.

Les véhicules sont installés dans l'ordre de qualification dans la *pit line*, et chaque pilote patiente debout à côté, l'équipe technique à proximité. Solennellement, en silence, dans la tête pour certains, en paroles pour d'autres, une main sur le cœur, la casquette dans l'autre, nous récitons l'hymne national qui précède chaque course.

Suivent la même routine, le même protocole de course. Chaque véhicule derrière la *pace car*, dans l'ordre de qualification, et le début de la course après agitation du drapeau.

Je pars sur les chapeaux de roues, bien décidé à réitérer l'exploit de la semaine passée. Je refuse que les choses se gâtent avec Hope, je refuse d'abandonner ce que j'ai réussi à construire, je refuse de tout perdre.

Je ressens la pression de la course, des autres pilotes. La voiture tremble après un choc et me demande une concentration plus intense. Andy et Warren hurlent en tandem dans mon casque, m'abrutissant un peu plus. Je ne me suis jamais senti si oppressé, par la chaleur, ma tenue, l'habitacle, ma propre peau. Putain, qu'est-ce qui m'arrive ?!

Je fais un premier arrêt aux stands, et Warren s'égosille à pleins poumons. Mais je n'écoute rien, je tente de me maintenir la tête hors de l'eau, alors honnêtement, ses remontrances, je m'en contrefous royalement. Je grogne pour toute réponse et repars à fond la caisse.

J'ignore si on peut sentir ces choses-là, mais je sais après le dernier virage que je ne terminerai pas cette course. Un pressentiment, très fort. Une impression de déjà-vu, mais une situation amplifiée, plus complexe. Mon cœur martèle à mes tempes et pompe tout mon sang. Ma poitrine me serre et mon souffle est haché. Au moment d'aborder la prochaine courbe, un pilote me percute par l'arrière, et je pivote brusquement à gauche, traversant tous les couloirs. Je suis accroché par deux autres voitures, peut-être plus. Andy hurle à mes oreilles, mais tout ce que j'essaie de faire, c'est maintenir les quatre roues sur l'asphalte. Fait qui devient impossible alors que je suis de nouveau percuté à l'avant cette fois-ci. Je sens la voiture piquer du nez et l'arrière décoller. Les plaques de freinage n'y changent strictement rien. Il n'y a rien que je puisse faire à part subir et m'envoler. Mon cul se lève légèrement du siège, mais mon corps reste malgré tout bien harnaché grâce au système HANS. Mes bras volent dans l'habitacle, et la voiture finit par s'écraser sur le dos, sur l'étendue d'herbe qui sépare la piste de la *pit line*.

Ce genre d'accident m'est déjà arrivé, je sais que j'y survivrai. Mais aujourd'hui, c'est tout de même différent. Les étoiles qui dansent devant mes yeux, la pression dans ma poitrine qui s'intensifie et menace, les palpitations qui font rage en moi. Je souffre et je ne parviens pas à me calmer. Les voix de Warren et Andy deviennent de plus en plus lointaines, et je suis incapable de leur répondre. Je suis en train de perdre connaissance, et je m'enfonce dans un épais cocon.

– Wells ! Wells ! hurlent plusieurs voix, en écho à mon *spotter* et mon chef mécano. Wells !

– Je suis là, marmonné-je à bout de souffle en reprenant mes esprits.

– Putain ! s'écrie Warren. Tu vas bien ?

– Tout à l'heure, réponds-je en l'envoyant gentiment promener, souhaitant me concentrer sur l'équipe de secours présente afin de me sortir de là.

– Rien de cassé ? se renseigne un homme à genoux, tête penchée pour m'étudier.

– Non. Ça va.

– OK.

Il laisse place à un médecin qui m'examine rapidement avant de juger que je peux être décroché. Je les laisse désactiver le système et défaire ma ceinture. Plusieurs bras me supportent, m'empêchant de m'écraser brutalement sur le toit de la voiture, puis je suis extrait de l'habitacle et posé sur une civière. Je n'ai pas le courage de m'y opposer. Je me laisse faire et soupire largement, soulagé de ne plus être à l'intérieur. Je sais ce qui m'attend. L'accident ayant été un peu plus brutal que les autres, je suis directement conduit dans une ambulance qui va m'emmener à l'hôpital le plus proche.

***

Je soulève le drap qui me couvre et grogne. L'infirmière m'a obligé à me débarrasser de ma combinaison pour enfiler une blouse. Je n'ai pas cherché à savoir s'il fallait que je sois nu là-dessous, c'est hors de question. Je me demande si ça va durer encore longtemps cette histoire. J'ai autre chose à foutre qu'attendre des résultats qui me seront parfaitement familiers.

Le médecin urgentiste m'a examiné une première fois, rapidement, avant de demander un ECG[1], un bilan sanguin et un scanner cérébral pour contrôler une éventuelle commotion. Tout est parfaitement inutile à mon avis, mais bon, je suis obligé de m'y plier.

– Monsieur Wells, je me présente, docteur Carter.

– Enchanté.

– J'ai une bonne nouvelle, votre scanner ne montre aucune atteinte cérébrale.

– Je n'ai pas été particulièrement secoué, alors ça ne m'étonne pas.

– Par contre, je viens de recevoir vos résultats sanguins et j'ai examiné votre ECG[1]. Votre manque de réaction m'indique que vous vous doutez de ce qu'il en est.

– Effectivement.

– Je note l'utilisation d'un bêtabloquant, d'un inhibiteur calcique, de même qu'un antiarythmique. Vous êtes donc suivi et, je suppose, conscient de votre condition, votre cardiologue a dû vous mettre au courant.

– Il l'a fait.

– Cependant, je m'interroge, pourquoi êtes-vous encore sur la piste en connaissant tout ceci ? Vous êtes comme une bombe à retardement, Troy.

Utiliser mon prénom ne lui servira pas à grand-chose, je ne sais pas ce qu'il espère faire ni sur quelle corde il veut tirer, mais ça ne fonctionnera pas.

1. Électrocardiogramme.

– Tout est sous contrôle, le contredis-je. Si je suis ici, c'est à la suite de l'accident, qui a été provoqué par l'un de mes adversaires, pas à cause de ça.

Je pointe durement du doigt le cœur qui bat dans ma poitrine et qui me pose problème. Ce traître, cette malédiction.

– La CMH est une pathologie qu'il ne faut pas prendre à la légère.

– Je ne le fais pas. Je prends mon traitement comme on me l'a indiqué.

– On vous a aussi sûrement préconisé d'arrêter la course, peut-être même interdit.

– Je suis majeur et vacciné, rien ni personne ne pourra m'empêcher de piloter. Je suis conscient des risques et j'assume. J'ai signé toutes les décharges possibles et envisageables, mon avocat s'en est chargé. Personne ne sera responsable de ce qui arrivera, à part moi.

Le médecin reste de marbre face à mon discours, il me prend sûrement pour un imbécile. Courir après la mort pour obtenir un quelconque trophée, alors que ma vie est en jeu, il doit trouver cela parfaitement stupide, mais il ne peut pas comprendre.

– Je suis dans l'obligation de vous conseiller d'y renoncer.

– Je le sais, et je ne peux pas vous en empêcher, mais à terme, c'est de ma vie qu'il est question, et c'est moi qui suis aux commandes.

J'ai sûrement l'air condescendant, j'y suis obligé. Personne ne décidera pour moi, ni le destin, ni cette saloperie de génétique, ni ce docteur.

– La CMH n'a rien à voir avec l'accident. Il n'y a pas de commotion cérébrale, je suis autorisé à sortir ?

Je donne le ton comme pour poser une question, mais il doit bien lire ma détermination dans mon regard, ça n'en est pas vraiment une.

– Vous courez à votre perte, Troy, vous devez le savoir.

– Je le sais, j'ai fait mon choix.

– De qui tenez-vous la maladie ?

– Mon père.

– Comment se porte-t-il ?

– Il est décédé.

– À cause de la CMH ? À quel âge ?

Mon silence parle de lui-même.

– Ne souhaitez-vous pas une vie meilleure ?

– Je dois encore accomplir certaines choses, je ne renoncerai pas si près du but.

– Même si cela risque de vous coûter la vie à terme ?

– Je vais bien. Encore une fois, ma présence ici n'a rien à voir avec ça.

– Cette fois-ci peut-être, mais la prochaine ? Parce qu'il y en aura une, c'est certain, si vous vous obstinez dans cette voie.

– Je ne céderai pas, tranché-je, désireux de mettre un terme à cette conversation.

– Peut-être pourriez-vous en discuter avec vos proches ? Un soutien est très important dans des circonstances pareilles. Réfléchissez bien. Vous êtes jeune et en bonne santé, si on met de côté ce problème cardiaque. Ne gâchez pas le restant de votre existence pour une chimère.

Je le foudroie du regard, et il baisse la tête, se rendant compte qu'il vient de dépasser les bornes. Je comprends sa position de médecin, il se doit de préserver la vie à tout prix, mais il n'a pas à porter de jugement sur mes croyances ou ma volonté.

– Apportez-moi les documents pour que je puisse signer la décharge et sortir, je crois que nous avons fait le tour.

– Je m'en occupe et vais prévenir l'infirmière, dit-il, enfin résigné.

Je suis en train d'enfiler ma combinaison quand je vois Hope apparaître sur le pas de ma porte.

– Hope ? Qu'est-ce que tu fais là ? demandé-je alors qu'elle se précipite dans mes bras.

– J'ai eu si peur, Troy. Te voir partir sur cette civière, ces longues minutes sans réponse, sans savoir si tu allais bien.

– Tu as vu que je n'étais pas blessé quand ils m'ont emmené. Ce n'était que par pure précaution.

Je pose mes mains sur ses joues et l'oblige à me regarder droit dans les yeux.

– Je vais bien.

Elle hoche rapidement la tête avant de replonger entre mes bras. Elle me serre tellement fort que je peux ressentir la peur émaner de son corps.

– Pourquoi tu es là ?

– Je ne pouvais pas rester là-bas et attendre. Tu es sur le point de partir ?

– Oui, j'attends les papiers, et je peux y aller.

– Je suis désolée, j'ai mis longtemps avant de venir à toi. L'infirmière à l'accueil refusait de me laisser entrer. Nous ne sommes pas… enfin… de la même famille, alors…

– Mais tu es là, maintenant, c'est tout ce qui compte.

– Tu ne m'en veux pas ? demande-t-elle, la voix tremblante.

– Non. On s'occupera de ça plus tard. Je ne voudrais personne d'autre que toi à mes côtés.

Je me penche pour l'embrasser doucement. Je dois la rassurer, effacer la peur qu'elle a éprouvée. Je vais bien. Si je continue de me le dire et de le lui dire, je vais finir par y croire.

Quelques minutes plus tard, l'infirmière réapparaît avec les papiers de sortie. Je signe rapidement ce qui doit l'être et lui rends les documents. J'attrape la main de Hope et l'attire vers la sortie. Plus vite je quitte cet endroit, plus vite je laisse cette merde derrière moi.

– Tu te sens en forme pour conduire ? Ou tu préfères que ce soit moi ?

– Tu peux conduire, cela nous rappellera de bons souvenirs, réponds-je en souriant et en lui ouvrant la porte.

Je la rejoins rapidement et soupire de soulagement alors qu'elle quitte le parking des urgences.

– Ça s'est bien passé avec le médecin ?

– Oui. Pas de commotion, tout va bien.

– C'est tout ce qu'il a regardé ?

– Que veux-tu savoir, Hope ?

– Je m'interroge, c'est tout, murmure-t-elle.

– Tu sais que le fait que j'aie été conduit à l'hôpital est dû à l'accident, parce qu'on m'a percuté et que j'ai fait un tonneau, pas à cause de quelque chose dont tu as peur.

– Ce serait le cas, tu me le dirais ?

– Bien sûr, affirmé-je.

Une fois encore, je ne lui mens pas avec facilité. Je sais que je suis dégueulasse, mais j'ai parfaitement conscience des enjeux, je sais comment elle réagira et ce qu'elle exigera, je ne peux pas me le permettre. Et je veux la protéger aussi. C'est la bonne chose à faire, j'en suis sûr.

– Tu m'en voudrais si je te disais que j'ai fait des recherches sur la maladie de ton père ?

– Non, réponds-je en soupirant. Je t'en ai parlé, je me doutais plus ou moins que tu le ferais à un moment donné.

– Parce que je t'aime et que je me fais du souci pour toi.

– Mais encore une fois, tu n'as pas à t'en faire, je vais bien.

– Tu m'as bien dit que la CMH était une maladie génétique ?

– Oui.

– Tu n'as pas été dépisté ? Quand vous avez appris que ton père en souffrait ?

Je lève rapidement les yeux au ciel. Pourquoi me suis-je dit que Hope n'y prêterait aucune attention ? Pourquoi ai-je pensé à tort qu'elle n'irait pas voir plus loin ? J'ai douté de son intelligence, sûrement, c'est peut-être ce qui causera ma perte en définitive.

– Si, j'ai bien été dépisté, et je suis porteur du gène. Mais je suis ce qu'on appelle un porteur asymptomatique.

Jusqu'à il y a peu, c'était la réalité, ce gène n'était qu'une épée de Damoclès au-dessus de ma tête, et il a décidé de se manifester, de faire valoir son existence pour pourrir la mienne. Je déteste lui mentir partiellement, mais je sais quelle serait sa réaction, semblable à celle du médecin, de tous ceux qui sont au courant. Et c'est hors de question. Point barre.

– Et ça s'arrête là ?

– Oui. Enfin, je suis au courant des symptômes liés à la maladie, je dois me montrer à l'écoute de mon corps et surveiller leur éventuelle apparition.

Je me dégoûte. Je récite tout ce que ma mère m'a toujours dit, toute mon enfance, avant chaque partie de sport, avant chaque sortie scolaire, avant chaque moment important de ma vie. Avec le temps, elle a cessé de le faire, mais ce mantra n'a jamais quitté mon esprit, et jusque-là, je n'ai jamais dû y faire face. Jusqu'à récemment.

– D'accord, dit-elle en esquissant un petit sourire.

J'ai l'impression que tout se cumule ces derniers temps et ne nous sert pas vraiment. Notre situation, ma maladie, le fait que Valentino soit au courant, le mal-être de Hope vis-à-vis de notre relation. Je ne veux pas tout perdre alors que je viens à peine d'y goûter. Je m'empare de sa main et la serre fort, je veux qu'elle comprenne que je vais bien, malgré les apparences, et que je suis là pour elle, avec elle.

De retour à la piste, tout le monde se précipite vers moi, et Warren tombe dans mes bras.

– Eh bien, tu deviens sentimental, ou quoi ? me moqué-je.

– C'est de ta faute, imbécile. Tu joues avec notre santé mentale ! s'écrie-t-il en me donnant un coup dans les abdos.

– Je suis désolé de vous avoir fait peur. C'était assez intense.

– Ouais, j'imagine. Tout va bien ?

– Oui, le rassuré-je. Opérationnel pour la prochaine.

Je serre son épaule et lui lance un sourire sincère. Toutefois, cette éjection prématurée de la course m'inquiète pour la suite, parce que c'était la dernière des huitièmes de finale, et j'ai besoin d'être rassuré.

– Au classement, ça donne quoi ?

– Tu maintiens le cap, ne t'en fais pas, grâce à tous tes bons résultats antérieurs. En lice pour les quarts, aux côtés de Dwight et Valentino.

Un gros soupir s'échappe de mes lèvres.

– Super ! Ça a donné quoi pour eux ? me renseigné-je.

– Dix-neuvième pour Tino et neuvième pour Dwight, plusieurs places devant Adams, répond-il en se marrant.

– Bien. C'est bien.

Je jette un œil un peu plus loin à Hope qui a rejoint Dwight. La conversation semble un peu vive, mais je n'ai pas vraiment moyen de chercher à savoir pourquoi. Jeffrey s'avance vers moi et m'offre une accolade. Décidément, un petit accident, et tout le monde devient très tactile et affectueux.

– Ça va, Troy ?

– Oui, ne t'en fais pas. Je…

– Ne commence pas à vouloir t'excuser pour la voiture, me coupe-t-il. Épargne-moi de devoir radoter. Il va y avoir un peu de boulot, c'est tout.

– Pour nous, oui, aucun doute, marmonne Warren à nos côtés.
– Désolé, mon pote.
– Je rejoins Jeffrey, pas la peine de t'excuser, putain. Tu n'as rien cherché, Troy, ce sont des choses qui arrivent. Le principal est que tu sois sur tes deux jambes devant nous, le reste, on s'en fout.
– Merci.

***

Hope est blottie contre mon flanc, et son souffle passe sur ma peau. Elle m'a rejoint à mon hôtel, mais uniquement pour quelques heures. Elle a dit à Dwight qu'elle rejoignait Grayson, mais ils doivent ensuite se retrouver pour déjeuner chez Jeffrey et Sandy.
– Ton frère ne cherche plus à rencontrer Grayson ?
– Étonnamment, non. Je crois qu'il s'est fait une raison. Il respecte ma vie privée, et il attend que je me sente prête. J'appréhende tellement.
– Je sais, ma puce, je sais, dis-je en caressant son épaule d'un geste rassurant.
– Tu sais, je ne t'en ai pas parlé, mais la dernière fois, chez Valentino, on a discuté, et j'ai appris qu'un des appartements de sa résidence était disponible. Je n'ai aucune idée du loyer, mais l'endroit est vraiment sympa, j'ai envie de me renseigner. Cela me permettrait d'avoir un logement à moi, et je n'aurai plus la sensation d'être fliquée par Dwight. Tu ne dis rien ?
Je reste silencieux parce qu'honnêtement, je n'aime pas du tout cette idée. Hope pivote légèrement pour croiser les bras sur ma poitrine et me regarder.
– Qu'en penses-tu ? Troy, insiste-t-elle en posant une main sur ma joue.

– Tu vas me prendre pour un connard si je te dis que je ne suis pas du tout emballé ?

– Par le fait que j'aie un appartement à moi ou par celui-ci en particulier ?

Je grimace pour toute réponse, et cela lui arrache un rire franc. Oui, évidemment qu'elle comprend immédiatement.

– Ne me dis pas que tu es jaloux de Valentino ?!

– Je ne te le dis pas.

– Troy, enfin ! Tino n'est qu'un ami.

– Ouais. Un ami avec qui tu t'entends très bien, avec qui tu parles italien et partages plein de trucs.

– Tu es ridicule.

– Ouais, peut-être, mais ça change rien à ce que je ressens. Je n'aime pas l'idée qu'il puisse te voir plus que moi. Déjà que je dois faire avec des heures volées à droite et à gauche, je ne supporterais pas qu'il profite de toi le reste du temps, même si ce n'est qu'en toute amitié.

– Que proposes-tu alors ? J'étouffe chez mon frère. Je veux quelque chose à moi.

– Et si c'était quelque chose à nous ?

Elle fait un arrêt sur image, les yeux écarquillés, la bouche entrouverte. Elle se redresse et attire le drap contre sa poitrine, comme si elle était gênée par sa nudité. Je m'adosse à la tête de lit et attends qu'elle réagisse, qu'elle dise quelque chose.

– Tu me proposes ça uniquement pour m'éviter éventuellement de vivre à proximité de Valentino ?

– Bien sûr que non ! m'exclamé-je en l'attirant sur mes jambes. Je te le propose parce que je t'aime, je veux te montrer que je suis complètement et éperdument amoureux de toi. Jamais je n'ai souhaité avoir un endroit à moi, mais les choses changent, elles changent grâce à toi. Cela ne tiendrait qu'à moi, on se contenterait de vivre ici, mais je sais que ce n'est pas ce que tu désires, et je veux te rendre heureuse.

– Tu me demandes vraiment de vivre avec toi ? murmure-t-elle, les larmes aux yeux.

– Oui, c'est ce que je fais, parce que peu importe ce que l'avenir nous réserve, je sais que tu seras à mes côtés. On va patienter jusqu'à la fin de la saison, comme on a dit. En attendant, si tu peux supporter encore un peu ton frère et venir ici quand on veut se voir ? Et quand tout sera tiré au clair, on cherchera une maison ou un appartement. Ou un chalet, une cabane sur pilotis au-dessus de l'océan, n'importe quoi, du moment que tu y vis avec moi.

Elle ne répond pas par des mots, mais le baiser qu'elle m'offre me dit tout ce que je dois savoir. C'est ce dont elle avait besoin. Et c'est étrange, mais avec notre étreinte, j'ai une nouvelle fois la sensation que mon cœur guérit, parce que c'est elle.

33

Troy

Les quarts ont débuté il y a deux courses, à Dover et Talladega. Les résultats n'étaient franchement pas exceptionnels, excepté pour Valentino qui a célébré sa première victoire dans l'Alabama. On a fêté dignement cette première place, j'étais content qu'il puisse enfin le vivre. Comme l'a dit Warren la dernière fois, grâce aux points cumulés jusqu'à présent, je maintiens ma place dans le peloton de tête pour avoir une chance de remporter le titre ultime. Nous y serons dans cinq courses. J'ai du mal à contenir mon impatience et mon excitation. Je touche du bout du doigt mon rêve, et je ferai tout pour y arriver.

Aujourd'hui, je ne dois pas voir Hope parce qu'elle dîne avec son oncle et sa tante. J'ai l'habitude, c'est comme ça toutes les semaines, leur rituel familial. Quand ils se retrouvent entre eux, j'appelle ma mère, j'essaie d'entretenir le même genre de liens malgré la distance.

Je reviens de mon footing sur la plage, j'ai dévoré le plateau-repas que m'a préparé l'hôtel et je sors de ma douche. Je croise mon regard dans le miroir face à moi et me demande comment les choses vont se terminer. Je ne m'en fais pas pour la compétition, non. Je pense à Hope que je devrai affronter en lui parlant de ma maladie qui est bien présente, je pense à Jeffrey et à Dwight qui se sentiront probablement trahis, ainsi que tout le reste de l'équipe, je pense à mon avenir professionnel, parce que je crains de ne pas pouvoir continuer comme ça encore très longtemps, et ce serait une trahison de plus envers l'écurie. Un sentiment de lassitude s'empare de moi, de fatalité aussi, parce qu'il n'y a rien que je puisse faire pour empêcher tout ça.

J'ouvre brusquement le placard et récupère mes cachets. Je hais le fait que ma vie ne tienne maintenant plus qu'à ces poudres comprimées dans des capsules, qui régulent les paramètres défaillants de mon organisme. Toute ma vie, j'ai gardé le contrôle sur tout, et maintenant, je ne maîtrise plus rien, et cela me met en colère. J'enrage tellement, je trouve cela injuste.

De retour dans le salon, je remarque mon portable qui s'illumine. Je m'en empare et constate un appel manqué de Hope, ainsi que la présence d'un message sur mon répondeur. Je m'assieds et vais l'écouter.

Quinze fois que j'écoute ce que Hope a laissé sur ma messagerie. Je suis passé par un certain nombre d'émotions, et après la stupéfaction, la colère, la tristesse, je suis maintenant tétanisé par le son de sa voix, la détresse qui transparaît. Je sais ce qu'elle attend de moi, ce que je devrais faire, mais j'en suis tout bonnement incapable. Cette épreuve s'impose à elle, à nous, et je ne peux pas faire face comme il le faudrait. Jusqu'à maintenant, j'ai tu les signaux, mais celui-ci est impossible à ignorer. Je lance une nouvelle fois mon répondeur, et sa voix hachée emplit l'espace autour de moi, bouleversée et apeurée.

« Troy ! C'est moi, Hope ! Je… Jeffrey a fait un malaise. Il… il a été emmené à l'hôpital. Je… Le docteur est avec lui en ce moment. Je… Est-ce que tu peux me rappeler? Je… j'ai besoin de toi. »

Elle ne doit pas, elle ne peut pas. Cette épreuve me ramène brusquement à celle que j'ai vécue avec ma mère. La même configuration, presque mêmes mots, les mêmes sentiments, la même douleur, la même perspective qui s'emboîte à la mienne. Je joue avec elle, je profite de son amour alors que je connais les enjeux, les risques vitaux. Je suis définitivement un connard.

Je sursaute alors qu'on frappe à la porte de ma chambre d'hôtel. Je ne sais pas depuis combien de temps je suis à côté de la plaque.

– Troy ?!

C'est elle. Merde ! Elle cogne à nouveau. Je peux carrément percevoir son désespoir à travers ses coups, le tremblement de sa voix. Et moi, je reste là, comme le salopard que je suis, prostré sur la chaise du bureau, totalement imperméable à l'épreuve que vit la femme qui partage mon lit. Je préfère me contenter de ça pour désigner notre relation. Je sais bien ce que cela fait de moi, mais c'est mieux comme ça. Putain, je me fais horreur ! Elle ne mérite pas ça, absolument pas, mais c'est la seule solution.

– Troy ?!

Mon téléphone s'allume dans la foulée. C'est elle qui essaie de me joindre. Les sonneries silencieuses s'écoulent, et elle finit par tomber sur la boîte vocale. J'entends à peine sa voix étouffée alors qu'elle laisse un message avant de s'éloigner.

Cela me tue, mais je sais que je n'ai pas d'autre choix. Je n'aurais jamais dû laisser les choses prendre tant d'ampleur, j'aurais dû m'éloigner beaucoup plus tôt. J'aurais dû le faire après mon premier accident. J'aurais dû le faire dès que j'ai su qu'on allait travailler ensemble. J'aurais dû garder mes distances comme elle le souhaitait. J'aurais dû, cela serait bien moins difficile que maintenant.

***

Je suis parvenu à maintenir un silence radio avec Hope, mais je me suis quand même décidé à me rendre à l'hôpital. Jeffrey est devenu mon mentor au cours des deux dernières années, j'ai appris énormément auprès de lui depuis que j'ai intégré l'écurie, et surtout, j'admire l'homme qu'il est : son parcours, sa prestance, ce qu'il a construit. Il a lui aussi de l'importance à mes yeux. Je sais bien que je ne laisse rien paraître, mais je suis attaché à Jeffrey, alors je me dois de lui montrer de l'intérêt pour sa santé et mon respect.

Je cogne doucement à la porte et entre timidement en entendant sa voix me répondre.

– Troy.

Je suis immédiatement soulagé. Son teint est frais, il semble parfaitement alerte.

– Jeffrey. Je suis désolé de n'arriver que maintenant.

– Ne t'excuse pas ! J'imagine bien que Hope t'a alarmé, mais ce n'était rien. Je ne suis plus tout jeune, j'ai eu un petit moment de faiblesse, mais j'ai eu le droit à un check-up complet, et il n'y a rien à signaler.

– Qu'a dit le médecin exactement ?

– Rien de particulier, je t'assure. Je dois faire attention et surveiller ma tension tous les jours. Et j'ai un peu trop de cholestérol, pas bon pour mes artères, paraît-il ! J'ai deux médocs à prendre, et je refais un bilan dans un mois. Mais tout va bien, je me sens bien. La preuve, je dois sortir dans l'après-midi. Hope s'est vraiment emballée.

– Tu ne peux pas le lui reprocher.

– Non, je ne peux pas, effectivement. Tu vas bien, Troy ?

J'ai l'impression qu'il voit que cet incident m'affecte plus que ce que je veux bien montrer, mais je ne vais pas confirmer.

– Oui. Je suis soulagé que tu ailles bien. C'est vrai que Hope m'a légèrement fait peur.

– Elle a fait la même chose avec Valentino. Il est passé hier soir. Votre inquiétude me touche beaucoup, mais sois rassuré, tout va bien.

Il rit doucement en secouant la tête. Je reste encore quelques instants, on échange sur des broutilles, les courses à venir. On parle de l'écurie, de l'équipe, puis je prends congé.

Je laisse échapper un long soupir en posant un pied dans le couloir. Bon, c'était une fausse alerte, je suis véritablement soulagé. J'ai l'impression qu'un énorme poids vient de s'envoler de mes épaules. Je tourne à droite pour rejoindre la sortie, mais je m'arrête net. Hope est en train de venir vers moi, enfin, en toute logique, elle se dirige plutôt vers la chambre de Jeffrey, mais cela revient au même, et il m'est impossible de m'enfuir. Je vais devoir l'affronter.

– Troy !

– Salut.

Je m'attends à ce qu'elle m'engueule, me réprimande pour mon silence, je m'attends à peu près à tout, mais sûrement pas à une étreinte. Elle se met sur la pointe des pieds, se jette dans mes bras, et les siens enserrent ma nuque.

– Je me suis fait du souci ! Je n'arrivais pas à te joindre.

Je passe un bras, un peu mou, autour de sa taille, histoire de ne pas rester les bras ballants, mais je ne montre pas non plus un entrain phénoménal. Hope ne semble pas y prêter attention. Elle recule et me lance un petit sourire.

– Je suis désolée. J'ai eu tellement peur, je… j'étais peut-être un peu… Enfin, j'ai eu peur…

– C'est normal.

– Tu étais où ? Je t'ai laissé un message.

– Oui, je sais. Je suis là, expliqué-je.

– Oh, oui… murmure-t-elle en fronçant les sourcils. Et je…

– Hope ? appelle Jeffrey depuis la chambre.

– Oui ! s'exclame-t-elle. Je vais aller le voir.

– J'en viens.

– OK, eh bien, euh… Tu m'attends ?

– Désolé, j'ai quelque chose à faire, mens-je.

– Oh, d'accord. Je comprends. Eh bien, euh… On se retrouve plus tard.

Je me contente d'un hochement de tête. Je ne me suis jamais senti aussi lâche. Je ne suis qu'un connard, je vais lui briser le cœur, je le sais, mais c'est ce que je dois faire. Elle se remet sur la pointe des pieds avec l'intention de m'embrasser, mais au dernier moment, je tourne la tête et ses lèvres se posent sur ma joue. Je l'embrasse également d'une chaste manière, et je ne manque pas son regard perdu. Si jusqu'à maintenant nous nous sommes cachés aux yeux de tous, il n'y a personne à éviter ici, Jeffrey ne nous voit pas, alors elle ne comprend pas, je le vois à son regard interdit qui me questionne.

– Jeffrey va se poser des questions. On se voit plus tard.

– Troy ? m'interroge-t-elle malgré tout.

– À plus tard, Hope.

Je l'embrasse une dernière fois sur la joue et l'abandonne dans le couloir, y laissant un morceau de mon cœur déjà mal en point.

***

J'ai prétexté un besoin de me concentrer sur les dernières courses pour expliquer la distance que j'ai instaurée entre Hope et moi. Bien entendu, elle a trouvé ça parfaitement ridicule, essayant de me faire changer d'avis, mais elle n'a pas vraiment le choix, à vrai dire.

Après un repas avec toute l'équipe, la petite bande habituelle se retrouve dans une discothèque du centre-ville de Kansas City pour célébrer ma deuxième place et aussi notre qualification à tous les trois pour les demi-finales.

Toute la soirée, Hope a essayé d'attirer mon attention. Et j'ai bien tout le mal du monde à l'ignorer. Elle a choisi une robe moulante dorée, dans une matière fluide, qui valorise sa silhouette et met à l'épreuve ma libido et mon envie d'elle. Elle est vraiment magnifique. Je m'attends ce soir à la voir débarquer dans ma chambre, ce serait normal et réconfortant, mais il en est hors de question. Je discute avec Mario, me faisant violence pour ne pas réagir à sa voix et à ses petits rires contrôlés alors qu'elle discute avec Valentino et Warren.

Je m'éclipse quelques instants pour aller aux toilettes. J'ai besoin d'une pause. J'aurais tout aussi bien pu refuser de sortir, mais cela aurait paru suspect. Alors me voilà, dans cette pièce, en train de reprendre mes esprits, de me convaincre que j'agis de la bonne manière.

Je sursaute en tombant sur Hope qui m'attend dans le couloir. Elle me lance un petit sourire coquin avant d'attraper le col de mon tee-shirt et de m'attirer un peu plus loin. J'ai souvent usé de ce stratagème, cela fait remonter de nombreux souvenirs, que j'aimerais garder enfouis.

– Hope… tenté-je.

Mais c'est peine perdue, ses lèvres se posent sur les miennes. Je ressens tout le manque et l'envie qui l'agitent. Je ne me sentais pas capable d'autant de volonté, pourtant je parviens à ne pas céder. Elle finit par reculer alors que mes lèvres restent closes. Son visage devient immédiatement soucieux, et ses yeux se voilent.

– Tout va bien ? demande-t-elle d'une voix peu assurée.

– Que Valentino nous surprenne ne t'a pas servi de leçon ? dis-je d'une voix ferme et légèrement tranchante.

– Je… euh…

– Je t'ai demandé de…

– Je sais ce que tu m'as demandé, mais je pensais que… Je ne comprends pas, Troy. J'ai fait quelque chose ?

– Ça, là, justement.

Je sais que je suis parfaitement injuste, car proportionnellement, c'est moi qui suis responsable de presque toutes les autres fois.

– Je suis désolée. Tu me manques, et j'avais besoin de te retrouver un peu. On a toujours fait comme ça.

Je ne réponds rien, parce qu'honnêtement, je ne sais pas quoi dire sans me trahir, sans perdre la face. Tout pourrait être si simple, si je le voulais, si je m'y risquais. Mais j'ai la frousse, et je veux la protéger. Elle ne mérite pas ça.

– On devrait rejoindre les autres avant qu'ils se posent des questions.

Je vois bien qu'elle ne comprend absolument pas ma réaction, mon attitude, mais je n'ai pas le courage de l'affronter maintenant alors que nos amis sont tout proches.

– Je vais aux toilettes, je vous rejoins, dit-elle faiblement avant de me laisser.

– OK.

Je rejoins notre table et commande un whisky. En réalité, je n'en suis pas à mon premier, mais j'ai besoin de trouver du réconfort dans quelque chose.

– Tu devrais pas ralentir un peu ? murmure Mario à mon oreille.

– J'ai besoin de me détendre.

– Il y a d'autres façons de s'y prendre, tu sais.

– De quoi tu parles ?

– Tu te fous de ma gueule ? réplique-t-il en se marrant. Je sais pas, la blonde là-bas, par exemple, qui te dévore du regard depuis que tu as posé ton cul sur cette banquette.

Je me tourne vers ladite femme et constate effectivement qu'elle me regarde. Mon attention est détournée par Hope qui revient et reprend place à côté de Mario.

– Ça fait un moment que je ne t'ai pas vu ramener de nanas après une course, remarque-t-il. Ce n'était pas le deal que tu avais fait avec Teri de la logistique pour obtenir une chambre seul quand on voyage et avoir le champ libre ?

Hope s'étouffe avec la gorgée qu'elle vient de boire, tout en nous fusillant du regard. Son air effaré ne trompe personne. Si je voulais descendre dans son estime, je savais que je pouvais compter sur mon pote. Quand je disais qu'il était incapable de tenir sa langue.

– Désolé, s'excuse Mario en grimaçant. Je savais pas que c'était un secret.

– C'est vrai ? se renseigne Hope.

– Oui.

Ma voix est parfaitement posée. Je devrais en avoir honte, mais c'est la vérité, à quoi ça servirait de mentir à ce sujet ?

– Mais bon, il a été plutôt sage ces derniers temps, poursuit Mario comme si j'avais besoin d'être défendu. À moins que cela ne change ce soir.

Ouais, je me disais aussi, comme s'il lui était possible de me soutenir vraiment. Une tension s'est emparée de Hope. Elle tente de la dissimuler en continuant de boire et en discutant avec Lindsay, mais je sais parfaitement la lire.

Passer pour un connard fini à ses yeux ne faisait pas partie de mes plans. Je pensais vraiment que garder une certaine distance et l'éviter suffirait, mais je réalise que je peux peut-être me servir de tout ça. Ce n'est pas très glorieux et franchement odieux, mais je suis prêt à tout. Quand la blonde repérée par Mario s'avance vers moi, je me retrouve comme un con. Elle n'a rien à voir avec

Hope. En fait, elle ressemble beaucoup à la nana que je draguais le soir où je l'ai rencontrée. Beaucoup de choses ont changé depuis le temps. Enfin, c'est ce que je voulais croire.

– Salut, m'accoste-t-elle.

– Bonsoir, réponds-je en lui souriant.

– Tu danses avec moi ?

Du coin de l'œil, je vois que Hope s'est subitement tournée vers moi. Je saisis la perche au vol en acceptant l'invitation d'un coup bref de la tête.

Hope y verra sûrement un moyen de détourner l'attention quant à un éventuel couple qu'on pourrait former, comme lorsqu'elle m'a demandé de draguer cette nana au parc Universal. Seulement, ce soir, je ne suis pas dans le même état d'esprit. Ma tête est noyée dans l'alcool, mon cœur est meurtri par toute cette situation infernale, mon âme perdue à cause de ce qu'elle devrait faire et tout ce que ça implique. Alors je laisse cette femme poser ses mains sur moi, je la laisse caresser mon dos, plaquer son corps contre le mien, ne provoquant pourtant aucune réaction primaire. Je ne m'écarte pas alors qu'elle penche la tête en arrière pour me regarder. Je ne la repousse pas alors que ses lèvres se posent sur les miennes. Je ne les garde pas fermées comme tout à l'heure avec Hope. Je lui ouvre un passage, et à l'instant même où le bout de sa langue touche la mienne, je sais que je viens de franchir une ligne qu'il me sera impossible d'effacer.

J'utilise les douleurs passées de Hope pour la blesser, parce que je la connais maintenant, parce que tout ce que je veux, c'est la protéger. Toute personne étrangère ne verrait que mon propre intérêt dans cette stratégie, la repousser pour éviter d'avoir à lui dire pour ma maladie et ne pas être forcé de renoncer à la course, mais ce n'est que la surface. J'ai besoin de cette victoire en bout de saison. Toute mon enfance, les courses ont été une passion commune avec mon père, nos conversations, nos sorties, nos moments privilégiés, tout ne tournait qu'autour de la NASCAR. Il ne m'a pas appris à piloter, mais il m'a appris tout ce que je sais. C'est le seul lien positif que je garde de lui, je ne veux pas penser à cette maladie que nous partageons. Toute ma vie, je me suis démené pour arriver à ce moment précis, celui où j'accomplirai mon rêve et où je le rendrai fier.

Je connais les risques, ma mère et moi les avons vécus et endurés. Et si je peux aller au bout du rêve de mon père et moi, il n'y a que moi qui devrais en subir les conséquences. Je refuse d'imposer ça à Hope. Bien entendu, je ne suis sûr de rien, je ne peux pas affirmer avec certitude que l'avenir sera ainsi, mais qu'ai-je à lui offrir en fin de compte ? Une vie quotidienne faite d'appréhension, de soucis, rythmée par les rendez-vous médicaux avec cette épée de Damoclès qui danse dangereusement au-dessus de nous ? Non, je ne peux pas faire ça. Alors oui, il y a quelques jours encore, la situation était la même, et j'étais à ses côtés, mais la voir si paniquée après le malaise de Jeffrey m'a réellement fait prendre conscience des choses. Cela m'a donné un aperçu de sa sensibilité, de son implication. Je sais que je ne pourrai pas supporter de la voir vivre les mêmes épreuves que ma mère. Je sais maintenant que j'en suis incapable. Je ne peux pas laisser les choses aller jusque-là. Et si pour éviter ça, je dois devenir ce connard que je ne suis pas, je suis prêt à le faire.

34

Hope

– Viens danser avec moi.

Je pose mes yeux brouillés de larmes sur Valentino qui se tient debout devant moi et qui me tend la main.

– Hope, viens, insiste-t-il.

Je fais ce qu'il me dit à la manière d'un petit robot, tellement je suis sciée par la scène qui se jouait devant moi il y a quelques secondes à peine. Si ma tête a encore du mal à assimiler ce qui s'est passé, mon cœur fait parfaitement la part des choses. Troy a embrassé une autre femme devant tout le monde, devant moi, alors que nous sommes ensemble, alors qu'il m'a refusé un baiser quelques secondes auparavant.

– Pourquoi tu fais ça ? demandé-je.

– Je t'évite de craquer devant tout le monde et d'affoler ton frère.

Je plonge contre son torse et laisse ma douleur s'extérioriser.

– Je peux savoir ce qui vient de se passer ?

– Je n'en sais rien du tout, murmuré-je, aussi abasourdie que lui.

– Vous vous êtes disputés ?

– Non, même pas. Il est distant depuis quelque temps, et je n'arrive pas à l'atteindre. Il répond à peine à mes appels et textos. J'ai essayé de lui parler tout à l'heure, mais il m'a repoussée.

– Il y a eu un incident ? Quelque chose ? demande-t-il en essayant de comprendre.

– Je ne sais pas, Tino, je n'en sais rien, pleuré-je contre lui.

– Ça va aller.

– C'est pour cette raison que la clause existe. Je… j'aurais dû…

– Hope, calme-toi. Je suis sûr qu'il y a une explication.

– En dehors du fait que Troy est un connard comme mon frère l'a toujours dit ?

– Non, tu te trompes.

– Mario vient de dire que Troy avait passé un arrangement avec Teri pour obtenir une chambre seul afin de faire ses petites affaires tranquille. Qui fait ça ?

– Tu es en colère, c'est normal que tu penses ça. Mais je suis sûr qu'il y a une bonne raison à ce que…

– Quelle raison pourrait justifier que mon petit ami embrasse une autre femme que moi ?

Bien évidemment, Valentino ne répond rien, parce qu'il n'y a rien à répondre. Mon cœur se serre, et ma tête est perdue. Je ne comprends pas ce qui vient de se passer, pourquoi a-t-il fait ça ? Je sais bien qu'il doit parfois laisser les femmes l'approcher et jouer le jeu de l'homme célibataire, et jusque-là, je faisais avec, mais jamais il n'avait été aussi loin, jamais il n'avait franchi la ligne, celle qui me blesserait à coup sûr, celle qui me ferait du mal. C'est ce qu'il a cherché à faire en agissant ainsi. Ai-je fait quelque chose qui le mérite ? L'ai-je contrarié d'une quelconque façon ? Je ne comprends pas. Mes doutes perpétuels, le fait que je me sois plainte de ce que nous vivons, que j'aie envisagé de parler à Dwight, est-ce le tout cumulé qui l'a énervé ? Pourquoi ne m'en a-t-il pas parlé au lieu de faire ça ?

– Je vais te ramener à l'hôtel, OK ? Tu sèches tes larmes, tu prétextes un gros mal de tête, et je me dévoue pour te ramener. Ça marche ?

– Merci, Tino, acquiescé-je en souriant faiblement.

– Une bonne nuit de sommeil te fera du bien, et ensuite, vous pourrez essayer de parler, d'accord ?

Nouveau hochement de tête de ma part. On se dirige vers la bande, et on fait ce qu'il vient de me proposer. Troy n'est pas avec les autres, je me demande immédiatement où il est, avec qui surtout. Je dois lutter de toutes mes forces pour ne pas craquer devant mes amis.

– Tu veux que je rentre avec toi ? intervient Dwight.

– Valentino s'est déjà proposé. Reste profiter encore un peu de la soirée. On se voit demain.

– Tu es sûre ? Et toi, Tino ? Tu ne veux pas rester ?

– J'ai un coup de barre, alors ça ne m'embête pas, vraiment.

– D'accord, c'est sympa.

J'embrasse mon frère et ne manque pas son regard inquiet.

– Hope… commence-t-il.

– Demain, Dwight. Je t'aime.

– Moi aussi.

Nous saluons tout le monde, et je me laisse entraîner par Valentino. J'ai l'impression d'être déconnectée. Il tente sur le chemin jusqu'à l'hôtel de faire la conversation, mais ma tête est ailleurs. Je sais qu'à l'instant même où je vais me retrouver seule, je vais fondre en larmes, parce que je ne comprends pas, parce qu'il n'y a pas de moyen pour moi d'avoir une explication avec Troy sans attirer les regards et la curiosité des autres, parce que notre relation secrète ne m'aide pas. Il peut nier tout ce qu'on a vécu, il peut faire semblant. Est-ce tout ce qu'on représentait à ses yeux ? Un amusement ? Une distraction ? Cela pourrait expliquer bien des choses, s'il était vraiment le connard si souvent dépeint, mais je connais Troy, je sais que c'est faux, même si j'ai tenté de dire le contraire à Valentino. Cela rend tout ceci encore plus difficile à supporter.

En silence, Tino m'accompagne jusqu'à ma chambre et dépose un baiser sur ma tempe avant de s'assurer que je rentre bien à l'intérieur. Je me déshabille, enfile un tee-shirt pour la nuit, me glisse sous les draps et fais ce que j'ai dit. Je pleure toutes les larmes de mon corps, parce que l'homme que j'aime a embrassé une autre femme, qu'il m'a repoussée et que j'ignore pourquoi.

***

Cela fait deux jours qu'on est rentrés de Kansas City, et je ne suis pas sortie de ma chambre. Jusqu'à présent, Dwight m'a laissée tranquille parce que j'ai prétexté que ce mal de crâne ne me quittait pas depuis le club, mais je sais qu'à un moment donné, il va deviner que quelque chose ne va pas.

– Hope ?

Je me redresse vivement alors que la voix de Matilda parvient à mes oreilles depuis l'autre côté de la porte. Je vais lui ouvrir et écarquille les yeux. Ce n'est pas un tour que me joue ma tête, elle est bien là, en plein milieu d'après-midi.

– Qu'est-ce que tu fais ici ? m'exclamé-je en la prenant dans mes bras.

– Dwight m'a appelée.

Et là, sans me contrôler, je fonds en larmes. Elle me laisse faire, tout contre elle, puis quand je suis à peu près calmée, elle m'attire vers le lit. Elle prend une de mes mains dans les siennes et me fait un petit sourire.

– Il se fait du souci pour toi, et comme il se dit que tu ne vas pas vouloir lui parler, il a songé à m'appeler. Lucy et Audrey seront là ce soir, mais en attendant, tu devras te contenter de moi.

– Tu as pris ton après-midi pour venir me voir ?

– Évidemment. Pour que Dwight m'appelle, c'est qu'il y a urgence. Alors me voici.

– Merci.

– C'est normal. Mais j'aurais préféré que l'appel vienne de toi.

– J'allais le faire, seulement, j'avais besoin d'un peu de temps, pour essayer de trouver un sens à tout ça, si tant est qu'il y en ait un.

– Tu te sens prête maintenant ?

Je hoche faiblement la tête et lui raconte tout dans les moindres détails : la distance que Troy a récemment mise entre nous, son absence de retour à mes appels et messages, son attitude au club, la scène qu'il m'a offerte sur la piste.

Matilda reste un instant interdite face à mon récit, je vois bien qu'elle ne sait pas plus quoi en penser que moi.

– Je suis vraiment désolée, dit-elle en essuyant une larme sur ma joue. Tu as essayé de l'appeler depuis ?

– Non. Et de son côté, c'est silence radio. Sur le trajet retour, il m'a sciemment évitée. On était à l'opposé dans le jet, et il a gardé ses lunettes de soleil et sa casquette tout du long. Avec les autres autour de nous, impossible pour moi d'exiger une explication. Et depuis, je… j'essaie de digérer tout ça, en fait, murmuré-je, la voix tremblante, en faisant des gestes avec mes mains. Je ne sais pas quoi en penser, en faire.

– Vous devriez avoir une conversation, ne pas rester dans cette situation. S'il te dit clairement qu'il ne veut plus être avec toi, qu'il veut autre chose, au moins tu seras fixée, et si au contraire son explication est floue, sans fondement, eh bien, c'est qu'il y a quelque chose qui cloche.

– Troy peut se montrer très obstiné et têtu. Il est capable de faire passer des jours pour ne pas avoir à admettre ses torts.

– Comme tous les hommes, non ? Laisse-le mariner et exige qu'il te parle. Il n'a pas le droit de te traiter de cette façon.

– Je sais, cela ne lui ressemble tellement pas. Je refuse de croire que je me suis trompée à ce point sur lui.

– Je ne pense pas que ce soit le cas, Hope.

– Je l'ai bien fait avec Danilo.

– C'était différent. Tu étais au courant de sa façon d'être, tu as cru pouvoir le changer, et ça n'a pas marché.

– On disait la même chose au sujet de Troy, et je pense qu'il l'était sûrement, il profitait. J'aurais peut-être dû écouter mon frère.

– Hope. Il y a une différence entre profiter et sortir avec une femme tout en continuant de coucher à droite et à gauche en même temps. Ça, c'est ce qu'était Danilo. Troy n'a a priori jamais eu de véritable relation avant toi. Toi seule as vécu votre histoire, tu dois songer à tous vos moments partagés et faire la part des choses.

Je sais bien dans le fond que j'ai tort de supposer ça. Troy n'est pas Danilo, c'est une certitude, il le surpasse sur tellement de points. Je repense à notre histoire, à tout ce que j'ai éprouvé auprès de lui au fil des mois. Je sais qui il est. Il est l'homme qui m'a séduite, il est l'homme dont je suis tombée éperdument amoureuse, il est l'homme qui m'a révélé le vrai amour, celui qui se donne sans compter, qui bouleverse tout, qui efface tout, qui sublime tout. Auprès de lui, j'ai découvert la sensation d'être aimée, admirée, choyée.

Mon regard se perd vers le bureau, et je fais ce qu'elle me dit, je me remémore tout ce qu'on a vécu, les étapes importantes de notre relation, la façon dont il s'est démené pour m'amener à craquer, la manière dont il s'est ouvert à moi, dont il est tombé amoureux, nos balades, notre voyage, son « je t'aime », le premier entre nous, nos étreintes, nos baisers, son toucher, son regard, sa proposition d'emménager ensemble à la fin de la saison.

C'est Troy. Il s'est imposé à moi, dans mon cœur, dans ma vie.

– Est-ce que tu veux laisser tomber ou bien croire qu'il y a plus sous ce geste blessant ?

– Je ne veux pas baisser les bras.

Mes mots sont sortis sans aucune hésitation.

– Cela n'a aucun sens, murmuré-je. Il m'aime, je le sais.

Matilda me fait un sourire sincère, aimant, puis me prend dans ses bras.

– Que te dit ton instinct ?

Je prends une grande inspiration et ferme les yeux pour réfléchir à sa question, tenter d'analyser les choses. Je me remémore les derniers événements.

– Tu connais Troy sûrement mieux que quiconque.

– Oui, c'est vrai.

Je le connais, vraiment, comme personne, parce qu'il s'est ouvert à moi, il m'a laissée voir tout de lui. C'est alors que j'ai comme une révélation, il m'aime, il m'a demandé de m'installer avec lui. Il n'a jamais voulu un endroit à lui, mais pour moi, il était prêt à chercher quelque chose à nous. Petit à petit, il a changé à mes côtés, avec moi, pour moi. Quelqu'un qui fait ça ne peut pas agir de cette manière sur un coup de tête, il y a une explication logique.

– Son accident, le malaise de mon oncle, soufflé-je alors que tout s'explique.

– Oui ?

– Quand Troy a eu son premier accident, il a essayé de me repousser. Il a perdu son père quand il était plus jeune, et ça a été très difficile pour sa mère et lui. Elle ne s'en est jamais vraiment remise, il a dû grandir beaucoup trop tôt, trop vite, pour assumer, et il s'est coupé de toutes relations parce qu'il ne voulait pas vivre ce que sa mère surmontait. Son comportement étrange a commencé après le malaise de Jeffrey, je l'ai clairement alarmé pour pas grand-chose, et il a commencé à prendre ses distances après ça.

– Il a peur, comprend Matilda. Il essaie de te protéger et de se protéger.

– Mais il n'a pas à choisir pour moi ! m'exclamé-je en me relevant précipitamment. Il n'a pas le droit !

– Il pense sûrement faire la bonne chose.

– Il se trompe.

– Tu sais ce qu'il te reste à faire, non ?

– Oui, j'ai un cul à aller botter !

– Bon, du coup, on remet la soirée à plus tard alors. J'attends ton appel pour tout connaître dans les détails. J'aimerais autant éviter qu'ils ne viennent de la bouche de Dwight.

Nous rions toutes les deux.

– Merci d'être venue, dis-je en la prenant dans mes bras.

– Ne me remercie pas, une fois de plus, c'est normal. Je te suggère juste de te changer et de mettre un peu d'ordre dans tes cheveux avant de le rejoindre.

– Il se fiche de mon apparence.

– Je n'en doute pas, mais je te connais un minimum, tu ne veux pas sortir comme ça, rétorque-t-elle en riant.

Je jette un œil au miroir sur pied. Il est vrai que mon pyjama licorne et les cheveux gras, c'est limite pour une sortie en public.

– Je te laisse te préparer, et on se revoit très vite.

– Merci.

Je l'embrasse une dernière fois et la regarde quitter la chambre. Bon, maintenant que le brouillard dans lequel j'étais s'est dissipé, il faut que j'aille affronter mon champion.

***

La première chose que je me suis dite en arrivant devant la porte de sa suite est qu'il allait refuser de m'ouvrir. Après avoir cogné plusieurs fois, j'ai dû admettre qu'il n'était pas là. J'ai résisté à l'envie de l'appeler et d'exiger un rendez-vous, j'ai eu peur qu'il ne me réponde pas et comprenne que je cherchais à le voir. Alors j'ai opté pour la solution « détective privé ». Je ne me suis pas non plus mise à sa recherche dans toute la ville en écumant tous les lieux où il a l'habitude d'aller. Je me suis tout simplement installée par terre dans le couloir. Je ne suis pas restée devant sa suite, mais un peu en retrait. J'ai l'intention de lui sauter dessus dès qu'il rentrera, et je ne veux pas lui offrir la moindre chance de se défiler.

Ce n'est pas que je me mette à désespérer, mais cela va faire deux heures que j'attends, mon estomac commence à se manifester, et j'ai mal aux fesses. Quand va-t-il arriver ? Et si tout ce que mon cerveau croit avoir compris n'était qu'une erreur ? Et si je le voyais rentrer chez lui avec une autre femme ? Je serais obligée de voir que tout est fini, je finirais anéantie et dévastée. Troy possède mon cœur, le sait-il seulement ?

Je me redresse alors que les portes de l'ascenseur s'ouvrent et se referment. Des pas feutrés se font entendre sur la moquette moelleuse. Troy m'apparaît enfin. Il me tourne le dos, et je le vois tendre la main pour ouvrir à l'aide de la carte magnétique. J'avance d'un pas alors qu'il pousse la porte, entre et pivote pour refermer.

– Troy, dis-je d'une voix sourde.

Ses yeux plongent dans les miens, et le temps s'arrête. Il a une mine affreuse, des cernes sous les yeux, ses cheveux d'ordinaire domptés sont rebelles.

– Ne t'avise pas de me fermer la porte au nez, ordonné-je. J'estime mériter un peu mieux que l'ignorance dont tu fais preuve, comme un lâche.

Un éclair de colère teinte son regard et met le feu à la mienne. Il prend une profonde inspiration et se décale pour me laisser entrer à mon tour. Je ne me fais pas prier, je me faufile à l'intérieur et avance vers le salon. Rien n'a changé, tout est toujours aussi impersonnel et, surtout, rien ne me laisse croire qu'une autre femme a mis les pieds ici. Enfin, je serais bien incapable de l'affirmer avec certitude, ce n'est pas comme si j'étais dotée de pouvoirs extrasensoriels.

Je me tourne vers lui alors qu'il repose sa carte, son téléphone et son portefeuille sur le comptoir de la cuisine. Malgré la tristesse qui se lit sur son visage, malgré ses épaules voûtées, malgré le mal qu'il m'a fait, je le trouve toujours aussi séduisant. Il m'a manqué, et c'est un combat intérieur que je mène pour ne pas me précipiter contre lui.

Il croise les bras sur sa poitrine et campe solidement sur ses deux jambes. Bon, visiblement, il ne semble pas décidé à faire le premier pas, c'est moi qui suis venue, donc cela me revient.

– C'est la seule solution que tu as trouvée ? dis-je d'une voix que j'espère maîtrisée. Pour me prouver que Dwight avait raison, que tu es bel et bien le connard que tout le monde croit que tu es ? Tu me penses assez bête pour oublier tout ce qu'on a vécu en agissant ainsi ? Tu veux sincèrement me faire croire que tous tes mots, toutes tes caresses, toutes tes promesses n'ont finalement aucun poids ? C'est ça que tu as essayé de faire ?

– Hope… commence-t-il.

– JE. N'AI. PAS. FINI.

Il déglutit nerveusement mais ne reprend pas la parole. Sa posture se veut droite, mais je lis parfaitement la tension qui s'empare de lui, je vois dans ses yeux qu'il mène une bataille intérieure.

– Je pensais que tu me connaissais un peu mieux que ça et, surtout, je pensais que tu avais un peu plus de respect pour moi.

Comment as-tu osé ? Comment as-tu pu laisser cette femme te toucher et t'embrasser devant moi pour me faire passer je ne sais quel message ? Je ne savais pas que la lâcheté faisait partie de tes défauts ! Parce que c'est ce que tu es ! Un lâche ! Préférer me faire souffrir devant tous nos amis pour t'éviter de m'affronter ! Pour t'éviter de faire face à ce qui te fait peur. Parce que tu as oublié quelque chose ! JE. TE. CONNAIS. J'ai compris ce que tu essaies de faire, Troy !

Il tente de me dépasser pour rejoindre la terrasse, mais je l'en empêche. J'attrape son bras et l'oblige à continuer à me faire face.

– Sûrement pas ! crié-je, furieuse. Tu n'as pas le droit ! Je t'interdis de te détourner de moi.

– Qu'est-ce que tu attends de moi, Hope ?

– Que tu me dises la vérité ! Je sais pourquoi tu as fait ça ! Je sais que tu as peur, que tu crains de me faire souffrir, que je vive la même chose que ta mère. Tu as déjà essayé de me repousser après ton premier accident en course, et ça n'a pas marché. Comment tu peux croire que ça fonctionnera cette fois-ci ? Tu n'as pas le droit de décider pour moi !

– Tu n'as pas plus le droit de choisir pour moi non plus, tranche-t-il.

– Tu veux donc me faire croire que tu préfères cette vie de célibataire, de solitude ? C'est ça que tu veux ? Tu effaces tout ce qu'on a construit pour quoi ?

Ma voix se brise alors que je veux me montrer forte, mais c'est trop pour moi. Je ne supporte pas la froideur dont il fait preuve. Comment peut-il agir ainsi ? Me regarder avec tant de détachement ? Je sais que c'est de la comédie, mais cela me fait mal au cœur de le voir si doué à l'exercice. J'ai tenu bon jusqu'à maintenant, mais je ne parviens plus à retenir mes larmes. Tout mon être tremble alors que je reprends parole.

– Je suis désolée de t'avoir fait peur avec Jeffrey. Je suis désolée d'être venue te rejoindre à l'hôpital, de me montrer inquiète pour toi devant tout le monde. Je suis désolée.

– Arrête de t'excuser, grogne-t-il.

– Je suis désolée de t'aimer malgré ce que tu as fait, poursuis-je sans tenir compte de ses mots. Je suis désolée parce que tu me manques tellement. Je suis désolée si je n'envisage pas ma vie sans toi malgré tous les efforts que tu fais pour me repousser. Je suis désolée de m'accrocher à toi alors que tu joues à celui qui ne veut plus de tout ça. Je suis désolée d'éprouver tout cet amour pour toi alors qu'on ne devrait pas. Je suis désolée d'avoir besoin de toi. Je suis désolée de…

– Tais-toi, supplie-t-il, les lèvres tremblantes et les yeux brillants.

– Dis-moi que tu ne m'aimes plus, dis-le-moi, et je partirai, je ne t'embêterai plus, je ne ferai pas de scandale. Dis-le-moi, Troy.

– Hope…

– Dis-moi que notre couple ne veut rien dire à tes yeux. Dis-moi que les lèvres de cette femme ont tout effacé. Dis-moi que je ne te manque pas à chaque seconde, à chaque minute, à chaque heure. Dis-moi que tout ce que tu m'as dit, promis, confié n'est que du vent, sans importance. Dis-moi que je ne compte pas. Dis-moi que tu ne m'aimes plus.

Je vois qu'il lutte contre l'émotion. Il essaie tant bien que mal de tenir bon, de me tenir tête, de me prouver qu'il a raison et que j'ai tort, que je ne le connais pas. Mais je ne suis pas dupe, je lis son combat intérieur dans son regard, dans le moindre de ses muscles tendus, dans sa respiration hachée, dans sa pomme d'Adam qui monte et descend nerveusement, dans ses yeux qu'il aimerait détourner mais qui restent malgré tout ancrés aux miens. Il ne gagnera pas contre moi, c'est impossible.

Je ne suis plus qu'à quelques centimètres de lui, et j'avance d'un autre pas. Il déglutit, et ses bras se dénouent. Ils retombent de chaque côté de son corps qui rayonne d'une chaleur qui ne s'oublie pas. Je me mets sur la pointe des pieds et décrète qu'il a eu suffisamment de temps pour me dire tout ce que j'exige. Mes lèvres se posent sur les siennes, et il ne résiste que pendant quelques secondes. Il grogne en me rendant mon baiser.

Aussitôt, ses mains sont autour de ma taille, et il me hisse contre lui. Je suis un peu chamboulée par ces retrouvailles. Il m'a tellement manqué, et je suis heureuse de le retrouver, pourtant, il y a quelque chose de différent dans notre étreinte, un goût de précipitation, de folie, de peur qui m'inquiète. Je chasse ces pensées dans un coin de ma tête et me concentre sur la chaleur de son corps, la puissance de ses bras, le goût de sa langue, mentholée, son parfum si masculin, boisé, musqué. Il me fait tourner la tête. J'ai besoin qu'il me montre que rien n'a changé, que ce n'était qu'un moment d'égarement poussé par la crainte, que cette femme n'a rien semé en lui.

Nous ne disons plus rien, il n'a rien confirmé, il ne peut pas, je le sais. Il me conduit vers la chambre et me dépose sur le lit. Je me mets sur les genoux et lui retire son tee-shirt, impatiente de le sentir nu contre moi, en moi. Je veux ses mains, sa langue, ses doigts partout sur ma peau. Il peut me marquer s'il le veut, il peut laisser son empreinte, je lui appartiens, il ne peut pas me repousser.

Je me jette à nouveau sur ses lèvres, parce que tout au fond de moi, réside tout de même cette incertitude. Il pourrait me dire toutes ces choses et refuser ce que nous sommes. Je veux l'en empêcher, s'il est concentré sur nous, s'il voit à quel point c'est bon, à quel point nous sommes bien ensemble, il ne pourra plus se laisser envahir par ces pensées ridicules.

Ses doigts plongent sous mon débardeur et me le retirent. Il retient son souffle en découvrant ma poitrine couverte d'un ensemble en dentelle parme. Il est nouveau. Je n'ai pas vraiment réfléchi en m'habillant, mais maintenant que je vois l'étincelle dans son regard, je me dis que j'ai bien fait. Ne voit-il donc pas à quel point il réagit à ma présence ? Je ne suis pas en reste. Cela signifie quelque chose, cela a de l'importance.

Je me colle à lui et caresse son dos. Ses mains plongent dans mon pantalon et trouvent mes fesses nues, je porte le string assorti. Un grognement de satisfaction accueille cette découverte, et je roucoule, plutôt contente de l'effet que je lui fais.

À mon tour, je rejoins son membre. J'abaisse son short et le trouve prêt pour moi. Je suis impatiente de le caresser et de le goûter à nouveau. Je m'apprête à le prendre dans ma bouche quand il recule brusquement.

– Hope, arrête.

Je manque de tomber à la renverse. Je me rattrape in extremis au bord du lit, et je le regarde, stupéfaite. Jamais il n'a renoncé à une partie de sexe, jamais, même fatigué, épuisé après une course, il ne m'a jamais dit non. Cela me fait l'effet d'une douche froide.

Je lui lance un regard interloqué, et je me sens soudainement gênée par ma quasi-nudité. Il a déjà remonté son short et revêtu son tee-shirt. Je me penche pour récupérer mon vêtement jeté derrière moi et l'enfile rapidement.

– Je veux que tu partes.

J'écarquille les yeux et ouvre la bouche comme un poisson hors de l'eau. Sa voix est froide, et sa posture, défensive. Il me toise d'un regard déterminé.

– Que… Quoi ? Mais pourquoi ?

– Fais ce que je te demande, s'il te plaît.

– Troy, enfin… insisté-je en le rejoignant, debout près du lit.

Il saisit ma main au vol alors que je m'apprête à la poser sur sa joue.

– On doit arrêter notre histoire maintenant.

Je cligne des yeux, totalement ahurie par ce retournement de situation. Je ne comprends rien du tout. Ce rejet et ses paroles me font bien plus mal encore que la scène au club avec cette autre femme.

– Troy, de quoi tu parles ?

– Je te l'ai dit tout à l'heure, tu n'as pas le droit de choisir pour moi.

– Je ne comprends pas de quoi tu parles ! POURQUOI ? Qu'est-ce qui a changé ? Pourquoi tu fais ça ?

– Les choses ont changé, cela ne m'intéresse plus. Tu veux des choses totalement différentes de ce que j'attends de la vie, et cela ne pourra jamais marcher.

– Comme quoi ?

– Avoir une maison, des enfants, une vie tranquille.

Je suis… Je ne sais même pas ce que je ressens. Tout ceci est ridicule !

– D'où ça sort, putain ?! Qu'est-ce qui te prend ? Je n'ai jamais parlé d'avoir une maison, c'est toi qui m'as proposé qu'on s'installe ensemble. Je ne t'ai jamais parlé d'avoir des enfants ! Une vie tranquille ? J'ai le même planning que toi, et cela me convient parfaitement ! C'est quoi, ces CONNERIES ?!

– Je ne veux plus de toi, Hope. C'est plus clair comme ça ?

Ses mots sont tranchants, catégoriques et totalement surréalistes. Ils n'ont aucun sens. Enfin, ils en ont un, qui fait très mal, mais cela ne veut rien dire. C'est hallucinant. Je ne le reconnais plus.

– Tu as couché avec cette femme ? demandé-je faiblement.

Je ne sais pas pourquoi je pense à ça maintenant, mais cette possibilité vient de m'effleurer l'esprit. Je doute qu'il ait pu me tromper, surtout sachant ce que j'ai vécu avec Danilo, mais il avait pas mal bu ce soir-là, alors j'en viens à me dire que c'est peut-être la raison qui le pousse à agir ainsi, parce qu'il a honte, qu'il se sent mal.

Seulement, ma question ne trouve pas de réponse. Il se contente de me fixer lourdement, comme si son regard pouvait avoir la force de me sortir de cette pièce, de cet hôtel, de sa vie.

J'ai essayé de me battre pour lui, pour nous. J'ai dit tout ce que j'avais à dire, tout ce que je ressens, tout ce que je crois, et il vient de tout balayer avec quelques mots sans émotion.

J'essuie rageusement la larme solitaire qui dévale ma joue avant de tourner les talons sans me retourner. Je ne sais pas ce qu'il lui prend, les raisons qui l'animent, peut-être une autre femme, que sais-je ? Mais je ne vais pas me perdre s'il a choisi de me chasser de sa vie.

***

– Hey, souffle Dwight en me rejoignant sur la terrasse.

J'y suis installée depuis que je suis rentrée. Plongée dans mes pensées, je n'ai pas vu le temps passer, et je suis toujours complètement à côté de la plaque.

– Coucou, murmuré-je en lui souriant faiblement.

– Qu'est-ce qui se passe ?

– Merci d'avoir appelé Matilda.

– Ouais, ben… je me suis dit que tu en avais besoin. Ça t'a fait du bien ?

– Sur le moment, oui.

Je lutte contre les larmes, j'ai l'impression de ne faire que ça, et cela m'épuise.

– Hope…

– C'est terminé avec…

Je n'ai pas le courage de dire « Grayson », parce que tous ces mensonges me fatiguent aussi. Je ne veux plus mentir à mon frère, mais j'ai peur. Finalement, je ne retiens pas plus longtemps mes pleurs. Dwight se précipite vers moi et me prend dans ses bras.

– Je suis désolée.

– Pourquoi tu t'excuses ?

Je n'ose pas le regarder dans les yeux. Mais c'est mon frère, je devrais savoir qu'il ne laissera pas les choses comme ça. Il pose ses grandes mains sur mes joues et m'oblige à affronter son regard.

– Je sais, Hope. Je le sais depuis un moment. Je voulais que tu te sentes suffisamment en confiance pour me le dire, mais…

– Ce n'est pas que je ne te fais pas confiance. Si tu savais le nombre de fois où j'ai voulu te le dire, mais la situation était bien trop compliquée, et je ne voulais pas te mettre dans une position délicate.

– Tu es ma sœur, je m'en fiche d'être dans une position délicate.

Je lui souris doucement. Qu'est-ce que je l'aime, ce grand frère un peu trop protecteur mais si aimant !

– Cela n'a plus aucune importance maintenant.

– Qu'est-ce qu'il a fait, ce crétin ?

– Tu n'as rien vu ?

– Vu quoi ?

Maintenant que j'y réfléchis, Dwight n'a pas fait de commentaire à propos du baiser que Troy a échangé avec la blonde au club. Il était sûrement occupé ailleurs. Mon esprit est trop embrouillé pour que j'y voie clair et que je me souvienne avec précision.

– Rien. C'est terminé, c'est tout.

– Comme ça ? Pour quelles raisons ? Je ne peux pas croire qu'il ait pris le risque de jouer avec sa carrière, d'être avec toi pour tout envoyer chier en un claquement de doigts.

– Je ne sais pas, Dwight.

– Comment ça, tu ne sais pas ? Il ne t'a rien expliqué ? T'as pas cherché à lui parler ?

– Si, mais je... Il a ses raisons, et je... C'est tout. Je ne peux rien y faire. J'ai essayé, mais je ne fais pas le poids, c'est tout.

– Je n'y crois pas. Je vais aller lui casser la gueule, s'emporte-t-il en serrant les poings.

– Dwight, non ! Si on se cachait, c'était pour éviter ce genre de choses. C'est pas la peine d'attirer l'attention.

– J'en ai rien à foutre d'attirer l'attention, il te fait souffrir, il va souffrir à son tour.

C'est plus fort que moi, j'éclate de rire tout en pleurant. Je ne savais pas que c'était possible. Mon grand frère toujours prêt à défendre mon honneur.

– Cela n'en vaut pas la peine. Concentre-toi sur la fin de la saison, la dernière course, et ensuite je devrai affronter oncle Jeffrey et tout lui dire.

J'appréhendais la réaction de Dwight, je me rends compte que j'aurais dû lui faire plus confiance et m'ouvrir à lui dès le départ. Je regrette tellement, je ne comprends pas pourquoi j'ai eu si peur. Sans doute en raison des avertissements d'oncle Jeffrey en début de saison et des rappels de mon frère au fil du temps.

Oncle Jeffrey, je lui ai menti aussi, j'ai trahi la confiance qu'il m'a accordée en m'offrant ce poste et en m'accueillant dans son équipe. La mise en garde formulée pendant la réunion ne s'adressait pas seulement au reste du personnel, elle était tout aussi valable pour moi, et j'ai fauté. Cela m'angoisse énormément.

– À quoi ça sert maintenant ? poursuit Dwight.

– Parce que je ne me vois pas continuer à mentir et à faire semblant pendant encore très longtemps, alors il faudra bien que je le fasse.

– Putain ! Je n'arrive pas à croire que tu me demandes de rester à ne rien faire alors que ce connard…

– Dwight, je t'en prie. Arrête de l'appeler comme ça.

– Je vais me gêner ! s'offusque-t-il. Comment tu peux le défendre ?

– Je le fais parce que je le connais, je sais que tu ne comprends pas, mais je… Promets-moi que tu resteras sage.

– Je ne ferai rien de mon plein gré, dit-il en esquivant mon souhait. Mais s'il me cherche, s'il te cherche, s'il me provoque, je partirai au quart de tour, et t'auras rien à dire.

Ses mots sont fermes, et son regard, déterminé. Je sais que je ne le ferai pas changer d'avis, et je n'en ai pas envie. J'ai déjà obtenu beaucoup de sa part. Cela me surprend d'ailleurs, c'est le signe que mon frère est en train de changer, et cela me met du baume au cœur.

35

Hope

Octobre s'achève dans quelques jours, et nous voici en Virginie-Occidentale, à Ridgeway. Cette trente-troisième course de la saison marque le début des demi-finales. Actuellement, huit pilotes se disputent le titre, les trois coureurs de JW Motorsport toujours en lice pour la victoire ultime.

– Tu dégages, grogne Dwight à mes côtés.

Je me redresse vivement alors que ma tête est plongée dans le moteur de sa voiture. Je vois Troy qui s'avance vers nous, avec son air de chien battu, mais mon garde du corps veille au grain.

– Dwight, arrête ça !

– Je ne l'ai pas encore frappé que je sache, alors je peux bien lui parler comme je veux.

Si me confier à lui est synonyme de le voir me coller, je vais regretter de ne pas avoir tout gardé pour moi.

J'ignore Troy, je me fiche de ce qu'il pourrait me vouloir, et retourne à mon travail. Je pense à mon frère, à mon étonnement quant au calme relatif dont il fait preuve, au fait qu'il prenne sur lui et ne tape pas avant de parler. Je suis agréablement surprise. Il devient l'homme que Lucy mérite.

– C'est bon ? s'enquiert Bruce auprès de moi.

– Oui, c'est bon.

– OK. Bon, avec Jamie, on a réanalysé les données de la dernière course ici. Tu avais terminé cinquième, dit Bruce à Dwight, ça serait bien au minimum de réitérer l'exploit. Donc au niveau des pneus, on a réglé le parallélisme, le carrossage, la dureté des ressorts. La pression de chaque pneu est optimale, normalement tout est réuni pour que tu réussisses. La dérive devrait être parfaite à moins qu'un connard vienne te chercher des noises.

On comprend bien qu'il parle de Richard Dick Adams. Cela fait ricaner mon frère qui bombe le torse.

– Je vais me faire une joie de lui faire bouffer son sourire Émail Diamant à ce salopard.

– J'en doute pas. Et Hope vient de peaufiner les derniers réglages moteur. L'injection est neuve, et Dylan est confiant. Si jamais tu sens que quelque chose ne va pas pendant les tours de chauffe et les qualifs, tu nous le dis qu'on règle le problème avant le départ.

– Ça marche, merci, déclare Dwight, souriant, en serrant l'épaule de Bruce.

Je laisse mon frère après l'avoir embrassé et pris dans mes bras et rejoins le point d'observation. La routine bien rodée d'une course peut commencer. Ceci est mon quotidien depuis plusieurs mois maintenant, je me demande si je serais prête à y renoncer pour la paix de mon cœur et de mon âme.

***

La course n'a pas été mauvaise, mais les résultats ne sont pas ceux escomptés. Dwight est déçu, je le vois sur son visage. Il doit se contenter d'une dixième place, suivi par Valentino. Troy échoue au pied du podium, nargué par Richard qui jubile. Ce mec m'horripile. Il ne fait qu'entretenir cette compétition et cette tension malsaine entre tous les pilotes, enfin, ceux par lesquels il se sent menacé.

Son air suffisant et arrogant me donne envie de lui coller un pain dans la tronche. Bon, je risquerais fortement de me blesser, mais sur le coup, je suis sûre que cela me défoulerait de passer mes nerfs sur lui.

Je sais que, dans le fond, c'est injuste. Ce n'est pas sur lui que je devrais le faire, mais sur Troy. Je suis encore sous le coup de la colère et de l'incompréhension. Je fais bonne figure devant les autres, mais dès que je me retrouve seule, je fonds en larmes avant de m'endormir, épuisée. Je déteste cette situation, je le déteste, lui. Non, ce n'est pas vrai, je le sais bien. Mon cœur meurtri l'aime encore. Je m'en veux, mais je suis incapable d'effacer tout ce que je ressens pour lui en quelques jours.

– Ton garde du corps n'est pas là ? entonne une voix grave en me faisant sursauter.

Je me tourne vers Richard qui vient à moi, le même sourire satisfait sur le visage et le regard lubrique. La façon dont il me détaille me donne la chair de poule. Qu'est-ce qu'il me veut encore ? Je jette un œil nerveux derrière lui, espérant voir arriver mon frère, Valentino, ou même Troy. Mais je suis seule face à ce type, une fois encore.

– Je suis seul, Hope.

– Qu'est-ce que je peux pour toi ?

– Eh bien, justement. Je voudrais te demander un petit service.

Je hausse un sourcil, curieuse et méfiante à la fois.

– Je t'écoute.

– Je dois me rendre à une soirée pour la parution du dernier *Men's Health* dont je fais la couverture, vendredi soir à New York, et j'aimerais que tu m'accompagnes.

Je manque de m'étouffer avec l'air que je respire. Il vient de me tuer sur place. Les yeux exorbités, je pars d'un rire sans retenue.

– C’est une blague ?

– Absolument pas.

– Je ne comprends pas bien, pourquoi tu aurais envie d’y aller avec moi ? On se connaît à peine, je suis sûre que tu as une liste de prétendantes longue comme le bras.

– Tu es sûre de ne pas comprendre mes motivations ? En dehors du fait que je te trouve tout à fait à mon goût ?

Le petit rictus qui étire ses lèvres m’apporte toutes les réponses. Troy. Il veut le provoquer.

– Là, souffle-t-il en se rapprochant de moi. Tu as compris.

Il se met le doigt dans l’œil s’il croit que je vais accepter. Je ne comprends même pas comment il a pu croire que ça arriverait.

– Cela ne sert à rien, Richard. Ce qui existait entre Troy et moi est terminé.

– Je ne suis pas sûr de devoir te croire.

– Je m’en fiche, je ne te dois rien.

– En réalité, ça m’est égal que Troy et toi ayez rompu.

– Je ne t’accompagnerai pas, Richard, peu importe ce que tu cherches à faire, et pour quelles raisons, je ne t’aiderai pas à provoquer Troy.

– Tu as parfaitement conscience des raisons qui m’animent. Il est impératif qu’il reste derrière moi, sur la piste, comme aujourd’hui, et avec les femmes, quand tu poseras devant les journalistes à mon bras.

– Ça n’arrivera pas.

– À quel point tu tiens à la position de l’écurie de ton oncle dans le classement ? Le grand Jeffrey Wellis est-il au courant pour Troy et toi ? Quelque chose dans ton attitude me dit que non, devine-t-il alors que je me redresse brusquement. Je suis sûr que s’il apprenait votre liaison, il n’aurait d’autre choix que de se débarrasser de lui, il ne va sûrement pas s’en prendre à sa nièce. Mais les résultats vont en prendre un sacré coup.

– Ça n'arrangerait pas tes affaires ? bluffé-je.

– Si, évidemment, mais j'aime l'idée d'une victoire méritée, et si Troy est sur le banc de touche, ça a tout de suite beaucoup moins de charme.

– C'est non, Richard. Peu importe ce que tu pourras dire, cela ne prendra pas.

– Oh, mais j'ai pas l'intention de dire quoi que ce soit, dit-il en pianotant sur son portable. Je pense que cette vidéo parle suffisamment pour moi.

Il me tend l'appareil, et je regarde, stupéfaite, les images animées qui nous montrent, Troy et moi, en pleine étreinte après la course à Richmond. On voit parfaitement Troy m'attirer à l'écart alors que j'attendais les autres et m'offrir un baiser des plus passionnés, encore galvanisé par sa victoire lors de la course. Je ne peux pas réfuter ce que je vois, notre amour et notre désir sont parfaitement visibles.

– Comment… Qu'est-ce que… bafouillé-je.

– Parfois, on a la chance de se trouver au bon endroit au bon moment. Vous devriez faire plus attention, la discrétion, c'est pas votre fort, apparemment.

– Tu n'as pas le droit de faire ça, Richard.

– En fait, j'aime prendre le droit de le faire, et tu n'y pourras rien. Je te laisse jusqu'à demain pour y réfléchir. Donne-moi ton portable que j'entre mon numéro.

Je fais ce qu'il me dit alors que je n'ai qu'une envie, me jeter sur lui et le frapper.

– Voilà, annonce-t-il, souriant, en me le rendant. Sache que je m'occuperai de tout, du billet d'avion, de ta robe de soirée, de la chambre d'hôtel…

– Tu te mets le doigt dans l'œil si tu crois que… m'insurgé-je.

– Je ne crois rien, Hope, je ne te demande pas de coucher avec moi, et j'ai jamais forcé aucune femme à le faire. Tu seras à mon bras, tu joueras le jeu de la petite amie éperdument amoureuse. Je ne ferai rien de déplacé.

– Comme si tu en étais capable !

– C'est un défi, ma belle ?

– Va te faire voir.

– C'est ce qu'on verra. Demain soir, Hope.

Il me gratifie d'un clin d'œil qui me donne envie de lui balancer mon portable à la figure, puis il se penche vers moi et dépose un baiser sur ma joue, avant que j'aie pu me reculer pour l'éviter. Fier de lui, il me laisse et s'éloigne. Et moi, je reste là, les bras ballants et la tête complètement en vrac par ce qu'il vient de me proposer. Je me retrouve prise au piège, il sait quelles cordes tirer, et cela me met hors de moi. Il ne me connaît pas, mais il sait pertinemment quel genre de personne je suis, celui qui pense aux siens avant toute autre chose et qui fera tout ce qui est en son pouvoir pour qu'ils réussissent.

– Qu'est-ce que tu foutais avec Richard ? scande une voix à ma droite.

Je sursaute et découvre Troy qui me jauge de toute sa hauteur, le regard noir. Il n'en fallait pas moins pour mettre le feu aux poudres. Je ricane rageusement et tente de passer devant lui, mais il m'arrête en s'emparant de mon bras.

– Je t'ai posé une question, dit-il, furieux.

– Et j'ai choisi de t'ignorer. Tu n'as plus aucun droit sur moi. Lâche-moi.

Je me dégage sèchement de son emprise et le fusille du regard. Une lueur passe dans le sien, et je suis incapable de l'interpréter. Notre affrontement est stoppé par le reste de l'équipe qui arrive, et je me presse de rejoindre mon frère et Valentino. Il va me falloir des médicaments si je veux essayer de me calmer, je n'en peux plus. Entre l'attitude odieuse de Richard et celle de Cro-Magnon de Troy, j'ai la sensation d'être un bout de bidoche qu'ils se prêtent. Et s'il y a bien une chose que j'ai en horreur, c'est d'être considérée comme un morceau de viande.

***

Nous sommes dans le Texas, et la chaleur est poisseuse. Le décompte jusqu'à la finale se réduit, l'excitation et l'impatience des pilotes se font sentir de plus en plus. Et si je me concentre assez, je peux essayer de faire abstraction de la douleur que je ressens à cause de l'absence de Troy.

Je reviens des toilettes où je me suis éclipsée rapidement.

– C'est quoi, cette connerie ? gronde Troy en bondissant à mes côtés alors que je rejoins le paddock d'un pas décidé.

J'ai assez honte de moi comme ça, pas la peine qu'il vienne en rajouter une couche. Je me doutais bien qu'à un moment donné, il serait mis au courant. J'attends aussi sous peu la réaction de mon frère. Je tente de le dépasser tout en ignorant sa question, mais il n'est pas décidé. Il semble même se foutre du monde qui nous entoure et du risque qu'il prend. Il attrape mon bras et m'entraîne à l'écart. À distance raisonnable, il agite son portable sous mon nez, comme si j'étais censée ignorer ce dont il parle.

Le moins qu'on puisse dire, c'est que Richard a bien joué son coup. Les journalistes ne nous ont pas loupés. Nous avons été mitraillés, et j'ai dû jouer sa petite amie. Étonnamment, il n'a pas vraiment eu de gestes déplacés, il n'a pas essayé de m'embrasser de force et il m'a reconduite à ma chambre après la soirée. Tout ce qu'il a fait, c'est garder son bras autour de ma taille et sa main posée sur ma hanche et déposer à quelques reprises un baiser sur ma tempe. Bien entendu, j'ai eu envie de vomir, de le gifler, mais cela aurait pu être pire.

Seulement, je vois au regard de Troy que c'est déjà le pire pour lui. Mais je l'emmerde ! Il n'a pas le droit de réagir comme ça.

– Putain, Hope ! Réponds-moi.

Plutôt que de faire ce qu'il m'ordonne, je redresse la tête et les épaules, croise les bras sous ma poitrine et le fusille du regard. Je le mets au défi de s'en prendre à moi, de réagir et peut-être finalement de me dire ce qui se passe.

– Tu fais ça pour te venger de moi ?

Je bous de colère. Non, mais quel toupet !

– Je ne te savais pas si imbu de ta petite personne. Quel connard ! m'exclamé-je, les joues rouges échauffées par ma stupeur. Tu vas me faire la leçon ? Alors que tu as embrassé une autre femme devant nos amis ? C'est ce que tu t'apprêtes à faire ? Tu n'as pas le droit ! Je t'interdis de le faire !

Je tente une nouvelle fois de m'échapper, mais il est furieux et me barre le passage. Je n'ai jamais vu autant de fureur émaner de son être. Pourquoi faut-il qu'il m'apparaisse encore plus sexy ? La vie est injuste et joue avec moi. Avec mes sentiments, mon cœur.

– Hope, qu'est-ce que tu fous avec Adams ?

– Ça ne te regarde pas !

– Dwight est au courant ?

– Ça ne le regarde pas non plus ! Pourquoi pensez-vous avoir un quelconque droit de regard sur ma vie privée ? Je décide ! Tu m'entends ?! Moi, pas toi, ni Dwight. Tu as décidé que je ne valais plus rien à tes yeux, tu as provoqué cette situation. Ne va pas croire que tu gardes un semblant de pouvoir sur moi !

Bien entendu, c'est totalement faux. Je sais pertinemment que s'il m'embrassait en cet instant, alors que la colère nous anime tous les deux, notre étreinte ferait des étincelles, et je ne dirais pas non. Parce qu'il me plaît, qu'il me manque, que je l'aime toujours, malgré tout ça, malgré cette merde.

– Il va se servir de toi et te faire souffrir.

– Tu parles d'expérience sûrement. Vous vous ressemblez beaucoup.

Sur ces mots particulièrement blessants, je réussis enfin à quitter le coin dans lequel je suis acculée. Qu'il aille se faire voir !

***

La fureur n'a pas quitté mon corps alors que la compétition prend fin. Je suis toujours à fleur de peau, les nerfs à vif, et il vaut mieux éviter que quiconque ne m'adresse la parole, parce que je ne suis pas sûre d'y répondre très aimablement.

Dwight arrache la victoire et m'apporte un peu de réconfort. Valentino décroche une très belle huitième place alors que Troy a complètement foiré sa course. C'est sans doute puéril et injuste envers l'écurie, mais je jubile à l'idée d'en être responsable. Cela montre bien qu'il a beau dire tout ce qu'il veut, il y a quelque chose de sous-jacent, et il ne prend pas tout ça avec calme et tranquillité. Mais il m'interdit de choisir à sa place, je ne ferai donc plus un pas vers lui. Il a toutes les cartes entre les mains, il est le maître du jeu.

36

Troy

Je suis comme un con, tout seul, accoudé au bar en train de m'enivrer alors que tout le monde est installé sur une banquette un peu plus loin. Dwight ne m'a pas convié, on ne s'adresse plus vraiment la parole à vrai dire. J'ai hésité à les accompagner, j'aurais pu faire ce dont j'avais l'habitude auparavant, c'est-à-dire rester dans mon coin, mais je suis là. Parce que le connard que je suis ne veut pas être loin de Hope, je veux continuer de voir avec qui elle interagit, si elle sourit et rit. J'ai encore en travers de la gorge le fait qu'elle soit sortie avec Adams et ce que les photos suggèrent, alors c'est aussi un moyen de m'assurer qu'elle n'est pas de nouveau avec lui. Je veux garder un œil sur elle, mais je ne supporte pas le regard qu'elle me lance, plein de colère. Alors j'ai décidé de prendre un peu de distance au comptoir.

Voyant que je serais de la partie, Dwight a tenu à passer le reste de la soirée dans un bar afin de profiter d'un moment moins agité que dans une discothèque. Je crois qu'après mon exploit de la dernière fois, il veut juste limiter le risque que je merde à nouveau devant sa sœur. J'ai deviné à son regard et à la manière dont il me parle et protège Hope qu'il est au courant pour nous.

Nous. Il n'y a plus de nous. À cause de moi. De ma connerie, de ma lâcheté comme l'a si bien décrit Hope. Comment peut-on souffrir autant alors qu'on est persuadé de faire la bonne chose ? Je ne me suis jamais senti si misérable, si incapable. Et aujourd'hui, c'est la première fois que je l'ai ressenti sur la piste. J'ai fait de la merde, à cause de Hope, à cause de ce que j'ai provoqué, à cause de moi.

J'avale cul sec la fin de mon bourbon et en commande un autre au barman d'un signe de tête. Je regarde le liquide ambré s'élever sur les parois, s'y accrochant avant de reprendre place calmement à la surface. J'ai l'impression de vivre comme dans ce verre, constamment agité, de temps en temps apaisé, mais plus jamais depuis que Hope ne fait plus partie de mon quotidien.

Je tourne la tête alors que je la vois rejoindre le couloir qui mène aux toilettes. La brûlure de l'alcool m'arrache une grimace. Je repose le verre vide et quitte mon tabouret. Je prends la direction du même couloir sans me poser de question. J'ai besoin d'éclaircir la situation, je ne peux pas croire qu'elle choisisse sciemment d'entamer quelque chose avec ce salopard d'Adams. C'est impossible.

Une nouvelle fois, la même configuration, moi l'attendant à la sortie des toilettes. Est-ce que cela va l'attendrir ou au contraire la faire sortir de ses gonds ? Je ne sais pas quelle option je préfère. Je l'aime douce et gentille, mais elle est terriblement excitante lorsqu'elle s'emporte.

Elle a un petit sursaut en me voyant, et son premier réflexe est de me passer devant sans me prêter attention. Je ne m'attends pas du tout à son demi-tour et à la gifle monumentale qui s'abat sur ma joue. Bon, visiblement, option numéro deux. Je n'anticipe pas non plus la trique qui s'empare de moi face à sa réaction foutument sexy. J'aime la fureur qui habite son regard, le rouge qui monte à ses joues, la grimace qui étire ses lèvres. Elle s'apprête à équilibrer les choses en giflant mon autre joue, mais je saisis sa main au vol et l'attire contre moi.

Sa respiration se coupe, et son corps se fige. Je recule jusqu'à l'angle du couloir, repère une porte que je m'empresse d'ouvrir. Je m'assure que personne ne regarde et nous y enferme. Je m'apprête à essuyer sa colère, ses mots blessants et son emportement, mais elle se contente de me fixer, le regard à la fois dur et brillant. Elle attend une explication, aucun doute. Moi aussi. Qui de nous deux va gagner ?

– Je pensais que tu m'aimais, lâche-t-elle en premier. Je sais que c'était le cas.

– Ça l'est toujours, dis-je faiblement.

– C'est faux ! explose-t-elle. Un homme qui aime une femme n'agit pas comme ça !

– Hope, je…

– J'en ai assez ! Je n'en peux plus. Tu n'as pas le droit de jouer avec moi comme ça. Je ne supporte pas ce chaud et ce froid que tu souffles. Tu me fais souffrir, Troy. Tu dois choisir maintenant ! Laisse tomber ou explique-moi ce qui se passe pour que je voie si c'est trop tard ou pas, mais tu ne peux pas continuer comme ça. C'est injuste !

– Je… dis-je en soupirant et en passant une main dans mes cheveux. Je ne peux pas.

– Pourquoi ? De quoi tu as peur ?

– Tu le sais très bien.

Elle jauge mes dernières paroles, et le seul effet obtenu est un peu plus de colère dans ses yeux, son corps tout entier vibre et m'excite un peu plus, encore, toujours, à jamais.

– Tu n'es qu'un imbécile ! Tu décides pour moi, et c'est injuste.

– C'est pour le mieux.

– Le mieux pour qui ? Je suis malheureuse, tu es malheureux. En quoi c'est pour le mieux ? Explique-moi.

– Cette souffrance passera, et tu t'en remettras. Si jamais je…

– Tais-toi ! J'en étais sûre.

Sa voix tremble, et les larmes menacent. Je m'en veux de provoquer une telle émotion en elle. Cela me tue.

– Tu comptes vivre ton existence entière à repousser tous les autres, comme tu l'as toujours fait, dans le seul but de nous épargner quelque chose qui est susceptible d'arriver ? Tout le monde peut mourir n'importe quand, à n'importe quel moment. D'un accident de voiture, en traversant la route, d'une leucémie foudroyante, d'un cancer. C'est la vie. Ce qui est invivable, c'est ce à quoi tu te contrains. Tu ne peux pas céder un jour, et tout envoyer balader le lendemain pour décider à nouveau que tu as changé d'avis. Tu t'engages, c'est pour toute la vie. Je te l'ai déjà dit, je n'accepte pas les demi-mesures.

– Et s'il n'y avait pas toute la vie ? murmuré-je, incapable de garder ça pour moi plus longtemps.

Elle cligne des yeux, semblant comprendre immédiatement ce que je sous-entends, ce que mes propos impliquent. Elle ouvre la bouche avant de la refermer aussitôt. Et puis telle une furie, elle fonce vers moi et commence à m'asséner plusieurs coups sur la poitrine qui m'arrachent des grimaces. Ses poings sont petits mais violents. Je la laisse faire pendant quelques secondes, puis j'immobilise ses poignets contre mon torse, au-dessus de ce cœur défaillant qui n'a pourtant de cesse de battre pour elle.

– Tu es malade, dit-elle en pleurs. TU ES MALADE, et tu ne m'as rien dit ! Je te déteste !

– Hope…

– Non ! s'écrie-t-elle en se détachant. Tu n'as pas le droit ! Je t'avais interdit de faire ça ! Depuis combien de temps ? Depuis combien de temps tu le sais ?

– Après l'accident en Floride.

Elle a un hoquet de surprise. Je ne fais qu'attiser le feu qui brûle en elle. Ce n'est pas grave, je préfère sa fureur à ses pleurs.

– Tu me mens depuis quatre mois ! s'emporte-t-elle à juste titre. Je n'y crois pas ! Dans quel but ? Parle-moi !

Comment lui expliquer les choses ? Je n'en ai pas la force. Elle a raison, je ne suis qu'un lâche qui compte sur son intelligence et son esprit de déduction pour trouver les réponses. Quand un éclair illumine son regard, je sais qu'elle vient de comprendre les vraies raisons qui me poussent à agir ainsi, à la repousser.

– Je n'y crois pas, souffle-t-elle. Tu n'as pas fait ça, hein ? Dis-moi que tu n'as pas fait ça. Non.

Elle secoue la tête pour essayer de se convaincre que je ne suis pas un monstre d'égoïsme qui agit dans l'unique but de réaliser son rêve, peu importe si je dois la faire souffrir au passage.

– Tu as choisi de poursuivre la compétition tout en sachant que tu pouvais mourir à chaque tour. Tu as choisi de mettre sciemment ta vie en jeu au lieu de me choisir moi, nous. C'est bien ça ? Pourquoi ? Pourquoi, Troy ?

– Parce que j'ai toujours dit que rien ni personne ne pourrait me détourner de mon objectif ultime, réponds-je d'une voix blanche.

– Ta vie ne vaut-elle rien de plus que ça ? Une victoire ? Un trophée sur ta cheminée ? Au péril de ta vie ? Es-tu à ce point idiot ?

– Pour lui, oui. Je le dois à mon père.

– Tu as tort ! Tout ce que tu dois à ton père, c'est de te battre pour vivre une existence qui le rende fier. Que crois-tu qu'il pense de ton attitude, des risques aggravés que tu prends ? Tu es inconscient !

– Au contraire, je suis parfaitement lucide. Je connais les risques que j'encours, et je vis avec. Je l'ai toujours fait.

– Mais la réalité est tout autre maintenant ! Tu es malade, tu le sais, avec certitude ! Comment ta mère peut-elle te laisser faire ?

Elle n'est pas au courant, n'est-ce pas ? Évidemment, tu mens à toutes les personnes qui sont susceptibles de te faire changer d'avis. Tu repousses et éloignes tout le monde pour ne pas être gêné.

– Ce n'est pas pour ça, Hope, grondé-je.

– Ah oui, et pourquoi alors ?

– Je t'épargne la souffrance que ma mère a vécue. Je t'épargne de vivre avec un homme qui peut tomber à n'importe quel moment et te laisser seule avec des enfants à élever, une maison à assumer.

– C'est mon choix, Troy ! Tu crois que je souffre moins maintenant alors que tu agis de la sorte ? Comme un imbécile. C'est trop tard, je suis déjà profondément et éperdument amoureuse de toi. C'est trop tard, tu entends ?

Je secoue la tête, refusant d'admettre qu'elle a raison, comme toujours. On peut facilement s'imaginer les choses, mais les vivre, c'est totalement différent.

– Je refuse de vivre sans toi, peu importe le temps que nous aurons. Et tu pars si défaitiste, cela ne te ressemble pas. J'ai fait des recherches, je sais qu'avec le bon traitement, une bonne hygiène de vie, le respect des règles, tu vis très bien avec cette pathologie. Mais il faut que tu arrêtes la compétition !

– Hors de question, pas si près du but. Il ne reste que deux courses, Hope. Deux courses, et je touche du doigt…

– Rien du tout, si tu meurs au volant ! Tu ne peux pas faire ça.

– Ce n'est pas à toi de choisir, Hope.

Son souffle se coupe, et elle semble sur le point de s'évanouir, face à mon entêtement, face à ma stupidité, face à mon égoïsme.

– Jeffrey ne te laissera jamais prendre le volant en sachant ça.

– Tu n'as pas le droit de lui dire, Hope. C'est ma vie privée, c'est mon dossier médical, c'est confidentiel.

– Qu'est-ce que tu feras si je le lui dis ? me défie-t-elle.

– Je porterai plainte contre toi, contre l'écurie.

– Tu n'es pas sérieux.

Je ne le suis pas, mais elle n'a pas besoin de le savoir. Je n'ai jamais été très bon au poker, j'espère que j'assure un peu plus en cet instant alors que son corps irradie, qu'elle ne tient pas en place, qu'elle semble sur le point à tout moment de me sauter à la gorge et de mettre fin à ma vie de manière encore plus prématurée.

– Tu es vraiment prêt à mourir pour ce fichu titre ?

– Oui.

Elle prend une grande inspiration et me regarde, les yeux pleins de larmes.

– Tu préfères risquer la mort pour un truc éphémère plutôt que vivre une vie entière et pleine avec moi ? C'est ce que tu es en train de me dire ?

Je ne réponds rien parce que, merde, dit comme ça, cela ressemble à un uppercut reçu en pleine mâchoire. J'aimerais lui dire que non, que je préfère cent fois une vie à ses côtés, mais mon ego, la certitude de surmonter tout ça, d'être plus fort que la maladie, que la mort même, l'emporte. Je ne suis qu'à deux courses de la victoire, je ne peux pas renoncer maintenant.

Elle me jette un dernier regard avant de me passer devant pour quitter la pièce. Je ne sais pas si elle se rend compte qu'elle vient d'emporter avec elle ce qui reste de bon à mon cœur.

***

La victoire ici, à Avondale, a un goût amer. Hope n'est pas là. Dwight m'a sèchement dit qu'elle avait été malade toute la nuit d'avant le départ, que ça la tenait depuis plusieurs jours et qu'elle avait préféré rester se reposer chez eux.

À chaque fois que son regard se pose sur moi, je sens qu'il prend sur lui pour ne pas me sauter dessus. Jusqu'à maintenant, on a toujours été en présence d'autres personnes, alors je sais que je ne bénéficie que d'un sursis en attendant le moment propice.

Je n'ai pas suivi la troupe qui est sortie fêter ça, parce qu'en plus de ma première place, Valentino et Dwight se suivent à la quatrième et cinquième positions, laissant Richard loin derrière. C'est vraiment super pour l'écurie et notre classement personnel, mais je ne ressens aucun plaisir. Pourtant, tout ce pour quoi je me suis battu est là à portée de main. Le but ultime, mon rêve, l'occasion de rendre mon père fier de moi. Je n'ai jamais été aussi près, mais c'est comme si tout ceci n'avait aucune raison d'être parce que Hope n'est pas à mes côtés.

Je lui ai menti, je l'ai repoussée, je l'ai fait souffrir et je l'ai perdue. Mes pensées sont interrompues par un unique coup brusque à ma porte. Je quitte le lit sur lequel je suis assis et vais ouvrir. Je ne suis pas préparé au coup de poing qui s'abat sur mon visage. Je sens les phalanges tranchantes de Dwight s'enfoncer dans ma joue, à cheval contre mon nez et ma bouche. Ma lèvre se lacère, et le goût métallique du sang se fait sentir. Je fais trois pas en arrière sous le choc et essuie d'un revers de main le sang qui coule de mon nez.

Dwight entre dans la chambre sans me demander mon autorisation. Il doit prendre mon manque de réaction pour une invitation, sans doute. Je n'ai même pas le cœur à lui dire quoi que ce soit parce que c'est amplement mérité. La porte claque dans son dos alors qu'on s'affronte du regard.

– Cela serait arrivé bien plus tôt, mais Hope était toujours là. Alors je profite de son absence pour mettre les choses au clair entre nous. Tu es bel et bien le connard que je croyais.

Je grogne avant de rejoindre la salle de bains. Il faut que je me rince la bouche et que je constate les dégâts. Je me fiche un peu de mon apparence physique, j'ai une tête de déterré ces derniers temps, cela ne changera pas grand-chose de toute façon. Je retourne dans la chambre et m'assieds sur le matelas, portant la serviette humide à ma lèvre. Une douleur lancinante est en train de faire son apparition. Il ne m'a pas loupé, le con.

– Tu ne vas rien dire ? Pas d'explications, rien ? TROY !

– J'ai merdé, c'est ça que tu veux que je te dise ?

– Qu'est-ce que t'as foutu ? Je veux que tu m'expliques pourquoi tu t'es débarrassé de ma sœur comme ça ! Quelles sont tes putains de raisons ? Je suis sûr que c'est de la merde. C'est Hope, bordel !

– Je n'ai pas envie de m'expliquer avec toi.

– T'as vraiment envie de jouer à ce petit jeu, Troy ?

– Ça ne te regarde pas, Dwight.

– Tout ce qui touche à ma sœur me regarde. Est-ce que t'as cherché à savoir pourquoi elle était sortie avec Dick ? demande-t-il en changeant de sujet.

– Je voulais, et puis…

C'est la vérité. C'était mon intention première l'autre soir, au bar. Mais elle a pris les devants en dirigeant la conversation, et puis avec la révélation de ma maladie, j'ai un peu laissé ça de côté.

– Et puis rien ! T'en as rien à foutre, oui !

– C'est faux ! hurlé-je. Ça me bouffe qu'il ait pu la toucher, l'embrasser.

– Comme si elle l'aurait laissé faire, répond-il en se marrant. Elle l'a fait pour toi, connard !

– Comment ça pour moi ?

– Dick a une vidéo de vous deux en train de vous embrasser. Il lui a proposé un marché : elle acceptait de sortir avec lui, de faire croire qu'elle était sa petite amie à cette inauguration, et il se débarrassait de la vidéo. Tout ce qu'il voulait, c'était te provoquer en l'utilisant. Il en a rien à foutre d'elle. Elle ne voulait pas qu'elle soit diffusée, que tout le monde soit au courant pour vous deux, même si c'était terminé. Elle ne voulait pas prendre le risque que Jeffrey l'apprenne et qu'il te vire. Elle t'a protégé, elle a protégé l'écurie pour la finale.

La nouvelle est rude. Je l'ai accusée de vouloir se venger de moi, je n'ai pas cherché d'autre explication. Comment ai-je pu croire qu'elle était capable d'un truc pareil ?

– Qu'est-ce que tu t'es imaginé ? m'accuse-t-il.

– Dwight, fous-moi la paix.

– Sûrement pas ! Pas tant que tu n'auras pas éclairé ma lanterne !

Il me fixe du regard, mais s'il croit que ça va avoir un quelconque impact, il se trompe. Il commence à faire les cent pas devant moi avant de s'installer sur la chaise du bureau. Il la retourne et s'assied en posant ses avant-bras sur le dossier.

– Tu sais quoi, je vais faire la conversation en attendant que tu te sortes les doigts du cul. Pour Hope et toi, j'ai des doutes depuis un bon moment, depuis notre sortie à Universal, peut-être même avant. J'ai essayé de la bousculer un peu, de la provoquer, parce que je voulais qu'elle me le dise. Ça me mettait hors de moi qu'elle puisse éprouver quelque chose pour toi. Parce que depuis le temps que tu étais parmi nous, tu n'avais jamais fait le moindre effort pour t'intégrer. Ton surnom de « Connard », il vient du fait que j'avais la sensation que tu nous prenais toujours de haut, à rester à l'écart, comme si on n'était pas assez bien pour toi. Finalement, peu importe ce qui te poussait à agir ainsi, je me suis rendu compte qu'au contact de Hope, tu changeais, et j'aimais ça. On avait beau ne pas être les meilleurs amis, on s'entendait plutôt bien, pareil avec Valentino. On fait une bonne équipe. Hope a cet effet sur les gens, elle les rassemble. C'est une belle personne, la plus belle que je connaisse. Je ferais tout pour elle, parce qu'elle est la meilleure partie de moi, de notre famille.

Je le regarde intensément et l'écoute me dépeindre la femme que j'aime, celle qui m'a donné envie de m'ouvrir aux autres, qui m'a changé.

– Bien entendu, j'étais pas vraiment enchanté à l'idée qu'il puisse y avoir quelque chose entre vous deux, parce que franchement, il y a bien mieux que toi pour elle. J'avais peur que tu sois comme Danilo. Et puis j'ai décidé de lui faire confiance, parce qu'elle est intelligente, tellement, putain. J'ai vu des changements subtils s'opérer chez elle aussi. Elle était tous les jours un peu plus belle encore, joyeuse, épanouie, grâce à ce *Grayson*. Alors au début, j'ai bien voulu croire à son existence, pourquoi pas ? Même si j'avais des gros doutes sur le fait qu'elle se laisse séduire par un comptable ! Et puis, je l'ai vue te regarder, je l'ai vue te sourire, je l'ai vue rire sans se censurer, je l'ai vue être elle-même auprès de toi. Et je t'ai vu, toi, ignorer les autres femmes, je t'ai vu la regarder en douce, prêter attention à ce qu'elle disait avec intérêt, je t'ai vu sourire à son rire, l'encourager à être naturelle, elle n'a jamais éprouvé de honte à tes côtés. Tout le contraire de sa relation avec Danilo. Je sais qu'elle se contenait auprès de lui, elle n'a jamais été pleinement et totalement heureuse à ses côtés. Tu vois où je veux en venir ? Vous deux, c'est différent, unique. Après vous avoir surpris au restaurant, cela ne faisait plus aucun doute, mais j'ai respecté sa vie privée, j'ai attendu qu'elle se confie à moi. Mais finalement, c'est jamais arrivé parce que tu as merdé ! gronde-t-il en me fusillant du regard.

Je déglutis et détourne les yeux. Je balance sèchement la serviette sur le lit et passe rageusement les mains dans mes cheveux.

– Est-ce que Hope t'a déjà raconté comment elle avait eu sa cicatrice ? Celle sur sa tempe ?

– Non. Elle m'a juste dit que c'était dû à une chamaillerie avec toi.

Il part d'un petit rire avant de secouer la tête.

– Quand j'étais enfant, je jouais les petits durs, j'étais bagarreur. J'ai toujours frappé au lieu de discuter. Dans le quartier, à l'école, tout le monde avait peur de moi. J'en étais plutôt fier à vrai dire. Ça me donnait un sentiment de pouvoir, de force aussi. Et puis, à la rentrée, un nouveau est arrivé. Je devais avoir 10 ans, Hope, 7. Dernière année de primaire, j'étais là depuis le début, je connaissais tout le monde, je n'allais sûrement pas me laisser faire par ce gars sorti de nulle part. Un jour, la bagarre a dégénéré. Je pensais être le plus fort, mais je me suis trompé. Hope assistait, impuissante, à nos échanges, et ce garçon, Elliot, commençait à avoir le dessus. Il m'a repoussé, et quand il a attrapé une pierre avec l'intention de la jeter sur moi, Hope s'est interposée. C'est elle qui a été touchée à ma place. Elliot a vite dégagé parce qu'il savait qu'il avait franchi la limite, et moi, j'étais là avec ma petite sœur entre mes bras, inconsciente, la tête en sang.

– Je ne savais pas.

– Elle n'aime pas en parler, elle n'aime pas que je raconte qu'elle m'a probablement sauvé la vie ce jour-là. Elle a eu de la chance, le coup n'a pas eu d'effets irréversibles. Elle a repris connaissance quelques minutes plus tard, et elle a été conduite à l'hôpital. Elle est restée plusieurs jours en observation, et elle a gardé cette cicatrice qui attire tant les regards, qui marque à vie son si beau visage à cause de moi. Je m'en suis beaucoup voulu, j'étais prêt à aller régler son compte à cette petite merde, mais Hope m'en a empêché. Elle ne m'en voulait pas, et elle n'arrêtait pas de dire qu'elle serait prête à le refaire cent fois. Parce que c'est ce qu'elle fait, elle se met en danger pour ceux qu'elle aime, parce que, quand elle aime, elle aime pleinement, complètement, totalement.

– Je sais.

– Non, je ne crois pas que tu saches, Troy. Est-ce qu'elle t'a dit qu'elle a essayé de sauver nos parents ? Qu'elle était avec eux au moment de l'accident ? Du haut de ses 8 ans, elle a tout fait pour essayer d'ouvrir les portes et tenter d'extraire mes parents de l'habitacle. Ils étaient déjà morts, sur le coup, mais elle a essayé. Ce sont les pompiers qui ont péniblement réussi à l'éloigner pour faire leur boulot, mais ils ont raconté après coup à mon oncle et à ma tante qu'ils n'avaient jamais vu ça. C'est cette femme que tu fais souffrir, Troy. Cette femme merveilleuse et aimante que tu…

– Je suis malade, Dwight, lâché-je.

– Quoi ?

– Je souffre de la même maladie que mon père.

– Qu'est-ce que tu racontes ?

Je quitte le lit et rejoins la petite fenêtre de la chambre. J'observe les lumières de la rue, les quelques voitures qui vont et viennent malgré l'heure tardive.

– J'ai un problème cardiaque.

– Attends, deux secondes, souffle-t-il en me rejoignant. Je ne comprends pas bien. D'un, je peux savoir en quoi ça t'empêche d'être avec ma sœur ? Et de deux, je peux savoir ce que tu fous encore au volant d'une voiture de course ? Parce que je suppose que ce n'est pas compatible, c'est ça ? Ça dure depuis longtemps, ta comédie ?

– Je t'interdis de me juger.

– Je vais me gêner, ouais !

Il me bouscule d'un coup sur l'épaule pour que je le regarde au lieu de le fuir.

– Je t'écoute. Je vais t'accorder le bénéfice du doute avant de te traiter de connard.

– Ma mère a énormément souffert de la mort de mon père, elle ne s'en est jamais remise, en fait. Même aujourd'hui, malgré toutes ces années passées.

– OK. Donc ?

– Je protège Hope en l'empêchant de vivre la même chose.

Il grogne rageusement, et je vois qu'il se retient de me sauter dessus, une nouvelle fois.

– Ce sont des excuses bidon, et tu le sais très bien. Tout le monde peut mourir du jour au lendemain, mais heureusement, la plupart du temps, on vit très longtemps. Tu n'as pas le droit de la repousser pour un truc dont tu n'as aucune certitude. C'est injuste. Et ça t'apporte quoi, au juste ? Et puis, tu es vraiment un imbécile. Tu as le choix de renoncer dès maintenant pour ne pas risquer ta vie plus encore. Je peux savoir pourquoi tu ne l'as pas encore fait ? Hope en a rien à foutre que tu sois un grand pilote de NASCAR.

– Je ne peux pas abandonner maintenant, si près du but. La prochaine, c'est la finale, Dwight.

– On s'en bat les couilles ! Tu crois que ta vie vaut moins qu'un putain de trophée ?

– C'est mon choix.

– Eh bien, permets-moi de te dire que tu fais des choix de merde ! En ce qui concerne la compétition, ta vie, ma sœur ! Tu vas les ouvrir, tes yeux, bordel ? Regarde-toi à cet instant. Tu as remporté la course, et au lieu de fêter ça avec nous, tu restes ici parce que ça n'a aucune importance si elle n'est pas là, je me trompe ? Ouais, je me disais, assène-t-il en ricanant devant mon regard vide. Tu vas te sortir les doigts du cul et faire ce qu'il faut. Parce qu'au fond de toi, tu sais ce qui est juste, pas ce que tu crois l'être. T'as pas intérêt à continuer à merder parce que je t'attends au tournant. Et si tu crois que ton problème de cœur doit te faire peur, tu ne m'as pas encore vu défendre Hope. Ce petit crochet dans ta belle gueule, c'était rien du tout.

Son air est menaçant, et je le sais tout à fait capable de se battre bec et ongles pour elle.

– Tu es en train de me dire que cela ne te dérange pas que Hope soit avec moi ?

– Je crois que je me suis fait à cette idée. Et plus que tout au monde, je veux son bonheur, et je sais qu'elle était heureuse auprès de toi. C'est tout ce qui compte. Fais ce qu'il faut, Troy. Elle se bat toujours pour ceux qu'elle aime, si tu veux la récupérer, il serait peut-être temps que tu te battes pour elle.

Sur ces belles paroles, il me laisse comme un con dans cette chambre d'hôtel, totalement sonné par cet échange, par ce retournement de situation.

***

Assis seul, comme je l'ai longtemps été, sur mon canapé dans cette suite si impersonnelle et sans vie depuis que Hope n'y est plus, je fixe mon téléphone, le doigt au-dessus de la touche « appeler ». J'ai déçu tout le monde ces derniers temps, et en premier lieu la personne qui s'est emparée de mon cœur. Je crains terriblement ce coup de fil, parce que je ne veux pas entendre la déception, la tristesse, la colère dans sa voix.

Prenant mon courage à deux mains, celui qui m'a tellement fait défaut ces derniers temps, je lance enfin l'appel et patiente.

– Troy ?

– Bonjour, m'man, réponds-je, la voix tremblante.

– Mon chéri, qu'est-ce qui se passe ? demande-t-elle aussitôt, affolée.

– Maman, j'ai fait une connerie…

La gorge nouée par l'émotion, la honte, la tristesse, je lui raconte tout, mes mensonges, mes cachotteries, ma connerie, ma dispute avec Hope, notre rupture, ma discussion avec Dwight. Un silence inquiétant accueille ma confession. Je me demande un instant si elle n'a pas raccroché sous le coup de la colère, quand un sanglot parvient à mon oreille, déchirant, il me brise le cœur un peu plus.

– Troy…

– Je suis tellement désolé, maman. Je ne voulais pas t'inquiéter, je… Tu as tellement souffert avec papa.

– Non. Je t'interdis de te cacher derrière ça. Tu crois vraiment que je préfère tes mensonges à la vérité ? Le risque que tu prends comparé à un fils vivant à mes côtés ? Tu aurais pu mourir, toutes ces courses… Tu as pris un risque inconsidéré pour…

– Je sais, je sais.

Je me lève et fourrage dans mes cheveux. Je me sens terriblement mal, je ne fais que décevoir ceux qui comptent pour moi.

– Rien de ce que je pourrai dire ne pourra excuser ce que j'ai fait.

– Rien de ce que tu pourras dire, peut-être pas, mais ce que tu vas faire à partir de maintenant pourrait tout changer, Troy.

– Maman… marmonné-je en pleurant.

– Je sais, mon chéri. J'aimerais être auprès de toi. Je te giflerais dans un premier temps, et ensuite, je te prendrais dans mes bras. Je t'aime, Troy. Tu es tout ce qu'il me reste de ton père, et je refuse de te perdre. Tu dois te concentrer sur ce qui importe vraiment. Tu le sais tout au fond de ton cœur. Tu sais déjà ce qu'il faut que tu fasses, je n'ai pas besoin de te le dire. Et je ne connais pas encore ce Dwight, mais je l'aime beaucoup. Écoute ce qu'il t'a dit et arrange les choses.

– Je t'aime, maman.

– Moi aussi, mon chéri.

Nous restons encore quelques instants au téléphone, et je regrette d'être si loin d'elle et de ne pas pouvoir la serrer contre moi et l'embrasser.

37

Hope

– Je dois te parler ! dis-je en entrant dans le bureau de mon oncle.

Je me plante devant lui, bien décidée à tout lui avouer, à me confier et à le supplier de faire quelque chose. Il lève les yeux sur moi et m'invite à m'asseoir sur la chaise qui lui fait face. Nous sommes mardi, et la finale est pour dimanche. J'ai l'impression qu'il est trop tard après tout ce temps, mais je ne peux plus me taire, cela me bouffe de l'intérieur. Il se sentira sûrement trahi, mais je n'ai pas d'autre choix, je regrette de ne pas l'avoir fait plus tôt. En fait, j'espérais secrètement que Troy aille se confier de lui-même, mais il a fait la course en Arizona malgré tout.

– Cela tombe bien que tu sois là, j'ai moi aussi à te parler.

Je suis sûre que toutes couleurs quittent mon visage à l'idée qu'il ait été mis au courant par une personne étrangère. Je m'enfonce un peu plus dans mon siège et attends qu'il parle, mon assurance me faisant soudain défaut. À quel point l'ai-je déçu ? À quel point m'en veut-il ?

Dans le cercle privé, Jeffrey ne m'a jamais vraiment effrayée. J'étais une petite fille assez sage en réalité, il n'a jamais eu besoin d'élever la voix, et il a encore moins levé la main sur moi. Mais, en cet instant précis, il m'impressionne. Je fais face à mon oncle, certes, mais il est avant tout le président de cette écurie, c'est mon patron. Il pose les avant-bras sur son bureau et croise les doigts devant lui. Je déglutis, nerveuse, attendant la sentence.

– J'ai vu passer une certaine vidéo et des photos qui l'accompagnent. Elle te montre au bras de Richard Adams. L'article te dépeint comme sa petite amie.

– Laisse-moi t'expliquer…

– Je n'ai pas fini, me coupe-t-il. Tu me connais, tu sais que je n'aime pas dire du mal des autres, mais tu n'ignores pas mon aversion pour ce type, son attitude aussi bien sur le circuit qu'en dehors. Alors j'aimerais que tu m'expliques cette histoire.

– Je ne suis pas sa petite amie. Je… je l'ai fait pour…

Ça y est, le moment est venu, celui où je confesse mes péchés.

– Hope, tu sais bien que tu peux tout me dire.

– Oui. C'est juste que… Je m'en veux tellement, de t'avoir trahi, de ne pas avoir respecté les règles. Mais la vérité est que je ne regrette rien, parce que…

– Parce que quoi ?

– Parce que je l'aime.

– Qui ça ?

– Troy.

Il prend une grande inspiration, fixe un instant un point dans le vide au-dessus de ma tête, avant de reculer son fauteuil pour venir me rejoindre.

– Hope…

– Je sais ce que tu vas dire, mais il n'y est pour rien. Je savais qui il était, dès le départ, c'est moi qui ai commencé. Et ensuite… les choses ont évolué, et je… C'est arrivé.

– Je peux savoir comment tu passes d'une histoire avec Troy

à une sortie médiatisée avec Adams ?

Je lui raconte alors ce qui s'est passé, je ne lui parle pas encore de la maladie de Troy, parce que je garde l'espoir qu'il le fasse lui-même.

– Quelle petite merde !

– J'ai fait ça parce que c'était la seule solution.

– C'est faux. À aucun moment tu ne t'es dit qu'il serait peut-être plus judicieux de venir me trouver et de m'expliquer les choses ?

– Troy et moi, c'est terminé, alors non, je…

– C'est terminé ? Tu en es sûre ?

– Je l'aime encore, mais il a fait son choix, donc oui, c'est terminé.

– J'en doute sincèrement.

– Je ne comprends pas. Tu n'es pas en colère ? Que comptes-tu faire ?

– Je ne suis pas en colère. Quand j'ai intégré cette clause dans les contrats de travail, mon objectif premier était de protéger l'écurie, en dissuadant les employés d'entretenir des rapports autres qu'amicaux, parce qu'on sait tous comment cela peut se terminer, et je ne le regrette pas. Seulement, je sais bien comment les relations humaines fonctionnent, on ne contrôle pas toujours tout. Comment as-tu pu croire que j'emploierais les gros moyens sans entendre vos arguments ? Je ne choisirais pas de virer l'un de mes employés sans discuter avant. Je suis vraiment désolé que tu aies pris cette clause comme un frein à ton histoire avec Troy, à ta vie. Je n'ai pas fait mon job correctement, déplore-t-il.

Je me sens si ridicule de ne pas avoir eu foi en ma famille. Comment ai-je pu douter des intentions de mon oncle ? Je sens les pleurs arriver alors qu'il reprend la parole.

– Je ne savais pas quel homme se cachait derrière, mais ta tante et moi n'avons pas pu passer à côté de la joie de vivre dont tu faisais preuve. Tu n'as jamais été si heureuse depuis que tu nous as rejoints, et même si j'ai aimé, l'espace d'un instant, croire que c'était parce que tu travaillais pour moi, avec ton frère, Sandy m'a gentiment fait comprendre que c'était sûrement plus dû au fait que tu voyais quelqu'un. Troy est un homme bon, je l'aime comme s'il était mon fils, et je suis heureux que tu aies trouvé l'amour auprès de lui.

Je ne retiens pas mes larmes. Toute cette souffrance pour entendre ça. J'ai envie de croire que si j'avais eu le courage de parler plus tôt à Jeffrey, Sandy et Dwight, les choses seraient différentes, mais le problème n'est pas là.

– Jeffrey, c'est plus compliqué que ça.

– Je sais.

– Comment ça, tu sais ? demandé-je en relevant brusquement les yeux sur lui.

– Je sais, répète-t-il, un sourire énigmatique sur les lèvres. Il t'attend sur la piste.

– Quelle piste ? Qui ça ?

– Tu sais très bien.

Il m'invite à me relever en me prenant la main. Il me serre contre lui, m'offrant une étreinte aimante, puis il se recule, prend mon visage entre ses mains et dépose un baiser sur mon front.

– J'espère que tu parviendras à mettre ta fierté de côté et que tu lui pardonneras. Troy t'aime sincèrement. File le retrouver, Hope.

***

Le cœur et le ventre noués par l'appréhension, j'arrive sur la piste de Daytona. Je montre mon passe-droit à l'entrée et me dirige vers les garages. Un silence pesant règne dans les lieux qui grouillent habituellement de monde lors d'une course. En avançant vers le paddock, je remarque que l'une de nos voitures de remplacement est garée dans l'allée. Noire, elle n'est décorée d'aucun logo de sponsor. Je me demande bien ce qu'elle fait ici. Je ne savais pas que l'un de nos pilotes avait prévu une séance.

Jeffrey a sous-entendu que Troy m'attendrait ici. Est-ce que j'ai mal compris ? On dirait bien que je suis toute seule.

– Te rappelles-tu la dernière fois qu'on s'est trouvés ici en dehors d'une course ?

Je me retourne vers Troy qui s'avance vers moi. Il est toujours aussi beau, bien que son visage semble soucieux, et ses yeux, fatigués. Je me demande immédiatement si c'est la situation qui en est responsable ou si sa condition physique s'est aggravée.

– Oui, je m'en souviens. C'était pour mon tour de conduite sur la Veyron.

– Sais-tu ce que cela a représenté à mes yeux de te l'offrir ?

– Dis-moi.

– Je me suis rappelé ce que je t'ai dit la première fois autour de la voiture, et ce qui était vrai au départ a fini par ne plus l'être, du moment où tu es entrée dans ma vie et où j'ai commencé à tomber amoureux de toi. Je voulais te montrer que je te faisais confiance comme je ne l'avais jamais fait à aucune autre personne.

Je déglutis, nerveuse et émue alors que les souvenirs affluent de manière assez brutale. Tellement de choses se sont passées depuis le premier soir de notre rencontre.

– Tu avais raison sur toute la ligne. Je me suis montré lâche et égoïste, m'appuyant sur des croyances, des convictions pour justifier mes actes, mes mensonges. Je pensais sincèrement te protéger en agissant ainsi. Mais ce que je te reprochais, de ne pas avoir à choisir pour moi, je l'ai moi-même fait, sans aucune hésitation. Je ne me suis pas posé de questions.

Il s'éloigne de moi pour aller se poster contre le mur de protection et faire face aux gradins. Je le suis tout en gardant un peu de distance entre nous.

– Je ne sais pas ce que l'avenir me réserve, et il y a quelques jours encore, je ne pensais à rien d'autre que la victoire en NASCAR. Toutes ces années de travail, de privation, ce n'était que dans cet unique but, parce que je voulais que mon père soit fier de moi, parce que je considérais que ma vie se résumait à ça. Si je perdais ça, que me restait-il ? Et puis, tu es arrivée, murmure-t-il en pivotant pour me regarder. Jamais aucune femme n'avait bouleversé à ce point mon monde. Je ne sais pas pourquoi je ne m'en suis pas rendu compte plus tôt, parce qu'en réfléchissant bien, je réalise que cela fait longtemps que je prends des risques pour toi. Je me suis lancé après toi tout en sachant ce que je risquais, j'étais prêt à m'attirer les foudres de Jeffrey, à perdre mon poste juste pour toi, parce que tu en vaux la peine. J'étais prêt à changer de vie, à m'installer avec toi parce que tu m'as changé, tu m'as ouvert les yeux sur ce que je manquais, loupais. Grâce à toi, je me suis ouvert aux autres, et j'ai gagné des amis. J'ai pris conscience de la chance que j'ai d'avoir autour de moi des gens qui tiennent à moi et qui m'aiment. Et plus que tout, j'ai de la chance de t'avoir, toi. Je ne sais pas si tu pourras me pardonner d'avoir agi comme un véritable imbécile, mais je t'aime, Hope. Tout ce que je voulais finalement, c'est te protéger pour que tu n'aies pas à vivre ce que ma mère a enduré.

– Est-ce que tu… soufflé-je, les yeux brouillés par les larmes.

– Je vais bien, me rassure-t-il. Mon cardiologue me dit que j'ai de la chance de ne pas avoir aggravé mon état avec mon comportement, mais je vais bien, dans la mesure du possible avec cette maladie.

Un soupir de soulagement s'échappe de mes lèvres, et je serre les bras autour de moi pour un peu de réconfort.

– Je ne peux pas te promettre une vie entière à mes côtés, ce serait sûrement une promesse que je serais incapable de tenir. La seule certitude que je peux te confier est que j'ai besoin de toi comme de l'air que je respire. Je veux être ton univers, ton début, ta fin, ton premier « bonjour », ton dernier « bonne nuit ». Je veux être là pour chaque moment important de ta vie, mais aussi pour les plus insignifiants. Je t'aime, Hope.

Je suis en larmes. Je sais bien que tout n'est pas réglé, mais je suis humaine, et c'est impossible pour moi de rester de marbre face à ses paroles. Seulement, quelque chose me retient, parce que justement, ce ne sont que des mots. J'essuie mes joues, et il fait un pas vers moi.

– Je suis allé parler à Jeffrey. Je me suis confié à lui sur nous, sur ce que je vis. Je m'attendais à beaucoup de choses, mais sûrement pas qu'il me prenne dans ses bras. C'était comme si je retrouvais mon père un court instant. Et j'ai su ce qu'il fallait faire clairement.

– Qu'as-tu fait ?

Il amorce un nouveau pas vers moi et lève une main vers mon visage. Il glisse mes cheveux derrière mon oreille et caresse du pouce la cicatrice qui barre ma tempe.

– Je lui ai dit que je renonçais à concourir pour la finale. Je t'ai choisie, toi.

Je n'en crois pas mes oreilles. J'ouvre la bouche et écarquille les yeux, sidérée par ce qu'il vient de me dire.

– Tu… as… fait… ça ? bafouillé-je.

– Oui. Je sais que j'aurais dû le faire bien plus tôt, mais je… Je ne veux plus mettre ma vie en danger pour si peu. Je préfère la remettre entre tes mains, parce que mon cœur ne peut pas battre correctement si tu n'es pas là auprès de moi.

Je prends conscience de ce à quoi il renonce pour moi, le rêve de toute une vie, pour en commencer une nouvelle avec moi. Je laisse ma tête tomber sur son torse alors que mes larmes redoublent. Il passe les bras autour de mon corps et patiente le temps que je me calme, que je dise quelque chose.

– Je t'aime, Hope, souffle-t-il à mon oreille.

Je me détache de lui et me mets légèrement sur la pointe des pieds pour me hisser à sa hauteur, ses iris bleus dans mes iris bruns.

– Je t'aime, Troy.

Le sourire qui se dessine sur ses lèvres chasse toute l'inquiétude et la fatigue qui habillaient ses traits quelques secondes auparavant. Il fonce sur mes lèvres et me donne un baiser qui me coupe le souffle, qui me renverse. Qu'est-ce qu'il m'a manqué ! Je noue mes mains sur sa nuque et resserre notre étreinte.

La vie est trop courte pour perdre encore du temps en discussions, en reproches inutiles. Il a dit et fait tout ce qu'il faut pour me prouver qu'il veut de cette vie avec moi. C'est tout ce qui importe.

Après plusieurs minutes de baisers et de gémissements, nous sommes interrompus par deux raclements de gorge derrière moi.

– Si vous pouviez arrêter vos roucoulades, qu'on se mette au boulot, lance Dwight en se marrant.

Je me tourne vers mon frère qui est accompagné de Valentino.

– Quel travail ? Je ne savais pas qu'une séance était programmée aujourd'hui.

– Ce n'est pas le cas, répond Dwight. Tu ne lui as pas dit ?

– Je n'ai pas eu le temps, dit Troy.

– De quoi vous parlez ?

– Quand je me suis désisté auprès de Jeffrey, je lui ai suggéré quelque chose, et il est d'accord.

– Quoi donc ?

– J'aimerais que ce soit toi qui prennes ma place lors de la finale.

Je recule d'un pas, sous le choc de sa proposition.

– Mais… je… je ne fais pas partie des pilotes de la réserve.

– Tu pilotes très bien, je t'ai vue à l'œuvre, et je ne confierai ma voiture à personne d'autre.

– Je pilote tout court, et encore… dis-je en riant, ahurie par son sérieux.

– On est là pour ça, précise Dwight alors que Valentino acquiesce de la tête. On va te donner des cours en accéléré jusqu'à dimanche.

– Vous êtes ridicules. Je vais être ridicule.

– On s'en fiche, me contredit Troy en posant ses mains sur mes joues. Le but n'est pas de faire de toi une championne en si peu de temps. Je pense que tu es une bonne pilote, mais ne te méprends pas, on a parfaitement conscience que tu ne gagneras pas. L'objectif est de rendre hommage à l'écurie, à ce qu'on a réussi à faire, à accomplir jusque-là, et je me dis que cela ne peut pas finir d'une meilleure façon qu'avec toi au volant de ma voiture. Je pense aussi que c'est l'occasion parfaite pour montrer qu'il n'y a pas de différences entre les hommes et les femmes. Tu es mon égale, Hope.

– Je n'arrive pas à y croire, soufflé-je.

– Je crois en toi, ça devrait te suffire.

J'éclate de rire, cette situation est totalement aberrante, mais les trois pilotes de mon père semblent l'aimer, et si Jeffrey a donné son accord, je me vois mal refuser un tel honneur. Je finis par hocher la tête, et une fois encore, les lèvres de Troy se posent sur les miennes, sous les sifflets des deux autres.

***

Troy
Quelques heures plus tôt

Je ne comprends pas pourquoi je stresse à ce point. Je pensais avoir vécu suffisamment d'épreuves pour en connaître un rayon sur la nervosité, mais je me trompais. M'apprêter à aller affronter Jeffrey n'est rien en comparaison d'une course, lancé à plus de cent quatre-vingt-dix miles à l'heure, ou de l'attente pour obtenir mes résultats médicaux. J'angoisse, et le mot est faible. Est-ce idiot de dire que j'ai l'impression de jouer ma vie, bien plus qu'avec mes problèmes de cœur ?

Je frappe un coup sec, et la voix de Jeffrey me dit d'entrer.

– Troy ? s'étonne-t-il en me voyant. On devait se voir ?

– Non, désolé de te déranger, réponds-je en avisant toute la paperasse sur son bureau.

– Tu ne me déranges pas du tout. Une petite pause me fera le plus grand bien. Que me vaut cette visite ?

– Je dois te parler.

– OK. Assieds-toi, je t'en prie.

Je prends place face à lui et inspire profondément, comme si ça pouvait me donner du courage pour me lancer et essayer d'aller au bout.

– Tout d'abord, je tiens à te remercier de m'avoir accueilli au sein de ton équipe, de m'avoir accordé une chance de vivre une expérience extraordinaire. J'ai beaucoup appris auprès de toi, de toute l'équipe. Je ne le pensais pas, mais je suis parvenu à me construire une seconde famille, et il n'y a pas de mots pour exprimer toute ma reconnaissance.

– Tu me fais peur, Troy. J'ai l'impression qu'il s'agit d'un au revoir.

– C'en est un.

– Mais pourquoi ça ?! s'exclame-t-il, stupéfait.

– Pour plusieurs raisons, la principale et la plus importante étant Hope.

– Ah ! Je vois.

– Mais pas pour les raisons que tu crois. Je ne sais pas quelle serait ta position vis-à-vis de ça. Je sais bien qu'il y a cette clause dans notre contrat, et finalement, peu importe. On n'a pas cherché ce qui est arrivé, c'est arrivé, et elle est la plus belle chose qui soit dans ma vie. J'ai longtemps cru que je pourrais avoir les deux, mais je dois faire un choix.

– Tu t'imaginais que je te virerais si je l'apprenais ? Ou bien Hope ? Je ne suis pas si cruel. Oui, il y a une clause au contrat, mais je… L'histoire qui s'est passée a vraiment mis à mal l'ambiance dans l'équipe et les performances, je pensais bien faire.

– Cela montrerait juste que tu gères ton entreprise comme il se doit et qu'il faut respecter les règles.

– Tu es prêt à abandonner la finale si près du but pour Hope ?

– Je ne renonce pas seulement à la finale avec JW Motorsport, Jeffrey, je renonce à la course définitivement.

– C'est Hope qui te le demande ?

– Oui, mais pour de bonnes raisons, parce qu'elle m'aime. Jeffrey, je…

Mon cœur s'emballe à l'idée de lui avouer la vérité, sur mon père, ma condition, les risques que j'ai pris depuis des mois pour satisfaire un rêve, une « chimère » comme me l'a dit le médecin à l'hôpital. Après une nouvelle inspiration, je me lance enfin, je lui dis tout, sans m'arrêter, sans rien omettre. Jeffrey en reste bouche bée, et il lui faut quelques secondes pour digérer les informations.

– Mon Dieu, Troy ! Comment tu as pu prendre de tels risques ? s'emporte-t-il, en colère.

– Je sais, Jeffrey, je sais.

– J'ignore s'il faut que je te gifle ou que je te prenne dans mes bras.

Il quitte son fauteuil pour le contourner et se poste devant moi. Il me jauge un instant avant de m'attirer contre lui. Les larmes me montent aux yeux alors qu'il m'offre une étreinte.

– Je vais choisir de remercier le ciel que tu aies finalement pris cette décision avant qu'il ne soit trop tard. Je vais remercier Hope d'être entrée dans ta vie, parce que je sais que si elle n'avait pas été là, tu serais allé au bout.

– Sans doute. Je la choisis, elle, parce qu'elle est tout ce qui compte.

– Pourquoi n'est-elle pas avec toi aujourd'hui ?

– Parce qu'entre nous, c'est… compliqué. J'ai fait des choix et dit des choses qui l'ont blessée, et je ne peux m'en prendre qu'à moi-même. Mais je suis bien décidé à réparer mes fautes et à la récupérer. Je l'aime, Jeffrey.

– Je ne peux que te comprendre, dit-il en souriant. Je connais ma nièce, je sais que si tu fais ce qu'il faut, elle te pardonnera.

– Je l'espère. Et pour ça, j'aurai besoin de ton aide.

– Bien sûr. Explique-moi en quoi.

Je lui expose alors mon plan, et si je m'attendais à un peu de réticence de sa part, une fois mentionné l'appui de Dwight et Valentino, un sourire encore plus grand illumine son visage. Et j'obtiens la réponse escomptée.

38

Hope

Ainsi, c'est donc ça, ce que tous les pilotes ressentent ? Cette adrénaline, cette énergie galvanisante, entêtante ? Elle se propage et se répand dans tout mon corps.

Je remonte la combinaison de pilote sur mes hanches et souris bêtement. Jamais je n'aurais un jour pensé vivre ça. C'est totalement fou.

– Alors ? Ça fait quoi ? m'interroge Troy en entrant dans les vestiaires.

Il referme à clé derrière lui. Je lui souris et hausse une épaule.

– Juste ça ? demande-t-il en riant.

– C'est incroyable. J'ai encore du mal à réaliser, en fait.

– Elle te va plutôt bien, apprécie-t-il en détaillant ma silhouette.

Lui aussi porte la sienne, en soutien à l'écurie, pour vivre l'événement jusqu'au bout. Il s'arrête devant moi et m'attire à lui en posant un bras autour de ma taille.

– Tu ne m'en veux pas de prendre ta place ? demandé-je d'une faible voix en glissant mes doigts dans ses cheveux.

– Non. C'est ce qu'il fallait faire. Et je te gagne, toi, finalement. Et même si tu n'aimes pas que je dise ça, quelqu'un m'a assuré que tu étais plus importante qu'un trophée sur une cheminée.

– Ah oui ? Une personne intelligente et sensée.

– Oui, la plus intelligente, la plus belle et la plus adorable que je connaisse.

– Tu sais que les compliments ne te mèneront nulle part ?

– Tu es sûre de toi ? me taquine-t-il en relevant mon tee-shirt.

Avec la finale qui approchait, les entraînements intensifs, pratiques et théoriques, on n'a pas vraiment eu un moment à nous dans les jours qui se sont écoulés. On ne s'est pas encore retrouvés intimement.

– Tu sais que j'ai toujours fantasmé à l'idée de coucher avec une pilote de NASCAR ? ronronne-t-il en caressant ma poitrine par-dessus mon soutien-gorge pas du tout sexy.

– Vraiment ?

– Oui, mais disons qu'elles ne courent pas les rues. Mais depuis peu, j'ai la chance d'en connaître une.

– Sympa, un bon moyen de réaliser un fantasme.

– Exactement. Tu veux bien le faire pour moi, Hope ?

– Je ne sais pas. Qu'est-ce que je gagne en bout de course ?

– Moi, pour toute la vie.

Je souris avant de me jeter sur sa bouche si tentante. Je ne connais rien des règles qui préconisent ou pas d'avoir des relations sexuelles avant une compétition, et je m'en fous. Je suis incapable de lui dire non. Il me plaque contre le casier derrière moi et me retire mon tee-shirt avec une impatience non feinte. Aussitôt, le sien le rejoint, et Troy se baisse pour descendre ma combinaison. S'il était arrivé quelques minutes plus tôt, on se serait évité cette séance de déshabillage, mais je n'aurais sûrement pas eu le droit à ses baisers le long de mes jambes, sur mon sexe qui me font basculer la tête en arrière. Il se montre à la fois vorace et doux, impatient et tendre. Quand il remonte vers moi, je l'attire brusquement à mes lèvres.

– Je n'en peux plus de tes caresses si tentatrices. Je te veux en moi, maintenant, tout de suite.

– J'aime quand tu me donnes des ordres comme ça.

– Attention à toi, je pourrais y prendre goût.

– Qui te dit que je n'aimerais pas ça ?

Je caresse sa barbe et savoure son sourire sincère. Au moment où ses doigts entrent en moi, je retiens ma respiration. Comment ai-je pu oublier à quel point c'est bon, l'amour avec Troy, ce partage charnel ? Je gémis et ferme les yeux. Je me concentre sur son toucher, son savoir-faire. Il n'a rien oublié de mon corps. Quand sa langue vient titiller une de mes pointes, et ses dents, me mordiller, je perds toute contenance.

– Troy, le supplié-je.

Le sourire arrogant qu'il perfectionne depuis des années fait son apparition, et je succombe une fois encore à son charme fou, à ses beaux yeux, à son amour pour moi. Je m'empresse d'abaisser sa combinaison et de prendre son membre entre mes doigts. Lui aussi, il va perdre la tête. Il grogne de plaisir, et sa respiration augmente à la même cadence que mes caresses. Quand enfin il entre en moi, je quitte terre pour un monde où rien d'autre ne compte que Troy et moi. Et puis, dans un éclair de lucidité, la panique m'enveloppe brusquement.

– Troy, Troy !

– Quoi ?

– Est-ce que tu… Est-ce qu'avec… ton cœur… bafouillé-je en posant une main sur sa poitrine.

Il me stupéfie en éclatant de rire.

– Mon médecin dit que le sexe est bon pour l'épanouissement personnel, le bien-être moral et donc pour le cœur. Ne t'en fais pas, mon amour.

Il ne me laisse pas le temps de savourer mon soulagement, ses coups reprennent avec vigueur et application, et rapidement, je ne suis qu'une poupée de chiffon entre ses bras, consumée par le plaisir, ravagée par l'orgasme qui bouscule tout sur son passage. Tel un tsunami, il efface tout pour ne laisser que notre amour, notre promesse d'un avenir à deux, peu importent les épreuves et les difficultés.

– Je t'aime, dit-il en souriant et en embrassant mon épaule.

– Je t'aime.

***

Main dans la main, nous flânons dans les allées avant le début des tours de chauffe. Nous n'avons jamais pu partager ça, et cela emplit mon cœur de joie d'être à ses côtés, de le regarder signer des autographes, poser pour des selfies avec gentillesse et plaisir. L'annonce de son retrait de la compétition n'a pas encore été faite. Il m'a demandé si j'étais d'accord pour qu'il accorde cette exclusivité à Kim. Je n'ai pas été enchantée. Il est persuadé qu'elle seule peut faire les choses avec respect, alors j'ai accepté.

– Tiens, tiens, siffle Richard, qui avance droit devant nous. On dirait que vous vous êtes rabibochés, et vous vous affichez devant tout le monde. Assez osé.

Je ne manque pas son regard qui passe sur mon corps et Troy qui se raidit à mes côtés. Je serre un peu plus ses doigts entre les miens, lui intimant de se calmer.

– Je suppose que tu as fini par parler à ton oncle, me dit-il. Prête à trouver un job ailleurs ? Et toi, Troy, prêt à m'affronter et à t'incliner devant plus fort que toi ?

Troy part d'un éclat de rire qui me surprend, mais qui me rassure aussi. On dirait bien qu'il a dépassé sa rancœur envers Richard et le sentiment très dur de renoncer. Il est prêt à lui montrer qu'il vaut mieux que lui.

– Je ne sais pas pourquoi tu te figures que c'est Hope qui a renoncé à quelque chose, gronde Troy en faisant un pas vers Dick.

– Qu'est-ce que tu veux dire ?

– C'est très simple, c'est moi qui me suis retiré de la course, connard. Je l'ai choisie, elle. Tu ne m'affronteras pas aujourd'hui, ni plus jamais d'ailleurs.

– Tu voudrais me faire croire que tu te couches pour une femme ?

– Fais gaffe à ce que tu dis, Richard, menace Troy.

– J'hallucine ! Le grand Troy Wells dit adieu à la course pour une nana.

– Ce n'est pas l'unique raison, non que ça te regarde.

– Et qui va te remplacer ?

– Hope.

Richard me détaille avec amusement, comme s'il avait du mal à y croire. Puis une lueur vient illuminer son regard, et elle ne passe pas inaperçue auprès de Troy. Il lâche ma main et s'approche dangereusement d'Adams. Il se penche à son oreille et lui parle d'une voix menaçante.

– Je te préviens, tu fais ne serait-ce qu'un geste déplacé envers elle, tu la mets en danger, et je te démolis. Tu cours comme à ton habitude et lui fais des coups de merde, je te démolis. Ta vie dépend de la sienne, tu m'as compris ?

– Si tu crois que tes menaces…

– Ce ne sont pas des menaces, Dick, ce sont des promesses. Tu crois me connaître, tu te mets le doigt dans l'œil. Tu ne me connais pas. Tu ne connais pas Dwight. Tu ne connais pas Valentino. Tu ne connais pas Jeffrey. Je me répète, ta vie dépend de la sienne. C'est bien compris ?

Richard n'ajoute rien, mais acquiesce tout de même d'un faible hochement de tête avant de nous laisser. Troy m'attire brusquement à lui en passant son bras autour de mes épaules.

– Carrément tous ces hommes pour me défendre ?

– Oui, parce que tu en vaux la peine.

Il me décoche sèchement un baiser avant de m'entraîner avec lui vers le garage.

***

En me glissant à l'intérieur de la voiture, j'avais envie de dire tout fort que je n'allais pas y arriver, que jamais je ne parviendrais à terminer cette course en entier, tout en essayant de faire un score pas trop pourri. Mais ma bonne étoile m'a prouvé le contraire. Bon, je n'ai pas non plus défié les statistiques, les pronostics, mais je suis fière de moi. Je termine à la très honorable trente-cinquième place, sur quarante pilotes, je ne suis pas peu fière.

Je le suis encore plus grâce à la superbe seconde place de Dwight et à la jolie quatrième de Valentino. Une satisfaction d'autant plus grande que Richard finit cinquième. Cette finale à Homestead a vraiment une signification particulière pour l'équipe, pour mon oncle, pour Troy et moi.

Le sourire ne quitte pas mon visage alors que je sors de la voiture dans la *pit line*. Après le nombre de fois où j'ai voulu courir me jeter dans les bras de Troy, jamais je n'aurais pensé que le contraire se réaliserait : lui se jetant dans les miens, après ma course.

– Tu l'as fait ! s'exclame-t-il en riant et en me hissant contre lui.

Bon sang, je n'avais pas idée à quel point j'aimerais ça, vivre notre amour au grand jour, sans nous cacher. Je ne retiens pas des larmes de joie, de bonheur.

– Eh ! Pourquoi tu pleures ?

– Je suis si heureuse, Troy, d'être avec toi, vraiment avec toi, de ne plus avoir à me cacher, c'est tout ce qu'il me manquait. Je t'aime tellement.

– Moi aussi, ma puce.

– Je sais.

Il m'embrasse tendrement avant de me reposer à terre.

– Tu me la prêtes un peu ? demande Dwight en arrivant à nos côtés.

– Non, mais dis donc ! Comment tu parles ?! m'écrié-je, offensée. Je ne suis pas une chose !

– Si, rétorque mon frère en riant. Une petite chose qui a magnifiquement sorti son épingle du jeu. Tu m'as impressionné, p'tite sœur. Je suis fier de toi.

Je lui pardonne ces mots maladroits et cours dans ses bras.

– Tellement fier de toi, murmure-t-il à mon oreille.

– Moi aussi, Dwight, je suis extrêmement fière de toi. Deuxième place, c'est tellement bon ! Pour nous, pour l'écurie, pour oncle Jeffrey.

– Notre victoire à nous.

– C'est uniquement parce que je n'étais pas sur la piste, ne peut s'empêcher d'ajouter Troy. D'ailleurs, tu as laissé la première place en mon honneur, c'est trop gentil.

– Dis-toi ça, si ça peut te rassurer, réplique mon frère en bombant le torse.

– Vous n'avez pas bientôt fini ? intervient Valentino en riant.

Il prend la place de Dwight et m'offre une étreinte chaleureuse.

– Je suis si heureuse pour toi, Tino, c'est amplement mérité.

– *Grazie, bella.* Ça te dit de laisser ces deux idiots disserter sur la toute-puissance de leur ego et d'aller fêter notre victoire avec le reste de l'équipe ?

– Avec plaisir.

En quittant l'Italie, je savais que j'allais retrouver ma famille de sang, mais j'ignorais que j'aurais la chance de m'en créer une de cœur, et encore moins de tomber sur l'homme de ma vie.

Après des épreuves douloureuses, la vie me sourit enfin, et je vais la savourer.

***

Deux mois et demi plus tard

Une nouvelle année a commencé depuis plus d'un mois. Nous avons passé d'excellentes fêtes de fin d'année, en famille pour Noël, l'occasion rêvée pour faire les présentations entre Susan, Jeffrey et Sandy, et entre amis pour le Nouvel An.

La nouvelle saison est sur le point de débuter. Jeffrey est parvenu à débaucher Kyle Lawson, le jeune coureur issu de l'Indy Car, qui n'a cessé de retenir son attention tout au long de la saison avec des performances vraiment excellentes, et une attitude très plaisante et respectueuse. Le courant a l'air de plutôt bien passer avec l'ensemble de l'équipe mais je suppose que le temps fera le reste. J'ai senti que Troy était un peu sur la réserve lors des présentations. Il n'est plus pilote, mais il a tenu à être présent. Cela ne doit pas être facile de rencontrer son remplaçant et d'être à nouveau confronté à ce qu'il a perdu. Mais il m'impressionne par son professionnalisme et sa force. Il s'est montré agréable et prévenant, lui prodiguant des conseils et le prenant sous son aile. Je crois qu'une fois qu'on a mis un pied dans l'équipe de JW Motorsport, on fait partie d'une famille dont il est impossible de se séparer. J'ai tout de suite deviné que Kyle était un grand fan de Troy, le regard qu'il lui portait ne peut pas tromper. Cela m'a rendue encore plus fière de lui. Même s'il n'a pas été au bout de son rêve, il laisse malgré tout son empreinte dans le milieu de la NASCAR.

Nous sommes en voiture avec Troy, nous venons de quitter la piste de Daytona, où nous avons fait un essai avec l'équipe. Il m'a dit qu'il voulait me montrer quelque chose. J'ai essayé de savoir ce qu'il en était, mais il est resté muet comme une tombe. Nous venons de traverser le pont où court le boulevard Oakridge, qui surplombe la rivière Halifax, pour rejoindre la partie de la ville qui s'étend sur la bande de sable face à l'océan. Je m'attends à ce qu'on rejoigne son hôtel, mais nous continuons.

– Où va-t-on ?

– Surprise.

– OK… C'est tout ce que tu vas me donner comme information ?

– On y est bientôt. Tu sauras tout.

Je prends sur moi et me redresse alors qu'il se gare dans une allée pavée qui mène à une villa dans la même rue que son hôtel. Je fronce les sourcils en me tournant vers lui. Cela l'amuse, on dirait, parce qu'il se met à rire et se penche pour m'embrasser.

– Descends, on est arrivés.

Je fais ce qu'il me dit et patiente le temps qu'il me rejoigne. Il me prend la main et m'entraîne vers un des portails qui nous fait face. On ne voit rien de la bâtisse qui est camouflée par un mur et de la végétation. Il tape un code près du portail qui s'ouvre. Nous entrons et nous dirigeons vers l'entrée. La demeure est moderne, de plain-pied, les murs sont crème, et la toiture, rouge. Une petite place recouverte de grandes dalles anthracite habille le devant de la maison, et de la verdure locale est disséminée ici et là de manière élégante.

Troy me fait entrer à l'intérieur à l'aide d'un nouveau code, et je lui lance un regard interrogateur alors qu'on se trouve dans un vaste vestibule.

– J'ai visité cette maison, il y a deux jours. Je voulais te faire une surprise. Je n'ai jamais eu quelque chose à moi. J'ai envie qu'on ait quelque chose à nous. Cette maison m'a tapé dans l'œil, mais je te laisse te faire ta propre opinion, et si elle ne te plaît pas, on regardera autre chose.

– Tu as fait ça ? dis-je, émue.

– Oui, je… C'est toujours ce que tu veux ? demande-t-il, incertain.

– Bien sûr que oui ! le rassuré-je en le prenant dans mes bras. Évidemment, gros bêta !

J'essaie de prendre tout ça à la légère, mais j'ai l'impression qu'il avait vraiment peur. Il ne croit pas encore à cent pour cent que je l'aie complètement pardonné et que je sois prête à vivre notre vie pleinement, amoureusement.

Il me laisse flâner dans la maison, immense, décorée avec un goût certain et raffiné. Une très grande pièce à vivre, pas moins de cinq chambres, quatre salles de bains, une cuisine superbe tout équipée, un grand garage, un cellier, une cave à vin et une terrasse magnifiquement aménagée avec une belle piscine et un accès privé à la plage. Et que dire de la vue sur l'océan ? À tomber ! Il n'y a pas beaucoup de terrain, mais ce n'est pas tellement étonnant vu la localisation.

– Alors ? se renseigne-t-il en venant m'enlacer par-derrière tandis que j'admire l'immensité bleue.

– Je l'adore.

– Vraiment ? Tu ne dis pas ça pour me faire plaisir ?

Je pivote entre ses bras et glisse mes doigts dans ses cheveux en souriant.

– Non. Elle est vraiment superbe. Mais tu es fou.

– Non, rien n'est trop beau pour toi. Je veux un endroit qui te plaise, où tu te sentes bien et en sécurité.

– Eh bien, je dirais que tu as fait mouche alors.

– Vraiment ? répète-t-il.

– Oui, vraiment, réponds-je en riant.

J'accueille son étreinte avec joie. Le bonheur irradie de tout son être. J'ai presque l'impression de ne jamais l'avoir vu si heureux, et cela me fait chaud au cœur.

– Tu veux que je te dise quelque chose ?

– Je suis tout ouïe.

– Tout ce que la maison contient est à nous aussi.

– Quoi ?

– Elle a été aménagée par un décorateur, la maison est vendue avec tout ce qu'elle renferme.

– Non ? m'exclamé-je. Mais c'est…

– Le début de notre vie.

– Oui, dis-je en souriant, les larmes au bord des yeux.

Il se penche pour me prendre dans ses bras, un dans mon dos et l'autre sous mes jambes. Je pousse un petit cri et m'accroche à sa nuque.

– Mais qu'est-ce que tu fabriques ?

– Je t'emmène baptiser la chambre.

– Troy ! Enfin !

– Quoi ? Pourquoi attendre ? Je refuse de perdre une minute de plus.

Je me cache contre son cou et le respire. Troy. Je ne savais pas qu'il était possible d'aimer une personne si fort.

ÉPILOGUE

Troy
Vingt et un mois plus tard

La grande finale des Cup Series à Homestead doit être lancée dans deux heures. Comme toujours, je prends le temps de flâner dans les paddocks avant de rejoindre mon poste d'observation pour commenter la course en direct avec mon collègue Ed Rives.

Après avoir pris la décision de raccrocher, j'ai accordé une interview à Kim, en marge de notre série de reportages en partenariat avec l'association défendant l'accès au sport pour les enfants défavorisés. D'après ce que j'ai entendu, ma confession a attiré une audience assez impressionnante. Cela a été bien plus loin qu'une discussion entre amis, je me suis livré comme jamais je ne l'avais fait, à part auprès de Hope. Je voulais me montrer tel que je suis, avec mes blessures, mes failles, mes peurs, sans aucun retour possible pour que Hope prenne pleinement conscience que je la choisissais, *elle*.

À la suite de ça, Fox m'a proposé un poste de commentateur sur leur chaîne consacrée à la NASCAR. Je me suis empressé d'accepter, je n'aurais pu trouver meilleure proposition. Je sais que Hope a émis quelques réserves quant au fait que Kim devienne ma collègue. Mais elle m'a impressionné, elle est rapidement passée outre, parce qu'elle me fait confiance et aussi parce qu'elle a appris à connaître Kim. Elles sont amenées à se voir régulièrement, alors c'était un soulagement de les voir s'entendre.

– Troy ! m'interpelle un spectateur qui déambule avec un passe V.I.P. autour du cou. Je peux avoir un autographe ?

– Bien sûr, réponds-je en souriant.

Cela me touche toujours lorsqu'on m'aborde encore, bien que j'aie raccroché mon volant. Le type me remercie chaleureusement et me demande de poser pour un selfie, ce que j'accepte immédiatement. Je lui serre la main avant de poursuivre mon tour.

Il est évident que je préférerais être dans une voiture, mais je suis heureux d'avoir trouvé le parfait équilibre. Je suis satisfait de pouvoir m'adonner à ma passion d'une autre façon. Cela me donne aussi une légitimité pour accompagner Hope sur le terrain. Et comment dire ? Quel pied de ne plus avoir à se cacher ! Je peux la regarder, lui sourire, l'embrasser, la prendre dans mes bras n'importe quand. Le bonheur.

Pour elle aussi, tout va très bien. Elle travaille toujours pour JW Motorsport aux côtés de Jeffrey et Dwight. Valentino fait encore partie de l'équipe. Il a réalisé de gros progrès en deux ans, il talonne Dwight de près. Quant à Kyle, le *rookie*, qui n'en est plus vraiment un, il grimpe aussi vers le haut du panier. Il est encore un peu fougueux, mais je crois en lui.

En parallèle de mon travail chez Fox, je m'investis aussi dans l'écurie, qui se porte extrêmement bien. Je gère la piste privée, je donne des cours de pilotage, uniquement la théorie évidemment. J'offre mon savoir et mon expérience. Je me suis aussi un peu plus impliqué dans mon partenariat avec la piste de Daytona pour faire découvrir le sport aux jeunes, dans la continuité de ce que j'avais commencé avec Kim. J'aime le contact avec les gamins, je n'aurais pas pensé à ce point. Hope me dit que cela me va bien.

Dwight a tenu à s'investir aussi, cela a resserré nos liens. Il est devenu un véritable ami sur qui je peux compter. On continue régulièrement à se taquiner, pourquoi faudrait-il s'en priver ?

– Tu es là ! s'exclame Hope en me voyant entrer dans la *pit box* de JW Motorsport.

– Coucou, dis-je, souriant, en ouvrant les bras.

Elle se pend immédiatement à mon cou, et je ne résiste pas à l'envie de l'embrasser.

– Prenez-vous une chambre ! s'indigne Dwight.

– Parce que tu faisais mieux avec Lucy, il y a quelques minutes à peine, sans doute ? réplique Hope.

Eh oui ! Dwight et Lucy, c'est une histoire qui dure. La jeune femme est parvenue à dompter le célibataire endurci que Dwight était. Hope est très heureuse pour eux, tellement ravie de voir son frère enfin casé et soulagée que ce soit finalement avec l'une de ses meilleures amies. On passe régulièrement des soirées ensemble, c'est vraiment sympa, et cela resserre les liens entre nous.

– Alors ? Comment tu te sens ? me renseigné-je auprès de Dwight sans pour autant lâcher Hope.

– Super ! J'ai la patate, je vais tout déchirer.

– Toujours aussi humble, à ce que je vois.

Il hausse les épaules, pas vraiment désolé pour autant.

– Je vais te coller au train, intervient Valentino, tu devrais te méfier.

Il me tend une main que je m'empresse de serrer et lui souris.

– Que le meilleur gagne les amis. Je vous dis « merde ». Donnez-moi du beau spectacle, que j'aie quelque chose à commenter qui tienne la route.

– Tu as fini de prendre des cours ? Parce que je suis tombé sur une rediffusion la dernière fois, et ça manquait de naturel, me chambre Dwight.

Sa moquerie est sanctionnée par Hope qui lui balance un coup sur le torse.

– Arrête de raconter des conneries. Troy est très doué.

– Tu dis ça parce que tu l'aimes. Tu n'es absolument pas objective.

– Ne l'écoute pas, me dit Hope en secouant la tête.

– Tu es d'accord avec ce qu'il dit ? me renseigné-je alors qu'elle m'entraîne à l'écart.

– Non. Ne fais pas attention à lui.

Le sourire qu'elle me lance finit de me convaincre. Elle glisse ses doigts dans mes cheveux et me regarde de ses yeux de biche.

– J'ai le droit à un câlin avant le début de la compétition ?

– Tout ce que tu désires.

Je ne me fais pas prier et fonce sur ses lèvres. Elle me rend aussitôt mon baiser et resserre notre étreinte. Bordel ! Elle me fait toujours autant d'effet, le désir se manifeste aussitôt et lui arrache un petit rire.

– Il faut que je te laisse, sinon je ne réponds plus de moi, soufflé-je. Je suis à deux doigts de t'entraîner dans les vestiaires pour m'occuper de toi.

– Si c'était le cas, il se pourrait que je me laisse faire.

– J'ai des projets pour nous, ce soir, lui avoué-je.

– Ah oui ?

– Oui, dis-je en souriant avec malice. Mais je n'en dirai pas plus. Je t'aime.

Elle me fait sa petite moue, mais je secoue la tête pour lui signifier qu'elle n'obtiendra rien de plus. Je dépose un dernier baiser sur ses lèvres et l'abandonne pour rejoindre ma tour d'observation.

Dans les escaliers qui mènent au bureau de la Fox, je pose une main sur mon cœur. Il est là, il bat pour elle, pour nous. Cette année, il nous a donné du fil à retordre, me montrant que je ne dois plus m'entêter à croire que je suis plus fort que la maladie. Elle est là, pour toujours, et je dois vivre avec. Mais tout va pour le mieux. Je suis entouré par des spécialistes qui me guident et connaissent très bien le sujet. Je suis les recommandations à la lettre, Hope y veille.

– Troy ! me salue Ed alors que j'entre dans notre loge. Tu vas bien ?

– Impec. Impatient, réponds-je en souriant.

– Moi aussi. La finale promet d'être grandiose.

Je ne peux qu'être d'accord avec lui. Les pilotes de JW Motosport se sont largement distingués au fil de la saison, je parie forcément sur eux, mais personne n'est à l'abri d'un accident ou d'un retournement de situation.

***

Je hurle de joie dans mon casque. Ed, à mes côtés, sourit en me regardant. Cela n'est peut-être pas tout à fait professionnel, de prendre parti pour une écurie en particulier, mais ce qui vient de se passer sous mes yeux est tout bonnement exceptionnel. Dwight et Valentino terminent respectivement premier et troisième, et Kyle arrache au dernier moment la quatrième place, un exploit pour un pilote si jeune et peu expérimenté. J'imagine l'euphorie dans le paddock, le bonheur complet d'une équipe, d'un patron d'écurie qui traite son personnel comme des membres de sa famille.

Je sens que la soirée s'annonce encore plus extraordinaire que dans mes projets. Je remplis mes fonctions jusqu'au bout, puis quand nous passons le relais à Kim qui est en interview dans les stands, je quitte précipitamment le studio. Mon cœur bat à tout rompre, mais pas parce qu'il ne va pas bien. C'est parce qu'il est impatient, fou de bonheur suite à cet exploit, empli d'amour pour Hope, pour mon équipe, ma famille de cœur.

Quand je rejoins le garage, il ne se passe qu'une microseconde avant que le regard de Hope ne trouve le mien. On se jette dans les bras de l'autre, et on laisse exploser toute notre joie. Elle rayonne, tellement magnifique. Je devrais reculer et aller féliciter le reste de l'équipe, mais je ne vois qu'elle, celle qui a chamboulé mon existence, qui m'a offert son amour et donné l'envie de vivre.

– Hope, murmuré-je.

– Oui ?

– Je t'aime.

– Moi aussi, dit-elle en riant.

– Épouse-moi, lâché-je.

– Qu... quoi ?

– ÉPOUSE-MOI, m'écrié-je. Je t'aime, Hope. Auprès de toi, je suis un homme meilleur, depuis que tu es entrée dans mon existence, dans mon cœur, je veux passer le reste de ma vie auprès de toi. À jamais et pour toujours. Épouse-moi.

Ses yeux se brouillent de larmes, et elle me souffle un « oui » tout en secouant vivement la tête de haut en bas. Son sourire est immense, et des cris de joie se font rapidement entendre autour de nous. Je la hisse contre moi et l'embrasse à nouveau. Mon cœur se gonfle un peu plus d'amour pour elle, ma jolie Hope.

***

Deux semaines plus tard

Je la regarde, et je me rends compte qu'il est tout à fait possible de tomber à nouveau amoureux de la même femme, encore et encore.

Hope. Toujours aussi belle, aussi têtue, aussi intelligente, aussi merveilleuse. Elle est allongée sur un transat au bord de notre piscine. Elle se prélasse, et je savoure sa présence à mes côtés. Elle ne porte pas le même maillot de bain que lors de nos premiers moments à deux, mais elle est magnifique. Même si plus de deux ans ont passé depuis, j'y pense régulièrement. Je ne regrette en rien la façon dont notre histoire a débuté et sûrement pas nos échanges piquants où nos deux ego se sont souvent affrontés.

– Tout va bien ? demande Hope en se tournant vers moi, captant mon regard qui l'observe.

– Très bien, réponds-je, souriant, en tendant la main vers elle.

Nos doigts entrelacés pendent entre nous, et je laisse mon esprit vagabonder, prenant conscience du chemin parcouru et de la chance que j'ai. Malgré les épreuves, je suis heureux, tellement. Hope et moi filons le parfait amour, notre famille se porte bien, nous sommes entourés de personnes aimantes sur qui nous pouvons compter. Nous nous épanouissons dans notre travail, tout va pour le mieux. Même en Californie, il y a eu quelques petits changements. Ma mère a fini par sauter le pas et a commencé à voir régulièrement quelqu'un depuis plusieurs mois. C'était un client régulier du magasin qui a craqué sur maman. Il l'a invitée à dîner, et depuis, ils construisent leur relation. Je sais qu'elle était angoissée à l'idée de me le présenter. Je me fie totalement à son jugement, elle n'avait donc aucune raison de s'en faire. Samuel est un pédiatre très sympathique. J'aime la façon dont le regard de ma mère s'illumine lorsqu'elle parle de lui. Je suis tellement heureux qu'elle puisse enfin se concentrer sur sa vie, sans avoir à s'en faire pour moi.

Je baisse les yeux sur la cicatrice qui barre maintenant ma poitrine. J'ai dû subir l'année dernière une chirurgie afin de prévenir toutes complications liées à ma pathologie. Nous n'avons pas pris cette décision à la légère, c'était la chose à faire pour avoir un avenir heureux. Avec Hope à mes côtés pour me soutenir et m'encourager, je n'en doute pas.

– Troy, murmure Hope en tirant sur ma main pour attirer mon attention.

– Hummm ?

– Ne fais pas ça.

– Pas faire quoi ?

– Ce que tu fais là.

– Et je fais quoi ?

Elle lève les yeux au ciel face à notre échange ridicule, enfin je le devine derrière ses lunettes de soleil, car ses sourcils s'arquent. Elle quitte son transat pour venir s'installer à califourchon sur mes jambes. Elle se penche en avant pour déposer un léger baiser sur mes lèvres, puis elle part sur ma mâchoire, mon cou, ma clavicule, mon épaule, mon muscle pectoral, puis sur ma cicatrice. Après son baiser délicat, elle vient la tracer du bout du doigt. Je sens à peine son toucher, mais je ne manque pas ses yeux brillants, maintenant qu'elle a retiré ses solaires.

– Je suis tellement heureuse de t'avoir à mes côtés, de savoir que tu t'es battu pour nous. Cette cicatrice n'est pas une marque de faiblesse, tu sais. Elle est tout le contraire, elle est le témoin de la force dont tu fais preuve pour combattre la maladie. Elle est la preuve de ton amour pour moi, parce que tu m'as choisie, tu as choisi notre vie à tous les deux, tu as choisi ta vie.

– Je t'aime, grondé-je en l'attirant brusquement à moi.

– Moi aussi, mon chéri.

Ses yeux quittent les miens pour tomber sur sa main posée sur ma poitrine. Elle regarde sa bague de fiançailles.

– Je n'arrive pas à croire que tu aies fait ta demande sur le circuit devant tout le monde, dit-elle en souriant.

– Comment ça, tu n'arrives pas à y croire ? Où voulais-tu que je la fasse ? Cela représente tellement pour nous, cela m'a semblé tout à fait opportun au contraire.

– Tu as raison.

– Oui, comme souvent.

– Oh, arrête ! réplique-t-elle en riant.

– Mais j'ai raison !

– Tais-toi, et fais-moi l'amour, conclut-elle en écrasant sa bouche sur la mienne.

***

Un peu plus tard, après une soirée tranquille devant un bon film et un excellent dîner, je suis déjà couché. J'attends Hope qui met un certain temps à sortir de la salle de bains. Un peu inquiet, je finis par me relever et vais cogner à la porte.

– Hope ? Tout va bien ?

– Oui ! s'exclame-t-elle.

– Tu es sûre ? Ça fait un moment que tu es enfermée là-dedans.

– Oui ! Oui ! J'arrive.

– Hope ? répété-je quelques minutes plus tard alors qu'elle ne sort toujours pas.

J'ouvre le battant, parce que c'est quand même très étrange. Mon regard tombe sur celui de Hope dans le miroir. Elle a un petit sursaut et fait immédiatement un tour sur elle-même, planquant ce qu'elle a en main dans son dos.

– Qu'est-ce que tu fabriques ? demandé-je en fronçant les sourcils.

– Rien ! souffle-t-elle.

– Tu sais que je vois quand tu mens ?

Un petit sourire timide se dessine sur ses lèvres, et elle finit par ramener ses mains devant elle. Je découvre alors ce qu'elle cachait : un test de grossesse. J'écarquille les yeux en grand.

– Qu'est-ce… qu'est-ce que… ça veut dire ? bafouillé-je.

– Je suis enceinte.

– Déjà ? Je ne crois pas que ça prenne si vite.

– Espèce d'idiot ! s'exclame-t-elle en riant. J'ai du retard, c'est pour ça que j'ai fait le test.

– Du retard ?

– Oui. Je pense que ça s'est fait le soir de ta demande, après la double victoire.

– Oh ! J'ai été à ce point exceptionnel, alors ?

Parce que, putain, quand j'y repense, cette soirée était vraiment exceptionnelle. Toutes les fois avec Hope sont extra, le désir et la passion entre nous n'ont pas faibli, loin de là, mais après la victoire de l'écurie et ma demande en mariage, disons que la soirée a donné lieu à un sacré feu d'artifice.

– Troy, arrête de faire l'imbécile.

Je comprends immédiatement qu'elle prend mon absence de sérieux pour un manque d'enthousiasme. Je m'avance pour la serrer dans mes bras et arrête de plaisanter.

– On va avoir un bébé ?

– Oui, répond-elle en souriant, les yeux brillants d'émotion. Je sais qu'on n'en a jamais parlé, mais je veux des enfants. Je veux des enfants avec toi, je veux une famille, notre famille.

– Moi aussi, ma puce. Évidemment ! Putain, je n'y crois pas ! On va avoir un bébé ?

– Oui, mon cœur. Nous allons vivre une belle et longue vie l'un à côté de l'autre. Et tu seras un père formidable, tu sais pourquoi ?

– Non, dis-moi.

– Parce que c'est de cette façon que tu vas rendre ton père fier de toi.

C'est tellement d'émotions, ma première larme roule sur ma joue, et je fonds dans ses bras. Elle a toujours les mots justes qui font mouche.

– Je t'aime tellement, soufflé-je dans son cou.

– Moi aussi, je t'aime, Troy.

– Un bébé ? répété-je.

– Oui, s'écrie-t-elle alors que je la soulève dans mes bras.

Je pensais que la vie ne pouvait pas me réserver d'autres surprises, et même si je sais que j'ai toujours raison, j'aime quand Hope me prouve le contraire.

***

Hope
Trois ans plus tard

Un petit garçon. Nous avons eu un petit garçon. Charlie. Il ressemble tellement à son père. Il est parfait, un véritable petit rayon de soleil. Les tests génétiques ont montré qu'il n'était pas porteur de la CMH. Troy n'a jamais été aussi soulagé d'apprendre quelque chose, pas même quand le cardiologue lui a dit que l'opération qu'il a subie trois ans plus tôt avait porté ses fruits et qu'il allait très bien.

De mon côté, je ne savais pas qu'on pouvait à nouveau tomber amoureuse du même homme rien qu'en le voyant interagir avec son enfant. Troy n'est jamais plus sexy que lorsqu'il porte Charlie ou s'occupe de lui. Il y a cette sérénité sur son visage, ce bonheur à l'état pur qui me fait fondre un peu plus profondément pour lui. C'est lui, c'est tout.

Je les observe un peu plus loin. Charlie n'a eu 2 ans qu'il y a quatre mois, mais Troy n'a pas pu s'empêcher de l'emmener sur la piste. Il se fatigue vite, alors il ne marche pas longtemps, mais Troy le prend dans ses bras ou l'installe sur ses épaules, et ils se promènent dans les couloirs, sur la piste, dans le paddock. Troy partage sa passion, ce qui l'anime toujours autant, même s'il est privé de courses.

– Pour son prochain anniversaire ou alors pour Noël qui vient, je lui offre une de ces voitures électriques pour enfant, dit Dwight en venant prendre place à mes côtés.

– Sûrement pas !

– Comme si tu avais ton mot à dire sur ce que j'offre à mon neveu préféré.

– C'est le seul et l'unique.

– Justement ! Je me dois de le pourrir gâter. Je serais un mauvais oncle si je ne le faisais pas.

Je ris en attirant l'attention de mes deux hommes un peu plus loin. Je vois Charlie s'agiter dans les bras de son père parce qu'il vient d'apercevoir son oncle.

– Tu crois que ça lui manque encore ? demande-t-il.

– Oui. Je ne pense pas qu'on puisse oublier ce que ça fait, après tant d'années à être pilote.

– Je suis vraiment désolé pour Troy, tu sais.

– Je sais, il le sait, affirmé-je en souriant et en saisissant la main de mon frère. Il se concentre sur d'autres choses maintenant, des choses plus importantes.

– Il a intérêt ! Sinon, je m'occupe de son cas, et…

– … il verra qui est le plus fort des deux, dis-je en finissant à sa place. Oui, on est au courant.

Dwight hausse les épaules, l'air absolument pas désolé.

– Bon, je vais aller récupérer le monstre. Je vous offre une soirée en amoureux.

– En quel honneur ?

– Comme ça, parce que je suis le meilleur des oncles et le meilleur des frères sur terre.

– C'est vrai.

Le sourire que Dwight me renvoie est éblouissant et heureux. Il m'embrasse sur le front avant de rejoindre Troy et Charlie. Mon fils se jette presque dans les bras de son tonton préféré. Mon chéri et mon frère échangent quelques mots avant que mon mari ne vienne me rejoindre.

Eh oui, ça y est, je suis devenue « Mme Wells » l'année dernière. Nous avons profité de la pause durant l'été, et accessoirement de l'anniversaire de Charlie, pour emmener notre famille et nos amis aux Bahamas pour célébrer notre union. Troy a réussi à louer la même villa que pendant notre escapade secrète. Cela a été un moment particulièrement riche en émotions, j'ai tout ressenti avec une intensité si forte. Ce lieu si lourd en souvenirs, en amour. C'était vraiment extraordinaire.

– Tu es resplendissante.

– Menteur.

– Sûrement pas, me détrompe-t-il. Tu es sublime.

– Tu es amoureux, tu n'es pas objectif.

– Je t'ai toujours trouvée superbe, bien avant de tomber amoureux de toi. À moins que je sois tombé amoureux de toi au premier regard, concède-t-il, mais ça ne change pas les faits.

Il se penche pour m'embrasser avant de se placer derrière moi et de m'enlacer, croisant les mains sur mon ventre. Silencieux, nous observons cette piste si chère à nos cœurs. C'est là que tout commence, c'est là que tout nous unit.

– Charlie est si heureux quand on vient ici, souffle-t-il dans mon cou.

– C'est normal, tu le contamines avec tous tes souvenirs, ta passion.

– C'est mal, tu crois ?

– Non ! J'aime vous voir partager ça. Et puis, entre nous, comment pourrais-tu faire autrement ? Entre ton ADN et le mien, cet enfant va baigner dans la course toute sa vie, c'est une obligation. Il est le parfait mélange de nous deux, il deviendra aussi doué que son père. Plus encore.

– Tant qu'il surpasse son oncle, tout m'ira.

Je me retourne et lui balance un coup sur le torse avant de rire doucement. Dwight et Troy sont rapidement devenus très proches. Pendant longtemps, les surnoms affectueux qu'ils se donnaient ont eu la vie dure, et puis après la naissance de Charlie, je leur ai formellement interdit d'en faire usage en sa présence. Et je crois qu'ils ont pris l'habitude de s'appeler par leurs prénoms maintenant, même si de temps en temps, il y a des récidives, surtout au travail, avec l'excitation, l'adrénaline. Cela me fait rire et sourire. Je les aime, j'aime ma famille, j'aime la vie qu'on construit.

– Je crois que Charlie a hérité de ton rire, lâche Troy, une lueur d'amusement dans le regard.

– Pas de bol pour lui, dis-je en soupirant. Et dire qu'on s'en faisait pour la CMH, mais c'est bien pire, le pauvre.

– Tu plaisantes ? s'offusque-t-il. Il est parfait grâce à ça.

– Tu penses vraiment ce que tu dis ? demandé-je, émue.

– Oui, tu sais bien. J'adore ton rire, tu es toi quand tu ris, et je t'aime un peu plus.

– Troy…

– Je t'aime, mon amour. Merci pour tout ça, pour cette vie remplie d'amour.

Ses mains descendent sur mon gros ventre rond, et un grand sourire étire de nouveau ses lèvres.

– J'espère qu'elle aura aussi ton rire, et tes yeux.

– Elle sera magnifique parce qu'elle est de toi.

Ses lèvres s'abattent sur les miennes, et il m'offre un baiser des plus renversants. Notre étreinte n'est pas évidente à cause de mon ventre, l'accouchement est prévu dans trois semaines. Nous ne savons pas si nous célébrerons une merveilleuse fin d'année ou un superbe début d'année prochaine. Quoi qu'il en soit, du moment que Troy est avec moi, tout sera parfait.

– Je t'aime.

– Moi aussi, répond-il. Je t'aime tellement. C'est grâce à toi que je peux vivre tout ça, nos enfants, cet amour, la vie. Merci, mon ange.

– Tu n'as pas à me remercier, Troy ! C'est le bonheur pour moi aussi.

Il prend l'une de mes mains et la pose sur son cœur.

– Entends-tu comme il bat pour toi ? C'est toi qui m'as sauvé, Hope, pas les médicaments, pas la chirurgie. Toi et ton amour.

Une larme de joie roule sur ma joue alors que ses mots s'insinuent en moi. Il me les dit très souvent, et chaque fois, ils me bouleversent, parce que dans le fond, c'est tellement vrai. Mais j'ajoute toujours que c'est notre amour qui est responsable de ce miracle, parce que c'est nous.

***

Troy
Six ans plus tard

Elissa dans mes bras, je tiens fermement la main de Charlie alors qu'on avance dans les couloirs de la piste à Daytona. La course qui lance le début de la saison est sur le point de commencer, et j'ai promis un tour aux enfants avant de rejoindre mon équipe pour commenter la compétition. Hope travaille aussi, Sandy et ma mère vont donc s'occuper des monstres.

– Dis, Papa, tu es triste de jamais avoir gagné le trophée ? demande Charlie.

– J'ai gagné le trophée, assuré-je.

– Ben non, me contredit-il.

– Mais si ! intervient Elissa en se penchant pour regarder son frère avec de gros yeux.

– Je te dis que non !

– T'es nul ! Bien sûr que si, il a gagné l'amour de maman.

– Euh ! Maman va pas être contente ! Elle dit toujours qu'elle n'est pas un trophée que tu remportes, s'offusque Charlie.

– Où est-ce que tu as entendu ça ? demandé-je, amusé.

– J'ai entendu maman te le dire, un soir.

Je lève les yeux au ciel. J'ai l'impression qu'on va devoir être de plus en plus vigilants avec ces petites oreilles indiscrètes qui traînent.

– On s'en fiche ! rétorque Elissa. Papa, il a gagné le plus beau trophée ! Il a gagné maman ! Elle est trop belle, maman.

– C'est vrai, ma puce, c'est la plus belle.

– Je serai aussi belle qu'elle, tu crois ? demande-t-elle en plaquant ses petites mains sur mes joues.

– Tu l'es déjà, mon ange.

– On s'en fiche ! s'exclame Charlie qui boude en tirant sur ma main pour attirer mon attention. Je veux une glace !

– On ne peut pas acheter de glace ici.

– J'ai soif ! renchérit ma princesse.

– OK. On va voir ce qu'on peut trouver.

– Du coca, exige Charlie.

– Maman a dit « pas de bulles », intervient Elissa. Ça fait mal au ventre.

– Et si c'était notre petit secret ? Vous en dites quoi ? leur proposé-je.

– T'as pas peur de maman ?

– Non, réponds-je en riant.

Elissa lève un sourcil, mais elle finit par acquiescer de la tête, partante pour partager ce petit secret entre nous trois. Je repère un distributeur et achète deux canettes. Je sais pertinemment qu'elles ne seront pas finies, mais hors de question de faire des jaloux. Mon credo maintenant : éviter les conflits inutiles.

Je leur donne leurs boissons, et on rejoint doucement le garage, chacun avec une de leurs mains dans les miennes et la canette à la bouche. Je ne garantis pas l'état du tee-shirt en bout de course, mais ce n'est pas très grave, les mamies s'en chargeront.

Je prends une profonde inspiration. Jamais je n'aurais imaginé mon avenir de cette façon, sans réel trophée à mon palmarès, avec une femme et des enfants. Pourtant, aujourd'hui, je n'échangerais ma place pour rien au monde. Je sais que parfois Hope saisit mon regard nostalgique, et elle a des doutes, mais elle ne devrait pas.

– Vite, vite ! s'alarme Charlie en récupérant la boisson de sa sœur.

– Mais pourquoi tu fais ça ?! chouine-t-elle.

– Tu fais pleurer ta sœur, grondé-je en m'accroupissant pour la calmer.

Avec elle, les larmes ne mettent jamais très longtemps à venir. Charlie est un petit dur, la copie conforme de son père, selon les dires de Hope. Alors peut-être qu'Elissa est celle de sa mère, mais je ne crois pas que Hope était comme ça toute petite. Cela ne me déplaît pas d'avoir des enfants complètement différents. Il faut juste agir en fonction.

– Pourquoi tu as mis les canettes à la poubelle ? demandé-je à Charlie alors qu'il revient vers nous.

– On arrive au garage, maman doit pas nous voir.

– Mais papa a dit qu'il avait pas peur d'elle, répond ma fille.

– Eh ben, moi, si.

Je me retiens d'éclater de rire. Je ne sais pas ce que Hope a dit ou fait à notre fils, mais on dirait que ça a fonctionné. Il faudra que je lui demande sa recette, parce que je crains de ne pas avoir autant de pouvoir.

– Et je sais que papa aussi, il a peur d'elle.

On dirait que je ne suis pas avec eux alors qu'ils parlent de leur mère et moi. Je suis persuadé qu'il s'agit encore d'un morceau de conversation entendu et déformé. Je me retiens de rire. Bon, il est vrai que parfois Hope m'impressionne, mais de là à dire qu'elle me fait peur…

– Pas besoin d'avoir peur de maman, les enfants. Maman vous aime plus que tout au monde.

– Plus que toi ? demande Elissa.

– On est tous les trois à égalité.

Ils acquiescent de la tête et plongent entre mes bras. Je me retiens sur les talons, prêt à tomber à la renverse, et ris doucement en accueillant avec délice cette étreinte collante et sucrée.

– Eh bien ! Est-ce que ce sont mes petits monstres ? entonne une douce voix à quelques pas.

– Maman ! s'exclament-ils en m'abandonnant pour se jeter dans les jambes de Hope.

Elle me lance un sourire éblouissant et s'agenouille pour se mettre à leur hauteur. Elle avise d'un œil amusé leurs tee-shirts tachés, mais ne dit rien et accepte un gros câlin.

– Tonton Dwight, Valentino et Kyle vous attendent pour grimper dans les voitures. Sandy et Susan veulent faire des photos, et après, vous irez rejoindre Jeffrey pour regarder la course pendant que papa et maman vont travailler.

– OUIIIIIII !

– Vous serez sages, n'est-ce pas ?

– OUIIIIII !

Ils déposent un baiser sur la joue de Hope et la contournent pour rejoindre le reste de l'équipe. Des petits cris et des exclamations les accueillent alors que Hope fait quelques pas dans ma direction. Les enfants animent toujours le début des courses à Daytona. C'est devenu notre rituel, celui de notre famille de sang et de cœur.

Hope se blottit contre moi, et je la respire.

– Tout va bien ? demandé-je.

– Maintenant que vous êtes là, oui.

– Tout est prêt ?

– Comme toujours, répond-elle en souriant.

– Dwight est toujours persuadé d'être le meilleur ?

– Maintenant que tu n'es plus sur la piste, il peut.

– Oh… gloussé-je. Je vais le lui répéter.

– Non, tu n'en feras rien, dit-elle en riant. Sinon…

– Sinon quoi ?

– Privé de sexe.

– Oh, la vache, sévère, la sentence !

– Mais non.

Elle se met sur la pointe des pieds pour venir cueillir un baiser sur mes lèvres. Ce qui se voulait sûrement être chaste à la base ne le reste pas longtemps. C'est comme ça dès qu'elle me touche, dès qu'elle me regarde. Putain, qu'est-ce que je l'aime !

– Si tu savais à quel point j'aime te voir avec les enfants, souffle-t-elle, le regard plongé dans le mien. Mon cœur fond un peu plus pour toi, à chaque fois. Tu es tellement beau.

– Est-ce que tu sais à quel point je t'aime ? Je t'ai dit « je t'aime » aujourd'hui ?

– Oui, mon cœur, mais je ne me lasse jamais de te l'entendre dire. Ne t'arrête jamais.

– Jamais. Tu le sais, n'est-ce pas ?

– Que tu m'aimes ?

– Oui, mais aussi que je ne regrette rien. Je n'échangerais ma place pour rien au monde. Tu m'as tout offert, Hope, plus que ce que j'aurais rêvé. Toi, ton amour, nos deux enfants, leur amour, une vie à tes côtés, une famille. Il n'y a pas de mots pour te dire merci.

– Tu vis à mes côtés, elle est là ma récompense.

– C'est toi qui as remporté le trophée alors ?

Elle explose de rire, et une nouvelle fois, je tombe amoureux. Parce qu'elle est elle, nous sommes nous, et putain, ce que j'aime ça !

FIN

REMERCIEMENTS

J'ai eu l'idée d'une romance dans le domaine automobile en sortant du cinéma où j'étais allée voir *Le Mans 66*. La NASCAR est un des sports les plus populaires aux États-Unis, alors c'est tout naturellement que j'ai choisi cette discipline. J'ai adoré faire mes recherches, lire de la documentation, regarder des vidéos. J'ai appris énormément, et j'ai voyagé avec l'équipe.

J'espère être parvenue à vous communiquer un peu le virus de la vitesse et que vous aurez adoré le couple que forment Troy et Hope.

Nina Loren, ce livre ne serait pas sans toi. Tu m'as épaulée tout au long de la rédaction, m'aidant, me corrigeant au cours des chapitres. Grâce à toi, j'ai pu rebondir à de nombreuses reprises, et cela m'a donné le petit *boost* nécessaire quand j'avais un coup de blues. Je crois que tu es tombée amoureuse de Troy au fil des pages, tout comme moi. Merci pour ta présence, tes mots, ton soutien, tes encouragements et surtout ton amitié qui m'est très chère.

Florine, tu as immédiatement montré un intérêt certain pour mon histoire, à peine commencée. J'avais la pression pour écrire afin que tu ne sois pas trop longtemps sans la lire et ne sois pas tentée de la poursuivre à ma place ! Je vais me répéter, mais encore une fois, merci d'être là, à mes côtés.

Addictives, l'aventure se poursuit avec vous pour ce cinquième roman publié dans la collection « Luv ». Merci à Émilie pour le travail sur mon manuscrit, ses remarques constructives.

Et enfin, merci aux lectrices qui me suivent depuis le début avec enthousiasme. C'est un réel plaisir de lire vos réactions et votre engouement à chaque nouvelle sortie. Merci infiniment, et à très vite dans une prochaine histoire.

PLAYLIST

« We Might Be Dead By Tomorrow », Soko
« Fast Car », Jonas Blue ft. Dakota
« Closer », The Chainsmokers ft. Halsey
« Colors », Black Pumas
« Other Lives », Stealth
« In Your Eyes », The Weeknd
« Glory Box », Portishead
« Baptize Me », X Ambassadors & Jacob Banks
« Brother », Kodaline
« Falling », Harry Styles
« Some Say », Nea
« Without Me », Halsey
« I'm Not Worth it », Neffex
« Lost on You », Lewis Capaldi
« Keeping Me Alive », Jonathan Roy
« Faster Car », Loving Caliber

Extrait

TOUCHDOWN. CAMPUS STAR

Sonia Birdy

PROLOGUE

Rocky, 13 ans

– Tu verras, Rocky, on sera heureuses ici, à Providence. Sam est employé de banque. Il a une jolie maison où il vit seul.

Ma mère me parle, une cigarette au bec, au volant de sa Volvo 240 ; une vieille carcasse qui n'est même plus vendue nulle part tellement elle est pourrie et qui est tombée en panne des centaines de fois, entraînant son lot de galères et d'humiliations.

– Alors, dis quelque chose ! Tu n'es pas contente que ta maman ait enfin trouvé l'amour ?

Je lève les yeux au ciel et me contente de regarder par la fenêtre.

Combien de fois ai-je entendu ce discours de résurrection ? Combien de fois ai-je vu ce regard plein d'espoir sur son visage ? Je me demande souvent pourquoi ma mère continue d'y croire. Après toutes ces déconvenues, il faut être débile pour ne pas renoncer à l'amour. Je me fais la promesse solennelle de ne jamais être aussi bête.

De mon côté, je suis l'adolescente la plus cynique de la terre. Ça fait bien longtemps que je ne crois plus à toutes ces conneries ni à ses pauvres tentatives d'enjoliver la réalité, en prétendant que notre vie dissolue sur la route, à passer d'État en État, de mec en mec, est une formidable aventure ! Un *road trip* ! Un film à la *Thelma et Louise* !

Petite, je tombais dans le panneau, évidemment. Je prenais ma mère pour une héroïne des temps modernes, une femme libre, une affranchie. J'avais l'impression d'avoir de la chance. Je voyais des paysages magnifiques, alors que les autres enfants de mon âge s'ennuyaient à l'école.

Mais peu à peu, à force de fatigue et d'emmerdes, mon innocence s'est évaporée. J'ai découvert l'envers du décor. Les quartiers insalubres où nous débarquions, les nuits passées dans notre voiture. Les bars où maman essayait de trouver un nouvel amoureux, pendant que je jouais avec des dessous de verre, la faim tiraillant mon estomac.

De toutes nos mésaventures, j'ai conclu trois choses fondamentales : la vie est une succession de problèmes à régler, les hommes sont des connards à éviter et les promesses n'engagent que les imbéciles qui veulent bien y croire.

– Tu auras même ta propre chambre ! continue-t-elle sans se soucier de mon silence.

– Chouette ! ironisé-je.

Comme si j'étais une enfant pourrie gâtée et que ma préoccupation principale était de ne pas partager ma chambre. Si elle savait ! Dans ma tête, la valse des questions a déjà commencé. Est-ce que mon nouveau beau-père va me mater ou essayer de me coincer dès que maman aura le dos tourné, comme le connard numéro quatre ? Est-ce qu'il va me faire comprendre que je ne suis pas vraiment la bienvenue dans sa maison, en épiant mes moindres faits et gestes et en rationnant ma nourriture, comme l'ex-connard numéro trois ? Est-ce que le nouvel établissement que je vais fréquenter sera aussi horrible que les précédents ?

Jusque-là, ma scolarité a été une succession de difficultés de compréhension et de problèmes d'intégration. « Il faut essayer de t'intégrer, Rocky. » Plus facile à dire qu'à faire !

Se faire accepter dans un bahut en cours d'année demande une énergie folle. Et moi, je n'ai ni la motivation de faire des efforts ni la patience de donner de l'épaule aux bonnes personnes pour m'en sortir. Alors je préfère rester seule.

Être seule, ça vous évite bien des déceptions. Et ça, c'est la règle numéro quatre.

1

Rocky
Aujourd'hui

Mon téléphone vibre dans ma poche, et je me prends quelques regards de travers. Briser le silence de la bibliothèque est un sacrilège. Surtout à Brown, l'université prestigieuse dans laquelle j'ai la chance d'étudier. Je fais un sourire désolé, ramasse mon livre d'architecture contemporaine et file hors de la pièce.

– Rocky, tu viens toujours avec nous ce soir ? demande Alyson.

– Oui, bien sûr ! Mais il faut que je passe récupérer Maxwell à l'école. Le temps de le faire dîner et de l'emmener chez sa baby-sitter, et je vous rejoins au dortoir.

– Ta mère n'est toujours pas rentrée de son voyage d'affaires ?

– Non !

Je ne détaille pas plus. Mentir à mes amies, je déteste ça, surtout qu'Isabella et Alyson sont les deux seules copines que j'aie jamais eues et qu'elles ne méritent pas mes bobards.

– OK, c'est cool. Comme ça, on se préparera ensemble. Prends ta tenue la plus sexy, on va à la soirée des Kappa Omega.

– Encore une soirée dans une fraternité ? Pourquoi on n'irait pas à Shamrock ? Ça fait longtemps qu'on n'y est pas allées.

Shamrock est un pub irlandais juste à la sortie du campus. Il y traîne à la fois des étudiants et des locaux. L'ambiance est détendue, on peut y boire des bières, jouer au billard, aux fléchettes. Il y a même une petite piste de danse et un jukebox pour ceux qui souhaitent s'y défouler.

Et Dieu sait que j'ai besoin de me défouler !

Et je ne peux même plus compter sur le sexe pour ça. Être étudiante et s'occuper de son petit frère de 6 ans veut aussi dire qu'il n'y a pas assez d'heures dans une journée pour faire tout ce que j'ai à faire. Alors, depuis cet été, j'ai renoncé à toute vie sociale. Le seul plaisir que je m'accorde, c'est une soirée par mois avec mes copines, pour ne pas complètement oublier que je n'ai que 19 ans.

– On ne peut pas louper la soirée Kappa Omega ce soir, c'est « *Athletes' night* » ! Tous les plus beaux mecs du campus seront là. Et tu sais qu'Isabella veut voir Alec.

– Tu sais comment ça va se finir, Alyson ! En cuite et en crise de larmes.

– Je sais, mais que veux-tu ? Elle est folle de ce mec ! La dissuader d'y aller est impossible. Alors, comme on est ses bonnes copines, on y va pour l'empêcher de se jeter sur lui et de se ridiculiser.

Un coup d'œil sur ma montre m'indique qu'il est quinze heures quarante-cinq ! Je dois filer.

– Bon, OK, on en reparle ce soir. À plus !

Sans plus de cérémonie, je raccroche et fonce vers ma voiture garée dans le parking en face de la bibliothèque. Elle fait tache à côté des autres véhicules. La plupart des étudiants de Brown sont aisés. C'est pour cela que je n'ai eu aucun problème à trouver un boulot à la cafétéria. Lorsque j'ai vu le tarif horaire, je suis restée bouche bée. Comment un travail aussi bien payé ne trouvait-il pas acquéreur ?

La vérité, c'est que les étudiants veulent s'éviter la honte de porter une charlotte en public. J'avoue que, niveau glamour, il y a mieux, mais l'université paye deux fois plus que le tarif horaire minimum. L'emplacement me permet de ne pas louper trop de cours, alors tant pis pour mon image de marque.

Je fais démarrer ma caisse en priant pour qu'elle obtempère. La dernière fois, j'ai dû appeler un dépanneur, et ça m'a coûté un bras. Je sais que je dois la changer, mais je sais aussi que je n'ai pas les moyens, alors prier le ciel pour qu'elle ne me lâche pas, c'est tout ce qu'il me reste. Je ferme les yeux, tourne la clé d'un geste vif. Elle émet un bruit récalcitrant, mais démarre quand même.

Merci, mon Dieu !

Quelques minutes plus tard, me voilà postée devant l'école primaire de mon petit frère avec d'autres mamans. La sonnerie retentit. Un océan d'enfants se rue à travers la porte dans des cris et des clameurs de joie. Mon cœur se réchauffe lorsque je vois la petite trombine blonde de Maxwell, son cartable *Tortues Ninja* et son sourire édenté.

Lorsqu'il est né, il y a plus de six ans, quelques mois après notre arrivée à Providence, il a changé ma vie. Je l'ai aimé tout de suite et me suis beaucoup occupée de lui aussi. On avait ce petit lien magique, invisible, que seuls les frères et sœurs ont. Moi qui avais l'habitude d'être seule, je découvrais l'amour inconditionnel de ce petit ange. Après toutes ces années de solitude et l'impression de ne compter pour personne, ce fut salvateur.

C'était la période la plus heureuse et la plus stable de mon existence. Sam et maman étaient également ivres de bonheur. Le connard numéro cinq que j'appréhendais tant s'est avéré être un homme bien. Un « vieux garçon », comme le voisinage aimait l'appeler, mais un vieux garçon qui avait plein d'amour à donner. Pour une fois, ma mère ne s'était pas trompée.

Il s'est occupé de nous comme personne auparavant, et maman s'est apaisée, oubliant son penchant pour la boisson pour mieux se donner les moyens de faire fonctionner cette nouvelle famille. Elle faisait toujours des crises de temps en temps, mais Sam avait le don de la calmer. C'est grâce à cette stabilité et au très bon lycée auquel je suis allée que mes notes ont grimpé en flèche et m'ont permis d'entrer à Brown. Je n'étais plus une paria mais une fille comme les autres, avec une chambre à elle et un bon dîner chaque soir, et c'est tout ce qu'il me fallait pour réussir. L'univers m'accordait une trêve, je touchais enfin le bonheur du bout des doigts. J'y ai cru, j'y ai vraiment cru. Malheureusement, les choses ont pris un cours tragique.

Un numéro inconnu, un silence choqué, puis les hurlements de louve de ma mère, lâchant son portable et s'écroulant sur le carrelage de la cuisine. C'est ainsi que j'ai appris la nouvelle : Sam avait succombé à une crise cardiaque foudroyante. À 57 ans, à son bureau. Un comble ! Le matin même, il faisait des projets pour nos vacances de Noël.

Et en un instant, notre existence a basculé à nouveau vers le cauchemar. Le plus dur aura été d'expliquer à mon petit frère qu'il ne verrait plus son père. La mort est un concept absurde pour un enfant.

Quant à maman, sa chute fut lente et douloureuse. Au début, elle a fait face, affichant un sourire sans faille. Elle a pris en charge les funérailles, remercié les voisins venus pour la cérémonie. Sam n'avait aucune famille sur qui on pouvait compter. Pendant des mois, elle a tenu bon et je n'ai rien vu venir. J'achevais ma terminale, entrais à l'université, et elle était toujours solide.

Je m'installai à l'internat, je rentrais une fois par semaine. Elle parlait peu mais les placards étaient remplis, le dîner sur la table, et Max sentait bon le savon. Puis en avril, le basculement a eu lieu. J'ai reconnu les signaux, peu à peu, pernicieux. Ça a commencé par des bouteilles planquées dans le garage et des mains qui tremblent, une haleine qui empeste un peu trop souvent le whisky. Maman était retombée dans ses travers, c'était une certitude. Mais elle continuait de se réveiller le matin et d'aller travailler. Je voulais encore croire que tout espoir n'était pas perdu, que j'allais pouvoir poursuivre ma vie insouciante d'étudiante. C'était complètement égoïste de ma part de porter des œillères, mais je ne voulais pas me résoudre à regarder les choses en face. En mai, je fus obligée de constater l'étendue des dégâts. La maison était sens dessus dessous, le frigo vide. Alcool, antidépresseurs et opiacés ont eu raison des dernières tentatives de ma mère de sauver les apparences.

Juin, je rentrais à la maison pour l'été et je reprenais tout en main. Maman n'était plus que l'ombre d'elle-même. Elle partait dans des délires psychotiques. On s'est battues, je l'ai giflée, elle m'a griffée de rage quand j'ai vidé toutes ses bouteilles et fait disparaître ses antidouleurs. Je l'ai suppliée d'aller en cure de désintoxication, mais elle ne voulait rien entendre. Elle disparaissait pendant des jours, des semaines, elle revenait amaigrie et encore plus déboussolée. La descente aux enfers n'en finissait plus et, au milieu, il y avait Max. J'ai essayé de le préserver au maximum mais il a vu et entendu des choses qu'un petit bout de son âge ne devrait ni voir ni entendre.

Puis un jour, elle est partie et n'est plus revenue. J'aurais dû lancer un avis de recherche. Au lieu de ça, j'ai ignoré le problème, pestant contre son irresponsabilité et son égoïsme. J'étais en colère, je lui en voulais tellement. Je rejouais dans ma tête les différents scénarios de son retour. Je ne la laisserais pas s'en sortir à si bon compte, cette fois. Elle allait payer ! Elle allait devoir aller en cure ! Une semaine, deux semaines, trois semaines plus tard, elle n'était toujours pas revenue. Aller voir les flics, c'était tentant, mais je ne voulais pas attirer l'attention des services sociaux. Je suis étudiante, sans boulot, responsable d'un petit bout de 6 ans.

J'avais trop peur qu'on me le retire et qu'on le place en famille d'accueil. Alors, j'ai renoncé à la retrouver et j'ai fait face. Au début, je me suis dit qu'il fallait que je trouve un travail à plein temps et que j'abandonne les études, mais c'est notre voisine, la gentille Mme Johnson, qui m'a convaincue du contraire.

Elle m'a dit que ce serait une erreur d'arrêter l'université, compte tenu des grandes opportunités que le macaron Brown donnerait à mon C.V. et de la formidable vie que je pourrais offrir à mon petit frère si j'allais jusqu'au bout de mes études d'architecture.

J'y ai beaucoup réfléchi, pesant le pour et le contre, pour finalement me ranger à son avis. Depuis, elle est devenue la baby-sitter officielle de Max lors des rares soirées où je m'octroie un peu de temps pour moi. Je lui fais une confiance aveugle, et Max adore aller chez elle. Il faut dire qu'elle le gâte un peu trop.

– Comment s'est passée l'école, mon petit homme ? demandé-je justement à Max qui est parvenu à me rejoindre en se frayant un chemin parmi les enfants pressés de rentrer chez eux.

Je dépose un long baiser sur sa joue. Il proteste vivement, car il déteste que je le traite comme un bébé devant ses copains. Max a un an de moins que les autres, mais il savait déjà lire en maternelle, alors on lui a fait sauter une classe pour éviter qu'il s'ennuie. Depuis, il fait tout pour avoir l'air grand.

– Super ! On a mangé des nuggets à la cantine.

Sa réponse m'arrache un sourire. Les récits scolaires de mon petit frère tournent toujours autour des mêmes sujets : la bouffe et la récré. Je suis contente que son innocence n'ait pas encore été entamée par les circonstances tragiques de sa jeune vie.

– Génial. Tu as des devoirs ?

– Un peu.

– OK ! On rentre, tu goûtes, tu fais tes devoirs et, ensuite, tu vas regarder un film chez Mme Johnson.

– Oui, trop cool ! Est-ce que je peux regarder *Jurassic Park* ?

Max a une obsession pour les dinosaures.

– Non, tu sais ce que j'en pense.

– Allez ! Je ne suis pas une mauviette. Ça ne fait même pas peur, en plus.

– Comment tu le sais ?

Sa petite tête de coupable m'indique qu'il l'a déjà vu quelque part.

– Il se peut que j'aie lu un magazine à la bibliothèque de l'école qui en parlait.

Je lui ébouriffe les cheveux. Mon petit frère est un génie et un petit opportuniste, parfois.

– Est-ce que je peux dormir chez elle ? S'il te plaît, Rocky ! Le matin, elle fait toujours des pancakes maison.

– Moi aussi, je peux te faire des pancakes maison.

– Oui mais, elle, elle y ajoute des fraises et des myrtilles.

Sa remarque me fait un peu mal au cœur. J'aimerais tellement lui faire plaisir avec des fruits frais, mais mon budget est serré. Mon salaire de commise de cuisine à l'université ne me permet pas de faire face à tout ; factures, cantine, vêtements. Il grandit tellement vite. Souvent, je dois choisir entre une nouvelle paire de chaussures pour Max ou un panier de courses bien garni et équilibré. Je chasse ces idées brumeuses de ma tête pour mieux me concentrer sur la tâche à accomplir : attacher mon petit bonhomme dans son siège auto.

Arrivés à la maison, plus le temps de tergiverser. Les tâches quotidiennes prennent le dessus et anesthésient mon cerveau. Max mange son goûter pendant que je vérifie ses devoirs. Notre rituel est bien huilé, maintenant. Il a quelques mots à écrire et un peu de lecture. Ça devrait aller vite. S'ensuit le bain, dans lequel il aime s'attarder pour jouer avec ses dinosaures. Je l'entends grogner et faire des petites voix, chaque fois que je passe dans le couloir. Ça me fait sourire. Je l'aime tellement, mon petit homme.

Je récupère ses affaires, que je mets dans la buanderie pour une lessive express. Je prépare ensuite son dîner. Il ne reste plus grand-chose dans le frigo, à part des oignons, des œufs et des épinards. Je me lance dans la confection d'une omelette. Je ne suis pas une grande cuisinière, mais je me débrouille, grâce à Internet, notamment.

Je suis souvent tentée d'acheter des plats tout faits au supermarché. Cela me permettrait de gagner du temps et même parfois de l'argent, mais Max est en pleine croissance, je me dois de le nourrir correctement. Je ne voudrais pas qu'il souffre des mêmes carences que moi à son âge.

Max dévore ses œufs comme un petit glouton.

– C'est bon ?

– Oui, très. Tu n'en manges pas, toi ?

– Non ! Je mangerai plus tard.

Je mens. Je ne mangerai pas, à part une ou deux barres de céréales que j'ai dans mon sac, mais j'ai l'habitude de sauter des repas. Surtout en fin de mois.

– Tu veux ton dessert ?

– Oui ! Oui ! Oui !

– OK ! Ne t'excite pas, c'est juste un yaourt.

Il le dévore aussi vite que le reste, puis c'est l'heure de le déposer chez Mme Johnson.

Elle ouvre la porte avec un grand sourire.

– Bonjour, Rocky ! Bonjour, mon grand ! Alors, prêt pour une soirée chez ta voisine préférée ?

– Oui !

Max se rue rapidement à l'intérieur, trop content de retrouver ses dinosaures. Elle les a achetés rien que pour lui. Mme Johnson est une mamie frustrée. Elle ne voit pas beaucoup ses petits-enfants qui vivent à l'autre bout du pays, alors elle gâte Max à la place.

– Vous êtes sûre que ça va aller ?

– Oui, Rocky ! On va regarder un film tous les deux, et puis j'irai le coucher.

– Pas plus tard que vingt et une heures, sinon le matin, il est de mauvais poil.

– Pas de problème. Tu sais que tu peux compter sur moi.

– Merci.

– Tu as des nouvelles de ta mère ?

Je secoue la tête.

– Je suis sûre qu'elle finira par rentrer.

Je hausse les épaules. Je ne suis sûre de rien quand il s'agit de Rebecca Prescott !

– Allez, maintenant, file t'amuser et ne pense plus à nous, tout se passera bien.

– D'accord. Max, tu viens me faire un dernier petit câlin ?

J'entends ses petits pas résonner sur le parquet et, une seconde plus tard, il est dans mes bras et m'embrasse furieusement sur la joue.

– Amuse-toi bien, mon grand ! Et pas de bêtises, promis ?

– Promis.

Je remercie ensuite chaleureusement Mme Johnson, avant de lui donner les dernières recommandations pour la soirée. Elle est obligée de me foutre à la porte comme à chaque fois. Je sais que je peux lui faire confiance, mais je culpabilise.

Il me faut quelques minutes pour reprendre mes esprits dans la voiture, puis quelques secondes pour faire démarrer cette dernière, et me voilà en route vers le campus. Pour une rare soirée d'insouciance.

Extrait

IF YOU WANNA BE MY LOVER…

Emma Green

AUX ÉDITIONS addictives

1

À PEU PRÈS TOUS LES MOIS DE L'ANNÉE

– Nova, tu peux arrêter de te lécher par là, s'il te plaît… ?

Mais qu'est-ce qui m'a pris de vouloir faire poser mon chat un samedi de bon matin ?

– Septi, non, on ne lèche pas non plus ce qui appartient aux autres.

Pardon, mes *trois* chats.

– Je vous rappelle, à tous, que le consentement, c'est pas fait pour les chiens. Ton corps, c'est ton corps, son corps, c'est…

Pardon, mes trois *enfants*.

– Octo, c'est bien, mon bébé, ne change rien, tu as toujours été mon préféré. Pour la peine, il n'y a que toi qui seras dessiné jusqu'au bout des…

Bon sang, si quelqu'un m'entendait. Vieille fille à chats à même pas 24 ans. Jamais avec un mec plus de trois mois. Jamais un dollar mis de côté. Jamais un appel sur mon téléphone qui ne provienne pas de mon banquier ou de mon proprio. Quand ça sonne, ce n'est de toute façon jamais bon signe.

Flûte, ça sonne.

Un jour, il faudra peut-être que j'arrête de dire « flûte, crotte, zut » et tous ces mots désuets empruntés à ma quinquagénaire de mère pour essayer d'être cool. Juste essayer.

– Allô ?

– April, c'est moi.

– May, pourquoi tu m'appelles en numéro masqué ?

– Parce que je sais que tu ne décroches jamais quand tu vois que c'est ta sœur jumelle *adorée*.

– Pas faux… Qu'est-ce que tu veux ?

Je dois avoir l'air un poil mal à l'aise mais ma sœur ne m'appelle jamais. À vrai dire, on se voit trois fois par an au maximum, Noël et anniversaire inclus, et ça nous suffit largement. On doit être les jumelles les moins fusionnelles de la terre.

Cet appel est d'autant plus louche.

– T'es occupée ? J'ai un petit service à te demander.

– Rien n'est jamais « petit » avec toi, May. Toi, tu es celle qui fait les choses en grand, tu te souviens ?

– Pas faux, m'imite-t-elle. Et là, c'en est vraiment un gros…

– J'ai peur et j'ai envie de raccrocher. Mes bébés sont en train d'explorer les limites de leur intimité et de tester celles de ma parentalité, je crois que je ferais mieux d'y aller. Je sais qu'ils sont tous surdoués mais je n'étais pas prête pour le libertinage à un âge si précoce.

– Ce sont des CHATS, April. Et je pense que je suis en plein burn out. Écoute… J'ai besoin d'échanger ma vie contre la tienne, voilà.

– …

– April ?

– …

– Juste une semaine, c'est promis.

– Au revoir, May.

Je raccroche. Je ne veux même pas savoir si elle était sérieuse ou pas. C'est non, hors de question.

Moins d'une minute plus tard, ma jumelle m'envoie un selfie d'elle avec une moue suppliante, le regard vide, des cernes de trois kilomètres de long et son plus bel air de cocker. Pour une pro du *contouring* et des *highlighters*, c'est vrai qu'elle n'a pas une super mine. Elle devrait pourtant savoir que les chiens ne me font rien.

C'est toujours non. J'ai 23 ans, presque 24, ça fait tout autant d'années que ma sœur décide d'à peu près tout quand il s'agit de nous deux, et ma psy m'a dit qu'il était grand temps que j'apprenne à dire non. Surtout à May.

Bon, ce n'était pas vraiment une psy, mais une voyante en ligne, ça marche aussi.

[April, s'il te plaît.
Tu me dois bien ça…]

OK, touchée. Mais c'est encore non.

Enfin, je crois.

Je jette mon crayon au milieu de mon carnet de croquis et m'affale en arrière sur ma chaise de bureau à roulettes, qui ne roule plus depuis un moment. J'observe mes trois chats qui ont arrêté leur exploration corporelle pour m'observer à leur tour. Pardon, pour me juger de leurs yeux verts, bleus, jaunes et globuleux.

La voyante a aussi dit qu'il était temps que j'arrête de m'excuser.

September, October et November sont en train de me rappeler, en me contemplant d'un air parfaitement méprisant, que j'ai pris trois chats coup sur coup pour combler ma solitude quand je me suis installée dans ce petit studio de la banlieue de San Francisco. Que je n'ai rien trouvé de mieux que leur donner comme nom le mois de leur arrivée dans ma vie, sous prétexte que ma jumelle et moi portons des noms de mois aussi, et que je déteste tellement nos deux prénoms qu'il fallait bien que je me venge sur quelqu'un.

Je le confesse, trois ans plus tard, moi aussi, je trouve ça pathétique.

Soudain, Nova saute sur mon bureau et marche nonchalamment sur mon cahier en le refermant d'un coup de patte noir ébène, comme pour me rappeler que mon carnet de commandes n'est pas franchement plein en ce moment. Et que mon boulot de dessinatrice de mangas érotiques n'est non seulement pas vraiment ce dont je rêvais, mais qu'en plus, il remplit à peine mon frigo et mes journées.

Septi s'y met à son tour et saute sur mon lit avant d'étirer lascivement son long corps tacheté sur ma couette défaite, comme pour me rappeler que ma vie privée ne remplit pas beaucoup plus mes nuits que mes jours. Quelle ingrate, cette chatte… Elle est bien contente de dormir avec moi.

Puis Octo vient se rouler en boule sur mes genoux, me couvrir de poils roux et chercher les caresses sous ma main. Comme pour me rappeler, plus ou moins subtilement, que les êtres importants pour moi se comptent sur les doigts d'une main, chats inclus.

Il reste donc un petit doigt pour ma mère et un autre pour mon meilleur ami, Ji-min, créature fantastique, mi-coréenne mi-licorne, accro à la K-pop et aux teintures de cheveux improbables, qui se maquille plus que moi et rencontre un succès affolant auprès des garçons alors qu'il est cent pour cent hétéro. Bref, joli à regarder, mais d'aucune utilité quand il s'agit de se faire passer pour mon mec ou de m'en trouver un.

Quand la moitié des spécimens masculins qui vous plaisent ne prend pas la peine de vous regarder et que l'autre moitié veut coucher avec votre meilleur ami, il est peut-être temps de changer de vie, finalement.

Je repose Octo sur le sol, me lève et m'approche d'une fenêtre pour l'ouvrir et observer la lumière changeante d'avril.

« Tu me dois bien ça… »

Rien à voir avec Ji-min ou le désert sentimental et professionnel qu'est mon existence. Non, ce qui me fait commencer à réfléchir à sa question « hors de question », c'est ma gorge qui se serre, ces images qui remontent, ces flashs de notre enfance et le souvenir de ce jour fatidique où May a fait quelque chose d'insensé pour moi.

Contrairement à sa « petite » sœur, ma jumelle ne fait jamais rien à moitié.

D'un geste lent, je me force à débloquer l'écran de mon téléphone et me prends en selfie en train de lever les yeux au ciel. Sous la photo de cette fille blasée aux longs cheveux sans vraie coupe ni vraie couleur, je me contente de taper deux petites lettres :

[OK.]

Pas le choix. Ma sœur l'a dit avant moi : je lui dois bien ça.

Et qui sait, peut-être qu'à l'issue de cette petite semaine, je me libérerai enfin du poids de cette dette énorme que j'ai envers elle depuis douze ans.

– Maowww !

Dans sa belle robe calico, mélange de taches rousses, noires et blanches, le plus joueur de mes chats vient de filer un vilain coup de patte à Nova, la persane, et j'interviens avant que leur exploration du libertinage ne tourne au BDSM.

– Qu'est-ce qu'on a dit ? Pas de dispute, jamais de violence au sein d'une fratrie ! Que de l'amour et de la confiance ; nous, c'est pour la vie !

Et paf, nouveau coup de griffe dans la truffe.

J'essaie de convaincre qui, au juste ?

2

COMME DANS LES FILMS

La dernière fois que j'ai vu May, elle était déjà en retard. Et c'était pour Noël. Qui a sérieusement assez de culot ou de confiance en soi pour arriver *après* la dinde et les cadeaux ? Ma jumelle est comme ça et je ne lui en veux même pas. Ça fait douze ans que ça dure : depuis qu'on a coupé les ponts au divorce de nos parents, que chacune est partie vivre de son côté, elle avec mon père dans les beaux quartiers de San Francisco, moi avec ma mère dans la banlieue que je n'ai jamais quittée depuis. Et en emportant chacune notre « secret ».

Repenser à cette période me noue le ventre. J'ai toujours éprouvé pour ma sœur un mélange d'admiration, d'agacement, de tendresse et de jalousie. Petites, déjà, on avait des personnalités opposées malgré nos physiques presque parfaitement identiques. Après ce qui est arrivé et surtout ce qu'elle a fait pour moi… on n'a pas eu d'autre choix que de prendre nos distances. On est presque devenues des étrangères, pour le bien de tous. Et ce simple constat me fait monter les larmes aux yeux à chaque fois.

Sauf quand May arrive à m'énerver à ce point, c'est-à-dire à peu près chaque fois qu'on se voit. Elle me donne rendez-vous dans un café de San Francisco pour me demander le plus gros service qui soit, et une heure après, elle n'est toujours pas là. J'avais oublié que dans le foutoir de mes sentiments pour elle, admiration, tendresse et jalousie faisaient rarement le poids face à l'agacement et ses copines crispation, irritation et exaspération.

Bref, j'ai déjà eu le temps de changer d'avis dix fois sur sa super proposition.

– Un autre coca cherry ?

La serveuse me sourit gentiment en s'approchant de mon verre vide et de la banquette tout aussi vide en face de moi.

– Non merci, je vais attendre encore un peu.

– Si c'est un garçon qui vous a posé un lapin, fuyez tant qu'il est encore temps, ma belle, celui-là ne vaut pas le coup d'un deuxième coca et encore moins de vous mettre dans cet état.

Je soupire. Elle doit avoir l'âge de ma mère et sa considération me touche. De toute façon, il suffit qu'un autre être humain se montre gentil avec moi pour que ma corde sensible tremble et craque. Voilà comment je me retrouve à me livrer à une parfaite inconnue, dans un café désert un samedi midi d'avril.

– Non, ce n'est pas un mec, c'est pire : ma sœur jumelle. Depuis qu'on est nées, elle me fait poireauter. En fait, elle a passé sa vie à me devancer, May a toujours été en avance sur tout : elle a marché avant moi, parlé avant moi, elle a même failli sauter une classe, histoire de bien prendre le large. Puis tout le monde a renoncé, juste pour ne pas me laisser de côté. Après ça, évidemment, elle a connu son premier baiser, sa première fois, son premier job et son premier appart bien avant moi. Je ne me fais aucune illusion quant au mariage et aux enfants et je suis sûre qu'elle arrivera à être ménopausée la première, juste pour gagner encore.

La serveuse se marre en m'écoutant, accoudée à la banquette. Je poursuis mon monologue, autant pour passer mes nerfs que pour combler cette attente interminable. Et aussi sans doute parce que j'ai rarement la chance d'avoir une audience aussi attentive.

Mes chats ne sont décidément pas très bon public.

– Par contre, quand elle vous donne rendez-vous, vous voyez, May est infoutue d'arriver à l'heure. Si elle vous demandait de l'aider à enterrer un cadavre, elle serait capable d'attendre la décomposition avant de se pointer. C'est que sa vie est tellement plus importante que la vôtre, vous comprenez…

Je lâche un soupir las, décide de m'arrêter là mais ma nouvelle fan m'invite à continuer.

– Et il y a quoi de bien, exactement, dans sa vie ?

– Apparemment, elle sort avec le prince charmant, le vrai, et ils ont un million d'abonnés sur Instatruc. C'est mon meilleur ami qui me l'a dit ; moi, je n'ai même pas de compte. Ma petite vie intéresserait qui, franchement ? May brillait sur les réseaux sociaux avant même que ça n'existe. À mon avis, même son burn out risque d'être étincelant…

La serveuse forme un O avec sa bouche, faussement choquée.

– Vous me trouvez mauvaise ? Détrompez-vous, j'aime ma sœur. C'est juste que j'aurais voulu qu'on naisse dans deux familles différentes. Même si aujourd'hui, bon, c'est tout comme… En fait, si vous m'entendez là-haut, dans une autre-vie, je veux bien être la jumelle cool, qui a un mec sexy, une baraque de rêve et un job qui paie. Au lieu de passer mes journées à dessiner des histoires d'amour et de fesses sans en vivre aucune.

– On en est toutes là, ma belle… Mais la vie des autres n'est pas toujours aussi reluisante qu'elle en a l'air.

– Je vous assure que May luit et reluit, brille et rayonne, elle ne sait pas faire autrement. Mais pour être tout à fait honnête, parfois ça m'a bien arrangée d'être le sosie transparent. Bref, vous verrez, enfin si elle arrive un jour.

– Vous savez quoi ? Le deuxième coca est pour moi. Et vous devriez songer à écrire un roman : ça pourrait faire une super comédie satirique, votre baratin !

– Merci.

Je lui souris gentiment mais, d'abord, trop de coca me donne des ballonnements ; ensuite, c'est mon rêve de publier une bande dessinée qui ne soit pas un manga pour ados et adultes en rut ; et enfin, ce « baratin » comme elle dit, c'est juste la vraie histoire de ma vie. Malheureusement.

La serveuse se racle soudain la gorge bruyamment, comme pour me prévenir, en voyant arriver celle qui me ressemble tant… et si peu à la fois. Elle a les cheveux plus courts, plus blonds et une « vraie » coupe étudiée, une silhouette plus fine mais aussi des courbes plus marquées ; elle a toujours fait du sport et pris soin d'elle, toujours su se fringuer et se maquiller pour se mettre en valeur. J'aurais pu apprendre d'elle, de son style, de son goût et de sa confiance en elle, mais j'ai préféré ne pas jouer dans la même cour et rester naturelle. C'était plus simple que de perdre à tous les coups au jeu des comparaisons. Aujourd'hui encore, avec son jean savamment déchiré au-dessus des chevilles, son bomber fleuri sur un débardeur blanc tout simple mais quand même sexy, May me rappelle en un clin d'œil qu'elle a le chic pour être plus « tout », plus belle, plus fraîche, plus tendance, plus apprêtée, plus cool. En fait, avoir une jumelle comme elle, c'est un peu comme voir le résultat après son propre « relooking de l'extrême ».

– Un coca cherry aussi ? demande la serveuse à ma sœur.

– Oh, non merci, pas de sucre ou d'excitant pour moi, vous auriez un jus de tomate ? On va dire sans vodka, pour commencer.

Une petite blague, une petite moue, et May a déjà fait tomber la serveuse sous son charme. Moi, je remarque quand même ses yeux rouges et bouffis, sa façon d'être jolie même avec cette sale tête que je ne lui connais pas.

– Ça va ? m'inquiété-je.

– J'ai connu mieux… Merci d'avoir dit oui, April.

Elle me touche doucement le bras et j'ai déjà oublié pourquoi je lui en voulais. Voilà comment les choses marchent avec ma sœur. Une minute après qu'elle a fait son apparition, le monde tourne déjà autour d'elle et plus rien ni personne d'autre n'existe. En fait, rien ni personne ne peut résister à May Collins. Elle ne s'est pas excusée pour son heure de retard, elle ne m'a pas demandé comment j'allais mais ça n'a déjà plus d'importance.

Elle a besoin de moi et je suis là.

– Je n'avais pas encore dit oui… mais tu vas m'expliquer pourquoi je ne peux pas te dire non.

May m'adresse un sourire triste puis vide son sac sans attendre.

– Écoute… J'ai un super boulot, un mec merveilleux qui se trouve aussi être mon boss et qui m'offre une vie géniale en apparence… Mais dans le fond rien ne va.

Ma sœur regarde autour d'elle comme pour vérifier que les murs ne l'écoutent pas. À part la serveuse qui vient de lui apporter son verre, il n'y a toujours personne d'autre que nous dans ce petit café excentré qu'elle n'a pas dû choisir par hasard.

– En réalité, je suis harcelée au boulot. Je ne sais pas par qui mais quelqu'un me surveille et ça commence à me faire flipper.

– Quoi ? Mais il faut faire quelque cho…

– De toute façon, je ne sais même plus si j'aime ce job, m'interrompt-elle. Et pareil pour mon mec… qui n'est pas vraiment mon mec, en fait.

Trop d'informations à la fois. Beaucoup trop.

Mes doigts qui pianotaient nerveusement sur la table s'immobilisent.

– Tu… Attends ! Quoi ?

– Avec Tybalt, on fait semblant…

– May, qu'est-ce que tu racontes ? Vous êtes fous amoureux et insolemment heureux ; tout le monde le sait et ça saute aux yeux sur tous vos réseaux sociaux à la noix !

– Tout ça, c'est faux. Tybalt Emerson et moi, depuis le début, c'est du pipeau.

Notre mère serait sans doute très fière de nous entendre prononcer ses expressions *has been* préférées, une des rares choses qu'elle a dû nous transmettre, mais ce n'est pas franchement le moment d'y penser. Je tombe de vraiment haut. D'ailleurs, mon coude rate la table quand j'essaie de me raccrocher à quelque chose. Ma sœur le voit et tente de m'expliquer :

– En fait, j'ai vraiment flashé sur lui il y a trois ans, mais il ne s'est jamais rien passé entre nous. On est vite devenus inséparables mais juste en tant qu'amis… Une sorte de coup de foudre amical. Et on a décidé de continuer à faire semblant, pour l'image. Dans le monde de la pub, c'est important d'afficher un joli couple, solide mais cool, amoureux mais pas ennuyeux. Pour son agence, ça nous faisait marquer des points, tu vois.

– Mais quel intérêt pour toi ?

– Je ne sais plus, c'était confortable et sympa, on a une chouette vie tous les deux… Et ça me permettait d'impressionner papa, qui me met tout le temps la pression pour tout. Là, j'avais le boulot *et* le petit ami parfaits.

– OK… Et pour lui ?

J'ai du mal à croire et à comprendre ce que j'entends. J'ai la bouche tellement sèche que mon deuxième coca est déjà terminé, alors que May n'a toujours pas touché à son jus de tomate.

– Pour lui, c'est assez simple : Tybalt ne croit pas en l'amour. Il le fuit pour plein de raisons, ce n'est juste pas une option envisageable dans sa vie. C'est le mec le plus droit, le plus gentil, le plus loyal et le plus brillant que je connaisse, mais il se traîne un lourd passé derrière lui. Je n'en connais que des bribes ; je sais juste qu'il a vécu des choses difficiles et j'ai accepté de ne pas poser trop de questions.

– Pourquoi il avait besoin de t'entraîner là-dedans ? Il ne peut pas se débrouiller tout seul avec ses casseroles ? C'est pas comme si toi et moi, on n'avait pas déjà…

– Shhht, me coupe-t-elle doucement. Être casé avec moi, ça évite que d'autres filles en quête du mec idéal lui courent après. Il peut vivre sa vie tranquille.

– Comme un gros égoïste, oui, c'est ce que je disais…

– April, c'est un arrangement qui m'allait très bien. J'aime Tybalt mais je ne suis pas amoureuse de lui. Et c'est pareil de son côté.

– Alors je peux savoir ce que je viens faire au milieu de votre petit duo de mythos ? Et tu vas boire ça ou pas ?

J'ai la gorge de plus en plus asséchée à mesure que mes mains deviennent moites. J'avale une longue gorgée de cette soupe froide avant de me rappeler pourquoi je déteste ça. Et pourquoi je me tiens à distance de ma jumelle, depuis toutes ces années.

– Pour la première fois de ma vie, je ne sais pas où je vais, April. Je ne dors plus, j'ai du mal à me lever, à manger, à me rappeler comment respirer. Je me sens perdue, stressée par ce qui se passe au bureau, dépassée par ce faux couple et l'image de perfection qu'on doit toujours renvoyer. Je n'en peux plus.

Au milieu de tous ces mensonges, sa détresse semble réelle. Et me touche vraiment.

– May, pourquoi tu n'arrêtes pas tout ?

– Je ne peux pas faire ça à Tybalt. Rompre notre pacte, quitter mon boulot, lâcher ce compte Instagram qui porte le nom de notre couple, « Emayrson »…

– J'ai toujours trouvé ça ridicule, mais passons.

– Et puis être à la hauteur des attentes de notre père, tu ne sais plus ce que c'est, toi.

– Non, mais je me coltine maman depuis douze ans, je te rappelle.

– Je sais. Mais je n'y arrive plus, avoue-t-elle dans un souffle. À rien. Me faire passer pour May alors que je suis April… Je ne sais tout simplement plus qui je suis.

J'écarquille les yeux et vérifie que la serveuse n'a pas les oreilles qui traînent. On ne parle *jamais* de notre secret. Je glisse mon index sur ma bouche en fronçant les sourcils mais ma jumelle continue d'une voix à peine plus basse, comme si elle avait *besoin* de prononcer ces mots trop longtemps tus.

– Ça va faire douze ans que je t'appelle par mon prénom et que je porte le tien. On va en avoir 24 et je crois que cet anniversaire fatidique remue beaucoup de choses. J'aurai bientôt passé la moitié de ma vie dans celle d'une autre…

– Moi aussi, murmuré-je. C'est la seule chose qu'on a en commun, au cas où tu l'aurais oublié.

Et nous voilà toutes les deux, larmes aux yeux, réunies dans un coin de ce petit café désert, à sursauter lorsque la serveuse se pointe de nouveau.

– Vous avez échangé vos vies ? Comme dans les films ? De mieux en mieux, vos histoires à dormir debout !

Son rire tonitruant nous porte le coup de grâce.

addictives

Romans déjà parus

Rose Becker
Le Bébé, mon milliardaire et moi (aussi en poche)
Torride, sexy & dangereux
Forever You – saisons 1 et 2
Dangerous

Phoebe Campbell
Lui résister… ou pas – l'intégrale
You Again
Single Daddy. Try Me if You Can

Mia Carre
Bad for You
Teach Me Everything
Charmant connard !

Mélodie Chavin
Campus Rules
Fucking Wedding

Emma Green
Toi + Moi : L'un contre l'autre (aussi en poche)
Toi + Moi : Envers et contre tout (aussi en poche)
Toi + Moi : Seuls contre tous (aussi en poche)
Call Me Baby – volumes 1 et 2
Call Me Bitch
Love Me if You Can
Kiss Me if You Can
Bliss. Le faux journal d'une vraie romantique – volumes 1 et 2
Jeux interdits
Jeux insolents
Jeux imprudents
Une toute dernière fois
Fallait pas me chercher ! – volumes 1 et 2
Corps impatients (aussi en poche)
Cœurs insoumis (aussi en poche)
Âmes indociles (aussi en poche)
Cent facettes de Mr Diamonds – l'intégrale
Bliss. Le faux journal d'une vraie romantique – l'intégrale
(Im)parfait
Love Me if You Can – l'intégrale
Kiss Me if You Can – l'intégrale

It's Raining Love!
The Boy Next Room
Call Me Baby – l'intégrale
Call Me Bitch – l'intégrale
PS : Oublie-moi !
Fallait pas me chercher ! – l'intégrale
Recherche coloc : emmerdeurs, râleurs, lovers… s'abstenir !
10 bonnes raisons de te détester !
Just 17
Love & Lies on Campus
Bien plus forte que toi !
If You Wanna Be My Lover...

Kim Grey
Insolent Bastard

Megan Harold
Breaking the Rules
Initiation with My Boss

Ludivine Hart
Arrogant & Tattooed

Amy Hopper
Gone Boy
Le Coloc

Julie Huleux
Alpha Player

Charlie Lazlo
Mon insupportable boss

Sienna Lloyd
Mords-moi !

Caroline Mongas
Mariage forcé. Un contrat indécent

June Moore
Étreinte – volumes 1 à 3

Zoé Murat
Stepbrother Love
Boss Me Around

Clara Oz
Arrogant

Lise Robin
Infiltrée. Sex, Drugs & Danger
Love Scandal

Gaëlle Sage
Kiss, Kill & Ride

Ana Scott
Dark Ride
Last Ride
Vicious Ride
The Dominant
Evil Ride
Sensual Stepbrother
Un enfoiré mais un coup d'enfer!

Camilla Simon
Le voisin parfait est un enfoiré
Initiation with My Enemy
Le mec parfait est un inconnu… ou presque !

Ève Souliac
Sexy Mistake

Liv Stone
Love Lessons

Lisa Swann
Adore-moi ! – l'intégrale

Louise Valmont
Toi & moi, c'est compliqué!
Campus Initiation

Chloe Wilkox
Extreme Lover – l'intégrale
Immoral
Dominant Boss. Apprends-moi
The Virgin's Price

Luv

Romans déjà parus

Ana K. Anderson
Indompté
Scottish Bastard

Sophie Auger
Be with Me

Sonia Birdy
L'Initiation
Touchdown. Campus Star

Laura Black
Dark Initiation
Games of Desire
H.A.R.D. Hot, Arrogant, Rebelle, Déterminé
Sulfurous Bad Boy

Margot D. Bortoli
Too Young

Juliette Brunel
Delicious

Anne Cantore
Promets-moi. Louise et Marco

Sarina Cassint
Avec toi… peut-être
Insolent Boss

Mary Ann Davis
Coach Me Love

Nora Davy
Don't Resist

Gwen Delmas
Noël, toi & moi
Perfect Boss
Sex Friends. Pas de contraintes, que du plaisir!

Eugénie Dielens
Imprévisible Boss

Cléa Dorian & Ninon Vars
Dark Love

Laurie Eschard
Love Naked

Lil Evans
Savage Rider
Crash & Burn
Boss Affair

Lou Garance
Can You Keep a Secret?
Foutu coloc !

Alexandra Gonzalez
Shades of You

Erin Graham
Teach Me Love
The Boss
Secret Stepbrother
Strong Addiction
Coloc avec mon boss

Joh Harper
Crazy Love

Marie Hayle
Under Control
Lover Next Door

Emma S. James
Under the Rain

Iris Julliard
Catch & Shoot

Lucie F. June
Fight with Darkness

Sara June
Rider in the Dark
Sexy Wild Rider

Lena Jung
Mon coloc, mes désirs & moi

Emily Jurius
Love to Hate You

Allie Krown
High School Challenge

Marion Laurent
Mr Alpha

Pauline Libersart
Tiger. Entre ses griffes

Nina Loren
Breaking the Ice

Ella Lores
Mariée par accident à un connard arrogant rencontré la veille…

Jessica Lumbroso
Emma X. Secrète et insoumise

Lili Malone
Coloc avec un inconnu

Mila Marelli
Dark Man in Love
Crazy Wedding

Mag Maury
Fast Games
No Love, No Limits
My Hipster Christmas

Alix Parks
Never Kiss the Boss

Jeanne Pears
Insupportable coloc
Colocs & Sex Friends
H.O.T. Hypnotique, Obstiné, Ténébreux
The Most Insolent Man

Alexia Perkins
Arrogant Fake Lover

Sophie S. Pierucci
L'Inconnu de l'ascenseur & Moi (aussi en poche)
My Stepbrother. L'initiation

Silvia Reed
Darkest. La dernière heure
Too Close

Anita Rigins
No Rules
My Rules

Avril Rose
Coffee, Sex & Law

Jana Rouze
Effet de vague – saisons 1, 2 et 3

Wendy Roy
Une seule fois (ou presque)

Ana Scott
À corps brisés

Léana Soal
Fight & Hope

Cara Solak
Perfect Obsession

Izia Soley
Fauve

Liv Stone
Initie-moi. Mes jours contre tes nuits

Lena K. Summers
Perfect Bad Boy
Donovan, roi des connards

Kaly Swann
Austin. Breathe with Me

Lily Tortay
Dance for Me

Flore Valier
Ta peau contre la mienne

Anna Wendell
Arrogant Bad Boy
Apprends-moi le désir
Colosse. Le maître du jeu

Mina Zadig
Just Sex & Tattoos

New adult addictives

Roman déjà paru

Isla A. Rowley
Toxic Games

addictives POCHE

Romans déjà parus

Rose Becker
Le Bébé, mon milliardaire et moi (aussi en grand format)

Phoebe Campbell
Tes ordres sont mes désirs

Olivia Dean
À lui, corps et âme – volumes 1 et 2

Lou Everly
Bad Boy Crush

Erin Graham
Nos amours contraires

Emma Green
Seuls contre tous (aussi en grand format sous le titre *Toi + Moi : Seuls contre tous*)
L'un contre l'autre (aussi en grand format sous le titre *Toi + Moi : L'un contre l'autre*)
Envers et contre tout (aussi en grand format sous le titre *Toi + Moi : Envers et contre tout*)
Corps impatients (aussi en grand format)
Coeurs insoumis (aussi en grand format)
Âmes indociles (aussi en grand format)

Megan Harold
Sublime-moi !

Charlie Lazlo
Kiss Me I'm Famous

Sophie S. Pierucci
L'Inconnu de l'ascenseur & Moi (aussi en grand format)
Deep & Dark

Lise Robin
Forbidden Stepbrother

Alexane Tolley
The Boss Rules

Chloe Wilkox
Your Game, My Rules

Imprévisible boss
Eugénie Dielens

Ce qui se passe en salle de réunion...
Lexy est une femme indépendante, battante et n'est pas du genre à reculer devant le premier obstacle. Alors, quand elle arrive en retard pour un entretien d'embauche, elle y va carrément au culot : afin de passer le contrôle de l'accueil, elle se présente comme la copine du patron ! Sauf que celui-ci est juste derrière elle. Amusé par son aplomb, séduit par son irrévérence, il lui accorde une chance. Seul souci ? Il est beau comme un dieu, sexy, joueur… et décidé à tester toutes ses limites.
Que l'affrontement commence !

Pour des news exclusives, des bonus
et plein d'autres surprises, retrouvez-nous sur :
Facebook : **facebook.com/editionsaddictives**
Twitter et Instagram : **@ed_addictives**
et sur notre site **www.editions-addictives.com**

Auteure : Jeanne Pears

Edisource – Éditions Addictives
100, rue Petit, 75019 Paris
Imprimé par FINIDR – Lipova cp. 1965 – 73701 Cesky Tesin,
République tchèque
Dépôt légal : janvier 2022 – Achevé d'imprimer : décembre 2021
ISBN : 978-2-37126-468-7
Réf. contrat : ZROY_001